U1017673

杨海明

1942年生，苏州人。1960—1964年就读于江苏师范学院中文系，1978—1981年在南京师范学院中文系师从著名词学家唐圭璋先生攻读硕士学位。后执教于苏州大学，1993年被国务院学位办批准为博士生导师。曾任中国韵文学会常务理事、中国宋代文学学会副会长，现任中国词学研究会名誉会长。主要从事唐宋词研究。著有《唐宋词风格论》《唐宋词史》《唐宋词美学》《唐宋词与人生》等。一些著作在海内外产生过较大影响，《唐宋词史》曾获全国高等学校首届『人文社会科学研究优秀成果奖』二等奖和首届『夏承焘词学奖』一等奖；两部专著被翻译成韩文，四部专著在台湾地区再版。2016年获中国韵文学会、中国词学研究会颁发的『中华词学研究终身成就奖』。

杨海明词学文集

第一卷　唐宋词风格论
第二卷　唐宋词史
第三卷　唐宋词美学
第四卷　唐宋词与人生
第五卷　唐宋词论稿
第六卷　唐宋词论稿续编
第七卷　唐宋词纵横谈
第八卷　宋词趣谈
第九卷　张炎词研究
第十卷　宋词三百首新注

楊海明詞學文集

·第二卷·

唐宋词史

杨海明 著

江苏大学出版社
JIANGSU UNIVERSITY PRESS
镇江

图书在版编目(CIP)数据

唐宋词史 / 杨海明著. — 镇江：江苏大学出版社，2020.7

(杨海明词学文集 ; 第二卷)

ISBN 978-7-5684-1308-4

Ⅰ.①唐… Ⅱ.①杨… Ⅲ.①唐宋词 — 文学史研究 Ⅳ.①I207.23

中国版本图书馆 CIP 数据核字(2020)第 097768 号

唐宋词史（杨海明词学文集 · 第二卷）
Tang-Song Ci Shi (Yang Haiming Cixue Wenji · Di-er Juan)

著　　者/杨海明
责任编辑/米小鸽　徐子理　任　辉
出版发行/江苏大学出版社
地　　址/江苏省镇江市梦溪园巷 30 号(邮编：212003)
电　　话/0511-84446464(传真)
网　　址/http://press.ujs.edu.cn
排　　版/镇江文苑制版印刷有限责任公司
印　　刷/江苏凤凰数码印务有限公司
开　　本/718 mm×1 000 mm　1/16
印　　张/28
字　　数/522 千字
版　　次/2020 年 7 月第 1 版　2020 年 7 月第 1 次印刷
书　　号/ISBN 978-7-5684-1308-4
定　　价/188.00 元

如有印装质量问题请与本社营销部联系(电话:0511-84440882)

《杨海明词学文集》再版前言

本书初版于2010年。此次再版,尊重历史,一仍旧貌,只是遵照出版社的意见,将原先的8册(12卷)改为10卷,次序也做了一些变动,内容则并无改动;另外又请我的老学生们对全书文字重新审读过一遍,改正了一些错漏。由于自初版至今已抵10年,而我早就从学术界“撤退”出来,变成了一个出入于市井里巷、流连于园林名胜的闲散老人,因此现今无心无力对旧著做些修改,这点敬希读者谅鉴。

本书无论是初版还是再版,都得到了江苏大学出版社总编芮月英女士的大力支持和热心相助,在此郑重致谢!我的老学生们,对于它的初版和再版,也都付出了辛勤的劳动。他们是:曹志平、曹辛华、陈国安、闵定庆、钱锡生、孙虹、宋秋敏、王晓骊、薛玉坤、张幼良(排名不分先后,按音序编排),而总其成的则是钱锡生和陈国安。他们(以及其他一些老学生们)一贯以来对我无微不至的关心和帮助令我十分感动和深感温馨。趁此机会,也向他们表示深挚的谢意!

杨海明

2020年3月　书于苏州嘉园寓所

《杨海明词学文集》初版总序

自 1978 年秋师从唐圭璋先生攻治词学至今，忽忽已过 30 年矣。回首当年，自己本是一位普通的中学语文老师，不意在攻读唐师的硕士研究生、随后又转入高校（苏州大学）工作之后，竟涂鸦出了一大堆评说唐宋词的文字，并在词学研究领域产生了一定的影响，以至我的博士生们现今要为我策划出版这套词学文集，不禁感慨良多。我深知自己既缺乏像夏承焘、唐圭璋等老辈学人那样深厚宽博的学养，也跟不上新时期所涌现出的青年学者那种与时俱进、敢于创新的迅猛步伐，充其量只是一个衔接两代的过渡性人物，因此要出文集，不免有些汗颜。但转而一想，对我来说，这套文集所收的旧文好歹记录着自己在词学研究领域里跋涉过的一连串足迹，把它们整理出来总算做了一番"盘点清理"和"立此存照"的工作，未尝没有一点意义；而对不少读者，尤其是很多青年学子来说，像《唐宋词风格论》《唐宋词论稿》《唐宋词纵横谈》《唐宋词美学》等旧书，由于后来未曾再版过，故在书店难以寻获，因此这次"打包"再版，也可满足他们的迫切需求。基于以上两点考虑，我同意了门生们的建议，由他们分工协作对旧稿做了一定的校订，终于推出了这套词学文集。宋人陈与义曾有词云："二十余年如一梦，此身虽在堪惊。闲登小阁看新晴。古今多少事，渔唱起三更。"（《临江仙》）对我而言，若是改动其中一个字，变成"三十余年如一梦……"，便很能表达此时看到这套文集的内心感受：往事早如云烟，此身也已垂暮，这套文集所收的旧文其优劣、良莠就让读者和后人去评说吧，而我本人则要闲登小阁去享受那为时有限的余生了。

本文集共八册、十二卷。下面,分别对各册内容作具体说明。

第一册由卷一、卷二组成。

卷一《唐宋词风格论》:此卷原由上海社会科学院出版社 1986 年出版。后来发现,台湾木铎出版社 1987 年盗印过它,易名为《唐宋词的风格学》,且隐去了作者的姓名。韩国新雅社 1994 年将其译成韩文出版,翻译者为李钟振教授。

卷二《张炎词研究》:此卷原由齐鲁书社 1989 年出版。

第二册收录卷三《唐宋词史》。此卷原由江苏古籍出版社 1987 年出版,后由天津古籍出版社 1998 年再版。后者对前者略作修订,主要是改正了一些错字和删除了某些不必要加的引号,内容基本不变。此次再版,依照后一版本。台湾丽文文化事业公司 1996 年出版了它的繁体字版。韩国新雅社 1995 年将它译成韩文出版,翻译者为宋龙准、柳种睦先生。

第三册收录卷四《唐宋词论稿》。此卷原由浙江古籍出版社 1988 年出版,其中选录了我 1981 年至 1986 年发表的论文 32 篇。

第四册收录卷五《唐宋词论稿(续编)》。此卷为这次所新编的论文集,共收录论文 35 篇,其时间跨度较大(1984 年—2008 年),主要是从《唐宋词论稿》出版以后所陆续发表的论文中选辑而成。其内容大致分成六类:一是对唐宋词的魅力来源,尤其是其人生意蕴作出探寻;二是对唐宋词的心理内涵做些剖析,兼论"角色转换"对这些意蕴生成的重要作用;三是词论研究,以及我对于词学研究的若干思索;四是从传承和变异的角度来对唐宋词进行文化考察;五是读唐宋词的一些心得,它们所涉及的问题较多;六是其他方面的一些文章,其中既有两篇论宋人散文的文章,还有三篇论析夏承焘先生治学历程和回忆唐圭璋、段熙仲先生往事的文章,收录这后三篇主要想借此表达对先贤的缅怀之情。上述 35 篇文章,以前散见于各种报刊之上,此次结集出版,可省读者查检之劳,姑取名为《唐宋词论稿(续编)》。

第五册收录卷六《唐宋词美学》。此卷原由江苏教育出版社 1998 年出版。

第六册由卷七、卷八、卷九、卷一〇组成。

卷七《唐宋词纵横谈》:此卷原由苏州大学出版社 1994 年出版。台湾丽文文化事业公司 1995 年出版了它的繁体字版,易名为《唐宋词主题探索》。

卷八《宋词趣谈》:此卷原由台湾业强出版社 1997 年出版。它的学术性不强,但趣味性和可读性尚可,因大陆读者不易读到,故在此再版,可供非专业的读者阅读消遣。

卷九《李璟·李煜》:此卷原由春风文艺出版社1999年出版,为其"插图本中国文学小丛书"中的一种。

卷一〇《东吴绛帐展痕——序跋选录》:此卷收录了我为学生们的学术著作写的序跋。

第七册收录卷一一《唐宋词与人生》。此卷原由河北人民出版社2002年出版。

第八册由卷一二、附录组成:

卷一二《宋词三百首新注》:此卷原由天津人民出版社1993年出版。合作者刘文华女士乃是我的妻子,不幸已于近时病逝。几十年来,她在生活和工作上助我良多。今日再版此卷,也作为对她的一种悼念。台湾丽文文化事业公司1995年据此重排,出版了它的繁体字版,易名为《宋词三百首鉴赏》。

《附录》四种:一是崔海正教授所写的《论唐宋词专家杨海明——当代词学家系列研究之一》。二是曹辛华博士所写的《杨海明与唐宋词研究的深化》。这两篇文章的撰写,其作者事前事后都未与我本人做过沟通,完全是他们个人意见的表述。照我看来,其中颇多溢美之词而缺少中肯的批评,实在愧不敢当。但它们却能从一定程度上揭示我的某些研究"特色",可供我自己反省并供读者参考。除此之外,很多师友(如曹济平先生、潘树广先生,以及刘扬忠、肖瑞峰、王兆鹏、刘尊明等先生)和学生(如邓红梅、赵梅、闵定庆、钱锡生、王晓骊等博士,以及浙江大学的张锦同学)也曾为我的一些论著写过书评,但因篇幅的关系,这里就不再收录,谨向他们表示衷心的感谢和诚挚的歉意!三是王晓骊博士所记录的《背靠遗产　面向当代——杨海明教授词学访谈录》,它概述了我从事词学研究的历程,以及研究唐宋词的若干心得体会,也可提供给读者阅读。四是张幼良博士所撰《瞬间三十年——杨海明先生学术年表》。

正如开头所说,我在这30年左右的时间内竟不意涂鸦出了一大堆评说唐宋词的文字,其间的甘苦辛甜,自然一言难尽;而文章的优劣良莠,也心知肚明。总的来说,由于我的写作往往率性而发,主要凭兴趣和"感悟",而不耐作缜密细致的思考,因此文章中的疏漏和缺陷(甚至错误)自然难免,还望读者多多指教!另外,由于我往往是先写成一篇篇单篇论文,以后又把这些论文中的观点和材料融汇在后来的专著中间;而在撰写单篇论文时,因每篇文章都要自成一个独立的

"单元",故而有一些观点和例证有可能会在全书中多次出现,或许会令人产生啰唆重复之感。这里谨表歉意。再者,由于这些文章写于不同时期,早期的文章并不像现今那样讲求"学术规范",故而现在读来肯定不够"规范",不够严谨。这点也请读者鉴谅!追昔抚今,如果说这套文集所收的一些旧文,在"文革"结束不久、新时期刚刚开始的阶段或许曾有某些"闪光点"使人眼目为之一亮的话,那么时至今日恐就早已平淡无奇,甚至黯然失色了。所以我十分清醒地将自己定位为新旧时期转型阶段的一位"过渡型"的研究者,而词学研究的崭新局面和崭新气象则期待着后来者们去努力开启和努力创造——这也是我作为一名曾经的词学研究者所殷切期望的。

最后,要对引导我走上研究道路并给我以提携指导的唐圭璋师、孙望师、段熙仲师、吴调公师表示深切的悼念与感谢;对大力促成本文集出版并付出辛勤劳动的我的博士生们(曹辛华、曹志平、孙虹、薛玉坤等)表示深深的谢意,拙著引文均由他们重新查核,并详为注出;特别应该提出的是,陈国安博士在本文集的出版过程中付出了艰辛的劳动,其热情与认真令我十分感动,特在此也表示郑重的感谢;对大力资助本文集出版的江苏海门市教育局副局长许新海博士表示衷心的感谢;对支持本文集出版并花费很多心血的江苏大学出版社总编辑芮月英女史和图书编辑部主任顾正彤女史表示深深的敬谢之心。

杨海明

2010年10月

目　录

第一章　绪论:唐宋词——我国古典诗苑中的秀花奇葩 / 001
第一节　对唐宋词的整体观 / 002
第二节　唐宋词的发展轨迹 / 015
第二章　词的原始和朴素的形态——唐宋民间词 / 024
第一节　词的起源:诗与音乐"第三次合作"的新产品 / 024
第二节　词的原始和朴素形态——唐五代民间词 / 035
第三节　两宋词坛的一股潜流——宋代民间词 / 045
第三章　展苞初放的唐五代文人词 / 055
第一节　中唐文人词:文人词的尝试、小品阶段 / 055
第二节　"词为艳科"局面的形成——《花间》词 / 062
第三节　南唐词——忧患意识的潜入和勃发 / 090
第四章　北宋词坛鸟瞰:词的多元化发展 / 109
第一节　北宋社会的两大侧面和北宋文化的两大层次 / 110
第二节　北宋文人的多重人格和复杂心理 / 125
第三节　北宋词的多元化发展:词与时代的同步前进 / 135
第五章　五代词风的延伸与提高——北宋小令词 / 140
第一节　富贵闲雅的晏殊词 / 141
第二节　雅俗并存的欧阳修词 / 146
第三节　"追逼《花间》"的晏几道词 / 155
第四节　北宋后期小令词坛"点将录" / 165
第六章　柳永慢词开启了宋词的新天地 / 175
第一节　慢词发展的历史回顾和北宋慢词的蓬勃兴盛 / 175
第二节　"以俗为美"的柳永慢词 / 181

第七章　“新天下耳目”的苏轼词——词的充分“士大夫化” / 209
第一节　苏轼以前词坛上的“社会化”倾向 / 209
第二节　苏轼完成了词的比较充分的“士大夫化” / 211
第三节　“新天下耳目”的苏轼词风 / 227
第四节　“论功若准平吴例,合着黄金铸老坡” / 235
第八章　北宋后期的词坛 / 238
第一节　黄庭坚、晁补之 / 238
第二节　秦观 / 242
第三节　贺铸 / 249
第四节　周邦彦 / 255
第九章　南宋词坛鸟瞰:宋词的“极盛”和“渐衰” / 271
第一节　“词家至南宋而极盛,亦至南宋而渐衰” / 271
第二节　南宋战和交替的政局和词坛上的两股忧国之音 / 275
第三节　南宋文人的“雅致”和“雅词” / 280
第四节　异军特起的“豪气词” / 288
第十章　南宋前期(1127—1161)的伤感词、愤慨词、隐逸词 / 293
第一节　南宋前期词坛的“低音区”——伤感词(李清照词) / 294
第二节　南宋前期词坛的“高音区”——愤慨词 / 305
第三节　南宋前期词坛的“尘外音”——隐逸词 / 318
第十一章　被时代所召唤回来的“男子汉风格”:辛派爱国词 / 327
第一节　词坛的“巨龙”——辛弃疾 / 328
第二节　“辛派爱国词”概述 / 352
第十二章　“雅词”营垒里的“伤痕文学”:姜夔和吴文英词 / 365
第一节　“幽韵冷香”白石词 / 368
第二节　“芬菲铿丽”梦窗词 / 382
第十三章　“风雨如晦”“春去人间”的宋末词坛 / 395
第一节　“缘事而发”的亡国哀音 / 396
第二节　同中有异的“浙派词人”和“江西词人” / 400

第十四章　余论：对于唐宋词史的“反思” / 408
　第一节　“词境”——中国古典诗歌高度成熟的标志 / 409
　第二节　“词境”——民族审美心理的深厚积淀和“再投资” / 415

参考文献 / 427
后记 / 433
二版附记 / 436
再版后记 / 437

第一章　绪论:唐宋词

——我国古典诗苑中的秀花奇葩

我们伟大的祖国,素有“诗国”之称。在这悠久而广袤的诗的国度里,耸立着千树万木,盛开着群花簇卉,依着时空的扩展,分别构成了一丛丛诗的“群落”和一条条诗的“植被带”,各各呈现着自己的千姿百态,吐露出自己的独特芳香。明人胡应麟曾经这样叙说过从《诗经》时代到唐朝的诗苑盛况:“四言变而《离骚》,《离骚》变而五言,五言变而七言,七言变而律诗,律诗变而绝句,诗之体以代变也。《三百篇》降而《骚》,《骚》降而汉,汉降而魏,魏降而六朝,六朝降而三唐,诗之格以代降也。上下千年,虽气运推移,文质迭尚,而异曲同工,咸臻厥美。”①不过,他的话还仅说了一半:在“三唐”以后,诗的“气运”并没有宣告终结;相反,它还有很大的发展——一方面,由唐诗继续引出了宋诗、元诗、明诗、清诗……;另一方面,在它的苑地里,又诞生了新的“品种”——词、曲。这后面两种新花,由于“天时”“地理”和“人工栽培”等方面的原因,在宋元两代,却也开放得极为妍丽绰约、惹人喜爱,在某种程度上甚至掩过了作为“正统”文体的“诗”的“颜色”。所以到了清代,焦循就已把宋代的“词”、元代的“曲”和唐代的“诗”并提为“一代之胜”②,而直至今天,“唐诗、宋词、元曲”的说法也还一直被广大古典诗歌的读者们挂在口上。这说明,宋代(当然还应当包括在它之前的唐五代)的“词”,确称得上是我国古典诗苑中的又一丛秀花奇葩——说它是“秀花”,是指它的秀美艳丽;说它是“奇葩”,则既是指它的常被持保守观点的人排斥在“正统文学”的营垒外,又是指它的不全同于“诗”的个性差异。正如辛词(《鹧鸪天》)“花不知名分外娇”中所写的“野芳”那样,“词”虽没有被供奉在“大雅之堂”的花瓶里,然而却以它的异香奇色深深地吸引了无数的作者和读者,使这诗苑的特殊一角(指词苑)成了令人无限留恋的观赏游览胜地。

① 胡应麟:《诗薮》,上海古籍出版社,1979 年,第 1 页。

② 焦循:《易余龠录》卷一五,《丛书集成续编 · 子部》第 91 册,上海书店出版社,1994 年,第 463 页。

唐宋词除了具有很高的审美价值之外，还有着自己的“思想意义”和“思想价值”——不能设想，光有一张美丽的“画皮”而缺乏思想“灵魂”的作品是能够如此久久地吸引和深深地打动着读者之心的。“豪放”的爱国词篇（如辛弃疾的很多词篇），表现着民族的浩然“正气”，这自不待多说；而即使是那类“婉约”的“言情”之作，其中也同样倾注着唐宋两代作者的满腔挚情，映现着他们的神貌、心态，因而也同是值得我们珍视的“心灵文献”。人类历史是从艰难曲折的过程中走过来的。我们在唐宋词人的词篇中，至少从一个侧面或一个“窗口”，看到了在封建社会的漫漫长夜里，人们追求爱情自由、追求美好理想、追求崇高人格、追求祖国前途的思想火花是如何萌生、如何勃发、如何在压迫和窒抑之下不屈不挠地燃烧的，如何在寒夜的寂寞和黑暗之中闪发着光焰的。“诗有史，词亦有史，庶乎自树一帜矣。”①周济所说的这句话，向人们揭示了这样一个道理：“词”尽管在反映生活的深度和广度上还有逊于“诗”，也尽管以往时代的一些文人往往视它为“小技”，但是，在我国古代文学史上，它却无可抹杀地具有自己独特的地位。因此，就应该给“词”，特别是唐宋词写“史”。

可惜的是，新中国成立30多年来，尚未见有以新的观点作指导的词史著作问世。这不能不说是一大憾事。人们已经指出：在今后的词学研究中，有许多项工作要做，“而写出一部以马克思主义观点为指导的词史，无疑是词学研究的一个中心目标”②。此话反映了学术界的企盼，也反映了广大读者的殷望。为了尽快填补这一空白，更是为了“抛砖引玉”（因为我深知自己实在没有能力完成这样重大的任务，因而只能是如此），所以不揣思想水平和学术水平的低下，“冒险”来做这样的一种尝试。错误和疏漏，自然极难避免；要之，能因之而引出一部比较成熟和水平较高的词史著作，那就是笔者的一大心愿了。

第一节　对唐宋词的整体观

一、狭深文体和心绪文学

在诗的世界里，有着许许多多不同的“种族”。在诗坛的穹幕上，有着万万千千的行星和恒星。它们分别有着自己的“种族风格”，各自释放出长短不同的

① 周济：《介存斋论词杂著》，黄苏，等选评《清人选评词集三种》，齐鲁书社，1988年，第192页。

② 吴熊和：《唐宋词通论》，浙江古籍出版社，1989年，第410页。

波和色彩不同的光。因此,在撰写词史之始,有必要对"词"这样一种颇有些特异性的诗体,进行一番整体上的宏观考察。从全部唐宋词的历史事实出发,我们发现,虽然词从广义上看也属诗的一个支派、一个"家族",词与诗之间存在着血缘之亲,但是二者之间,毕竟存在着一定的个性差异。这种差异主要就表现在:虽然同为抒情的载体,但是相比较而言,"诗"所载负和容纳的感情分量与生活内容就显得厚重、宽广,而词则显得轻微、狭细——当然,仅仅这样说是不够全面的,还应当补充的是:词在抒情的"方向性"方面,却有了某种微妙的变化,这就是:它正朝着其"深度"更进一步地开掘和伸进。尽管后来的词中也出现过"以诗为词"(甚至是"以文为词")、诗词合流式的作品,但从它的全局或至少是那些占着很大比重的"正宗""本色"型作品来看,该是如此的。

对于这一特点,王国维曾有过精辟的论述。他说:"词之为体,要眇宜修,能言诗之所不能言,而不能尽言诗之所能言。诗之境阔,词之言长。"①"不能尽言诗之所能言",是指"诗境"之"阔"和"词境"之"狭";"能言诗之所不能言",则又是指"词境"相对而言(与"诗境"比较)显得"长"和"深"。词之为体,不似壮士,却像一位窈窕颀长的女性那样,特擅作轻歌曼舞而不善作厮杀呐喊②;表现在抒情的"类型"方面,它就长于抒写那类深微细腻、"幽约怨悱"③的感情,而不大像诗那样,能较为宽广地抒写情志和反映生活。

从这个意义上讲,词比起诗来,似乎是一种抒情程度更"纯粹"、更"狭深"、更细腻的文体。它所抒写的感情,不妨称之为情绪、心绪、心态或"心曲"更来得适宜。比如下面这首词:

> 千万恨,恨极在天涯。山月不知心里事,水风空落眼前花——摇曳碧云斜。(温庭筠《梦江南》)

在破折号前的四句,所写的是一般的"恨";这种感情是诗中常可见到的。而在破折号后的一句("摇曳碧云斜"),则就描摹了一种极为动荡迷离、惝恍难言的心绪或心态。朱彝尊所说的"词虽小技……盖有诗所难言者,委曲倚之于声"④,大致就指的是此类感情境界。又如:

① 陈鸿祥:《〈人间词话〉〈人间词〉注评》,江苏古籍出版社,2002 年,第 210 页。

② 清人田同之《西圃词说》引魏塘曹学士之言道:"词之为体如美人,而诗则壮士也",见唐圭璋编《词话丛编》,中华书局,1986 年,第 1450 页。

③ 张惠言:《词选序》,《张惠言文选》,苏州大学出版社,2001 年,第 58 页。

④ 朱彝尊:《曝书亭集》卷四〇,光绪十五年刊寒梅馆藏版,第 2 页。

春慵恰似春塘水，一片縠纹愁。溶溶泄泄，东风无力，欲皱还休。（范成大《眼儿媚》下片）

此中所写的“春慵”，恰似那一塘溶溶泄泄的春水，微波荡漾、不能自休，其幽细程度亦为一般诗中所少见。

词所最乐于抒写、也是最擅长描摹的，就是这一种近似于漪涟状态的心绪和“心曲”。从这个意义上讲，它真不愧是一种“心绪”的文学。虽然在诗中，也不乏对于心绪的类似描写，但就其刻画的细腻程度而言，则词就堪称是对诗的一种“青出于蓝而胜于蓝”，或者又是一种“量变”基础上所达到的“部分质变”。

从词的“狭深”的抒情性出发，我们就不难理解整部唐宋词史的这样一个重大的缺陷，那就是：题材相当的狭窄。我们在唐宋两代人所写的两万多首词中，简直看不到一点儿作为封建社会的基本矛盾——农民与地主阶级之间的矛盾——的影子，举此一点就足以见出唐宋词题材的惊人狭隘性了。造成这种状况的，当然还有其他方面的诸多原因，但是，无论如何，词体本身的局限性却无疑又是这些原因当中的一个。明白了这一点，我们对唐宋词在整体方面所显示出来的思想性比较薄弱（与唐诗相比，也是与宋诗相比而言）这一缺点，也就能够有一个比较宽容而不至过分严苛的“谅解”了。

但是，问题还有它的另外一面：由于词努力向着抒情的“深度”开掘，所以它就能在更深的层次上揭示深蕴在人类心灵底层的某些感情内容，就能在更为细腻和窈深的意境中显示人类长期凝贮起来的心理积淀，因而其感人的艺术魅力也就越加丰厚。陈廷焯所说的“后人之感，感于文不若感于诗，感于诗不若感于词”①就说明了这一事实。

鉴于以上两方面的情况，一方面，我们将分外珍视词在题材内容方面的拓宽；另一方面，我们又将十分注意发掘词在抒情艺术方面的进步。从这两方面入手，才能比较全面地认清词史发展的线索和把握住它的发展过程。

二、忧患意识和伤感色彩

在整个唐宋词坛上，有一个“幽灵”不时在徘徊踯躅。这个“幽灵”，便是那一股深浓的忧患意识。

晚清的大词论家况周颐，对此就有甚为深切的体味。他说：

人静帘垂，灯昏香直，窗外芙蓉残叶飒飒作秋声，与砌虫相和

① 陈廷焯：《白雨斋词话·自序》，《白雨斋词话》，人民文学出版社，1983年，第1页。

答……斯时若有无端哀怨枨触于万不得已，即而察之，一切境象全失，唯有小窗虚幌、笔床砚匣，一一在吾目前。此词境也。①

吾听风雨，吾览江山，常觉风雨江山外有万不得已者在。此万不得已者，即词心也。②

他所说的“无端哀怨枨触”和风雨江山之外的“万不得已”的思想感情，拿我们的话来说，便是那一种对于人生、对于社会、对于宇宙的忧患意识。而正是由它构成了“词心”和“词境”的内核。

这样说，是有充分的事实作为根据的。我们不妨从题材内容出发，对三大类型的唐宋词篇作一个大略的分析。

爱情和青春，照理是人生最美好、最宝贵的生活内容之一。然而，唐宋词在写到这两个主题时，除了极少量的作品中闪现过明亮欢快的色调之外，绝大多数作品却铺满了哀怨和抑郁的色调。在封建时代，自由、美满的爱情是极难寻觅和长留的，因此词人们在讴歌它的同时，又不得不唱出痛苦的哀歌。“愁极梦难成，红妆流宿泪，不胜情。手挼裙带绕阶行。思君切，罗幌暗尘生”（薛昭蕴《小重山》），这是相思的苦恼；“天上人间何处去？旧欢新梦觉来时，黄昏微雨画帘垂”（张泌《浣溪沙》），这是悼亡的深痛；“肥水东流无尽期，当初不合种相思”（姜夔《鹧鸪天》），这是对于爱情的忏悔；“东风恶，欢情薄。一怀愁绪，几年离索。错！错！错”（陆游《钗头凤》），这又是对于封建礼教的怨愤。像大石块底下蜿蜒曲折地长出的可怜小草一样，唐宋文人的正常人性（爱情）却受到了如此顽固而无情的压抑，词人在他们的作品中怎能不流露出浓重的忧患情绪呢？因此，即使在写到“青春”这一美好的主题时，由于它常与爱情缠绕在一起，所以同样也会发出“欲挽不能”的悲音：“碧野朱桥当日事，人不见，水空流。韶华不为少年留。恨悠悠，几时休。”（秦观《江城子》）最美妙的年华伴随着爱情的破灭而一起长逝了，词人的内心和他们所塑造的“词境”中，自然便充溢着“万不得已”的“哀怨枨触”了。

如果说，上述作品中的忧患意识还是由一身一己的不幸遭遇所感发的话，那么在下面这类忧国忧政的词篇中，忧患意识所包含的内容就更深广了。民族的灾难、国家的前途、政局的危机，再加上作者自己的身世遭遇，凡此种种，都通过“忧患”的面貌，充分地凸现出来。“底事昆仑倾砥柱，九地黄流乱注？聚万落千

① 况周颐撰，屈兴国辑注：《蕙风词话辑注》卷一，江西人民出版社，2000年，第22页。
② 同①，第23页。

村狐兔！天意从来高难问，况人情老易悲难诉”（张元幹《贺新郎》），词人悲天悯人，忧患的“矛头”甚至直指“天意”（兼指皇帝和天帝）；“千古兴亡，百年悲笑，一时登览”（辛弃疾《水龙吟》），词人登临远眺，其忧患的对象又从现实进而扩张到了“千古”的历史，真可谓是充斥宇宙，巨大而又深悠。

而即使在那类貌似“悠然出世”的山水隐逸词中，忧患意识也仍然像摆脱不了的“阴魂”一样，老萦绕或潜藏在其中。“问讯湖边春色，重来又是三年。东风吹我过湖船，杨柳丝丝拂面。　世路如今已惯，此心到处悠然。寒光亭下水如天，飞起沙鸥一片。”张孝祥的这首《西江月》描写了这样一片“脱俗如鸥”的“悠然”心境，看似达到了“遗世独立”的精神境地，但“世路已惯”四字不又暗示出他的内心深处其实并不真正平坦而照样深藏着忧患之感吗？东坡说过：“人有悲欢离合，月有阴晴圆缺，此事古难全。”（《水调歌头》）这就告诉我们，词人们的忧患意识几乎是无时不在、无所不包的，即使在他们“羽化而登仙”之时，也会蓦然袭上心头。

所以，总的来看，唐宋词篇中简直到处存在或潜伏着忧患的意识和忧患的情绪。这种现象既是前代诗歌“诗可以怨”①的传统之继承和发展，又传递出了当代社会生活的某些信息。从前者言，中国古典诗歌本有着表现忧患意识的悠久传统，所谓“哀怨起骚人”②是也。《变风》《变雅》之作，体现着作者对于政治的忧患之感；屈原之作《离骚》，“盖自怨生也”③；《古诗十九首》，大都唱着一曲曲忧患人生的哀歌；而中晚唐的诗中，也随处可以读到“浮世本来多聚散”④“今日乱离俱是梦”⑤式的忧伤诗篇。不过，到了唐宋词篇中，这种现象却有了“踵事增华、变本加厉”⑥的发展，这又不能不说是与时代的某种契机有着关系的。五代十国，堪称是我国历史上的一个衰世，弥漫在社会上的那股危机感、忧患感，不可能不涌进当时诞生未久的词篇中；北宋时代，虽然进入了一个统一的年代，但随着封建社会开始进入了它的“中老年”（这种进程可以从“安史之乱”算起），由社会危机所引起的士大夫文人内心的忧患意识也在经过“深思熟虑”之后日趋“成熟化”（苏轼便是一个典型），而刚在晚唐五代“复苏”不久的爱情意识此

① 杨伯峻：《论语译注》，中华书局，1980 年，第 185 页。
② 李白：《古风》，《李太白全集》，上海书店，1988 年，第 42 页。
③ 司马迁：《史记·屈原贾生列传》，中州古籍出版社，1996 年，第 700 页。
④ 李商隐：《七月二十日崇让宅宴作》，冯浩笺注《玉溪生诗集笺注》，上海古籍出版社，1979 年，第 193 页。
⑤ 韦庄：《忆昔》，齐涛笺注《韦庄诗词笺注》，山东教育出版社，2002 年，第 497 页。
⑥ 萧统：《文选·序》，《文选》，上海古籍出版社，1986 年，第 5 页。

时又受到了封建礼教和“理学”思想的新的压抑，所以表现在北宋词中的忧患情绪又有了新的抬头；进入南宋，民族矛盾的空前加剧和统治集团内部矛盾的尖锐化，更使忧患意识像被煽动的火苗一般燃烧、跳跃得更加炽盛……诗的传统，再加上时代的某些因素在起作用，终于促使词与忧患意识结下了难分难解的“姻缘”。所以，屈原是“忧愁幽思而作《离骚》”①，词人们则是“为愁”而“赋词”者居大半也（辛弃疾《丑奴儿》词云：“少年不识愁滋味……为赋新词强说愁”即从反面告诉我们：词似乎专门是为“愁”而作的）。清代大词人纳兰性德《古风·填词》曾说：“诗亡词乃盛，比兴此焉托？往往欢娱工，不及忧患作”②，在他的“填词字典”中，就赫然以“忧患”两字横在当头！

由于唐宋词篇和忧患意识关系如此的密切，所以整部词史出现了这样两个总体上的特色：

一是它的“悲剧性”。唐宋词篇中所写的题材，不外是伤春悲秋、离愁别绪，国仇家恨、世路艰难，英雄老去、报国无门，以及韶华难驻、盛时不再之类，总之，都是一些令人感慨唏嘘、掩卷怃然的忧伤事情；唐宋词篇中出现的人物形象，大多是一些痴男怨女、思妇愁客，或是一些失意的漂泊者、“失路”的豪杰儿，他们孤单，他们寂寞，他们苦闷，他们悲凉，总之，他们几乎凝聚了人类全部的悲剧性体验而艰难孤独地行进在历史的漫漫长途上……

二是它的“伤感性”。我们发现，在唐宋词章中最为触人眼帘的字眼便是：泪、梦、愁、恨、怨、叹……我们又注意到，不论是婉约词的缠绵凄怆、绮怨哀婉，还是豪放词的悲慨苍凉、“抚时感事”，最终却都逃脱不了伤感的调门。人说李后主的词是用“血”写成的③，说秦观的词是“伤心人”所作④，又说辛弃疾词是“英雄感怆，有在常情之外”⑤，这些话无不表明，尽管它们的内容和风格并不相同，但把它们所发出的不同声响，通过“音谱分析”之后，却都能分滤出相同的“伤感音素”！

对于词中的忧患意识和悲剧性、伤感性的美感类型、风格色彩，我们不应持简单的否定态度———以往对于婉约词的颇有些粗暴的贬低，往往就与此有关。

① 司马迁：《史记·屈原贾生列传》，中州古籍出版社，1996 年，第 700 页。

② 纳兰性德：《饮水诗集》，中华书局，1985 年，第 9 页。

③ 陈鸿祥：《〈人间词话〉〈人间词〉注评》，江苏古籍出版社，2002 年，第 53 页。

④ 冯煦：《宋六十一家词选例言》，《蒿庵论词》，人民文学出版社，1984 年，第 61 页。

⑤ 刘辰翁：《辛稼轩词序》，金启华，等编《唐宋词集序跋汇编》，江苏教育出版社，1990 年，第 174 页。

确实,忧患、悲伤的情绪肯定有着它不免于消极、低沉的一面,但是在它的反面却又蕴藏着对于美好生活的执着追求和积极肯定。人类的历史,是在充满着痛苦烦恼的艰难进程中走过来的,它每行进一步,都要向人类索取肉体和精神上的一定代价。因而,悲剧在任何时候(特别是在黑暗的封建时代)都是必不可免的;同样,忧患和伤感也就是人类必定要向历史付出的精神代价之一。曹雪芹自题《红楼梦》道:“满纸荒唐言,一把辛酸泪。都云作者痴,谁解其中味?”在唐宋词满纸的伤感语中,我们却感到了它的作者们对于美好人生、美好人格、美好理想、美好生活的一片“痴情”! 而且,由于词多写忧患意识和伤感情绪,又使唐宋词篇出现了这样的特异光彩:一是“真”,二是“深”。这是因为:真正的忧患意识和伤感情绪都是从真心(王国维所谓“赤子之心”)的深处升将起来的。它们带有的真挚和深沉的品格,绝非那些虚伪、浮浅的思想感情可比的。而由于这两个特点,再加上悲剧性氛围的“蒸淀”,就更使唐宋词具有了极丰厚的艺术美感和感人力量。英国诗人雪莱说过:“我们最甜美的歌,就是那些倾诉最哀伤的思想的。”(《致云雀》)另一位西方诗人缪塞则说:“最优美的诗篇是最绝望的,有些不朽篇章浸满着眼泪。”(《五月之夜》)中国古人也说过:“文音者皆欲为悲。”(王充《论衡·超奇》)忧患、悲感和感伤的意绪,它们所慷慨大度地“恩赐”给唐宋词的,正是那无限丰厚的精神感染力和汲取不尽的艺术美感。

三、“南方文学”和柔美风格

对于唐宋词的总体观,还可以从另一个角度——地域文化的角度——来进行考察。从这个角度作总体的观察,我们便可说:唐宋词在其整体上表现出了相当明显的“南方文学”特色,它所呈现的主体风格是属于柔美类型的。

我们这里所说的“地域”,既是一个自然地理的概念,又是一个人文地理的概念。地域的自然面貌,和在这个基础上由于人类的各种实践活动所形成的经济面貌、政治面貌、思想面貌、文化面貌……综合而成了我们所称的“地域”面貌。在这种地域基础上所产生的文学作品,当然会带有一定程度(或“浓”或“淡”)的“地域性”或“地域色彩”,这在自给自足、半封闭式的封建社会中表现得尤为突出①。因而,对于唐宋词提出“南方文学”的论题,不会是一个令人感到荒诞的问题;相反,它将有助于我们对其总体的风格特征做出深一步地剖析。

唐宋词的“南方文学”特性,可以从以下三方面来看:

① 刘师培:《南北文学不同论》,《刘师培中古文学论集》,中国社会科学出版社,1991年,第261页。

一是词的“产地”。

词本起源于“胡夷里巷之曲”①。从现存的敦煌曲子词来看，它曾广泛流行于边陲农村、山乡水驿。但后来，它的产地却发生了两大转移：一是从农村转向了城市，二是从北方转向了南方。我们试看，中唐文人正式开创“填词事业”的两位作者——刘禹锡和白居易，就都是在南方特别是南方的城市中开始写词的。中唐以后，随着全国经济重心的南移，南方出现了一批商业繁华、经济发达的大都市，文人词的温床也就基本构筑于此了。如温庭筠这个首先致力于词的大作家，史称他好“逐弦吹之音，为侧艳之词”②。如若没有南方城市富艳旖旎的生活风情，那么何来他那些香艳绮靡之词？再观之五代十国，全国总的经济、政治形势已转为凋敝和不景气，而唯独在西蜀和南唐这两个南方的小国度里却升起了词的“小太阳”，词和南方城市的关系可谓亲密矣。北宋时代，虽然以汴京为全国词坛的中心，但词人们在南方所作或咏写南方风物的词，却也数量甚多、影响不小，如咏歌杭州、金陵的词就不少。到了南宋，宋词则基本上就“缩小”为“江南”之词（向子諲就把他入南宋之后的词题名为“江南新词”）。而若我们把视野再拓宽一点，就更不难发现：宋词和金词之间，宋词和元曲之间，也明显有着南北之分。金国在宋之北，宋词与金元词相比，当然明显偏于南方；元曲虽然也曾流行于全国范围，但就其发源地而言，却又是由北而来的——所以到了明朝，人们干脆就把词称之为“南词”了③。“产地”既主要在于南方，“产品”之称为“南方文学”，亦其宜也。

二是词人的籍贯和经历。

打开唐宋词人的“户口簿”和“履历表”，我们可以发现一个令人惊讶的事实，那就是：唐宋词人大多数都是“南人”和在南方长久逗留过的人。据周笃文《宋词》一书统计，宋词作者籍贯可考者约 800 余人，其中南人竟占了 82.6%④。又据唐圭璋《宋词四考》记载，宋代词人中，占籍最多的是浙江（216 人）、江西（153 人）、福建（110 人）、江苏（86 人）四省⑤，而这些省份就都在南方。另从著名词人来看，宋代仅朱敦儒、李清照、辛弃疾为“北人”——而这三位的后半生（甚至是大半生，如辛弃疾的大半生），却又都是在南方度过的。晚唐五代词人

① 刘昫，等：《旧唐书・音乐志》，中华书局，1975 年，第 1089 页。
② 刘昫，等：《旧唐书・温庭筠传》，中华书局，1975 年，第 5079 页。
③ 陈霆：《渚山堂词话序》，唐圭璋编《词话丛编》，中华书局，1986 年，第 347 页。
④ 周笃文：《宋词》，上海古籍出版社，1980 年，第 29 页。
⑤ 唐圭璋：《宋词四考》，江苏古籍出版社，1985 年，第 1 页。

中,尽管刘禹锡、白居易、温庭筠、韦庄都出身北方,然而他们主要的创作活动(指填词),却也是在南方进行的;除此之外的西蜀和南唐作者,则基本又都是土生土长的南方人。我们知道,北宋由赵匡胤开国后,统治集团一直推行狭隘的"地方主义"政策,排斥"南人"参加高层统治机构。如宋代无名氏《道山清话》载:"太祖亲写'南人不得坐吾此堂',刻石政事堂上"①;如江休复《江邻几杂志》载:寇准"恶南人轻巧",竟把原应中状元的南人萧贯换成北人蔡齐,还对人说:"又与中原夺得一状元"②;如邵伯温《邵氏闻见录》卷一九载,邵雍在洛阳天津桥上闻杜鹃声,惨然不乐,说:"天下将治,地气自北而南。将乱,自南而北"③,并以杜鹃声至暗示着"地气"的转移而来攻击王安石变法("南人"为相)。这些笔记所载,虽未可尽信,但从中却可以看到北宋统治者的"重北轻南"。但在两宋词坛上(而且早从晚唐五代开始),"文气"却确确实实是由南方的势力控制着局面。这不能不说是有点儿关乎"气运"的微妙现象。当然,拆穿开说,此点其实也并不是不可理解的:随着经济重心的南移(到了南宋,连政治重心都一并南移了),文化的重心也就有了同步的转移——观之"唐宋八大家"中的宋代六家(欧、王、三苏、曾)和江西诗派的骨干们,全系南人,词的这种"南方化"也就同样可以释然解疑了。

三是词与前代文学的承继关系。

相对于前代文学而言,词明显是承继了它的"南方文学"这一脉传统。关于这点,唐宋词人自己的话就是最好的证明:《花间集序》(五代欧阳炯作)说,词乃是"自南朝之宫体"④;晏几道词,《雪浪斋日记》(宋人作)说它们"不愧六朝宫掖体"⑤;陆游说,《花间集》诸作"适与六朝跌宕意气差近"⑥;柴望说,浮靡之词乃从《玉树后庭花》一类南朝"亡国之音"发展而来⑦……凡斯种种,都表明唐宋人对他们所作之词的"家世底细"自知甚清。还有一些词人,甚至还把"词"与"南方文学"的老祖宗——屈原的《离骚》《九歌》攀上了亲,如刘禹锡称其作《竹枝词》乃是仿效屈原之作《九歌》(《竹枝词引》),王灼称周邦彦词、贺铸词能得

① 无名氏:《道山清话》,中华书局,1985 年,第 14 页。
② 江休复:《江邻几杂志》,《全宋笔记》第 1 编第 5 册,大象出版社,2003 年,第 171 页。
③ 邵雍:《邵氏闻见录》,中华书局,1985 年,第 143 页。
④ 赵崇祚:《花间集》,华夏出版社,1998 年,第 9 页。
⑤ 胡仔:《苕溪渔隐丛话 · 前集》卷五九,人民文学出版社,1981 年,第 408 页。
⑥ 陆游:《陆游集》,中华书局,1976 年,第 2278 页。
⑦ 柴望:《凉州鼓吹自序》,金启华,等编《唐宋词集序跋汇编》,江苏教育出版社,1990 年,第 284 页。

《离骚》之余韵(《碧鸡漫志》卷二)。这又告诉我们,唐宋词的渊源,还可以上挂到远古的"南方文学"头上。至于后代词论家关于这方面的论述,那就更多了,这里不再赘述。总之,唐宋词的遥继前代"南方文学"传统,是观之甚明的。

弄明白唐宋词的"南方文学"特性并不是我们的目的,而是为研究它的总体或主体的风格特征开辟道路。比较起"北方文学"来,"南方文学"的风格特征是偏于柔、婉一路的。《隋书·文学传序》说:"江左宫商发越,贵于清绮;河朔词义贞刚,重乎气质"①,这是讲的南北朝文学之差异。谢元淮说:"以辞而论,南多艳婉,北杂羌戎;以声而论,南主清丽柔远,北主劲激沉雄……及其弊也,北失之粗,南失之弱,此其大较也"②,这又是指的南北曲而言。而夹在上下这两段文学史中间的唐宋词,也同样带有着"南方文学"的柔美型风格特征,这也可以从以下三方面来进行考察:

第一,"江南多水"帮助造就了词境的柔媚性。

"骏马秋风冀北,杏花春雨江南",这是前人用以形容南北方自然风貌差异的名句;在他们看来(事实也正如此),南国的一个主要特点就在于多水。而"多水"的自然地理面貌,也就有效地帮助造就了词境的柔媚性。这个问题是不难理解的:一方面,南国多水的景色映照到词中,就很自然地会使它的"外景"表现得烟水迷离、幽细柔婉。如温庭筠《河传》词云:"湖上,闲望。雨潇潇,烟浦花桥路遥。谢娘翠娥愁不销,终朝,梦魂迷晚潮。荡子天涯归棹远。春已晚,莺语空肠断。若耶溪,溪水西,柳堤,不闻郎马嘶。"如若我们从中抽去了那些关于雨、浦、湖、潮以及与之相关的桥、棹之类的"水"的内容,那么要想形成它那细如潇潇春雨、轻如濛濛烟波的柔媚词境,简直就无法想象。另一方面,江南水乡的风物,也会"钟秀"于作者的心灵,改造着他们的气质,从而使他们的感情发生"柔化",这种山川景物对于作者的"移情"现象在词苑中屡可得见。如果说,"太史公行天下,周览四海名山大川(主要指燕赵风光)",故文多疏荡之"奇气"③,而诗人们也为使自己的诗能多些"英气"便欲北游黄河④的话,那么,辛弃疾由北入南之后某些词篇的风格因为久居江南而变得柔婉,也就不会令人感到难解了。人类既是"社会"的组成者,又是一定环境的总生命网的一个组成部分,它和自

① 魏徵:《隋书》,中华书局,1973年,第1730页。

② 谢元淮:《填词杂论》,唐圭璋编《词话丛编》,中华书局,1986年,第2507页。

③ 苏辙:《上枢密韩太尉书》,《栾城集》,上海古籍出版社,1987年,第477页。

④ 龚自珍《己亥杂诗》:"为恐刘郎英气尽,卷帘梳洗望黄河。"孙钦善选注:《龚自珍诗文选》,人民文学出版社,1991年,第248页。

然环境、社会环境融合在一起,构成一个既复杂又统一的整体。所以,自然地理环境之会影响到人的面目、气质,就是不言而喻的(直到近现代,鲁迅还说过:"其实,中国的人们,不但南北,每省也有些不同的;你大约还看不出江苏和浙江人的不同来,但江浙人自己能看出,我还能看出浙西人和浙东人的不同。"①);而人的精神气质、心理特点又会进而影响其文学创作,这点便也不难理解。江南"多水"的地理环境,既影响了词的"外景",又影响到了它的"词心"。情、景两途,合而为意境;词境的柔媚,得之于"水"的帮助,就是很明白的事了。

第二,"斜桥红袖"帮助造就了词情的香艳性。

前面已说过,"地域"的概念,不仅仅是一个自然地理的概念,而且是一个人文地理的概念。如果说,"江南多水"属于南方地域的自然面貌的话,那么,"斜桥红袖"则是它的经济面貌的一个突出表现。晚唐诗人杜荀鹤描绘苏州的诗这样写道:"君到姑苏见,人家尽枕河。古宫闲地少,水港小桥多。夜市卖菱藕,春船载绮罗……"(《送人游吴》),前两句即写它的多水,后两句则写它的富丽,而这中间又以一个"桥"字把它们沟连了起来。到了晚唐词人韦庄的笔下,江南的多水和富丽就结合、凝聚成了这样的句子:"如今却忆江南乐,当时年少春衫薄。骑马倚斜桥,满楼红袖招……","人人尽说江南好,游人只合江南老。春水碧于天,画船听雨眠……"(《菩萨蛮》)。"斜桥红袖""春水画船",就写足了江南多水的自然环境之下那种娼楼如林、游人如云的繁华景象,从一个特定的角度反映出城市经济的高度发展所带来的旖旎风情。因此,出现在我们面前的江南,不再仅是"西塞山前白鹭飞,桃花流水鳜鱼肥"(张志和《渔歌子》)式的淡雅的"山水画"画面,而且已是一幅幅用浓彩艳色描绘出的"仕女画"画面了。请看温庭筠笔下的"江南仕女图":"宝函钿雀金鸂鶒,沉香阁上吴山碧。杨柳又如丝,驿桥春雨时。　　画楼音信断,芳草江南岸。鸾镜与花枝,此情谁得知?"(《菩萨蛮》)。被吴山、杨柳、驿桥、春雨、芳草、河岸等以水为中心的意象群所裹织在内的"茧心",便是一位无比怨悱、愁闷的美丽女性。其实,又何止是这一首词如此!解剖全部温词,它那由柔美的水景所包围着的"词境"中间,无不蕴藏着一股深浓缠绵的香艳之情。所以,举出温词为例,我们即可知道,南方城市经济的繁荣(这或许有些"畸形"的意味),对于形成"词为艳科"的局面,是关系甚密的。前代诗歌中,大凡(仅是"大凡"而已!)在抒写"风云之气"和"丈夫之志"时,多以北国的高山峻岭作为背景,如唐诗中的"羽书昨夜过渠黎,单于已在金山西""四边伐鼓雪海涌,三军大呼阴山动";而在抒写"风月之意"和"儿女之

① 鲁迅:《致萧军、萧红》,《鲁迅书信集》下册,人民文学出版社,1976年,第772页。

情”时,则又多喜欢择取南国的平湖浅塘作为背景,如南朝民歌《西洲曲》之“开门郎不至,出门采红莲。采莲南塘秋,莲花过人头。低头弄莲子,莲子青如水。置莲怀袖中,莲花彻底红。忆郎郎不至,仰首望飞鸿”。这种现象并不是偶然发生的。这是因为:北国的自然面貌,本多蕴寓着“阳刚之美”,而南国的自然面貌,又多体现着“阴柔之美”。到了唐宋词中,则这种多以水景来写艳情的文学现象里,就更包含了除前文所述之外的第二层意义,那就是:南方水乡的柔美景色,简直是“形影不离”地和南方城市的旖旎富丽风光结合在一起的。试观唐宋词中,“红袖”总是招手在“斜桥”之旁,“青楼”则枕奠于“柳堤”之畔,“玉容”大多映现在“江楼”的帘影之间,“蝉鬓”则慵倚在“水轩”的曲栏之上……词的“南方”化,就使它的题材和风格,出现了如此香艳的色彩和情味,这又是我们从它的“南方文学”特性所引出的第二点观感。

第三,“江南小气”帮助造就了词风的软弱性。

江南的地域面貌中,除了自然面貌和经济面貌外,还应包括它的政治面貌。一般来讲,在我国古代史上,建都于南方的朝代或国度,大多是偏弱的。东晋、南朝四代是如此,五代十国的南方小国和南宋也是如此。古人认为,“地气自北而南”则“天下治”,“地气自南而北”则“天下乱”(已见前引),这话当然唯心而不可信。但如果要说,历史上的统治者,由于偏安江南、“不思恢复”而弄得士气低落、民风颓靡,则又是确有其事的,如南宋即是一例。所以难怪陈亮要说:“夫吴、蜀,天地之偏气,钱塘又吴之一隅……秦桧又从而备百司庶府,以讲礼乐于其中,其风俗固已华靡;士大夫又从而治园囿台榭,以乐其生于干戈之余,上下晏安,而钱塘为‘乐国’矣!一隙之地本不足以容万乘,而镇压且五十年,山川之气盖亦发泄而无余矣……陛下据钱塘已耗之气,用闽浙日衰之士,而欲鼓东南习安脆弱之众,北向以争中原,臣是以知其难也。”①也难怪文及翁深有感叹道:“一勺西湖水,渡江来,百年歌舞,百年酣醉。”(《贺新郎》)南方山水本身确有它过分柔弱的一面(如王观《卜算子》词曾把浙江的山比作美人的“眉峰聚”,把浙江的水比作美人的“眼波横”;辛弃疾《满江红》词则又把江西的“水光山色”比作“眉来眼去”,就均可见其“柔”和“弱”),但是,应受责怪的主要该是统治集团的享乐生活和苟安政策——正是它们造成了南方城市中那种不健康的社会风气并腐蚀了某些意志薄弱的士大夫文人!直到晚近时代,鲁迅还说过,“我不爱江南。秀气是秀气的,但小气”,“满洲人住江南二百年,便连马也不会骑了,整天坐茶

① 脱脱,等:《宋史·陈亮传》,中华书局,1977 年,第 12936 页。

馆”①,可见在旧时代中,这种因“地气”(实际是弥漫于一定地域上的不良政治、社会风气)而瓦解斗志、销蚀人心的现象是一脉相承和根深蒂固的。唐宋词,早期滋生于五代干戈的南方地区、南方小国,后期又产生于偏安江南一隅的南宋国土上,所以在整体上呈现那种“软弱”的面容,这便是很自然的事。且不必说那类描写男女恋情的词中充满了娇柔慵懒的弱不禁风的女性形象,而即使在另一类抒写亡国深痛的词中,也传出了一阵阵哀婉欲绝的凄楚呜咽,这些就都是“软弱”的表现。

所以,总体来说,唐宋词的“南方文学”特性,规定了(同时又是体现为)它总体上的柔美感——无论是柔媚、香艳,还是软弱,都是隶属于这种柔性的美感类型之中的。

以上所论,就是我们对唐宋词的一种整体观。既然是“整体观”,顾名思义,那就只能是一种粗略而大概的“鸟瞰”,而不会是一种十分精确、严格的“定量分析”。因此在全部唐宋词篇中,我们如果发现一些不符合或超越了这种“整体观”印象的作品,那也就不必因之而感到惊愕和怀疑,这是因为,在诸如文学这类“精神产品”的研究领域里,整体只能是牢笼着局部而并不就意味着它能包囊所有的局部。具体来说,在前面所谈的三个方面之外,就都还存在着一些例外的现象:

第一,词基本说来,是一种“狭深”的文体和“心绪”的文学,但它又富有一定的“弹性”。所以,当遇到抒情言志的某种需要时,它就能产生一定程度的“自我调节”。这样,它就会向诗甚至是“文”靠拢,因而便会出现“以诗(文)为词”“诗词合流”的新词风,以及除抒情之外的其他表现功能。此时,词的“狭深”性就有了某些程度的改观,而它的抒情之“纯粹性”也就会有所解体。比如辛弃疾的这种词:“噫!贵贱随时,连城才换一羊皮。谁与齐万物?庄周吾梦见之。正商略遗篇,翩然顾笑,空堂梦觉题《秋水》。有客问洪河,百川灌雨,泾流不辨涯涘。于是焉河伯欣然喜,以天下之美尽在己。渺沧溟,望洋东视,逡巡向若惊叹,谓我非逢子,大方达观之家未免,长见悠然笑耳。此堂之水几何其?但清溪一曲而已。”(《哨遍》)如拿传统的观点来看,这简直就不像是“词”了。但对于这种突破“狭深”圈子的举动,我们却也并不能轻作否定——如若没有这种突破和改革,词的思想内容恐怕就要比现在我们所见的情况还要狭窄得多。

第二,词中多写忧患意识,多表现出伤感的色彩,这也是事实。但是,人类的生活本是极为丰富多彩的,因而表现在文学作品中的感情内容和感情色彩也该是多样化的,不应只限于忧患和伤感一种。除开那些感情浮浅(甚至是无病呻

① 鲁迅:《致萧军》,《鲁迅书信集》下册,人民文学出版社,1976 年,第 868 页。

吟)之作以外,唐宋词中,也有表现欢乐情绪和欢快色调的作品。比如李珣的《南乡子》:“乘彩舫,过莲塘,棹歌惊起睡鸳鸯。游女带香偎伴笑,争窈窕,竞折团荷遮晚照”,它就表现了南方明媚的风物和少女愉悦的心态,并无半点忧伤格调;又如王炎的《南柯子》:“山冥云阴重,天寒雨意浓。数枝幽艳湿啼红。莫为惜花惆怅,对东风。　　蓑笠朝朝出,沟塍处处通。人间辛苦是三农。要得一犁水足,望年丰”,他明明在劝文人不要“惜花惆怅”,而要“重农”“悯农”,这就体现了这位地方官那种注重国计民生的宽广胸怀。所以,在整个唐宋词的伤感沉重的大型交响曲中,也还不时飞出过若干个异样调门的音符。

第三,词确以“婉约为正宗”,相当明显地带有着“南方文学”的特性;然而,“变格”“别调”又何尝少见!辛弃疾的某些词篇,就突出地带有着“深裘大马”的北方“霸蛮”之气,这也是有目共睹的。别人望月而相思、对月而徬徨,他却说“斫去桂婆娑,人道是清光更多”(《太常引》),这和金主完颜亮“虬髯捻断,星眸睁裂,唯恨剑锋不快。一挥截断紫云腰,仔细看嫦娥体态”(《鹊桥仙》),简直是同一风致。所以在唐宋词苑的一片夭桃艳杏、弱柳细蒲中,也还有着仙人掌、木蒺藜一类“刚性”的植物存在。而也唯其如此,才使它格外显出百花齐放、万态纷呈的繁华局面。这又是我们所不能忽视的。

不过,尽管如此,这些例外的现象却并不能从根本上动摇我们对唐宋词的那种整体观。晋人陆机很早就提出过一种“文体风格论”,他在《文赋》中说:“诗缘情而绮靡,赋体物而浏亮。碑披文以相质,诔缠绵而凄怆。铭博约而温润,箴顿挫而清壮。颂优游以彬蔚,论精微而朗畅。奏平彻以闲雅,说炜晔而谲诳。”①当然,在他的时代还不可能提到词,而现今我们却有条件来做补充了,那就是:“词婉约而感伤”。这或许会产生以偏概全的嫌疑,但从总体上来说却又可以成立。在唐宋词史这部伤感意味十足的文学史册中,我们就不难窥见这两代人异常丰满却又以“阴柔”为其主导方面的复杂心态。

第二节　唐宋词的发展轨迹

一、唐宋词史的阶段性

与一年之有春、夏、秋、冬,以及一生之有少年、青年、中年、老年一样,唐宋词的历史也表现出由“春”到“冬”、自“少”及“老”的演进过程;而在这一漫长进程

① 萧统:《文选》,上海古籍出版社,1986 年,第 766 页。

中,就各自呈现出大致可以区分的阶段性特征。前人论诗,有“初、盛、中、晚(唐)”之说;论词则大体以晚唐五代和北宋为其前期而以南宋为其后期。如朱彝尊说:“世人言词,必称北宋。然词至南宋始极其工,至宋季而始极其变。”①如潘德舆说:“词滥觞于唐,畅于五代,而意格之闳深曲挚,则莫盛于北宋。词之有北宋,犹诗之有盛唐。至南宋则稍衰矣。”②如王国维说:“唐五代北宋之词家,倡优也。南宋后之词家,俗子也。”③他们的贬褒和评价虽不尽相同,但认为南渡是其分界岭,则是一致的。我们的看法则也基本同于此:唐宋词史,大概可以分为两大段,前期(南渡前)犹如它的少年和青年时代,又如它的春、夏两季,其词多写“少年心”“风流情”,风格偏于嫩、艳、婉;后期(南宋)犹如它的中年(壮年)和老年时代,又如它的秋、冬两季,其词多写比较广泛的人生感慨(包括忧国忧政的情绪、隐逸出世的意趣和“少年情事老来悲”的伤感),风格趋于老成、雅净并部分地转入劲直。前者如同春葩初放、繁花竞开,在艳丽中吐露出青春的芳泽;后者如秋叶茂盛、冬叶萧飒,在“橙黄橘绿”和“木叶脱尽”中传递出成熟和衰落的信息。而这种由“春”到“冬”、自“少”及“老”的转变契机,则是由北宋中后期的两位大词人——苏轼、周邦彦所表现出来的。

下面,就让我们分别从题材内容和风格美感这两方面来做些分析。

二、从“少”到“老”的演进过程

宋末词人蒋捷有一首为人熟知的《虞美人·听雨》词:

> 少年听雨歌楼上,红烛昏罗帐。壮年听雨客舟中,江阔云低断雁叫西风。　　而今听雨僧庐下,鬓已星星也。悲欢离合总无情,一任阶前点滴到天明。

它形象性地描绘了作者一生的三个阶段,却也能移作对唐宋词史从“少”到“老”过程的一个概括。

晚唐五代和北宋前期的词,基本可谓是为“少男、少女(包括青年男女、佳人情郎)们歌唱”(何其芳诗语)的词。比如韦庄《思帝乡》:“春日游,杏花吹满头。陌上谁家年少足风流?妾拟将身嫁与一生休。终被无情弃,不能羞”;比如柳永

① 朱彝尊:《词综·发凡》,上海古籍出版社,1987年,第7页。

② 潘德舆:《与叶生名沣书》,陈鸿祥《〈人间词话〉〈人间词〉注评》,江苏古籍出版社,2002年,第230页。

③ 陈鸿祥:《〈人间词话〉〈人间词〉注评》,江苏古籍出版社,2002年,第269页。

《定风波》:“镇相随,莫抛躲,针线闲拈伴伊坐。和我,免使年少光阴虚过”,其中就洋溢着青春和爱情的氛围与情绪。而即使在那类描写“怨悱之情”的词中,比如欧阳修《生查子》:“去年元夜时,花市灯如昼。月上柳梢头,人约黄昏后。今年元夜时,月与灯依旧。不见去年人,泪湿春衫袖”;比如晏殊《玉楼春》:“绿杨芳草长亭路,年少抛人容易去。楼头残梦五更钟,花底离情三月雨”,虽然它们披着伤感的外衣,但仍旧掩盖不住里头所散发出的“青春型”气息和美感。这些作者在写作这些艳词时,或许早入中年,或许已达垂暮之年(例如60余岁的韦庄入蜀后就写了不少回忆少年情事的词),但他们所不能忘怀的和津津乐道的却仍然是当年那种“少年维特”式的“烦恼”。这说明,晚唐五代和北宋前期的词人,他们的创作心理在爱情意识的抚摩之下,也就变得“年轻化”了。因此,此时的词亦像多情的少年公子一样,老喜欢在风流场中、女儿群里厮混、打转。“少年听雨歌楼上,红烛昏罗帐”,就是它的形象性写照。

但是,从苏轼开始,词就开始要步入“中年”了。苏轼作于40岁时的两首词就说明了这个问题。一是《江城子》:“十年生死两茫茫,不思量,自难忘。千里孤坟,无处话凄凉。纵使相逢应不识,尘满面,鬓如霜……”这里所写的爱情,无复青年男女那种甜情蜜意的镜头,有的却是中年悼亡的孤寂早衰景象。二是《蝶恋花》:“灯火钱塘三五夜,明月如霜,照见人如画。帐底吹笙香吐麝,更无一点尘随马。　寂寞山城人老也!击鼓吹箫,却入农桑社。火冷灯稀霜露下,昏昏雪意云垂野。”在人们(特别是年轻人)为之而如醉如狂的元宵之夜,词人却明显地感到了老意。因此,出现在苏词中的,便大量的是他进入不惑之年的复杂人生况味。词在这时,似乎也提早长出了星星的“华发”。

不过,词真正走入“中年”和“老年”,却是在“靖康之变”以后。“壮年听雨客舟中,江阔云低断雁叫西风”,虽则蒋捷所写的是南宋覆亡时的情景,但南渡时期的情况也正复相似。朱敦儒词:“一夜雨声连晓,青灯相照。旧时情绪此时心,花不见,人空老。　可惜春光闲了,阴多晴少。江南江北水连云,问何处,寻芳草?”(《一落索》)他就空怀着一颗“老人心”飘流到了江南。而在此之前,他虽早已年抵四旬,然而却仍像一个“老少年”那样醉卧在“梅花帐”里、“鸳鸯枕”上,半点都不感到老之将至。但一经“靖康之变”,词人却像伍子胥过昭关那样,一夜之间竟愁白了头发。从此以后,他的词中就充满了一种“老人气”:“老人无复少年欢,嫌酒倦吹弹。黄昏又是风雨,楼外角声残。　悲故国,念尘寰,事难言。下了纸帐,曳上青毡,一任霜寒”(《诉衷情》),“刘郎已老,不管桃花依旧笑。要听琵琶,重院莺啼觅谢家。　曲终人醉,多似浔阳江上泪。万里东风,国破山河落照红”(《减字木兰花》)。无独而有偶,与他相“对应”的是另一位南渡的词人李清照:在她以往的词中,多的是作为少女的天真娇憨和作为少妇的痴情伊郁形象,而在南奔以后,就变成了一个"孤舟之嫠妇"的老妇人形象了。所以,靖康巨变可说是唐宋词由"少"到"老"的转折点,前二例就是其明证。

南宋的词多喜作"老年人语",真是一个有趣的现象。这种现象,在它三种题材内容的词中便都有所表现:

一是那类忧国忧政的词。由于民族灾难的深重以及国事的艰难,词人的思想感情不免"提早成熟"了。他们的词中,经常出现忧国忧民的屈原、身经离乱的杜甫、谈笑破贼的谢安、虽老犹壮的廉颇这样一类"老人"的形象。而像 36 岁、正当盛年的抗金名将岳飞,在其词中竟也出现了"白首为功名,旧山松竹老"(《小重山》)式的未老先衰之语,甚至仅活了 20 多岁的陈人杰,词中也到处可闻嗟老叹贫之语。这些现象无不表明,这时的词,顿时由不更世事的青少年一下子变得"老成"多了。

二是那类隐逸出世的词。人之产生隐逸、出世思想,本多在涉世已深的中、老年,这是常识之谈。因而在南宋词人所大量写作的山水隐逸词里,本就横卧着"老"的意绪。朱敦儒写的"添老大,转痴顽,谢天教我老来闲"(《鹧鸪天》),"屈指八旬将到,回头万事皆空"(《西江月》),明显都以"老"字当头;陆游写的"家住苍烟落照间,丝毫尘事不相关"(《鹧鸪天》),看似蒋捷所写的"而今听雨僧庐下,鬓已星星也。悲欢离合总无情,一任阶前点滴到天明"那样,已达到"不动情"的精神境地,但其中却又深藏着"元知造物心肠别,老却英雄似等闲"的被迫"伏枥"的"老骥"之悲。所以此类词作同样也以"老态"出现在人们面前。

三是那类描写艳情之作。这类作品在南宋词坛上仍占有相当大的势力,因而也不可忽略。但是它们和北宋同类题材的作品相比,面目亦明显有所"老化"。它们的一个显著特点即在于多写"少年情事老来悲"(姜夔《鹧鸪天》)的伤感,而不像晚唐五代、北宋词那样,多写风流旖旎的男女艳事。开这个头的,可以说是李清照。嗣后,才二三十岁的陆游,在他的《钗头凤》中又发出了不该是这个年龄所应发出的悲苦之音。到了姜夔、吴文英这两位南宋"婉约派"的大词人那里,这种对于少年情事至老不能忘怀、临死尚在忏悔的心灵呜咽,便益发令人深感哀伤。及至宋亡之后,词人们在抒写艳情的词中,就越加注入了深沉的家国身世之感。如张炎因听吴中歌妓车秀卿歌周邦彦《意难忘》词而写的同调作品:"风月吴娃,柳阴中认得,第二香车。春深妆减艳,波转影流花。莺语滑,透纹纱,有低唱人夸。怕误却周郎醉眼,倚扇佯遮。空两格底须拍碎红牙?听曲终奏雅,可是堪嗟。无人知此意,明月又谁家?尘滚滚,老年华,付情在琵琶。更叹我,黄芦苦竹,万里天涯。"它以白居易在浔阳江头巧遇琵琶女的某些诗意作为借鉴,用红颜娇容来反衬自己的白发衰颜,深切地写出了人老岁晚、国破家亡的垂暮之感,这和周词的大写其歌女的"口脂香"、"蝉鬓影",明显就有着时代的差异感。所以,我们在南宋词中,就常可见到作者对于"少年心"的无限感怀。章良能《小重山》词云:"旧游无处不堪寻,无寻处,惟有少年心";刘过《唐多令》词云:"欲买桂花同载酒,终不似,少年游";卢祖皋《江城子》词云:"载酒买花年少事,浑不似,旧心情。"对于南宋词而言,"少年"简直已经是属于过去了的年华。词之由"少"到"老",由此也可以悟得。

三、从"春"到"冬"的发展轨迹

上文所言,主要是指其题材内容方面的变化。而与此相一致的是:唐宋词的风格和美感也随着这种从"少"到"老"的变化,发生了由"春"及"冬"的演变。

宋人郭熙论画有云:"真山水之云气,四时不同:春融怡,夏蓊郁,秋疏薄,冬黯淡";"真山水之烟岚,四时不同:春山淡冶而如笑,夏山苍翠而如滴,秋山明净而如妆,冬山惨淡而如睡"①。唐宋词的风格和美感,也大体可以用这些话来形容描述。大致来讲,晚唐五代和北宋词,好比它的春、夏两季(其小令浑然天成,如展苞初放的花朵;其长调柔婉尽致,如叶茂条长的繁枝),在总体上呈现出"融怡""蓊郁"的春、夏气象;而南宋词或如秋天的霜叶,或如残冬的枯林,则不免于"疏薄"和"黯淡"矣。

关于前者,由于情况是明摆在那儿的,所以这里就不多说了。潘德舆曾说,"词滥觞于唐,畅于五代,而意格之闳深而挚,则莫盛于北宋。词之有北宋,犹诗之有盛唐"(已见前引),这就概括了它由"春"及"夏"的"前半生"过程。而对此言所讲的"莫盛于北宋",照我们的理解,那就是:词至周邦彦,可谓是进入了它的"盛夏"季节——不过我们还应作些补充:就在周邦彦词这个"莫盛于此"的鼎盛时期,却已悄悄地透露出了另一个信息:词的"秋日"不久即将降临。对此,前人的一些评论已经有所触及:周济说:"清真,集大成者也"②——这其实就是说它已进入"盛夏"季节;而陈廷焯则说:"自有词人以来,不得不推(周)为巨擘。后之为词者,亦难出其范围"③——此话虽然推崇已极,然而"难出其范围"一语却又从反面告诉我们,"后之为词者"(按:主要指"婉约派"而言)就不免落其樊篱而难以有较大的超越了。原因何在?王国维的话便一语破的地说明了问题:

① 郭熙:《林泉高致·山水训》,安澜编《画论丛刊》,人民美术出版社,1957年,第20页。
② 周济:《宋四家词选序论》,《宋四家词选》,古典文学出版社,1958年,第2页。
③ 陈廷焯:《白雨斋词话》卷一,人民文学出版社,1959年,第16页。

周氏“言情体物,穷极工巧,故不失为第一流之作者。但恨创调之才多,创意之才少耳”①。“创意少”,这正是周词的重大弱点,也同是后之婉约词的一个严重缺陷。然而也正是为了要补救这种缺点,所以周词便在格律、技巧方面深加锤炼,力臻“精工”。这种内容“贫血”而面目“富艳”②的矛盾现象,一方面表露出周词在艺术方面已经达到了夏日浓荫密枝的“盛时”,另一方面又以它“真情稍衰”的局限投射给了南宋词坛“秋日”的阴影。“江流此是分津处,南北滔滔祇到今”③,周邦彦词正是南、北宋“词流”的一条分水岭。

具体来看,南宋词在风格和美感方面具有下列变化:

一是南宋写艳情的词,比之晚唐五代、北宋的同题材作品来,风格明显有所雅化。前代词中常可见到的那类过分侧艳、软媚,甚至是涉于淫亵、色情的语句和字面,至此已基本剔除干净,因而显得面目雅洁(张炎《词源》所说的“屏去浮艳,乐而不淫”④,即此之谓也)。欧阳修《秋声赋》形容秋之为状,“其容清明,天高日晶”;南宋写艳情的词就有些儿像这样的“秋容”和“秋色”。到了宋亡前后的艳情词中,则更因笼盖着一层亡国的气氛,所以色彩越发显得黯淡、灰惨。比如张炎悼念亡妾的《长亭怨·旧居有感》:“凄咽!晓窗分袂处,同把带鸳亲结。江空岁晚,便忘了尊前曾说。恨西风不庇寒蝉,便扫尽一林残叶。”词情至此,简直要露出“孟冬寒气至,北风何惨栗”(《古诗十九首》)的“末世”光景来了。

二是爱国词和隐逸词。这两类词是在南宋词坛方始大量涌现出来的,故而它们就呈现为了传统的“言情”词所少有的某些特征——主“气”而不主“韵”(风韵宛转),所以一上来就显得有些儿“老气横秋”。比如辛弃疾的《水龙吟》:“落日楼头,断鸿声里,江南游子,把吴钩看了,栏杆拍遍,无人会,登临意”,比如朱敦儒的《念奴娇》:“放船纵棹,趁吴江风露,平分秋色……胸中云海,浩然犹浸明月”,气概是何等的富有“刚性”。它们的风格就只能如“老辣”的“秋气”而非骀荡的春风所能比拟。

更深一层的对比还在于晚唐五代、北宋词和南宋词之美感类型的不同上。前者的美感,总的说,属于那种浑然天成的美感;后者则偏于人工的、雕琢的美感。请不妨读一些前人的评论:

> 针缕之密,南宋人始露痕迹,《花间》极有浑厚气象。

① 陈鸿祥:《〈人间词话〉〈人间词〉注评》,江苏古籍出版社,2002 年,第 94 页。
② 陈振孙:《直斋书录解题》卷二一,上海古籍出版社,1987 年,第 618 页。
③ 周邦彦:《清真集》,吴则虞校点,中华书局,1981 年,第 169 页。
④ 张炎:《词源》,唐圭璋编《词话丛编》,中华书局,1986 年,第 264 页。

南宋则下不犯北宋拙率之病,高不到北宋浑涵之诣。

北宋词,多就景叙情,故珠圆玉润,四照玲珑;至稼轩、白石一变而为即事叙景,使深者反浅、曲者反直。①

北宋主乐章,故情景但取当前,无穷高极深之趣。南宋则文人弄笔,彼此争名,故变化益多,取材益富。然南宋有门径,有门径故似深而转浅;北宋无门径,无门径故似易而实难。②

北宋词用密亦疏,用隐亦亮,用沉亦快,用细亦阔,用精亦浑;南宋只是掉转过来。③

这些词论,其中心的论旨,即辨明了晚唐五代、北宋词的"自然"之趣④(王国维《人间词话》誉之为"生香真色")和南宋词的"人工"之美。这些议论,就非空泛之论,而都有着一定的史实作其根据;如拿创作理论来说,北宋人就欣赏那些"天生好言语"⑤,欣赏那些"满心而发,肆口而成"的风格和美感⑥,而南宋人则极强调词要"用工""锻炼"⑦;再拿创作实践来看,则相比之下北宋词就较少讲求用典、使事,而南宋词就反之,这也同样体现了"天趣"与"人美"的差别。

世间万物,都经历着由"少"到"老"、自"春"及"冬"的发展过程。如把唐宋词的历史看作是一个相对的全过程的话,那么唐五代、北宋就可视作是它的新生和发展阶段,因而这一阶段的词便体现出自然生长的趋势和"自然而工"的美感;南宋词一方面仍在继续生长发展,但另一方面又趋向于逐渐"老化",因此就要较多地依赖于人工的栽培和修饰。这样,我们也就可以从它们的不同美感类型中反窥出那个由"春""夏"而到"秋""冬"的发展轨迹。后人说:"词至南宋而繁,亦至南宋而敝。"⑧唐宋词发展到南宋灭亡时,终于转入了一种近乎"冬眠"的状态;而接替、取代它"一代之胜"位置的,便是另一种正处于上升和发展阶段的元曲了。

① 周济:《介存斋论词杂著》,《清人选评词集三种》,齐鲁书社,1988年,第193、196页。

② 周济:《宋四家词选序论》,古典文学出版社,1958年,第4页。

③ 刘熙载:《艺概》卷四,上海古籍出版社,1978年,第113页。

④ 陈鸿祥:《〈人间词话〉〈人间词〉注评》,江苏古籍出版社,2002年,第233页。

⑤ 吴曾:《能改斋漫录》,上海古籍出版社,1960年,第469页。

⑥ 张耒:《东山词序》,金启华,等编《唐宋词集序跋汇编》,江苏教育出版社,1990年,第59页。

⑦ 张炎:《词源》,唐圭璋编《词话丛编》,中华书局,1986年,第259、258页。

⑧ 徐釚著,王百里校笺:《词苑丛谈校笺》,人民文学出版社,1988年,第235页。

总观唐宋词史从“少”到“老”、从“春”到“冬”的发展过程,我们发现,“时代风会”和文体本身的嬗变规律,是推动这个发展过程的两大主要原因。

近人刘永济先生说:“文艺之事,言派别不如言风会。”①“风会”一词看来似乎有些玄虚,其实还是可以捉摸的。所谓的“时代风会”,一是关系到当时的社会生活,二是关系到当时的时代精神。前者直接影响到作者的创作心理。比如同是写扬州的词,秦观《望海潮》词说:“星分牛斗,疆连淮海,扬州万井提封。花发路香,莺啼人起,珠帘十里春风”,真是好一番太平繁华的景象;因此尽管词人也有苦闷,但总的心理状态却是“豪俊气如虹”,“最好挥毫万字,一饮拚千钟”。而姜夔写作《扬州慢》时所见却是:“入其城则四顾萧条,寒水自碧,暮色渐起,戍角悲吟。”因此词中就发出了“自胡马窥江去后,废池乔木,犹厌言兵”的哀音。这就可见社会生活直接对创作产生的影响。但是,政治、经济的状况与文学创作的状况之间,有时也还存在着某种不平衡性,因而就得再从另一种“时代精神”的角度来分析问题。比如晚唐五代时期,从政治形势和经济形势来看,就十足是一个“冬季”,然而词却偏在此时,绽开了初花,这岂非就像是“冬天里的春天”那样一种奇观?但如若从当时的时代精神——爱情意识因着乱世和城市经济的畸形繁荣而大胆地复苏与萌发出来——这一角度来看问题的话,那么艳词在此时的勃然滋生,就是顺乎自然的事了。所以,“时代风会”可谓是使唐宋词史呈现出阶段性的第一方面原因。

除开“时代风会”之外,词的发展,如同其他文体一样,也有它自身的嬗变规律。大致说来,一般事物的发展往往都会经历由简到繁、由朴到华、由新生到发展、再进而抵达“老化”的过程。词又何尝不然?比如艳情词,在它初起的时候由于真情浓溢因而显得风致盎然;后因写者愈来愈多,面目就难免有“似曾相识”之感,虽有大作家腾涌其间、刻意求新(因而南宋词中仍有“老枝著花”的“余韵”“余妍”在),但总的看来就有衰落之感生焉。王国维说:“盖文体通行既久,染指遂多,自成习套。豪杰之士,亦难于其中自出新意,故遁而作他体,以自解脱。一切文体所以始盛终衰者,皆由于此。故谓文学后不如前,余未敢信。但就一体论,则此说固无以易也。”②这话或许有点说得过分绝对化,但却又不能说它全无道理;观之唐宋词的发展历史,就可证它是言之有理的。

叶燮论诗说过:“夫天有四时,四时有春秋。春气滋生,秋气肃杀。滋生则敷荣,肃杀则衰飒。气之候之同,非气有优劣也。”因此在他看来,“春花”(指盛

① 刘永济:《词论·风会》,上海古籍出版社,1981年,第49页。
② 陈鸿祥:《〈人间词话〉〈人间词〉注评》,江苏古籍出版社,2002年,第155页。

唐诗)与"秋花"(指晚唐诗),各有其美态,不可轻加轩轾①。这种看法还是比较通达的。因而对于唐宋词在各个不同阶段、各种不同流派中所表现出的不同风格和美感,我们也要持"圆照"的态度,而不宜过分扬此抑彼。春兰秋菊不同时,花之形态虽不一而其为"美"则一也。各种不同兴趣的读者,都尽可从不同的禀性、修养、情趣、爱好出发,各取所需地从中汲取己所需要的艺术美感和思想养料。从这个意义上讲,佳作如林的整个唐宋词苑,真可以说是一个美不胜撷的"百花园"。它那同于诗之秀美、异于诗的芳香,它那如同艳桃丽杏的"春花"、拟诸黄菊红梅的"秋(冬)葩"……永不疲倦地向千载以来的无数观赏者提供着取用不尽的艺术美感。"慢慢走,欣赏啊!"很久以前在阿尔卑斯山谷的游览区中竖着这样一条标语。同样,这一条标语也可树立于唐宋词苑这样一块"游览胜地"中,爱好古典诗词的"游客"是会从中得到无穷的乐趣的。因之,本书的写作,除了对唐宋词的发展历史力图做出比较客观、冷静的评说之外,还会较多地涉及艺术美感的欣赏和分析。这点用心,想来也是能被读者们所理解和接受的吧。

① 叶燮:《原诗·外篇》,人民文学出版社,1979 年,第 66 - 67 页。

第二章　词的原始和朴素的形态

——唐宋民间词

中国古代音乐史上，存在着三大音乐体系：汉魏以前的“雅乐”，汉魏时期的“清商乐”，隋唐以来的“燕乐”。众所周知，词是“曲子词”的简称，它是配合着燕乐而歌唱的新体诗歌。它在体制格局上的种种特点，以及那“要眇宜修”的特殊文体风格，就都与燕乐之间存在着密切的关系。从这个意义上讲，它正是古代艺术发展史中诗歌与音乐“第三次合作”的新产品。所以在谈论词的起源问题时，就不能不从音乐对于诗歌形式的“孵化”说起。

第一节　词的起源：诗与音乐“第三次合作”的新产品

诗和音乐，本是同源的艺术样式。《礼记 · 乐记》在解释音乐的起源时说：“凡音之起，由人心生也。人心之动，物使之然也。感于物而动，故形于声；声相应，故生变；变成方，谓之音；比音而乐之，及干戚羽旄，谓之乐。乐者，音之所由生也，其本在人心之感于物也。”①这就是说，音乐本来源于“人心之感于物”，它先表现为自然的“声”和合乎一定节奏的“音”（以上均由喉咙发出），然后再发展为由乐器代奏出的“乐”。至于诗歌，《毛诗序》对其本源则作了这样的解释：“诗者，志之所之也。在心为志，发言为诗。情动于中而形于言，言之不足故嗟叹之，嗟叹之不足则永歌之，永歌之不足，不知手之舞之、足之蹈之也。”②它的起源也来自“情动于中”的内心激动，而外发为特种音节的语言，因此就很自然会与同是表现这种激动的“音乐语言”结合在一起（当然也可以单单表现为徒口朗诵的音节），从而形成诗乐合一的“诗歌”。这种“合作”的关系，若从“诗”的立场来说，是诗“派生了乐”，或诗“召唤着乐”（如《毛诗序》所说）；而从“乐”的立场来说，则又是乐“孵化了诗”，或乐“支援了诗”——我们所要谈的“词的起

① 孙希旦：《礼记集解》卷三十七《乐记》第十九之一，中华书局，1989 年，第 976 页。
② 郭绍虞：《中国历代文论选》，上海古籍出版社，2001 年，第 63 页。

源”,就属于后面的这种情况。

然而,诗和音乐毕竟又是门类不同的艺术,它们之间又各有其独立的价值和品格。因此,它们有时“携手共进”,有时却又“分道扬镳”。在这种合—分—合—分……的过程里,诗的体式就不断有所发展和革新。我国古典诗歌从四言到五言、再到七言,从整齐的《诗经》体到参差的《离骚》体,再到自由的“古诗”体和格律化的“近体”,在这漫长的发展进程中,处处都可见到诗与音乐之间的“合”“分”痕迹。

拿先民的“艺术创作”情况而言,那时的诗和乐(还有舞蹈),本是密不可分的。《吕氏春秋·淫辞》引用翟翦的话说:“今举大木者,前呼‘舆謣’(用力时发出的声音),后亦应之。”①《淮南子》在类似于此的记载中把“舆謣”改为“邪许”之后即说:“此举重劝力之歌也。”②我们设想,如果把“舆謣”“邪许”之类的语气词换为了表达一定意义的文辞,那么这种体力劳动时发出的呼喊之声就同时具有了“诗”和“歌”的性质。所以,在原始社会,“诗”和“歌”称得上是一对孪生的姐妹(如果再加上舞蹈的话,也可以称为“三姐妹”)。对此,《礼记·乐记》就说过:“诗言其志也,歌咏其声也,舞动其容也。三者本于心然后乐器从之”③;而鲁迅更把这种诗、歌伴生的现象生动地描绘成:“我们的祖先的原始人,原是连话也不会说的……假如那时大家抬木头,都觉得吃力了,却想不到发表,其中有一个叫道‘杭育杭育’,那么,这就是创作……”④这时候的诗和音乐(均属原始状态),自然是“合二而一”的。

在《诗经》时代,诗和音乐之间就有过良好的“合作”关系。诗三百篇,孔子皆弦歌之,而“风”“雅”“颂”的划分,其标准也就是音乐的归类,这就可证它的合乐可歌性。在音乐(“雅乐”)的陶冶或熏染下,诗的体式就形成了以四言为主、大体整齐、章句重叠以及押韵等特点,并为后代的诗歌奠定了形式格局上的初步基础。

南方诗歌的情况则与北方的《诗经》大致相同而又有所变化。早在春秋末年,长江流域一带就流传着一种与北方音乐体系不同的音乐。配合着这种南方音乐的,是一种句式比较自由的“兮”体诗(如《孟子·离娄》及《楚辞·渔父》中所载的“沧浪之水清兮,可以濯吾缨;沧浪之水浊兮,可以濯吾足”)。在这个基

① 吕不韦:《吕氏春秋》卷十八,高诱注,上海书店,1986 年,第 230 页。
② 刘安,等编著:《淮南子》,中华书局,1954 年,第 190 页。
③ 孙希旦:《礼记集解》卷三十八《乐记》第十九之二,中华书局,1989 年,第 1006 页。
④ 鲁迅:《且介亭杂文·门外文谈》,人民文学出版社,1973 年,第 76 页。

础之上，屈原就创作了合乐的《九歌》。但是，随着诗人抒情言志的需要，如要完全屈从于合乐歌唱的圈子则又显得局促有碍。所以，屈原终又打破了合乐传统而创制了以口诵为主的第一篇长篇巨诗《离骚》。这种由“合”而“分”的举动，标志着诗的文学性已经相当强大，它要摆脱音乐的束缚而“独立自主”。从文学角度看，这显然是一个进步；而从另一个角度看，则“诗”又显然是带着“乐”的“赐予”而迈出这个“诗乐同居”之大门的。后来由“骚体”诗所发展起来的“赋”体，它那“浏亮”的音节感和音响美，不就还部分地保留着音乐所留给的“遗泽”吗？

以上是先秦时代诗、乐第一次合作（后又“分手”）的情况。

到了汉魏六朝，音乐（清乐）和诗又一次亲密合作，这就产生了乐府诗。我们试读一下北朝民歌《木兰诗》，就可以充分地感受到音乐带给乐府诗的那种特殊美感，这就表现在：音节流畅谐耳，字声铿锵动听，以及文辞美加上音韵美所形成的声情并茂等等。而就在汉魏六朝那比之古朴简单的“雅乐”来得复杂多变的“清乐”（清商乐）的推动之下，五言诗的体式就逐步建立了起来。另外，在音乐的外部感召之下，诗人们又更进一步去探求语言文字本身所具有的内部的音韵美。由沈约、谢朓等人所创立的“四声说”，以及讲求对仗的风气，终又为后代诗歌开启了格律化的先路。在此以后，五言和七言的“近体”诗就相继登上了诗坛的宝座。从汉魏六朝的乐府诗体起始，渐次发展为后来的众体齐备（近、古体齐备，五、七、杂言齐备），其中便又经历了一场诗、乐之间始合而继分的发展过程。这乃是诗和音乐之间的第二次合、分情况。

隋唐以来，新兴的“燕乐”又取代了“前世新声”的清商乐，成了当时风靡一时的流行俗乐。它的盛行，就导致了音乐与诗之间的第三次大“合作”，并从而诞生了“词”。

在谈论这个问题之前我们不妨先来了解一下关于“燕乐”的情况。燕乐，又称“宴乐”“讌乐”，其意原有狭义、次广义和广义三种。狭义的燕乐，即是唐太宗贞观时张文收所造的音乐。杜佑《通典》卷一四六云：“贞观中，景云见，河水清，协律郎张文收采古《朱雁》《天马》之义制《景云》《河清歌》，名曰讌乐。”①但它与我们要谈的“燕乐”只是名称上相同，实质却不一样。次广义的燕乐便是唐高祖武德年间沿用隋制而分列的“九部乐”之一。《通典》卷一四六又云：“唐武德初，燕乐因隋旧制，奏九部乐：一燕乐，二清商，三西凉，四扶南，五高丽，六龟兹，

① 杜佑：《通典》，中华书局，1984 年，第 762 页。

七安国，八疏勒，九康国。至太宗朝平高昌，加入高昌一部，为十部。”①在这段话里，曾两次提到过“燕乐”，后一处即是“次广义”的燕乐——它是当时并列的“九部（后为十部）乐”之一，其性质是指与各部胡乐（另有一部“清商”乐为南方梁、陈的音乐）并列而称的一种音乐。它与我们要谈的“燕乐”有关系而又不全部相符——我们所谈的，则是广义的燕乐。郭茂倩《乐府诗集·近代曲辞》的序说：“唐武德初，因隋旧制，用九部乐。太宗增高昌乐，又造燕乐而去礼毕曲。其著令部者十部：一曰宴乐，二曰清商乐，三曰西凉，四曰天竺，五曰高丽，六曰龟兹，七曰安国，八曰疏勒，九曰高昌，十曰康国。而总谓之‘燕乐’，声辞繁杂，不可胜纪。”②它在最后所总称之“燕乐”，才是我们所要谈的燕乐。这种“燕乐”，外延非常广泛：举凡“燕设用之”的音乐均可谓之“燕乐”。它是相对于庙享仪式上所用的“雅乐”而言的，因此就是一种“俗乐”。如按其内容来看，则是以北中国音乐为底子而掺杂了胡部音乐和胡部乐器的一种抒情性很强的音乐；如果要下一个定义，那就是：“隋唐之际（按：其来源则可上溯北朝），北方中国音乐被胡乐化了的抒情音乐。”③

燕乐的乐器，种类繁多，有琵琶等弹弦乐器，觱篥、笙、笛等吹奏乐器，以及羯鼓等打击乐器。而其中又以琵琶为其主要乐器。琵琶有四弦，每弦上均成七调（宫、商、角、徵、羽、变宫、变徵七音），故可弹奏出二十八调。其音乐节奏多变，优美动听，可以创制出无数复杂的新鲜曲调。所以，由它所弹奏出来的燕乐乐曲，很快就在社会上广为流行，风靡一时。和先秦以及汉魏六朝那种“和平中正”、不痛不痒甚至是催人昏睡的旧乐（这主要是指先秦时代所遗留下来的“雅乐”）相比，燕乐就具有了极强的新鲜感和刺激力。刘禹锡描写听曹纲弹琵琶曲的诗说道：“大弦嘈赜小弦清，喷雪含风意思生。一听曹纲弹《薄媚》，人生不合出京城”（《曹纲》）；白居易描写琵琶曲之妙道：“大弦嘈嘈如急雨，小弦切切如私语。嘈嘈切切错杂弹，大珠小珠落玉盘”（《琵琶行》）——这对听者而言，怎能不生出“如听仙乐耳暂明”的强烈效果来呢？因此，燕乐的出现不但成了古代音乐史上一件划时代的大事，而且又为合乐诗歌的抒情性提供了深厚的伟力。刘尧民《词与音乐》一书中就曾引过这样两段文字来说明燕乐是如何的刺激人的感官以及如何的令人如醉如狂（这两段话所写的还是北朝“胡乐”初兴时的事）：

自宣武（北齐）已后，始爱胡声。洎于迁都屈茨，琵琶、五弦、箜篌、

① 杜佑：《通典》，中华书局，1984年，第762页。
② 郭茂倩：《乐府诗集》，中华书局，1998年，第1108页。
③ 刘尧民：《词与音乐》，云南人民出版社，1982年，第223－227页。

胡篁、胡鼓、铜钹、打沙罗、胡舞、铿锵镗锫，洪心骇耳，抚筝新靡绝丽。歌音全似吟哭，听之者无不凄怆。琵琶及当路琴瑟殆绝音，皆初声颇复闲缓，度曲转急躁。按此音所出，源出西域诸天诸佛韵调，娄罗胡语，直置难解。况复被之土木，是以感其声者，莫不奢淫躁竞，举止轻飙，或踊或跃，乍动乍息，跻脚弹指，撼头弄目，情发于中，不能自止。①

后主（北齐）唯赏胡戎乐，耽爱无已，于是繁习淫声，争新哀怨。故曹妙达、安末弱、安马驹之徒，至有封王开府者，遂服簪缨而为伶人之事。后主亦能自度曲，亲执乐器，悦玩无倦。遂倚弦而歌。别采新声为《无愁曲》，音韵窈窕，极于哀思。使胡儿阉官之辈，齐唱和之，曲终乐阕，莫不陨涕。②

在这种新兴的俗乐正以排山倒海之势催迫而来的新形势面前，诗人们当然会兴奋起来。他们赶着去“趋时”、去“骛新”，这就形成了唐代“声诗”（以齐言的五、七言律诗、绝句去配乐歌唱）大盛的局面。著名的“旗亭唱诗”故事，即是它的代表例子。而也就在这同时（或稍后），民间的艺人们又尝试用参差不齐的长短句直接来配合这种“繁声淫奏”、节奏多变的音乐。这样，音乐和诗第三次“合作”而产生的新产品——词，就应运而生了。

关于词体究竟产生于何时，长久以来，聚讼纷纭，难以达成一致的结论。不过，有一点认识目前却已趋统一，那就是：词所赖以兴起的音乐基础既是“燕乐”，因而明清时期有些人把词的起源上溯至六朝、汉魏甚至是《诗经》时代的说法，显而易见就站不住脚。所以对于这些议论，这里就不再赘述。而相比之下，唐宋人下列这些“本朝人说本朝事”的意见，才更加值得我们注意。

欧阳炯说，词之渊源虽可上挂“六朝宫体”，但其真正兴盛却是：“有唐已降，率土之滨。家家之香径春风，宁寻越艳；处处之红楼夜月，自锁嫦娥。在明皇朝则有李太白之应制《清平乐》词四首，近代温飞卿复有《金荃集》。迩来作者，无愧前人。”③（按：欧阳炯是五代人，以下则为宋人。）

沈括说：“唐人乃以词填入曲中，不复用和声。此格虽云自王涯（唐德宗至文宗时人）始，然贞元、元和（唐德宗、宪宗年号）之间，为之者已多，亦有在涯之前者。”④

① 马端临：《文献通考·乐考二》，中华书局，1980年，第1151页。
② 魏徵，等：《隋书·音乐志》，中华书局，1973年，第331页。
③ 欧阳炯：《花间集序》，王士禛《五代诗话》，书目文献出版社，1989年，第196页。
④ 沈括：《梦溪笔谈》卷五，吉林摄影出版社，2003年，第18页。

李之仪说:“唐人但以诗句而用和声抑扬以就之,若今之歌《阳关词》是也。至唐末,遂因其声之长短,句而以意填之,始一变以成音律。”①

李清照说:“乐府、声诗并著,最盛于唐。开元、天宝(唐玄宗年号)间,有李八郎者,能歌擅天下……自后郑、卫之声日炽,流靡之变日烦。”②

王灼说:“盖隋以来,今之所谓‘曲子’者渐兴,至唐稍盛,今则繁声淫奏,殆不可数。”③

胡寅说:“词曲者,古乐府之末造也。古乐府者,诗之傍行也……唐人为之最工……”④

胡仔说:“唐初歌辞,多是五言诗,或七言诗,初无长短句。自中叶以后,至五代,渐变成长短句。及本朝,则尽为此体。”⑤

陆游说:“风、雅、颂之后,为骚、为赋、为曲、为引、为行、为谣、为歌。千余年后,乃有倚声制辞,起于唐之季世。”⑥又说:“唐自大中(唐宣宗年号)后,诗家日趣浅薄……会有倚声作词者,本欲酒间易晓,颇摆落故态……故历唐季五代,诗愈卑,而倚声辄简古可爱。盖天宝以后诗人,常恨文不逮;大中以后,诗衰而倚声作。”⑦

朱熹说:“古乐府只是诗,中间却添许多泛声。后来人怕失了那泛声,逐一添个实字,遂成长短句,今曲子便是。”⑧

王炎说:“今之长短句,盖乐府曲之苗裔也。盖古律诗至晚唐衰矣,而长短句尤为清脆……”⑨

① 李之仪:《跋吴思道小词》,金启华,等编《唐宋词集序跋汇编》,江苏教育出版社,1990年,第36页。

② 胡仔:《苕溪渔隐丛话·后集》卷三一,人民文学出版社,1962年,第254页。

③ 王灼:《碧鸡漫志》卷一,唐圭璋编《词话丛编》,中华书局,1986年,第74页。

④ 胡寅:《酒边集序》,金启华,等编《唐宋词集序跋汇编》,江苏教育出版社,1990年,第117页。

⑤ 胡仔:《苕溪渔隐丛话·后集》卷三九,人民文学出版社,1962年,第323页。

⑥ 陆游:《长短句序》,《陆放翁全集》上,中国书店,1986年,第80页。

⑦ 陆游:《花间集跋》,金启华,等编《唐宋词集序跋汇编》,江苏教育出版社,1990年,第340页。

⑧ 黎靖德:《朱子语类》卷一四〇,中华书局,1988年,第3333页。

⑨ 王炎:《双溪诗余自序》,金启华,等编《唐宋词集序跋汇编》,江苏教育出版社,1990年,第170页。

刘克庄说:“长短句昉于唐,盛于本朝。”①又说:“为洛学者皆崇性理而抑艺文,词尤艺文之下者也,昉于唐而盛于本朝。”②

黄昇说:“长短句始于唐盛于宋。”③

柴望说:“词起于唐而盛于宋,宋作尤莫盛于宣、靖间(宋徽宗年号)。”④

张炎说:“粤自隋、唐以来,声诗间为长短句。”⑤

邓牧说:“古所谓歌者,《诗三百》止尔。唐宋间始为长短句。”⑥

……

这些人的话,有些是有所研究的心得之言,有些则是泛泛而论,因而看法不尽相同,甚至互有龃龉。但若把它们综合起来考察,便有三点值得我们注意:

第一,词的起源和兴盛,是经历了一个过程的,并非一朝一夕所突生。它的初起,早则归之于隋,中则归之于唐朝中期,晚则归之于唐朝末期。如王灼说“今曲子”渐兴于隋,沈括说“填词”始自王涯前后(指中唐),陆游说“倚声制辞”起于“唐之季世”——而由于王灼、沈括是对音乐深有研究的“专门家”,陆游则又是一位大诗人,所以他们三人的话就特别值得我们参考。如果把他们的看法贯穿起来,我们便可这样认为:词的最初的“幼芽”,在隋代已逐步萌发,到中唐则形成其“雏形”,及至晚唐就基本定型和成熟了。

第二,“词”和“声诗”之间,关系密切,容易混淆。只有少数人才明确把这二者分别标出,如李清照说“乐府(指‘词’)、声诗并著,最盛于唐”,如张炎说“自隋、唐以来,声诗间为长短句”。其余的不少论者则往往把二者混拢在一起谈。而即使是李、张二人,对于词究系与“声诗”并兴共起,还是词由“声诗”中变化而出,也还存在着分歧。这就导致了后代在这个问题上的不同看法。

第三,上面这些话所谈论的,实际上都仅指文人的创作情况而言;而对民间

① 刘克庄:《跋刘叔安感秋八词》,金启华,等编《唐宋词集序跋汇编》,江苏教育出版社,1990 年,第 253 页。

② 刘克庄:《黄孝迈长短句跋》,金启华,等编《唐宋词集序跋汇编》,江苏教育出版社,1990 年,第 263 页。

③ 黄昇:《花庵绝妙词选序》,金启华,等编《唐宋词集序跋汇编》,江苏教育出版社,1990 年,第 359 页。

④ 柴望:《凉州鼓吹自序》,金启华,等编《唐宋词集序跋汇编》,江苏教育出版社,1990 年,第 284 页。

⑤ 张炎:《词源》,唐圭璋编《词话丛编》,中华书局,1986 年,第 255 页。

⑥ 邓牧:《山中白云词序》,金启华,等编《唐宋词集序跋汇编》,江苏教育出版社,1990 年,第 307 页。

词的创制和流行,却几乎都无论及。这又不能不说是一种缺陷,因此尚需后人加以补充。

近代以来,对于词的起源问题,学术界曾经进行了比较深入的探讨——但是由于文献尚嫌不足和理解方面存在差异,所以还不能取得比较一致的意见(甚至分歧还相当的大)。为了避免烦琐的考证,本书决定采用1985年出版的吴熊和著《唐宋词通论》的说法。我们认为,在诸多的不同看法中,吴著的意见还是比较简明通达、合乎情理的。

吴著认为,谈论词的起源,必须从词乐入手。这是因为:有乐始有曲,有曲始有词,“皮之不存,毛将焉附”?但是,乐、曲、词三者的迭兴是有渐进之序的,并非同时并起。具体来说,“燕乐起于隋、唐之际,其曲始繁则在一个世纪之后的开元、天宝期间,而词体的成立,则比曲的流行还要晚些”。在燕乐流行之际,既有以五、七言近体诗入乐的“声诗”(“选词以配乐,非由乐以定词”),又有“依曲拍为句”的直接以长短句合乐的“词”(“由乐以定词,非选词以配乐”),后者要比前者较为后起(但在后者盛行之后,前者也并未立即告退)。在词的兴起过程中,民间的乐工伶人又是最先做出贡献的,因而民间词应该早于文人所作之词。根据以上的推理和考证(详细情况请阅《唐宋词通论》第一章“词源”,此处从略),作者提出:燕乐虽起于隋,而词则在盛唐时才于民间孕育生长起来,再经中、晚唐一些著名诗人的努力,终于逐步地成熟和定型。这就是词的产生、发展的一个大致过程(与此同时,“声诗”则由盛而变衰)。

这个看法,既统一了前人关于词起源于隋、中唐、晚唐的三种不同说法,又分清了词与“声诗”之间易为混淆的关系,更补充进了民间词的滥觞发轫作用,据我们看来,是迄今所见到的较圆满的解释(当然还只是“解释”而已)。

这样,我国古代文学的宝库中由于音乐和诗歌的“第三次合作”,终于拥有了一项珍奇的“新产品”——词。音乐对于诗歌发展的提携和支援之功,可谓不薄也矣。

但是,燕乐对于词的贡献,则不仅在于帮助促成了它的起源,另又在于赐予了它体式和“性格”(抒情性格)上的某些特点。

首先,“按谱(指音谱)填词”的特殊作法,造就了词在体制格局方面的一系列特点。关于这点,是十分容易理解的:由于词的文辞必须配合乐曲以便歌唱,所以它具有词调(曲牌)、分片、宫调(有些词人的作品注明其词所属的宫调,如柳永、周邦彦)以及“调有定句,句有定字,字有定声”等等不同于诗的体式和格律。虽然后来词乐失传,词人们改按音谱填词而为按词谱(依前人所作之词的文字声律归纳而成)填词,但上述这些形式方面的规定,却是一直流传了下去。

造成词与诗在外观方面的这些不同特点的，正是音乐的功劳。

其次，音乐对于词的抒情性，以及它那“要眇宜修”的特种文体风格，也有着重要的陶冶滋养之功——比较起前面那种作用来，这一方面的作用或许表现得不够明显，然而却又绝不可以忽视。这是因为，词，归根到底，是一种抒情的诗体，它的生命力和新鲜感就体现在它的抒情价值和抒情风格上；而造成这种价值和风格的，则除了文辞本身的作用之外，音乐的辅佐之功和哺育之劳也是绝不能忘掉的。因此在论述词的起源问题时，对此就应特别加以指出，以见诗与燕乐结合而产生出来的特殊的艺术魅力。

音乐，是人类各种艺术中最富有抒情性的艺术样式之一，它表现感情的本领，可谓是沁人心脾、深入骨髓，难怪有人要把它称之为“艺术皇冠”上的一颗“明珠”。丕特在其《文艺复兴论》里说：“一切艺术都趋向着音乐的状态。”①此话或许有所夸张，却又是甚有道理的。比如人们常把优美的建筑群比之为“凝固的音乐”，又如有人曾把张若虚的《春江花月夜》拟之为“小提琴奏出的小夜曲或梦幻曲”，就都是为着强调它们的富有抒情意味（如同音乐那样）。根据有关科学实验，人的感受，最适宜的节奏是 70～90 次/分钟，即 1.2～1.5 次/秒，与心脏跳动的频率正相接近。而音乐的节奏，就能通过人的听觉，引起人类生理上的无穷快感，转而再形成心理上的多种美感，如：清脆美（声如裂帛），高亢美（响遏行云），纤弱美（莺语蝶舞），浑厚美（黄钟大吕），流利美（溪水潺潺），连腔美（珠圆玉润），婉转美（余音绕梁）……②如果再把感情色调与之相近似的文辞配入，那就越发会出现“声助文”、“文助声”、声文并茂的强烈抒情效果，这点更是显而易见的。何况，在我国古代的三大音乐体系中，“燕乐”比之前代的“雅乐”和“清乐”来，其抒情意味又格外深浓——据元人周德清《中原音韵》一书记载，当时北曲所用的六宫十一调具有如下的声情（按：元人陶宗仪《辍耕录》亦有此论）：

仙吕宫清新绵邈	南吕宫感叹伤悲
中吕宫高下闪赚	黄钟宫富贵缠绵
正宫惆怅雄壮	道宫飘逸清幽
大石风流蕴藉	小石旖旎妩媚
高平条畅滉漾	般涉拾掇坑堑
歇指急并虚歇	商角悲伤宛转

① 朱谦之：《中国音乐文学史》，北京大学出版社，1989 年，第 2 页。
② 庄志民：《审美心理的奥秘》，上海人民出版社，1983 年，第 4 页。

双调健捷激袅　　　商调凄怆怨慕
角调呜咽悠扬　　　宫调典雅沉重
越调陶写冷笑①

另据《苕溪渔隐丛话》前集卷五一引《王直方诗话》和《历代诗余》卷一一五引《尧山堂外记》说,人们曾善意地讥笑秦观的诗"又待入小石调也"(意指其风格近于"旖旎妩媚"),这就可证宋词与元曲的声情相去尚还未远。因而,在这种乐调异常丰富、抒情意味异常浓烈的燕乐辅佐之下,词的艺术感染力便会如虎添翼般地倍增起来。我们只消读一读姜夔的这两句小诗"自作新词韵最娇,小红低唱我吹箫"(《过垂虹》),娇美的新词,配上那如怨如慕、如泣如诉的悠扬沉渺的洞箫声,再由"小红"一类玉人的檀口香齿款款吐出,其醉人的力量便将是何等不可抗拒!所以,若就表现人类感情的复杂、细微、丰富、窈深而言,音乐与诗的这第三次合作,比起前两次来,该是最满意、最成功的一次。在燕乐的辅佐、帮助之下,词在抒情园地的领空里,飞翔得是何等的轻捷、自得!鼓翼在它翅膀下的风力,便是那极易直接深入人心的音乐之力。

以上说的是燕乐对于词的辅佐之功。而除此之外,它对词还有着哺育之劳。前面已谈到,词体的得以产生和成立,均有赖于音乐之作其基础。因此,虽然从本源来说,词是诗的一脉支裔,它的"直系"关系自应归到诗的家谱中去;但从另一方面来看,燕乐却又可以算得上是它的一位"奶娘"。这位"奶娘",在词的襁褓阶段,曾经哺之以丰富的乳汁。俗话说:"吃奶像(娘)三分",因此在词的性格中,就深深地带有着燕乐母亲的某些个性特征。比如:燕乐比起前代那类"中正和平"、"乐而不淫"的雅乐、清乐来,就显得是一种"俗乐"②,所以和前代那些典雅古朴、温柔敦厚的诗来比,词就明显地带着"俗"的特色。又如,燕乐虽然具有多种宫调和曲调,但由于多在酒宴歌席上由歌妓舞妾们唱奏,因此就偏入于"艳"的一路(如白居易《长安道》诗云:"花枝缺处青楼开,艳歌一曲酒一杯",再如元稹有诗序道:"因思顷年城南醉归,马上递唱艳曲,十余里不绝"),故而诞生于这种音乐环境之中的小词,自然也会偏到香艳的方向去。同样原因,由于时人在音乐中偏嗜女性所唱的柔婉的"女音",影响所及,词风也就"硬"不起来(王灼《碧鸡漫志》卷一即云:"今人独重女音……而士大夫所作歌词,亦尚婉媚")。再如,中国古代音乐素有"以悲为美"的传统,而燕乐则更以其"下则益浊,上则益

① 周德清:《中原音韵》,中华书局,1964 年,第 65 - 67 页。
②《旧唐书·礼乐志》就把当时二十八调的燕乐称为"俗乐"。

清，慢者过节，急者流荡”①的高低过节、哀乐极情的旋律，把人类的哀感抒写得淋漓尽致，因之配合它歌唱的词，也就带有了浓重的“伤感文学”的色彩。总之，举此几端即可知道，在词形成它“要眇宜修”“狭深”、伤感的文体风格过程中，燕乐又是有其哺育之劳的。

通过上述两个方面的分析，我们对于燕乐对词体的诞生和发展所起的作用，就看得十分清楚了：它不仅赋予词外观上的某些特征，而且还为其内在性格的形成提供了必需的养分。由于燕乐的丰富和优美程度大大超过了前代的音乐，所以由它和诗所“合作”而产生出的这个新品种——词，也就在某种程度上具有了比之前代四言、五言、七言诗更为灵活、更具“弹性”的新特点和新优势（当然同时也会有它特殊的局限和短处）。简单地讲，这种优势体现在：第一，合乐可歌；第二，体式多样；第三，既继承了近体诗那种整齐的美感，又另具了长短句那种“织综”的美感——刘永济先生说得好：“诗自五言倡于汉代，七言成于魏世，一句之中杂有单偶之辞，气脉疏荡，已较四言平整者为优，然而错综之妙，变而未极。填词远承乐府杂言之体（按：此处似乎还可补充一句：‘近受燕乐旋律之影响’），故能一调之中长短互节，数句之内奇偶相生，调各有宜，杂而能理，或整若雁阵，或变若游龙，或碎若明珠之走盘，或畅若流泉之赴谷，莫不因情以吐字，准气以位辞，可谓极‘织综’之能事者矣。”②从继承传统的角度来说，在它的体内可谓积聚了前代各类诗歌“长、短、奇、偶、整、散”的长处；从突破传统的角度来看，它又是整个前代诗歌在经历了由简到繁（从四言到七言）、由朴到华（从古体到近体）的漫长发展过程之后的一大飞跃——使它“飞”起来的“好风”，便是燕乐！所以，词既保存了前代诗的某些“遗传基因”，又获得了音乐“奶娘”的乳汁营养，真可谓是得天独厚、前途无量。这就难怪它一旦被晚唐文人引入文坛之后，马上就会崭露其头角，盖“事出有因”也。

因此，我们在论述词的起源问题时，不用一般常见的详加考证的办法，而只是简要地引述唐宋人的看法，并采纳最新的研究成果来代替自己不必要的复述，却把论述这个问题的重点放到诗与音乐的“合作”上去，其用意既在于证明音乐对于词体诞生的“孵化”作用，又是为着强调它所赐予词的那种特别深浓的抒情性格和抒情价值。但也正是因为我们十分重视词的抒情性，所以我们又不得不预先指出，当词在燕乐“奶娘”的襁褓中充分地成长起来之后，事情就会有所变化了：词的抒情性虽然可以、而且不妨和音乐的抒情性结合在一块，但是它们又

① 欧阳修、宋祁：《新唐书·礼乐志》，中华书局，1975年，第473页。
② 刘永济：《词论·名谊》，上海古籍出版社，1981年，第5页。

毕竟分属于两个"家族"。因此当词情和音律发生矛盾的时候,如果这时音乐"奶娘"还像《红楼梦》中的李嬷嬷对成年了的宝玉那样管头管足的话,一场冲突就迟早会发生。苏轼乃至更后的辛派词人,他们的突破音律、"以诗(文)为词",就堪称是这种冲突的具体表现。而随着词乐的不断散亡,词到后来,也就基本变成了一种口诵的或案头的文学了。天下大势,"久分必合",却又"久合必分"。音乐与诗的"合作",促成或催生了词的诞生;词在逐渐长足以后就又开始摆脱音乐对它的束缚;而更后的一次音乐与诗的"合作"(指北方音乐与戏曲歌辞的结合),则又导致了"南词"的暂告衰歇和北曲的相继登场。这一个过程,既是词的兴衰史,同时也是它与音乐之间由"合"到"分"的"对外关系史"。而归根结底,在这种又合又分的过程中,起着调节作用的,还是人们抒情言志的需要。

第二节 词的原始和朴素形态——唐五代民间词

在讨论"词的起源"问题时,我们已经指出,古代很多论者在其研究工作中存在着一个严重缺陷——忽略了民间词的创制和流行。其实,探本溯源,一种新文体的产生,往往都是首创于民间,然后再由文人或猎奇,或仿效,这才逐步地引入"文学大堂"里来的。鲁迅说过"歌、诗、词、曲,我以为原是民间物"①,此话说得一点不错。我们只要看一下刘禹锡自述他学写《竹枝》词的经过,就可以知道民间创作对于文人的启示作用了。刘氏在《竹枝词引》中说:"四方之歌,异音而同乐。岁正月,余来建平,里中儿联歌《竹枝》,吹短笛,击鼓以赴节,歌者扬袂睢舞,以曲多为贤。聆其音,中黄钟之羽,其卒章激讦如吴声,虽伧伫不可分,而含思宛转,有淇濮之艳。昔屈原居沅、湘间,其民迎神,词多鄙陋,乃为作《九歌》。到于今,荆楚鼓舞之。故余亦作《竹枝》词九篇,俾善歌者飏之附于末。后之聆巴歈,知变风之自焉。"他在这里,就明确地讲明了自己学习和"改造"民歌、尝试写词的情形。举一而可以反三,其他词人初学写词的情况想来大概也同乎于此吧。

盛唐以来,随着"胡夷里巷之曲"的繁衍兴盛,民间歌曲和民间曲辞就像烂漫的山花遍布在山村水驿、大江南北。远的不说,即以刘禹锡、白居易这两位诗人笔底所写到的为例:

① 鲁迅:《书信集·致姚克》,《鲁迅全集》第10卷,人民文学出版社,1956年,第174-175页。

请君莫奏前朝曲，听唱新翻《杨柳枝》。（刘禹锡《杨柳枝》）

因想阳台无限事，为君回唱《竹枝歌》。（刘禹锡《杨柳枝》）

桥东桥西好杨柳，人来人去唱歌行。（刘禹锡《竹枝》）

楚水巴山江雨多，巴人能唱本乡歌。（刘禹锡《竹枝》）

令人忽忆潇湘渚，回唱迎神三两声。（刘禹锡《浪淘沙》）

踏曲兴无穷，调同辞不同。（刘禹锡《纥那曲》）

杨柳郁青青，《竹枝》无限情。同郎一回顾，听唱《纥那》声。（刘禹锡《纥那曲》）

《竹枝》苦怨怨何人？夜静山空歇又闻。蛮儿巴女齐声唱，愁杀江南病使君。（白居易《竹枝》）

《六幺》《水调》家家唱，《白雪》《梅花》处处吹。古歌旧曲君休听，听取新翻《杨柳枝》。（白居易《杨柳枝》）

此外，如郑谷《席上贻歌者》所写的“座中亦有江南客，莫向春风唱《鹧鸪》”，薛能《杨柳枝》所写的“柔娥幸有腰肢稳，试踏吹声作唱声”，司空图《杨柳枝》所写的“乐府翻来占太平，风光无处不含情。千门万户喧歌吹，富贵人间只此声”……从这些漫笔所至的描写来看，唐代民间乐曲和民间曲辞该有何等的流行，便是不难想知的了。虽然《竹枝》《杨柳枝》《纥那曲》之类的歌曲还不能称为严格意义上的“词”，但是真正的“词”也就离之不远而呼之欲出了。

有乐、有曲，始有其“词”。因此，要想寻找唐代民间词的踪迹，我们首先可从记载“教坊”（是一种收集整理民间俗曲的音乐机构，而不同于收集朝廷乐曲的“太常寺”）曲名的《教坊记·曲名表》（该书著者为崔令钦）中加以“追踪”。此表共收曲名 324 曲，有人据以统计，其中演变为唐五代词调的有 79 种（另有 30 种是以五、七言“声诗”为其辞的），入宋后转为词调的又有 40 余曲①。而且唐代民间词还有一个显著的特点——调名和它所咏写的题材大多一致，所以我们可根据这些曲名来推溯它在当初所咏歌的内容。从这点入手，我们便可推断出这样的结论：唐代民间词，其反映的生活面是比较宽广的，其咏写的题材是“社会化”的。比如，其中有关于边塞题材的曲名，像《怨黄沙》《遐方怨》《怨胡天》《叹疆场》《定西蕃》《静戎烟》《破阵子》《沙碛子》《卧沙堆》《蕃将子》；有关于农村题材的曲名，像《牧羊怨》《拨棹子》《拾麦子》《麦秀两歧》；有关于建功立业、报效国家主题的，如《破南蛮》《儒士谒金门》《武士朝金阙》《献忠心》；有反

① 吴熊和：《唐宋词通论》，浙江古籍出版社，1985 年，第 16－18 页。

映宫人生活的,如《宫人怨》;当然也有不少是关于男女恋情的,如《巫山女》《夜半乐》《春光好》《好郎君》《想夫怜》《醉花间》《长相思》《诉衷情》《恋情欢》《恋情深》《纱窗恨》《风流子》等等。虽然上述这些曲名未必都转化成了后来的词调,也或许虽有人曾用这些乐曲填写过相应的歌词而未见流传下来,但证之于后来发现的"敦煌曲子词",我们在前面所推论出来的看法,却是能够成立的。因之,下面就让我们进一步拿敦煌词的"实证"来证明上述论点。

光绪二十六年(1900)敦煌鸣沙山第二八八石窟(藏经洞)因为偶然的机遇被人打开,沉埋于此千年之久的二万余卷珍贵文献从此得以重见天日,这真是古代文史研究领域里一件"石破天惊"的大事!而在唐宋词史的研究领地里,我们也因之获得了关于民间词的许多第一手资料,为这一段词史的撰写填补了空白。

由于选取标准的不同,近人对于敦煌歌辞的整理成果共有四种:王重民《敦煌曲子词集》,收 164 篇;任二北《敦煌曲校录》,收 545 篇;饶宗颐《敦煌曲》,收 318 篇;任二北后又编《敦煌歌辞集》,收 1200 余篇。我们这里所据,则仍以王重民所辑《敦煌曲子词集》为主(此书所收,基本都有调名,合乎今之所谓"词体"),兼及其他。

应该说,现在所见到的敦煌歌辞,其内容是相当丰富而芜杂的。从创作年代来说,早的始自盛唐(有人甚至认为还有六朝遗留下来的民间曲调如《五更转》《十二时》),晚的直至五代,历经 340 余年之久;从作者身份来说,既有皇帝(李晔)、文人(温庭筠、欧阳炯等),也有乐工歌妓、医生僧徒,以及其他社会各界人士;从歌辞的体式来看,既有被后人称之为"曲子词"的词体,也有民间小调、佛曲医诀。但是,虽然它们是如此的包罗万象、庞杂纷纭,却有一点是各位研究者所共同承认的,那就是,在这里面,确实保留了相当数量的民间词和接近于民间词(指或许经过了文人润色)的作品。因此我们就可从中筛选出很多民间词作来加以考察。

首先,从词的体式格局来看,民间词还保存着它初起时的原始状态。这种原始状态的痕迹主要表现在两方面:体制的不稳定性和语言的俚俗质朴。关于前者,唐圭璋先生曾归纳为七条:有衬字,有和声,有双调,字数不定,平仄不拘,叶韵不定,咏调名(《敦煌唐词校释》),吴熊和先生则去其"有和声"和"有双调"二条另加"曲体曲式丰富多样"一条(《唐宋词通论》第四章①)。在这八条之中,"咏调名"(即吴著所云"咏调名本意者多")是指词调名称和它所咏的内容大致相符,此点可以说明这样一个问题,即词人们在作词时大多服从于词调的"本

① 吴熊和:《唐宋词通论》,浙江古籍出版社,1985 年,第 169 页。

意”而不像后之作者往往能以同一词调写出内容、风格大不相同的作品来，因之就当属于初创时期常见之现象。除此之外的七条，则全都是讲它在体制方面的不够稳定、不够定型。这里从中举几个例子来看：一是字数不定，如同载于敦煌《云谣集》中的几首《凤归云》，字数却分别为81、84和78字；二是平仄不拘，正如吴著所称，其中某些词作可谓“声病满纸，谈不上什么平仄调谐”；三是叶韵不定，如《鱼（虞）美人》词，后人所作，皆四转其韵，而敦煌词中的“东风吹绽海棠开”一首却一韵到底。上述这些情况，和后来的“调有定句，句有定字，字有定声（甚至还严辨四声）”的情况相比，简直有“隔世”之别。这就可证，民间词是词体初起时从草创阶段向定型阶段过渡时的一种“半成品”，造成它这种不稳定性的主要原因在于，以辞配乐还要有一个摸索、尝试的过程。至于语言上的俚俗质朴，则也是民间创作的一个显著特色，它反映了词在原始阶段质拙少华的面貌。如《捣练子》：“堂前立，拜词（辞）娘，不角（觉）眼中泪千行。劝你耶（爷）娘小（少）怅望，为吃他官家重衣粮。　词（辞）父娘了入妻房，莫将生分向耶（爷）娘。君去前程但努力，不敢放慢向公婆。”通首皆是大白话，且多“别字”和俚语（如“放慢”即是“任意欺慢”之意），从这里就可充分感觉到词在初起阶段的俚俗风味。

其次，从词的思想内容来看，民间词保留着相当浓厚的生活气息。王国维论词，曾提出过“隔”与“不隔”的论题①。借用这个说法，我们可以说，民间词和当时的社会生活之间，是关系密切而“不隔”的。举凡时政大事、生民疾苦、战争动乱、贫富不均，乃至日常生活、闺房调笑，它都有所描绘、有所反映。从生活环境看，有边塞的风烟，有京城的宫阙，有五湖的碧波，有草原的毡帐，有荒凉苦寒的长城，也有商贾辐辏的码头，一句话，它为我们展现了中世纪社会生活的繁复画卷。从人物形象看，有农民起义的队伍，有“为国拓关”的边将，有攻书萤窗的儒生，有独守闺中的思妇，有渔夫豪侠，有道士僧徒，有磨面娘子，有五陵年少，有青楼歌妓，有失意游子……真是工、农、商、学、兵，三教九流，各式人等，无不具备。而在这中间，尤其值得提出的便有这样几类作品：

一是反映战争和动乱的作品。比如《菩萨蛮》云：“自从宇宙充戈戟，狼烟处处獯（燻）天黑。”比如《望江南》云：“敦煌悬（县），四面六蕃（按：指胡蕃）围。生灵苦屈青天见，数年路隔失朝仪。”它们都真切地反映了当时战乱不断、生灵涂炭的情景。特别还有一首《酒泉子》：“每见惶惶，队队雄军惊御辇。蓦街穿巷犯皇宫，只拟夺九重。　长枪短剑如麻乱，争奈失计无投窜。金箱玉印自携将，

① 陈鸿祥：《〈人间词话〉〈人间词〉注评》，江苏古籍出版社，2002年，第115页。

任他乱芬芳。”它真实地记载了黄巢起义军“犯皇宫”的声势和封建官僚狼狈不堪的丑态，使人如见其形，如闻其声，正符合我们所说的“不隔”之情状。

二是反映贫富不均和生民疾苦的作品。比如其中有三首《长相思》词，分别描写了几种人“不归家”的情况，兹录两首，以作比较：

侣(估)客在江西，富贵世间稀。终日红楼上，□□舞著棋。频频满酌醉如泥，轻轻更换金卮。尽日贪欢逐业(乐)，此是富不归。

哀客在江西，寂寞自家知。尘土满面上，终日被人欺。　朝朝立在市门西，风吹泪点双垂。遥望家乡长短，此是贫不归。

两两相比，富人的“富”和穷人的“穷”，相差有多悬殊！此外，又如《捣练子》之咏写孟姜女送寒衣，失调名词之咏写“吃粮苦”（“十四十五上战场，手执长枪。低头泪落悔吃粮，步步近刀枪。昨夜马惊辔断，惆怅无人遮拦”），这些题材和内容，非但在《花间》、《尊前》集中见不到影踪，即使在宋代二万首左右的文人词中也简直无法寻觅。

三是少数民族作者所写的词作。这一类词，又可谓敦煌词的一个“特产”——敦煌地处唐王朝的边陲地区，又当中外交通的要冲，所以汉族和少数民族杂处其间。在唐王朝繁荣昌盛的年代里，少数民族纷纷归顺大唐；在唐王朝衰弱式微的年代里，一些少数民族的人员又共同参加了保卫边疆的斗争。这些，在敦煌词中都有所反映。如《献忠心》词云：“臣远涉山水，来暮(慕)当今。到丹阙，御龙楼，弃毡帐，与弓剑。不归边地，学唐化。礼仪同，休(沐)恩深。　见中华好，与舜日同钦。垂衣理，菊花浓。臣霞(遐)方无珍宝，愿公千秋住。感皇泽，垂珠泪，献中(忠)心”；又如《赞普子》云：“本是蕃家将，年年在草头。夏日披毡帐，冬天挂皮裘。　语即令人难会，朝朝牧马在荒丘。若不谓(为)抛沙塞，无因拜玉楼”；再如《感皇恩》云：“四海天下及诸州，皆言今岁永无忧。长图欢宴在高楼，还(寰)海内，束手愿归投”。这些词虽有对唐王朝的美化，但毕竟表达了他们归向于祖国统一和民族团结的热望。而在唐室衰落、战乱纷起的时候，他们又衷心地企盼着唐朝的重振，如《菩萨蛮》云：“敦煌古往出神将，感得诸蕃遥钦仰。效节望龙庭，麟台早有名。　只恨隔蕃部，情悬难申吐。早晚灭狼蕃，一齐拜圣颜。”它反映了已“归化”于唐朝的兄弟民族冀望克复那些“狼蕃”的战争骚扰而重拜“圣颜”的心愿。从上述敦煌词中保留着反映少数民族生活和思想的作品这一情况来看，一则可见当时歌辞之广为流行，二则也可见出它在内容方面的相当宽广。

以上，我们对唐五代民间词的形式和内容，分别作了一些介绍。但是，就

"词史"的研究而言,这种介绍还仅停留在静态的论述上。事实是,从初、盛唐到五代的340余年,是一个历史性的发展过程。因此,在对于唐五代民间词的考察中,我们也应理出一条发展、演变的线索来,这才能够使它显示出"史"的过程和趋向。大致来讲,在把这些词作经过综合归纳之后,我们就不难看出以下三方面的发展趋势:

第一,民间词的"产地"有农村、有边塞,但是似乎已有了向城市特别是商业发达的城市集中的趋向。此外,在西北高原的敦煌地区,竟也出现了描绘江南水乡景致的词——这就表明,在当时流传于全国范围内的词山曲海中,南方城市中所产生和流播的民间词,数量也一定不会太少。对于前者(词之流行于城市),我们只消举出歌妓们所作的词即可说明问题。例如下面这些词篇,读者是不会感到陌生的:

> 莫攀我,攀我大(太)心偏。我是曲江(按:在长安)临池柳,者(这)人折了那人攀,恩爱一时间。(《望江南》)
>
> 天上月,遥望似一团银。夜久更阑风渐紧,为奴吹散月边云,照见负心人。(《望江南》)
>
> 悔嫁风流婿,风流无准凭,攀花折柳得人憎。夜夜归来沉醉,千声唤不应。　回觑帘前月,鸳鸯帐里灯,分明照见负心人。问道些须心事,摇头道"不曾"。(《南歌子》)

既然是"攀花折柳"、酒醉花迷的生活环境,那么它之显系产生于商业经济发达的城市里,就是无疑问的。

至于诞生于南国水乡环境中的词,我们可以举出《浣溪沙》、《西江月》等词为证:

> 浪打轻船雨打蓬(篷),遥看篷下有鱼(渔)翁。莎笠(蓑笠)不收船不系,任西东。　即问鱼(渔)翁何所有?一壶清酒一竿风。山月与沤(鸥)长作伴,五湖中。(《浣溪沙》)
>
> 一阵风来吹黑云,船中撩乱满江津。浩汧洪波长水面,浪如银。　即问长江来往客,东西南北几时分?一过交(教)人肠欲断,况行人。(《浣溪沙》)
>
> 云散金乌初吐,烟迷沙煮(渚)沉沉。棹歌惊起乱西(栖)禽,女伴各归南浦。　船押波光遥虏(摇橹),贪欢不觉更深。楚歌哀怨出江心,整置(正值)明月当(此处衍一"南"字)干(午)。(《西江月》)

这些词中,出现了"五湖"(太湖)、"长江""楚歌",就明显可证是作于南方水乡。

我们知道,敦煌位于甘肃西部的高原地带,然而传抄于此间卷子之上的,竟已有了这么多的“城市词”和“南方词”。透过这一个特殊的橱窗,我们就不难推想到,词的“产地”已渐渐向着城市和南方转移了。

词的向着城市靠拢,就带来了两个相应的特色:一是染上了商业味和市井气,二是好写女性题材。比如我们前面引过的“富不归”词中的“侣客”(估客),那就是一个大商贾的代表;而《拜新月》中“荡子他州去,已经新岁未还归。堪恨情如水,到处辄狂迷”的那位“荡子”,恐怕也就是一位“商人重利轻别离”、早在外乡另觅了新欢的角色。虽然这类商人的直接形象在敦煌词中还不是很多,但他们所散发出的市井气却不可低估——这种商业和市井的气味,在敦煌词中那些妇女形象身上,就表现得相当浓厚。比如前面我们已见到过的那位自比“曲江临池柳”的歌妓,她那被人任意玩弄、被人任意抛弃的身世遭遇,就是妇女沦为商品的明证。再如,《内家娇》中的那位“娇娘”,她的模样是“两眼如刀,浑身似玉,风流第一佳人。及时衣着,梳头京样,素质艳丽青春。善别宫商,能调丝竹,歌令尖新”,虽然词题标为“内家娇”(宫女),实质上从她的举止装束来看,却更多地像一个倚门卖笑的“商女”形象。敦煌词中有一本词集,叫作《云谣集》,其中所描绘的女性形象,就大体都同于上面这位歌女,如“十指如玉如葱,凝酥体,雪透罗裳里”(《倾杯乐》),“雪散胸前,嫩脸红唇,眼如刀割,口似朱丹”(《内家娇》),“胸上雪,从君咬,恐犯千金买笑”(《鱼歌子》,即《渔歌子》)。她们那种富贵、艳丽而又带有俗气的形象,就体现着很浓厚的市民的生活情趣和审美情趣,而非一般正统文人所喜欢描绘和塑造。上面这种情况,已经透露了这样的信息:词在流入城市环境之后,就潜生了好写“女性美”的趋势。这种情况,终于为同时或后来的《花间》词之专写男女情事和女性的神态服饰,开启了先路。

词的大量产生于南方环境里,又告诉我们:自此以后,随着文人作者的纷纷登场,边塞的风烟、黄河的波涛,就将在词坛上逐步淡化、隐去,而那些“灼灼野花香,依依金缕黄”(《菩萨蛮》)的南国风光,就将占据着词卷的主要画面。“盈盈江上女,两两溪边舞。皎皎绮罗光,轻轻云粉妆”(《菩萨蛮》)式的“江南美人”,不是已经开始艳抹登场了吗?

第二,在唐五代的民间词中,叙事的成分还保留得较浓,但“言情”和写景的成分却也有了很大程度的发展。这个趋势暗示我们,今后的词,就将沿着“深”和“细”的抒情方向发展而去。

大家知道,“感于哀乐,缘事而发”① 本是民间诗歌的重要特色。唐五代民

① 班固:《汉书》卷三〇,中华书局,1999 年,第 1384 页。

间词,也就继承了这样的传统。比如《长相思》:

> 作客在江西,得病卧毫厘。还往观消息,看看似别离。　　村人曳在道傍西,爷娘父母不知。身上缀牌书字,此是死不归。

它和汉代民歌中的《东门行》《孤儿行》等作品一样,都有着较强的叙事性。

再如《捣练子》:

> 孟姜女,杞梁妻,一去烟(燕)山更不归。造得寒衣无人送,不免自家送征衣。　　长城路,实难行,乳酪山下雪雰雰,吃酒则为隔饭病,愿身强健早还归。

这同样也是叙事体的民间小唱。

但是,我们又注意到,敦煌词中有不少作品,却已经把描写的重心转到了抒情上来。这时,现实生活中的"事"似已退居"二线",而让感情占据着突出的位置。比如:

> 征夫数载,萍寄他邦,去便无消息。累换星霜,月下愁听砧杵起。塞雁南行,孤眠鸾帐里。枉劳魂梦,夜夜飞扬。　　想君薄行,更不思量,谁为传书与,表妾衷肠?倚牖无言垂血泪,暗祝三光。万般无奈处,一炉香尽,又更添香。(《凤归云》)

在这首词中,女子与征夫之间的种种往事,都已略去不写,而只用第一人称的内心独白,喁喁地诉说着自己的哀怨之情。词的好言"心曲",于此已见端倪。

再如:

> 燕语莺啼惊觉梦;羞见鸾台双舞凤。天仙别后信难通。无人共,花满洞,休把同心千遍弄。　　叵耐不知何处去,正时(值)花开谁是主?满楼明月夜三更,无人语,泪如雨,便是思君肠断处。(《天仙子》)

燕语莺啼,惊醒了好梦;鸾台双凤,触起了孤愁。作者在这里所抒写的,就正是那一股窈深幽细的难言之情。

与写情倾向同步前进的,就是词中的写景也有了一定的发展。"情、景名为二而实不可离。神于诗者,妙合无垠。"①虽然敦煌词的作者不可能具有这么自觉的认识,但他们在创作实践中却是出于本能似地会把情与景糅合在一起描写。如上面这首《天仙子》中的燕语莺啼、明月满楼之类的景物描写,就十分巧妙而

① 王夫之:《姜斋诗话》,人民文学出版社,2005年,第150页。

自然地构成了词境的有机组成部分，对愁绪的摹写起到了有效的衬托作用。再像下面这首《西江月》：

女伴同寻烟水，今宵江月分明。舵头无力一船横，波面微风暗起。　懒棹乘舡无定正（止），渔歌处处闻声。连天红浪侵（浸）秋星，悟（误）入蓼花丛里。

它写少女乘舟嬉水之情景，使我们很容易联想到李清照的《如梦令》（“常记溪亭日暮，沉醉不知归路。兴尽晚回舟，误入藕花深处。争渡，争渡，惊起一滩鸥鹭”）。其中，“连天红浪侵（浸）秋星，误入蓼花丛里”，即使单独取出来读，也堪称得上是写景的佳句。

敦煌民间词的写景功力，尤为突出地表现在这样一首《浪淘沙》上：

五里滩头风欲平，张帆举棹觉船行。柔橹不施停却棹，是船行。　满眼风波多陕灼（闪烁），看山恰似走来迎。子细看山山不动，是船行。

它写词人行舟看山的动态之景，是何等的自然亲切。相比之下，宋代大诗人陈与义《襄邑道中》的类似描写“飞花两岸照船红，百里榆堤半日风。卧看满天云不动，不知云与我俱东”，就显得有些“吃力”了。

敦煌词的用景来抒情，对后代词的影响也是甚为深远的。清人贺裳曾说：“凡写迷离之况者，止须述景，如‘小窗斜日到芭蕉’‘半床斜月疏钟后’，不言愁而愁自见。”①文人词的此种以述景来写情的写法，最早恐怕也曾从民间词中得到过启发（当然又借鉴了诗的作法）。

第三，民间词的风格以质朴、清新为主，但由于经过文人作者的润色或影响，也有了由朴向华、由粗到细的发展趋势。

民间词出于民间艺人之手或口，所以它的带有若干“野气”，是很自然的事。比如前面引述过的孟姜女送寒衣的《捣练子》词，就全篇朴质无华，毫无后代文人词中常见的华藻丽辞。再如这首有名的《菩萨蛮》：

枕前发尽千般愿，要休且待青山烂，水面上秤埵（锤）浮，直待黄河彻底枯。　白日参辰现，北斗回南面。休即未能休，且待三更见日头。

很多人曾举出汉乐府中的《上邪》（“上邪！我欲与君相知，长命无绝衰。山无

① 贺裳：《皱水轩词筌》，唐圭璋编《词话丛编》，中华书局，1986年，第708页。

陵,江水为竭,冬雷震震,夏雨雪,天地合,乃敢与君绝")与之相比。确实,二者之间那种热烈而又粗犷的风格就是十分相像的。

再如《鹊踏枝》:

> 叵耐灵鹊多满(谩)语,送喜何曾有凭据?几度飞来活捉取,锁上金笼休共语。　　比拟好心来送喜,谁知锁我在金笼里?欲他征夫早归来,腾身却放我向青云里。

上片写人对喜鹊的埋怨,下片写喜鹊的"申诉"。通过人鸟的一问一答,巧妙而自然地表达了思妇对久久不归的征夫的思念。这种拟人化和问答体的手法,也端的是民间文学的本色。

但是,随着词的走入城市环境和文人作者的介入其中,词的风格却也染上了华丽和纤巧的特色。比如下面这两首词:

> 东风吹绽海棠开,香麝满楼台。香和红艳一堆堆,又被美人和枝折,坠金钗。　　金钗钗上缀芳菲,海棠花一枝。刚被蝴蝶绕人飞,拂下深深红蕊落,污奴衣。(《鱼美人》,即《虞美人》)
>
> 清明节近千山绿,轻盈士女腰如束。九陌正花芳,少年骑马郎。罗衫香袖薄,佯醉抛鞭落。何用更回头,谩添春夜愁。(《菩萨蛮》)

这两首词中,无论辞藻的色彩,还是抒情的婉曲,都比前面那些词显得浓丽、细气。这就表明,民间词经过文人作者的润色和加工之后,渐已走上了"华丽化"之道路。再如:

> 清明时节樱桃熟,卷帘嫩笋初成竹。小玉莫添香,正嫌红日长。四支(肢)无气力,鹊语虚消息。愁对牡丹花,不曾君在家。(《菩萨蛮》)

这首词就是放置于《花间集》中,恐怕也不会显得突兀。它所体现出来的那种慵懒的情绪、那种委婉的风致,简直就近乎温庭筠的作品。所以,由朴而变华,由粗而变细,就可说是敦煌词所表现出来的第三个发展趋势。

当然,上面所归纳的三个发展趋势,是我们对照了后代文人词的情况才抽绎、概括而出的,并非是敦煌词本身所直接呈现出来的。通过这种动态的"透视",我们就把这些前后跨越300多年历史的作品,转现成了一段流动的发展简史。朱祖谋在大半个世纪之前首次获睹敦煌词中的《云谣集》时,曾经惊喜地赞叹道:“其为词朴拙可喜,洵倚声椎轮大辂”①——“椎轮”是指那种无辐条的原始状态的椎车,而“大辂”则指天子祭天时所乘的“高级”车子;“椎轮为大辂之始”②,同样,唐代的民间词也就是后之文人词的“始祖”。由民间词所首创的还不大稳定的格式,发展成了后代文人词的严格精密的体式;又由民间词中的这三股发展趋势,引出了后代文人词所具有的种种特征。这样,我们就可以勾勒出词由草创到渐趋定型、成熟的一段粗线条式的历史梗概了。千百年前,由民间艺人或许是出于随手涂鸦的敦煌词卷(它们被抄写在佛教经曲的背面),却被“还原”成了今之“词史”的开卷第一篇,这或许是他们当初所意想不到的吧。和其他艺术一样,诗歌创作本是首先导源于民众中间的,这从词的起源和兴起情况中,又可得到一次证明。

第三节　两宋词坛的一股潜流——宋代民间词

现今我们所见到的二万首左右的宋人词,绝大部分都是文人的作品。一代文人,就创作了这么多的词篇(失传的还不算),宋词“蔚为大观”的盛况于此就不难想知了。但是,这样一种盛况却又往往会导致人们的错觉,以为这便是宋代词坛的全貌了。其实并不如此。我们知道,宋代以“词”名世,上自帝王将相、公卿大夫,下至歌妓走卒、僧尼众俗,都喜欢作词、唱词,因此,除了文士所作的词外,民间词也当是极为兴盛的。但是,正像我们平昔所见的月亮只是向着地球的“这半面”那样,宋词的另外半面——也就是宋代民间词,我们却已不复可睹其完整的真貌了。由于封建时代轻视平民创作的偏见在作怪,所以保存在文献中的关于民间词的资料,真是少之又少。然而,我们却又并不能因此就忽视了当时客观存在着的这些民间词:它们就像涓涓的潜流一样,悄悄地供给了文人词的长河以一定的“水源”。如若我们的词史中忘掉给宋代民间词以一定的地位,那就又将造成一个不该造成的空白。所以我们在正式论述唐宋文人词之前,就有必要先对它作一番研究。

事实上,宋代民间词的创作和流行,同文人词一样,是相当繁盛、广泛的。孟元老《东京梦华录序》:“新声巧笑于柳陌花衢,按管调弦于茶坊酒肆”③,这里便

① 朱孝臧:《云谣集跋》,金启华,等编《唐宋词集序跋汇编》,江苏教育出版社,1990 年,第 337 页。

② 萧统:《文选序》,《文选》,上海古籍出版社,1986 年,第 5 页。

③ 孟元老:《东京梦华录》,中华书局,1982 年,第 1 页。

提到了北宋时代在"茶坊酒肆"中流播的民间词情况。吴自牧《梦粱录》卷二〇《妓乐》条里说:"街市有乐人三五为队,擎一二女童舞旋,唱小词,专沿街赶趁";又说:"更有小唱、唱叫、执板、慢曲、曲破,大率轻起重杀,正谓之'浅斟低唱'"①,这又是关于南宋民间词广为流行的记载。直至南宋末年,沈义父所著的《乐府指迷》中还提到:"如秦楼楚馆所歌之词,多是教坊乐工及闹井做赚人(按:指市井中演唱'缠令''缠达'等'唱赚'之曲的民间艺人)所作,只缘音律不差,故多唱之。求其下语用字,全不可读。"②这就可知,在两宋的城市中,民间词可谓是满街可闻、到处皆有。而除此之外,农村也有着唱词之风。这里不妨引几条记载。

苏轼《陌上花三首》前有小引(序)云:

> 游九仙山,闻里中儿歌《陌上花》。父老云:吴越王妃每岁春必归临安,王以书遗妃曰:"陌上花开,可缓缓归矣。"吴人用其语为歌,含思宛转,听之凄然,而其词鄙野,为易之云……

从他的诗序来看,《陌上花》就是一种介于诗、词之间的民歌。

张邦基《墨庄漫录》卷四云:

> 苏阴和尚作《穆护歌》,又地里风水家亦有《穆护歌》,皆以六言为句而用侧韵。黄鲁直(庭坚)云:"黔南巴僰间赛神者,皆歌《穆护》,其略云:'听唱商人穆护,四海五湖曾去。'因问《穆护》之名,父老云:'盖木瓠耳'。曲木状如瓠,击之者以节歌耳。"予见淮西村人多作《炙手歌》,以大长竹数尺,刳去中节,独留其底,筑地蓬蓬若鼓声。男女把臂成围,抚髀而歌,亦以竹筒筑地为节。四方风俗不同,吴人多作《山歌》,声怨咽如悲,闻之使人酸辛。柳子厚(宗元)云:"欸乃一声山水绿",此又岭外之音,皆此类也。③

他在这里,提到了贵州、四川的《穆护歌》,淮西的《炙手歌》,以及江苏的《山歌》,可见当时民间歌曲之盛。

陆游《老学庵笔记》卷四云:

> 辰沅靖州"蛮"有犵狑、有犵獠、有犵狁、有犵僰、有山猺,俗亦土

① 吴自牧:《梦粱录》,浙江人民出版社,1980年,第192页。
② 沈义父:《乐府指迷》,唐圭璋编《词话丛编》,中华书局,1986年,第708页。
③ 张邦基:《墨庄漫录》,中华书局,1985年,第40-41页。

著……醉则男女聚而踏歌,农隙时至一二百人为曹,手相推而歌,数人吹笙……其歌有曰:"小娘子,叶底花,无事出来吃盏茶",盖《竹枝》之类也。①

这一段记载,又讲的是少数民族中流行的民间曲辞。

总之,在宋代这个词曲的黄金时代里,无论在城市还是在农村,民间词到处都在蓬勃地产生着。可惜的是,没有一个宋朝的"敦煌宝库"替我们保存着它们的珍贵资料,因此只能让我们钻进一些典籍中去钩沉它们的零玑碎宝。但是,即使是在现今所能寻到的"蛛丝马迹"中,我们还是能够"窥一斑而见全豹"地看到它的若干本来面目的。

首先,宋代民间词的题材内容如同唐五代民间词一样,是相当宽广的。

在宋代那个封建礼教之禁锢十分严密的社会里,青年男女间自由真挚的爱情自然是它的首当其冲的受害者。所以,民间词就较多地反映了这方面的情况。比如杨湜《古今词话》所收《转调贺圣朝》云:"渐觉一日,浓如一日,不比寻常。若知人,为伊瘦损,成病又何妨? 相思到了,不成模样,收泪千行。把从前泪,来做水流,也流到伊行。"(陈耀文《花草粹编》卷四)它描写一位妇女在相思的折磨之下已经变得瘦损成病,但却仍然执着于对于"伊人"的忠贞爱情,即使流泪也要让它淌到"他"的身边。这种不屈服于外界压迫和带有倔强意味的感情,比之柳永的"衣带渐宽终不悔,为伊消得人憔悴"(《凤栖梧》)来,似乎也有过之而无不及。再如,在曾慥本《东坡词拾遗》中收有一首长调《沁园春》:"小阁深沉,寸心怀感,暗忆旧时。念母兄贫窘,姻亲劝诱,一身权作,七岁为期。及到门阑,小君猜忌,如履轻冰愁过违。多磨难,是房中诟骂,堂上鞭笞。　　堪悲,命运乖衰,甚长个孩儿朝夜啼? 叹此生缘业,两餐淡薄;无时无泪,如醉如痴。暗里相逢,低声说与,此个恩情休谩为。须知道,联难为夏竦,不易张祁。"据唐圭璋先生考证,此词非为苏轼所作(见《全宋词》)。它实际上描写了一个像柔石《为奴隶的母亲》中秋生娘那样的妇女,因为生活的逼迫和别人的劝诱,"出租"到富人家为妾(七年为期),去代人生育儿子(词中提到的夏竦,即原是一位弃儿,见王铚《默记》卷中)。在"夫家",她受尽了诟骂和鞭打,却仍不忘情于从前所恋之人。这比敦煌词中描写婚姻悲剧(被媒人骗至夫家,遭到抛弃)的《倾杯乐》,就更加显得惨痛。像这类伴和着血泪的"恋情词",恐怕是一般文人词中所无法见到的。

① 陆游:《老学庵笔记》,中华书局,1979 年,第 44 - 45 页。

更要着重提出的是,宋代民间词中有不少作品是直接"干预"着时政的。我们常说宋词题材狭窄,这其实是指着文人词而言;民间词的情况却并不尽然。比如,正当宋徽宗昏庸地答应金国联合攻辽,因而"初复九州""天下共庆"的时候,汴京都门便流传着这样一首民间词:"喜则喜,得入手。愁则愁,不长久。忻则忻(忻,喜也),我两个厮守。怕则怕,人来破斗。"(失调名)果然,过不了几年,金人就攻占九州;接下来,又侵占了首都汴京。词中的"不长久"竟成"预言"。此词的作者,就真是一个"有识之士"①。又如,1130 年,金兵追逐宋高宗,江浙遭祸,有人题《水调歌头》于吴江:"平生太湖上,来往几经过。如今重到,何事愁与水云多?拟把匣中长剑,换取扁舟一叶,归去老渔蓑。银艾非吾事,丘壑漫蹉跎。　鲙新鲈,斟碧酒,起悲歌。太平生长,不谓今日识干戈!欲卷三江雪浪,净洗边尘千里,不用挽天河。回首望霄汉,双泪堕清波。"词中忧国忧民、杀敌复国之情,非常真挚感人。据传秦桧闻后曾假惺惺地要"张榜招贤",但那位自谓"银艾(喻官位)非吾事"的无名氏却并没有"入彀"②。于此亦可见民气之不可压、民心之不可欺。再如,宋末贾似道弄权,推行"经量""推排"之术以搜刮民脂民膏,弄得江南一片萧条,有人题《沁园春》词于道间:"道过江南,泥墙粉壁,石具在前。述某州某县,某乡某里,住何人地,佃何人田。气象萧条,生灵憔悴,经界从来未必然。唯何甚,为官为己,不把人怜?思量几许山川,况土地分张又百年。正西蜀巉岩,云迷鸟道;两淮清野,日警狼烟。宰相弄权,奸人罔上,谁念干戈未息肩?掌大地,何须经理,万取千焉。"词的锋芒,直刺弄权的奸相,其胆可谓大矣③。人所共知,贾似道当政,权势熏天,"民怨于下,诛责无艺,莫敢言者"④,此词却敢直斥"奸人罔上",其战斗性是相当难能可贵的。所以,宋代词坛上,并非只是一片"莺啼燕语"的昵昵软语;除辛派爱国词之外,更有着一批敢于尖锐批判时政的民间词在。正是它们,直接地反映着群众的愿望,喊出了人民的心声。

另外,民间词对于其他方面的社会生活,也有不同程度的触及。比如,有的词反映了当时的节序风俗,如《阮郎归》之咏"端午":"及妆时结薄衫儿,蒙金艾虎儿。画罗领抹褫裙儿,盆莲小景儿。　香袋子,搐钱儿,胸前一对儿。绣帘

① 胡仔:《苕溪渔隐丛话 · 后集》卷三九,人民文学出版社,1962 年,第 326 页。
② 曾敏行:《独醒杂志》,朱杰人标校,上海古籍出版社,1986 年,第 56 页。
③ 刘一清:《钱塘遗事》卷五,上海古籍出版社,1985 年,第 105 - 106 页。
④ 陈邦瞻:《宋史纪事本末》卷一〇五,上海古籍出版社,1994 年,第 311 页。

妆罢出来时,问人宜不宜?”①就使我们如见当时小女孩欢度节日的装束打扮而在眼前。又如,有的词讽刺当时奸商以假充真、欺骗顾客的行径,如《行香子》之咏“买酒”:“浙右华亭,物价廉平。一道会(钱币单位),买个三升。打开瓶后,滑辣光馨。教君霎时饮,霎时醉,霎时醒。　　听得渊明,说与刘伶:这一瓶,约迭三斤。君还不信,把秤来秤,有一斤酒,一斤水,一斤瓶。”②真是妙趣横生,笑中含刺。再如,有的词描摹了当时的科举考试情况,如《青玉案》之咏“举子赴省”:“钉鞋踏破祥符路,似白鹭,纷纷去。试盏幞头谁与度?八厢儿事,两员直殿,怀挟无藏处。　　时辰报尽天将暮,把笔胡填备员句。试问闲愁知几许?两条脂烛,半盂馊饭,一阵黄昏雨。”③它写监考者的如临大敌和应试者的寒酸窘迫,又是何等的生动!特别像后两种内容,就正是文人词所遗忘了的社会题材,而它们却被民间词“拾”了起来,由此亦可见宋代民间词所反映的生活面还是比较广阔的。

其次,宋代民间词的艺术风格,也如同它的题材内容一样,是相当多样化的。

第一,在整个宋代词坛基本被笼罩在一片“软语”的情况下,民间词自然也会染上相似的色泽。如下面这首《点绛唇》:“蹴罢秋千,起来慵整纤纤手。露浓花瘦,薄汗轻衣透。　　见客入来,袜划金钗溜。和羞走,倚门回首,却把青梅嗅。”这首词写少女的烂漫娇羞神志,栩栩如生,难怪明人会错把它当做李清照的词看。又如《御街行》:“霜风渐紧寒侵被。听孤雁,声嘹唳。一声声送一声悲,云淡碧天如水。披衣起,告雁儿略住,听我些儿事:塔儿南畔城儿里,第三个桥儿外,濒河西岸小红楼,门外梧桐雕砌。请教且与,低声飞过,那里有,人人(那人)无寐。”它的那种软语叮咛的语调、相思而又体贴入微的情怀,简直比婉约派文人的作品还要来得婉约。南宋刘仙伦有一首《系裙腰·愁别》,恐怕就曾受到过它的影响:“山儿矗矗水儿清,船儿似叶儿轻,风儿更没人情。月儿明,厮合造,送人行。　　眼儿簌簌泪儿倾,灯儿更冷清清。遭逢着雁儿,又没前程。一声声,怎生得,梦儿成?”由此可见,“婉约”的风格也是宋代民间词的主体风格。

第二,除了这种婉约的风格以外,民间词还有着“带刺”的风格。比如前面

① 陈元靓:《岁时广记》卷二六,《笔记小说大观》第20编,台北新兴书局,1984年,第2726页。

② 陈世崇:《随隐漫录》卷二,《笔记小说大观》第20编,台北新兴书局,1978年,第1655页。

③ 洪迈:《夷坚三志》己卷,中华书局,1981年,第1354页。

所举的讽刺、抨击贾似道的作品，就属此类。这里不妨再举一首《一剪梅》："宰相巍巍坐庙堂，说着'经量'，便要经量。那个臣僚上一章，头说经量，尾说经量？ 轻狂太守在吾邦，闻说'经量'，星夜经量。山东河北久抛荒，好去经量，胡不经量？"①前九句写"宰相""臣僚""太守"上呼下应、狼狈为奸的丑状，入木三分；下三句斥责他们卖国求和、置中原大地于外敌之手而不顾的可耻行径，"谐"中寓"刺"。再如，同一时期无名氏所写的《沁园春》词："国步多艰，民心靡定，诚吾隐忧。叹浙民转徙，怨寒嗟暑；荆襄死守，阅岁经秋。虏未易支，人将相食，识者深为社稷羞……"②它控诉了宋理宗末年贾似道祸国殃民的深重罪孽，就可谓是字字血泪、句句含刺。像这种"带刺"型的风格，乃是文人词中所少见的。

第三，也像敦煌民间词一样，宋代民间词由于沾染了市民意识中那部分庸俗的思想因素，所以也出现了一些轻薄浮浅甚至是无聊低级的作品。例如宋徽宗宠信朱冲、朱勔父子，连得他家的园夫畦子都封起官来；后来朱家倒台，这些底下人又重操旧业去挑水种菜。照理此事本应怪责到皇帝和佞臣头上才是，但民间却有人作词，把嘲笑的矛头对准了这些家丁仆人："做园子，得数载，栽培得那花木，就中堪爱。时将个，'保义'（官名）酬劳，反做了，今日殃害。　诏书下来索金带，这官诰看看毁坏。放牙笏便担屎担，却依旧种菜。"③这可谓是"主子不批却批奴才"，令人感到有些儿"不公"。又比如下面这首《解佩令》："脸儿端正，心儿俏俊。眉儿长，眼儿入鬓。鼻儿隆隆，口儿小，舌儿香软。耳朵儿，就中红润。项如琼玉，发如云鬓。眉如削，手如春笋。奶儿甘甜，腰儿小，脚儿去紧。那些儿，更休要问。"（郑麟趾《高丽史》卷七一）更十足是一种不堪入耳（目）的作品了。此种庸俗型的风格在宋代民间词中亦占一定的比重。

上面，我们对现在可见的宋代民间词作了一些归纳和分析。接下来便要来考察它们对文人词所产生的影响，看一看这条潜流是如何给文人词的长河提供一定的"水源"的。

前已提到，宋代文人词的题材和内容比起唐宋诗来，是显得相对狭窄的；宋代社会的诸多矛盾和问题，在文人词中几乎未得到过充分的反映。但这个方面的缺陷，却应说是由民间词所部分地弥补掉的——当然，由于民间词的大量被湮没而不复全睹，因此这个"部分"究竟大到何种地步，现在已无法作出准确的估量。但是，它对于文人词所产生的影响，却还是有迹可循、能够发现的。比如，在

① 陈耀文：《花草粹编》卷七，河北大学出版社，2007 年，第 515 页。
② 周密：《癸辛杂识》，中华书局，1988 年，第 314 – 315 页。
③ 龚明之：《中吴纪闻》卷六，孙菊园校点，上海古籍出版社，1986 年，第 145 页。

它敢于“直言”、敢于讽刺的精神影响之下，文人词风所发生的某些改变，便可以找到实证——这在南宋末年的词坛上，表现得尤为明显。我们知道，文人作词比较讲究“温柔敦厚”“怨而不怒”的风格，因此即使像辛弃疾所写的《摸鱼儿》，虽然“词意殊怨”①，然而却仍然以女性伤春和惜春的婉约口吻出之。但是到了宋末政治腐败透顶的年头，民间直接讥嘲、抨击时政的怨刺词就纷纷而起（如前面所述的一些作品）；文人受此影响，自然就不会“无动于衷”。所以此时的一些文人词，也便脱出了往昔“含蓄不露”的圈子而变为放笔直言、毫无顾忌了。例如刘辰翁在闻报贾似道兵败鲁港之后即挥笔写下了一首《六州歌头》，词序用史学家的严正笔法写下了这样几句话：“乙亥（1275）年二月，贾平章似道督师至太平州鲁港，未见敌，鸣锣而溃。后半月闻报，赋此。”词中有云：“向来人道，真个胜周公……十五年宇宙，宫中赝，堂中伴。翻虎鼠，搏鹞雀，覆蛇龙……甚边尘起，渔阳惨，《霓裳》断，广寒宫……抛尽黄金无计，方知道，前此和戎。但千年传说，夜半一声铜，何面江东？”它把贾氏15年来弄权罔上、自比“周公”的丑恶面目以及这次鲁港不战而溃的投降行径，揭露得淋漓尽致、毫不手软。另一位词人王奕也写过一首类似的《水调歌头》，中云：“攒万舸，开一棹，散无踪。到了书生死节，蜂蚁愧诸公。上有皇天白日，下有人心青史，未必竟朦胧。”它不仅把当时贾似道抢先逃命、部下纷纷作鸟兽散的狼狈相描绘如生，而且愤怒地斥责他们将被永远地钉在“人心”和“青史”的耻辱柱上。所以从宋末民间词之多作“怨刺语”和同期的文人词之多作“直笔”这两种情况来看，文人词显然是受到过民间词的影响的；民间词中那种敢于揭露现实、讽刺弊政的战斗精神或多或少地感召过文人作者。

在艺术风格和写作技巧方面，宋代民间词风也对文人词风有过渗透。沈雄《古今词话·词辨》卷上记载：柳永少时读书时，深受过无名氏《眉峰碧》的启发，遂变化出了自己的“屯田（柳永官至屯田员外郎）蹊径”②。这可能是“小说家言”，未足深信，但却也可以从中悟到一个道理：柳永的词风，确是受到过民间词的熏染的。试以这首《眉峰碧》来看：“蹙破眉峰碧，纤手还重执。镇日相看未足时，便忍使鸳鸯只？　　薄暮投孤驿，风雨愁通夕。窗外芭蕉窗里人，分明叶上心头滴。”我们简直可以拿出很多柳词的句子和意境来为它作“笺注”。如“蹙破”、“纤手”两句，柳词就有“执手相看泪眼，竟无语凝咽”（《雨霖铃》），那岂非同是一副紧皱双眉、重执纤手的模样？如“镇日相看未足时”两句，柳词就有“镇

① 罗大经：《鹤林玉露》卷四，王瑞来点校，中华书局，1983年，第12页。
② 沈雄：《古今词话·词辨》，唐圭璋编《词话丛编》，中华书局，1986年，第911页。

相随,莫抛躲,针线闲拈伴伊坐。和我,免使年少光阴虚过"(《定风波》),那岂非又同是一副相依相偎、难分难舍的神态?……不过相比之下,柳词比之民间词来,"宛转"的味儿更浓、更足,"形容"的程度更深、更细而已。由此观之,上述这种"妮子态"和"市井味",便是民间词对于文人的婉约作品影响最深的地方。柳永、秦观、黄庭坚,甚至是欧阳修词里所出现的一些"骫骳从俗"的风味,明显就来自于某些民间词作。而对于那些喜欢"以诗为词""以文为词"的作者来说,民间词风对他们影响最深的则又是另外一种"戏谑"的风格了。王灼在《碧鸡漫志》卷二中说:"长短句中作滑稽无赖语,起于至和(宋仁宗年号)。嘉祐(同上)之前,犹未盛也。熙丰、元祐间(指神宗熙宁、元丰和哲宗元祐),兖州张山人以诙谐独步京师,时出一两解。泽州孔三传者,首创诸宫调古传,士大夫皆能诵之。元祐间王齐叟(彦龄),政和间(徽宗年号)曹组(元宠),皆能文,每出长短句,脍炙人口。彦龄以滑稽语谍河朔。(曹)组潦倒无成,作《红窗迥》及杂曲数百解,闻者绝倒,滑稽无赖之魁也。"①其中提到的张山人(从名字看,就像是位"山里人")、孔三传(耐得翁《都城纪胜·瓦舍众伎》中也提到过他),就是一些民间艺人。正是在他们的首创之后,文人作者如王齐叟、曹组等人就开始以"滑稽""诙谐"的笔调来写词了。比如王齐叟,本是枢密副使王岩叟之弟,在太原作官时作过数十曲《望江南》,以之来嘲谑同僚乃至府帅。府帅当面呵责齐叟:"何敢尔!岂恃兄贵,谓吾不能劾治耶?"齐叟当即吟《望江南》词一首:"居下位,只恐被人谗。昨日只吟《青玉案》,几时曾做《望江南》?试问马都监。"引得满堂哄笑(据《碧鸡漫志》卷二)。又如曹组,王灼说他是"滑稽无赖之魁",但因他的词集流行不久即被高宗下旨焚毁,所以他那些戏谑之作今已不大看到。但在《全宋词》中我们却还可见到下列风味的词:"人无百年人,刚作千年调。待把门关铁铸,鬼见失笑。多愁早老,惹尽闲烦恼。我醒也,枉劳心,谩计较。　粗衣淡饭,赢取暖和饱。住个宅儿,只要不大不小。常教洁净,不种闲花草。据见定,乐平生,便是神仙了。"(《相思会》)那种"以谑为乐"的风趣诙谐,还是可以从中感知几分的。而事实上,在宋代文人作者中,"以谑为词"的作风又何止是王、曹两人所独独沾染上的!即便是翻开《东坡乐府》和《稼轩长短句》这样的词集,其中的"戏词""谑词",又难道还少见吗?苏轼本是一位风趣盎然的人物,嬉笑怒骂,皆成文章,故写"戏词"自也是他的拿手好戏。比如他有一首以词代"判"(判决书)的《踏莎行》:"这个秃奴,修行忒煞,云山顶上持斋戒。一从迷恋玉楼人,鹑衣百结浑无奈。　毒手伤人,花容粉碎,空空色色今何在?臂间刺道'苦相思',这

① 王灼:《碧鸡漫志》,唐圭璋编《词话丛编》,中华书局,1986 年,第 84 页。

回还了相思债。”据《事林广记》癸集卷一三记载，即是因为判决一个击杀娼妓的和尚而戏作（那和尚与娼妓相好之时曾在臂膀上刺字云：“但愿同生极乐国，免教今世苦相思”，故词中有所提及）。这当然是一首“游戏”之作。但像另外一首同为“游戏”的《江城子》，却又写得谑而不俗，词云：“凤凰山下雨初晴，水风清，晚霞明。一朵芙蕖，开过尚盈盈。何处飞来双白鹭？如有意，慕娉婷。　忽闻江上弄哀筝，苦含情，遣谁听？烟敛云收，依约是湘灵。欲待曲终寻问取，人不见，数峰青。”据《墨庄漫录》卷一记载，其日苏子正与两位客人（正在服丧期间）共游西湖，忽见湖心来一彩舟，中有一靓妆丽人在鼓筝，年已 30 余岁却“徐娘半老，犹有风韵”；那两位客人争着目送她远去，“曲未终”而丽人已“翩然远逝”①。词中的“一朵芙蕖，开过尚盈盈”即指那丽人；“双白鹭”则指那两位穿着丧服的客人；尤其妙不可言的是词末三句，化用了唐人钱起的诗“曲终人不见，江上数峰青”，显得余意不尽、谐趣无穷。可见“戏谑”的笔调在大作家手中，既可写出玩世不恭的游戏之作，也可以“调剂”文笔，另显出别具一格的异趣来。岳飞论兵法说过：“运用之妙，存乎一心。”从苏轼所写的后一类“戏词”中，就充分可见他的“运用”之妙来。至于辛弃疾，其弟子范开在为他的词集所作的序言中就说过，“公之于词”，“苟不得之于嬉笑，则得之于行乐；不得之于行乐，则得之于醉墨淋漓之际”②。其中有一部分作品，也显然出于“嬉笑”之间。和苏轼的情况近似，辛弃疾的“戏作”中也既有一些游戏应酬之作（如以妾酬谢医生的《好事近》），又有一些寓“正经”于嬉笑之中的作品。比如：“青山欲共高人语，联翩万马来无数。烟雨却低回，望来终不来。　人言头上发，总向愁中白。拍手笑沙鸥，一身都是愁。”（《菩萨蛮》）看似在和白鸥作“开玩笑”的戏言，实际上却含有个人“等闲白了少年头”的愁情在内。所以，民间词里那种“戏谑”、滑稽的作风，浸润、渗透到文人词中以后，有的被引到“媟戏污贱”（王灼语）的方向上去，有的却被“改造”成为“带笑”的讽刺和“轻松化”了的“严肃”。从这方面看，民间词所固有的戏谑、风趣的艺术风格，可谓是整个宋代文人“谐词”的一张大温床。

宋代的正统词论家们，向来看不起民间的词。比如张炎在《词源》中说过：“簸弄风月，陶写性情，词婉于诗。盖声出莺吭燕舌间，稍近乎情可也。若邻乎郑、卫，与缠令何异也！”③他在这里，就是把民间词（“缠令”）当作“郑、卫之声”

① 张邦基，等：《墨庄漫录》，孔凡礼点校，中华书局，2002 年，第 32 页。

② 范开：《稼轩词序》，金启华，等编《唐宋词集序跋汇编》，江苏教育出版社，1990 年，第 172 页。

③ 张炎：《词源》，唐圭璋编《词话丛编》，中华书局，1986 年，第 263 页。

来看待的。沈义父在《乐府指迷》中则说:“吾辈只当以古雅为主,如有嘌唱之腔,不必作。”①他又是把民间曲子(“嘌唱”)与“古雅之腔”相对举的。可见在他们看来,民间词只是一种俗不可耐的东西,应当加以摒弃。但在我们,对待民间词的“功”“过”,却应抱有“一分为二”的态度才对。若是没有“按管调弦于茶坊酒肆”之中的民间词,又何来“新声巧笑于柳陌花衢”的柳永慢词?若是没有民间词广为流衍的“词山曲海”的广泛基础,又何能引出唐宋文人词繁荣发达的一代奇观?所以,我们在讨论词的起源和衍生之时,先来谈论民间词的创作情况,这对于整个“词史”来讲,也算是“数典而不忘其祖”吧。

① 沈义父:《乐府指迷》,唐圭璋编《词话丛编》,中华书局,1986年,第283页。

第三章 展苞初放的唐五代文人词

诗至盛、中唐,已经出现了“茫茫九派流中国”的空前盛况。而也就在此前后,民间却又悄悄地孕育出了另一种新型诗体——曲子词来。“小荷才露尖尖角,早有蜻蜓立上头”,在它所特具的风标吸引之下,一些文人作者便开始仿效、学习起民间词来,所以自唐玄宗时代起,就有了文人词的创作。

第一节 中唐文人词:文人词的尝试、小品阶段

据林大椿所辑《唐五代词》统计,作于唐玄宗前后的文人词共有:李景伯《回波乐》、沈佺期《回波乐》、裴谈(一作“优人”)《回波乐》、崔液《踏歌词》(二首)、张说《舞马词》(六首)、唐玄宗《好时光》、杨贵妃《阿那曲》、贺知章《柳枝》,以及李白《桂殿秋》(二首)、《清平调》(三首)、《菩萨蛮》(三首)、《忆秦娥》、《清平乐》(五首)、《连理枝》和韦应物《三台》(二首)、《调笑》(二首)等。不过,这里尚有两个问题:一是这些作品是否都可以称得上是真正的“词”?二是有些作品(主要指挂在李白名下的某些作品),是否是“伪作”(即后人托名之作)?看来情况还显得相当复杂;特别对后一问题,学术界至今尚无法取得一致的结论。具体来说,例如李白那三首《清平调》(“云想衣裳花想容”等),一般论者就都倾向于不把它们看作是“词”,甚至连它们是否确系李白所作,也尚有争议。而更突出的分歧还在:被宋人认为是李白所作的那两首词——《菩萨蛮》和《忆秦娥》(黄昇《唐宋诸贤绝妙词选》卷一尊之为“百代词曲之祖”),却从明代起就不断有人对此提出怀疑和否定之说,终使这个问题至今还成为词史上的一大“悬案”。所以,我们这里就想暂时跳出“纯考证”的圈子,而改从“风格学”的另一种角度来论证它们确非出于李白之手。沈祖棻先生尝云:“我们可以走另外一条路,就是从词体的发展来考察,看这首词(按:指《菩萨蛮》)的题材、风格等是否可能出现在盛唐时代。答案是否定的。中唐文人开始偶尔填词,从韦应物以迄白居易、刘禹锡的作品,大体上是民歌的摹仿。但从温庭筠以下,就更加文人化

了,而且走上了'自南朝之宫体,扇北里之倡风'①的道路。像这首《菩萨蛮》中所表现的羁旅行役之感,在晚唐、五代词中是十分生疏的,其所表现的阔大高远的境界、浑厚清雅的风格,也完全摆脱了花间派以绮艳风情为主的影响。如果拿温庭筠著名的14首和韦庄著名的五首《菩萨蛮》与这首词对照,就不难看出,它不但不可能出于盛唐李白之手,也不可能如胡应麟所推断的,出于晚唐温庭筠一辈人之手,而应当如浦(江清)先生所推断的,是北宋前期的产物。当时人将其嫁名李白,无非是想为这首词增高地位,使它得以流传。这一点,倒是达到了目的。"②在考证方面既不能达到确凿肯定目的、又不能达到确凿否定目的的"两可两不可"情况下,我们认为,这种从风格出发的推论,还是比较合乎情理的。所以,对于李白是否真写过《菩萨蛮》和《忆秦娥》两词的问题,本书基本也持怀疑的态度。这亦可以说明:盛唐时期,还不可能出现风格如此"老成"的词作。

那么,对于其他人所作的一些介乎"声诗"和词之间的作品,我们的看法又怎样呢?我们认为,那还仅仅是一种"雏形"的词。比如,唐玄宗所写的《好时光》:

> 宝髻(偏)宜宫样,(莲)脸嫩体红香。眉黛(不须)张敞画,天教入鬓长。　　莫倚倾国貌,嫁取(个)有情郎。彼此当年少,莫负好时光。

文中的括号是我们加上的。括号里的字,就可作为一种"衬字"。如果去除了这些衬字,那它实在还是一首五言诗。从此例即可看出,最初的文人作词,基本上走的便是"由诗入词"的道路,即:一方面,利用近体诗的格律加以增减以趁歌拍;另一方面,又是用写诗的技巧和方法来学写词的。

文人词的真正得以确立,应当是在中唐。在这方面,比较可靠的记载,始见于刘禹锡《忆江南》二首所写的自注:"和乐天春词,依《忆江南》曲拍为句。"依曲拍为句,就是直接依照乐曲的节拍填词,其句式和声韵两方面便都随音乐的要求而定。这就打破了"由诗入词"的比较保守的做法而进入了"依谱(音谱)填词"的阶段,标志着词体的正式确立和文人词的从"声诗"中分出。所以,刘、白的唱和《忆江南》,该是词史上的一件大事。胡仔说:"唐初歌辞,多是五言诗,或七言诗,初无长短句。自中叶以后,至五代,渐变成长短句。"③证之上述事实,

① 欧阳炯:《花间集序》,金启华,等编《唐宋词集序跋汇编》,江苏教育出版社,1990年,第339页。

② 沈祖棻:《宋词赏析》,陕西师范大学出版社,2005年,第4页。

③ 胡仔:《苕溪渔隐丛话·后集》卷三九,人民文学出版社,1981年,第323页。

基本是可以相信的。

不过,尽管"依曲拍为句"的正式记载始出于刘禹锡,而实际上文人填词之风却在刘、白之前就已开出。沈括就曾说过:"此格虽云自王涯始,然贞元、元和之间,为之者已多,亦有在涯之前者。"①王涯在唐德宗贞元年间(785—805)曾擢进士,则"在涯之前"就可指肃、代两朝,其时间要比刘、白生活的时代为早。王涯本人有过《翰林歌词》一卷(见《宋史·艺文志》),可能即是最早的个人词集,惜已失传,无从复睹其貌。但除此之外,我们却还是能够看到中唐时期除刘、白以外(大多在他们以前)的其他文人词的。如林大椿辑《唐五代词》中就收有刘长卿的《谪仙怨》、窦弦余及康骈的《广谪仙怨》、张志和的《渔父》词五首及他人和词十余首、王建的《宫中调笑》四首、韩翃夫妇的《章台柳》等等。可证中唐时期,已有不少文人染指于词的写作。而在这中间,有几首作品就特别值得一提。

一是张志和的《渔父》词(即《渔歌子》):

> 西塞山前白鹭飞,桃花流水鳜鱼肥。青箬笠,绿蓑衣,斜风细雨不须归。

《渔歌子》这一曲名,在《教坊记》中即有。疑出自民间的渔歌(刘禹锡《自江陵沿流道中》诗云:"月夜歌谣有《渔父》");《教坊记》另载有《摸鱼子》《拨棹子》,想亦属于同类歌曲。而在敦煌词中,我们又可见到两首与张词题材内容相近似的《浣溪沙》词(一首是"浪打轻船雨打篷",已见前引;另一首是:"卷却诗书上钓船,身被蓑笠执鱼竿。棹向碧波深处去,几重滩。　不是从前为钓者,盖缘时世掩良贤。所以将身岩薮下,不朝天")。看来中唐时代,由于时世动荡的原因,所以"隐逸"之思就不免常会在一些文人心头泛起,故而张词所表现出来的生活情趣,正和中唐其他一些词作的思想格调合拍。另外,张词色彩鲜明,音节流畅,既有文人诗笔之清丽淡雅,却又保持了民间渔歌的通俗清新,正显示了它是文人试作而获成功的一首佳作。这首词对后代的影响相当之大:它在问世之后仅49年,就流传到了日本,嵯峨天皇有《和张志和渔歌子》五首,一时宫廷贵族和者甚多,遂开日本词学之端。而同时人(包括其兄张松龄)也有很多和词,宋代苏轼、黄庭坚等人更用其原句增写为《浣溪沙》《鹧鸪天》。这说明,张志和的《渔歌子》当在词史上占有一席位置:它一方面开启了后代山水隐逸词的一脉传统,另一方面在吸引文人作者学写小令这点上,也自起了示范作用。

① 沈括:《梦溪笔谈》卷五,吉林摄影出版社,2003年,第18页。

二是王建所写的《宫中调笑》四首，分咏团扇、蝴蝶、罗袖、杨柳。兹录二首如下：

团扇，团扇，美人病来遮面。玉颜憔悴三年，谁复商量管弦？弦管，弦管，春草昭阳路断。

杨柳，杨柳，日暮白沙渡口。船头江水茫茫，商人少妇断肠。肠断，肠断，鹧鸪夜飞失伴。

前一首的题材内容，出自汉代班婕妤的《怨歌行》（“新裂齐纨素，皎洁如霜雪。裁成合欢扇，团团似明月。出入君怀袖，动摇微风发。常恐秋节至，凉飚夺炎热。弃捐箧笥中，恩情中道绝”）。但是，由于它解散了原先整齐而平板的诗的体式，因而越发显得跌宕多姿、饶富风神（特别是其中“管弦”“弦管”三句叠句和倒句），这就向诗人们“发布”了一种最新的信息：句式参差而兼合乐可歌的词，似要比原先的“诗”更富风情和魅力；有兴趣于此者不妨“来作一试”！后一首的题材内容，与同一时期白居易所作的《琵琶行》似有联系。“商人重利轻别离，前月浮梁买茶去。去来江口守空船，绕船月明江水寒”，白居易的这些诗句是连童孺都熟知的，因此王建据此而化作词题，想必也是很自然的事。不过，白诗是长篇叙事体，而这首小令却是择取其中的一个片断来加以渲染、发挥，更显示了词在抒写心绪方面的能事。

从王建的这两首词中，我们看到：一则，诗人们在“转业”写词时，常从诗中吸取题材方面的养料；二则，他们又努力适应并利用着词的特种体式和技巧。到了刘、白阶段，这种既向文人小诗（同时又向民间词）学习、又对文人小诗有所突破的情况仍在继续着——所以，我们不妨把这些中唐文人所作的词，统称之为词的尝试和小品的阶段。

在研究刘、白作词的时候，有一点值得特别指出，那就是，他们的尝试写词便基本都是在南国的土壤上进行的。这种现象启示我们：一是，当代的南方民歌乃至前代的“南方文学”传统，在形成文人词的意境和风格方面，必定会起到相当重要的作用。二是，作地既在南方，那么，他们的词中定会浸润着浓郁的南国情味。而由于刘、白都是有名的大诗人，他们写词的多带“南方文学”特色，又必将影响后人。

下面先来看刘禹锡的情况。刘禹锡被贬南方几省之后，就曾广泛接触到那里的民间歌曲。如其《观舞柘枝》诗云：“燕秦有旧曲，淮南多冶词”；《竞渡曲》诗云：“沅江五月平堤流，邑人相将浮彩舟。灵均何年歌已矣，哀谣振楫从此起”；《采菱行》诗云：“携觞荐芰夜经过，醉蹋大堤相应歌……一曲南音此地闻，长安北望三千里”;《堤上行》诗云:“江南江北望烟波,入夜行人相应歌。《桃叶》传情《竹枝》怨,水流无限月明多”;《踏歌词》云:“日暮江南闻《竹枝》,南人行乐北人愁。自从雪里唱新曲,直到三春花尽时”……总之,在这位出身北地的大诗人看来,江南简直就是“花”和“水”的世界,也是“歌”和“曲”的世界。在那烂漫如山花的“南音”“新曲”的鼓舞和感召之下,他竟然也学会了歌唱南方的民歌新词——白居易《忆梦得》诗云:“几时红烛下,闻唱《竹枝歌》”,诗后并有注云:“梦得能唱《竹枝》,听者愁绝”,这就证明刘禹锡勤于向南方民间歌曲学习。而在“学唱”的基础之上,他更进一步地“学写”了——我们在上一章中引过的《竹枝》词,其《竹枝词引》就是他学写《竹枝词》的一段自述,而他在《和乐天洛下醉吟,寄太原令狐相公兼见怀长句》诗中所说的“昨来亦有《吴趋》咏,唯寄东都与北京”,也同样说明了他的嗜好于试写新时代的南方艳词(按:《吴趋曲》本为六朝吴声歌曲。刘诗所云“《吴趋》咏”实指当代新的南方歌词,这和他《别夔州官吏》诗中所说的“唯有《九歌》词数首,里中留与赛蛮神”,是同一种“借指”之称,其“《九歌》”即指那九首《竹枝词》)。

再说白居易的情况。他在苏、杭一带做官时,也非常醉心于此间的“蛮歌”(按:北人常称南人为“蛮子”)。如他在杭所作《对酒自勉》诗云:“夜舞吴娘袖,春歌蛮子词。犹堪三五岁,相伴醉花时”;在江南所作的《听弹〈湘妃怨〉》诗云:“玉轸朱弦瑟瑟徽,吴娃徽调奏《湘妃》。分明曲里愁云雨,似道萧萧郎不归”,诗末自注:“江南新词有云:‘暮雨萧萧郎不归’。”所以他在离别苏、杭返归洛阳后,犹依依不舍地写下了《忆江南》三词。这说明,江南美丽的风土人情、江南优美的民间歌舞,对他感发作词的动机,是有着很大的鼓动作用的。

因之,我们在刘、白所作的词中,就可明显地看到当代南方民歌和前代“南方文学”传统所带给它们的影响。如刘禹锡的《竹枝词》云:“杨柳青青江水平,闻郎江上唱歌声。东边日出西边雨,道是无晴(情)还有晴(情)”,它用“对歌”的形式和双关谐声的手法,道出了小女子缠绵宛转的恋情,简直和南朝的《西曲歌》《吴声歌》如出一腔。又如他的《潇湘神》词,本就出自湘中民歌(白居易《夜闻筝中弹〈湘神曲〉感旧》诗云:“苦调吟还出,深情咽不传”),所以其词情和声调均还保持着民歌原有的“苦”“咽”味道(如“斑竹枝,斑竹枝,泪痕点点寄相思。楚客欲听瑶瑟怨,潇湘深夜月明时”)。这样,前代和当代的南方民歌所蕴藏着的那种娈婉的情思与风格,便在他们的“新词”中得到了“还魂”。对于这点,我们只要看一下他们的“自白”就知,如刘禹锡《踏歌词》云:

春江月出大堤平,堤上女郎连袂行。唱尽新词欢不见,红霞映树鹧鸪鸣。

> 新词宛转递相传，振袖倾鬟风露前。月落乌啼云雨散，游童陌上拾花钿。

在他看来，“新词”的特点，一在于“道欢不离口”（南朝《读曲歌》）的艳情内容，二则在于宛转的风情。所以尽管他和白居易的词，还未达到纯粹的“艳科”境地，但其艳而婉的“南词”风味，却已相当浓厚。“南方文学”的特色，于刘、白词中即初显其苗头。这是第一方面的问题。

其次，由于作地是在南方，所以他们的词中自然就浸润着相当郁馥的南国情味。这种情味，如同第一章所说过的那样，一是“多水”，二是富丽。比如白居易所写的三首《忆江南》词（录其二首）：

> 江南好，风景旧曾谙。日出江花红胜火，春来江水绿如蓝。能不忆江南？
>
> 江南忆，其次忆吴宫。吴酒一杯春竹叶，吴娃双舞醉芙蓉。早晚复相逢。

前一首词中最突出的形象便是那一江碧绿的水，后一首词的主要画面则是一幅“舞姬醉酒图”，其中均可充分见到江南多水而富丽的特有风貌来。

甚至，在刘、白那些作于北地的词中，南国的某些情味都仍在产生着某种“发酵”的作用。比如白居易的《长相思》：

> 汴水流，泗水流，流到瓜洲古渡头，吴山点点愁。　　思悠悠，恨悠悠，恨到归时方始休，月明人倚楼。

作者在这里本是写的汴水（中州风物），然而他偏要让它流呀流的，流到江南的“吴山”脚下，再用“吴娘”倚楼盼念情郎归家的“特写镜头”来结束全词。这就表明，在作者心目中，似乎唯有南国的旖旎风物，才是最适宜用作“词境”的“外景”和“内核”的。这样的写法，便为后代词人开启了“广大法门”。如柳永那首脍炙人口的《雨霖铃》词，其背景本来是在开封城郊，但为了充分表现那种缠绵深长的离情别思，作者却也把汴水和吴地连接了起来：“念去去，千里烟波，暮霭沉沉楚天阔”“今宵酒醒何处？杨柳岸、晓风残月”。“楚天”岂非南国？“杨柳岸、晓风残月”又岂不是典型的江南景色？当然或许有人会说，北方难道无柳、少柳？问题在于，在白居易、柳永等人看来，柳作为一种艺术意象，它是最能体现江南水乡的特征的；况且，实际生活中也是江南的垂柳大大多于北方，白居易《苏州柳》诗即云：“金谷园中黄袅娜，曲江亭畔碧婆娑。老来处处游行遍，不及苏州柳最多。”所以，为要表现那般“花情柳思”，最好的办法便是借助于南方的景致，这个道理已被白居易所有意无意地悟出，更被后代词人所广泛接受和运用。

再如刘禹锡的《忆江南》：

春去也！多谢洛城人。弱柳从风疑举袂，丛兰裛露似沾巾——独坐亦含嚬。

这首词就是他"和乐天春词，依《忆江南》曲拍为句"的那篇作品。它用拟人化的笔调，写出了弱柳举手挥袖向春天告别、丛兰沾着露水像是泪水湿透手巾似的"可怜"情状，从而表达出一种女性化的惜春心情。词虽写于洛阳，然其情调却仍是"南国型"的。况周颐论此词，曾说它"流丽之笔，下开北宋子野（张先）、少游（秦观）一派"（《餐樱庑词话》），这亦足以证明它对后代非同小可的影响。

所以，综合上面两方面的情况来看，词在转入文人之手以后，就开始沿着前代"南方文学"的足迹向前跑了。刘勰在《文心雕龙》中曾经说过那么一段话："自《九怀》以下，遽蹑其迹，而屈宋逸步，莫之能追。"但在远隔数代以后，从刘、白词开始，直到后来许许多多的婉约词作，却都程度不同地遥继了屈、宋所开创的"南方文学"传统；"故其叙情怨，则郁伊而易感；述离居，则怆怏而难怀"①，《楚辞》那种哀怨而幽约的风格，便在唐宋词中得到了"复活"和发扬。从这一点看，刘、白的词作虽不是很多，但其"招魂"（招回了前代"南方文学"之魂）的作用，却是不可小视的。

总起来看，中唐前后的文人词，正处在尝试、摸索的阶段。一方面，它们向民歌和民间词学习；另一方面，又向文人所写惯了的近体诗（特别是五、七绝）学习，所以可以说是一种处于文人诗和民间词之间的"中间状态"式作品。从其篇幅来看，一般尚很短小（极少数是慢词长调，如杜牧《八六子》），故而又属一种"小品"式的东西。但是，我们却又不能因其"尝试"和"小品"这两点，便看轻了这些类似于诗之"余绪剩义"的"新词"，这是因为，在它里头，蕴藏着相当活泼的艺术生命力。所以，伴随着"世运"之"日开"，它的"改换门庭"（即由诗之"余"而蔚为独立之"大国"）之时不久就将来临。到了晚唐五代，它便因为适逢了爱情意识在文学领域所掀起的"第三次浪潮"，一跃而登上了当日文坛的"弄潮儿"宝座，成了当时最为红火的时髦文体。

① 刘勰：《文心雕龙》，中华书局，1962 年，第 27 页。

第二节 “词为艳科”局面的形成——《花间》词

一、爱情意识在文学领域里掀起的“第三次浪潮”——从《香奁》诗到《花间》词的过渡

词的发展,在中唐阶段还像一条潺潺小溪那样悄悄地流淌在“茫茫九派”的“诗”的大河之旁,然而到了晚唐五代,它却忽然膨大起来,形成了几欲与诗平分秋色之势;词的发展,在中唐阶段(特别在民间词中)还像一条清溪幽涧一般没有染上太多的脂粉气,然而到了晚唐五代,它却顿时变得“浓妆艳抹”起来,几欲形成“渭流涨腻”(杜牧《阿房宫赋》之语)式的“情河孽海”。这真是词史乃至整个文学史上的一种奇观,值得我们深加谛味研究。

对于晚唐五代文人词中所出现的这种“词为艳科”的局面,前人和今人所作的批判,可谓多矣。早在宋代,陆游就不无感慨地说过:“《花间集》,皆唐五代时人作。方斯时,天下岌岌,生民救死不暇,士大夫乃流宕如此。可叹也哉!或者出于无聊故邪?”①他从时代的动乱和人民的疾苦出发,来批评当日士大夫作者的“流宕”和“无聊”,这种立场(特别鉴于他本人所处的时代环境和晚唐五代有着某种相似),我们就完全能够理解和接受。至于现代人对于晚唐五代词中消极、颓废和过分“侧艳”的那一部分作品所做的尖锐批判,则更应当值得我们重视。但是,如果我们的研究仅仅停留在对它的批判之上,那么,这种研究还是远远不够全面和深刻的。这是因为,它并不能够解决如下两个问题:第一,为什么词至晚唐五代会产生这样奇怪的现象?这一种现象难道仅属历史的偶然事件,或者只是某些作者个人的“过错”?如果不是这样,那么,隐藏在它背后的本质又是什么呢?第二,晚唐五代词,除了该批判的那一面之外,是不是还有值得肯定(甚至是赞许)的另一面呢?换句话说,它是否给我们的文学史乃至美学史,带来过某些新的东西呢?对于这两个可以连贯在一起的问题,我们有着自己的答案。这个答案,可以从爱情意识在文学领域里掀起的“第三次浪潮”(美国托夫勒著有《第三次浪潮》,此处借用)以及由此而生的对于特种艺术美感的追求中去寻获解决。

当然,文学创作的最深根源,自应到社会生活中去发掘;但它的直接动机,则

① 陆游:《花间集跋》,金启华,等编《唐宋词集序跋汇编》,江苏教育出版社,1990年,第340页。

是由人的感情所感发、引起的。《文心雕龙》曾说过这样的话:“人禀七情,应物斯感。感物吟志,莫非自然。”①这种因“情”而生“文”的现象,表现在诗歌创作中,就尤为明显。故钟嵘《诗品序》即云:“感荡心灵,非陈诗何以展其义?非长歌何以骋其情?”②明确了这一点,我们就可以而且应该从人的感情、心灵乃至更为广泛的“意识”中去寻求“词为艳科”的成因及其本质内涵。从这个意义上看,则晚唐五代词出现“以艳为美”“以艳为荣”的普遍风气,就是爱情意识在文学领域里第三次大萌生、大发动的结果。

我们知道,爱情意识是人类本能地怀有的天性之一。因此它必然会在作为“人学”的文学创作中反映和表现出来。综观宋代以前的文学史,它大体有过三次大萌发。第一次是在先秦的《诗经》《楚辞》时代。我们如若打开《诗三百》(特别是其中的《国风》),就随处可见这种情况。如:

> 摽有梅,其实七兮。求我庶士,迨其吉兮!(《召南·摽有梅》)

它生动地表现了一位已到适当年龄而尚无配偶的女子,对于爱情的强烈“饥渴”,以及对于青春即将耽误的忧虑。

> 投我以木瓜,报之以琼琚。匪报也,永以为好也。(《卫风·木瓜》)

这又是男女青年进入定情阶段而唱出的蜜恋之歌。

> 泛彼柏舟,在彼中河。髧彼两髦,实维我仪。之死矢靡它。母也天只,不谅人只!《鄘风·柏舟》)

这更是一位少女对于婚配不能自主所发出的反抗之音。

所以,除了那些迂腐的或抱有政治目的的汉儒会把它们曲解为宣扬“先王之德”之外,即使连朱熹这样的“老夫子”都不得不承认:“凡《诗》之所谓‘风’者,多出于里巷歌谣之作,所谓男女相与咏歌,各言其情者也。”③他在这里,就不自觉地讲出了我们所谓的爱情意识问题。

南方的土地上,表现爱情意识的诗歌,也自不少。《越人歌》即是其中的一首代表作:

> 今夕何夕兮,搴洲中流。今日何日兮,得与王子同舟!蒙羞被好

① 刘勰:《文心雕龙》,中华书局,1962 年,第 34 页。
② 郭绍虞:《中国历代文论选》第 1 册,上海古籍出版社,2001 年,第 309 页。
③《诗集传序》,《诗集传》,上海古籍出版社,1980 年,第 2 页。

兮,不訾诟耻。心几烦而不绝兮,得知王子。山有木兮木有枝,心说(悦)君兮君不知!

在民间歌曲的影响下,就连大诗人屈原笔下,也出现了《湘君》《湘夫人》一类的情诗。"秋兰兮青青,绿叶兮紫茎。满堂兮美人,忽独与余兮目成"(《少司命》),在这些美人顾盼流倩的目光中所传递出来的,不是爱情意识又是什么?

所以,在我国早期的诗歌创作中,表现爱情意识的作品,就已占有着一个十分突出的位置。特别是那类民间的"风"诗,尽管它已经过了"圣师"的删改,却仍然保持着那股活泼而生动的风情;而在《楚辞》的某些诗篇中,则更不乏对于爱情的优美而细腻的描写。这可谓是爱情意识在文学领域的第一次集中萌生和获得表现。

但是,当秦汉以来封建制度日渐强化和儒家思想的"正统"地位日渐巩固以后,爱情在文学作品中的地盘却变小、变窄了——不仅如此,即使在日常的生活中,它也受到了不应受到的冷遇和蔑视。张敞为妇画眉,虽他力辩"闺房之内,夫妇之私,有过于画眉者",然终因此而"不得大位",这就可知封建伦理对于人类这种正常人性的排斥和压抑了。然而,"青山遮不住,毕竟东流去",爱情意识却终究又是压制不住、扑灭不了的,因而它仍然会顽强地抬起头来——由于种种机缘(这里不去谈它),它便在汉末至南北朝的那个动乱时世中,第二次得到了较大规模的复苏。

明人李梦阳曾说:"真诗乃在民间。"(《诗集自序》)在汉魏六朝的乐府民歌中,抒写爱情的"真诗"就可称得上是比比皆见。特别在南朝的《吴声歌》和《西曲歌》中,爱情意识的表露,更达到了令人惊叹的地步。试读这样的诗:

宿昔不梳头,丝发被两肩。婉伸郎膝上,何处不可怜?(《子夜歌》)

始欲识郎时,两心望如一。理丝入残机,何悟不成匹?(《子夜歌》)

春林花多媚,春鸟意多哀。春风复多情,吹我罗裳开。(《子夜四时歌》)

秋风入窗里,罗帐起飘飏。仰头看明月,寄情千里光。(《子夜四时歌》)

这些民间歌曲,由于诞生在山清水秀的南方环境里,因之比起《诗经》中的"风",诗来,感情同样真挚而风格则变得更加妩媚宛转。

同样,在文人的创作中,爱情意识也有了跃跃欲出的"冲动"。比如人所共知的陶渊明吧，他在一般人的心目中，似乎只是一位恬淡自适的“隐士”；但是，就连他，竟也未能忘情于人间的恋情。如其《闲情赋》中甚至出现了这样的痴情之语：“愿在衣而为领，承华首之余芳”“愿在裳而为带，束窈窕之纤身”“愿在发而为泽，刷玄鬓于颓肩”“愿在眉而为黛，随瞻视以闲扬”……不过，他的这种“闲情”还是有检束的（其自序即云：“始则荡以思虑，而终归闲正”，此“闲”字即释为“防范”“制约”之义）。而到了梁、陈君臣所作的“宫体诗”中，爱情意识就更有了近乎变态的、不太健康的表现。如梁简文帝萧纲所作的《咏内人昼眠》诗：“北窗聊就枕，南檐日未斜。攀钩落绮障，插捩举琵琶。梦笑开娇靥，眠鬟压落花。簟文生玉腕，香汗浸红纱。夫婿恒相伴，莫误是倡家”——其实，它之所写，倒不打自招地像是个“倡女”的形象。不过，即使对于这些“放荡”的宫体诗，我们却也并不能因此而采取一概否定的态度。这是因为，在这里面，我们毕竟可以感受到人们审美观念的某些变化。例如，对于女性美而言，以前的人们向来以“德行”作为主要的标准（如班昭《女诫》云：“女有四行，一曰妇德，二曰妇言……”）；而现在，随着社会的发展和思想的解放，“妇容”也开始摆到了重要的位置上来。这个变化，反映在汉末到六朝的文学创作中，就出现了大量描绘女性容貌美的诗赋。而伴随着这样的变化，这一时期的文风也就趋向着繁辞藻饰、对偶声律的方向发展而去。要是没有爱情意识的驱使，恐怕就不会出现“诗缘情而绮靡”（陆机《文赋》）的文学理论，也不会出现六朝诗赋那种注重抒情和注重文采的文学风格，更不能为后面的唐朝开启出婀娜多姿、绚丽多彩的文学（主要指诗）新局面来。

比较起来，唐代是我国历史上气象最为恢宏、创作最为自由的时代。因此，唐诗的题材是十分宽广的，而其中，描写爱情的作品也就相当令人注目。张若虚的《春江花月夜》（闻一多先生曾称它为“宫体诗的自赎”），就把那种经过宇宙意识所升华过的爱情，描写得多么纯洁、多么迷惘、多么神秘，而又多么美妙！“此时相望不相闻，愿逐月华流照君”“不知乘月几人归，落月摇情满江树”，这种伴随着月光而生起的梦幻一般的情绪，就是一种“诗化”了的爱情意识。李白该算得上是一位豪放的诗人了，但就连他也写出了“天长路远魂飞苦，梦魂不到关山难”的《长相思》和“秋风吹不尽，总是玉关情”的《子夜吴歌》！至如那些“忽见陌头杨柳色，悔教夫婿觅封侯”式的“闺怨”诗，归根到底，就更是爱情意识所转化成的艺术珍品。所以，表现爱情意识，始终是唐诗的一个重要和珍贵的主题。

但是，到了中晚唐时，我们更可发现，爱情意识的活动，不仅在诗苑里显得异常活跃，而且已经溢出了诗的领域而奔泻到了文的领域（“传奇”）和词的领域中去。这就表明，爱情意识在文学领域里，正在掀起它的全面高涨的“第三次浪潮”了。下面就先让我们来考察诗与文的情况。

首先请看传奇小说领域。我们扳着指头算一下吧,唐人小说中最为著名的篇目,如《柳毅传》《霍小玉传》《李娃传》《莺莺传》等,就几乎全是描写爱情的杰作。元稹在《莺莺传》中曾借张生的口说出:“余真好色者。”这“好色”二字的“自供”,正好就是爱情意识的别名(不过带上了一定的阶级烙印而已)。而洪迈也曾说过,“唐人小说,小小情事,凄惋欲绝,洵有神遇而不自知者”,其实这个“神遇”非他,实在就是遇到了“爱神”的又一次降临的良机,所以才会显得如此“凄惋欲绝”。这表明:中唐以后的一些士大夫文人,在时代契机的推动之下,已经自觉不自觉地充当了表现爱情意识的“代言人”,所以他们宁愿暂时丢掉“古文”笔法而去趋骛“传奇”之新了。

其次请看诗歌领域。中唐以后,由于社会矛盾的激化,“唯歌生民病”的现实主义诗论和现实主义诗篇,大盛于时。但是,在此同时,爱情意识却也并没有就此“让步”,它甚至都“缠”上了白居易这样的“政治诗人”! 例如,他的那首《长恨歌》,其实就是一首十足的爱情诗。尽管那里头有着“遂令天下父母心,不重生男重生女”之类的讽刺句子,但究其实质和重心,却仍还是在写“情”,请读:“行宫见月伤心色,夜雨闻铃肠断声”“迟迟钟鼓初长夜,耿耿星河欲曙天”“在天愿作比翼鸟,在地愿为连理枝”,真可谓是“字字寄恨,句句言情”。而当时读者所真正欣赏于它的,却也正是这种“风情”。所以连白氏本人都只得承认:“自长安抵江西,三四千里,凡乡校、佛寺、逆旅、行舟之中往往有题仆诗(指《长恨歌》为首的作品)者,士庶、僧徒、孀妇、处女之口每每有咏仆诗者。此诚雕虫之技,不足为多,然今时俗所重,正在此耳。”①这亦表明,在时代潮流的推动之下,就连他都不得不迎合着社会对于爱情的浓厚兴趣而去挥笔抒写“艳诗”了——这首《长恨歌》或许还够不上此种资格,但从李戡批评他和元稹所写的某些诗篇为“纤艳不逞”的情况来看②,则知他在这方面也并非是完全免俗的(我们还可在他某一些诗中见到点滴痕迹,如《吴宫词》云:“半露胸如雪,斜回脸似波”)。

中唐的这种情况,到了晚唐五代时,更有了“益发不可收拾”之势。在这一时期,人们之喜欢表现爱情意识,更似达到了比较自觉的地步。这从创作理论和创作实践两个方面均能看出。

在创作理论方面,这时的诗坛上,出现了一股“反道缘情”的潮流,它的代表

① 白居易:《与元九书》,《白居易集》,中华书局,1999 年,第 963 - 964 页。

② 杜牧:《唐故平卢军节度巡官陇西李府君墓志铭》,《杜牧全集》卷九,上海古籍出版社,1997 年,第 88 页。

人物就是著名诗人李商隐。李氏在提倡这种理论时，首先把矛头对准了所谓的“周公孔子之道”，他说：“盖愚与周、孔，俱身之耳”，所以“夫所谓‘道’者岂古所谓周公孔子者独能邪？”在他看来，人皆有“道”，而非周、孔所能垄断，因此他自叙其为文乃是“直挥笔为文，不爱攘取经史”①。在这种颇有些“离经叛道”的思想支配下，他又进而提出：“人禀五行之秀，备七情之动，必有咏叹，以通性灵。”②这样，“七情(六欲)”和“性灵”，就成了他的诗论中的重要概念——这和传统文论中的“言志”“载道”，以及白居易所倡言的“美刺”“教化”说之间，就明显地拉开了距离。到了五代后期，徐铉更提出：“人之所以灵者，情也。情之所以通者，言也。其或情之深、思之远，郁积乎中，不可以言尽者，则发为诗。”(《肖庶子诗序》)他就干脆把诗归之于“情深”的产物。所以，晚唐五代文人强调诗歌创作中的一个“情”字，一方面，反映出他们对于诗歌艺术的抒情特征已有了较深的认识；另一方面，又反映出爱情意识的“发动”竟达到了驱使着作者们敢于去修改传统诗论的地步。在这股“缘情”诗论的推动下，人们对于诗歌的艺术要求也就发生了相应的变化。盛唐诗歌，有着“以‘大’为美”的趋尚(如李、杜就是这样)；中唐诗歌，白居易一派以“平易”为美，韩愈一派则以“奇险”为美；但到了晚唐五代，由于诗歌创作的重心已转移到了表现爱情意识上来，所以人们的审美兴趣也就有所改变，以“艳”为美、以“丽”为美的艺术论便应运而起。甚至像杜牧这样一位坚持“事功文学论”的诗人，他在评论李贺的诗时，尚且对它的文辞美发表了热情赞扬的话语：“云烟绵联，不足为其态也；水之迢迢，不足为其情也；春之盎盎，不足为其和也；秋之明洁，不足为其格也……盖《骚》之苗裔，理虽不及，辞或过之。”③诗歌语言(“辞”)本身的文学价值由此就得到了高度的看重。在他之后，韩偓便又提出了“香艳”之说：“咀五色之灵芝，香生九窍；咽三危之瑞露，美动七情。如有责其不经，亦望以功掩过。”④在他看来，“香艳”的诗风，即使是“不经”(背离传统)的，也还是“有功”于诗的。所以接下来，韦庄更直截了当地提出“清词丽句”的艺术主张⑤，韦縠也提出“韵高词丽”的艺术标

① 李商隐：《上崔华州书》，《樊南文集》，上海古籍出版社，1998 年，第 441 页。
② 李商隐：《献相国京兆公启》，《樊南文集》，上海古籍出版社，1998 年，第 194 页。
③ 杜牧：《李贺集序》，《樊川文集》，上海古籍出版社，1978 年，第 149 页。
④ 韩偓：《香奁集序》，董诰，等编《全唐文》，中华书局，1983 年，第 8739 页。
⑤ 韦庄《又玄集序》：“但掇其清词丽句。”元结、殷璠，等选：《唐人选唐诗(十种)》，上海古籍出版社，1978 年，第 348 页。

准①。这种文学审美观念的变化,也正是随着爱情意识的涌入诗坛而产生的。

在创作实践方面,这时的诗坛上,便出现了一种被人称为“晚唐体”和“香奁体”的诗歌;这种诗歌的主要特征便是题材上的多写艳情和风格上的香艳轻倩。严羽《沧浪诗话》在“以时而论”的诗体中曾标举一种“晚唐体”来与“唐初体”“盛唐体”“大历体”“元和体”并列,这说明,他认为晚唐(五代)的诗歌自有它本身的别一种特色——这种特色,俞文豹《吹剑录》就曾归纳为“风容色泽,轻浅纤微”八个字。除此以外,严羽又提出过“香奁体”的概念,他自注道:“韩偓之诗,皆裾裙脂粉之语,有《香奁集》。”所以,我们就可把这两个内涵大致相近的诗体概念,综合成为这样一种艺术判断:在晚唐(五代)诗坛上,最能代表这一时代诗风的,便是以韩偓《香奁集》为代表的那种“脂粉之语”。严羽是一位大诗论家,他的艺术感觉应该是敏锐和可信的。因此,我们从他的见解中就足以悟见这样的事实:在晚唐五代诗坛整体上沦于冷清荒芜的局面下,唯独那一种香艳的《香奁》体诗却大盛起来,甚至代表了当日诗歌的“主潮流”。而这种诗风,正是爱情意识第三次“大发动”的产物。

这样,我们便清楚地看到,在晚唐五代的诗文中,都明显地流泻着一种共同的时代意识——对于爱情的企盼和追求。李商隐诗“春蚕到死丝(思)方尽,蜡炬成灰泪始干”(《无题》),女诗人鱼玄机诗“易求无价宝,难得有心郎”(《寄李亿员外》),就都是这种意识的诚挚和大胆的自我表露。这种意识,既是继承着前代文学的传统而来的,又是这一个时代社会生活的折光反映。所以,谈到这里,我们又有必要对造成这种爱情意识“大泛滥”的历史原因做一番简单的探讨。普列汉诺夫早就说过:“任何一个民族的艺术都是由它的心理所决定的,它的心理是由它的境况所造成的。”②促使爱情意识掀起“第三次浪潮”的深刻原因,便正在于晚唐五代那特定的经济、政治和思想文化的“境况”。

从经济方面来看,中唐以后全国经济重心开始南移。此时在南方肥沃的山川土壤之上,出现了一批商业经济高度发达的富丽都市。我们不想用经济学家的笔调去论述当日这些城市的户口、生产、交通、财贸等方面的具体情况,而只想从文学的窗口去“窥视”一下当时的繁华景象。请看当时号称“扬一益二”的扬州和益州(成都):王建《扬州》诗云:“夜市千灯照碧云,高楼红袖客纷纷。如今

① 韦縠《才调集序》:“韵高而桂魄争光,词丽而春色斗美。”元结、殷璠,等选:《唐人选唐诗(十种)》,上海古籍出版社,1978年,第444页。

② 普列汉诺夫:《没有地址的信》,《普列汉诺夫美学论文选》,曹葆华译,人民出版社,1983年,第350页。

不是时平日,犹自笙歌彻晓闻",这还是中唐"乱时"的扬州风貌!而牛僧孺《玄怪录·张老》中张老对韦生说:"兄若无钱,可于扬州北邸卖药王老家取一千万"①,则更可从另一个侧面看到扬城之富。至于成都之富,则一见于韦庄的词,"锦里,蚕市,满街珠翠,千万红妆。玉蝉金雀宝髻,花簇鸣铛,绣花裳。　日斜归去人难见,青楼远,队队行云散。不知今夜何处?深锁兰房,隔仙乡"(《怨王孙》);二见于宋人张唐英所著的《蜀梼杌》(此已属"史"书)卷下:广政十二年(949)八月,"(孟)昶游浣花溪。是时蜀中百姓富庶,夹江皆创亭榭游赏之处。都人士女倾城游玩,珠翠绮罗,名花异香,馥郁森列。昶御龙舟观水嬉,上下十里,人望之如神仙之境。昶曰:'曲江金殿锁千门',殆未及此。"②在这里,词和史的描写正复相似。而除开扬、益之外,金陵、杭州、苏州等地的情况也不输与前者。因此,真像韦庄描绘金陵的《陪金陵府相中堂夜宴》诗中所说的那样,"满眼笙歌满眼花,满楼珠翠胜吴娃。因知海上神仙窟,只似人间富贵家",这些南方城市,由于商业经济的发展,对于贵族官僚和富商豪贾来讲,简直就成了一个个纸醉金迷的"花花世界"。当然这些诗词所写,不免有夸张之处;而且这种城市的繁华,与广大农村的经济凋敝、人民的生活贫困对比而言,也明显带有着畸形的意味。但是,不可否认,城市的物质生活水平和人们(上层社会)的享乐水平,比之以前却是确实有所提高的。伴随着这种情况,男女之间的交结,例如贵族家庭的酒宴舞会,秦楼楚馆的密约幽期,游春踏青的士女观赏……就有了更多的机会;个人的私生活中,也就出现了更浓的香艳色彩。在这股有形无形的社会新风气诱发之下,人们的爱情意识便产生了比之前更加"冲动"的勃发趋势。韦庄词云:"如今却忆江南乐,当时年少春衫薄。骑马倚斜桥,满楼红袖招"(《菩萨蛮》),又云:"春日游,杏花吹满头。陌上谁家年少足风流?妾拟将身嫁与一生休。纵被无情弃,不能休"(《思帝乡》),就是这股趋势的形象化表露。比之前代诗中"野有死麕,白茅包之。有女怀春,吉士诱之"(《诗·召南·野有死麕》)的比较朴素的爱情意识来,这时的爱情意识就明显地打上了城市经济所带来的旖旎、香艳的印记。

从政治方面来说,晚唐五代是一个动荡不安的"衰世"。这一时期"天下岌岌"的政治形势,使大多数词人的心理蒙上了一层浓厚的阴影。翻开这个时期的诗篇,就到处可见那些嗟叹伤乱、感怀时世的语句:"九土如今尽用兵,短戈长

① 牛僧孺:《玄怪录》卷一,牛僧孺、李复言《玄怪录　续玄怪录》,姜云、宋平校注,上海古籍出版社,1985 年,第 11 页。

② 张唐英:《蜀梼杌》,中华书局,1985 年,第 21 页。

戟困书生。思量在世头堪白，画度归山计未成”（杜荀鹤《乱后书事寄同志》），“水自潺湲日自斜，尽无鸡犬有鸣鸦。千村万落如寒食，不见人烟空见花”（韩偓《自沙县抵龙溪县，值泉州军过后村落皆空，因为一绝》）……处在这样一个可怜、可叹的时代里面，要想摆脱心头的烦恼，只有两条路可走：一是遁入隐逸的“白云乡”去（如司空图），二是钻到酒与色的“温柔乡”里（如当时更多的文人）。因此，就有不少作者，不惜长途跋涉跑到相对太平的南方去。如韦庄《秦妇吟》长诗中就说过：“适闻有客金陵至，见说江南风景异。自从大寇犯中原，戎马不曾生四鄙”，而他本人，确也是在“春水碧于天，画船听雨眠”的“江南”（蜀地）终老其身的。在南方那种偏安的政治环境中，由于耳濡目染了上层社会的声色歌舞，“身体力行”了那类男女情事，所以，爱情意识也就如枯木逢春般地催发了新芽。至于本就生长在这个“安乐窝”里的文人，他们沉湎于此间的无穷乐趣就更不待多说了。不景气的政治气候，“为渊驱鱼”般驱使文士们向着艳情的生活圈子里走去；奢侈华靡的享乐环境，又引诱着他们踏进“软红场”中。这就难怪这一时期的作者们要萌生出那样浓郁的爱情意识了。

从思想文化方面来说，由于时代处于乱世，所以儒家思想的正统地位受到了一定的冲击。晚唐五代，儒、佛思想都有所抬头，而另一些富有怀疑精神的思想也趁机有所发展——后者，便主要是“变态”地反映在某些进士阶层士人的通脱、放浪性格上。他们不挽礼法，不拘小节，在男女爱情问题上持有相当激进的观点。如李商隐就曾发表过这样大胆的言论：

> 今人娶妇入门，母姑必祝之曰：“善相宜！”则祝曰：“蕃息！”后日生女子，贮之幽房密寝，四邻不得识，兄弟以时见。欲其好，不顾性命。即一日可嫁去，是宜择何男子属之耶？今山东大姓家，非能违摘天性，而不如此！①

他反对把女子“贮之幽房密寝”、使其不与异性交接的“封闭式”做法，而主张不要违背人之“天性”。这种思想态度，就富有了若干“民主性”的色彩。

如再从晚唐的传奇来看，其中对于婚姻自主的描写，也曲折地反映了人们在这一问题上的“思想解放”。杜光庭《虬髯客传》中的红拂女，敢于自择良偶而出奔；牛僧孺《崔书生》中的女郎，本系“西王母第三女”，却因感于书生的爱慕之情而自托媒妁结成夫妇；裴铏《裴航》中的男主角，为了要追求云英，宁愿为她捣药百日；皇甫枚《步飞烟》中的飞烟，原是一位武将之妾，为了自己所恋之人，甘心

① 李商隐：《别令狐拾遗书》，《樊南文集》，上海古籍出版社，1998年，第439页。

自尽以殉爱情。这种种故事,都在不同程度上传递出了一种新的思想信息:千百年来禁锢在男女爱情上的封建礼教的桎梏,在一定程度上已被冲破;人们渴求恋爱自由的爱情意识,已经抑勒不住地要在文学领域中作“自我表现”了。

总观上述三方面的情况,我们就可知道,基于特定的社会“境况”(不管它们看起来是“积极”的还是“消极”的),终于在这上面滋生出了一种特定的社会意识(或“时代精神”)。这种社会意识(爱情意识)并非只是个别人头脑里的产物,而是具有深刻历史根源的一种普遍思潮。它就像是一股淙淙的流水那样,浇灌着文艺园地的各类花朵,使这些形态不一的文学品种中散放出相似的“艳”香。所以,通过前面的分析,我们便可得出结论:在中晚唐及五代的各类作品(诗、小说,还有下文专门要说的“词”)中,就都体现出了好写艳情的共同时代特色;或者,换句话说是:一种共同的社会思潮——爱情意识,正通过不同的文体和众多的作品倾泻出来。而在这中间,我们尤可发现一个奇妙的现象,那就是:内容的“膨胀”和“外溢”,往往会导致形式的发展和变化。具体地说,由于爱情意识的空前活跃,就使传统的散文中,变出了“传奇”体的小说;而基于同样的原因,又使《香奁》体的诗歌,开始向《花间》式的词发生过渡或转变。因此,下面就让我们正式来谈晚唐五代所发生的“词代诗兴”,亦即《花间》词的诞生问题。

回顾我们前面所谈,实还只是问题的一个方面,亦即爱情意识这一共同的社会思潮已在不同的文体中得到了不同形式的表现;而问题却还有它的另外一面,即特定的社会思潮还会选择最佳的文体来达到最佳的表现。这种“选择性”看起来似乎有些玄虚,但实际又是客观存在的,它正体现了“内容决定形式”、“形式又反作用于内容”的发展规律。所以,在诗歌领域中,便因这个发展规律在起作用,从而产生了“词代诗兴”的现象——原先以《香奁》诗为其主要表现形式的爱情意识,通过“自我选择”和“自我调节”,终于寻觅到了另一种更为“惬意”的形式作为自己理想的归宿。于是,《花间》式的艳词就应运而登上了文学舞台。

下面就从《香奁》诗谈起。《香奁》诗的得名,源自韩偓的《香奁集》(韩偓的诗本不限于此集,而和凝也另有同名的词集,这些就都不去说它)。此集就十分典型地体现着“晚唐体”的诗风,它的主要特点有三:一是全部咏写艳情题材;二是抒情风格相当细腻深曲;三是文辞丽美。而造成这三者的原动力,就源出于那股浓厚的爱情意识。这里可以先举其几首诗作为例证,如:

> 袅娜腰肢淡薄妆,六朝宫样窄衣裳。著词暂见樱桃破,飞醆遥闻豆蔻香。春恼情怀身觉瘦,酒添颜色粉生光。此时不敢分明道,风月应知暗断肠。(《袅娜》)
>
> 绝代佳人何寂寞,梨花未发梅花落。东风吹雨入西园,银线千条度

虚阁。脸粉难匀蜀酒浓,口脂易印吴绫薄。娇饶意态不胜羞,愿倚郎肩永相着。(《意绪》)

身情常在暗相随,生魄随君君岂知?被头不暖空沾泪,钗股欲分犹半疑。朗月清风难惬意,词人绝色多伤离。何如饮酒连年醉,席地幕天无所知。(《惆怅》)

轻风滴砾动帘钩,宿酒犹酣懒卸头。但觉夜深花有露,不知人静月当楼。何郎烛暗谁能咏?韩寿香焦亦任偷。敲折玉钗歌转咽,一声声入两眉愁。(《闺情》)

当时人吴融在其《禅月集序》中曾批评晚唐诗风道:“下笔不在洞房蛾眉,神仙诡怪之间,则掷之不顾。”从韩偓这些诗的题目和内容看,它们就是“当之无愧”的“洞房蛾眉”诗。

再就抒情的风格而言,它们也明显地表现出细腻深曲的特色。这一种风格特色,其实也是由其题材的特殊性所规定和引申出来的。因为,题目既然是“闺情”“意绪”“惆怅”一类“心曲”“心绪”方面的东西,那么,抒情的方向自然便会引向“深”和“细”的方面去了。

最后,我们又可以看到,题材内容和抒情风格的特种规定性,又导致了它语言风格上的绮美特色。“酒添颜色粉生光”一句,在韩偓是用来形容佳人的容貌之美的;而在我们,却也不妨移解为:艳情的题材和细腻的风格,就给它的词藻带来了“粉红”的颜色和脂粉的光彩。

现在再让我们来看一看韩偓所作的词,亦举四例:

拢鬓新收玉步摇,背灯初解绣裙腰,枕寒衾冷异香焦。 深院下关春寂寂,落花和雨夜迢迢,恨情残醉却无聊。(《浣溪沙》)

宿醉离愁慢髻鬟,六铢衣薄惹轻寒,慵红闷翠掩青鸾。 罗袜况兼金菡萏,雪肌仍是玉琅玕,骨香腰细见沉檀。(《浣溪沙》)

侍女动妆奁,故故惊人睡。那知本未眠,背面偷垂泪。 懒卸凤凰钗,羞入鸳鸯被。时复见残灯,和烟坠金穗。(《生查子》)

秋雨五更头,桐竹鸣骚屑。却似残春间,断送花时节。 空楼雁一声,远屏灯半灭。绣被拥娇寒,眉山正愁绝。(《生查子》)

这些词和前面所引过的《袅娜》《意绪》《惆怅》《闺情》诸诗,面目是何等的相似!难怪人们常把它们既认作是词又认作是诗(如《全唐诗》即把上面两首《生查子》收录为诗,而《唐五代词》则把那首《意绪》收录为《木兰花》词),其原因盖出于它们的十分接近。而在这种面目相似的现象中,就蕴藏着一段奥妙。所以,韩偓的《香奁集》仅是一个“标本”。解剖这个标本,有助于解开文学史上这样一个“谜团”——原来,在《香奁》体诗和《花间》体词之间,存在着一座“暗桥”。对此,清人田同之早就敏锐地指出过:“大历、元和后,温、李、韦、杜渐入《香奁》,遂启词端。”①这个论断就揭示了:(艳)词的发端,实际上是承受了艳诗中爱情意识的“转移”而致。

不过,这里还有一个问题需要解决,那就是:为什么爱情意识要作这种从艳诗到艳词的“运动”和“转移”呢?原因就在于,词体有着它自己特具的某种优势。正是这种优势,才引得诗人们像“蜂蝶纷纷过墙去,却疑春色在邻家”似地“飞”到了词的苑地里去。

关于词体的优势,我们在第一章开头一节和第二章的第一节中,实际上已经有过阐述。词的合乐性,词体“织综”之美感特征,词在抒情方面的虽“狭”而“深”,凡此种种,都形成了它“优胜”于诗的某些特长。对此,我们不再复述。而在这里,却要补充另一个不应忽略的现象,那就是:异性的环境,往往能极大地刺激作者的创作情绪;而词,就正是这样一种创作于女性环境中的特殊文体,这就难怪文人作者写词的“积极性”会特别高涨、特别亢奋!

我们不妨先读一些描绘“玉人唱新词”的作品,如:

> 芳年妙妓,淡拂铅华翠。轻笑自然生百媚,争那尊前人意?　酒倾琥珀杯时,更堪能唱新词。赚得王孙狂处,断肠一搦腰肢。(尹鹗《清平乐》)
>
> 绿云高髻,点翠匀红时世。月如眉,浅笑含双靥,低声唱小词。　眼看唯恐化,魂荡欲相随。玉趾回娇步,约佳期。(牛峤《女冠子》)

从这些词中我们就很容易明白:小词的创作和演唱,便都离不开“玉人”“妙妓”的特种环境。正像“求偶”的禽鸟最喜欢放声歌唱而且唱得最为宛转悦耳一样,在“轻笑自然生百媚”“浅笑含双靥”的异性吸引之下,词人们怎能压抑得住自己的创作冲动呢?所以,与其关起门去写那些风流自赏、曲高和寡的《无题》《香奁》式的艳诗,还远不如“即席赋词”、以博玉人之竞唱和“青睐”来得快意与满足。由此看来,晚唐文人的纷纷“改行”或“转业”而去填词,其重要的心理原因即在于为要讨得异性的欢心,满足自己特种的表现欲望——而这从根本上说,也还是受到了爱情意识的促发和推动。艳词的勃兴,原因之一即在于此!

除开上面已经说过的那些原因之外,人们对于词体的轻视,也是这一时期人

① 田同之:《西圃词说》,唐圭璋编《词话丛编》,中华书局,1986年,第1452页。

们好写“小词”的又一个原因。词来源于民间的小曲，比起“正统”的诗、文来，它只是一种“小技”。所以，晋相和凝少年时，好为曲子词，传播于开封、洛阳一带；等他拜相之后，却“专托人收拾焚毁不暇”①。据此即见，在文人心目中，词只是“低贱”的文体。这种看法一直延续到宋代。如欧阳修《归田录》卷二记载，钱倩平生“坐则读经史，卧则读小说，上厕则阅小辞”②，可见词体在诸艺之中，“品格”最低。但却也正因为如此，一般文人雅士认为“上不了台盘”的“花情柳思”却尽可以在“借酒遮脸红”的席间，用“小词”来尽情表露。这种曲折而微妙的心理，也驱使着人们把自己所激发出来的爱情意识，畅快地宣泄在词里。所以因着上述种种原因，晚唐五代的时代精神，便在“小词”里找到了理想的归宿，得到了最佳的表现；词之代诗而兴，就是带有某种历史必然性的事件了。

对于晚唐五代艳词勃兴的“本质”——爱情意识在文学领域里的第三次大萌生、大“发动”，我们就作了如上的论述。底下，我们还要简单地回答一下它的“意义”问题。

前已谈过，对在晚唐五代这样一个昏乱的时代环境中诞生出的面目与之大不相符的《花间》词，前人和今人的批判已经多矣。我们对于这些批评，基本是持同意态度的。这是因为，文学的使命之一即在于能够真实地反映社会生活，有助于社会的前进，而《花间》式的词，却离开此点甚远，此为其一。其二，我们所说的爱情意识，它本身又是一个比较复杂的概念。作为一个生理概念，它标志着人类凡达一定年龄后均会生出的那种关于性爱的感情和意识；但作为一个人文概念，它又是和人的社会属性、道德情操等方面的内容紧密相联的。所以，同是表现爱情意识，其中却有纯真与邪恶、高雅与粗鄙、趋于健康一路与偏于情欲一路之分。而在晚唐五代文人所作的艳词里头，不可否认，却是香花和莠草并存地同时反映出上面两大类型的爱情意识的。其中某些偏于色情、偏于淫鄙的作品，就表现了一部分士人不健康的“爱情意识”，它们之受到批判，也是完全应该的（对于这种莠草式的淫靡作品，这里就不举例了）。

但是历史唯物论又提示我们，看待一种新出现的事物，除了应该全面评价其功过得失之外，更应该着重考察它所提供出来的某种新鲜东西。对于诞生在晚唐五代时期的《花间》式小词，我们也就应持这种态度。从这种态度出发，我们就不难发现，除了该批判的一面之外，它还有值得肯定的另一面，这就是它所带有的“人性觉醒”的思想意义。千百年来，封建意识和封建礼教，就像冰水一样，

① 孙光宪:《北梦琐言》卷六，三秦出版社，2003年，第112页。
② 欧阳修:《归田录》卷二，中华书局，1981年，第24页。

冷酷地浸透了社会生活的各个方面;反映在文学领域里,就基本容不得作为人类最值得珍视的感情内容之一的爱情在其中占有一个应得的位置。但是,《花间》式小词的出现,却打破了这一"霸道"的局面,表露了人性的温煦和爱情的微光,终于在这条冰凉的历史长河底层,不甘屈服地"透将出来"。虽然它的力量是远为微弱、渺小的,然而它毕竟在某一个角度体现了人们对美好生活的追求和对不合理制度的抗争,体现了社会蜿蜒向前发展的趋向。从这个意义上讲,它是提供了某种"新鲜"的思想信息和精神因素的。至于它所带有的那些放荡淫逸、颓废消沉的不良心理和消极思想,则又反映了剥削阶级那种腐朽没落的世界观。它是古已有之(如六朝宫体诗)、后亦有之(如明人拟话本小说)的,似不必专门责怪于晚唐五代艳词。

除了"思想解放"方面的意义之外,《花间》式词的出现,也有它美学史上和文学史上的独特意义所在。如从美学史上看,它就揭启了一页新的篇章。李泽厚先生在其《美的历程》一书中,曾用生动的语言概括了人们从古以来所经历过的"审美历程"。而《花间》式的词,正典型地体现了中唐以来人们所特有的审美趣味和审美音调。它所嗜尚的,乃是一种柔性的美感、女性的美感、纤细型的美感以及香艳型的美感。比起千山万壑、气象阔大的"盛唐气象"来,它似乎只是幽溪曲涧、小桥流水。但是,我们如若承认人类感情生活的复杂性,承认人们审美需要的多样性的话,那么,也就应该承认晚唐五代人们审美趣味的合理性。正像轻音乐和山水画是人们审美生活中不可缺少的一部分那样,《花间》词的美学风格也是人们在某种特定环境中所十分需求的东西。所以,即使是曾经严厉批评过它的陆游,也在《长短句序》中说过:"予少时汨于世俗,颇有所为,晚而悔之;然渔歌菱唱,犹不能止。"这就可知他虽欲舍弃而不能自止的矛盾心理了——他的《豆叶黄》("春风楼上柳腰肢,初试花前金缕衣。袅袅娉娉不自持。晓妆迟,画得蛾眉胜旧时")、《采桑子》("宝钗楼上妆梳晚,懒上秋千,闲拨沉烟,金缕衣宽睡髻偏。　　鳞鸿不寄辽东信,又是经年,弹泪花前,愁入春风十四弦")之类的作品,不正体现着与《花间》词同一的风致?由此看来,"无情未必真豪杰"(鲁迅《答客嘲》),人们在蒙受爱情意识的"冲击"之时,就难免会向《花间》式的词中去寻求其审美上的心灵共振。至于从文学史的角度看,则它同样也揭开了既新又美的一章。首先,它为千古词章奠定了一种"正宗"(或"本色")风格的基础,这就是一件意义十分深远的大事。从此以后,文人写词,就有了一种"范本"或"楷模"。其次,我们还想补充指出一个重要的问题,那就是:在爱情意识的驱使下,文学作为"美文"的特征,也就得到了进一步的加强。这里仅以写景为例:自然景物,本无所谓美与不美,它本只是客观存在的一种物质环境;但通过人们的生活实践和感情移入,就会"人化"成美的东西。比如经过劳动,大自然便会变得可爱可亲(如《诗·豳风·七月》中的"春日载阳,有鸣仓庚");而由于爱情意识的移入,大自然更会变成"楚雨含情皆有托"(李商隐《梓州罢吟》)的对象(这里的"托"并非仅指政治方面的"寄托",还指恋情的"移托")。比如《诗·秦风·蒹葭》中的"蒹葭苍苍,白露为霜。所谓伊人,在水一方",由于恋人被秋水所阻隔,因此"蒹葭"和"白露"的景色中就自然地融入了人的情感而显示出"苍茫"的美感。又比如《九歌·湘夫人》中的"帝子降兮北渚,目眇眇兮愁予。袅袅兮秋风,洞庭波兮木叶下",由于湘君和湘夫人隔着湖波两目传情,因此"秋风""木叶"的景色中也就带有了"凄清"的美感。至于晚唐五代词,由于它所表现的爱情意识,既带有伤感的色彩,又沾上了城市环境的特色,所以它所描写的自然景色,就集中呈现为一种"绮怨"的美感。如温庭筠《菩萨蛮》词:"水精帘里颇黎枕,暖香惹梦鸳鸯锦。江上柳如烟,雁飞残月天""玉楼明月长相忆,柳丝袅娜春无力。门外草萋萋,送君闻马嘶",其中所写的景色,就正如刘熙载所说的那样:"精妙绝人,然类不出乎'绮怨'。"①通过文学史上写景情况的这番回顾,我们便可以发现,随着人类感情生活的越臻细腻化,写景的思想深度和艺术深度也就有了进一步的发展。晚唐五代"词境"之美,张惠言曾称之为"深美闳约"(《词选序》),其"深美"的"深"字,实就来源于爱情意识本身的不断"深化"。故而在文学史上,晚唐五代词,就堪称是最美的"美文"之一。后代很多读者和作者,他们之所以喜爱读词和作词,原因中的重要一条,即是醉其芬馨之辞——比如宋代的黄庭坚就称自己的艳词乃是"空中语耳"(惠洪《冷斋夜话》),这一半说明他的生活兴趣中有其嗜"艳"的一面,另一半也说明了词的文辞美、语言美对他有着很强的吸引力。以上所说的种种,均意在说明,由于人类思想感情(特别是其中的爱情意识)的不断变化,文学作品的艺术性和审美性也就会有相应的进步。这种情况,在晚唐五代文人词中就可看得相当分明。

在结束这一节的时候,让我们再回到前面的标题上来:晚唐五代之所以出现"词代诗兴"(从《香奁》诗到《花间》词的过渡),绝不是一个偶然性的事件,它曲折而深刻地反映了历史发展的某种契机:正是那郁积在人类心头已久的爱情意识,恰逢了合适的时机而再次蓬勃萌发,因之它就在传统的诗文形式之外,择选到了另一种更为"惬意"的文体——"曲子词",从而得到了充分的表现。这个时候,在原先由民间所创造的词体躯壳之中,就移注入了《香奁》诗的"香魂"。民间谚语把人的得逢艳遇称之为交上了"桃花运";故而,我们也就可把晚唐五代

① 刘熙载:《艺概》卷四,上海古籍出版社,1978 年,第 107 页。

词的得遇爱情意识的第三次“发动”称之为它的“桃运”时代——《花间集》之所以如此取名，其真意自应有另外的解释；但在我们，却又不妨从其得遇“花间”之“丽人”、交上了“桃花好运”上去理解，此亦可资一笑之噱也。

二、“花间鼻祖”温庭筠奠定了“类型风格”的基石

从现在起，我们正式来谈论《花间》词。《花间》词的得名，自然来源于后蜀赵崇祚所编的《花间集》。在这本词集之首，载有另一位后蜀词人（蜀亡后仕宋）欧阳炯的序言，它形象地展现了《花间》词的“类型风格”：

> 镂玉雕琼，拟化工而迥巧；裁花剪叶，夺春艳以争鲜。是以唱云谣则金母词清，挹霞醴则穆王心醉。名高《白雪》，声声而自合鸾歌；响遏行云，字字而偏谐凤律。《杨柳》《大堤》之句，乐府相传；《芙蓉》《曲渚》之篇，豪家自制。莫不争高门下，三千玳瑁之簪；竞富尊前，数十珊瑚之树。则有绮筵公子，绣幌佳人，递叶叶之花笺，文抽丽锦；举纤纤之玉指，拍按香檀。不无清绝之辞，用助娇娆之态。自南朝之宫体，扇北里之娼风，何止言之不文，所谓秀而不实。有唐已降，率土之滨。家家之香径春风，宁寻越艳；处处之红楼夜月，自锁嫦娥。在明皇朝，则有李太白之应制《清平乐》词四首；近代温飞卿，复有《金荃集》。迩来作者，无愧前人。今卫尉少卿字弘基（按：即赵崇祚），以拾翠洲边，自得羽毛之异；织绡泉底，独殊机杼之功。广会众宾，时延佳论，因集近来诗客曲子词五百首，分为十卷。以炯粗预知音，辱请命题，仍为叙引。昔郢人有歌《阳春》者，号为绝唱，乃命之为《花间集》。庶使西园英哲，用资羽盖之欢；南国婵娟，休唱《莲舟》之引。广政三年（940）夏四月大蜀欧阳炯叙。①

这篇序言，涉及许多方面的问题，但是集中到一点，那就是：它是关于“艳词”的一篇“宣言”或“自供”。这一点，就和徐陵的《玉台新咏序》是“艳诗”的宣言或自供一样。这种“以艳为美”的词学主张表现在：第一，它自己承认，《花间》词乃是“自南朝之宫体，扇北里之娼风”，即上承南朝宫体诗之传统，下扬晚唐五代之“娼风”（文中的“北里”即指妓女集中之处。唐孙棨有《北里志》一书）。第二，它表明赵崇祚之所以编辑此集，是供“绣幌佳人”们在酒筵舞席上用来演唱的，

① 欧阳炯：《花间集序》，金启华，等编《唐宋词集序跋汇编》，江苏教育出版社，1990 年，第 339 页。

而“诗客”们之所以要写这些“曲子词”,其目的也无非是用其“清绝之辞”来增添歌妓唱歌的“娇娆之态”。第三,因此,它又对词的艺术方面提出了如下的要求:合律、香艳而且要有富贵之态(这几点是贯穿全篇的);而这样的一种“艳词”的风格,照编者和写序者看来,就当以温庭筠词为其“样板”。所以,在这本主要是收录蜀国词人作品的《花间集》之首,却偏要把早于此时75年的温庭筠词冠于集首。宋人黄昇说,温庭筠“词极流丽,宜为《花间集》之冠”(《唐宋诸贤绝妙词选》卷一);清人王士禛说,“温为《花间》鼻祖”(《花草蒙拾》)。其实,他们的这些看法,早在《花间集》的编选顺序中就已得到了体现。

温庭筠(812? —866),字飞卿,太原(在今山西省)人。他是晚唐著名诗人,与李商隐齐名,号称“温、李”。然而由于他生活比较放浪,又好讥刺当权者,所以尽管文才敏捷,却屡试不中,只做过襄阳巡官、国子助教、方城(今河南方城附近)尉一类的小官。他的生活行径中有两点颇可注意:一是虽为北人却长期逗留南方。夏承焘先生《温飞卿系年》中引今人顾肇仓(学颉)言:“庭筠诗中,言其故乡太原者绝少,而言江南者反甚多,恐幼时已随家客游江淮,为时日必甚长……飞卿在江南日久,俨以江南为故乡矣。”①这对造就其诗词中的南国情味甚浓,是有很大影响的。二是他生活浪漫,经常出入青楼,《旧唐书》本传说他“士行尘杂,不修边幅,能逐弦吹之音为侧艳之词”,这与形成其“艳词”的风格又是有关系的。温庭筠是第一个致力于词的“专业作家”。他的词名实大于诗。除了《花间集》所载,其词还见于《金奁集》《尊前集》《全唐诗》。《唐五代词》共收70首,数量居《花间》词人之首。史载他有《握兰集》三卷及《金荃集》十卷,俱佚。他的主要贡献就在于完成了从《香奁》体诗向《花间》式词的过渡,为《花间》词的“类型风格”奠定了基石。

《花间》词的“类型风格”,首先导源于它题材的艳情性。温庭筠的词,就基本都是描写艳情的作品。这种情况是由他的写作目的和生活经历所决定的。据孙光宪《北梦琐言》卷四记载:“宣宗爱唱《菩萨蛮》词,令狐相国(绹)假其(指温)新撰,密进之,戒令勿泄。”②皇帝爱听、爱唱艳诗和艳词,臣子为之代撰,这在中晚唐时是常见的事。如诗人王建曾代撰宫词百首,送进宫内演唱;如白居易“奉敕撰进”《小曲新词》《闺怨词》供内宫歌唱。所以,温氏所撰《菩萨蛮》诸词,多以宫妃生活为其背景,就不足为怪了。又据前引的《旧唐书》本传,知他经常与歌妓为伍,很有些“艳遇”之类的恋爱经历,所以它们也很自然地成了他诗词

① 夏承焘:《唐宋词人年谱》,上海古籍出版社,1979年,第415页。
② 孙光宪:《北梦琐言》,三秦出版社,2003年,第73页。

的写作内容。比如他的《偶游》诗云:“曲巷斜临一水间,小门终日不开关。红珠斗帐樱桃熟,金尾屏风孔雀闲。云髻几迷芳草蝶,额黄无限夕阳山。与君便是鸳鸯侣,休向人间觅往还”,便写的是他“阮、刘入天台”(此处实是“狭斜”)式的“仙遇”。再如《赠知音》诗云:“翠羽花冠碧树鸡,未明先向短墙啼。窗间谢女青蛾敛,门外萧郎白马嘶。星汉渐移庭竹影,露珠犹缀野花迷。景阳宫里钟初动,不语垂鞭上柳堤”,则又是写他与女“知音”之间的情事。因而他词中所写的角色,不是宫妃,便是歌妓,不是“思妇”,便是“怨女”;他词中所咏的内容,不是闺情,便是宫怨,不是离愁,便是别绪。晚唐时期社会上所发生的种种矛盾和斗争,在他的词中全都消失了;即使是他自己诗中所抒发的“欲将书剑学从军”(《过陈琳墓》)的豪情,至此也隐匿不见了。自温词开始,词的题材便走到“狭窄化”的道路上去了。拿今天的眼光看,这当然是一件值得惋惜的事;但从当时的时代精神看,它恰恰是适应了爱情意识从诗向词过渡的某种需要。

温词之“过”在于它题材之“狭”,然而它的“功”却又正在于它抒情的“深”。前代诗歌中表现爱情意识的作品并不少见,可是比起它们来,温词的独到之处就在于抒情的细腻深曲上。其词有云:“画堂照帘残烛,梦余更漏促。谢娘无限心曲,晓屏山断续。”(《归国遥》)则它所致力刻画的,就已非一般喜怒哀乐的感情,而是一种更加精微窈深的“心曲”或“心绪”。试读这样的词:“玉炉香,红蜡泪,偏照画堂秋思。眉翠薄,鬓云残,夜长衾枕寒。　梧桐树,三更雨,不道离情正苦。一叶叶,一声声,空阶滴到明。”(《更漏子》)词末那一声长、一声短、一声高、一声低的梧桐秋雨,简直不是打在残叶上,而是点点滴滴全都敲击在读者的心弦上。比起白居易的“春风桃李花开日,秋雨梧桐叶落时”(《长恨歌》)来,它更显得情味深长,“别有一番滋味在心头”。又如《酒泉子》:“日映纱窗,金鸭小屏山碧。故乡春,烟霭隔,背兰釭。　宿妆惆怅倚高阁,千里云影薄。草初齐,花又落,燕双双。”它用一连串的景语描出了“暮春三月,江南草长,杂花生树,群莺乱飞”的美丽韶景,又以此衬托出闺妇思乡而又盼夫的“惆怅”心态,收到了“尽在不言之中”的高妙功效,充分显示了他以长短句描摹“心曲”的高超技巧。前人“深美闳约”(张惠言《词选序》)、“酝酿最深”(周济《介存斋论词杂著》)的评价,都揭示了温词在抒情方面向着深度开掘的特征。这可谓其第一方面的风格特色。

温词风格的另一特色则又在于它的绮丽美感。对此,前人早有评论。如胡仔说:“庭筠工于造语,极为绮靡。”①如黄昇说:“(温)词极流丽,宜为《花间集》

① 胡仔:《苕溪渔隐丛话·后集》卷一七,人民文学出版社,1981年,第125页。

之冠。”(已见前引)试读唐宣宗使宫嫔所歌的这几首温庭筠所“密撰”的《菩萨蛮》词(录其中三首):

南园满地堆轻絮,愁闻一霎清明雨。雨后却斜阳,杏花零落香。无言匀睡脸,枕上屏山掩。时节欲黄昏,无聊独倚门。

夜来皓月才当午,重帘悄悄无人语。深处麝烟长,卧时留薄妆。当年还自惜,往事那堪忆?花露月明残,锦衾知晓寒。

竹风轻动庭除冷,珠帘月上玲珑影。山枕隐浓妆,绿檀金凤凰。两蛾愁黛浅,故国吴宫远。春恨正关情,画楼残点声。

并不需要特别丰富的艺术细胞,人们便都能够从中体味到一种绮丽的美感!温词之美,于此可窥一斑。

在谈到温词的美感时,我们又不能不提到这样两个现象:一是它特别擅长于描写夜景,二是它十分喜欢描写水景。前者如他那三首被人称作“小夜曲”(吴熊和语)的《更漏子》①。上面已经引过他“梧桐秋雨夜”那一首,这里另再引一首:

柳丝长,春雨细,花外漏声迢递。惊塞雁,起城乌,画屏金鹧鸪。香雾薄,透帘幕,惆怅谢家池阁。红烛背,绣帘垂,梦长君不知。

全词在夜的背景上展开。夜深,人静,所以即使是铜壶滴漏的轻悄之声,都会异常清晰地传递到思妇的耳中,甚至使她觉得“塞雁”和“城乌”都因此而惊飞(这实在是一种“过敏心理”,因它以幻觉代替了现实);烛暗,帘垂,由此又引出思君而不见君的梦幻般的惆怅意绪。这种善用夜景来衬托“闺怨”的写法,就使温词增添了一种朦胧的美感和幽约的特质。

至于水景的描绘,在温词中更是俯拾即是。比如他的《梦江南》:“梳洗罢,独倚望江楼。过尽千帆皆不是,斜晖脉脉水悠悠,肠断白蘋洲。”这简直就像一幅江南水乡的小品画:点点的白帆,悠悠的江水,高高的小楼,萋萋的蘋洲……然而就在这种看似轻笔所写的水景中,却凝注了主人公的沉重心绪。“斜晖脉脉水悠悠”,在这“脉脉”与“悠悠”四字之中,不正反照出了她那“恺恻怨悱”之情吗?再如这首《酒泉子》:

楚女不归,楼枕小河春水。月孤明,风又起,杏花稀。　玉钗斜篸云鬟重,裙上金缕凤。八行书,千里梦,雁南飞。

① 吴熊和:《唐宋词通论》,浙江古籍出版社,1985年,第135页。

随着它那长短参差的句式、抑扬徐急的音节，江南水乡中的种种景物如月亮的孤光、河上的春风、零落的杏花、南飞的大雁，似乎都一齐飞动了起来。而“楚女思归”的感情，也就因着这种凄丽欲绝的景色，映衬得分外的哀婉柔美。从温庭筠之好写水景来看，他似乎已经达到了有意识地借助于南方水景来塑造婉美词境的比较自觉的地步。

把上述三方面的情况综合起来，我们即可明晓：温庭筠的词，实在是“谢娘心曲”的一种“外物化”和“优美化”。这种“谢娘心曲”，本质上说，即是爱情意识的产物（“谢娘”一词，在晚唐诗词中屡可见得，特指歌妓之类的女性），或者是爱情意识的一种特殊表现。“外物化”指的是它的一种“物态表现”和“形象表现”——因此它就转化成了具有特种风味的“词境”；“优美化”则是言其文辞之求美和意境之求美——它已是大不同于当年民间词的一种“诗客曲子词”了。所以，温庭筠的词，正式奠定了《花间》词的“类型风格”的基石，为后之所谓“婉约”词派开启了先河，其意义是不可低估的。王士禛说：“温、李齐名，然温实不及李；李不作词而温为《花间》鼻祖，岂亦同能不如独胜之意耶。”①在晚唐诗坛上，温庭筠的成就不及李商隐；然而在晚唐五代词坛上，他却是独占鳌头的宁馨儿，这就与他的首得时代“风气之先”有关。

不过，温庭筠词除了其题材方面的偏狭之外，在艺术方面也还存在着某些可以批评之处——这主要表现在它的密丽过甚上。它的某些作品，堆垛浓丽词藻较密，使人有“浓得化不开”的感觉（有人曾戏呼为“印象派”之作）。对于这种现象，我们可以从下列三方面的原因去作理解：第一，温词所写的对象，大致都是贵族妇人或贵族化了的歌妓。为要反映她们的生活环境和容貌服饰，自然就会多写一些“宝函钿雀金鸂鶒”“翠凤宝钗垂罘罳”之类的富贵之物。第二，温氏擅长于作骈赋和艳诗，其色泽都较浓丽；移而作词，其作风自然会带到词中来。第三，由于温庭筠是首次大力作词的作者，对于虚字的运用和章法的讲求，还缺乏十分成熟的经验，这也导致了他实字太密、脉络不显的某些缺陷——不过，反过来说，温词的这种浓艳风格却又不失为一种可以“聊备一格”的风格。它那种“蹙金结绣”“七宝楼台”式的气象，毕竟是与它所咏写的对象和内容表里相符的；而它善于在缤纷斑驳的色彩中“暗逗”（或“暗示”）出情绪的手法，也自有其艺术上的耐人寻味、可资借鉴之处。更何况，温氏另有一些作品却又已跳出了这个习套；而即使是在那些色泽很浓的作品中，也常能够以清疏的自然景色“调剂”之（如他的《菩萨蛮》就基本上每首词中都有几句清丽的“景语”）。所以总

① 王士禛：《花草蒙拾》，唐圭璋编《词话丛编》，中华书局，1986 年，第 674 页。

起来看,这些缺点也还未造成它艺术上的严重缺陷。

三、《花间》其他作家、作品述评

《花间集》共收18位词人的词作500篇。除温庭筠外,其余的17家是:皇甫松、韦庄、薛昭蕴、牛峤、张泌、毛文锡、牛希济、欧阳炯、和凝、顾敻、孙光宪、魏承班、鹿虔扆、阎选、尹鹗、毛熙震、李珣。其中,皇甫松(皇甫湜之子)和温庭筠一样,时代较早,故被称为“先辈”;和凝仕于后晋,孙光宪仕于荆南(后又仕宋),为西蜀以外的词人;其余的,则全是西蜀(前蜀和后蜀)的词人。所以,我们又可以把他们基本上称作为“西蜀词派”。

在评述《花间》作家群的时候,除开上一节已经详谈的温庭筠以外,我们首先有必要来谈论一下西蜀词坛的两位“当然领袖”——前蜀国君王衍和后蜀国君孟昶。尽管《花间集》中没有收录他们的词作,也尽管他们所作的词篇至今已极少见到,但无疑的是,他们那大力提倡享乐生活和浮艳小词的生活嗜好以及文学嗜好,对于西蜀词坛的影响是甚为直接和深广的。

前蜀由王建立国。王建本人即是一个好色之徒,他见到臣子潘炕之妾“解愁”绝色而兼能“工小词”“为新声”,竟至于向潘公开索讨。他的太子王衍,更是一个生活糜烂透顶的人,史载他“穷极奢巧,(衍)数于其中(指宫中)为长夜之饮,嫔御杂坐,舄履交错”。到他继承君位之后,更是肆无忌惮得不可收拾:“好私行,往往宿于娼家。”他又喜唱艳曲,“自执板唱《霓裳羽衣》及《后庭花》、《思越人》曲”。他还“发明”了一种“尖巾”(尖帽),自戴之外,令国人效之;又命妃嫔“皆衣道服、莲花冠、髽髻为乐,夹脸连额,渥以朱粉,曰‘醉妆’”①。在这种淫靡生活的基础之上,他能写出怎样的词来,就不难想知了。如他的《醉妆词》云:“者(这)边走,那边走,只是寻花柳。那边走,者(这)边走,莫厌金杯酒”,其淫鄙之风就扑鼻而来。后蜀则由孟知祥立国,它的第二位国君孟昶也是一个贪图享乐的人。前已引过的孟昶游浣花溪的“神仙”景象就是一个明证。他作的词,现在只剩两句断句(见苏轼《洞仙歌》小序):“冰肌玉骨,自清凉无汗”——这是他描写花蕊夫人徐妃的词句。从中看来,他的词风也不脱“艳科”一路。

在封建时代,君王的好恶,对于文学风气的影响甚为巨大。由于王衍、孟昶的提倡,上行而下效,君臣相与逸乐;加上西蜀偏安四川,得天独厚,经济发展,因此就为《花间》词的“类型风格”(“艳”风)提供了繁滋茂发的再适宜不过的条件。不过,因为《花间》诸家的禀性、经历、修养、趣味各有不同,所以在相似的

① 张唐英:《蜀梼杌》,中华书局,1985年,第6、9、11页。

“类型风格”之外，他们又各具有自己不同的艺术个性。只是由于人数众多，所以我们只能对他们“点面结合”地做一简述。

除温氏之外，《花间》的另一位领袖人物便是韦庄（约836—910）。他也是晚唐一位诗、词并擅的作者，京兆杜陵（今陕西西安市东南）人，早岁寓居长安、洛阳等地，壮岁南游，足迹遍及长江南北。浪游十余年后，至894年才考中进士，任校书郎。66岁入蜀，从王建为掌书记，辅佐前蜀立国，官至丞相（平章事）。

韦庄的词，除了它所带有的那种《花间》艳词的普遍风格之外，还有两个显著的特点：一是情真意深，二是词风清疏。先说第一点。前已讲过，温词的咏写对象大致是宫嫔、思妇，也有一些是他有所“偶游”或“艳遇”的歌妓，但比起韦庄来，就显得有点儿泛泛而写或逢场作戏之感了，因此尽管他所摹写的女性心理十分精微深细，但到底还只是“拟想”而已。韦庄却不同了，请读：

四月十七，正是去年今日。别君时，忍泪佯低面，含羞半敛眉。不知魂已断，空有梦相随。除却天边月，没人知。

昨夜夜半，枕上分明梦见。语多时，依旧桃花面，频低柳叶眉。半羞还半喜，欲去又依依。觉来知是梦，不胜悲！

这两首《女冠子》是“联章体”，一首写女忆男，另一首写男忆女。从它的“四月十七，正是去年今日。别君时”看，有确切的时间；从它的“枕上分明梦见”看，又是“实乎其事”有过此梦。由此看来，韦庄及其恋人间，确有过一段伤心的“本事”，不然就很难写得如此“不隔”，写得如此深切感人。

再如：

记得那年花下，深夜，初识谢娘时。水堂西面画帘垂，携手暗相期。

惆怅晓莺残月，相别，从此隔音尘。如今俱是异乡人，相见更无因！（《荷叶杯》）

杨湜《古今词话》曾为之而杜撰了一个故事，说韦庄有个“宠人”，后被王建“托以教内人为词，强夺去”（我怀疑它即发源于前引的王建夺潘炕之妾“解愁”之事）。这当然并不足信。然从它所描绘的水堂初见的细节，以及词末同为“异乡人”的深怆悲感来看，其词情想必也并非全部是向壁虚构的。我们只要读一下他《浣花集》中的《忆昔》诗，其中有云：“西园公子名无忌，南国佳人号莫愁。今日乱离俱是梦，夕阳唯见水东流”，就可知他的不能忘情于“昔”了。再有他的《独吟》等多首悼亡诗，首首情意真挚，体现着他一往情深的无限哀伤。兹举一首为例：“默默无言恻恻悲，闲吟独傍菊花篱。只今已作经年别，此后知为几岁期？开箧每寻遗念物，倚楼空缀悼亡诗。夜来孤枕空肠断，窗月斜晖梦觉时。”他的这腔深情从诗移入词中,就哪能不生出哀感艳顽的强烈效果?这种"因情而生文""为情而造文"的创作动机,就使韦词显得特别情真意深。

再说第二点。人们常把韦词与温词并称为"温、韦",这不仅标志着它们词风的一致性,却同时又在实际上提示了两者的差异性。比较起来,温词密丽而韦词清疏。比如同是写思妇想念丈夫(或情人)的《菩萨蛮》,温词这样写道:"小山重叠金明灭,鬓云欲度香腮雪。懒起画蛾眉,弄妆梳洗迟。　　照花前后镜,花面交相映。新帖绣罗襦,双双金鹧鸪。"词的上片极力形容居室和妇人容貌之华美,以及画眉之"懒"和梳洗之"迟",只是在这两个字的后面才暗示出她那慵倦乏味的难言心境来;词的下片继写她的对镜打扮,到了末一句"双双金鹧鸪"中,作者才若隐若现地让我们从一个"双"字中反窥见妇人的孤独心理。这就是一种典型的密丽风格。而韦词则这样写道:"洛阳城里春光好,洛阳才子他乡老。柳暗魏王堤,此时心转迷。　　桃花春水渌,水上鸳鸯浴。凝恨对斜晖,忆君君不知。"词中女主角家住洛阳城,此刻正在想念那流浪异乡的恋人,所以词的一开头便点明本意:"洛阳城里春光好"而"洛阳才子"则"他乡老"。此意既明,再读下面八句,就相当清楚明白了。所以王国维就风趣地说过:"'画屏金鹧鸪',飞卿语也,其词品似之;'弦上黄莺语',端己(韦庄)语也,其词品亦似之。"①韦庄的词风,就正像那琵琶弦上弹奏出的黄莺鸣叫声,清脆而流利,而不像那画屏上的金鹧鸪,浓艳而凝重。温、韦词风之差异,大抵如此。至于韦词为什么会形成这种清疏的风格,大致也有这三方面的原因:首先,韦词情真意深,所以不必假借太多的词藻来修饰词情。古人有过"情胜辞"或"辞胜情"的说法②,借用这个说法,我们认为,韦庄是"情胜乎辞"的,所以他不太在文辞词藻上过分着力,而只是让感情本身来打动、感染读者,因而词风就走清疏一路。其次,韦庄本身的诗风近似白居易一路。他早岁与白同居下邽,可能还与之有所往还,其《秦妇吟》一篇长篇歌行(共 1600 余字),即明显受到过《长恨歌》《琵琶行》的影响。因之,他的词风虽"艳"而不"腻",虽"丽"而不"密",便自有其诗学渊源方面的原因。最后,韦庄长期浪迹江湖,接触到较多的民间歌曲(特别是南方民歌),如他的《村笛》诗:"箫韶九奏韵凄锵,曲度虽高调不伤。却见孤村明月夜,一声牛笛断人肠",就是闻村歌牛笛而作。因此他的词中,还保留着一定程度的民歌风味。最典型的例子就是那首"代言体"的《思帝乡》,它真率地道出了一位姑娘的

① 陈鸿祥:《〈人间词话〉〈人间词〉注评》,江苏古籍出版社,2002 年,第 36 页。

② 如沈雄《古今词话》引蔡伯世言:"子野辞胜乎情,耆卿情胜乎辞。"唐圭璋编:《词话丛编》,中华书局,1986 年,第 766 页。

“自白”:“陌上谁家年少足风流?妾拟将身嫁与一生休。终被无情弃,不能羞。”这里流露的,全是一片心声,而其用语也近同白话,故甚富敦煌民间词的风味。又如《归国遥》:“金翡翠(按:鸟名),为我南飞传我意:罨画桥边春水,几年花下醉? 别后只知相愧,泪珠难远寄。罗幕绣帏鸳被,旧欢如梦里。”上片是女子请飞鸟带信,嘱咐恋人休贪恋他乡荣华而要早早归家;下片是男子的回答:别后一直在淌眼泪,只是愧无良计归家,因此不得不作两地相思。一问一答,且借飞鸟传语(这也使我们联想到敦煌词中的某些作品),这些,就多少受到过民间词的影响。

所以,在《花间集》中,韦庄的词风因其情真意深和清畅疏朗的特色,是独树一帜的。故曾有人因之而想把它列在《花间》派之外,这倒似也不必(因为它也同样体现了《花间》的普遍或“类型”的风格);但从它重视抒情而不强调应歌、重在抒自己之情而不强作“空中传恨”之语来看,它对后代的影响,又是不在温词之下的。

在谈论了温、韦之后,我们再来看《花间》的其他诸家,则大致可讲,其词风是不入于温便入于韦的。其间虽有浓淡、疏密、雅俗、深浅之分,但总的风貌却是相当一致的——这主要表现在两大方面:题材内容的艳情化和布景设色的“南方化”。下面分别对这两点做一些简析:

《花间》词的主要题材,是写男女恋情。正如张泌《胡蝶儿》一词中“还似花间见,双双对对飞”一语所揭示的那样,或是写“彩蝶双飞”式的男欢女恋,或是写失伴孤栖式的男悲女怨。在写法上,则既有“温柔敦厚”、含蓄不露的文雅写法,如温庭筠《菩萨蛮》之类;又有放肆而无节制的“淫鄙”写法,如牛峤《菩萨蛮》(内有“粉融香汗流枕山”之类句子)、欧阳炯《浣溪沙》(内有“兰麝细香闻喘息,绮罗纤缕见肌肤,此时还恨薄情无”之类句子)之类。由于这种以“小词”来写艳情的势头十分强烈,因此,即使是另外的一些题材内容却也因之而艳情化了。试举几个例子:比如边塞题材,唐诗中的“边塞诗”,多的是烽火狼烟、奇寒苦荒,以及阵阵的杀气、咚咚的战鼓,但《花间集》中的“边塞词”却变成了这种样子:“紫塞月明千里,金甲冷,戍楼寒,梦长安。 乡思望中天阔,漏残星亦残。画角数声呜咽,雪漫漫。”(牛峤《定西番》)紫塞、金甲、戍楼、画角之类的边塞风光,在这里只变成了表现乡思离情的一种道具或摆设。又如“游仙”题材,前代“游仙诗”多写游仙学道的内容,而《花间集》中的“游仙词”则写成这种样子:“洞庭波浪飐晴天,君山一点凝烟。此中真境属神仙,玉楼珠殿,相映月轮边。 万里平湖秋色冷,星辰垂影参然。橘林霜重更红鲜。罗浮山下,有路暗相连。”(牛希济《临江仙》)此词前面所写,倒确实有些“仙家气派”,但末两句中,就露出了艳情的“尾巴”——“罗浮山”，就用的是赵师雄迁罗浮遇丽人（梅花神）的故事（见伪托柳宗元所作的《龙城录》）。至于其他一些咏女冠（女道士）、女神（如巫山神女）的词，也不过是把歌妓的舞衣换上一件“仙装”而已。再如咏史题材，前人在写这种题材的诗歌时，往往借古讽今，语含戒鉴，而《花间集》的“怀古词”则大多仅怀念前代之“风流”，如：“太平天子，等闲游戏，疏河千里。柳如丝，偎倚渌波春水，长淮风不起。　如花殿脚三千女，争云雨。何处留人住？锦帆风，烟际红。烧空，魂迷大业中。”（孙光宪《河传》）举此三端，即知：艳情似已成了《花间集》的一个“母题”，其他各种题材之作都不同程度地带上了它的“胎记”；或者也可以说：艳情已成了《花间集》的一个“热源”，其他各种题材之作，都或多或少地受到了它热力的“辐射”。

至于《花间集》在布景设色方面的“南方化”，从前面谈过的温词喜写水景中即可见出。温氏本是北人，尚且如此，则原是南人的作者就更不必多言了。我们想在这里补充谈论的是：《花间集》中写景的“南方化”，又为它的大多数作品提供了一种温馨的“热感”，而这又是和艳情所提供的“热力”相一致的。因此，翻开《花间集》，我们就会生出一种总体上的“热感”。比如下列这些作品：

> 兰烬落，屏上暗红蕉。闲梦江南梅熟日，夜船吹笛雨潇潇，人语驿边桥。（皇甫松《梦江南》）

那江南的黄梅雨，驿边的软语声，都给人以一种温馨、热烈的感受。

> 路入南中，桄榔叶暗蓼花红。两岸人家微雨后，收红豆，树底纤纤抬素手。（欧阳炯《南乡子》）

词中两见“红”字。其色彩之明艳，风物之温暖，也都给人以“热”的印象。

> 越罗小袖新香茜，薄笼金钏。倚栏无语摇轻扇，半遮匀面。　春残日暖莺娇懒，满庭花片。争不教人长相见，画堂深院？（毛熙震《后庭花》）

词中“春残日暖”的气氛，便正和它那缠绵悱恻的情思融合得相当一致。

及至那些描写狂欢烂醉、寻欢作乐的词篇，其“热度”自然就更高了。这种作品中的狂热的恋情和南方城市的奢靡环境，便交织成了一幅幅“竞富尊前”的行乐图。这和那个时代萧瑟凋敝的社会总面貌相比，显得多么的格格不入！但这，又是不能怪罪于南方环境而主要应怪罪于《花间》词人本身的“流宕”“无聊”的。我们在这里，仅是揭示其“南方化”的布景设色对于词境色彩的渲染作用而已。

当然,南方的景物本也是有"热"有"冷"的,故而《花间》词中也就曾经采撷过其中"冷"的一面,以之来表现作者凄冷的情绪。但若与南唐词做比较,则它的总体美感便是偏于"热"的——其原因即在于,《花间》词偏多于表现人的爱情意识,而南唐词则在此同时"冲入"了较浓的忧患意识,所以同是用南方景物来设色布景,然而二者却有着不同的"温感"。这留待下文再来补充述说。

除开上面所言的总体情况外,还有一些例外的情况也应谈一谈。那就是,除了抒写艳情之外,《花间集》中也还有着少量其他内容和其他风格的词作。

一是抒写"隐逸"情趣的作品。

前已谈到,中唐张志和的《渔父》词,曾在当世产生过较大的影响,一时唱和之作竟达十余篇。而它的影响,也曾波及到《花间》词中来。例如李珣和孙光宪都写过此类作品。兹举一首为例:

> 荻花秋,潇湘夜,橘洲佳景如屏画。碧烟中,明月下,小艇垂纶初罢。　水为乡,篷作舍,鱼羹稻饭常餐也。酒盈杯,书满架,名利不将心挂。(李珣《渔歌子》)

不管它是真心的表现还是"为文而造情"的"拟作",这毕竟表明,士大夫文人的思想感情是多侧面的,并不仅限于恋情一种。至于什么时候"突出"哪一个"侧面",那就得视机遇而定。所以到了北宋王安石、苏轼以后,这一个隐逸情趣的侧面就开始凸现出来,而词中的此类作品也就逐渐滋繁起来。

二是描绘地方风土人情的作品。

这在《花间集》中,突出地表现为描写南粤风光的词。欧阳炯和李珣,就写过 25 首这样的《南乡子》(《花间集》共收 18 首,余见《尊前集》)。兹各举一首为例:

> 岸远沙平,日斜归路晚霞明。孔雀自怜金翠尾,临水,认得行人惊不起。(欧阳炯)
>
> 乘彩舫,过莲塘,棹歌惊起睡鸳鸯。游女带香偎伴笑,争窈窕,竞折团荷遮晚照。(李珣)

张宗楠《词林纪事》卷二引周密言:"李珣、欧阳炯辈,俱蜀人,各制《南乡子》数首,以志风土,亦《竹枝》体也。"①此话有一半可疑。因为这些词中提到过"越南云树望中微"和"越王台下春风暖",又有猩猩、孔雀、大象、珍珠、桄榔、椰子等东

① 张宗楠编:《词林纪事》,上海古籍出版社,1998 年,第 111 页。

粤景物,看来不像是蜀中的“风土志”。但另一半则很有道理:它指出了这些词作很像是南方的民歌体(“《竹枝》体”)。因从调名来看,《南乡子》就很可能是南粤的民间歌曲。就像以乐府古题为题目作诗便要写到旧题的若干内容一样,作此类《南乡子》也就须以南粤风物为咏写对象,所以李珣等人就在此展开了异常丰富的想象。我们现在之所以要特别提到这些作品,就是因为非常钦佩他们的这种丰富想象力——唐人中有一些人并未真正到过边塞,然而却写出了“逼真”的边塞风光;因此,李珣他们凭着想象写出了“如画”的南粤风光,也就可以“说得通”了。在这类描绘风土人情的作品中,一则我们享受到了“熏香掬艳”之外的又一种风格和美感——一种明媚的、秀丽的、充满着乡土气息的风格和美感,另一则,又可以感到,即使在它的“泥土香”中,也并未完全摆脱“艳香”的气味(如前引的第二首词)。

三是抒发兴亡之感的作品。

《花间》词总的来说,是枕奠于艳情基础之上的。但是,艺术的小舞台终究又是建筑于社会的大舞台之上的。所以,《花间集》中偶而会产生痛悼亡国的作品,也就不足为奇了。这里提到的一首《临江仙》,就是“吉光片羽、弥足珍贵”的一篇:

> 金锁重门荒苑静,绮窗愁对秋空。翠华一去寂无踪。玉楼歌吹,声断已随风。　　烟月不知人事改,夜阑还照深宫。藕花相向野塘中,暗伤亡国,清露泣香红。

作者鹿虔扆,存词仅六首,但有了这一首,也就足以使这位词人不被人遗忘了。它描写前蜀被后唐灭亡之后宫苑破败、人迹稀渺的景况,寄托了自己“暗伤亡国”的深切悲感,足可与后来李后主的词媲美。

另外,李珣等人也有借古伤今的作品,如《巫山一段云》:

> 古庙依青嶂,行宫枕碧流。水声山色锁妆楼,往事思悠悠。　　云雨朝还暮,烟花春复秋。啼猿何必近孤舟?行客自多愁。

这是因感巫山神女与楚王情事而作的悼古词。本来,千百年前的旧事已是隔年老账,“干卿何事”,但作者却偏要写自己的“多愁”;这就可知,忧患意识也因着现实的矛盾而隐隐地透进艳词中来了。

由此可见,《花间集》虽以艳词为其主要内容,但也并不是清一色的。上述这些描写艳情以外题材的作品,虽然数量甚少,不占其主流地位,然而都为后代词苑题材的多样化埋下了伏笔。它同时又表明着这样的一种预兆:广阔汹涌的生活洪流迟早终将或多或少地冲破“艳科”的樊篱。这在20余年之后的李煜词中便得到了“应验”,而在本集中的一位作家——孙光宪身上,也隐约有了一些表露。

孙光宪(约895—968),陵州贵平(今四川仁寿东北)人。他曾仕后唐陵州判官,又曾在荆南历任检校秘书少监兼御史大夫之职。后劝(荆南)南平王高继冲献三州之地归宋,入宋后任黄州刺史。所以可以说他是一位身跨两代的作者。他的词共存有83首(其中录于《花间集》者61首),居唐五代词人存词数目之第二位。而除了数量的值得注意之外,他的词在“质量”上也有可以提及之处:一是题材内容相对而言比较宽广丰富。如《风流子》词:“茅舍槿篱溪曲,鸡犬自南自北。菰味长,水葓开,门外春波涨绿。听织,声促,轧轧鸣梭穿屋。”它把槿篱茅舍和鸡犬鸣梭之声都写进了词里,堪称是词史上首次见到的“农村词”。又如《定西蕃》:“鸡禄山前游骑,边草白,朔天明,马蹄轻。　鹊面弓离短韔,弯来月欲成。一只鸣髇云外,晓鸿惊。”它所描写的边塞风光,色彩鲜明,气象开阔,就很不同于《花间集》中其他那些名为“边塞”而实为“闺怨”变种的词篇。再如他的《渔歌子》(草芊芊),写了自己“疏旷”的胸怀;《谒金门》(留不得),写了自己的羁愁;《后庭花》(石城依旧空江国),写了自己的吊古伤今之感。这些在当时的词坛上都是显得相当少见的。二是他的某些作品又甚有“境界”。如《浣溪沙》词:“揽镜无言泪欲流,凝情半日懒梳头。一庭疏雨湿春愁。　杨柳只知伤怨别,杏花应信损娇羞。泪沾魂断轸离忧。”其中“一庭疏雨”之句即被黄昇赞为“古今佳句”(《历代诗余》卷一一三引,又见沈雄《古今词话·词评》卷上)。又如同调之作:“蓼岸风多橘柚香,江边一望楚天长。片帆烟际闪孤光。　目送征鸿飞杳杳,思随流水去茫茫。兰红波碧忆潇湘。”其中“片帆烟际”一句又曾被王国维誉为“尤有境界也”(《人间词话》附录)。这种题材的多样化和写景的真切性,似乎可以说明一个问题:生活阅历是文学创作的“铁门限”①。由于孙氏阅历丰富,所以他才能跳出一般《花间》词人狭隘的生活圈子而转到比较宽广和“不隔”的艺术境界中去。可惜他入宋以后的词作已不可复见(假设他依然写词的话),因此仍只能以一个“断代”词人而告终结。不过他的四句词句“春病与春愁,何事年年有?半为枕前人,半为花间酒”(《生查子》),倒也可以视作是《花间》词的一个“总结”和南唐词的一个“发端”(从时间上看未必如此准确,而从思想、内容上看,则可以这样理解):“半为枕前人,半为花间酒”,是对《花间集》主要思想内容的一个总体概括;“春病与春愁,何事年年有”则又在前者(主要仅是爱情意识的问题)的基础上,进而推出了一个内涵更加深广的忧患意识

① 王夫之:《姜斋诗话》,人民文学出版社,1961年,第147页。

的问题——而这，便是南唐词人们所要反复咏写的主题了。

第三节 南唐词——忧患意识的潜入和勃发

所谓的“南唐词”，是指五代南唐二主（李璟、李煜）和宰相冯延巳所写的词篇。林大椿辑《唐五代词》曾把《花间集》中的张泌词也归入南唐词，这并不妥当。因张泌有二：《花间集》中的张泌是位蜀人，自应归入《花间》词人；而南唐则另有一位张泌（字子澄，淮南人，后随李煜降宋），却未见有词。二者有别，不可相混。所以我们研究南唐词，实际上就是研究二李一冯的词。

关于南唐君臣的词，李清照有过一节评论，她说：

> 乐府、声诗并著，最盛于唐……自后（按：指开元、天宝后）郑、卫之声日炽，流靡之变日烦，已有《菩萨蛮》、《春光好》、《莎鸡子》、《更漏子》、《浣溪沙》、《梦江南》、《渔父》等词，不可遍举。五代干戈，四海瓜分豆剖，斯文道熄。独江南李氏君臣尚文雅，故有“小楼吹彻玉笙寒”、“吹绉一池春水”之词，语虽奇甚，所谓“亡国之音哀以思”也。①

她在这里指出了南唐词的两个显著特点：第一，文雅；第二，“亡国之音哀以思”。但在她所举出的“亡国之音”的例子中，却并没有两句李煜作于亡国以后的哀词。这就说明，在李清照心目中，即使是李璟、冯延巳在亡国以前所写的词中，就已充满了一种哀伤的悲音，故而李煜作于亡国后的词就更不必多说了。所以此论实已触及了我们将要说及的忧患意识问题。而把她的这两点意见综合起来，则南唐词的主要特征便可概括为：以文雅的词风来表现那相当深广的忧患意识。下面，就让我们着重来谈其中的两家——冯延巳和李煜的词。

一、“堂庑特大”的冯延巳词

冯延巳（903—960），字正中，广陵（今江苏扬州）人。南唐中主李璟少时在庐山筑读书堂，他随侍左右，后为元帅府掌书记。李璟做国君后，他很受宠信，几度被任命为同平章事（宰相）。后因用兵失败，屡遭攻击，被罢相，任为太子少傅，不久死去。他很有文才，宋初人史某《钓矶立谈》说他“学问渊博，文章颖发，辩说纵横”；就连他的政敌孙晟也不得不承认自己“文章不如君也，技艺不如君也，诙谐不如君也”，可见其人品固然遭人非议，而诗、文、词的成就却颇高。这

① 胡仔：《苕溪渔隐丛话·后集》卷三三，人民文学出版社，1981年，第254页。

里，我们就主要把他认作一个词人来谈。

南唐词，尽管未收入《花间集》中（这是因为地域阻隔和时代前后的原因），然而由于它们都诞生于五代这样一个共同的时代、社会环境中，所以也就带有着与《花间》词相近的词风。这在冯词中表现得特别明显。在南唐小朝廷中，有一位韩熙载，这人或许为大家所熟悉（著名的《韩熙载夜宴图》即是描画他的豪奢生活的）。《钓矶立谈》称他“后房蓄声妓，皆天下妙绝。弹丝吹竹，清歌艳舞之观，所以娱宾客者，皆曲臻其极”。在他家中出入的常客之一，就有冯氏。所以冯延巳词中，就有很多艳情之作。这类作品，同《花间》词一样，体现出香艳、纯情、纤美的风格，可以视作是和《花间》词坛的一种“东西呼应”或“前后嗣响”。不过，冯氏的作品，却又几乎剔除干净了《花间集》中某些作品的淫鄙气味，而显出十分“文雅”的气度来。比如《鹊踏枝》：

> 萧索清秋珠泪坠。枕簟微凉，展转浑无寐。残酒欲醒中夜起，月明如练天如水。　　阶下寒声啼络纬。庭树金风，悄悄重门闭。可惜旧欢携手地，思量一夕成憔悴。

比较而言，温词所写的闺怨，还偏重于思妇的外貌形态（如“鬓云欲度香腮雪”之类）；而韦词所写，又较多地保留着叙事的痕迹（如“四月十七，正是去年今日。别君时”之类）；及至冯词，则更“褪去”了生活的具体细节和人物的具体容貌，专在写景和人的心境上着力，因此显得格外空灵而有神致。此词中“月明如练天如水”“庭树金风，悄悄重门闭”之类的景语，就充分显示出了这种特色，故而表现得相当优美、雅致。又如另一首《鹊踏枝》：

> 六曲栏干偎碧树。杨柳风轻，展尽黄金缕。谁把钿筝移玉柱？穿帘海燕双飞去。　　满眼游丝兼落絮。红杏开时，一霎清明雨。浓睡觉来莺乱语，惊残好梦无寻处。

这首词用笔非常细腻，下字十分雅美。游丝、落花、燕影、莺语，杨柳在春风中摆动枝缕，红杏于微雨中绽开花瓣……凡此种种优美的意象，综合构成了一幅“金碧山水，一片空濛”（谭献《词辨》卷一）的窈曲意境，其中所蕴藏着的情思就着实令人寻味。（按：此词亦见《欧阳文忠公近体乐府》。此据北宋陈世修所辑冯延巳《阳春集》，因陈氏所辑比前者要早十余年。）所以，难怪况周颐要赞叹冯词“琳琅满目，美不胜收”了（见《历代词人考略》卷四）。

但是，光是这些一般性的赞美式评语，还不足以指出冯词的独特面目及其在词史上的独特地位。因为，如果光凭上面的这些优点，冯词并不能突破《花间》词的“类型风格”多远。所以我们就需另外举出王国维的一条精辟之论了：

冯正中词,虽不失五代风格,而堂庑特大,开北宋一代风气。(《人间词话》)

“堂庑特大”,确是定评,它就道出了冯词能在《花间》之旁自立门户的奥秘。而对于这四个字的评议,拿我们的理解来说,亦即它在抒写艳情的同时,注入了相当深广的忧患意识。

前面提到过,孙光宪的《生查子》中曾经提出过一个问题:“春病与春愁,何事年年有?”他自己的回答是:“半为枕前人,半为花间酒。”这个回答是“诚实”的,却又是肤浅的。对此,冯延巳也有两首写“新愁”的名作。我们且看他是如何答复这个问题的。其一是《鹊踏枝》:

谁道闲情抛掷久?每到春来,惆怅还依旧。日日花前常病酒,不辞镜里朱颜瘦。　　河畔青芜堤上柳。为问新愁,何事年年有?独立小桥风满袖,平林新月人归后。

其中的“新愁”,主要仍只是一种“闲情”。尽管它用了“独立小桥风满袖,平林新月人归后”这样惆怅凄清而优美异常的意境来表现这种“闲情”的孤独难言,但就其本质而言,却还是“花前病酒”之类艳事所引起的(读到这里我们又可以感到:冯词和同时代的孙词,连用语都那么相近),因此还和《花间》词人停留在同一水平上。

其二是《采桑子》:

笙歌放散人归去,独宿江楼。月上云收,一半珠帘挂玉钩。　　起来点检经由地,处处新愁。凭仗东流,将取离心过橘洲。

这里的“新愁”,作者既明言是“处处”皆有,那它就绝非艳情所能牢笼了。因此我们不禁会问:它又是什么呢?请再细索词境吧:“笙歌放散人归去”,此句实是全词的一个关键句,它系从白居易诗中化出。白氏《宴散》诗云:“小宴追凉散,平桥步月回。笙歌归院落,灯火下楼台。残暑蝉催尽,新秋雁带来。将何迎睡兴?临卧举残杯。”它表现了诗人感怀于时序惊心的淡淡的忧伤。但在冯词中,这种忧伤却又骤然浓化了,变成了一种“千里搭长蓬,天下没个不散的筵席”(《红楼梦》中那句常被人所引用的名句)的忧患意识。词人在他锦衣玉食、高官隆位之外,敏锐地感受到了“人生无常”的无限空虚!所以夜不能寐(不像白诗中所写的“迎接睡兴”),中夜徬徨;然而所见所闻,却只是一片无形而可感的“新愁”。词末“凭仗东流,将取离心过橘洲”,似乎就已开出了李煜“问君能有几多愁,恰似一江春水向东流”的先声。

如果嫌它还不能说明问题的话，我们不妨再读他的另一首《鹊踏枝》词：

梅落繁枝千万片。犹自多情，学雪随风转。昨夜笙歌容易散，酒醒添得愁无限。　楼上春山寒四面。过尽征鸿，暮景烟深浅。一晌凭栏人不见，鲛绡掩泪思量遍。

从结尾的“鲛绡掩泪”来看，此词也是为艳情而发。但是，它却在爱情意识之中又潜伏了对于生命有限、“好景不长”的忧患之情。试看：梅花本是无情之物，而且还正当它“繁枝千万片”的“盛时”，然而寒风一起、花瓣洒落，它却也懂得依恋枝头而无限“多情”。“树犹如此，人何以堪”（庾信《枯树赋》），缘此，词人当然要感叹“昨夜笙歌容易散，酒醒添得愁无限”了。

对于冯氏所怀有的这种深度的“忧郁症”，有的人试图从南唐当时的国势来作解释，所以如果把他“楼上春山寒四面”的感受理解为宋兵压境、国运日蹙的局势折射在词中的投影，那也未尝不可——但是，光作这种简单的理解似乎还嫌不够。这是因为，从史传记载来看，冯氏并不是南唐的一位“忠臣”，相反却是一位“奸佞”。马令《南唐书》卷二〇即称他与其弟冯延鲁、陈觉、魏岑、查文徽等五人“侵损时政，时人谓之‘五鬼’”。因此如果说他是用“比兴”“寄托”的方法来写其对于国家的“忠爱”①，那简直就说不通。所以，我们对于冯词的理解，应该撇开机械而简单的“政治说词法”，而转从另一个角度来看问题——这样，我们就可以发现，冯延巳正是以其所特禀的高度敏锐的感受力，深刻地体味和把握住了人生中蕴伏着的“悲凉”的一面。

人类生活，本来包含着极为丰富复杂的内容；人的一生，又常表现为蜿蜒曲折的进程。如果诗人们能够树立起正确的人生观和历史观，那么他们就应该承认：“人生”从总体上看，该是乐观的、进取的。但是，我们现在所要评论的，却是封建时代的诗（词）人；而在他们看来，“人生”即使不是一场悲剧，也该是充斥着不幸和痛苦的。所谓“人生不如意，十事常八九”（黄庭坚诗），即此之谓也。因此，每当他们或经受了政治上的挫折和风浪，或遭遇了爱情上的波折和痛苦，或碰到了事业上的烦恼和不顺，就都会进而联系到“人生可悲”这个大主题上来；甚至，大自然的春去秋来、花落水流，也都会激发起他们内心的一阵阵苦楚和哀感。缘此，那些敏感的诗人就会把这种忧患的情绪转现在诗歌中发泄出来。如钟嵘就曾这样说过：

若乃春风春鸟，秋月秋蝉，夏云暑雨，冬月祁寒，斯四候之感诸诗者

① 张惠言：《词选》，中华书局，1959 年，第 29 页。

> 也。嘉会寄诗以亲，离群托诗以怨。……凡斯种种，感荡心灵，非陈诗何以展其义，非长歌何以骋其情？①

诗的本质、诗的价值，照他看来，就在于抒写因自然界的物候和社会上的人事所引起的“心灵感荡”——而在这方面，我们就该补充一句：在感荡心灵的种种情绪中间，便以那类忧患的情绪最能感动人心（这点已被全部旧文学史所证明）。

冯延巳词的成功之处，冯延巳词的“思想深度”，就恰恰在于这一点上。他的“新愁”，就不仅是情场失恋的伤感，更非主要是政治上的失意（观其“笙歌”之句可知），而正好是在他高朋满座、歌吹喧天的踌躇满志时所忽然潜生的，这就越加表明了他对人生“盛极必衰”的高度敏感和对生命“奄忽若飙尘”（《古诗十九首·今日良宴会》）的深刻反思。在封建社会里，这种人生感慨是极带普遍性的。因此，冯词的突出成就，就在于它写出了封建时代文人所共同怀有的对于“人生无常”和“世事难料”的悲哀。这种悲哀，在前代的诗文中早就有过不少的表现，而在词中，却还是第一次（至少就它表现的深刻性和优美性而言），因此，冯词就以之而能在词史上独占一席重要的位置。王国维说它“堂庑特大”，照我们的理解，就并非指它在题材内容上有多大的开拓，而主要即是指它“思致”的深刻。

当然，对于冯词之所以会出现这样深浓的忧患意识，我们还应做出自己的评判。首先，我们认为，这同样也是一种时代性的产物。中国封建社会在攀登过盛唐这个鼎盛的“顶峰”以后，到了晚唐五代，却很快又跌入了一个“低谷”中。这样一种“时代差”，就使人们的心理和诗歌的“气象”发生了明显的差异。晚唐五代“士气”的不振、诗风的刻细卑弱和词风的淫靡感伤，就无不是这个衰世不景气的精神面貌之反映。而在五代词中的淫靡（如前举的王衍《醉妆词》）与感伤这二者之中，淫靡的情绪，比较起来，又仅是对社会现实的一种浮浅的、假象式的反映，而冯词中的感伤情绪才是它更深一层的真实反映。打个比方来说，五代乱世犹如江南梅雨天气，淫靡的狂欢词则好比是雷雨前的燥热，只是这种雨天的假象式的反映；冯词的感伤情绪，便好比是阵雨降临前的阴云，它才是这种天气的接近于本质的反映——而到了李后主那种以血泪挥写的亡国词中，就终于倾下了滂沱大雨。冯词在未雨之前就似乎隐隐地预感到了时代的不祥之兆，而发出了某种预言式的“谶语”，这从“时代”的角度来看，是带有一定的必然性的。其次，这种感伤的情绪，又带有着深刻的阶级根源。冯氏所属的阶级当然是占据统

① 钟嵘：《诗品·总论》，陈延杰注《诗品注》，人民文学出版社，1980年，第2－3页。

治地位的地主阶级。这个阶级，在其不同的阶段中，分别表现出以“向上”一面为主和以“没落”一面为主的阶段性。当然，在唐五代之后，中国封建社会还经历了一个相当漫长的发展过程，但由于五代阶段正处在一个历史的低谷之中，所以它的“没落”的一面就呈现得特别明显和突出。《花间》词中某些纵情声色、及时行乐的情绪，就是这种没落性的第一层表现；而冯词中那种忧患人生的感伤情绪，则更是此种没落性的深一层的表现。古典诗歌中，本不乏嗟老叹贫之声，但它们往往是由一些失意不偶者所发出；如果是得意满志者发出，那人们通常便会责怪他们是无病呻吟、为文造情。可是对于冯氏这样的“富贵者”所发的“愁苦语”，我们却并无这种感觉。这正说明，他的言愁词具有相当程度的“真实性”。它真实地反映了这样一种剥削阶级的世界观：一方面，他们渴望长久地过着享乐幸福的生活，另一方面，又恐惧着这种生活的无法永存——这其中，又交织着作为生物的人对生命不能永恒的畏惧、作为社会物的人对政治危机的忧虑以及作为封建官僚对现存统治秩序不会“久治长安”的预感等等。这些，便都明显地表现出了冯词的阶级属性。再次，在评说了冯词的感伤情绪之时代根源和阶级根源之后，我们还应当从文学史的角度来进行考察。“文学史，就其最深刻的意义来说，是一种心理学，研究人的灵魂，是灵魂的历史。”①冯词在词史上的地位，就正在于它深刻而形象地揭示、再现了这一特定时代中文人的特殊心理和特殊灵魂；而且从更广阔的视野来看，它又构成了从中唐到北宋这一历史阶段文人心理发展的“链条”中特殊的一环。我们注意到，中唐文人词中所流露的心理还是比较欢快的（如白居易的三首《忆江南》），虽然时而也不乏有伤感之音；晚唐到五代的西蜀词中，则可以说是狂欢与苦恼并存；唯独到了五代晚期的南唐词中，就进入了一个“全方位苦闷”的阶段——先是，冯词（以及李璟的词）以它“未雨先阴”的感伤，表达了对于人生的忧患；接下来，李煜更以他“一江春水向东流”式的巨大悲感表明了他已完全沉浸于人生的“苦水”之中。这种人生的悲凉，在他们这一代，已是无法解脱了；只有到了苏轼，才能以他超脱、旷放、圆通、坦荡的人生观和历史观予以暂时的、相对的摆脱。故若把这“全过程”当作一条心理发展的“链条”来看，则冯词就是其中的重要一环。既然文学史是“心理学”，是“灵魂”的历史，那么，冯词因其深刻地表现了这一环节上的特殊心理和“灵魂”，就自然应当受到人们的重视。何况，在它那消极低沉的伤感意绪中，我们却又从其反面看到了作者对生命、对生活、对人生的无限执着和眷念；在它对人生悲凉一面的喟叹中，我们又可以引出对人生美好一面的热爱：既然它对人生得出了“虚

① 勃兰兑斯：《十九世纪文学主流》，张道真译，人民文学出版社，1980年，第8页。

空”的结论,但“虚空”之中却又有“肯定”潜伏着,那么读者难道就不能对此再来一个“否定之否定”而从中撷取若干有益的思想因素吗？所以,应当加倍地热爱人生,加倍地珍惜生命,加倍地爱护人世间一切美好的事物,这才是我们对冯词进行正确“扬弃”的结果,也是我们对其他不免流入伤感情调的婉约词所应采取的正确态度。

冯词的“堂庑特大”已如上述。但是,光有“思致”,光有思想的深度,尚不足以成为优秀的艺术家和写出优秀的文学作品来。冯词之成功,还在于它有着自己卓特的艺术成就。这种成就,集中体现在它所形成的“哀美”意境上。而这,就又可联系到前已提起过的那个问题了:《花间》词给人之总的感受,是偏“热”的,是“花气袭人知昼暖”式的;而南唐词,相对说来,则是偏于“冷”的。这里,就可以分举温庭筠和冯延巳的词为例。

温庭筠的词,极喜描绘那些“成双作对”的禽鸟形象。如:“新帖绣罗襦,双双金鹧鸪”“翠钗金作股,钗上蝶双舞”“翠翘金缕双鸂鶒,水纹细起春池碧”,“凤凰相对盘金缕,牡丹一夜经微雨”“音信不归来,社前双燕回”“金雁一双飞,泪痕沾绣衣”——光是他的《菩萨蛮》词中,“双双对对”的字面和句子,就出现了这么多！这就绝不是一种偶然的巧合。它暗示着这样一个奥妙:在词人的内心深处,蕴藏着十分浓溢的爱情意识。因此随之而来,温词便普遍地呈现出一种红绿相间的“艳色”,放射出一种热烈和温馨的“热感”。前者如:“雨晴夜合玲珑日,万枝香袅红丝拂”(《菩萨蛮》),“花映柳条,吹向绿萍池上”(《酒泉子》),“何处杜鹃啼不歇,艳红开尽如血”(《河渎神》),“花花,满枝红似霞”(《思帝乡》),“红袖摇曳逐风暖”(《河传》),“金雀钗,红粉面,花里暂时相见”(《更漏子》)。自然界的红花、红霞和人世间的红袖、红颜,便共同组成了一个粉红、艳红的“热色”世界(除此之外则又是一片绿色的世界,但同样也是一种“青春色”)。后者如:“暖香惹梦鸳鸯锦”(《菩萨蛮》),“红袖摇曳逐风暖”(《河传》),“笼中娇鸟暖犹睡”(《玉楼春》),而在这种暖洋洋的“温感”中,我们正可体味到荡漾在作者心头的那股“春意”。故以温词为首的《花间》词,就因爱情意识的催发而产生了总体上的“热感”。

但冯词就有所不同了。它的偏“冷”,除本节开头所引的“萧索清秋”一首外,还可举出很多。如下面两词:

> 秋入蛮蕉风半裂。狼藉池塘,雨打疏荷折。绕砌虫声芳草歇,愁肠学尽丁香结。　　回首西南看晚月。孤雁来时,塞管声呜咽。历历前欢无处说,关山何日休离别？(《鹊踏枝》)
>
> 花前失却游春侣,独自寻芳。满目悲凉,纵有笙歌亦断肠。　　林

间戏蝶帘间燕，各自双双。忍更思量？绿树青苔半夕阳。(《采桑子》)

这两首词，一写秋景与秋情，一写春景与春情。秋之萧飒悲凉自不必多说，而即使是“花前”“笙歌”的春景，作者也把它变作了“以乐景衬哀”的“背景”来使用，因之词尾“绿树青苔半夕阳”之句所显露出来的气氛就不是草木葱茏之暖气，而是夕阳西下的惨淡凄冷了。

所以，冯词虽也曾大量引用江南的风物作为其布景设色的主要“素材”，但是他却偏多地挖掘其中色彩(感情色彩)偏凉的一面。比如：“云雨已荒凉，江南春草长”“秣陵江上多离别，雨晴芳草烟深”“砌下落花风起，罗衣特地春寒”“雨罢寒生，一夜西窗梦不成”……这些优美旖旎却又带有凉感的景物，就使全词笼罩上了一层“哀美”的氛围。这和它词情中表达的忧患意识和伤感情绪，正又融合成了和谐的统一体。可知前述“冷”“热”之别，正源于内容之异也。

当然，除此之外，冯词在艺术上的造诣还有许多可以说及之处，如其词风之雅丽、用语之浓淡相间、下笔之细腻清新，都无不反映了他文学修养之高。但比起上面所述的特色，究还属次要的方面，所以这里就略而不论了。我们对于冯词的总体认识，集中起来说，就是它的“思致”深婉和偏多“哀美”。这标志着，在爱情意识极为活跃的五代词坛上，忧患意识也已同时“潜入”，此种情况在冯词中已经可以看得很清楚。

明晓了冯词的上述特质，我们再来看南唐中主李璟的词，就更一目了然、洞其底蕴了。李璟(916—961)，在位19年，也是一位文艺修养甚高的人物。他的词现在只存寥寥几首，但从中却也不难看出它与冯词之间有着同一的风致。比如他那两首有名的《浣溪沙》：

菡萏香销翠叶残，西风愁起绿波间。还与韶光共憔悴，不堪看。
细雨梦回鸡塞远，小楼吹彻玉笙寒。多少泪珠无限恨，倚栏干。
手卷珠帘上玉钩，依前春恨锁重楼。风里落花谁是主？思悠悠。
青鸟不传云外信，丁香空结雨中愁。回首绿波三楚暮，接天流。

虽然主题依旧是写恋情，但是，其文学形象的内蕴却早已超出了题材本身，所以王国维不禁要赞其“菡萏”两句大有“众芳芜秽，美人迟暮”之感了(《人间词话》)。它所流露的忧患意识，它所表现出来的凄丽“哀美”，就和冯词是波澜一致的。亡国之前的李(璟)、冯词尚且充溢着如此深浓的忧患意识，那么，亡国之后的后主词中出现“自是人生长恨水长东”(《乌夜啼》)的“血书”之句，那便是更自然的事了。所以我们接着便来谈论李煜词。

二、“感慨遂深”的李煜词

对于李煜词,王国维也有几段著名的评论。比如:

> 词至李后主而眼界始大,感慨遂深,遂变伶工之词而为士大夫之词。
>
> 尼采谓:“一切文学,余爱以血书者。”后主之词,真所谓以血书者也。宋道君皇帝(按:徽宗)《燕山亭》词亦略似之。然道君不过自道身世之戚,后主则俨有释迦、基督担荷人类罪恶之意,其大小固不同矣。①

从其“感慨深”“以血书者”来看,即是言其忧患意识之深;从其“变伶工之词而为士大夫之词”来看,又可理解为指其词风之“文雅”。而这两点,就都是和李璟、冯延巳相似相通的。但是由于李煜的身世遭遇已大不同于这两人,所以其词中感发的忧患意识也比他们来得越加深广忧愤,其词的意境格局也比他们来得阔大浑厚,故不失为五代最为杰出的词人。

李煜(937—978),字重光,系中主李璟的第六子。他天资聪颖,好读书,精通音乐,善诗文、书画,尤工于词,可以说是一个全面发展的艺术天才。18 岁时,和周宗之女娥皇结婚(世称大周后),夫妇之间,甚为相得,他的不少诗文即是为她所作。11 年之后,大周后病逝。又三年,李煜立娥皇之妹为小周后(其实,他们早在大周后病重之时即已有了恋情关系),煜词中三首《菩萨蛮》即可能是因她而作。李煜在 25 岁(961 年)时继承父业做南唐国主,其时已当宋太祖建隆二年。因此自即位直到国亡(975 年)的 14 年间,他一方面在金陵小王国里过着穷奢极侈的享乐生活,另一方面又无时无刻不承受着心理上的沉重压力,故而实在是一个精神上有着“双重人格”的人物。而这两方面就都在他词中有所反映。嗣后国亡,他终于在 39 岁时肉袒出降,由此而变成了宋朝的俘虏与囚徒,过着“此中日夕只以眼泪洗面”的屈辱生活。三年之后,即被宋太宗派人以牵机药毒死。这就是这位南唐末代皇帝的简略一生。

李煜的词,流传不多,比较可靠的约有 30 多首。这些词可以他的亡国被俘作为界线,分为前后两期。其前期作品,多写宫廷生活;后期作品,则大多抒写对往昔生活的追忆和悔恨。而不管是前期还是后期,其大多数词作中都贯穿着一条忧患意识的总线索。这是我们研究李煜词所要认定的一个总体印象。

“文学是人学。”如果承认这一个命题的话,那么我们就得承认文学是人的

① 王国维:《人间词话》,齐鲁书社,1981 年,第 93、94、95 页。

"灵魂学",是人的"性格学"。因此,作者的禀性,作者的气质,作者的"气派风度",就构成了他所创作的文学作品的内在因素。而从李煜的个性和风度来看,这方面便有三点是值得注意的:一是"纯真",二是"帝皇气派",三是"多愁善感"。这三者,便交识成了一个复杂而又统一、"多侧面"而又浑然一体的"性格"。但是,为了述说的方便起见,我们则又不妨先把它们分拆开来看。

先说"纯真"。这实际就是王国维所说的"赤子之心"。王氏说:"词人者,不失其赤子之心者也。故生于深宫之中,长于妇人之手,是后主为人君所短处,亦即为词人所长处。"①此话甚有道理。作为一个"人君"而言,李煜是昏庸无能的,他绝对比不上赵匡胤这类阅历极深、老谋深算的人物;但作为一个"词人"而言,这种"纯真"的气质却又是极为宝贵的。这是因为,文学的第一要义,即在于它的"真";而艺术感染力的深厚根源,也首先应该根植于这一"真"字。《庄子·渔父》说过:"真者,精诚之至也。不精不诚,不能动人。故强哭者虽悲不哀,强怒者虽严不威,强亲者虽笑不和。真悲无声而哀,真怒未发而威,真亲未笑而和。真在内者,神动于外,是所以贵'真'也。"②不能设想,那些连自己都不能被感动的缺乏真情的作品会打动别人的心;也很少有这样的情况:一个感情虚假的人会写出真性情流溢于字里行间的作品来。而李煜在其感情的纯真方面,却是得天独厚地接受了他禀性的赋予!我们试读下面两首词。其一是:

> 晓妆初过,沉檀轻注些儿个。向人微露丁香颗。一曲清歌,暂引樱桃破。　　罗袖裛残殷色可,杯深旋被香醪涴。绣床斜凭娇无那,烂嚼红绒,笑向檀郎唾。(《一斛珠》)

从词情来看,它不过是描绘了一个歌妓(或者即是小周后的化身也说不定)与她的"檀郎"在闺房中调笑撒娇的场面而已,无足多取之处。而且其中有些词笔也嫌"侧艳"过甚,因此招致了后人的一些批评,如李渔《窥词管见》即云:"此娼楼妇倚门腔,梨园献丑态也。嚼红绒以唾郎与倚市门而大嚼唾枣核瓜子以调路人者,其间不能以寸。"③但是,我们发现,李煜在写这首词时,态度却是相当纯真而不做任何虚伪掩饰的,因此出现在这里的这种非常旖旎温情的画面,还是以前词中所少见的"第一次"。如果全盘否定了它,那么后来柳永的"镇相随,莫抛躲,针线闲拈伴伊坐"(《定风波》)和欧阳修的"弄笔偎人久,描花试手初。等闲

① 王国维:《人间词话》,齐鲁书社,1981年,第94页。
② 庄周:《庄子》,上海古籍出版社,1989年,第158-159页。
③ 李渔:《窥词管见》,唐圭璋编《词话丛编》,中华书局,1986年,第551页。

妨了绣功夫,笑问双鸳鸯字怎生书”(《南歌子》),也就没有了它们存在的“理由”了。所以我们如若不作过分偏激的伦理性批评的话,那么这种“词入闺房”的作品也还是可以在词苑中占其一席位置的。而从中也就可见李煜写情之“纯真”。

其二是《破阵子》:

> 四十年来家国,三千里地山河。凤阁龙楼连霄汉,琼枝玉树作烟萝,几曾识干戈? 一旦归为臣虏,沈腰潘鬓销磨。最是仓惶辞庙日,教坊犹奏别离歌,垂泪对宫娥。

在告别故国、出降为俘之际,他依依不舍的并非是百姓宗庙而是宫娥,这就难怪连苏轼都要批评他“故当恸哭于九庙之外,谢其民而后行,顾乃挥泪宫娥、听教坊离曲”①! 其实,作为一个昏聩的末代皇帝而言,国亡之日首先考虑的便是自己的富贵生活从此就要完蛋,因而无甚心思会去考虑人民的死活,这才更加合乎“实际”一些。所以,李煜的这首词,倒是“逼真”地写出了他此时此地的心境,并无半点假饰。从这点看,他也是十分“诚实”“纯真”的。

当然,我们对于上面两首词中流露的“真情”,并不持赞许或同情的态度。我们举此两端,仅在于说明这样一个事实:李煜待人处事和写词的态度方面,都是非常“纯真”甚至有点天真的。所以,“阅世愈浅,则性情愈真,李后主是也”(《人间词话》)。但此话对李煜来讲,却还只说中了一半。这是因为,在他“阅世未深”的时候,其禀性固然“纯真”,而即使是“涉世已深”之后,他的这种“本性”却也并未改变多少。不然的话,李煜入宋后就不会因写出《虞美人》之类的词而遭杀身之祸了。“‘真’字是词骨”(况周颐《蕙风词话》卷一),有了李煜这种对于生活和创作所抱的自始至终的“纯真”态度,才会产生出李煜那种用血泪写成的、饱含着真情的词。这是我们要讲的第一点。

其次是“帝皇气派”。

人总是生活在一定的社会环境中的。他的社会地位、生活境遇,在某种程度上就决定了他的“气派”“风度”。李煜是南唐小王国的君主,这一点就使他的作品带有了“帝皇气派”——不过这个帝皇,乃是一个弱国、小国的君王,所以比起“大皇帝”来,气派就未免嫌小了。陈师道《后山诗话》中记载着这样一件有趣的事:宋兵包围金陵之后,李煜曾派徐铉去宋朝“口舌解围”。徐铉盛称后主博学

① 苏轼:《书李主词》,金启华,等编《唐宋词集序跋汇编》,江苏教育出版社,1990 年,第 11 页。

多艺,而私下以为宋太祖无文。赵匡胤即令他朗诵李煜的诗,徐铉就背诵了李的《秋月》诗(中曰:"揖让月在手,动摇微风发"),自以为是天下所少有。不料太祖闻后只笑曰:"寒士语尔,我不道也。"徐铉不服,请聆其作。太祖曰:"吾微时自秦中归,道华山下,醉卧田间,觉而月出,有句曰:'未离海底千山墨,才到天中万国明。'"话毕,徐铉不由大为惊服①。从这个故事看,真正富有"帝皇派头"的该是开出大宋天下的赵匡胤——李煜和他相比,只能算是一位"寒士"而已。但是话又要反过来说,李煜到底并不是什么穷读书人,而是一个在位 14 年之久的小国之君,所以其皇家气派还是不小的。如:

晚妆初了明肌雪,春殿嫔娥鱼贯列。凤箫吹断水云间,重按《霓裳》歌遍彻。　　临风谁更飘香屑?醉拍栏干情未切。归时休放烛花红,待踏马蹄清夜月。(《玉楼春》)

这是金陵"盛时"的宫中景象,写得极为豪华富丽、神采飞扬。晚妆初了,肌肤似雪,一队队浓妆艳抹的宫嫔在殿上鱼贯而列;龙吟凤啸,歌吹喧天,《霓裳羽衣》之曲唱过了一遍又一遍;临风洒下纷纷的香屑,使全宫中弥漫着氤氲的扑鼻芬芳。至此,怎能不令这位贵为人主的青年皇帝神驰心醉、手拍栏干?然而以上情景犹未尽兴,下面两句就更臻妙境:酒阑舞散,君王要回院歇息,但他却不许侍从点燃红烛照路,原来他要骑马踏月、独作清夜之游,因而不肯让烛光去破坏这美丽幽雅的月光。这里,就充分显露出后主不同于一般局拘于房栊小轩下的《花间》词人,而另具一种风流倜傥、豪迈清雅的胸怀与情趣。皇帝与文人的"派头",就有着如此的不同!

故而即使是他作于亡国之后的词,也仍然显示出他昔日的那种帝皇气派。如《望江南》:

多少恨,昨夜梦魂中。还似旧时游上苑,车如流水马如龙,花月正春风。

又如那首最为有名的《虞美人》:

春花秋月何时了?往事知多少!小楼昨夜又东风,故国不堪回首月明中。　　雕栏玉砌应犹在,只是朱颜改。问君能有几多愁,恰似一江春水向东流!

且不必说其中所写的"车如流水马如龙"的富贵景象,也不必说那"雕栏玉砌"的

① 陈师道:《后山诗话》,何文焕《历代诗话》,中华书局,1981 年,第 301 页。

巍峨气派,就光是那"一江春水向东流"式的气势和境界,也就足以使《花间》词人为之而惊倒了。所以王国维说:"《金荃》、《浣花》(按:指温、韦词),能有此气象耶?"(《人间词话》)这种"帝皇气派(气象)",就使李煜词显出"博大精深"、不同凡响的气魄和品格来。

再说"多愁善感"。《文心雕龙·明诗》说:"人禀七情,应物斯感,感物吟志,莫非自然。"①作为一个真正的诗人,他就必须具有"善感"的气质。感之愈深,感之愈敏,诗的"滋味"就愈深、愈浓,这在文学史上乃是常见的事实。而李煜,就天生具有一种"多愁善感"的禀性和气质。在他那一张感情的"七弦琴"(《礼记·礼运》把人的感情分为"喜怒哀惧爱恶欲"七大类型,说此七者"弗学而能")上,似乎"哀弦"特别发达、特别灵敏。因此,它就特别善于从外物的些微动静中接受其刺激和感拂,诱发出颤抖不已的哀音;如若碰到了外界的重大事变,那就更会迸发出如倾如泻的愁苦宏响。如:

> 深院静,小庭空,断续寒砧断续风。无奈夜长人不寐,数声和月到帘栊!(《捣练子令》)

空中飘来几声断断续续的捣衣之声,这在常人听来毫不为奇,然而在他那双敏锐的耳朵听来,竟是如此的刺耳、惊心,这就使他越发难以入眠和倍添愁绪了。再如:

> 昨夜风兼雨,帘帏飒飒秋声。烛残漏滴频欹枕,起坐不能平。
> 世事漫随流水,算来一梦浮生。醉乡路稳宜频到,此外不堪行。(《乌夜啼》)

风雨、秋声,都是生活中极常见的事。然而,雨声打在他的神经上,风声拂在他的心弦上,却都会发出"起坐不能平"(韩愈《听颖师弹琴》诗:"自闻颖师弹,起坐在一旁。推手遽止之,湿衣泪滂滂")的共鸣——由此便又引发出了深广的忧患情绪("世事漫随流水,算来一梦浮生")。由此看来,他那"多愁善感"的脆弱神经,如为一般人所生有,那自是一件痛苦烦恼的坏事;但对于一位旧时代的诗(词)人来说,却在不幸之外而又获得了"大幸"。后者的奥妙就在于:这种"多愁善感"的心理机制,正代表了千百年来失意者们共同的心理特点,其中蓄积着多少代不幸者所重叠凝贮起来的悲感的"势能";一旦遇到适当的机会,它就会释放出无限深厚广大的能量,以之来激动无数有着相似遭遇的读者之心弦。对于

① 刘勰:《文心雕龙》,中华书局,1962年,第34页。

这个问题,苏轼的《琴诗》和听琴的词就很能移用来说明问题。其诗云:“若言琴上有琴声,放在匣中何不鸣?若言声在指头上,何不于君指上听?”对于一般人而言,“指头”还是常有的——这可借指激动其“诗心”的外在经历和遭遇(尤其是不幸的经历和遭遇),当然也可包括其艺术的表现才能。难得的便是这一只神奇敏感的“心琴”——不然的话,为什么有许多人同样碰到过喜怒哀乐、悲欢离合的人事,却激不起诗情?而其听琴(苏轼认为该是听琵琶)词《水调歌头》又云:“烦子指间风雨,置我肠中冰炭,起坐不能平。”弹者的“兴风作雨”之声,为何能引起听者心中的乍冷乍暖、冰炭共置之感?归根结蒂,也需闻音者能有一条“热肠”或一颗“热心”才行——不然的话,“对牛弹琴”岂非等于白弹?由此即见,无论在文学的创作或欣赏活动中,“善感”都是一个极为重要的前提;而其中,尤以创作者的敏感心理最为紧要。所以,李煜那善感于物的心理机制和多愁多哀的禀性气质,就是造就他成为杰出词人的一个重要(甚至是“优裕”)条件和本钱。西方文论家说:“艺术家和思想家好比十分精美、响亮的琴——每个时代的情境在琴上发出颤动的声音,扩展到所有其他的人。”①“除了这些特点以外,他还有一种气质,比别人更容易被不在眼前的事物所感动,仿佛这些事物都在他的面前似的。”②李煜即便是当他还暂时沉醉于温柔睡乡之时,就已具备了上述这些性格气质上的特点,那么,当他好梦一旦惊破、厄运顿时降临之时,怎能不勃发出巨大深浓的忧患情绪呢?因而我们在分析过他禀性气质方面的特点之后,更要着重来论他的后期词作。

前已说过,他的上述三个特点还只能说是造就他词貌的“内在因素”。现在则要进而来谈其“外部因素”。试想,一个原本极富贵、极放纵的小皇帝,现在一下子变成了极不自由、备受屈辱的阶下囚,这种外来的“神奇”遭遇又岂是一般人所能碰到的?更何况,在同样经受过这种180度大转弯的诸多“降王”中,李煜却偏又具有极高的文学天才和极丰厚的诗人气质!这内外两种因素相互凑泊、相互碰撞,怎能不激生出强烈的“感情势差”来?而这种巨大、悬殊的感情势差在其词中,又自然会引出大起大落、大合大开的沉雄笔势。所以综观李煜的后期词作,我们便会感到一种前所罕见的既郁结又奔放、既沉着又飞动的词风,这就使得《花间》词人望尘莫及了,即便是李璟、冯延巳也都未能到达这一境界。下面就来看他的作品:

① 罗丹口述,葛赛尔记录:《罗丹艺术论》,沈宝基译,广西师范大学出版社,2002年,第158页。

② 刘若端:《十九世纪英国诗人论诗》,人民文学出版社,1984年,第14页。

帘外雨潺潺，春意阑珊。罗衾不耐五更寒。梦里不知身是客，一晌贪欢。　　独自莫凭栏，无限江山！别时容易见时难。流水落花春去也，天上人间。(《浪淘沙》)

这里出现的抒情形象是一个极端孤独的形象。他有着美好的过去，然而现在却失去了一切："江山"早属别人，"春天"也离我而去，整个宇宙已经把他当做了败退下来的失败者而弃置一旁。但他的感情却还在挣扎——他的追怀往事，他的忏悔往事，就是这种"挣扎"的表现。但越是挣扎就越感痛楚，越是挣扎就越感迷惘，词人那种矛盾抑塞的心情，就先表现为"帘外雨潺潺，春意阑珊"的郁结的意象，后再表现为忏悔与追忆痛苦地交集在一起的思想斗争过程，最后终于爆发出了"流水落花春去也，天上人间"的断肠惨痛之音。这种由郁结开始到以奔放收尾、由沉着开始到以飞动收尾的写法，正表现了他内心巨大的感情悬差和那大合大开的沉雄笔势。

由于这种巨大的感情悬差和大合大开的沉雄笔势，我们就可以感到，表现在李煜词中的忧患意识，比之李璟、冯延巳词，就格外来得气势汹涌和哀迫深广——它已经从一身一己的身世之感，进而扩展、升华为对于整个人生的一种怀疑和悲悯。在这里，我们就可以拿王国维所举的宋徽宗词来和李煜词做个比较。徽宗《燕山亭·北行见杏花》词云：

裁剪冰绡，打叠数重，冷淡燕脂匀注。新样靓妆，艳溢香融，羞杀蕊珠宫女。易得凋零，更多少无情风雨。愁苦，闲院落凄凉，几番春暮。

凭寄离恨重重，这双燕何曾，会人言语？天遥地远，万水千山，知他故宫何处？怎不思量？除梦里有时曾去。无据，和梦也，新来不做。

这首词写他被掳北行思念故宫之情，当然也写得十分凄惋。但是，由于它始终黏着于一身一己的悲痛，所以并未达到"升华"和"扩展"的艺术效果，正如王氏所说："不过自道身世之戚"耳。但是李煜词却不同了。请读：

林花谢了春红，太匆匆。无奈朝来寒雨晚来风。　　胭脂泪，相留醉，几时重？自是人生长恨水长东！(《乌夜啼》)

这一首令词，篇幅虽小，内容却极"大"。它以一处林花的零落，几欲囊括了所有生物(包括人类)的全部悲剧，最后得出了"自是人生长恨"(犹如水之"长东"一般)的沉痛结论，具有极强的概括力和极深的哲理感。和徽宗之作相比，"其大、小固不同矣"。

所以,读李煜的词,从其感情分量之巨大和抒情气势之汹涌而言,我们会有"屈子问天"式的感觉。盖"人穷则返本,故劳苦倦极,来尝不呼天也"①,李煜的词,就具有这种"呼天抢地"之感。如《虞美人》词劈首就问:"春花秋月何时了,往事知多少?"有人说,这"春花秋月"短短四个字,就写尽了宇宙之永恒("月")和无常("花")的两种基本形态,触及了"宇宙一切事物的核心",而"何时了"三字则"透露出了负荷着无常之深悲的人,面对此无穷尽的宇宙之运转的深深的无奈";"往事知多少"一句,又写出了"人世无常之足以动魄惊心",故这两句句子真是把天下人全部"一网打尽"的好词②。这种以哲人眼光析词的做法(王国维也即是这样看待后主词的),对李煜词就尽可适用。再如《子夜歌》开头:"人生愁恨何能免?销魂独我情何限",也同样是一种"痛定思痛"而发出的"问天"之语。在这些句子后面,我们仿佛看到了一个极为敏感和痛苦的灵魂,正在不堪忍受的忧患意识的重压之下,辗转挣扎,骚动不安……比起冯延巳那些在"娱宾遣兴"之余所感发的忧患词篇来,李煜用血泪挥洒成的这些词作,就更显得"正经""严肃"、深刻而又博大。

杰出的艺术作品,其复杂性往往在于:它所包涵的思想内容,很少会是单一的"平面体"。李煜的词就是如此。从它直接的思想内容而言,不过是一个亡国之君个人的深恸大悲而已。但是,如从更为广阔的空间和历史视野来看,则它所表露的深广忧愤的忧患意识,却又是人类所共同怀有的,特别是人类进入到阶级社会以后所无法避免的。人们欣赏文学作品,其中一个心理渴求,往往就是要从他人的艺术创造中去寻觅自己精神上的"知音"。而这种"寻觅知音"的结果,因着阅读者和欣赏者立场、观点、方法的不同,或是"同病相怜"地发生"共鸣",或是"借他人酒杯浇自己块垒"地找到了"寄托",或是以他人之哀乐来"反省"和审视自己的哀乐。这样,李煜那些富有深广忧患意识的词作,自然就成了广大阅读者们(特别是有着各种不幸遭遇的人)所最为欣赏的对象之一了——更何况,与此同时,它又有着极高的审美价值!所以,如果光是执着于狭隘的"政治标准",要么因其"阶级地位"而全盘否定李词,要么为欲提高其价值而去发掘什么"爱国主义",其实却都未必妥当。倒是晚清刘鹗所说的一段话对我们具有一定的参考价值。他在《老残游记自叙》里说:"灵性生感情,感情生哭泣……《离骚》为屈大夫之哭泣,《庄子》为蒙叟之哭泣,《史记》为太史公之哭泣,《草堂诗集》为杜工部之哭泣。李后主以词哭,八大山人以画哭,王实甫寄哭泣于《西厢》,曹

① 司马迁:《史记·屈原贾生列传》,中州古籍出版社,1996年,第700页。
② 叶嘉莹:《迦陵论词丛稿》,上海古籍出版社,1980年,第106、107页。

雪芹寄哭泣于《红楼梦》……”①这“哭泣”两字实际上就提出了一个文学表现忧患意识的深刻命题。是的,“草木无情,有时飘零。人为动物,惟物之灵。百忧感其心,万事劳其形,有动乎中,必摇其精”(欧阳修《秋声赋》)。李煜词的足以成为不朽之作,就正在于它表达了作为“万物之灵”的人类均无法逃避的那股忧患情绪,何况它又表达得那样深刻、那样优美!

因此,下面我们又要来谈它的审美价值和艺术成就。对此,我们只想拈出王国维的一句评语:“李重光之词,神秀也。”②“神秀”者,神完气足而秀韵天然。前者言其真情流溢、精力弥满;后者言其丰神秀貌、自然而工。指出这两点,则李煜词卓特的艺术风貌和超凡的审美价值就基本可以概括出来了。不过,我们这里不准备对它作全面的铺叙,而只想从中拈出两点——一是它的“力度”,二是它的“白描”,以之来论述李煜词的不同凡俗。

先说“力度”。我们深知,《花间》词风的一个显著特色即在于它的柔媚,所谓“举纤纤之玉指,拍按香檀”是也。李煜的词,当然也有这种风格。但是,他的某些作品(特别是后期作品)却又在“软”中带“硬”,富有一定的“力度”。这种力度,就来源于它的气势。如《玉楼春》中的“临风谁更飘香屑?醉拍栏干情未切。归时休放烛花红,待踏马蹄清夜月”,正如前述,由于它体现了这位青年君王风流倜傥、豪迈清雅的胸怀情趣和浓情逸兴,所以很有“气派”,很有“气势”,不同于一般文人词的“小家子气”。艳词尚且如此,他的悲慨词就更具“力度”了。如“问君能有几多愁?恰似一江春水向东流”和“流水落花春去也,天上人间”之句,就都是令人回肠荡气之句,若用新式标点来点,都是要用惊叹号(!)来结句的。由于这种“一江春水”式的气势和“天上人间”的悬差,便使词中具有了很大的“力度”,使人读后感慨唏嘘、忧患万端,大大地增强了词的艺术感染力。

次说“白描”。前已说过,韦庄词缘其情真意深的特点因而有着“情胜乎辞”的倾向;而李煜词则更具这种倾向,因之其词就往往纯凭性灵和以白描取胜。比如《相见欢》:“无言独上西楼,月如钩。寂寞梧桐深院锁清秋。　剪不断,理还乱,是离愁。别是一般滋味在心头。”此词一不用典,二没有生僻繁缛的字面,纯是心声的自然流露。开头一句从叙事直起,极为朴素,但“无言”和“独”之中,就已活画出了自己的满面愁容、满腔愁肠。“月如钩”三字也明白如话,然而又反衬了心境之凄清和身世之残破犹如一钩弯月。接下“寂寞梧桐深院锁清秋”亦是实写所见、所闻,但一个“锁”字却在自然之中暗寓工巧——梧桐小院固被

① 刘鹗:《老残游记》,齐鲁书社,1998年,第1页。
② 王国维:《人间词话》,齐鲁书社,1981年,第93页。

清秋之气所锁住,自己的身子难道不也深锁在这不自由的“小楼”(《虞美人》词:“小楼昨夜又东风,故国不堪回首月明中”)中吗?所以上片的三句,在登楼俯仰之间即已萦怀了百感万念在心;但从全词来看,它还仅是一种“衬垫”。下片则是放笔直言:“剪不断,理还乱,是离愁。”这三句实是一种化抽象为具体的比拟:把忧愁万端、悠长无尽的“离愁”(实指亡国之愁)比作了一团乱麻,所以是“理还乱”;又把它比作了“抽刀断水水更流”的水流,所以是“剪不断”。这种比拟浅显易懂,却又形象含蓄,把捉摸无定的精神状态转现成了具体清晰的物质形态,增强了可感性。而到此犹未尽意,他又进一步拓开词情:“别是一般滋味在心头。”“滋味”两字,是人人都懂、人人都能感知的东西,用这两个“俗字”来形容心头那种百感交集、甜酸苦辣都有的感情境界,真是再妙不过了。所以总观全词,它之抒写“离愁”,全凭内心之真切感受和朴素白描的手法,并不作深文曲笔、雕饰斧琢。比之《花间》某些词的过求“织绡”之美,它就显得“天然地,别是风流标格”(苏轼《荷花媚》),独具着“自然而工”的个人风格。

所以,在五代词人中,李煜的词是别具风姿的。它的直抒胸臆、直吐心声的风格,后来影响到了苏、辛词派的“满心而发,肆口而成”的风格。就从这一点看,它已是超出了“《花间》范围”(《人间词话》)。故从总体看,晚唐五代词,从温庭筠开始,到李煜告终,其间总体存在着两条发展线索:一是由爱情意识的萌生、“发动”始,到忧患意识的潜入、勃发止,所谓“乐极而生悲”也;二是由“类型风格”的奠基始,到个人风格的建立止,所谓“变伶工之词而为士大夫之词”也。这两条发展线索表明,文人词(主要指小令词)至此已经充分成熟。由温庭筠和李煜(后期)所开创的这两种词风——以“言情”为主和“言志”为主的词风,就将在下一个时代中得到不同的继承和发扬:前者的得到继承和发扬,是直接和迅速的;后者的得到继承和发扬,则是迂回和迟缓的。前一种(温词)词风,由于诞生在一个衰乱时世里,所以它的香艳、温馨的面目就像“冬天里的春天”那样,显得与它的时代真貌有些“格格不入”;然而到了北宋阶段,它却因为承受了新时代春风雨露的滋养,就变得与它的社会面貌“表里相称”了。宋初宋祁词云:“东城渐觉风光好,縠皱波纹迎客棹。绿杨烟外晓寒轻,红杏枝头春意闹”(《玉楼春》),它似乎预告着:一个爱情意识更加“春意盎然”的“黄金季节”就要来到。后一种(李煜词)词风,则因为与北宋“盛时”的时代环境显得不合,所以它就暂时地收敛起来——直到北宋中叶“党争”的政治漩涡卷起,它才在苏轼的词中重新泛起波澜。不过由于李煜的忧患已是达到了最深、最冷的“低点”和“冰点”,所以苏轼就要设法求其“回升”和“解冻”,因之,表现在苏词中的忧患意识就另外带有了一种欲求解脱的“练达”“超旷”的味道。而总起来看,整个晚唐五代词的主思潮，便是由爱情意识和忧患意识这两股情味大不相同的思想意识交织而成的。它们既交叉、交互，又交替、交换。由于“交叉”与“交互”，所以它们常在痛苦中写甜蜜，在甜蜜中写痛苦；在相聚中写离别，在离别中写相聚；在绮情中写哀怨，在哀怨中写绮情；在“冬天”里写“春天”，在“春光”中写“悲秋”……这就使它呈现出一种复合的、“立体”的抒情风格。又由于“交替”与“交换”，所以《花间》词多写欢乐，南唐词则多写苦闷，而这两者又都深刻地影响到了后来的两宋词坛——北宋前期词，多写恋情的温馨；苏轼开始，则多写人生的忧患；苏轼身后的北宋末期，周邦彦派词人又多写热闹繁华的都市生活和热烈娈婉的恋情生活。及至南宋初期，由于“靖康之变”的巨大变故，词坛上旋即振响起了对于国势时事的深沉喟叹；到了苟安形势形成的南宋中后期，则词坛上重又呈现了一派“莺歌燕舞”的景象；而在南宋小朝廷最后灭亡的那段时间里，却又回荡起更加痛苦的亡国之音。这其间，就同样“放大”地再现了爱情意识与忧患意识不断交替、交换的发展过程。若究其“前奏”，则早在晚唐五代词中就已有了“预演”！但这是后话，下文再说。

“人间四月芳菲尽，山寺桃花始盛开。长恨春归无觅处，不知转入此中来。”（白居易《大林寺桃花》）诗至晚唐五代，其“春天”早已结束（远不止“四月”天气）；但是在那冷落萧条的诗苑之旁，小词却吐绽了美丽的花朵。这真是文学史上的一个奇观。而紧接下来，词的真正的“春天”就随着赵宋新王朝的建立而到来。展现在北宋词史画卷上的，将是更加繁花似锦的美丽图景。

第四章　北宋词坛鸟瞰：词的多元化发展

词的发展，进入到北宋(960—1127)这个新的历史原野以后，呈现出了空前繁荣和纷纭的局面：一方面，晚唐五代词的“余波”仍在继续蔓延流衍，另一方面，适应着新时代的“新声”却又腾涌而起；一方面，小令词还在发挥着它的“余热”，另一方面，慢词长调又快速地跃居词坛的上风地位；一方面，体现着正统士大夫艺术趣味的词篇层出不穷，另一方面，带有着市民作风的词篇也迭连涌现；一方面，艳词的势力方兴而未艾，另一方面，其他题材、其他风格的作品又正在悄然崛起……总之，它已经摆脱了晚唐五代词坛比较单一的局面，而向着多元化的方向发展。因此，在分论各体、各派和各大家的作品之前，我们有必要先对它们来一个总体上的鸟瞰。

在这里，有两个概念还须预先作个交代和说明。

一是关于它的分期问题。以前的文学史，在论述北宋文学(包括诗、文、词三者)时，有的把它分为前、中、后三期，有的则把它分为前、后两大段。鉴于词的实际情况——从宋初到真宗朝前期的50年左右，词坛基本尚处于“青黄不接”的沉寂阶段，而自真宗朝后期到仁宗朝的50余年，词坛才又重新热闹起来，所以我们就把真宗朝后期到仁宗朝这50余年称为北宋词的前期，活跃在这一时期内的著名词人有晏殊、柳永、张先、欧阳修；而把自英宗至“靖康之变”前夕的60余年(1064—1127)称之为北宋词的后期，活跃在这一时期内的著名词人有黄庭坚、秦观、贺铸、周邦彦——骑跨在这前后两期中间的，则就是苏轼和晏几道这两位大词家。至于身经“靖康之变”的李清照、朱敦儒等词人，便又放到南宋初期、作为两宋之交的作者来处理。所以北宋尽管有167年的历史，但作为词史的主要叙述对象而言，实际却只有自真宗朝后期(约自大中祥符元年即1008年算起)到北宋结束的120年时间。

二是关于词的分体问题。传统的分法有两种：一种按音乐的节拍长短把词调分为令、引、近、慢四种；另一种按字数的多寡把词调分为小令、中调、长调三种(按：此种分法完全属于“人为”而缺乏科学根据)。我们则从叙述的方便起见，按篇幅之短长大致把词调分为令词与慢词长调两大类。这在科学性上是并不完全准确的(如“慢词”与“长调”就非同一的概念),但对行文却有很大的方便。故在后文的述说中,就准备采取这种“短、长”两大类的分类法(大致以百字以上为慢词长调而把百字以下的小令、中调合并为“令词”)对两宋众多的词作来作分体归类。以下就转入正文。

第一节　北宋社会的两大侧面和北宋文化的两大层次

词是一种特殊的文学样式,它和诗、文、小说等样式一起,以“文学”的身份加入到整个北宋文化的行列之中;而文化,则又总是附着在一定的社会生活基础之上的。所以,在对北宋词坛作一鸟瞰时,就有必要结合着对北宋的社会生活面貌以及整个的北宋文化面貌先作一谈。为此,在论词以前,我们首先来论述本节所提出的题目:北宋社会的两大侧面和北宋文化的两大层次。

一、“升平时代”的两大侧面和词坛的“富贵气象”

提到北宋社会生活的两大侧面,人们可能马上会联想到统治阶级与被统治阶级、上层社会与底层社会、富人和穷人这些对立着的概念。但这儿却并非指此,原因在于,词的情况和诗、文并不完全一样,它在反映生活方面有着自己的特殊“个性”——以一句笑话来做比喻,词就好比一个“势利”的孩子那样,老喜欢向着热闹、繁华的地方跑去,而对于穷人家的茅屋陋居,则是不大肯光顾的。所以我们见到的绝大多数宋词(特别是北宋词),大致都是与玉堂金屋、柳陌花丛的环境联系在一起的,要想在那里寻觅农民如何交租、穷人如何挨饿,那简直是办不到的。故而,我们要谈的北宋社会生活的两大侧面,实际上只是北宋“升平时代”的两大侧面——具体地讲,即是附着在这个城市经济高度发展基础之上的士大夫生活侧面和上层市民生活侧面而已。

两大侧面,既然都附着在同一个城市经济基础之上,那我们就先来谈一下北宋的城市总貌问题。对于这个问题,孟元老的《东京梦华录》就为我们提供了比之张择端《清明上河图》更为详尽的文字方面的记载。请先看它所描写的汴京(开封)城的总貌:

> 仆从先人宦游南北,崇宁癸未(1103)到京师,卜居于州西金梁桥西夹道之南。渐次长立,正当辇毂之下,太平日久,人物繁阜,垂髫之童,但习鼓舞;班白之老,不识干戈。时节相次,各有观赏。灯宵月夕,雪际花时,乞巧登高,教池游苑。举目则青楼画阁,绣户珠帘,雕车竞驻于天街,宝马争驰于御路,金翠耀目,罗绮飘香。新声巧笑于柳陌花衢,

按管调弦于茶坊酒肆。八荒争凑,万国咸通。集四海之珍奇,皆归市易;会寰区之异味,悉在庖厨。花光满路,何限春游;箫鼓喧空,几家夜宴。伎巧则惊人耳目,侈奢则长人精神……①(见其《自序》)

这里所讲的,虽然已是北宋后期的情况,而且它的形容也难免有夸张之处,但是我们却已不难从中想见北宋在结束了前代干戈纷争的分裂状态之后,其城市中所呈现出的“升平气象”。

北宋立国之后,农业生产和手工业生产有了很大的发展。随着农业和手工业的发展,它的商业经济也日益兴盛起来。宋朝统治者稍微改变了西汉以来封建国家传统的轻商、抑商政策,商人的社会地位就有所提高,富商的地位则更是显赫。在城市生活中,商品经济尤其活跃,据有关史书记载,北宋京城(开封)的商铺至少有160多行、6400多家②。《东京梦华录》对于这方面的记载则更加详细而具体。它说,东京外城,方圆40余里,其间街道纵横、人口密集。相同行业的店铺往往集中在邻近,如潘楼街南,多经营珍珠、匹帛、香药;界身巷里,“并是金银彩帛交易之所,屋宇雄壮,门面广阔,望之森然。每一交易,动即千万,骇人闻见”;在潘楼酒店下面,则自五更即起市,买卖衣物、书画、珍玩、犀玉(《东角楼角巷》)。在市中心最热闹的去处——大相国寺,又每月五次开放“万姓交易”,“珍禽奇兽,无所不有”,四方来客,云集此地(《相国寺内万姓交易》)。在这个城市里,不仅白天人头济济,进行贸易活动,而且还有自晚到晓的夜市,如州桥附近的夜市“直至三更”(《州桥夜市》);而潘楼以东的十字大街上,还有从五更到天明的“鬼市子”(《潘楼东街巷》);“夜市北州桥又盛百倍,车马阗拥,不可驻足”(《马行街北诸医铺》)。在这种“生意兴隆通四海,财源茂盛达三江”的商业经济基础之上,东京城里有两个行业又特别发达,一是酒馆,二是妓院。据《酒楼》条记载:

凡京师酒店,门首皆缚彩楼欢门。唯任店入其门,一直主廊约百余步,南北天井两廊皆小阁子,向晚灯烛荧煌,上下相照,浓妆妓女数百,聚于主廊槏面上,以待酒客呼唤,望之宛若神仙。

大抵诸酒肆瓦市,不以风雨寒暑、白昼通夜,骈阗如此。州东宋门外仁和店、姜店,州西宜城楼、药张四店、班楼,金梁桥下刘楼,曹门蛮王

① 孟元老:《东京梦华录序》,《东京梦华录(外四种)》,古典文学出版社,1956年,第1页。

② 李焘:《续资治通鉴长编》卷二六二“熙宁八年四月癸未”、卷三五九“元丰八年九月乙未”,中华书局,1986年,第6407、8592页。

> 家、乳酪张家，州北八仙楼，戴楼门张八家园宅正店，郑门河王家，李七家正店，灵景宫东墙长庆楼，在京正店七十二户，此外不能遍数。其余皆谓之“脚店”。①

这些记载告诉我们，东京城内光规模宏大的“正店”就有72家，其余的“脚店”则更不能胜数。而“正店”的“营业情况”又可以从“任店”一家即备妓女数百随时待客呼唤的情况中充分见到。至于“专业”的妓院，则散见于本书各条，如其“寺东门街巷”条载：大相国寺南即有“录事项妓馆”，寺北小甜水巷内“妓馆亦多”；“上清宫”条载，上清宫背的景德寺前有“桃花洞，皆妓馆”；“潘楼东街巷”条载，朱家桥下南斜街、北斜街，“两街有妓馆”，其东牛行街一带“亦有妓馆，一直抵新城”……酒馆加上妓院，便使这个城市几欲变成了一个王孙公子、巨商大贾及一般上层市民和风流文人的“花花世界”。请看“饮食果子”条所载：“诸酒店必有厅院，廊庑掩映，排列小阁子，吊窗花烛，各垂帘幕，命妓歌笑，各得隐便”；请看“民俗”条所载：“所谓花阵酒池，香山药海，别有幽坊小巷，燕馆歌楼，举之万数”；请看“（正月）十六日”条所载：“别有深坊小巷，绣额珠帘，巧制新妆，竞夸华丽，春情荡飏，酒兴融怡，雅会幽欢，寸阴可惜，景色浩闹，不觉更阑。宝骑骎骎，香轮辘辘，五陵年少，满路行歌，万户千门，笙簧未彻”……所以，我们在走马观花式地浏览了这个城市的繁华富丽的面貌之后，再来观察柳永以及其他北宋词人作品中的“升平气象”和“风流情致”，那就有了一个“坚实”的背景和基础。

在这种商业经济高度发达的背景和基础之上，就出现了两种生活面貌：一种是士大夫文人（以及贵族官僚）的享乐生活，还有一种是上层市民阶层的冶游生活——而对于某一部分文人来讲，则又同时过着这两种生活。

关于前者，我们在宋人的笔记中真是见得太多了。兹录数条，以见一斑：

> 吕蒙正“微时极贫，比富贵，喜食鸡舌汤，每朝必用。一夕游花园，遥见墙角一高阜，以为山也。问左右曰：‘谁为之？’对曰：‘此相公所杀鸡毛耳。’吕讶曰：‘吾食鸡几何，乃有此？’对曰：‘鸡，一舌耳。相公一汤用几许舌？食汤凡几时？’吕默然”。②
>
> 寇准“好舞《柘枝》，会客必舞《柘枝》，每舞必尽日，时谓之‘柘枝颠’”。他在知邓州时，“每饮宾席，常阖扉辍骖以留之。尤好夜宴，剧

① 孟元老：《东京梦华录》卷二，《东京梦华录（外四种）》，古典文学出版社，1956年，第15－16页。

② 丁传靖：《宋人轶事汇编》卷四，中华书局，1981年，第150－151页。

饮未尝点油，虽溷轩马厩，亦烧烛达旦。每罢宴去，后人至官舍，见厕溷间，烛泪凝地，往往成堆”。①

张耆“既贵显，尝启章圣（真宗），欲私第置酒，以邀禁从诸公。既昼集尽欢，曰：‘更毕今日之乐。’于是罗帏翠幕，稠叠围绕，高烧红烛，列坐蛾眉，极其殷勤。每数杯，则宾主各少歇。如是者凡三数。诸公但讶夜漏如是之永，暨撤席出户，则已再昼夜矣”。②

宋祁“晚年知成都，带《唐书》于本任刊修。每宴罢，开寝门，垂帘燃二椽烛，媵婢夹侍，和墨伸纸，远近皆知为尚书修《唐书》，望之如神仙焉。多内宠，后庭曳绮罗者甚众。尝宴于锦江，偶微寒，命取半臂（按：背心），诸婢各执一枚，凡十余枚俱至。子京（宋祁号）视之茫然，恐有厚薄之嫌，竟不敢服，忍冷而归”。③

……

像这类记载北宋士大夫富贵享乐生活的文字，我们还可以举出许多。从中不难看出，由于宋代城市经济的发达，加上赵宋王朝公开提倡“多积金，市田宅以遗子孙，歌儿舞女以终天年”（宋太祖对群臣之语，见《宋史·石守信传》）的享乐风气，所以宋代士大夫文人大多过着一种甚为豪奢的富贵生活。这种生活，反映到文学中间，便形成了一种以“富”为美的艺术嗜尚。如宋真宗读到王钦若“龙带晚烟离洞府，雁拖秋声入衡阳”诗后大加赞赏，称曰“此语落落有贵气”④；如晏殊自诩其“楼台侧畔杨花过，帘幕中间燕子飞”、“梨花院落溶溶月，柳絮池塘淡淡风”之诗有“穷人家”所没有的富贵景象⑤；如晁补之评晏氏父子词“风调闲雅”，非住“三家村”人之语⑥；如李清照不满于秦观的词，说它“譬如贫家美女，虽极妍丽丰逸而终乏富贵态”⑦……这些诗话、词话的一个共同点就在于要求文学创作能够反映出这个“升平时代”的“富贵气象”。因此，适应着这种时代需要，北宋士大夫文人所写作的词篇，其主流的思潮便是那股“太平也，且欢娱，不惜金尊频倒”（蔡挺《喜迁莺》）的欢娱和享乐的情绪。若从其题材内容来看，则

① 丁传靖：《宋人轶事汇编》卷五，中华书局，1981年，第202页。
② 丁传靖：《宋人轶事汇编》卷六，中华书局，1981年，第256页。
③ 丁传靖：《宋人轶事汇编》卷七，中华书局，1981年，第311－312页。
④ 胡仔：《苕溪渔隐丛话·前集》卷二五，人民文学出版社，1981年，第171页。
⑤ 丁传靖：《宋人轶事汇编》卷二六，中华书局，1981年，第175页。
⑥ 吴曾：《能改斋漫录》卷一六，上海古籍出版社，1979年，第469页。
⑦ 胡仔：《苕溪渔隐丛话·后集》卷三三，人民文学出版社，1981年，第254页。

大致表现为如下几个方面：

一是描写都市（特别是京城）的繁华。如李遵勖所写的汴京元宵词："帝城五夜宴游歇。残灯外，看残月。都人犹在醉乡中，听更漏初彻。　行乐已成闲话说，如春梦，觉时节。大家重约探春行，问甚花先发？"据《能改斋漫录》卷一七记载：宋初元宵本来放灯三日，后因吴越王纳士，"进钱买两夜"，故又添上十七、十八两夜之灯（共五夜）。但五夜灯尽之后，"都人犹在醉乡中"，而其中兴致高者则早已预约去"探春赏花"了。这就可知当日都市游赏活动之盛，也从一个侧面反映了都市生活的繁华热闹。

二是歌颂帝皇生活和帝皇气派。如夏竦为真宗所写的《喜迁莺令》："霞散绮，月沉钩，帘卷未央楼。夜凉河汉截天流，宫阙锁清秋。　瑶阶曙，金茎露，凤髓香和云雾。三千珠翠拥宸游，水殿按《梁州》。"据吴处厚《青箱杂记》卷五记载，这是一篇应制之作："时方早秋，上夕宴后庭。酒酣，遽命中使诣公（指夏）索新词。公问上在甚处，中使曰：在拱宸殿按舞。公即抒思，立进……中使入奏，上大悦。"从词中"三千珠翠拥宸游"来看，李煜的"春殿嫔娥鱼贯列"若要和宋朝皇帝相比，就只好说是"小巫见大巫"了。

三是描写士大夫的宴游生活。如曾慥《乐府雅词》中所收的无名氏《调笑集句》，其自序曰："盖闻：行乐须及良辰，钟情正在吾辈。飞觞举白，目断巫山之暮云；缀玉联珠，韵胜池塘之春草。集古人之妙句，助今日之余欢。"另其《九张机》自序曰："《醉留客》者，乐府之旧名；《九张机》者，才人之新调。凭戛玉之清歌，写掷梭之春怨。章章寄恨，句句言情。恭对华筵，敢陈口号。"我们前已在欧阳炯的序言里见到过《花间》词的"纲领"和"自供"，现在却又在这些残章断句中看到了北宋（某些）词的"纲领"和"自供"——原来它们和《花间》词便是一脉相承的。对于这类描写士大夫文人宴游生活的词，我们还可举出当日名噪一时的聂冠卿《多丽》词为其具体例证：

> 想人生，美景良辰堪惜。问其间，赏心乐事，就中难是并得。况东城，凤台沙苑；泛清波，浅照金碧。露洗华桐，烟霏丝柳，绿阴摇曳，荡春一色。画堂迥，玉簪琼佩，高会尽词客。清欢久，重然绛蜡，别就瑶席。
>
> 有翩若轻鸿体态，暮为行雨标路。逞朱唇，缓歌妖丽，似听流莺乱花隔。慢舞萦回，娇鬟低弹，腰肢纤细困无力。忍分散？彩云归后，何处更寻觅？休辞醉，明月好花，莫谩轻掷。

从这首词里，我们不仅看到了汴京城里士大夫"清游盛事"的热闹场面，而且注意到了："词客高会"的地方，就正是"慢舞萦回，娇鬟低弹"的歌姬舞妾们最为密集的场所。由此可证,在新的时代里,词和女性又一次结下了“不解之缘”。而所有这些,又都是附着在那个“升平”的时代基础之上的。

以上所引的,都是北宋前期的文人词作。到了北宋后期的词坛上,虽然情况已有一定的改观,但是这种歌咏升平的传统却是一直延续下去的。特别到了号称“宣(和)、政(和)之盛”的徽宗朝,朝野奢侈的景象更达到了惊人的地步。其时有无名氏的《鹧鸪天》15 首,描写过当日的元宵景象,如其中一首写道:

彻晓华灯照凤城,犹嗔宫漏促天明。九重天上闻花气,五色云中应笑声。　　频报道,奏河清,万民和乐见人情。年丰米贱无边事,万国称觞贺太平。

故而徽宗朝的一些御用文人,他们之所以要“应制”赋词,尽情来歌颂“十里笙歌,万家罗绮,身世疑在仙乡”(万俟咏《安平乐慢》)的“太平盛世”,就是毫不足怪的事了。

下面再让我们来看一下这个“升平时代”的另一侧面,亦即上层市民所过的冶游生活。这仍可就《东京梦华录》一书来谈。现择其中若干个时令节序的情况来看,如:

正月初一:“州东宋门外,州西梁门外踊路,州北封丘门外,及州南一带,皆结彩棚,铺陈冠梳、珠翠、头面、衣着、花朵、领抹、靴鞋、玩好之类。间列舞场歌馆,车马交驰……小民虽贫者,亦须新洁衣服,把酒相酬尔。”①

元宵收灯都人出城探春:“次第春容满野,暖律暄晴,万花争出,粉墙细柳,斜笼绮陌,香轮暖辗,芳草如茵,骏骑骄嘶,杏花如绣,莺啼芳树,燕舞晴空。红妆按乐于宝榭层楼,白面行歌近画桥流水,举目则秋千巧笑,触处则蹴踘疏狂,寻芳选胜,花絮时坠,金尊折翠簪红,蜂蝶暗随归骑,于是相继清明节矣。”②

清明节:“士庶阗塞诸门,纸马铺皆于当街用纸衮叠成楼阁之状。四野如市,往往就芳树之下,或园囿之间,罗列杯盘,互相劝酬。都城之歌儿舞女,遍满园亭,抵暮而归。”③

① 孟元老:《东京梦华录》卷六,《东京梦华录(外四种)》,古典文学出版社,1956 年,第 33 页。

② 同①,第 38 页。

③ 孟元老:《东京梦华录》卷七,《东京梦华录(外四种)》,古典文学出版社,1956 年,第 39 页。

> 三月一日开金明池琼林苑至四月八日闭池之间："莫非锦绣盈都，花光满目，御香拂路，广乐喧空，宝骑交驰，彩棚夹路。绮罗珠翠，户户神仙；画阁红楼，家家洞府。游人士庶，车马万数。妓女旧日多乘驴，宣、政间惟乘马，披凉衫，将盖头背系冠子上。少年狎客，往往随后，亦跨马轻衫小帽。有三五文身恶少年控马，谓之'花褪马'。用短缰促马头，刺地而行，谓之'鞅缰'。呵喝驰骤，竞逞骏逸。游人往往以竹竿挑挂终日关扑所得之物而归。"①
>
> 七夕："七夕前三五日，车马盈市，罗绮满街……里巷与妓馆，往往列之门首，争以侈靡相向。"②
>
> 中秋："中秋节前，诸店皆卖新酒，重新结络门面彩楼花头，画竿醉仙锦旆。市人争饮，至午未间，家家无酒，拽下望子……中秋夜，贵家结饰台榭，民间争占酒楼玩月。丝篁鼎沸，近内庭居民，夜深遥闻笙竽之声，宛若云外。闾里儿童，连宵嬉戏，夜市骈阗，至于通晓。"③

上面这些记载中，有不少当然是经过"美化"的描述，而且其中的主角主要也还是公子王孙；但又不可否认，它却也包含着对上层市民与平民百姓生活的描写。所以，在北宋整个奢靡不堪的城市环境中，市民的享乐水准也有了一定的提高。这种社会景象，自然便会反映到描写市民生活——特别是作为"特殊市民"的妓女生活的词中去。比如《乐府雅词》所载无名氏《潇湘静》一词：

> 画帘微卷香风逗，正明月、乍圆时候。金盘露冷，玉炉篆香，渐红鳞生酒。娇唱倚繁弦，琼枝碎，轻回云袖。风台歌短，铜壶漏永，人欲醉，夜如昼。　　因念流年迅景，被浮名，暗辜欢偶。人生大抵，离多会少，更相将白首。何似猛寻芳？都莫问，积金过斗。歌阑宴阕，云窗凤枕，钗横麝透。

这首词的作者，从词情来推测，定是一位失意于科场、逗留于秦楼楚馆中的文人（如同柳永式的人物）。但从他所描绘的青楼狎妓生活看，也同样充满着一种"富贵"的气象。

① 孟元老：《东京梦华录》卷七，《东京梦华录（外四种）》，古典文学出版社，1956 年，第 46 页。

② 孟元老：《东京梦华录》卷八，《东京梦华录（外四种）》，古典文学出版社，1956 年，第 49 页。

③ 同②，第 50 页。

当然，提到以词来描绘市民生活，自然不能不谈到柳永。对于柳永，宋人和后人的评语可谓多矣。但其中有一句话却往往尚未受到应有的重视，那就是范镇所说的："仁宗四十二年（按：此系"连头带尾"的计算）太平，镇在翰苑十余载，不能出一语咏歌，乃于耆卿（柳永字）词见之。"（引见祝穆《方舆胜览》卷一一）这个看法倒有点儿近似于今之"反映论"的看法。而事实也确像此话所说：北宋"全盛"时的城市面貌，就曾在柳词中得到过"形容尽致"的描绘。他那首描写杭城富庶的《望海潮》且留待下文去说，这里就先看他一首咏写汴京之作：

> 嶰管变青律，帝里阳和新布。晴景回轻煦。庆嘉节，当三五。列华灯，千门万户；遍九陌，罗绮香风微度。十里然绛树，鳌山耸，喧天箫鼓。
>
> 渐天如水，素月当午。香径里，绝缨掷果无数。更阑烛影花阴下，少年人，往往奇遇。太平时，朝野多欢民康阜。随分良聚，堪对此景，争忍独醒归去？（《迎新春》）

从这首词中，便可充分看出仁宗朝"太平时"的"康阜"景象。当然，或许有人会嫌它所反映的市民生活还不够"集中"，所以我们再可举出他的《凤归云》：

> 恋帝里，金谷园林，平康巷陌。触处繁华，连日疏狂，未尝轻负，寸心双眼。况佳人，尽天外行云，掌上飞燕。向玳筵，一一皆妙选。长是因酒沉迷，被花萦绊。　　更可惜，淑景亭台，暑天枕簟。霜月夜凉，雪霰朝飞，一岁风光，尽堪随分，俊游清宴……

它所描写的"平康"（妓院）景象，也正如词中所说的那样，是"触处繁华"的。

所以，综合士大夫文人的享乐生活和上层市民的冶游生活这两大侧面来看，北宋词所赖以产生的大温床就是这样一个繁华富丽的"升平时代"；或者确切一点说，是这个时代的表面"繁荣"的那一面。时代按照着自己的面貌来塑造艺术，枕奠于这个基础之上的北宋词坛，就出现了如下一些新情况：

首先，因着这种"繁华"的环境，便又一次推进了艳词的泛滥。

前已谈过，词在晚唐五代就已形成了"艳科"的传统。而至北宋，这种情况在有些时候甚至是更加有增而无减，比如在柳永等人的某些"俗词"中，对于艳情的描写简直就到了"放肆"的地步。产生这种现象的一个重要原因即与北宋时代的享乐、冶游风气密切相关。而且，比之晚唐五代词人往往是在朝不保夕、醉生梦死的心境之下写作艳词而言，北宋人之写艳词就更多地带有一种满足感、快意感。这是因为，北宋很多人便是把狎妓冶游或广蓄姬妾，当作一种"太平气象"来看待的。比如，都尉李和文有一次招军妓夜宴，谏官上疏弹劾。杨亿以此事告知王旦，王旦却并不以为然，退朝后反用红笺题小诗送交李和文，表示以不能赴宴为憾。次日,真宗以谏官章疏出示王旦,意欲处罚李和文。谁知王旦竟说:"(此事)臣尝知之,亦遗其诗,恨不得往也。太平无象,此其象乎?"真宗听后,意亦释之①。王旦曾任真宗朝的宰相和太尉,他的这一看法正好代表了相当一部分宋人的看法:"妓会"乃是"圣朝"之"乐事",何乐而不为之?所以,宋朝士大夫一方面大讲其"崇道",另一方面却蓄妾成风,甚至连狎妓冶游也不以为可鄙之事;故而那一些失意于宦途的文人,就更以倚红偎翠为胜过"白衣卿相"的荣耀之事——在这种普遍的社会心理和社会风尚的支配、影响下,北宋词坛之再度泛起艳词的汹涌浪潮,也就带有深刻的必然性了。

其次,"繁华"的时代,又定然会推进词体和词风的发展。

我们知道,晚唐五代词,多致力于描摹人们在小天地里的狭深心曲,与此相称的是其词多小令。现在,时代既已进入到了一个"升平"的"大时代"里,那么,原先那种篇幅短小的令词和那种含蓄蕴藉的风格,就相形而显得"不够用"了。词不仅要抒情,还要叙事、咏物;词不但被用来表现自我的心境,而且还被用来再现或反映时代的面貌。缘此就推动了慢词长调和铺叙手法的发展。一种比之晚唐五代小词来得"大"和"新"的文学格局与审美气度,就应运而生。而与此同时,在那些反映市民生活侧面的词中,又自然而然地会滋生出另一种"骫骳从俗"(陈师道《后山诗话》评柳永词之语)的新风格来。

最后,这种表面十分"繁华"的社会生活,一方面仍然深刻地影响到了北宋词的题材内容和语言风貌,使它们基本维持着"狭深性"和香艳性;另一方面又因着社会矛盾的逐渐激化和隆起,词坛上的"改革之风"也就必然随之而刮起。

关于这两点,道理也是容易说清的:北宋词所依附的,既然主要只是社会生活"太平"、"繁华"的一面,因而它的题材内容自然就基本囿于歌咏升平和抒写艳情这两个圈子里去,而其用字下语也只与"绣毂雕鞍"、"鸳甃焰烛"一类华丽富贵的词藻联系着,故而"绮罗香泽之态"与"宛转绸缪之度"就成了当时词坛的主要风貌。但是,比较起远为广阔复杂的真实生活来看,这种风貌毕竟是狭隘而又带有几分病态的。因之,随着北宋中后期社会矛盾的逐步尖锐化、表面化,就像诗文领域中出现了针对"西昆体"而发动的"诗文革新运动"一样,词坛上也就不可避免地会刮起"改革之风"——苏轼的"以诗为词",就是对于北宋婉约词所面临的某种发展危机的"解救"。

① 丁传靖:《宋人轶事汇编》卷五,中华书局,1981年,第196页。

二、北宋文化的两大层次和词坛的两种“趣味”

前面讲了北宋社会生活的两大侧面，其着重点乃在于它们的一致性上——共基于同一的“升平时代”之上。这一部分讲的则是北宋文化（主要是文学）的两大层次，其着重点却另在于它们的差异性上——具体来说，即是正统文学和市民文学的“异乎其趣”。

在继承前代文学的基础之上，宋代的正统文学有了进一步的发展。不过这种发展，又明显地带有着自己的时代特色，那就是“重道”和“崇雅”。前者在散文（古文）领域里表现得比较集中。如古文运动的先驱者柳开说过：“文章为‘道’之筌也，筌可妄作乎？”①如王禹偁说：“夫文，传道而明心也。”②所以宋代散文就一直都强调着“文以载道”的宗旨。后者则主要反映在诗歌领域里。如苏轼曾借戏言的方式道出了自己论人兼论诗的“崇雅”主张：“可使食无肉，不可使居无竹。无肉令人瘦，无竹令人俗。人瘦尚可肥，士俗不可医。”③在他看来，做人和做诗的最不可医之大病即是这个“俗”字。另一位大诗人兼诗论家黄庭坚则强调：“词意高胜，要从学问中来。”④其“高胜”之谓，亦即“不俗”之别称也。故而到了南宋的朱熹，就越加鲜明地提出了“雅俗之辨”的诗论，他说：“要使方寸之中无一字世俗言语意思，则其为诗，不期于高远而自高远矣”；又说：“须先识得古今体制、雅俗向背，仍更洗涤得尽肠胃间夙生荤血脂膏”，然后才能谈得上学习写诗⑤。这诗、文两大领域里所掀起的“重道”“崇雅”的思想浪潮，其实并非孤立的现象，而是与宋代整个意识形态的趋于“一尊”（亦即建立起一整套的“理学”思想体系）保持着一致的步调。在这种情况下，宋代正统文学与政教伦理的关系就更加密切，它的议论化、学问化倾向也就更有所发展。出现在读者面前的宋代诗文，就基本上呈现出一种“庄重”“严肃”“古雅”的面目。而由它们，再加上其他诸如哲学、宗教、艺术、学术等等意识形态，便构成了宋代文化的第一个层次——正统文化的层次。

但是，在宋代社会中，与此同时却又存在着另一个层次的文化，那就是市民阶层的文化。这里我们就重点来谈一下市民文化的一种突出表现形态——“瓦

① 柳开：《上王学士第三书》，《全宋文》第3册，巴蜀书社，1989年，第582页。
② 王禹偁：《答张扶书》，《全宋文》第4册，巴蜀书社，1989年，第357页。
③ 苏轼：《於潜僧绿筠轩》，《苏轼诗集合注》，上海古籍出版社，2001年，第425－426页。
④ 黄庭坚：《论作诗文》，《黄庭坚全集》，四川大学出版社，2001年，第1684页。
⑤ 朱熹：《答巩仲至第四书》，罗大经《鹤林玉露》，中华书局，1983年，第113页。

舍伎艺”。

前已谈到,当日的都市里头,人口密集,商业发达。在这么稠密的人口中间,除了皇室贵戚以及士大夫文人、禁军甲兵之外,绝大多数便是手工业者、商人小贩以及广大的城市居民,后者就基本可以归入到“市民阶层”中去。这样一个庞大的人类群体,必然会产生出自己的文化需要;适应着这种需要,东京城里就出现了一种“瓦舍伎艺”。据《东京梦华录》中“东角楼街巷”条记载,在城的东南角,即有桑家瓦子(即瓦舍)、中瓦、里瓦三个大型游艺场,“其中大小勾栏五十余座”。举中瓦的莲花棚(棚,即游棚,是用棚搭成的戏院)、牡丹棚和里瓦的夜叉棚、象棚为例即“可容数千人”。来观看这种伎艺的,自然大多是市民阶层,他们“不以风雨寒暑”“日日如是”(《京瓦伎艺》)。而碰到节日、聚会,东京城内更是百戏呈献、热闹非凡。如:

> 元宵节:“奇术异能,歌舞百戏,鳞鳞相切,乐声嘈杂十余里。击丸蹴踘,踏索上竿。赵野人:倒吃冷淘。张九哥:吞铁剑。李外宁:药法傀儡。小健儿:叶五色水,旋烧泥瓦子。大特落:灰药。榾柮儿:杂剧。温大头、小曹:稽琴。党千:箫管。孙四:烧炼药方。王十二:作剧术。邹遇、田地广:杂扮。苏十、孟宣:筑球。尹常卖:《五代史》。刘百禽:虫蚁。杨文秀:鼓笛。更有猴呈百戏,鱼跳刀门,使唤蜂蝶,追呼蝼蚁。其余卖药、卖卦、沙书地谜,奇巧百端,日新耳目。”
>
> 六月六日崔府君生日、二十四日神保观神生日:“自早呈拽百戏,如上竿、趯弄、跳索、相扑、鼓板、小唱、斗鸡、说诨话、杂扮、商谜、合笙、乔筋骨、乔相扑、浪子、杂剧、叫果子、学象生、倬刀、装鬼、砑鼓、牌棒、道术之类,色色有之。至暮呈拽不尽。殿前两幡竿,高数十丈,左则京城所,右则修内司,搭材分占上竿呈艺解。或竿尖立横木列于其上,装神鬼,吐烟火,甚危险骇人,至夕而罢。”①
>
> ……

上述“伎艺”之中,包含着今之所谓曲艺、说书、地方戏、杂技、猜谜乃至体育表演等等方面的内容,而其中文学性较强的项目则大致有:小唱、诸宫调、杂剧(滑稽戏)、“说话”(又分“小说”“讲史”“讲经”等项)。我们虽无必要在这里细谈这些项目的具体情况,但应该把它们所体现出来的某些不同于正统文学的特性举

① 孟元老:《东京梦华录》卷六、卷八,《东京梦华录(外四种)》,古典文学出版社,1956年,第34、48页。

出一说。

首先,从总体而言,市民所喜爱的这些文艺节目和文学作品,都属那种“俗文学”。道理很简单:这些文艺都是市民阶层自己的文艺。它的“生产者”多半是民间的艺人,而它的“消费者”则更是市民阶层。在物质产品的生产过程中,消费者的需求会明显影响到产品的质量;在“文艺产品”的生产过程中,情况又何尝不是如此?世俗的市民,因着他们不同于正统士大夫的地位身份、工作职业以及文化教养、思想兴趣等方面的原因,就嗜好着与正统士大夫不同的文化或文艺。所以适应他们需要的文化或文艺,就另具着别一番“俗”的风貌和趣味。这是一说即明的。

其次,我们还可以较细一点来指出它们的若干特性:一是“世俗性”。这就是说,在市民文艺中,浓厚地浸润着市民阶层的生活情调和审美趣味。比如“小说”中的“烟粉”和“传奇”两类,就大多描写市民阶层最感兴趣的恋爱故事,其中有不少篇目的主角本身就是平凡的“小人物”和世俗的“芸芸众生”。这里头反映了市民阶层的悲欢离合、喜怒哀乐,可谓是为“市井细民写心”(从文学的题材和表现领域来看,这也算得上是一种新的开拓)。二是“刺激性”。一般的正统文学,大都信奉着儒家“温柔敦厚”的理论,提倡着“优游不迫”的风格和“中正和平”的美感。但是市民的兴趣却与此大不相同,他们嗜求新奇、追求刺激,冀望能在文艺的欣赏活动中寻觅到某种快感。因此他们便在“讲史”和“小说”的“公案”“神仙”“灵怪”之类(上述类目见罗烨《醉翁谈录·小说开辟》所载)作品中寻求“传奇性”;在杂剧、说诨话之类的演出中寻求“滑稽性”;在踏索上竿、吞剑驯兽之类的节目中寻求“惊险性”;而在某些话本小说以及词曲小唱中,又寻求一定的“色情性”。凡此种种,都体现出他们以文艺为娱乐工具、以文艺来求得感官刺激的特种艺术趣味。从这种趣味出发,他们就不太喜欢那些温文尔雅、含蓄蕴藉的风格,而喜欢那种大喜大悲、尽情发露的作风。三是“通俗性”。由于市民阶层的文化水准一般都较低下,所以市民文艺的语言必须是浅近俚俗、接近口语的;不这样,它就会失去广大的听众或观众。关于这点,也是显而易见、不劳多说的。

两个层次的文化,就形成了两种不同的审美趣味和艺术风貌。在北宋词坛上,也就形成了“雅”“俗”不同的两大“阵营”。这里,我们不妨举一个典型的例子以作说明。

张舜民《画墁录》卷一载有这样一则词话:

柳三变(永)既以词忤仁庙(仁宗),吏部不放改官。三变不能堪,诣政府。晏公(殊)曰:“贤俊作曲子么?”三变曰:“只如相公,亦作曲子。”公曰：“殊虽作曲子，不曾道‘彩线慵拈伴伊坐’。”柳遂退。①

这个故事，很有点儿微妙之意在内。晏殊先是以“作曲子（词）”的把柄为理由，想来黜退柳永。谁知柳永并不买账，反唇相讥地讽刺晏殊“亦作曲子”。这是“斗争”的第一回合。接下来，晏殊就开始了“致命”的“反击”：“殊虽作曲子，不曾道‘彩线慵拈伴伊坐’。”抓住了这个“罪名”，柳永就只好无言自退。从这几句对话中，我们就可以看到，在正统文人与市井文人之间，在符合传统的词风与沾染市民作风的词风之间，其分歧是相当深的。

为了说明这些分歧，我们且对柳永的这首词做一些简略的分析：

自春来，惨绿愁红，芳心是事可可。日上花梢，莺穿柳带，犹压香衾卧。暖酥消，腻云亸，终日厌厌倦梳裹。无那！恨薄情一去，音书无个！

早知恁么，悔当初、不把雕鞍锁。向鸡窗，只与蛮笺象管，拘束教吟课。镇相随，莫抛躲，针线闲拈伴伊坐。和我，免使年少光阴虚过。（《定风波》。按：“针线闲拈”与“彩线慵拈”乃版本不同所致。）

全词所写，实乃一位思妇独守空房、盼夫不归的“闺怨”。同样题材的作品，在《花间集》中可谓比比而皆是；而即使是“亦作曲子”的晏殊，也曾作过不少类似内容的词篇，例如《木兰花》：“玉楼朱阁横金锁，寒食清明春欲破。窗间斜月两眉愁，帘外落花双泪堕。　朝云聚散真无那，百岁相看能几个？别来将为不牵情，万转千回思想过。”就称得上是一种典型的“妇人语”（蒲传正评晏词之语，见《苕溪渔隐丛话》前集卷二六）。但在晏殊看来，自己所作的这些“曲子”虽属“小技”却无伤“大雅”，而柳词所写，则是不能容忍的。原因何在？照我们的分析，大致有二：一是它所表现的生活理想和思想色彩，二是它所体现出的艺术风格和审美趣味——在这两方面，柳词就都带着浓厚的市民气息，因而有悖于正统文人的嗜好。具体来说，第一，这首词所表现的思想境界，已经超出了一般“闺怨”诗词的范围。以前的闺怨诗词，写来写去总不外是“自从消瘦减容光，万转千回懒下床”（元稹《会真记》中莺莺之诗）的思念情郎之情。而柳词所写，却是一位“新女性”的生活愿望：“镇相随，莫抛躲，针线闲拈伴伊坐。和我，免使年少光阴虚过。”在她看来，青春年少，男恩女爱，夫妻厮守，永不分离，才是人间最可宝贵的东西；至于什么功名富贵、“仕途经济”，则统统都是不重要的。这种愿望，在晏殊他们看来，自然就是“离经叛道”和“俗不可耐”的。因此，从思想因素而言，它就带有了超越封建礼教的某种新色彩。第二，在词的表现手法和艺术风

① 张舜民：《全宋笔记》第2编第1册，大象出版社，2006年，第218页。

格方面,柳词也不全同于传统的小令词。它不讲求含蓄蕴藉,而尽情铺叙、浅显发露;它不用温庭筠式的“暗示”法、“象征”法,而是用代言体的口吻和“放开来说”的笔调,一股脑儿地把这位思妇的满腔心思“端”了出来。你看:春天早就已经回来,而“他”却一直杳无音讯,因此在她眼中,桃红柳绿,尽变作了伤心触目之色,一颗芳心,也整日价无个安定之时。故而,尽管窗外早已红日高照,可她却只管懒压香衾、不思起床。要问为何如此?她自己就作了回答:“无那!恨薄情一去,音书无个!”在这里,她既不羞羞答答,也不露尾藏头,而是那么直率坦露、不假掩饰。因此到了后文,她更是非常畅快淋漓地把自己的怨恨、苦恼、理想和愿望,全盘托出。这种写法,使我们很容易联想到话本小说《快嘴李翠莲》中那位女主角的声吻,端的是写足了市民阶层“新女性”的音容面貌。另外再从它的用字下语来看,言景物,喜用“惨绿愁红”之类字眼;言梳妆打扮,又用“暖酥”“腻云”之类字面。这些,就都是一些富有刺激性和夸张性的语汇,非讲求“闲雅”气度的士大夫文人所能看得入眼。而“早知恁么,悔当初、不把雕鞍锁”以及“镇相随,莫抛躲”之类,又基本近似于“大白话”,这些就更为晏殊他们所瞧不大起。因而,由于柳永此词采用了不同于传统令词的铺叙手法,表现出“发露”和“俚俗”的风格,又传递出了市民阶层的某些思想信息,所以自然就会受到正统士大夫的鄙视——虽然我们又认为,这种“鄙视”并不公允。

举出上面这个例子,就可见出当日词坛上雅、俗营垒之间的分歧和对立。但柳永的这首词,其实还不能算是十分“俗透”的作品。所以为要充分认识那些“十足”的“俗词”面貌,我们就应特别提出下面三方面的情况来谈(至于所谓的“雅词”情况,将留待后文再说)。

第一,带有相当程度的色情味。比如柳永的这些词:

> 师师生得艳冶,香香于我情多。安安那更久比和,四个打成一个。
> 幸自苍皇未款,新词写处多磨。几回扯了又重挼,奸字中心着我。(《西江月》)
>
> 欲掩香帏论缱绻,先敛双蛾愁夜短。催促少年郎,先去睡,鸳衾图暖。须臾放了残针线,脱罗裳、恣情无限。留取帐前灯,时时待、看伊娇面。(《菊花新》)

这种词风,集中表现了市民阶层(也包括封建文人本身所怀有)的庸俗意识的一面,属于一种低级的趣味。要是晏殊举出这些作品来怪罪柳永,那就要比举其《定风波》更有“说服力”了。

第二,带有若干程度的戏谑味。比如徽宗政和元年,尚书蔡薿为主考官,严防举子挟书作弊,有人就据街市流行的《侍香金童》词“加改十五字”而作了这样一首“怀挟”词(据《苕溪渔隐丛话》后集卷三九):

> 喜叶叶地,手把怀儿摸。甚恰恨出题厮撞着。内臣过得不住脚,忙里只是,看得斑驳。　　骇这一身冷汗,都如云雾薄。比似年时头势恶。待检又还猛相度,只恐根底,有人寻着。

又如黄庭坚词中也有一些戏谑味十足的作品,如《鼓笛令》:

> 见来便觉情于我,厮守着,新来好过。人道他家有婆婆,与一口,管教屎磨。　　副靖传语木大。鼓儿里,且打一和。更有些儿得处啰。烧沙糖,香药添和。

这些作品,在今人读来,简直有些莫明其妙。即在当日而言,大抵也是一种“以词为戏”的谐谑之作。

第三,又很有些“大白话”的风味。如王观《红芍药》:

> 人生百岁,七十稀少。更除却十年孩童小,又十年昏老。都来五十载,一半被、睡魔分了。那二十五载之中,宁无些个烦恼?　　仔细思量,好追欢及早。遇酒追朋笑傲,任玉山摧倒。沉醉且沉醉,人生似、露垂芳草。幸新来,有酒如渑,结千秋歌笑。

又如秦观的《满园花》:

> 一向沉吟久,泪珠盈襟袖。我当初不合、苦撋就。惯纵得软顽,见底心先有。行待痴心守,甚捻着脉子,倒把人来僝僽。　　近日来,非常罗皂丑。佛也须眉皱。怎掩得众人口?待收了孛罗,罢了从来斗。从今后,休道共我,梦见也,不能得句。

上述三种词风,就都与市民文艺的那些特性相近或相通。由此看来,北宋文人之所以常会写出一些“俗词”作品来,既跟他们涉足市井的世俗生活有关,也与他们接受了市民文艺的某些影响(不良影响为多)有关。所以,在某些严守“正统”的思想和艺术立场的词论家那里,便由“雅词”与“俗词”的对立而引出了词论中的“雅俗之辨”。如王灼的《碧鸡漫志》就曾褒贬鲜明地评论过这两种词风:

> 晏元献公(殊)、欧阳文忠公(欧阳修)风流蕴藉,一时莫及,而温润秀洁,亦无其比。
>
> 东坡先生以文章余事作诗,溢而作词曲,高处出神入天,平处尚临

镜笑春,不顾侪辈。

叔原(晏几道)如金陵王谢子弟,秀气胜韵,得之天然,将不可学。

这些便是对"雅词"词风的表扬。但在此同时他又说,曹组作《红窗迥》及杂曲数百解,"滑稽无赖"。"其后祖述者益众,嫚戏污贱,古所未有";柳永词"浅近卑俗,自成一体,不知书者尤好之。予尝以比都下富儿,虽脱村野,而声态可憎"。甚至对于李清照,他也出于封建卫道者的立场而并不公正地抨击她说:"作长短句,能曲折尽人意,轻巧尖新,姿态百出。闾巷荒淫之语,肆意落笔,自古搢绅之家能文妇女,未见如此无顾藉也。"① 他在这里所批评的"浅近卑俗""嫚戏污贱",以及"闾巷荒淫之语"(姑勿论它们分别安在柳、曹、李等头上是否恰当),就正巧是我们前面提到过的"白话""戏谑""色情"等类作风。而尤为微妙的是,他把晏几道词风比之为"金陵王谢子弟"的"秀气",而把柳永词比之为"都下富儿,虽脱村野,而声态可憎",前者就指出了"雅词"的贵族性(或正统性),后者又指出了"俗词"的市民性(犹如"暴发"不久的商人面目),这就给我们的论述,提供了宋人自己的论据。

共同的社会基础,促使奠基于这个"大温床"上的北宋词坛,从总体看来带有一种共同的"富贵气度";而这个社会的两个不同的生活侧面,又培育出了两种不同的文化或文艺;再在这两种不同的文化(或文艺)"卵翼"之下,又形成了两种相异的词风。这就是本章所要论述的主题。不过,同一时代的不同文化之间又并非是截然分离的;而一个作家同时涉足于两种生活环境之中,也本是常见的事。因而在北宋词人中间,就很有"雅俗并存"的生活现象和创作现象存在。对此,我们便将在下一节中进一步论述。

第二节　北宋文人的多重人格和复杂心理

前已几次提到,文学是"人学",文学史是"心理"和"灵魂"的历史,因而我们就有必要再来对北宋文人的人格和心理作一番探索。不作这样的探索,有关宋词的一些问题就不易看清。下边就分两个方面来谈。

一、北宋文人的多重人格

文人性格的多重性,并非是北宋才出现的现象。别的不多说,仅举两例:唐

① 王灼:《碧鸡漫志》卷二,辽宁教育出版社,1998 年,第 8、9、12 页。

朝有名的贤相宋璟(广平),人称“铁石心肠”,然而就是他,却写出了“风流妩媚”的《梅花赋》。这种“人品”与“文品”(它实质也仍是作者“人品”中某一侧面的反映)不相一致的现象,就很使后人惊讶不已(见皮日休《梅花赋序》)。再如,元好问《论诗绝句》有云:“心画心声总失真,文章宁复见为人?高情千古《闲居赋》,争信安仁拜路尘?”它指出:向着权贵“望尘而拜”的潘岳(安仁),却写出了千古被认为是“清高”的《闲居赋》,可见古人所说的文章与书法乃是“心声”“心画”之说并不可全信,这又是另一种“多重人格”的表现。不过,我们要谈的“多重人格”,却并不指后一种言行不一的“多重人格”,而主要是指前一种关乎人的感情世界的多面性问题。

现在先看几个例子。

胡仔说:“忠愍(寇准)诗思凄惋,盖富于情者。如《江南春》云:‘波渺渺,柳依依,孤村芳草远,斜日杏花飞。江南春尽离肠断,蘋满汀洲人未归。’又云:‘杳杳烟波隔千里,白蘋香散东风起。日落汀洲一望时,愁情不断如春水。’观此语意,疑若优柔无断者;至其端委庙堂,决澶渊之策,其气锐然,奋仁者之勇,全与此诗意不相类。盖人之难知也如此。”① 在胡仔看来,建立澶渊之捷(1004 年宋辽在河南濮阳附近的大战)的重大功勋之寇准,与写出“诗思凄惋”的《江南春》作者,简直类乎两人,由此,他不禁要感叹“人”之难知。此其一例。

周煇《清波杂志》卷十记载:“韩黄门持国,典藩觞客,早食则凛然谈经史节义及政事设施,晚集则命妓劝饮,尽饮而罢。虽簿尉小官,悉令登车上马而去。”② 又,彭乘《墨客挥犀》卷八载:“程丞相(琳)性严毅,无所推下。出镇大名,每晨起据案决事,左右皆惴恐,无敢喘息。及开宴召僚佐饮酒,则笑歌欢谑,释然无间。于是人畏其刚果而乐其旷达。”③ 这又是另外的两个例子。这些例子说明,宋代士大夫,在正经场合与在私生活的场合,“面孔”是大有不同的,或者说,“人格”是多样的。

为什么会产生这种现象呢?除了“人禀七情”、人的感情世界本是多侧面的这一基本原因之外,宋代文人的多重人格就与宋代社会生活的复杂性是分不开的。在朝堂上,在官场里,他们以政治活动家和士大夫的身份面目出现着;而在歌席酒宴上,他们又以风流文人甚至是“多情种子”的身份面目出现着。政治生活和私生活之间相差甚大的距离,必然会促使人们的感情世界形成更深的“裂

① 胡仔:《苕溪渔隐丛话·后集》卷二〇,人民文学出版社,1981 年,第 137 页。
② 周煇:《清波杂志》,中华书局,1985 年,第 93 页。
③ 彭乘:《全宋笔记》第 3 编第 1 册,大象出版社,2008 年,第 50 页。

痕”。因此我们见到的不少宋代文人,就大多是些有着“多重人格”的人物。

多重或多样性的人格,便会在文学创作中得到反映。而由于宋人一般都持有不成文的“文体分工”观念(以文“明道”,以诗“言志”,以词“言情”),因而出现在诗、文、词中的同一位作者,其面目是很有些不同的。且拿欧阳修为例。在那些政论性很强的“古文”中,他是一位“原则性”极强的“铮臣”。如其《与高司谏书》,直斥政敌高若讷之流排挤范仲淹的举动为“不复知人间有羞耻事”,“他日为朝廷羞者,足下也”。黄庭坚后来曾说:“观欧阳文忠公在馆阁时《与高司谏书》语气,可以折冲万里!”(《跋欧阳公红梨花诗》)这儿出现的欧阳修,可谓是铁骨铮铮、大义凛然。而在那些贬谪感甚浓的诗歌中,我们所见到的他,又是一位“少达而多穷”(《梅圣俞诗集序》)的“穷诗人”形象。如其《送张生》诗云:“一别相逢十七春,颓颜衰发互相询。江湖我再为迁客,道路君犹困旅人。老骥骨奇心尚壮,青松岁久色逾新。山城寂寞难为礼,浊酒无辞举爵频。”又如《班班林间鸠寄内》诗云:“……吾虽有室家,出处曾不一。荆蛮昔窜逐,奔走若鞭抶。山川瘴雾深,江海波涛飓。跬步子所同,沦弃甘共没。投身去人眼,已废谁复嫉?”从中就不难见其深心之愁苦。但是如若我们读一读他的词,情况就大为两样了,如:

尊前拟把归期说,未语春容先惨咽。人生自是有情痴,此恨不关风与月。　　离歌且莫翻新阕,一曲能教肠寸结。直须看尽洛城花,始共春风容易别。(《玉楼春》)

梅梢弄粉香犹嫩,欲寄江南芳信。别后寸肠萦损,说与伊争稳。　　小炉独守寒灰烬,忍泪低头画尽。眉上万重新恨,竟日无人问。(《桃源忆故人》)

这里出现的欧阳修,简直就是一位“痴情公子”了。

类似这种“多面人”的现象,不光是欧阳修一人;在其他宋人身上,也屡可见得。这可称是多重人格的第一种表现。

除此之外,“多重人格”的情况,还有第二种表现。那就是,同在一位词人集中,却又有着“雅”“俗”判出两人之手的词风。仍拿欧阳修为例,我们在上面举出的就都是他的一些“雅词”,而如果我们再来谈他另一些“俗词”,那就简直会有“认不出是他”的感觉了。如:

因倚兰台翠云亸,睡未足,双眉尚锁。潜身走向伊行坐,孜孜地,告他梳裹。　　发妆酒令重温过。道要饮,除非伴我。丁香嚼烂偎人睡,犹记恨,夜来些个。(《惜芳时》)

有个人人牵系，泪成痕，滴尽罗衣。问海约山盟何时？镇教人，目断魂飞。　　梦里似偎人睡，肌肤依旧骨香腻。觉来但堆鸳被，想忡忡，那里争知？（《解仙佩》）

这就难怪“爱护”他名声的人纷纷要出来为之百方辩解了。如王灼说：“欧阳永叔所集歌词，自作者三之一耳。其间他人数章，群小因指为永叔，起暧昧之谤”①；曾慥说：“欧公一代儒宗，风流自命，词章幼眇，世所矜式。当时小人或作艳曲，谬为公词”②；罗泌说：“其甚浅近者。前辈多谓刘烨伪作”③；陈振孙说：“（欧词）亦有鄙亵之语一二厕于其中，当是仇人无名子所为也”④。然而事实胜于雄辩，欧阳修的词集中却是确凿地收录着这些“俗词”的！

应当如何来解释这种现象呢？原因还得从他们的多重人格来作探求。欧阳修并不是一位不食人间烟火的“圣贤”，而是现实生活中一个有情有欲的人。在宋代那种享乐、冶游风气甚浓的环境里，他也并不能完全“免俗”。因此他的私生活中就很有些拈花问柳的风流韵事——他的政敌甚至诬陷他有“盗甥”之嫌——故而他的某些“俗词”反映了他在这方面的生活和人格，也就并不难理解。比如他有这样一首词：

柳外轻雷池上雨，雨声滴碎荷声。小楼西角断虹明。栏干倚处，待得月华生。　　燕子飞来窥画栋，玉钩垂下帘旌。凉波不动簟纹平。水精双枕，傍有堕钗横。

这首《临江仙》词，据蒋一葵《尧山堂外记》记载，就是他在河南任推官时为一所亲之歌妓而作。那一天钱惟演大筵宾客，这位歌妓因为睡觉时遗失金钗，久寻不得而迟到。钱惟演戏谓，若能得你的相好欧阳推官作一词，当偿还你一钗。歌妓即为欧阳修斟酒，在这种情况下他就当筵命笔，写下了这首“词入闺房”之作。又如《减字木兰花》：

去年残腊，曾折梅花相对插。人面而今，空有花开无处寻。　　天天不远，把酒拈花重发愿：愿得和伊，偎雪眠香似旧时。

① 王灼：《碧鸡漫志》卷二，辽宁教育出版社，1998 年，第 10 页。

② 曾慥：《乐府雅词引》，金启华，等编《唐宋词集序跋汇编》，江苏教育出版社，1990 年，第 352 页。

③ 罗泌：《六一词跋》，金启华，等编《唐宋词集序跋汇编》，江苏教育出版社，1990 年，第 21 页。

④ 陈振孙：《直斋书录解题》卷二一，上海古籍出版社，1987 年，第 616 页。

从词意看，作者和这位女性，以前就曾有过“偎雪眠香”的一番旧事；而今则对花而空怀已经离去的伊人，十分惆怅。词虽写得还较文雅，但他的那种不同于“一代儒宗”的面目和人格，就已有所透露。

再如，素以“俊逸精妙”的词风著称的秦观词，却也同样有着一些不堪入目的“俗词”（甚至是淫鄙之词）。对此，王灼就这样解释：“少游屡困京洛，故疏荡之风不除。”①他说的“屡困京洛”，即指他在汴京、洛阳所过的那种困于青楼的风流生活；而“疏荡之风”则指他的那种近乎放荡的词风。所以，举出欧、秦两人为例，即可知道，正是宋代社会的多侧面生活，促发和助长了宋代文人“多重人格”的现象以及在同一作者的词中“雅俗并存”的情况。问题仅在于：有的士大夫文人往往不肯轻易暴露他们人格中“近俗”的这一面，而有些文人（如欧、秦以及黄庭坚等）则敢于和乐于表现这一个侧面而已——对于后一种表现，我们不妨就视作是他们真实人格中某些隐蔽部分的一种“泄漏春光”式的“自我暴露”吧。

当然，同是存在着这两种“雅”“俗”不同的人格；有些人对这两者“一视同仁”，而另一些人则不免“厚此薄彼”。比如，柳永在未曾登进士第时，就经常浪游狭邪而并不以寻花问柳、倚红偎翠的“韵事”为“俗”。所以他甚至不无骄傲地说过：“黄金榜上，偶失龙头望。明代暂遗贤，如何向？未遂风云便，争不恣狂荡？何须论得丧？才子词人，自是白衣卿相！　　烟花巷陌，依约丹青屏障。幸有意中人，堪寻访。且恁偎红翠，风流事，平生畅。青春都一饷。忍把浮名，换了浅斟低唱？”在此时的他看来，“卿相”和“才子词人”，“浮名”和“浅斟低唱”，其价值是一样高的（其中贬低功名之语自然也含有牢骚在内）。因此，他的词中就并不避“俗气”“俗味”，他的人格中的“俗”的一面就在其中得到了畅快淋漓的表现。但对另一些文人来讲，由于其政治地位、社会身份以及思想教养等原因，故而他们虽也同样生活在这个“雅俗并存”的社会环境中，虽也同样存在着“雅俗并存”的双重人格，但又是崇雅而黜俗的。比如那位瞧不起柳词的晏殊，以及那位不以“学柳七（永）作词”为然的苏轼，就是两个代表。《宋人轶事汇编》卷七载：

> 富文忠、杨隐甫皆元献（晏殊）婿。公在二府，二人已升贵仕。富每诣谒，则书室会话，竟日清谈而去。杨来，则坐堂上置酒，从容出姬侍奏管弦，以相娱乐。人以是知二婿之轻重。②

又同书卷一二载：

① 王灼：《碧鸡漫志》卷二，辽宁教育出版社，1998年，第9页。
② 丁传靖：《宋人轶事汇编》，中华书局，1981年，第293页。

东坡生平不耽女色，而亦与妓游。凡待过客，非其人，则盛女妓丝竹之声，终日不辍，有数日不接一谈，而过客私谓待己之厚。有佳客至，则屏妓衔杯，坐谈累夕。①

这两个故事真是无独有偶、如出一辙。待“俗客”（或俗婿）则以“俗礼”（女妓丝竹之乐），待“佳客”（或佳婿）则以“雅礼”（清谈之类）。这就表明，在晏殊、苏轼的心目中，“雅”的生活与“俗”的生活之间，是有高低之分的。所以他们的人格中，就由“雅”的部分占据着主导的地位；也缘此，他们所写的词，虽然仍离不开或脱不净男女情事，但又由“高雅”“文雅”“典雅”“闲雅”的风格占其主流方面。

自然，若从整个北宋朝文人的情况来看，“雅”与“俗”的这两种生活趣味、“雅”与“俗”的这两种人格之间，力量对比是并不均衡的。原因很简单：宋代文人毕竟是封建时代的文人，他们的思想必定受到封建伦理道德的支配，再加上最高统治者的抑此扬彼②。因此，“雅”的力量就自然会大大超过于“俗”的力量。这就造成了柳永词能在广大市民阶层中争相传唱却屡遭统治者和正统文人的指责之不同遭遇，也进一步激起了苏轼等人对于柳词词风的革新以及后来“复雅”之声在南宋越益高涨的形势。

二、北宋文人的复杂心理

以上所谈，是从个体出发，剖析同一位作者身上的不同“人格”和不同的生活趣味。下面，我们又要从群体出发，来研究整个北宋文人在心理机制方面所表现出来的共同特点。这对于鸟瞰北宋词坛，也是有所帮助的。

在研究这个问题之先，我们可以认定这样一个总的看法：社会日进，“世运日开”，人们的思想面貌及其心理机制，从总体来看，也是越趋复杂化的。以诗歌所反映的情况来看，上古的先民，由于过着茹毛饮血、刀耕火种的生活，因此他们就只能“创作”出“吭唷吭唷”式的“诗歌”来。随着生产力的逐步提高和人类智力的开发，他们就渐能哼出“断竹，续竹，飞土，逐肉”③，以及“日出而作，日入而息，凿井而饮，耕田而食。帝力于我何有哉”④之类比较简单的歌谣。而越到

① 丁传靖：《宋人轶事汇编》，中华书局，1981 年，第 621 页。

② 如《能改斋漫录》卷一六载：“仁宗留意儒雅，务本理道，深斥浮艳虚薄之文。”他就因柳永好为“淫冶讴歌之曲”而把他削落于进士之榜。吴曾：《能改斋漫录》，上海古籍出版社，1979 年，第 480 页。

③ 赵晔：《吴越春秋 · 勾践阴谋外传》，中华书局，1985 年，第 197 页。

④《击壤歌》，欧阳询《艺文类聚》卷一一，上海古籍出版社，1982 年，第 214 页。

后来,诗歌的内容就越加丰富,诗歌的体裁和风格就越发多样,诗歌的表现技巧也就越发细腻成熟——这些发展,正好反窥出了人类精神生活日趋丰满的进程。现在,诗歌的发展已经进入到了宋代的历史原野,在它的一个重要分支——宋词中,又出现了如此绚丽多姿、美不胜收的局面,我们怎能不惊叹宋代文人在“心理史”“灵魂史”方面的进步呢?一定的文学艺术,总是奠基于一定的心理状态和感情生活之上的。从宋词的全面繁荣中,我们就不难推源到宋代文人“心理”和“灵魂”的面貌,必有着自己的时代特征——而且,应该说,它们有着某些超越前代人的地方。造成这种“超越性”的原因,则大致有二:一是社会生活的发展和进化;二是宋代文化的发展和进化。前者我们已在上文有过阐述,这里不谈。后者的事实也是明摆着的:宋代由于印刷出版事业的发展,书籍的广为发行和阅读的大为方便,再加上统治者推行“崇文”的政策,所以宋代文人普遍的文化水准就有了很大的提高;而在其中一些卓越者身上,文化的修养和积累,就更达到了相当惊人的程度。论学术,称道“汉、宋”(汉学和宋学);论绘画,称道“宋、元”;而论文学,则又称道“唐、宋”——举此几例,即充分可见宋代文化之全面高涨。论个人学问,如欧阳修、王安石、苏轼等人,便都是博览群书、饱学深思之人,他们不但是文学家,而且还是思想家、哲学家、学术家;即便在文学一个领域中,也往往都是诗、文、词并擅的“多面手”。这又从另一个角度看出宋代文化之发达已到了足以培育出许多“通才”的地步。苏轼《石苍舒醉墨图》诗有云:“人生识字忧患始。”忧患意识固然始于智识(“识字”)的开发,而整个人类的思想“高度”(或“厚度”、“深度”),又何尝不与文化水准的高低密切相关?因此,在宋代生活水准(偏重指其物质文明)与文化水准(精神文明)均有所提高的基础之上,北宋文人的思想面貌和心理机制,也就有了相应的发展。对于这种发展,我们想从两个方面来看:一是“多情”,二是“多思”。

首先来看宋人的“多情”。

欧阳修在他那篇著名的《秋声赋》中说过这样一段话:“嗟乎!草木无情,有时飘零。人为动物,惟物之灵。百感忧其心,万事劳其形,有动乎中,必摇其精。”它对于“人”的描述,就充分突出了“其心易感”的特征——这就从反面告诉我们,宋代文人一般都有着“感情丰富”的特点。而且,如果我们结合宋词的实际情况来看,那么,宋代人的心理特点就不仅表现为感情丰富,更表现为感情柔弱。不妨以柳永词为例,其中触处便是一片柔弱、脆弱的心态,如:

惯怜惜,饶心性,镇厌厌多病。(《法曲献仙音》)
万恨千愁,将年少,衷肠牵系。(《满江红》)
绮窗外,秋声败叶狂飘,心摇。(《临江仙》)

梦觉纱窗晓，残灯掩然空照。因思人事苦萦牵，离愁别恨无限，何时了？　　怜深定是心肠小，往事成烦恼。一生惆怅情多少？月不长圆，春色易为老。（《梁州令》）

总之，在他的词里，人是“多情多病”之人（《倾杯》词云：“早是多情多病”），心是“温柔心性”之心（《红窗听》词云：“表温柔心性”），北宋文（词）人那种柔弱的心态在它里头，可谓是表露得十分充分了。

当然，有人或许会说，上面举的这两位都是婉约派词人，故而言虽有理而理尚不足。因此我们还应该举出另一派词人的例子来看。先看范仲淹——那当然是指他的“豪放”之作《渔家傲》：

塞下秋来风景异，衡阳雁去无留意。四面边声连角起。千嶂里，长烟落日孤城闭。　　浊酒一杯家万里，燕然未勒归无计。羌管悠悠霜满地。人不寐，将军白发征夫泪。

这是宋词中数量甚少的“边塞词”中的一首。仅从数量之少这一点来看（唐诗中的边塞诗何其多），宋人心理的柔弱就已相当之明显了。何况，范仲淹又是宋代士大夫中极为难得的一位人物，他有着“先天下之忧而忧，后天下之乐而乐”的阔大胸怀和“不以物喜，不以己悲”的坚强性格（《岳阳楼记》）；但就是他，在这首总体苍凉遒劲的词作中，最后却也不免流露了伤感、脆弱的情绪。更况也就是他，又在另外的词篇中挥洒了不免软弱的“相思”之泪（《苏幕遮》：“明月楼高休独倚，酒入愁肠，化作相思泪”）。所以，刚强如范公，其内心犹是如此多情多感，那就遑论别的宋人？

再举苏轼为例。坡公多灾多难，性格经受过重重的磨炼，似乎已经炼就了一颗“不动情”的坚心，然而即在他那高唱入云的“大江东去”词中，于追怀前贤的丰功伟业之时，却也插进了“小乔初嫁了”一句柔情软语。在这“一闪而过”的镜头里，我们就可瞥见他内心深处，仍然有着“多情”的一面。所以如若我们再来读他“多情多感仍多病”（《采桑子》），以及“多情却被无情恼”（《蝶恋花》）之类的词句，那就更可感到旷达如东坡，就其骨子来说，却也是极为多情的。《晋书·王衍传》有云：“圣人忘情，最下不及于情。然则情之所钟，正在我辈。”移用这句话，那么，我们可以认为，宋代文人就堪称是前代至此最善“钟情”的一代——至少从宋词的面目来看，就是这样的。

造成宋人特别“多情”的原因也主要有两条。一是宋代社会生活的诱发或助长，特别是北宋文人多与异性交接，多在花丛柳陌间“讨生活”，所以爱情意识就表现得非常活跃，而心理机制和感情面貌也因此得到了充分的“柔化”。二是与北宋统治者所采取的“抑武崇文”政策大有关联的——由这种既定的总政策所规定，就形成了一代士人柔弱而不雄强的总体心理面貌和心理机制。在这里，我们也可举出一些材料来说明宋王朝崇文和抑武的情况：

太平兴国（太宗年号）时，诸降王俱死。其旧臣或有怨言，太宗尽收用之，置之馆阁，使修书，如《册府元龟》、《文苑英华》、《太平广记》之类，广其卷帙，厚其廪禄赡给，以役其心，多卒老于文字之间。①

神宗开颍邸，英宗命韩魏公（琦）择官僚，用王陶、韩维……，皆名儒厚德之士。王陶、韩维，进止有法。一日侍神宗坐，近侍以弓样靴进，维曰：“王安用武靴？”神宗有愧色。亟令毁去。②

状元登第，不十余年，皆望柄用。每殿廷传胪第一，则公卿以下，无不耸观，虽至尊亦注视焉。自崇政殿出东华门，传呼甚宠。观者拥塞通衢，人肩摩不可过，至有登屋下瞰者。洛阳尹洙，意气横砾，好辩人也，尝曰：“状元及第，虽将兵数十万，恢复幽、蓟，凯歌劳还，献捷太庙，其荣亦不可及矣。”③

这种政策的后果是明显的：一方面，它造成了国势的不振；另一方面，却又促发了文化的发展。而这两方面的情况，就都影响到了整个文人阶层的心理状态，使他们趋向于优柔而不刚果、懦弱而不雄强的性格方向。这当然便会助长他们既多情、又柔弱的心态发展。反映进词坛，它就基本被笼罩在一片“以男子而作闺音”（田同之《西圃词说》）的“莺啼燕语”之柔婉氛围中去。所以，在北宋词坛上，多的就是柔性的软语（所谓“妇人语”也），而少的则是刚性的“硬语”——故而即便有人（如苏轼）写出了挟带“天风海雨”之势的作品，却也不大能被人们所接受。这种现象正如林景熙后来所说：“一见铁心石肠之士，哗然非笑，以为是不足涉吾地。其习而为者，亦必毁刚毁直，然后宛转合宫商，妩媚中绳尺……”④；其实，若从深处而言，词坛的这种“崇婉崇软”“毁刚毁直”，除了与保守的词学观点有关，也与整个宋代的“士心”趋于柔弱而不雄强密不可分。

其次再来说宋人的“多思”。

从我国古代思想史的整体发展来看，宋代是一个思想相当活跃的时代，宋代

① 丁传靖：《宋人轶事汇编》卷一，中华书局，1981年，第15页。

② 丁传靖：《宋人轶事汇编》卷七，中华书局，1981年，第298页。

③ 丁传靖：《宋人轶事汇编》卷九，中华书局，1981年，第406页。

④ 林景熙：《胡汲古乐府序》，金启华，等编《唐宋词集序跋汇编》，江苏教育出版社，1990年，第301页。

文人堪称是善于思考的一代。社会经济的发展,物质财富的增加,使更多的士大夫能够在文化思想领域里从事耕耘。比起前代文人来,他们进行思考的时间更充裕,进行思考的条件更优越——宋代优待文人的政策和印刷出版事业的发达,就为上述两点提供了物质和精神方面的一定保障。而宋代阶级关系、政治经济制度方面的若干新变化,也必然推动着意识形态的相应变革。标志这种变革的突出表现,就是一种新的思想体系——"理学"或"道学",开始形成并逐步占领了思想舞台。"宋学"与前代注重训诂的"汉学"不同,它的特征之一便是不拘旧说、自由说经(自由思考)。一股疑古的新思潮开始弥漫于思想界、学术界……这种情况,自然也会波及文学领域。宋人散文的好作"翻案文章"(如王安石的《读〈孟尝君传〉》、苏轼的《留侯论》即是),宋人诗中出现的"理趣"(如苏轼的《题西林壁》《琴诗》即是),以及宋人好在诗文创作中发议论,这些文学现象无不反映着他们"多思"的特点。词的情况当然与学术、与诗文有所不同。但是,根源于人们"多思"的心理机制,宋人的词作毕竟也受到了一定的影响。所以,我们在某些北宋人的词篇中也就可以明显感觉到它们富有"思致"乃至一定程度的"哲理性"的特色。具体来说,这种"思致"表现为两种倾向:第一,对于某些处于富贵、通达地位的人来说,他们往往会在暂时的圆满中感受到不能永久圆满的缺憾,因此他们不免要生出淡淡的人生忧伤或相当浓重的忧患意识;第二,对于某些处于不顺利境况的人来说,他们在现实的挫折和打击面前,却欲寻求精神上的解脱——或者说,是在不圆满的境界中企求着超现实的自我满足。前者可以晏殊为代表,后者则以苏轼为代表。而无论是前者还是后者,均表明了北宋词人对于生活的思考,其总体的"深度"是超过前代词人的——比如,《花间》词人就多的是"情"而少的是"思"(除了那种浮浅的"及时行乐"思想外);南唐词人,虽多对于人生的"反思",却又仅能"入"而不能"出"(即不能解脱)。宋人则不同。如身为全盛时代之"太平宰相"的晏殊,却一再发出"无可奈何花落去,似曾相识燕归来"(《浣溪沙》)、"燕鸿过后莺归去,细算浮生千万绪"(《玉楼春》)式的富有"思致"之语,这就表明了他不但能够享受生活,而且又能思考生活。苏轼则就更加勤于思索,他不但能够"深入"于忧患意识之中,且又能够"跳出"于其外。因此北宋词坛上,虽有不少词人仍待在花柳丛中醉吟低唱,但是却另有一些词人,已在咀嚼、回味宴席上酒肴的同时,咀嚼、回味起生活本身来了。再从宏观的视野来考察,则我们又看到:秦汉以前的人,对于生活的总态度是比较严肃持重的(儒家经典著作之产生在这一时期就不是偶然的事),所以他们给人的印象大致是道貌岸然、拘谨和正经的,他们一般不大作什么饭余酒后的遐思闲想;魏晋间人却似又走向了另一个极端,他们放旷,他们"矫情",有时甚至玩世不恭;唐朝以来,则严肃与放浪并存,报效国家、建功立业与风流倜傥、通脱俊赏同成了士人心目中的理想品格。因此前面这些时代中的文人,或许因缺乏充裕的时间来对人生进行思考,或许是不想静坐下来对生活进行冥思和反省——而且,即使是作了一定的"反思",也大多只是一些元气淋漓的粗线条式的"反思",如《古诗十九首》中的"生年不满百,常怀千岁忧","人生寄一世,奄忽若飚尘";如李白诗中的"人生得意须尽欢,莫使金樽空对月"(《将进酒》),"草不谢荣于春风,木不怨落于秋天。谁挥鞭策驱四运,万物兴歇皆自然"(《日出入行》)等等——直到晚唐五代,由于特殊的时代原因,人们对于生活的深刻反思,才突然增多起来,而且其反思的程度也越加深切和刻细。如李商隐诗"荷叶生时春恨生,荷叶枯时秋恨成。深知身在情长在,怅望江头江水声"(《暮秋独游曲江》),如冯延巳词(例子从略),就都表达了他们对于生活加以认真思考之后得出的痛苦和伤感的"结论"。而随着我国封建社会开始进入了它的中后期(这种进程可从中唐以后算起),它的作为"中后期"的社会面貌已经大致定型,所以人们思想的成熟性也就达到了空前的程度。在这种形势之下,宋代文人"多思""深思"特点的出现,就是"水到渠成"的了。这些特点带进词苑,就使北宋词作不仅显得风流年少,而且渐渐露出"老成"的面目来——从苏轼等人开始,忧患意识的不断渗入词中,便是常可见到的事了。"多情"使得北宋词洋溢着一种艳情焕发而又缠绵悱恻的气氛,"多思"则又使得它夹杂进其他复杂的情味:有时是迷惘,有时是伤感,有时是旷达,有时则是豪放,有时甚至是嬉笑戏谑……所有这些斑驳纷杂的思想色彩,就都是与北宋词人多重的人格和复杂的心态相为表里的。研究词史,实际上也就是研究人的心理史;而研究心理史,又会帮助我们更加深刻地理解词史。上面所说的这些情况,便是一个证明。

第三节　北宋词的多元化发展:词与时代的同步前进

和晚唐五代相比,北宋词坛就明显出现了多元化的发展趋向。对于这个词坛的总貌,李清照曾有过一段评述:

> 逮至本朝,礼乐文武大奋。又涵养百余年,始有柳屯田永者,变旧声作新声,出《乐章集》,大得声称于世,虽协音律,而词语尘下。又有张子野(先)、宋子京兄弟(祁、庠)、沈唐、元绛、晁次膺(端礼)辈继出,虽时时有妙语,而破碎何足名家?至晏元献(殊)、欧阳永叔(修)、苏子瞻(轼),学际天人,作为小歌词,直如酌蠡水于大海,然皆句读不葺之诗耳,又往往不协音律者……王介甫(安石)、曾子固(巩)文章似西汉,

若作一小歌词，则人必绝倒，不可读也。乃知别是一家，知之者少。后晏叔原（几道）、贺方回（铸）、秦少游（观）、黄鲁直（庭坚）出，始能知之。又晏苦无铺叙；贺苦少典重；秦即专主情致，而少故实，譬如贫家美女，虽极妍丽丰逸，而终乏富贵态；黄即尚故实，而多疵病，譬如良玉有瑕，价自减半矣。①

她在这里，历数了北宋词坛上的许多名家，还一一指出了他们的缺点；虽不全面或十分准确，但已足能见出当时词坛“群星璀璨”之貌。不过，她在这里，却还缺乏一种流派的观念，所以我们尚须对此加以补充而形成自己的看法。我们认为，北宋词坛在名家辈出的基础上，已经初步构成了不同的派别（“短”、“长”两派，“雅”、“俗”两派，“言情”与“言志”两派，“刚”、“柔”两派），并出现了某种程度的“竞争”，从而使词的发展呈现出多元化的趋向。至于造成这种多元化发展的原因，则与时代的不断向前发展有关。故而下面就按时间顺序来作叙说：

大致说来，北宋的政治经济形势可以分成三个时期。而在这三个时期中，词的发展都有着自己的特色。

第一个时期是从宋朝立国到真宗朝前期为止。这一时期，在结束了五代十国的分裂局面之后，社会正处在一个休养生息并逐步走向经济复苏的阶段。但这个时代的词坛，却基本是沉寂的。李清照说，“又涵养百余年，始有柳屯田永者”出。王灼说，“国初平一宇内，法度礼乐，浸复全盛，而士大夫乐章顿衰于前日，此尤可怪”②，他们所说的情况（李氏所云“百余年”则是言之过甚，实则只有50年左右），就是宋初词坛“青黄不接”的状态。不过，其时实际上也还是有些“空谷足音”的：一是五代旧人（如降王李煜），正在哀哀地唱着对于前朝的“挽歌”；二是宋朝的“新人”，也正在为新词坛序幕的拉开而预奏着“序曲”。前者，我们就不必再说；后者，可以从两位词人来看。头一位是潘阆，他是太宗朝的进士、真宗朝的参军。这位词人留给了我们十首歌咏杭州的《酒泉子》词，为我们带来了这个新时代的若干新鲜气息。如：

长忆钱塘，不是人寰是天上。万家掩映翠微间，处处水潺潺。
异花四季当窗放，出入分明在屏障。别来隋柳几经秋，何日得重游？

据说，这些词曾广为盛传，就连后来的苏轼，都曾把它书于翰林玉堂的屏风之上，反复欣赏（《词林纪事》卷三）。第二位是林逋，也就是以“梅妻鹤子”而闻名于

① 胡仔：《苕溪渔隐丛话·后集》卷三三，人民文学出版社，1981年，第254页。
② 王灼：《碧鸡漫志》卷二，辽宁教育出版社，1998年，第8页。

后世的大隐士林和靖。照理，这位“隐士”应该是继绝俗念的人物，然而他却写出了这样情意软绵的词来：

吴山青，越山青，两岸青山相对迎。争忍有离情？　君盈泪，妾盈泪，罗带同心结未成，江边潮已平。（《相思令》）

金谷年年，乱生春色谁为主？余花落处，满地和烟雨。　又是离歌，一阕长亭暮。王孙去，萋萋无数，南北东西路。（《点绛唇》）

宋人之“多情”，宋词中艳词势力之强，在这位大隐士的词中已露苗头。

不过，除此之外，宋初至真宗朝前期的词坛就基本再没有什么可说了，因此也可说它是宋代词史的一个“空白地段”。

第二个时期是真宗朝后期和仁宗朝（特别是后者）。据邵博《邵氏闻见后录》卷一记载：“仁宗皇帝崩，遣使讣于契丹，燕境之人无远近皆聚哭。虏主执使者手号恸曰：‘四十二年不识兵革矣’。”①又据《能改斋漫录》卷一一记载，仁宗死后有人题诗于其寝宫之上曰：“农桑不扰岁常登，边将无功吏不能。四十二年如梦觉，春风吹泪过昭陵。”②“不识兵革”和“岁常登”的形势，就造成了政治稳定、经济（特别是城市经济）发展的局面，这就为词坛的全面繁荣提供了物质基础。在这个基础之上，歌颂“升平”和充满着富贵气象的词作就蓬勃兴起；而围绕着士大夫和市民阶层那种享乐、冶游生活的艳情词，更是姹紫嫣红般布满了词苑。“妇人语”和“女儿词”的黄金季节堪称已经来到——柳永以及二晏一欧的词，就是它们的代表。不过，也就在这个号称“盛时”的年代里，东北和西北边陲的战火却又并未真正止息，而那种“积弱积贫”的社会弊病也已引起了有识之士的忧虑。以范仲淹为领袖的“庆历革新”运动就由此而展开。所以，在范仲淹的《渔家傲》、李冠（一作刘潜）的《六州歌头》（秦亡草昧）词中，就开始透露出了某种苍凉的音调。这里，我们就抄录一篇李冠凭吊骊山故迹而作的《六州歌头》词：

凄凉绣岭，宫殿倚山阿。明皇帝，曾游地，锁烟萝，郁嵯峨。忆昔真妃子，艳倾国，方姝丽；朝复暮，嫔嫱妒，宠偏颇。三尺玉泉新浴，莲羞吐、红浸秋波。听花奴，敲羯鼓；酣奏鸣鼍，体不胜罗，舞婆娑。　正霓裳曳，惊烽燧；千万骑，拥雕戈。情宛转，魂空乱，蹙双蛾，奈兵何？痛

① 邵博：《邵氏闻见后录》，中华书局，1985 年，第 4 页。
② 吴曾：《能改斋漫录》，上海古籍出版社，1979 年，第 305 页。

惜三春暮,委妖丽,马嵬坡。平寇乱,回宸辇,忍重过?香瘗紫囊,犹有鸿都客,钿合应讹。使行人到此,千古只伤歌,事往愁多。

值得注意的是,它写的虽仍主要是恋情题材,但其重心却已转到了对于亡国的悲剧性气氛之渲染上。特别是结尾"千古只伤歌,事往愁多"两句,或许就是有感于现实而发的"吊古伤今"之语。

第三个时期是从英宗朝至"靖康之变"前夕的时期。这一时期,社会矛盾日益尖锐,终于在神宗即位的第二年(1069)起,正式开始了"王安石变法"。整个变法活动曾经几起几落(大概来说,自神宗1069年锐意变法,至1074年暂罢新法、王安石去位为第一阶段;自1075年再以王安石为相至1085年神宗死为第二阶段;1085年以后高太后执政实行"元祐更化"、全面否定新法的八年则为第三阶段;自1093年哲宗亲政,决定"绍述"神宗推行的新法,直至徽宗即位后推行变了质的"新法"为第四阶段)。政治局势也随之而变幻不定。在这场长达几十年的新旧"党争"中,差不多所有的士大夫文人都或多或少、或浅或深地卷入或涉足其间。所以这一时期的词坛上,政治的色彩和"忧世"的色彩就渐次浓将起来。特别是,一个前所少见的现象——因文字或口舌惹祸,就屡见发生。如魏泰记述:

苗振以列卿知明州,熙宁中致仕,归郓州,多置田产。又自明州市材为堂,舟载归郓。时王逵亦致仕,作诗嘲振曰:"田从汶上天生出,堂自明州地架来。"此句传至京师,王荆公大怒,即出御使王子韶使两浙廉访其事。子韶又言知杭州祖无择亦有奸利之迹,于是明州、秀州各起狱鞫治,振与无择贬斥。熙宁已后,数以谣言起狱,然自逵诗为始也。①

而在这些"诗祸"之中,自然得推苏轼所遭的"乌台诗案"最为突出。在经受这场文字狱以前,苏轼有感于社会危机和政治风波,词中早就出现过忧国忧政之音,如《江城子·密州出猎》之抒发报国之情,如《水调歌头·中秋》之曲折地寄寓了不甚得意的政治情怀;到他因反对新法而被贬黄州以后,词中就越加感发了更为深浓的忧患意识,如《念奴娇》中的"人间如梦"的感叹。从此,词坛上的忧生忧世之作,就顿时激增而生:一方面,黄庭坚、晁补之等人步轨苏轼,写下了不少贬谪之词;另一方面,秦观又将其身世之感融入了艳情题材的作品之中,使传统词风发生了某些改观;而另一位苏门词人贺铸,更以其奇情壮采写下了第一篇反对侵略、充满爱国之情的《六州歌头》(少年侠气)。这些,无不表明,词已经从"庭

① 魏泰:《东轩笔录》卷一二,中华书局,1983年,第137页。

院深深深几许”的闺阁深院,走向了宽广的社会生活。词的题材拓宽了,词的思想容量加大了,词的风格也就出现了多样化的发展趋向。

到了徽宗朝,由于政治腐败和表面繁华的“宣(和)、政(和)之盛”的一度出现,于是便形成了前面《东京梦华录》所描述过的奢侈局面。随之,再度歌咏“升平”的词作又大量泛起——以“大晟词派”的那些“应制”词为代表的慢词,就适应着当时征歌选舞、歌功颂德的政治需要而生。但是,词坛的粉饰太平现象,正好就掩盖着社会的尖锐矛盾。宋末元初人赵文就说过:“《玉树后庭花》盛,陈亡;《花间》丽情盛,唐亡;清真(周邦彦)盛,宋亡,可畏哉!”①此话或许有点儿“危言耸听”,而且文学作品也不应该为封建王朝的灭亡担负起严重的责任来;但是,他的话毕竟告诉我们,北宋末年的词坛是和其政坛有着相接近的共同面貌的。

总结以上三个时期的情况,我们就仍然可以把它们归结为前后两大发展阶段——因为,第一时期基本无词。词的发展随着时代的逐渐推移而有着同步行进的情况,于此便可见到。但以上所述,实际还只是一种纵向的情况。至于横向的情况——也即是令词与慢词、雅词与俗词、“言志”之词与“言情”之词、“刚美”之词与“柔美”之词,这些不同体式、风格、流派的词作之间的“竞争”和共存,有些我们在前文已有简略的提及,详尽的情况让我们转到下面几章中再去细述。

① 赵文:《吴山房乐府序》,《四库全书》第1195册,上海古籍出版社,1987年,第13页。

第五章　五代词风的延伸与提高

——北宋小令词

在慢词和令词中间，由于多种原因，小令的发展可谓是“一马当先”的。经过很多名家的栽培浇灌，它在五代文人词苑里，已经开放得相当繁茂可观了。现在，时代既已转到了北宋的新王朝里，它的情况又怎样了呢？从总的形势看，虽然此时慢词已经“快步赶上”并有超越小令的势头，但令词的发展却也并未停滞不前——在新的形势下，它正沿着正统士大夫的审美方向，继续得到延伸和提高。

说它是“延伸”，主要是指其题材和风格方面的连贯性、一致性。从前者而言，晚唐五代词所形成的“艳科”局面，在北宋的令词营垒里，继续被基本地继承了下来；而且，即使在苏轼等人用慢词长调的体式写出了许多突破“艳科”藩篱的作品之后，小令仍大致只被用作为抒写艳情的文学工具。从这方面看，它的“惰性”（或“习惯势力”）就是相当之深的。从后者而言，由于题材内容的相对稳定，因此其总体的风格也就同步地保持在“含蓄蕴藉”的传统面目上。所以，宋末元初的张炎在总结写作令词的经验时还说：“词之难于令曲，如诗之难于绝句，不过十数句，一句一字闲不得。末句最当留意，有‘有余不尽’之意始佳。当以唐《花间集》中韦庄、温飞卿为则。”（《词源》）故可这样说，北宋（乃至更后来）的令词，就一直是遵循着这一“言短意长”的风格原则发展的。在这一方面，它同样也是恪守传统的。

说它是“提高”，那又是指它的进一步文雅化。前已谈过，五代词（主要指西蜀词）中，同时存在着精致文雅和粗鄙淫冶的两类作品，而到了北宋词人那里，词风（指小令）就基本沿着南唐词的“文雅”方向发展了。田况《儒林公议》卷上说，北宋诗歌转入“西昆体”后（其他文体如赋颂奏章亦然），“虽颇伤于雕摘，然五代以来芜鄙之气，由兹尽矣”。北宋的小词，情况也正与此相似。号为“北宋倚声家初祖”的晏殊（语出冯煦《宋六十一家词选例言》），他的诗风，就属“昆体”一路，因此他的词风同样也摒弃了以前词中的芜鄙风气，而朝着文雅的道路前进。他的学生欧阳修，他的儿子晏几道，以及后来的许许多多小令作者，也无不沿此方向而继续行进。所以,呈现在我们面前的北宋小令词,就基本剔除了前代令词中还存在的某些鄙俗作风,而显得相当的精美文雅。在这中间,北宋文人的那种正统士大夫的审美情趣,就表现得比较明显和集中,它就不像同期的慢词那样,显得"雅俗并存"、面目纷纭。

因此,总起来看,北宋小令的发展,继承的色彩较浓而突破的现象就不甚多见——当然,说它一点突破都没有也是不确切的;但是如若与慢词长调的情况来作比较,则这种"突破"就显得有限了。不过,我们却又不能因为它显得相对保守就看轻了北宋令词的成就,这是因为:一方面,"江山代有才人出",在新的历史时代,自会诞生出新的令词高手来;另一方面,令词虽在五代有了长足的发展,但毕竟"词龄"还短,因此还有很多"余热"和潜力可以继续发挥。所以,在北宋词苑里,就像民间流传的"二度梅"故事那样,小令这株本来已经盛开过一次的腊梅,现今却在北宋的春日中又一次怒放出了绚烂的花朵,它的幽姿和芳泽也仍旧令人感到钦羡和陶醉。

下面,就让我们步入北宋小令词坛,观赏它那无比美丽的风光。

第一节　富贵闲雅的晏殊词

说到北宋小令派词人,其领袖当然得首推晏殊。

晏殊(991—1055),字同叔,抚州临川(在今江西省)人。在宋代的文人中间,他是一位难得的幸运儿——一生基本风平浪静、一帆风顺。他 14 岁即以神童入试,很得皇帝宠爱,赐同进士出身。历任右谏议大夫兼侍读学士,同中书门下平章事(宰相)兼枢密使,礼部、刑部尚书等显职;只在晚年才受到一点挫折,外放颍州、永兴军(今西安)为地方官。死谥"元献",世称晏元献。所以总观他的身世遭遇,堪称是生逢"盛世"(仁宗朝)的一位"太平宰相"。晏殊的文学才能很高,有诗文集 240 卷,惜已失传。又编选过梁陈以后诗文 100 卷,现也不传。其词名为《珠玉词》,约存 130 余首,其中有一些作品又互见于冯延巳、欧阳修和晏几道集中。

晏殊的词,由其社会地位和审美情趣所决定,具有如下几点显著的特色:

第一是富贵闲雅、雍容大方,体现出浓厚的贵族色彩。

理解上面这种特色,是不必多费口舌的。原因很清楚:他身处"太平盛世",而自己的生活又较圆满幸福,所以发而为词,就多"富贵之语"与"和平之音"。不过,与同时期的柳永等人所写的富贵景象不同,出现在晏殊词中的那种"富贵"却别有一番"气象"与"风度";而这,就又是与他"闲雅"的士大夫审美情趣密切相关的。据吴处厚《青箱杂记》卷五记载：

晏元献公虽起田里，而文章富贵，出于天然。尝览李庆孙《富贵曲》云："轴装曲谱金书字，树记花名玉篆牌。"公曰："此乃乞儿相，未尝谙富贵者。故余每吟咏富贵，不言金玉锦绣，而惟说其气象。若'楼台侧畔杨花过，帘幕中间燕子飞''梨花院落溶溶月，柳絮池塘淡淡风'之类是也。"故公自以此句语人曰："穷儿家有这景致也无？"①

又据欧阳修《归田录》卷二记载：

晏元献公善评诗，尝曰："老觉腰金重，慵便枕玉凉"，未是富贵语，不如"笙歌归院落，灯火下楼台"，此善言富贵者也。②

从这两则诗话来看，晏殊对文学的要求，乃在于要有一种"真正"的富贵气象存在——这种富贵气象，又绝不是靠"金玉锦绣"之类的字面来装饰就的；恰恰相反，它是通过对于富贵生活进行"过滤"和"提炼"之后才自然流露出来的。因而造就这种气象的必备条件就有两个：一是"真富贵"的生活，二是高雅不俗的"趣味"。而这两个条件，晏殊本人就得天独厚地兼而备之。所以我们读他的诗，读他的词，就都感到了那种富贵而闲雅的气度。比如其《寓意》诗：

油壁香车不再逢，峡云无迹任西东。梨花院落溶溶月，柳絮池塘淡淡风。几日寂寥伤酒后，一番萧瑟禁烟中。鱼书欲寄何由达？山远水长处处同。

看来只是刮起了几阵淡淡的柳絮池塘之风，但是它所散发出的，却实是浓浓的富贵气味。浓和淡，富贵和文雅，就是这样辩证地结合在一起的。《宋史》本传说他"尤工诗，闲雅有情思"，此非虚语。

再如他的词：

一曲新词酒一杯，去年天气旧亭台，夕阳西下几时回？　无可奈何花落去，似曾相识燕归来，小园香径独徘徊。（《浣溪沙》）

此词除一二字面稍涉香浓之外，通体都显得十分淡雅匀称。但是细细体味那种词境、那种词味，却可发现，这里就蕴藏着一种雍容富贵的"气派"，一种闲雅大方的"风度"！试看：前厅还在那儿笙歌喧吹、举觞行令，作者却似乎有些厌倦于

① 吴处厚：《青箱杂记》，中华书局，1985 年，第 46－47 页。
② 欧阳修：《归田录》，中华书局，1981 年，第 21 页。

此境了。因而他独自哼着一曲新词，擎着一杯绿酒，来到后院的小园香径作花间的散步。举目所见，亭台如旧而天气暗换——这正暗示着去年乃至以前多少年来，他一直过着这种富贵优裕的享乐生活，而花落花开、燕去燕来的风景，又预示着这种生活还将年复一年地过下去。不过就在这“似曾相识”的所见所闻中，蓦地又涌上了一股“无可奈何”的淡淡的忧伤——这种忧伤，是感怀“伊人”的不见，还是感怀时光的流逝？作者没有明说，也不必说清，只让我们从他“独徘徊”的动作中去细加思索。这里既没有寒士酒醉饭饱后的满足感，也没有柳永渴念恋人的那种焦灼感，有的只是达官贵人在享乐之余所生出的对于生活的进一步反思和一个命运基本圆通者不免也会生出的那种淡淡的怅惘。我们在这类作品中所品尝到的，就不是那种肥饫甘醇、山珍海馐所直接散发的色、香、味，倒像尝到了盛宴之后所送上来的一杯高级龙井茶——在啜饮之后却又能倍加深切地回味起刚才的丰盛酒席。所以，和柳永那些尽量要用“香衾雕鞍”“暖酥腻云”之类字面装饰出来的“富贵景象”相比，晏殊这些词才是“真富贵”“真贵族”的作品。

第二是意境深厚、情中有“思”。

由于晏殊的词多写其富贵的生活和娈婉的情致，因此题材自然仍不免于狭窄的毛病。不过，弥补这个缺点的乃是，晏词的一些作品意境却比较深厚，而且他的一些优秀作品中，还往往具有情中有“思”（思致）的特点。这些，就显得比较可贵了。

这种可贵性，表现在下列两方面：首先，一般人处在晏殊这种优越的生活环境中，往往是沉溺于享乐之中都还嫌时间不够，因而不大会去抒发关于人生的喟叹之感。而晏殊却不同于他们，在他的不少词中，常常潜伏着一种忧郁和骚动不安的情绪；而这种情绪，正表明了他作为一个真正的诗人那种于圆满中深感不圆满的敏感特质。这就显出其不同凡俗的“深思性”。其次，一般人在艳情生活中所写的词，内容大多仅局囿于艳情本身；虽然在那里头，也跳跃着感情的火花，但这种感情“燃烧”（李商隐所谓“一寸相思一寸灰”是也）完毕之后，却所剩无几了。而晏词中的一些作品，却在艳情内容之外，还藏有较深的思想内蕴，这就是它的又一个难得的地方。比如下面这些词：

池塘水绿风微暖，记得玉真初见面。重头歌韵响铮琮，入破舞腰红乱旋。　　玉钩栏下香阶畔，醉后不知斜日晚。当时共我赏花人，点检如今无一半。（《木兰花》）

一向年光有限身，等闲离别易销魂，酒宴歌席莫辞频。　　满目山河空念远，落花风雨更伤春，不如怜取眼前人。（《浣溪沙》）

这两首词都在描写艳情生活之外抒发了有关“人生无常”的感触，这便使它们在“景中有情”的基础上又生出了“情中有思”的特色。这种能从写景和抒情之中，又升华或扩展出一定程度的“思致”之本领，就使晏殊的词境显得格外深厚和耐人咀嚼。不信，我们还可以把前面举过的“一曲新词酒一杯”词和下面这首《破阵子》作一比较。《破阵子》词云：“忆得去年今日，黄花已满东篱。曾与玉人临小槛，共折香英泛酒卮，长条插鬓垂。　　人貌不应迁换，珍丛又睹芳菲。重把一尊寻旧径，所惜光阴去似飞，风露飘冷时。”除了时令（一为春，一为秋）有所区别之外，后一首词的“本事”，简直就是前一首词所据的“底本”。但是，由于《破阵子》词仅局限于平实地抒写自己与恋人之间的聚散之情，因此其思想容量就显得相对的狭小；而“一曲新词酒一杯”这首词，却摒弃了对于恋情场景的一般性描写，提炼和升华出了“夕阳西下几时回”之类深沉的人生感触，使读者从具体的怀人之情进一步扩展到了对于整个人生在渐变中悄悄流驰的锐利伤感，这就使它富有了深广得多的哲理性思想内蕴。举此一例，也就容易明白晏词意境深厚、情中有“思”的特色了。

第三是珠圆玉润、风格俊美。

晏殊词集名为《珠玉词》，而刘熙载又称：“冯延巳词，晏同叔得其俊。”①上述名称和评语对于晏殊词来说，确是名实相符的。比如：

> 金风细细，叶叶梧桐坠。绿酒初尝人易醉，一枕小窗浓睡。　　紫薇朱槿花残，斜阳却照栏干。双燕欲归时节，银屏昨夜微寒。（《清平乐》）

细读此词，我们会有两个感觉：一是背景雅丽，二是节奏平缓，而总的印象则是风格俊美、含蓄蕴藉。先看其背景：金风、梧叶、紫薇、朱槿；在庭院的“外景”中，渐又转出小窗、银屏的“内景”；再进一步展现那飞入阁内的双燕和绿酒初醉的“睡美人”。这岂不就是那种“言富贵唯说气象”的“闲雅”作风？再味其节奏：细细的金风，飒飒的梧叶，缓缓西下的夕阳，轻轻飘落的残花，凡此种种，均给人以一种细、小、轻、缓的心理感受，使人得到一种熨贴、舒徐的美感享受。而“双燕欲归时节，银屏昨夜微寒”两句，又以双燕归飞、春光温煦来反衬银屏人的孤栖和冷落，极为含蓄，极为蕴藉。这种不用繁声促节而用从容不迫的声情来传达“闺怨”情绪的写法，就不愧是一种“大家笔法”（而不同于有些词人那种近乎穷形极相的“小家子气”）。所以，可以这样说：晏殊词的俊美风格，又正是与他富贵闲

① 刘熙载：《艺概》卷四，上海古籍出版社，1978年，第107页。

雅的“贵人气派”相一致的。从这种“贵人气派”出发，他所选择的字面，大多是那类美而雅、丽而淡的词藻；他所组织的词句，也多是一些音律和婉、色彩明丽的语句。如他“无可奈何花落去，似曾相识燕归来”这两句名句，原是《示张寺丞、王校勘》诗（七律）中的颔联，现在移用到《浣溪沙》词中来，就更其显得贴切和工巧，越发显出“情致缠绵，音调谐婉”（张宗橚《词林纪事》卷三评语）的特种美感来。所以，很久以来，人们便爱用“珠圆玉润”四字来形容晏殊词的风格特色——它既具有“大珠小珠落玉盘”式的音节美，又具有“温润秀洁”（王灼评语，见前引）的“玉质美”（色彩美）——这个比拟，是相当允当的。

总起来说，晏殊的词和冯延巳的词一样，基本属于一种“酒席文学”。陈世修说：“公（指冯氏）以金陵盛时，内外无事，朋僚亲旧，或当燕集，多运藻思，为乐府新词，俾歌者倚丝竹而歌之，所以娱宾而遣兴也。”①叶梦得说，晏殊“未尝一日不燕饮”，每宴“必以歌乐相佐”，而在歌妓“呈艺已遍”之后，他即索纸笔赋诗作词以呈自己的“伎艺”②。从上述创作环境和创作动机的相似性来看，我们就一点也不难理解晏殊词风与冯延巳词风的“似曾相识”了。因此，他们都喜用淡雅清丽的词笔去写他们的富贵和艳情的生活，又都善于在酒阑席散之后感发出不够满足的伤感意绪，相似地体现出那种“真富贵”者的闲雅风度来。故从这点出发，晏殊就“尤喜江南冯延巳歌词，其所自作，亦不减延巳”③。不过话又要说回来，冯词就其实质而言，乃是一种“衰世”的产物；而晏词，则更多地带有“太平盛世”的时代烙印。因此，同是不免会流入伤感之中，晏词却另多着一番繁华热闹的气氛和景象，如：“玉露金风月正圆，台榭早凉天。画堂嘉会，组绣列芳筵。洞府星辰龟鹤，福寿来添。欢声喜色，同入金炉泛浓烟。　清歌妙舞，急管繁弦，榴花满酌觥船。人尽祝，富贵又长年。莫教红日西晚，留着醉神仙。”（《长生乐》）这里的“欢声喜色”，就是时代的“升平”气象所带给它的。加之晏殊生活境遇圆满，虽也有过爱情上的离合和政治上的挫折，但这些均又未曾造成其心理上的严重“伤痕”，因而其词风也就显得比较圆融平静，并不像冯词以及其子晏几道的词那样，常有凄厉之音和哀迫之调时时感发。所以，他的小令词就可以视作是五代词（主要是冯延巳词）沿着新的时代方向加以延伸和提高的产物。

① 陈世修：《阳春集序》，金启华，等编《唐宋词集序跋汇编》，江苏教育出版社，1990年，第8页。

② 叶梦得：《避暑录话》卷上，中华书局，1985年，第35页。

③ 刘攽：《中山诗话》，施蛰存《宋元词话》，上海书店出版社，1999年，第56页。

第二节　雅俗并存的欧阳修词

与晏殊同时而稍后，“翔双鹄于交衢，驭二龙于天路”①地活跃在北宋令词营垒里的另一位作者，便是欧阳修。不过，欧阳修的词比之晏殊的词来，情况就要来得复杂一些：一方面，他虽主要写作小令，但同时又写了不少慢词；另一方面，他的词既有其“雅”的一面，又有其“俗”的一面。因此我们在讨论欧词时，就要把研究的视野拓宽一些，这样才能比较准确地把握它的本来面目。

欧阳修(1007—1072)，字永叔，号醉翁，晚年又号六一居士，庐陵(今江西吉安)人。他幼年丧父家贫，发愤苦读，24岁中进士。为谏官，正直敢言，曾积极参与范仲淹所领导的“庆历革新”，受到政敌的打击，屡遭贬谪。后累官至翰林学士、枢密副使、参知政事。晚年反对王安石的新法，趋于保守。卒后谥“文忠”。从他一生的经历来看，有两个不同于晏殊的特点：一是阅历比较广泛；二是命运多艰，远非“一帆风顺”者。这些与他词风的复杂是不无关系的。

欧阳修是一位著名的古文家，又是一位成就显著的诗人。他领导了北宋以反对“西昆体”为主要目标的文学革新运动，又团结和提掖了一批有名的文学后辈，不愧是当时文坛的一位当然领袖。不过，和他诗文的那种“庄重”面目相比，他的“小词”就显得“妩媚”(甚至是轻佻)多了。这中间，主要的原因就在于他的多重人格和复杂心理(已见前述)，而另外的原因则在于他的“文体分工”的词学观点。对此，我们不妨引两条材料来作说明：

> 《隐居诗话》云：晏元献殊作枢密使，一日，雪中退朝，客次有二客，乃欧阳学士修、陆学士经。元献喜曰：“雪中诗人见过，不可不饮也”，因置酒共赏，即席赋诗。是时西师未解，欧阳修句有“主人与国共休戚，不惟喜乐将丰登。须怜铁甲冷彻骨，四十余万屯边兵”。元献怏然不悦，尝语人曰：“裴度也曾燕客，韩愈也会做文章，但言‘园林穷胜事，钟鼓乐清时’，却不曾恁地作闹。”②
>
> 范文正公(仲淹)守边日，作《渔家傲》乐歌数阕，皆以“塞下秋来”为首句，颇述边镇之劳苦。欧阳公尝呼为“穷塞主之词”。及王尚书素出守平凉，文忠亦作《渔家傲》一词以送之，其断章曰：“战胜归来飞捷

① 冯煦：《宋六十一家词选例言》，《蒿庵论词》，人民文学出版社，1984年，第59页。
② 胡仔：《苕溪渔隐丛话·前集》卷二六，人民文学出版社，1981年，第176－177页。

奏,倾贺酒,玉阶遥献南山寿”,顾谓王曰:“此真元帅之事也。”①

从前一条材料看,欧阳修对“诗”的看法是有些近似于今天的“反映现实”的观点的。因此他就能在晏殊置酒赏雪的宴席上,用“诗谏”的方式提醒这位枢密使(全国最高军事长官)别忘了边境上40余万兵将的艰苦生活,因而使这位“太平宰相”大为不悦。

后一条材料所说明的情况,却正巧与前一条相反:亲身驻守过边疆的范仲淹,写下了好几首“颇述边镇之劳苦”的《渔家傲》词(“塞下秋来风景异”即其中的一首),然而它们却不能被欧阳修所接受(呼为“穷塞主之词”即含有揶揄之意在内)——一个能以诗来反映边塞将卒之疾苦的人,却不同意用词来抒写同样的题材内容,这就说明了欧阳修心目中,诗、词是有着明确“分工”的。范仲淹说过,“国之文章,应于风化;风化厚薄,见乎文章”,因而他曾上书皇帝,“可敦谕词臣,兴复古道……以救斯文之薄而厚其风化”②,可见他是把文章当做“移风易俗”“厚其风化”的工具的。他又说过:“世所传诗者,多出于古穷人之辞也”;诗人们“内有忧思感愤之郁积,其兴于怨刺,以道羁臣寡妇之所叹”,才能创作出优秀的诗歌③,这又可知他是把诗当做“怨刺”的文学工具来看待的。而唯独对于词,他在《采桑子·西湖念语》的小序中说过:“因翻旧阕之辞,写以新声之调,敢陈薄伎,聊佐清欢”;又在《玉楼春》词中云:“青春才子有新词,红粉佳人重劝酒”,这就仅仅把它当做了“佐欢”“劝酒”的“薄伎”来看待。这种保守的词学观,就限制了他在词苑领域里作继续的革新,而使这位诗文革新运动的闯将和领袖,基本停止在维持传统词风(主要指其令词)的水平上。

不过,即使是基本保持着五代词风的面貌,欧阳修的令词却也存在着一定程度的“自家面目”和时代气息。发掘这两方面的因素,就能看出它所提供给词坛的某些新东西;而对于词的发展史来讲,这才是更为重要的问题。因此,下面就让我们分别来看这两方面的情况:

先看欧阳修令词所具有的“自家面目”。

前人在论述欧阳修词时,往往喜欢援用罗大经所引过的一条评语:欧阳公“虽游戏作小词,亦无愧唐人《花间集》”。这话当然是对的,但是却仅指出了它的同于传统词风的“共性”,而未能指出其异于传统词风的“个性”,因此还不足以拈出欧阳修令词所具有的“自家面目”。那么,何者才是欧词所特有的风格特

① 魏泰:《东轩笔录》卷一一,中华书局,1983年,第126页。
② 范仲淹:《奏上时务书》,《范仲淹全集》,四川大学出版社,2002年,第200页。
③ 欧阳修:《梅圣俞诗集序》,《欧阳修全集》,中华书局,2001年,第612页。

征呢？我以为周济的一句话就说得恰到好处，他说："永叔词只如无意，而沉着在和平中见。"①此话前半句是"虚"，后半句才是"实"："只如无意"一句就明确说它"好像"无意而已；而后半句才讲明了它的实质，即其深厚沉着之意往往通过表面"和平"（而非"激越"）的词境表现出来。因此欧公那些文雅的令词，其风格特征就在于：中正和平，优游不迫，特具一种"和婉"的美感。所以讲到这里还须回到罗大经的那条评语上来（不过不是孤立地摘出一句词评，而要把它的前后一起引述出来）。罗氏在其《鹤林玉露》丙编卷二中说：

> 杨东山尝谓余曰：文章各有体。欧阳公所以为一代文章冠冕者，固以其温纯雅正，蔼然为仁人之言，粹然为治世之音；然亦以其事事合体故也。如作诗，便几及李、杜；作碑铭记序，便不减韩退之；作《五代史记》，便与司马子长并驾；作四六，便一洗昆体，圆活有理致；作《诗本义》，便能发明毛、郑之所未到；作奏议，便庶几陆宣公；虽游戏作小词，亦无愧唐人《花间集》。盖得文章之全者也。
>
> 欧公文，非特事事合体，且是和平深厚，得文章正气。②

这两段话，反复说明两层意思：一是欧公各种体裁的作品，皆能"事事合体"，也即是善于模仿前人和善于继承传统（并能有所超越）；二是欧公的各类"文章"，其总的风格特征是"和平深厚"，而这种文学风格又是与他为人的性格——"温纯雅正"、"蔼然粹然"相一致的。关于前一层意思，我们即使不加多说，也是容易明白的：欧阳修确是一位文学的"多面手"，他在诗、文、词乃至其他文体方面都极善于向传统学习，因此能做到"事事合体"；而从这点出发，他的"小词"近乎《花间》词的面目，也就是意料之中的事。关于后一层意思，我们认为，那就更具见地了。这是因为，它触着了作者人格对于作品风格的渗透和影响这一重要的论题，具有一定的理论深度；并且，又是符合欧阳修自己的主张的。欧阳修在其《答祖择之书》中说："道纯则充于中者实，中充实则发为文章者辉光"③；又在《与乐秀才第一书》中说："其充于中者足，而后发乎外者大以光。譬夫金玉之有英华，非由磨饰染濯之所为，而由其质性坚实，而光辉之发自然也。"④欧阳修的人格，虽和一般宋代文人那样，具有多面性；但从其主导方面来讲，他却是一位正

① 周济：《介存斋论词杂著》，黄苏，等《清人选评词集三种》，齐鲁书社，1998 年，第 193 页。
② 罗大经：《鹤林玉露》，中华书局，1983 年，第 264－265 页。
③ 欧阳修：《欧阳修全集》，中华书局，2001 年，第 1009 页。
④ 同③，第 1023 页。

统的封建士大夫。因此他的那种“温柔敦厚”“仁人君子”的人格,自然会在其诗文中得到表现和流露。尽管他的诗文因着处境和心情的不同,在各个时期表露出不同的风貌,但从总体来说,其散文的风格是“纡余委备”和“容与闲易,无艰难劳苦之态”①,而其诗歌的风格又是“专以气格为主,故其言多平易疏畅”②。这种诗文的总体风格,就是与他“蔼然仁人”的人格相通相近的。因此,词虽曾被他视为“薄伎”,然而他那种“温纯雅正”的人格,也仍然会得磅及其中。所以我们读他的一些小令,就深觉有一种“温文尔雅”的美感——“词心”或许是哀怨的,然而词风却又是“和平”的。

我们且看他那首代表作品《踏莎行》:

> 候馆梅残,溪桥柳细,草薰风暖摇征辔。离愁渐远渐无穷,迢迢不断如春水。　寸寸柔肠,盈盈粉泪,楼高莫近危栏倚。平芜尽处是春山,行人更在春山外。

此词就最能体现欧词那种极和婉、极细切的风格特色。开头三句“候馆梅残,溪桥柳细,草薰风暖摇征辔”,从时令的渐变中引出征人的离别,起得就是何等的“心平气和”(不妨和柳永《八声甘州》的起句“对潇潇暮雨洒江天”或李煜《虞美人》的起句“春花秋月何时了”相对照):接下两句“离愁渐远渐无穷,迢迢不断如春水”,用了两个“渐”字,就把人的心理感受拉细、拉长,仿佛也随之而出现了春水般的迢迢之感。下片用“寸寸”及“盈盈”两个叠字句形容佳人之柔肠和粉泪,读来和婉有致;而随着佳人登高骋望之目远眺出去,但见一派青芜绿野,连绵无穷,平原之外,远山起伏,而斯人之影踪,则更在山的那头……统观全篇,起得平缓,结得徐舒,却又达到了“状难写之景,如在目前;含不尽之意,见于言外”③的妙境,的确是一种炉火纯青、“温纯雅正”的风格。

类似这种风格的词,我们还可以举出一些,如:

> 小院深深门掩亚,寂寞珠帘,画阁重重下。欲近禁烟微雨罢,绿杨深处秋千挂。　傅粉狂远犹未舍,不念芳时,眉黛无人画。薄倖未归春去也,杏花零落香红谢。(《蝶恋花》)

① 苏洵:《上欧阳内翰第一书》,曾枣庄、金成礼笺注《嘉祐集笺注》卷一二,上海古籍出版社,1993 年,第 328－329 页。

② 叶梦得:《石林诗话》,吴文治《宋诗话全编》第 3 册,江苏古籍出版社,1998 年,第 2688 页。

③ 欧阳修:《六一诗话》,人民文学出版社,1962 年,第 9 页。

> 沉沉庭院莺吟弄，日暖烟和春气重。绿杨娇眼为谁回？芳草深心空自动。　　倚栏无语伤离凤，一片风情无处用。寻思还有旧家心，蝴蝶时时来役梦。（《玉楼春》）

这些词中所出现的思妇形象，都有些像李白《怨情》诗中所描绘的那样："美人卷珠帘，深坐颦蛾眉。但见泪痕湿，不知心恨谁"，是虽"怨"（恨）而不"怒"的。它们相当典型地体现了正统士大夫文人那种"哀而不伤"、"优游不迫"的文学风格，也可以看做是欧阳修人格中稳重一面在艳词中的反映。当然举出这些作品，并不是想就此扩而概指其所有词篇。因为事实上，欧阳修词中也很有一些其他风貌的作品存在，特别是其中有些作品就酷似前代冯延巳的风格（故而两者常有混杂现象）。所以不管是说它们"无愧唐人《花间集》"，还是说它们得冯词风格之"深"（《艺概》卷四："冯延巳词，晏同叔得其俊，欧阳永叔得其深"）①，都是正确的。不过我们所要特意指出的，便是欧词在继承《花间》、南唐词风的同时，所表现出来的"自家面目"。这种"自家面目"，就正是由其"为人"的面目映照在词中而产生的；它和欧阳修体现在其诗文中的艺术面目，又是一致的。

其次再来看欧阳修词所体现的时代特色。

欧阳修所处的时代，也基本同于晏殊所处的时代。加上欧阳修持有前述那种"文体分工"的观念，所以他的词（特别是其慢词）中也就带有了相当程度的"富贵""升平"的时代气息。而即使是在词风基本还保持着传统面目而显得相对"保守"的小令中，也浸染了这个新时代的某种欢娱宽松的心理气氛。因此，在上述所引的罗大经之言中，除其"蔼然为仁人之言"等语触及人格修养对词风的影响问题之外，另有一语也就不可忽视，那就是："粹然为治世之音"。从此言来看，在形成他那种"粹然"而"全面"的风格时，"治世"的时代环境便同是其原因之一。所以我们在读欧阳修的词时，除了那些伤感的、哀怨的"五代遗风"之外，更要注意它所带有的"治世"色调。作者在《丰乐亭记》中说过这样一段话："盖天下之平久矣。自唐失其政，海内分裂，豪杰并起而争，所在为敌国，何可胜数！及宋受天命，圣人出而四海一，向之凭恃险阻，刬削消磨，百年之间，漠然徒见山高而水清。欲问其事（按：指五代旧事），而遗老尽矣。今滁介江淮之间，舟车商贾，四方宾客之所不至，民生不见外事，而安于畎亩衣食，以乐生送死。而孰知上之功德，休养生息，涵煦于百年之深也！"这就反映了北宋前期经过休养生息之后所出现的"太平景象"以及他本人心理上所怀有的那种轻松感。所以尽

① 刘熙载：《艺概》卷四，上海古籍出版社，1978年，第107页。

管此时他正值贬谪，却还写出了与民同乐、笔调轻快的《醉翁亭记》和《丰乐亭游春》诗。基于同样的原因，他在贬谪到安徽颍州（今阜阳）时，曾一气写了十首《采桑子》词来歌咏当地西湖的美景，从中也流露出一种“大时代”的轻松甚至是愉悦的心理气氛。如其第二、第六首曰：

春深雨过西湖好，百卉争妍。蝶乱蜂喧，晴日催花暖欲然（燃）。兰桡画舸悠悠去，疑是神仙。返照波间，水阔风高飏管弦。

清明上巳西湖好，满目繁华。争道谁家，绿柳朱轮走钿车？　游人日暮相将去，醒醉喧哗。路转堤斜，直到城头总是花。

这些词中所体现出来的那种轻快、明媚、热闹、熙乐的情调，我们真是“久违”了——从晚唐五代以来，词中那股浓重的忧伤情绪之“阴霾”，至此总算暂且一散而开，露出了“晴日”的光亮和温煦。这不能不说是“新时代”带给词坛的一番“新气象”。另外，欧公在他同时所写的诗中又云：“身闲始觉时光好，春去犹余物色妍。更待四郊甘雨足，相随箫鼓乐丰年”（《祈雨晓过湖上》），这就更明显地表现出他虽作为一个“身闲”（实指贬谪）之人却仍旧心怀民胞的“父母官与民同乐”的宽广胸怀。这后一点意思尽管在词中没有直接、明显的表露，但却在“游人日暮相将去，醒醉喧哗”（这与《醉翁亭记》所写的“滁人之游”是同一情致的）之类的句子中也有着曲折的透露。这一种感情，就是前代词中所未见过的，所以亦足令我们重视。

由此我们便又见到了欧词在艺术风格上的一大特色，那便是笔触清新疏淡，自然工致。如其第八、九两首：

天容水色西湖好，云物俱鲜。鸥鹭闲眠，应惯寻常听管弦。　风清月白偏宜夜，一片琼田。谁羡骖鸾？人在舟中便是仙。

残霞夕照西湖好，花坞蘋汀。十顷波平，野岸无人舟自横。　西南月上浮云散，轩槛凉生。莲芰香清，水面风来酒面醒。

这些词里所写的景物，既不同于某些隐逸词中那种“不食烟火”式的、令人感到有些寂寥冷瑟的山水清景，又不同于某些艳情词中那种“水腻花腥”式的香腻景象，而是把人的“高兴”与自然的“清趣”融合成浑然一体的、既有情韵又很澄澈的美丽图景。欧词造语雅致自然的风格特色于此就表现得相当明晰。联想到晁补之曾激赏他“堤上游人逐画船，拍堤春水四垂天，绿杨楼外出秋千”几句，认为

"只一'出'字,自是后人道不到处"①,这也同样体现了欧词既自然又工致的"绝妙"(亦为晁氏语)风格。

在谈论欧阳修的这些令词作品时,除开上述所论的艳情词之和婉、温柔以及写景词之清丽、自然之外,我们还应注意到另一个方面,这就是,作者在其诗文中所表现的某些政治感慨和人生感慨,也部分地渗入了他的词中。比如,他在《秋声赋》中,曾经抒发过极为深沉的人生感慨:"嗟乎! 草木无情,有时飘零。人为动物,惟物之灵,百忧感其心,万事劳其形,有动乎中,必摇其精。"这种"飘零之感"在其《浪淘沙》词中就有换一种方式的表现:"把酒祝东风,且共从容。垂杨紫陌洛城东,总是当时携手处,游遍芳丛。　聚散苦匆匆,此恨无穷。今年花胜去年红。可惜明年花更好,知与谁同?"这里的那种"忧盛危明之意"(黄蓼园《蓼园词选》语),也就是"百忧感其心"的一种。而他在很多诗中所兴叹过的仕途艰险之感,也同样在其词中有所反映。如:"世路风波险,十年一别须臾"(《圣无忧》),"如今薄宦老天涯,十年歧路,空负曲江花"(《临江仙》),就都是他作为一位政治家俯仰身世、兴怀沉浮的那一侧面的表现。尽管这些词作还不多,但是,它们毕竟显露了词开始从"词人之词"向"诗人之词"过渡的新动向。

以上所论,是欧阳修的令词——而总起来看,他的令词,也就基本是他的"雅词"。在这些优美和婉的令词中,作者就把自己人格中"稳重"(不用"庄重"一词,因它们主要反映在诗文中)而又"风流"的侧面融入或印入了其中,所以词风就显得既妩媚又文雅。难怪曾慥编选《乐府雅词》,一气就选录了欧词 83 首,足当"雅词"作者之冠冕(而柳永词竟一首不选)。

但是,如果仅仅这样来认识欧词,那还是不全面的。这是因为,欧阳修的人格中,也还存在着"从俗"的一面;何况,随着时代风气的不断转移,市民阶层的生活作风和艺术趣味也会渗透到士大夫文人的营垒中来。因此,欧阳修也就在身驻"雅词"阵地的同时,又把脚步跨到了"俗词"中去。在《醉翁琴趣外篇》中,我们就看到了他那些不同于《欧阳文忠公近体乐府》(它主要收录其"雅词")面目的俗词作品——而且有意思的是,它们又较多采用慢词长调的体式写出。如:

> 见羞容敛翠,嫩脸匀红,素腰袅娜。红药栏边,恼不教伊过。半掩娇羞,语声低颤,问道"有人知么"? 强整罗裙,偷回波眼,佯行佯坐。
>
> 更问假如,事还成后,乱了云鬟,被娘猜破。我且归家,你而今休呵。更为娘行,有些针线,诮未曾收啰。却待更阑,庭花影下,重来则

① 吴曾:《能改斋漫录》卷一六,上海古籍出版社,1971 年,第 469 页。

个。(《醉蓬莱》)

晓色初透东窗,醉魂方觉。恋恋绣衾半拥,动万感脉脉,春思无托。追想少年,何处青楼贪欢乐?当媚景,恨月愁花,算伊全妄凤帏约。

空泪滴,真珠暗落。又被谁,连宵留着?不晓高天甚意,既付与风流,却恁情薄。细把身心自解,只与猛拚却。又及至,见来了,怎生教人恶?(《看花回》)

前一首词写一对男女私会于花园,后又商量如何用计去骗过女方的母亲,待到夜阑之后重会于庭花影下。后一首词描写一位歌妓,先是怨恨薄情的男子贪恋别的女性竟至连宵不归,而欲与他"猛拚";谁知正在此时他却回来了,一时间,破涕为笑,"恶恨"他的心情早被抛到了九霄云外!这类作品,无论从词的内容还是词的风格而言,均属市民阶层所喜闻乐见的"俗文学"行列。从中便不难见出欧阳修生活中"从俗"和"轻佻"的另一侧面。

所以,只有把欧阳修所写作的"雅词"和他所写作的"俗词"综合在一起,才能全面地认清他雅俗并存的复杂词风;也唯有如此,才能全面地把握他人格的多重侧面。解剖欧阳修的词,我们对于北宋词坛的整体情况和北宋文人的多重性格及复杂心态,便有了进一步的认识。

最后,还有一个重要的问题应该提及。这就是:由于欧阳修的阅历比较广泛,与平民生活的联系比较密切,因此和别的士大夫文人相比,他的词作就带有相当浓厚的民歌风味。这一点,便又是晏殊等贵族色彩较浓者词中所较少见的,故而又值得提出一谈。

欧阳修有着"与民同乐"的胸怀与经历,这在他的《醉翁亭记》《丰乐亭记》中都已有所记述,如后一篇中即曰:"又幸其民乐其岁物之丰成,而喜与予游也。"因而,他就有机会接触到较多的民间词曲。如其《夷陵书事寄谢三舍人》诗里说:"腊市渔盐朝暂合,淫祠箫鼓岁无休。风鸣烧入空城响,雨恶江崩断岸流。月出行歌闻《调笑》,花开啼鸟乱钩辀……",又其《夷陵岁暮书事呈元珍表臣》诗里说:"游女髻鬟风俗古,野巫歌舞岁年丰"……这些就是明证。在民间歌曲和前代民间文学的影响下,他的不少词作都带有"民歌风"。如其两首《长相思》:

花似伊,柳似伊,花柳青春人别离,低头双泪垂。　长江东,长江西,两岸鸳鸯两处飞,相逢知几时?

深花枝,浅花枝,深浅花枝相并时,花枝难似伊。　玉如肌,柳如眉,爱着鹅黄金缕衣,啼妆更为谁?

对此,清人陈廷焯评曰:"可谓鄙俚极矣。而(金)圣叹以前半(按:指后首词的上片)连用四'花枝'、两'深浅'字,叹为绝技,真乡里小儿之见。"①其实,金圣叹因其用了四个"花枝"、两个"深"字和"浅"字,而赞为"异样绝调"(见其《批欧阳永叔词十二首》),固然是捧得太高,而陈氏的斥之为"鄙俚极矣",却又不免贬得太低。就其"原样"来看,欧阳修的这两首词,就是他学习民歌的尝试性产物。试读敦煌词中的《望江南》:"莫攀我,攀我太心偏。我是曲江临池柳,这人折去那人攀,恩爱一时间";再读一读北宋无名氏所写的《九张机》(按:从其词调看来,应属民间曲调。此处所录,则是文人学习民歌之作),如:"五张机,芳心密与巧心期。合欢树上枝连理。双头花下,两同心处,一对化生儿",如:"九张机,双花双叶又双枝。薄情自古多离别。从头到底,将心萦系,穿过一条丝",可知欧公所作,正是他着意模仿民歌之作。而明白了这一点,我们再来看他集中两套(每套各12首)分咏十二月节气的《渔家傲》词,就越发可以看清他的有意向民间歌曲学习了——敦煌民间曲辞中,早就有了诸如《十二时歌》《五更转》一类"定格联章"的体式;而欧阳修的第一套《渔家傲》词,又曾被杨绘《京本时贤本事曲子集》(后集)称为"鼓子词",这两点情况均足说明:这两套《渔家傲》组曲,是欧阳修把民间讲唱文学加以"升格"以后的产物,它由原先的俗曲变成了士大夫酒边清赏的"雅物"。这在他而言,兴许只是一种猎奇,然而这种学习民间文学的举动,对于造就他词风的清新明畅,却是有所影响的。这里我们不妨就举其利用《渔家傲》曲调所写的两首采莲词来看:

> 花底忽闻敲两桨,逡巡女伴来寻访。酒盏旋将荷叶当,莲舟荡,时时盏里生红浪。　　花气酒香清厮酿,花腮酒面红相向。醉倚绿阴眠一饷,惊起望,船头阁在沙滩上。
>
> 荷叶田田青照水,孤舟挽在花阴底。昨夜萧萧疏雨坠,愁不寐,朝来又觉西风起。　　雨摆风摇金蕊碎,合欢枝上香房翠。莲子与人长厮类,无好意,年年苦在中心里。

前代乐府民歌中旧有"江南可采莲,莲叶何田田"的采莲之曲。而在词中,虽然《花间集》中也有一些描写采莲女子的作品,但像欧阳修这一类专力于刻画采莲姑娘神情与声态的词篇,却还属少见。前一首词中,描写了一群采莲小姑娘们劳动之余的休憩、玩耍情景。她们以荷叶当杯,开怀畅饮,竟至弄得"船头阁在沙滩上"。这种豪放、浪漫的举动就绝非贵族女子的"大家闺秀"所能具有,其中洋溢着劳动妇女的青春活力。后一首词,抒写她们在爱情方面的苦恼,它用"莲

① 陈廷焯:《白雨斋词话》卷五,人民文学出版社,1959年,第138页。

子"（谐"怜子"）的"年年苦在中心里"来借言她们内心的苦涩，也很富有乐府民歌的风味。而通观两词，其描绘人物形象之鲜明，在抒情的同时又带有一定的叙事性，以及语言之明畅、风格之清新等特色，就无不显露着它们所接受的民间文学的影响。所以欧阳修的词风，整体上带有着比较清爽明净的色彩，该是与这一点有着关联的。

故而总观欧阳修词，其中既有着"雅"的一面，又有着"俗"的一面；既有小令，又有慢词；既反映了他的艳情冶游生活，又反映了一定程度的宦途风波和地方风情；既保持了士大夫文人的艺术风貌，又吸收了一定的民间文学风味，堪称风格多样和初具了多元化的发展趋向——而尤应提出的是：欧公以一个朝廷名臣又兼文坛领袖这样重要身份的人，带头来写"小词"，这对宋词的发展，无疑有着很大的推动作用。所以，在他死后 19 年，苏轼重临颍州西湖，闻听歌妓们犹在演唱 43 年前他所作的《木兰花令》（即《玉楼春》）词，就情不自禁地次其原韵写下了这样一首深情依依的名篇："霜余已失长淮阔，空听潺潺清颍咽。佳人犹唱醉翁词，四十三年如电抹！　　草头秋露流珠滑，三五盈盈还二八。与余同是识翁人，惟有西湖波底月！"斯人虽已长眠，而他的流风遗韵却是久存的。

第三节　"追逼《花间》"的晏几道词

在五代词坛上，李璟、李煜以"父子词人"而闻名于世；在北宋，则有晏殊、晏几道父子。"足追配李氏父子"（毛晋《小山词跋》），这是人所共知的事实。晏几道和其父一样，他所擅长的，仍是小令词。但是，在他以前早就出现过温、韦、冯、李这样的小令名家，而即使是"近在家门口"，也已有着《珠玉词》这样一座令词的高峰耸立在面前，因此要想在佳作如林的令词营垒里自树一帜甚至欲"超而胜之"，其难度是相当大的。但是，后来的事实却告诉我们：晏几道真不愧是小令的"圣手"，他在继承家学的基础上，又把令词的成就推向了一个新的高度，达到了"追逼《花间》，高处或过之"①的境地。这真是令人惊叹和欣喜！

晏几道（1038—1110），字叔原，号小山。晏殊第七子，人称"小晏"。他一生宦途不利，只做过颍昌府许田镇（今河南许昌西南）监等小官，地位低微。总观其身世和性格，倒与清代的曹雪芹及其笔下的贾宝玉很有些相似之处。大致来说，有三点值得提出：一是出身高贵，青少年时代有过一段富贵而风流的生活，但中年以后却渐陷于贫困且不免穷愁潦倒。这种前富后贫的遭遇，就促使其作品

① 陈振孙：《直斋书录解题》卷二一，上海古籍出版社，1987 年，第 618 页。

带有一种凄凉感旧的音调。二是虽然贫困,却生性高傲,不肯趋炎附势。甚至当大名鼎鼎的苏东坡欲想会见他时,他都谢绝说:"今日政事堂中,半吾家旧客,亦未暇见也"①,所以黄庭坚说他平生有"四痴",其一即是"仕宦连蹇",却不肯"傍贵人之门"②;证之上面的例子,是符合事实的。三是为人极为深情,极重感情。这种"重感情"的气质甚至达到了这样的地步:"人百负之而不恨;己信人,终不疑其欺己"——这又是黄庭坚所说的第四"痴"。因此,他在对待男女恋情问题上,就不像某些士大夫文人那样轻率、随便,而表现得异常的深情、痴情。他有一篇自序其《乐府补亡》(即《小山词》)的文字,深切而沉痛地叙说了他之所以写作这些哀感艳顽的词篇,实源于不能忘怀于昔日的那一腔拳拳深情,其文曰:

> 《补亡》一编,补乐府之亡也……尝思感物之情,古今不易。窃以谓篇中之意,昔人所不遗,第于今无传尔。故今所制,通以《补亡》名之。始时沈十二廉叔、陈十君龙家,有莲、鸿、苹、云,品清讴娱客。每得一解,即以草授诸儿。吾三人持酒听之,为一笑乐而已。而君龙疾废卧家,廉叔下世。昔之狂篇醉句,遂与两家歌儿酒使,俱流转于人间……追惟往昔过从饮酒之人,或垅木已长,或病不偶。考其篇中所记悲欢合离之事,如幻如电,如昨梦前尘,但能掩卷怃然,感光阴之易迁,叹境缘之无实也!③

读了这篇序言,使我们很容易联想到曹雪芹在《红楼梦》开头的那一段自叙:

> 今风尘碌碌,一事无成,忽念及当日所有之女子,一一细考校去,觉其行止见识皆出我之上;我堂堂须眉,诚不若彼裙钗;我实愧则有余,悔又无益,大无可如何之日也!当此日,欲将已往所赖天恩祖德,锦衣纨袴之时,饫甘餍肥之日,背父兄教育之恩,负师友规训之德,以致今日一技无成、半生潦倒之罪,编述一集,以告天下:知我之负罪固多,然闺阁中历历有人,万不可因我之不肖,自护己短,一并使其泯灭也。所以蓬牖茅椽,绳床瓦灶,并不足妨我襟怀;况那晨风夕月,阶柳庭花,更觉得润人笔墨;我虽不学无文,又何妨用假语村言,敷演出来,亦可使闺阁昭

① 陆友仁:《砚北杂志》卷上,施蛰存《宋元词话》,上海书店出版社,1999年,第735页。
② 黄庭坚:《小山词序》,金启华,等编《唐宋词集序跋汇编》,江苏教育出版社,1990年,第26页。
③ 晏几道:《小山词自序》,金启华,等编《唐宋词集序跋汇编》,江苏教育出版社,1990年,第25页。

传，复可破一时之闷，醒同人之目，不亦宜乎？故曰“贾雨村”云云。更于篇中间用“梦”“幻”等字，却是此书本旨，兼寓提醒阅者之意。①

虽然这两者的内容不尽相同，但有两点却是一致的。其一是曹雪芹自云其写作《红楼梦》，意在为“闺阁立传”，欲表出大观园里那群姑娘的可敬可爱；而晏几道则自云其词篇皆记当日与莲、鸿、苹、云一类歌妓侍妾的“悲欢合离之事”，两者所写的主要对象，就都在于那辈可亲可爱的女子以及自己对她们的“一往情深”之上——宋人王铚即说过：“叔原妙在得于妇人”②，撇开它所带有的揶揄之意，我们即可发现，小晏词的“成功”，首先就根植于它极为真挚悃忱的爱情意识上——“两鬓可怜青，只为相思老”，“忍泪不能歌，试托哀弦语”（《生查子》），此两语即其“自白”。其二是这两位作者在动笔追写他们的往日情事时，又无不带有一种极为浓重的伤感意绪——这又正好是我们前已言过的“忧患意识”问题：曹雪芹“满纸荒唐言，一把辛酸泪”的名句我们在前已经“领教”，而晏几道的“感光阴之易迁，叹境缘之无实”，也使我们同他一样会感发那“掩卷怃然”的深沉感慨，这说明“感物之情，古今不易”，在小晏词中所充溢着的，正是这样一股激动过无数代人的忧患、伤感的感情。合上面数者而言，由于晏几道昔盛今衰、生计偃蹇的身世遭遇，由于他傲物睥世的性格特点，由于他钟情于异性的多情气质，就使他的词出现了热恋情绪与伤感情绪交织于一体、富贵气度与冷落景况混杂在一起的复杂、斑驳色彩。冯煦称之为“古之伤心人也”（《宋六十一家词选例言》），此话当真说出了其词“伤心”的内容特质。

小晏词的令人“伤心”，主要是通过抒情上的两个特点来达到的。第一，它多从“追忆”的手法入手，来向读者敞开其内心的创伤；第二，它又多以感情“外射”于物的手法，来反照其内心的悲感。下面即分而述之：

首先看其多从“追忆”入手。如《临江仙》：

梦后楼台高锁，酒醒帘幕低垂。去年春恨却来时。落花人独立，微雨燕双飞。　　记得小苹初见，两重心字罗衣。琵琶弦上说相思。当时明月在，曾照彩云归。

康有为评曰：“起二句，纯是华严境界。”③照我们看来，这两句的好处即在于以“梦后”“酒醒”两个短片来与“楼台高锁”“帘幕低垂”两个四字句进行折入性的

① 曹雪芹：《红楼梦》，陕西师范大学出版社，1997 年，第 3 页。
② 王铚：《默记》卷下，中华书局，1981 年，第 46 页。
③ 梁令娴：《艺蘅馆词选》乙卷，广东人民出版社，1981 年，第 46 页。

对比：酒醒梦觉，唯见楼台高锁、帘幕低垂，这里，就深寓了“感光阴之易迁，叹境缘之无实”的感慨在内。一个“梦”、一个“醒”，其中所表现的人去楼空、“如幻如电”的怅惘，又真有点儿佛家“四大皆空”的意味，故而难怪康氏要称它有“华严境界”（佛教有“华严宗”）。不过，平心而论，小晏所表现出的“空”“寂”观念却并不像曹雪芹那样深（这又是两人的差别吧），他所眷眷执着的仍是人间那一段永不能了结的“情”。所以接着便云：“去年春恨却来时。”“却来”者，又来也，这就是“追忆”了。但词笔刚一触及“追忆”，却又马上来了一个顿挫：“落花人独立，微雨燕双飞”。“落花”两字，既写了时令之正值暮春，又暗寓了斯人之已逝（或死，或离）；“人独立”则与“燕双飞”对照，又从中折映出去年之携手花间和今日之独对双燕。这两句佳句原是借用前人（五代翁宏）的成句；用在此处，妙在欲露不露地写出了他既追忆往昔又感慨今日的无穷怅惘。下片则放笔追忆：记得当年与她相见之时，她身穿印有双重“心”字图案的薄罗衫儿，正在她所弹奏的琵琶声中，传出曲曲心事（相思之情）。但琵琶弦声似犹未曾绝响，而伊人却早已化作一缕“彩云”逝去（李白《宫中行乐词》：“只愁歌舞散，化作彩云飞”），只剩下当时曾伴照着我俩的一轮明月，凌空独照！全词从追忆起，又以追忆结，从“追忆”的窗口里展开那一段不能忘怀的旧事，展现那起伏反侧的心态，令人感到无法抑制的伊郁惝恍。白居易诗云：“大都好物不坚牢，彩云易散琉璃脆”（《简简吟》），小晏词中所追写的爱情，就是这一种虽“好”而“脆”的破碎了的爱情。

又如他的《蝶恋花》：

> 醉别西楼醒不记。春梦秋云，聚散真容易。斜月半窗还少睡，画屏闲展吴山翠。　　衣上酒痕诗里字。点点行行，总是凄凉意。红烛自怜无好计，夜寒空替人垂泪。

“醉别西楼醒不记。春梦秋云，聚散真容易”，此词一上来就以“春”“秋”“聚”“散”作今昔之对比，具有勾摄人魂的强烈艺术魅力。下文“少睡”“闲展”之句中的“少”字、“闲”字，也无不表明他追忆之深、之苦、之无聊寂寞。“衣上酒痕”分明是从“西楼”上来；“诗里之字”又系分别时所赠——这些，又全都暗寓着自己的追忆。而红烛无计、为人垂泪（化用杜牧“蜡烛有心还惜别，替人垂泪到天明”），则更是让无情之物来为词人代诉追忆之恸！所以，人生最大之痛苦，正在于好梦醒后的追怀往昔之痛——清代另一位和小晏有着相似感情气质的词人纳兰性德也曾这样写过：“此恨何时已？滴空阶、寒更雨歇，葬花天气。三载悠悠魂梦杳，是梦久应醒矣！料也觉，人间无味”（《金缕曲·亡妇忌日，有感》），他们的共同痛楚，就都在那"绮梦"破碎之后的追忆之苦。

因而，在别人词中常以欢乐笔调描写之"重逢"，在小晏写来，却异样的苦楚异常——那短暂的重逢，似乎只为更为深锐、钻心的再次离别提供一种"酿造液"而已。请读他的《鹧鸪天》：

> 彩袖殷勤捧玉钟，当年拚却醉颜红。舞低杨柳楼心月，歌尽桃花扇底风。　　从别后，忆相逢，几回魂梦与君同？今宵剩把银釭照，犹恐相逢是梦中！

此词的脉络分为四小段：初见，离别，相思，重逢。前三段皆是从今宵重逢时的追忆中展现出来的，而词的真正高潮却还在重逢之后再将降临的离别之上。下面不妨让我们来简析词意：上片四句，追忆当年初见之情状，其"彩袖""醉颜""舞低""歌尽"四句越是写得豪华热闹，就越是引出后文分手以后的伤感。词意中的分别情状，作者并没有详细写出，只以下片开首的"从别后"一语轻轻带过；而下面"忆相逢，几回魂梦与君同"始是写其别后之相思，妙在以梦中之相逢来反衬实际生活中的离别；到最后两句，才真正落到今宵重逢之事实上来——但就在此同时，却又酝酿出再度分别的无限痛苦：看它用了"剩把"（再三把）和"犹恐"这样的字面，就包含着害怕得而复失、聚而再散的无穷忧虑感，而"银釭照"和"是梦中"则又表明了他们"乍见翻疑梦"和"更有明朝恨"（均为司空曙《云阳馆与韩绅宿别》诗中语）的复杂心情。因此这末两句既是词情的一个表面的高潮，却又为下文（下边实际已无文字，但从感情而言，却正有强大的"冲击波"回荡接踵而至）的真正高潮作了有力的铺垫——今宵的重逢，岂不再将演为今后梦中又会出现的"追忆"镜头？所以，它以今宵短暂之重逢，作为抒情脉理上的一个中点，以其实有的主要篇幅来追忆往昔的情事，而又以它"虚有"的篇幅留给读者作"有余不尽"的联想。故而，它所用的实是一种以相逢来抒别恨、以乐景来衬哀情的写法，其得力处仍在那通过追忆所写出来的种种情景之上。

小晏词多用追忆的写法，有其两方面的妙用：其一是增加词情的悲感，其二是增加词境的美感。关于第一点，是极易明白的：追忆所展示的今昔对比，自会引起"华屋山邱"的盛衰之感，这是人之常情。所以曹雪芹越是先写贾府"花团锦簇"似的"荣耀"，就越是显出它后来抄家破败的冷落；越是写宝、黛之间的"情切切""意绵绵"，就越是显出后来黛玉归天、宝玉出家的悲凉。小晏词的情况也正相似。试看，它写当日的豪华和多情，用了"舞低杨柳楼心月，歌尽桃花扇底风”这样的句子①；而写他今日之凄孤，又用了“当时明月在，曾照彩云归”这样的句子——“昔日”越是被写得繁华、多情，“今日”就越是显得冷清、凄凉，这就是因追忆而引起的深度悲感。至于第二点妙用，又主要是通过人类某种微妙的心理作用来达到的。关于这点，就牵涉到审美活动中的所谓“距离”问题，我们知道，有许多事物，在人们实地观察它们时并不觉得怎样美，而如果间隔了一个适当的距离之后，它们却会神妙地增添出许多美感。比如西湖畔的茶馆，如果你身入其间，但觉得杯壶狼藉、人声嘈杂，并不见得如何“雅致”；而如果你隔着湖光波影，远远望去，但见一抹柳荫中掩映出小楼飞阁，便会觉得分外优雅。所以倒映在水中的树影常比实见的树枝来得婆娑多姿，而浮动在远山深谷中的云霏则更比围在身旁的水气雾团要“有诗意”得多！这中间，就是“距离”在起着作用。而在这种种“距离”之中，时间距离又是最为奇妙的“感情发酵剂”。很多事情，“当时只道是寻常”，经过时间的“发酵”，它就会增添“弥足珍贵”的可爱性来。比如人在晚年时，忽睹儿时的普通玩物都会倍觉亲切或倍感惆怅，就是一个典型的例子。故而小晏词常以追忆手法来写昔日的情人和情事，其美感之倍增，就不难理解。试想，在酒醒梦回之际，仰见楼台高锁、帘幕低垂之状，脑海里蓦地映出她往年身着罗衣、独抱琵琶的倩影和娇容，其形象比之当日寻常见惯的样儿不就更添了朦胧和神妙的美感？时间的流逝会冲刷去生活中一切可以忘怀的旧事，却不能从人们脑海中淘洗掉那些实在不能忘却的记忆——相反，它会使后者更加显出“沙里淘金”的弥足可贵。所以小晏词多从追忆的角度来写他的恋情，就有效地借助了“时间差”，使它像陈年的老酒一样，越发增添出醇厚醉人的芳香来。

其次再来看他的“情射于物”的特点。

大凡一个情深的人，在观察和描写外物的时候，都会有“情射于物”的现象。《文心雕龙·神思》篇早就说过：“夫神思方运，万涂竞萌，规矩虚位，刻镂无形，登山则情满于山，观海则意溢于海，我才之多少，将与风云而并驱矣。”②这里如果调换一个字，变成“我情之多少，将与风云而并驱矣”，那就成了小晏词的情况。我们试读他下面的这些词作：

朝云信断知何处？应作襄王春梦去。紫骝认得旧游踪，嘶过画桥东畔路。（《木兰花》下片）

① 晁补之评曰：“知此人不住三家村也。”吴曾：《能改斋漫录》卷一六，上海古籍出版社，1971 年，第 469 页。

② 刘勰著，范文澜注：《文心雕龙注》，人民文学出版社，1962 年，第 493－494 页。

不仅是人仍念着旧时的行踪,而即使是那匹马,也还认得当日的路径,哀嘶着要重过“画桥东畔路”去——词人笔下的“物”,都具有这么强烈的“情绪性”,则作者本人的多情就更可想见了。与此情况相似的,我们还可举出《虞美人》:“飞花自有牵情处,不向枝边坠。随风飘荡已堪愁,更伴东流流水,过秦楼。”这里的飞花,飘呀飘,偏要飘流到“秦楼”那边去,它就和楼中之人一样,满怀着暗恨玉颜空逝的愁绪!

再如《蝶恋花》:

> 碧草池塘春又晚,小叶风娇,尚学蛾妆浅。双燕来时还念远,珠帘绣户杨花满。　　绿柱频移弦易断,细看秦筝,正似人情短。一步啼乌心绪乱,红颜暗与流年换。

这里的景物,处处都浸染着作者的主观情绪——最妙的便是:在佳人眼中,那秦筝的短柱断弦,却也像那位薄情郎的“人情”一样,既“短”又易“断”!王国维尝言:“有我之境,以我观物,故物物皆着我之色彩。”①小晏的词境,就大多是一种主观性、情绪性很为强烈的“有我之境”。他那蓄积着无限深情的内心世界,向外辐射着强烈的主观色彩,使它们深深地锲入到外物的音容声态中去,形成了由主观“发射”向客观、再由客观“反照”回主观的主客相互交流、融会的深厚意境。这又是小晏词引人倍感“伤心”的又一高招(抒写手法)。

在读了诸如上述这类令人深感“伤心”的词篇之后,我们一方面可以充分地感觉到小晏的为人,实在是位一往情深、情深如海的“多情种子”;另一方面,又可以感到,他的遭遇、他所处的时代,毕竟又和晏殊有所不同了:晏殊一生,虽然稍有挫折,但总的来看,却是“富贵优游五十年,始终明哲保全身”②的,而小晏则沉沦下僚,中年时还因友人郑侠上书反对新法一事被牵连下狱;晏殊所处的时代,是一个社会矛盾相对缓和的“升平朝”,而小晏生活的时代,却已是新旧党争十分激烈的时代。所以他的词中,虽然也还表露着自己作为贵族子弟的那种“富贵风流”的气度,但又只能算是一种“遗韵”了③;故相比乃翁而言,就不免时时露出那种牢骚不平之感。如他有一首咏莲的《蝶恋花》,我们就很可看做是他个人身世的自我喻托:

> 笑艳秋莲生绿浦。红脸青腰,旧识凌波女。照影弄妆娇欲语,西风

① 王国维:《人间词话》,齐鲁书社,1981 年,第 36 页。
② 欧阳修:《晏元献公挽辞》,《欧阳修全集》,中华书局,2001 年,第 812 页。
③ 王灼《碧鸡漫志》卷二称他“如金陵王、谢子弟,秀气胜韵,得之天然”。

岂是繁华主？　　可恨良辰天不与。才过斜阳，又是黄昏雨。朝落暮开空自许，竟无人解知心苦。

莲花是娇美的，然而却已开得太晚了。“西风岂是繁华主”？既已错过了“良辰”，因而它就只能空怀着一颗无人解知的“苦心”独自开在秋塘里。上述这种迟暮之感，就曲折地反映了他内心怀才不遇、生不逢时的怨恨心情。故而当他在“看人富贵”时，也就不免会生出些“酸溜溜”的滋味。比如：“清颍尊前酒满衣，十年风月旧相知。凭谁细话当时事？肠断山长水远诗。　　金凤阙，玉龙墀，看君来换锦袍时。姮娥已有殷勤约，留着蟾宫第一枝。”（《鹧鸪天》）友人已经得中功名并正待“蟾宫折桂”，而自己却只能吟送他以“山长水远”的断肠之诗，两两相映，自然就有“一肚皮不合时宜”勃发于胸。因此，如若我们再读他的《阮郎归》时，就更能理解他的悲凉情绪了：

天边金掌露成霜，云随雁字长。绿杯红袖趁重阳，人情似故乡。兰佩紫，菊簪黄，殷勤理旧狂。欲将沉醉换悲凉，清歌莫断肠。

这是他在异乡作客、适逢重阳的自抒怀抱之作。其中最值得注意的一句是“殷勤理旧狂”。我们知道，“狂”字在晚唐五代小令中出现的频率已相当之高，但其内涵则不外是指一种“骚狂”的情绪（如牛希济《临江仙》：“须知狂客，拚死为红颜”；孙光宪《浣溪沙》：“一生狂荡恐难休，且陪烟月醉红楼”；顾敻《浣溪沙》：“槛前无力绿杨斜，小屏狂梦极天涯”；等等），而小晏的“旧狂”之中，则既包含了在艳情方面的“骚狂”，更包含了他傲物睥世、牢骚不平的“狂放”。这种涉及政治方面的身世之慨，就其深广性而言，就超过了大晏于富贵之余所生的淡淡人生感触。因此，细心研谛小晏词便可发现，其中流露的忧患意识也就相当之浓了。如“身外闲愁空满，眼中欢事常稀”（《临江仙》），如“路隔银河犹可借，世间离恨何年罢”（《蝶恋花》），如“回头满眼凄凉事，秋月春风岂得知”（《鹧鸪天》），特别如他的这首词：“守得莲开结伴游，约开萍叶上兰舟。来时浦口云随棹，采罢江边月满楼。　　花不语，水空流，年年拚得为花愁。明朝万一西风动，争奈朱颜不耐秋”（《鹧鸪天》）。更是集中地反映了他内心世界中悲感于花不常好、月不常圆的忧患情绪，具有很强的情感上的冲击力。这和同一时期苏轼词中所表现出来的那种人生感慨一样，体现了时代的某种新的契机（指社会危机而言）。

小晏的令词有着很高的艺术造诣。著名的大诗人黄庭坚曾经这样评论过它:“寓以诗人之句法,清壮顿挫,能动摇人心”“可谓狎邪之大雅,豪士之鼓吹”①。词原来只是“狎邪”之“小技”,现在小晏之作竟已进入了“大雅之堂”,这个评语,就可称高矣。前已谈到,在他之前,令词阵营里早已名作云起、词家辈出,其形势已经相当“严峻”和“逼人”,那么小晏词又是以它怎样的艺术特色来与之争胜的呢?照我们看来就主要在于:它在继承传统令词的特色之外,又吸取了慢词的某些技巧因素,注意在词势章法上有所改进,从而使它在匀整的体式中浑涵着一种“顿挫”之美。

我们知道,小晏写词常喜选用那类体式整齐的词调。比如他写了《玉楼春》词13首、《木兰花》词8首、《鹧鸪天》词19首、《生查子》词13首、《浣溪沙》词21首。这些词的体式基本就都接近于七律或五律,因此读后会使人生出一种整齐、匀称的感觉。但是,在这种表面平缓均匀的体式之下,作者往往又潜寓进波澜起伏的感情内容,这就形成了它那“清壮顿挫”的特有美感。如:

日日双眉斗画长,行云飞絮共轻狂,不将心嫁冶游郎。　　溅酒滴残歌扇字,弄花熏得舞衣香,一春弹泪说凄凉。(《浣溪沙》)

此词每片三句,每句七字,全词通押一韵(除第四句不押韵外),显得相当的匀整。但是细读全词,却觉得其中暗伏着两个“顿挫”:上片头两句写歌女的画眉打扮及其踪迹、心情,表现出她的特殊身份(犹如行云、飞絮一般“轻狂”无定、随人摆弄),但第三句却突来一转:“不将心嫁冶游郎”——身体虽不自由,内心却是“自主”的!这就更深一层地表现出她内心的坚定和清高。下片亦同此写法:头两句写她的“富贵”生活,“溅酒”“弄花”之类的字面就把她装扮得极像一位“五陵年少争缠头,一曲红绡不知数”(《琵琶行》)的“春风得意者”。谁知末一句却又陡然一折:“一春弹泪说凄凉”,原来其内心世界竟是这样的苦不堪言!这短短六句,勾画出了一位外貌“轻狂”、内心执着,外表“富贵”、实质凄苦的歌女形象,在“宛转”之下潜藏着“顿挫”的词情。

但是,有时光靠词情本身的顿挫还不能尽致,因此,作者就向慢词的富有转折感学习,从而使其小令显出“跌宕”的风味。如《蝶恋花》:

梦入江南烟水路。行尽江南,不与离人遇。睡里销魂无说处,觉来惆怅销魂误。　　欲尽此情书尺素。浮雁沉鱼,终了无凭据。却倚缓弦歌别绪,断肠移破秦筝柱。

① 黄庭坚:《小山词序》,金启华,等编《唐宋词集序跋汇编》,江苏教育出版社,1990年,第26页。

此词虽短,而转折甚多。起句即很凝练:“梦入江南”者,离人已去江南也,故只能求以梦中得遇。然而,行尽江南濛濛烟水之乡,终不得与他相会,此为一转。既然未遇,故千般销魂之情自不能向他倾诉,只得梦醒怏怏;而醒来之后却又因惆怅孤独之苦而反嫌“销魂”之情的“误”人,此又是一转。下片,因伊人不见,情怀难吐,故只好寄情于尺素之书,然而“鱼雁无凭”,寄书不达,这又是一转。在这无可奈何的情况下,她只好缓弦独歌,聊泄别绪,却不料因为恨深而致分心,竟将筝柱移破,这中间又暗藏着一个转折。所以一共才十句,竟有着这么多的“峰回路转”!这种回环转折,就使词情显出既层层深入、又节节顿挫的“形势”来。对于这种特色,刘永济先生评得甚为精当,他说:“其(指小晏)词能于小令之中,具有长调之气格。查慎行有诗曰:‘收拾光芒入小诗。’叔原可谓能收拾光芒入小词者。昔人评其词‘清壮顿挫’,亦因其能‘收拾光芒’,故能‘清壮顿挫’也。”①

所以,我们觉得小晏在令词的技巧方面,实在有着改进和提高之功:晚唐以来,小令“先着我鞭”,至晏、欧阶段已达很高的水平,但其写法却基本“一以贯之”地停留在注重其字面的组织、气氛的渲染以及情景的交融和意境的含蓄等方面。小晏的令词,则一方面出色地继承了上述这些优点,另一方面又注意吸收诗和当时已经广泛兴起的慢词长调的写法,在其词势章法上有所改进。因此它除了具有传统令词的偏于静态的美感外,又偏多地表现出一种动态的美感。这就造成了他的令词不同于前代很多小令的独异之处。在他的时代,长调已经蔚然兴起,但小晏却很少写作,这或许有点儿“保守”的嫌疑(可能是恪守“家风”所致);但在实际上,小晏却并不呆板——他早就暗暗地“运化”了长调的某些技巧融入到小令之中。所以黄庭坚就已看出了它“清壮顿挫”的新特色——虽然他又认为这主要是“寓以诗人之句法”的结果;但我们同时却认为,这也是与他从慢词长调中汲取某些写作养料有关的,只不过这种“汲取”和“运化”的工作显得比较悄暗而已。

清人厉鹗《论词绝句》有云:“鬼语分明爱赏多,小山小令擅清歌。世间不少分襟处,月细风尖唤奈何。”②其首句包含着一个词坛掌故:北宋的道学家邵雍在读了小晏“梦魂惯得无拘检,又踏杨花过谢桥”之后,笑曰:“鬼语也”,“意亦赏

① 刘永济:《唐五代两宋词简释》,上海古籍出版社,1981年,第42页。

② 厉鹗:《樊榭山房集》卷七,《四库全书》第1328册,上海古籍出版社,1987年,第87页。

之"①。这说明,小晏的"清歌"令曲,具有优美的文学性,就连邵雍这样的人物,读后都会爱赏之。后两句则檃栝了小晏《蝶恋花》词中的两句:"月细风尖垂柳渡,梦魂常在分襟处",细玩其意,实亦在于赞赏它抒写离情的无限凄美。确实,小晏词中,多写人间的生离死别,所以他多用追忆的手法和"梦魂"之类的字面向人展开那一幕幕悲剧性的场面。从这个意义上看,晏几道的《小山词》,实在可以看做是一部有关爱情的悲凄的"回忆录"和"忏悔录"。"泪弹不尽临窗滴,就砚旋研墨。渐写到别来,此情深处,红笺为无色"(《思远人》)!从这些句子中,我们确实见到了一个痴情而"伤心"的贾宝玉式的"多情公子"形象。

第四节　北宋后期小令词坛"点将录"

在历经了晚唐五代到北宋的二晏一欧以后,一般地讲,小令词的发展已很难有"出蓝"之势了。而且,随着柳永、苏轼等人大量写作慢词长调,小令先是与它们并擅词场,随后就渐将"屈居"到"下风"的地位。但是,这又仅是一种总体上的鸟瞰;如果细加考察,则直到宋朝覆亡为止,小令词的创作还是源源不绝的,并且也还不时地绽开出秀花珍葩来。这里,就对北宋后期的小令词坛来一个"点将录"式的叙述,以见小令的继续发展。

一、张舜民

张舜民,字芸叟,邠州(治今陕西彬州市)人。他是北宋后期的有名诗人。《苕溪渔隐丛话》前后集均为他的诗列有专节,由此亦可知道他的诗名在当时还是相当大的。他的《题庾楼》诗中"万里秋风吹鬓发,百年人事倚栏干"两句,世或载之于东坡集中(见《四库全书总目提要·画墁集》),看来他的诗风与苏轼有所接近。

张舜民存词仅四首,数量甚少。但是,其中有一首《卖花声·题岳阳楼》,却是各种词选大多入载而经久流传的佳作:

> 木叶下君山,空水漫漫。十分斟酒敛芳颜。不是渭城西去客,休唱《阳关》。　醉袖抚危栏,天淡云闲。何人此路得生还?回首夕阳红尽处,应是长安。

这首词的引人注目之处主要在于:它已经跳出了一般令词那种"绮罗香泽之态"

① 邵博:《邵氏闻见后录》卷一九,中华书局,1985年,第125页。

和“绸缪宛转之度”,真切地抒发了自己被贬放时深沉的人生感慨。故在众多的柔媚香艳之作中,它就卓然不群地树立了自己令人刮目相看的地位。

元丰四年(1081),张舜民从高遵裕西征西夏。由于主帅骄傲而无能,致使兵溃。在回途中,高遵裕又放纵部下乱斫树木、扰乱百姓,富有正义感的张舜民便作诗讥讽高氏的劳兵损卒和治军无方,因此在回京之后遭到贬谪,外放郴州(今湖南郴州)。1083 年,作者途经岳阳楼,想到了古代的大诗人屈原(他同时所作的另一首《卖花声》有云:“拟将憔悴吊三闾”,三闾大夫即屈原),又联想到前朝白居易在此所作的诗:“岳阳城下水漫漫,独上危楼凭曲栏。春岸绿时连梦泽,夕波红处近长安……”不由悲从中来,于是援笔写下了这首声情苍凉悲怆的词篇。

我们注意到,就在写作这首词的前一年(1082),苏轼已谪居黄州,写下了蜚声词坛的《念奴娇·赤壁怀古》词。而张舜民在由汴京出发至湖南的途中,就曾与东坡在黄州叙谈、同游《(见张氏《郴行录》)。他们都是因诗招祸的文人,政治观点上也同属旧党,而且又都能诗善文,因此张舜民的这首词肯定受到过苏词的影响。南宋人周紫芝在其书张氏《画墁集》跋中就提到:“回首夕阳红尽处,应是长安”二语,时人多以为是东坡词,这就越发可证它的近同于苏轼词风。

从词的思想内容来看,它描写了自己不甘于贬谪、恋怀于京师的真情实感,反映了宦途的险恶、人生的艰辛。其“醉袖抚危栏,天淡云闲。何人此路得生还”之句,读后使人深感其“迁客骚人”之“去国怀乡,忧谗畏讥”(范仲淹《岳阳楼记》语)的深刻悲哀,远远地跳出了男悲女怨的“艳科”圈子。从词的艺术成就而言,它充分地利用了长短句的特点,把前人诗中抒写和塑造过的情志、意境加以“再创造”①,使它既具唐诗的雅美,又具“倚声”的劲健。而在那“声可裂石”(《艺蘅馆词选》乙卷引麦孺博言)的遒劲声情中,却又插进了“美人劝酒”的“软语”,这种“刚中有柔”的风格,恐怕又是得之于艳词的“遗风”吧。它对辛弃疾《水龙吟·登建康赏心亭》中以“倩何人唤取,红巾翠袖,揾英雄泪”来反衬志士之悲,或许就有过启迪作用。在词的两大体式中,小令的“习惯势力”(指它的艳情性)是较强的。而张舜民的四首小令,却全都抒写他的贬谪之感,这就表明,时代的矛盾和社会的危机正在缓慢而有力地推动着词风的改革。

二、魏夫人

在宋朝女词人中,大家所熟知的大致仅是李清照和朱淑真两人。但朱熹却

① 费衮在《梁溪漫志》卷七中就称“回首”两句乃是对白居易诗的“换骨”。

说过:"本朝妇人能文,只有李易安与魏夫人。"①此话后被沈雄改成:"本朝妇人能词者,惟李易安、魏夫人二人而已。"②不过这一"篡改",倒也并未导致大错,从魏夫人现存的14首词中就可看出:她确是"能词"的。

魏夫人是曾布(曾巩之弟)之妻,其丈夫长期身居高位,故而她就堪称是十足的"贵族夫人"。她的词,题材非常集中,全写闺情别绪,同时其风格也非常之宛转柔媚,的确是一片真价实货的"妇人语"。如其《减字木兰花》两首:

西楼明月,掩映梨花千树雪。楼上人归,愁听孤城一雁飞。　玉人何处?又见江南春色暮。芳信难寻,去后桃花流水深。

落花飞絮,杳杳天涯人甚处?欲寄相思,春尽衡阳雁渐稀。　离肠泪眼,肠断泪痕流不断。明月西楼,一曲栏干一倍愁。

这些词,背景是华美的,而人影却是孤单的。它反映了贵族妇人虽然生活在衣食不愁的富贵家庭之中,然而欠缺着的,却正是丰富热烈的感情生活!

她有一首《菩萨蛮》,是很多选本所采录的:

溪山掩映斜阳里,楼台影动鸳鸯起。隔岸两三家,出墙红杏花。　绿杨堤下路,早晚溪边去。三见柳绵飞,离人犹未归。

张宗橚《词林纪事》卷一九引《雅编》评曰:"深得《国风·卷耳》之遗","尤(为)雅正"③。对于这种有点不伦不类的评句(特别是前一句),我们可不去管它,但从中却也可知此词在后世是甚得好评的。它描写一位深情女子,每天去溪边盼望远人的归来,风调谐婉,写景如画,确是一篇优美的佳作。魏夫人的这些词作,对于后代(特别是清代)的"闺秀"词影响较深,所以值得提出一谈。

三、李之仪

李之仪,字端叔,自号姑溪居士。神宗朝进士,曾做过苏轼的幕僚,卒于徽宗朝,共活了80余岁。他存词80余首,其中有长调、令词,而以后者为多。所以这里就把他作为小令派词人来评述。

李之仪有一篇《跋吴思道小词》,它是一篇篇幅虽短而内容丰富的词论。现摘录如下:

① 朱熹:《朱子语类》卷一四〇,中华书局,1980年,第3332页。
② 沈雄:《古今词话》卷上,上海书店,1987年,第14页。
③ 张宗橚编:《词林纪事》,上海古籍出版社,1998年,第974页。

> 长短句于遣词中最为难工,自有一种风格;稍不如格,便觉龃龉。唐人但以诗句而用和声抑扬以就之,若今之歌《阳关词》是也。至唐末,遂因其声之长短,句而以意填之,始一变以成音律。大抵以《花间集》中所载为宗,然多小阕。至柳耆卿,始铺叙展衍,备足无余;形容盛明,千载如逢当日。较之《花间》所集,韵终不胜。由是知其为难能也。张子野独矫拂而振起之,虽刻意追逐,要是才不足而情有余。良可佳者,晏元献、欧阳文忠、宋景文,则以其余力游戏,而风流闲雅,超出意表,又非其类也。谛味研究,字字皆有据,而其妙见于卒章,语尽而意不尽,意尽而情不尽,岂平平可得仿佛哉?①(按:其评论欧阳修与宋祁,是否与晏殊同属“良可佳者”,尚可斟酌。因古文无标点,故其真意尚难吃准,姑作如上标点。)

这篇词论,首先提出了词的“文体风格”——至少是它的一种总体的或主体的文学风格问题,认为长短句“自有一种风格”,“稍不如格,便觉龃龉”。这同后来李清照提出的词“别是一家”之说是同一意思,不过从时间上看,李之仪还要早些,故而更加值得我们注意。

其次,他认为,词的那种“主体风格”首先是由《花间》词来奠定其基础的,因而后之作词者当以“《花间集》中所载为宗”。这个看法代表了很大一部分宋人的共同看法,也是符合词史发展的实际情况的(所以他自己所作的小令,也是遵循这一原则的)。

再次,他又已看到了令词篇幅窄小的局限(“然多小阕”);从这点出发,他又肯定了柳词在发展长调技巧(“铺叙展衍”)方面的重要作用。这比之有些词论家光指责柳词“从俗”而看不到它对宋词发展所作的贡献来,就显得通达多了。

最后,他又提出了一个“韵”(韵味)的问题,主张词要写得“语尽而意不尽,意尽而情不尽”。这种强调韵味(实在是指那种“风流闲雅”的韵味)的主张和同时期晁补之的看法基本一致②,它既反映了时代共同的词学嗜尚(主要代表了一种正统的词学观点),又标志着人们对于词的艺术风格已有了比较定型化的要求。

所以,总起来看,李之仪的这篇词论已在“论”的同时,初步具有了“史”的意识,又在好几个问题上提出了不乏灼见的看法,因此很值得我们研究和参考。

① 金启华,等编:《唐宋词集序跋汇编》,江苏教育出版社,1990年,第36页。

② 晁补之也说过晏殊“风调闲雅”,又说张先与柳永齐名而张词“韵高”,是柳词“所乏处”。吴曾:《能改斋漫录》卷一六,上海古籍出版社,1971年,第469页。

对于李之仪本人的小令，毛晋曾有一段评论："《姑溪词》中，多次韵，小令更长于淡语、景语、情语。如'鸳衾半拥空床月'，又如'步懒恰寻床，卧看游丝到地长'，又如'时时浸手心头熨，受尽无人知处凉'，即置于《片玉》《漱玉集》中，莫能伯仲。至若'我住长江头……共饮长江水'，真是古乐府俊语矣。"（《跋姑溪词》）《四库全书总目提要》也有相似的看法："之仪以尺牍擅名，而其词亦工，小令尤清婉峭茜，殆不减秦观"，但它又认为毛晋所举出的前三个例子"亦不足尽之仪之长。则之仪之佳处，（毛）晋亦未能深知之也"①。那么，李之仪词除了具有小令一般所具有的婉约风格之外，又具有自己怎样的特色呢？我们认为，倒可用《四库全书总目提要》评其《姑溪居士文集》所说的"神锋""俊逸"四字来形容。兹举两词来分别说明它的这两种风格：

> 清溪咽，霜风洗出山头月。山头月，迎得云归，还送云别。　　不知今是何时节？凌歊望断音尘绝。音尘绝，帆来帆去，天际双阙。（《忆秦娥·用太白韵》）

词题表明"用太白韵"，这点可证传为李白所作的《忆秦娥》词此时正值流行之日。所以李之仪也次其原韵而写了一首和作。而无论从其音节的哀迫还是从意境的冷清来看，它也都近似于原作。试看，一切都是那样凄凉：清溪低咽，霜风冷峭，就连山头露出的那轮孤月，也似经过清洗那样，冰冷惨白。但在那似乎无情的"云归云别""帆来帆去"之中，却又暗寓着作者登临凌歊台（在安徽黄山顶，南朝宋武帝曾筑离宫于此）、感怀故国（"天际双阙"借指汴京）的惆怅心情。作者在徽宗朝因文章得罪，被贬太平州（今安徽当涂县），此词恐即作于这一时期。它的那种"神锋"内藏的风格，源于词人郁于内心的愤慨，同时也受到过苏轼的影响。《四库全书总目提要》在论其《姑溪居士文集》时说，其作"往往具苏轼之一体，盖气类渐染，与之化也"。我们读它"不知今是何时节"时，不就会依稀想到苏轼"不知天上宫阙，今夕是何年"的名句吗（而且李词之末也有"天际双阙"之字面）？

至于李词的"俊逸"，那就可以举出那首被毛晋评为"古乐府俊语"的《卜算子》来：

> 我住长江头，君住长江尾。日日思君不见君，共饮长江水。　　此水几时休？此恨何时已？只愿君心似我心，定不负相思意。

① 永瑢，等：《姑溪词提要》，《钦定四库全书总目》，中华书局，1997年，第2784页。

一般的文人小令，以含蓄蕴藉为其妙处，此词却不避"直说"（如"日日思君"、"定不负相思意"之类）；一般的文人小令，都力避一字重见（某些词调例外），但此词的妙处却正在于"长江"与"君""我"的迭用。这就显出它的"以拙为美"了——在这种朴拙的外表之下，却正流走着一股俊逸的风韵。试看其上片，反复出现着那股源远流长的长江之水，既把"我"与"君"连置于同一条江水之畔，以乡谊之情来加强相恋之情；又以长江的上下游作为间隔，衬出了比"盈盈一水间，脉脉不得语"（《古诗十九首》）更为悠阔的两地相思之情。下片重以江水起兴，以江水的无尽无休来比拟和象征自己"此恨无已"的深长邈绵。最后"只愿君心似我心，定不负相思意"，又从顾敻《诉衷情》中化出（顾词云："换我心，为你心，始知相忆深"）；但由于有了前六句江水形象的烘衬，所以这两句白描式的抒情句子，其意蕴就显得很是丰腴、浑厚。故而可以这样说：它的"俊逸"，正是通过质朴而痴情的语句表现出来的。读了这样的词，我们仿佛置身于中世纪的长江之滨，闻听着那岸边"踏曲"姑娘所唱出的缠绵流转的声声恋歌，引起无限丰富和美妙的联想。

李之仪小令很善于"构想"，这也可谓是他写作上的又一个特点。上首词以"长江"为其构想之背景，即是一例。另可再举一首《蝶恋花》："帘外飞花湖上语。不恨花飞，只恨人难住。多谢雨来留得住，看看却恐晴催去。　寸寸离肠须会取。今日宁宁，明日从谁诉？怎得此身如去路，迢迢长在君行处？"对于前八句中的转折多致，这里就不去说它们。光就末两句的欲把自身变作为"去路"而能"迢迢长在君行处"，就也称得上是构想新颖、别具匠心的佳句了。

四、仲殊

宋代真不愧是词的黄金时代，不仅士大夫文人能词，甚至连和尚尼姑、歌妓走卒都会作词。这里要谈的仲殊，即是一位"和尚词人"。

仲殊，本名张挥，安州（今湖北安陆）人士。曾举进士，后因游荡不羁，其妻投药于饮食中，食之几死，于是弃家为僧。曾住苏州承天寺、杭州宝月寺，与苏轼等文人有所交游（苏轼称他为"蜜殊"）。徽宗崇宁年间，闭门自缢而死。

从他出家前的生活来看，仲殊本是一位风流士人。因此出家以后所作的词，看来"犹有不羁之余习也"（陆游《老学庵笔记》卷七引陆彦远语）。他的词，现存46首，另有一些断句，其中以小令为多。黄昇评其词曰："仲殊之词多矣，佳者固不少，而小令为最。小令之中，《诉衷情》一调又其最，盖篇篇奇丽，字字清婉，高处不减唐人风致。"（《唐宋诸贤绝妙词选》卷九）现在就让我们先来看他的《诉衷情》（共五首，兹录其二）：

清波门外拥轻衣，杨花相送飞。西湖又还春晚，水树莺乱啼。闲院宇，小帘帏，晚初归。钟声已过，篆香才点，月到门时。（宝月山作）

涌金门外小瀛洲，寒食更风流。红船满湖歌吹，花外有高楼。晴日暖，淡烟浮，恣嬉游。三千粉黛，十二栏干，一片云头。（寒食）

这是两首咏写杭州西湖之作。第一首描写他的寺院生活。如果我们把他和另一位“和尚诗人”——中唐贾岛所写的《宿山寺》诗相比，那就显得大异其趣了。贾诗云：“众岫耸寒色，精庐向此分。流星透疏木，走月逆行云。绝顶人来少，高松鹤不群。一僧年八十，世事未曾闻。”闻一多先生说过：贾岛的诗中，常有个“释子”（出家人）的影子在；他的诗中，笼罩着一层时代的、铅灰色的、世纪末的阴沉、荒凉、寂寞、空虚之色彩（《唐诗杂论·贾岛》），观之此诗，其言非虚。而对比一下仲殊的词，则同是僧人之作而气象迥异。仲殊词中所写的宝月寺，充满着人间生活的甜美而温馨的情味。“钟声已过，篆香才点，月到门时”，这里根本没有山寺常有的死寂灰冷，有的却是富贵优雅的情致。所以，宋代那种“升平气象”竟也渗透到了僧人之作中来，它给词人带来了心理上的轻快感和愉悦感。后一首词则是描写西湖寒食风光之作。它给我们展示了杭州城富丽风流、如画一般的风光：“红船满湖歌吹，花外有高楼”，这和柳永所写的“重湖叠巘清嘉。有三秋桂子，十里湖花”以及“烟柳画桥，风帘翠幕，参差十万人家”（《望海潮》）正可互相印证；而“晴日暖，淡烟浮，恣嬉游。三千粉黛，十二栏干，一片云头”之句，则更进一步描绘了西子湖畔游女如云、热闹非凡的冶游景象。北宋后期（徽宗朝）的豪奢面目，于此可谓尽情写出。我们注意到，宋初人潘阆早就有过十首《酒泉子》词描写“不是人寰是天上”的杭州美景，不过他的赞美主要还是集中在杭州山水之丽上，而现在，仲殊的词却把注意力转移到了“人寰”的生活之上，这标志着人们的生活情致和审美意向随着城市经济的日益发展，越加转向了人间的艳情之上——出自一位出家人之手的这种色染“粉黛”的作品，就有力地说明了这一点。所以，比他稍晚一些的另一位僧人祖可，也写出了诸如“鸳鸯如解语，对浴红衣去。去了更回头，教侬特地愁”（《菩萨蛮》）这样的艳情词，也就不会令人感到惊异了。总之，在北宋词坛上，“艳”味之十足，艳情词势力之强大，由此便不难想知。举出仲殊的小令来，目的之一即在于此。

仲殊还有十首《南徐好》，也值得一提。南徐，即今江苏镇江之古称。他在这些词中，分题咏写了镇江的各种名胜和贵人的园宅，其中也充满了富贵的气象，如写渌水桥畔“南北岸，花市管弦声”，写多景楼下“莺啼处，人倚画栏干”，就都显示了那个时代表面“太平”和“繁华”的景象。而从词的风格而言，也真如黄昇所说的那样，确是“字字清婉”的。

五、陈克

在作者如林的两宋词苑中，有一位词作不多（现存51首）而词名甚大的小令词人，还需我们一谈。这就是陈克。

陈克（1081—1137），字子高，浙江临海人。从卒年来看，已跨到南宋初期。但从其创作而言，则主要还在北宋后期，所以我们仍把他放在这里来叙述。

先说他的词名之大。南宋初期曾慥编《乐府雅词》，就收他词作36篇之多，晚宋黄昇《唐宋诸贤绝妙词选》也收他词作13篇。此其一。宋人陈振孙称他“词格颇高丽，晏（二晏）、周（邦彦）之流亚也”①；而清人周济又以为前人对陈氏的评价犹未为当，他认为陈克可当“温、韦之高弟”（《介存斋论词杂著》）；另一位清人李慈铭也说：“以我浙而言，当首推赤城（陈克自号赤城居士）”，其词“清绮婉约，直接《花间》；在北宋诸家中，可与永叔、子野抗行一代。虽所传不多，吾浙称此事（按：指填词）者，莫之先矣”②。这就可见诸家赞许之高，此又其二。

那么，陈克所作的小令词究竟又怎样呢？这里试以前人评价甚佳的《菩萨蛮》为例，作一分析。先读下面这首词：

> 绿芜墙绕青苔院，中庭日淡芭蕉卷。蝴蝶上阶飞，烘帘自在垂。
> 玉钩双语燕，宝甃杨花转。几处簸钱声，绿窗春睡轻。

此词描摹一位少女（或少妇）的“春思”，非常宛转细腻。它的妙处尤在写景的优美工致上。通过这一片杨花飞转、双燕软语的暮春景色，就把女主人那种悠细深长的情思，丝丝入扣地烘托与刻画了出来。到了最后，又点出一个“轻”字，更使全词“豁然贯通”地显出那种十分轻巧空灵、香倩温柔的特种气氛，确实是一首婉约风格的代表作。又如：

> 池塘淡淡浮鸂鶒，杏花吹尽垂杨碧。天气度清明，小园新雨晴。
> 绿窗描绣罢，笑语酴醿下。围坐赌青梅，困从双脸来。

此词写少女们绣罢之后一起玩耍的欢娱，把她们的天真可爱之态描摹得栩栩如生，富有很浓的生活气息和那种“明朗”的美感。比起温庭筠《菩萨蛮》中那些“思妇”们一副副幽怨悱恻、愁眉不展的面容来，又是别具一种情态的。

① 陈振孙：《直斋书录解题》卷二一，上海古籍出版社，1987年，第620页。
② 李慈铭：《越缦堂读书记》，中华书局，1963年，第912页。

从上面两首词来看，陈克的词，无论从题材还是从风貌来看，都明显继承了温庭筠小令的传统。但是两者在色泽上却又有了细微的差别：温词"酝酿极深"（周济《介存斋论词杂著》）、富丽浓艳，而陈词却显得比较明朗轻快、淡雅香蒨。而从另一个方面看，陈克又和小晏有些近似——他也是一个有过"伤心"事的深情词人。如：

枕边清血，梦好离肠切。笑倚柳条同挽结，满眼河桥烟月。　莺啼新晓璁珑，罗窗寂寞春空。只许梦魂相近，此生枉是相逢！（《清平乐·怀人》）

小市桥弯更向东，便门长记旧相逢。踏青会散秋千下，鬓影衣香怯晚风。　悲往事，向孤鸿，断肠肠断旧情浓。梨花院落黄茅店，绣被春寒此夜同。（《鹧鸪天》）

前一首词中"只许梦魂相近，此生枉是相逢"两句，简直是一种眼泪欲滴的断肠之语；而后一首词中，又概括了一段十分凄艳的情事——词尾以"梨花院落"与"黄茅客店"对举，就很使人会联想到后来《西厢记》的"草桥店梦"。

不过，一直到"靖康之变"发生以前，陈克似乎还一直在温、晏之类的小令词中"讨生活"，所以究其总貌，仍未脱出传统词风的范围之外。只有到了民族矛盾勃发的南宋初期，他的词才有了较大的转变——可惜除了下面这首《临江仙》外，我们另外就找不到更多的例证了。词云：

四海十年兵不解，胡尘直到江城。岁华销尽客心惊，疏髯浑似雪，衰涕欲生冰。　送老虀盐何处是？我缘应在吴兴。故人相望若为情？别愁深夜雨，孤影小窗灯。

据词意看，它作于1136年冬，时在建康（"江城"）。其时他正在吕祉（知建康府）幕中为属僚，年已56岁。在此以前，他在吕祉主持下曾撰《东南防守利便》，向宋高宗进谏当以建康（今江苏南京）为都、收复中原，但自然不会被采纳。因此，作者在词里既有对于金伪入侵的愤慨，又有对于宦途的厌倦，词风也一改以前的艳丽而变得"苍老"不堪。这恐怕就是他留给后人的最后一首作品——就在次年八月，他随吕祉去淮西庐州（今安徽合肥）抚军，在出战叛军时不幸被俘，壮烈就义。当时叛军曾胁逼其屈膝，他却高呼"宁为玉碎，不为瓦全"而就焚于火。因此，陈克可谓是一位以身殉国的爱国之士。就从这一点而言，他也值得在词史上书上一笔；何况，他的小令也确有很高的艺术造诣，所以，这里就把他当做北宋令词的"殿军"来论述。

上面，我们对北宋特别是它前期的小令词作了较为详细的介绍。总的看来，在北宋令词中，仍旧流泻着晚唐五代词的“遗响”。韦庄词云：“琵琶金翠羽，弦上黄莺语”，而二晏词云：“重头歌韵响铮琮”“琵琶弦上说相思”，它们全都借助那清脆的筝琶之声和宛转的歌妓之喉，在倾吐着自己热烈和娈婉的艳情。不过，由于时代的不同，北宋令词一方面继承了前代词的传统，另一方面又加以了一定程度的提高——这种“提高”，总的看来便是沿着士大夫文人嗜求富贵、文雅的方向行进的。而且随着北宋社会矛盾的激化，在小令词中，也出现了某些跳出“艳科”樊篱的作品。所以，综观北宋的小令营垒，它所达到的成就（主要是艺术成就），是并不亚于晚唐五代小词的。不过，若从另一个角度来看，随着社会生活和词体本身的不断进化，小令毕竟又嫌“小”了。擅长令词的李之仪不就说过《花间集》“然多小阕”吗？因此，就在小令以它比较平缓的速度向前发展的同时，慢词长调却又以较快、较猛的势头蓬勃兴起了。这就留待下一章再说。

第六章　柳永慢词开启了宋词的新天地

在词的两大体式——令词和慢词长调之间，令词的发展固然有“先着我鞭”“一马当先”之势，然而，慢词的最初兴起，其实却也并不太迟于令词。而且，慢词的发展，一上来也即与描写艳情关系甚密。

第一节　慢词发展的历史回顾和北宋慢词的蓬勃兴盛

一、慢词发展的历史回顾

王灼在《碧鸡漫志》卷五中说过：“今大石调《念奴娇》，世以为天宝间所制曲，予固疑之；然唐中叶渐有今体慢曲子。”①他即认为，慢词至少在中唐时就已兴起。核之史实，此话是可以得到证实的。如《唐五代词》中就收录有杜牧的《八六子》(90 字)、钟辐的《卜算子慢》(89 字)、薛昭蕴的《离别难》(87 字)、尹鹗的《金浮图》(94 字)、李存勖的《歌头》(136 字)。其中杜牧(803—852)、钟辐(唐懿宗咸通末年任苏州院巡)即为中晚唐人士(其余则为五代时人)。兹录杜牧的《八六子》如下：

> 洞房深，画屏灯照，山色凝翠沉沉。听夜雨，冷滴芭蕉，惊断红窗好梦，龙烟细飘绣衾。辞恩久归长信，凤帐萧疏，椒殿闲扃。　辇路苔侵，绣帘垂，迟迟漏传丹禁。蕣华偷悴，翠鬟羞整，愁坐望处，金舆渐远，何时彩仗重临？正销魂，梧桐又移翠阴。

此词之所咏，正是中晚唐诗人所好写的“宫怨”题材，从艺术风格而言，也已经相当的老练、成熟。后人认为，秦观所作的那首同调名篇(“倚危亭”)，即曾模仿过其末尾两句②，可见它对后世就曾有过一定的影响。

文人词中的慢词，其正式冠以“慢”字者，始于钟辐的《卜算子慢》，这里不再

① 王灼：《碧鸡漫志》，辽宁教育出版社，1998 年，第 32 页。
② 洪迈：《容斋四笔》卷一三，上海古籍出版社，1978 年，第 772 页。

引述；而在民间词中，则实际上的慢词起源可能更要早些。如敦煌曲辞中《云谣集》即收录有104字的《内家娇》和110字的《倾杯乐》，以及《凤归云》、《拜新月》等长调。这里也录其中的《倾杯乐》一首，以见一斑：

窈窕逶迤，体貌超群，倾国应难比。浑身挂绮罗装束，未省从天得知。脸如花，自然多娇媚。翠柳画蛾眉，横波如同秋水。裙生石榴，血染罗衫子。　　观艳婉语软言轻，玉钗坠，素绾乌云髻。年二八，久锁香闺，爱引猧儿鹦鹉戏。十指如玉如葱，凝酥体，雪透罗裳里。堪娉与公子王孙，五陵年少风流婿。

从上述所引文人和民间所作的两首作品看，慢词的发展，一上来也即与描写艳情关系甚密。

不过，令人感到有些奇怪的是，晚唐五代时令词已经大为发展、蔚为一时之"大国"，而与此同时，慢词却几乎"按兵不动"，这又是什么缘故呢？

据我们分析，这中间的原因有两个。一是词在当时，还是一种新兴未久的文体；文人作者在尝试写词时，大致都有一个避难择易、从简到繁的过程，所以在令词和慢词这两种体式中间，他们自然更乐意挑选其中与近体诗（这是他们写惯了的东西）比较接近的令词来写。二是当时整个诗坛的一个总倾向是趋"小"、趋"细"，所以在词体的选择中，也就同样体现了这个倾向。这样说有没有理由和根据呢？应该说是有的。唐代本是诗歌全面繁荣的朝代，盛唐以来又已达到了众体齐备的地步。但在晚唐五代的诗坛上，却出现了一种"短诗独盛"的微妙现象：据施子愉对《全唐诗》中存诗一卷以上的诗人之作品所作的统计，其中七绝的篇数，初唐为77篇，盛唐为472篇，中唐为2930篇，晚唐则激升至3591篇，而晚唐时的五言古诗和七言古诗，却分别只有561篇和193篇，仅及七绝的1/7和1/17左右①！举出七绝一体之篇数"直线上升"的例子，就可以说明，晚唐五代诗坛上确实存在着嗜"小"、嗜"短"的艺术趋向。而这种艺术趋向，归根结蒂，又和当时人抒情的趋"深"、趋"细"是步调一致的。例如，李商隐曾用篇幅浩瀚的五言古诗体式，作了《行次西郊一百韵》这样的长诗，来写他途次长安郊区时忧国忧政的悲愤感情；却又常用七律、七绝的形式，来抒发他那深曲细腻的爱情方面的"心曲"。再如，杜牧感叹当时藩镇割据、战乱连年，便写了《感怀诗一首》（长篇五言古诗）；而当他要抒发自己那些"俊赏"类型的感情内容时，便往往又择用律、绝诗体。由此看来，长篇之诗大多被晚唐人用作"述怀""言志"之作；而

① 沈祖棻：《唐人七绝诗浅释》，上海古籍出版社，1981年，第1页。

短篇之诗,则又被他们乐意择为"抒情、遣兴之用"。根据同样的道理,那风格含蓄、风调轻利的小令体式,自然便成了他们抒发恋情婉思的最为得心应手的工具。这就是造成晚唐五代词坛上令词率先发达起来的又一方面原因。所以在这个相当长的时期内,慢词长调的发展就显得相对迟缓了。

二、北宋"新声"的竞繁和慢词长调的勃兴

但是,到了北宋阶段,慢词长调却随着"新声"的竞繁而有了一个较快、较猛的发展。所以,我们在这里先要对北宋的"新声"(譬如今天所谓的"流行歌曲")作一点简单的叙述。

据《宋史·乐志》记载:"宋初置教坊,得江南乐,已汰其坐部不用。自后因旧曲创新声,转加流丽。"①又载:"太宗洞晓音律,前后亲制大小曲及因旧曲创新声者,总三百九十。"②又载:"太宗所制曲,乾兴以来通用之,凡新奏十七调,总四十八曲……其急慢曲几千数。"③这可说是由皇家带头、自上而下的创制新声"运动"。

至于民间的自下而上的创制新声,那就更加频繁和活跃了。《东京梦华录序》说:"新声巧笑于柳陌花衢,按管调弦于茶坊酒肆"④,由此即可见其情况之热闹。另外,我们还可在北宋词人的作品中见到新声勃兴的情状。如柳永词中有云:

风暖繁弦脆管,万家竞奏新声。(《木兰花慢》)
是处楼台,朱门院落,弦管新声腾沸。(《长寿乐》)
省教成,几阕清歌,尽新声,好尊前重理。(《玉山枕》)

有了"新声",于是就须有"新词"来配。因此,我们同样就可以在柳永的词中看到"美人索新词"的景象:

误入平康小巷,画檐深处,珠箔微褰。罗绮丛中,偶认旧识婵娟。翠眉开,娇横远岫;绿鬓亸,浓染春烟。忆情牵,粉墙曾恁,窥宋三年。

迁延。珊瑚筵上,亲持犀管,旋叠香笺。要索新词,殢人含笑立尊前。按新声,珠喉渐稳;想旧意,波脸增妍。苦留连,凤衾鸳枕,忍负良

① 脱脱,等:《宋史》,中华书局,1977年,第3345页。
② 同①,第3351页。
③ 同①,第3356页。
④ 孟元老:《东京梦华录》,《东京梦华录(外四种)》,古典文学出版社,1956年,第1页。

天？（《玉蝴蝶》）

应该说，北宋的大量慢词长调，就是“按”着这些“新声”而竞繁丛生起来的。我们仍可以柳永《乐章集》为例：据施议对统计，它共存词作 204 篇，凡用 17 宫调，130 个词调（若加上调名同而宫调不同者计算，共有 153 曲），而其中除《清平乐》、《西江月》、《玉楼春》等十余调是沿用唐五代旧调外，其余的 140 调左右，则都是采用“新声”或将前代令曲改造（衍展）而成的①，可见柳词基本就是以“新声”为其基础的。当然，宋代的“新声”中本自包含着急曲子和慢曲子这两类乐曲，但以柳永集中大多数的新词调都是慢词长调这一点来加以反证，也就可知，北宋的“新声”（至少是填词家所乐于采用来作词调的“新声”），就大多是节奏较缓、乐曲较长的慢曲子。故而，或者是直接配合着这种慢曲子，或者是“变旧声作新声”（例如把令曲衍为慢曲长调），北宋的慢词长调就有了一个较大规模的发展。

不过，以上所讲的，主要还局限于音乐发展的小圈子里。若从更加广阔和深刻的背景上来看，则慢词长调的发展，还与北宋“盛时”的社会生活面貌有着密切的关系。对此，宋翔凤《乐府余论》中的一段话，就一直是人们所常加援用的。他说：“慢词盖起宋仁宗朝（按：此点不确）。中原息兵，汴京繁庶，歌台舞席，竞赌新声。耆卿失意无俚，流连坊曲，遂尽收俚俗语言，编入词中，以便伎人传习，一时动听，散播四方。其后东坡、少游、山谷辈相继有作，慢词遂盛。”②他在这里就指出了慢词之盛，与“汴京繁庶”的社会环境有关，是为确论。而证之柳词本身所云（如前引的“风暖繁弦脆管，万家竞奏新声”“珊瑚筵上，亲持犀管，旋叠香笺，要索新词”等），则“新声”以及按此而填就的慢词，就都是共同建筑在这个“繁庶”的都市生活基础之上的。新的大一统的时代已非前代衰世可比，它渴求着一种既“大”又“新”的艺术格局和审美气度，于是便催生了“新声”和慢词的勃兴，这就是“慢词遂盛”的根本原因。对此，我们仍只需读读柳永的某些词篇，就可明白个中道理。比如：

> 东南形胜，三吴都会，钱塘自古繁华。烟柳画桥，风帘翠幕，参差十万人家。云树绕堤沙。怒涛卷霜雪，天堑无涯。市列珠玑，户盈罗绮，竞豪奢。　　重湖叠巘清嘉。有三秋桂子，十里荷花。羌管弄晴，菱歌泛夜，嬉嬉钓叟莲娃。千骑拥高牙，乘醉听箫鼓，吟赏烟霞。异日图将

① 施议对：《词与音乐关系研究》，中国社会科学出版社，1989 年，第 78 页。

② 唐圭璋：《词话丛编》，中华书局，1986 年，第 2499 页。

好景，归去凤池夸。（《望海潮》）

我们知道，在此之前，潘阆曾一口气写了十首《酒泉子》（小令）来歌咏杭州的“不是人寰是天上”，然而它虽得到过苏轼的赞赏，却未必能像柳词这么著称于世——竟致引动了金主完颜亮南侵的垂涎之心（据《鹤林玉露》丙编卷一）。这就可知，慢词长调在反映复杂的社会生活和抒写复杂的心态方面，比之篇幅短小的令词来讲，自有别一种“伟力”存在。当然，我们对于令词和慢词这两种不同的体式，并不存在着厚此薄彼之分，因为两者都各有其特具的优点和长处，但是却又不得不承认：“大有大的好处”，慢词长调比之令词，至少在容量方面，是有优胜于小令的地方的。从柳永这首《望海潮》“一以当十”地抵过潘阆的十首令词来看，就可谓是一个相当明显的例子。

不过，关于北宋的慢词长调究竟勃兴于何时，学术界目前还有不同的意见。这主要就牵涉到柳永这位慢词大家的生活和创作年代了。在以前（自清代至新中国成立前）的很长时间内，人们都把柳永放置在晏殊、张先甚至是欧阳修以后，所以在论述词史的发展情况时，常常描绘出这样一幅图景：北宋词坛上，先是承继五代遗风的小令首先发展着，然后再有柳永（他的先驱者则是张先）出来，以他大量创制的慢词长调打破了这种局面，造成了令词和慢词分擅词场的盛况。但是，随着人们对于柳永生卒年代的认识不断修正——先是，唐圭璋先生考证其生年约为 987 年①，后来林新樵同志考定为 984 年②，李国庭同志又考定为 980 年③，总之是年代越定越早——上述这种慢词“突破”小令的看法，也就有了动摇之势。所以，我们现在的一般看法是：柳永基本与晏殊（生于 991 年）同时而稍长若干岁，其卒年（一般都定为 1053 年）又比晏殊只早两年，因此可以认定他们差不多是同一时期的人。据此，我们就应该得出这样的结论：北宋词坛上，慢词的兴盛和令词的兴盛，基本是处于同一时期之内的。最近，又读到了李思永同志的《柳永家世生平新考》④，他又有了新的发现：柳永约生于 971 年，比晏殊要长 20 岁。如若这一看法能够得以确凿成立，则我们的看法还得修正——北宋的慢词，比之令词，还要“起步”得更早些。而且根据这一新看法，那我们对前面所讲的“自宋初至真宗朝前期，词坛基本处于‘青黄不接’的沉寂阶段”，也就应该做出一点小小的修改和补充了，那就是：在真宗朝前期，词苑中已有柳永这位

① 唐圭璋：《柳永事迹新证》，《文学研究》，1957 年第 3 期。
② 林新樵：《柳永词新探》，《文学遗产》增刊，第 16 辑。
③ 李国庭：《柳永生年及行踪考辨》，《福建论坛》，1981 年第 5 期。
④ 李思永：《柳永家世生平新考》，《文学遗产》，1986 年第 1 期。

“早行者”在那里作辛勤地耕耘了,这一时期的宋词园地,也并非是基本“空白”了。不过,学术上的新发现并非一时就能得到证明的,它往往需要经过不断的验证(前述诸家的不断提出新说和修正旧说即是例证),因此为着稳妥起见,本书仍把慢词兴盛的时间定为与小令兴盛差不多的同时——开始在真宗朝后期,而真正的蓬勃发展还在仁宗朝的40(或42)年间。

柳永是慢词的“大家”,他大量创作慢词,开启了真正的“宋词”(相对于令词的基本维持在晚唐五代“遗风”上而言)的新天地。在柳永的影响下(或者保守稳妥一点说:在他的同时),张先(子野)也写作了不少的慢词作品。所以在当时词坛上,柳、张是齐名的①。为此,陈廷焯《白雨斋词话》卷一中有一段常被引用的话也需修正。他说:“张子野词,古今一大转移也。前此则为晏、欧,为温、韦,体段虽具,声色未开;后此则为秦、柳,为苏、辛,为美成、白石,发扬蹈厉,气局一新,而古意渐失。子野适得其中。”②其实,欧阳修要比张先小17岁(即连晏殊亦比张先小一岁),何能在其“前”?而柳永更要比张先早若干岁,又何为在其“后”?因而陈氏这个看法是有些毛病的。不过,张先在当时词坛上,对于慢词的发展,确也是起过一定作用的,晁补之说他比之柳永“韵高”(同上引),李之仪说他“独矫拂(按:指对柳永某些浅俗词风的“矫正”和“拂袖而起”)而振起之”(见前引),就都指出了他的慢词不同于柳永的慢词,具有“雅”的性质。所以苏轼就赞许他“清诗绝俗,甚典而丽,搜研物情,刮发幽翳;微词(按:小词也)宛转,盖诗之裔”③。苏轼把他的词称作为诗的“后裔”,其推崇之意就可想知。

柳、张之后,慢词的力量就甚为“膨胀”。连欧阳修这位当日的“文伯”,都在写作文雅的令词之同时,禁不住要染指于市俗的慢词之中,这就表明慢词已经开始吸引了越来越多的士大夫作者。苏轼在39岁以前,词作甚少,且皆小令;自39岁赴密州以后,词作丰富,就多长调。其中最长者为200余字的《哨遍》,体势开阔,格局宏大,具有“古诗”的某种气质;而他的《水调歌头·中秋》《念奴娇·赤壁怀古》之类长调,更是开拓了词中的崭新境界。这就又将慢词的创作,推向了一个新的高度。苏门词人中,黄庭坚、秦观、晁补之,也词多长调,且各具风姿。故而到了此时,慢词长调的势力就渐居了词坛的“上风”地位。

及至徽宗朝,慢词的发展因着音乐的再次得到整理和创新,加上“宣、政之盛”

① 晁补之言:“张子野与柳耆卿齐名,而时以子野不及耆卿。”吴曾:《能改斋漫录》卷一六,上海古籍出版社,1971年,第469页。

② 陈廷焯:《白雨斋词话》,人民文学出版社,1959年,第11页。

③ 苏轼:《祭张子野文》,《苏轼全集》卷六三,孔凡礼点校,中华书局,1986年,第1943页。

的社会生活方面的原因,便再度勃发了一次竞相繁荣的局面。张炎《词源》说:“迄于崇宁(1102—1106),立大晟府,命周美成(邦彦)诸人讨论古音,审定古调……而美成诸人又复增演慢曲、引、近,或移宫换羽为三犯、四犯之曲,按月律为之,其曲遂繁。”①据施议对统计,周邦彦词现存206首,共用87调,其中唐五代旧调仅占1/4,余皆为宋时始见新调。《宋史》本传说周“好音乐,能自度曲,制乐府长短句,词韵清蔚”②,其词集中的许多慢词作品就都是“自度曲”或吸收当世“新声”而成③。举出周氏一例,“大晟”派的慢词繁荣就可见得。

总之,慢词长调,因着“世运”的“日开”,靠着“新声”的竞繁,在北宋词坛上便有了一个速度较猛、规模较大的发展。再加上令词的繁衍滋生,一时间就形成了“词山曲海”的壮观。而在这中间,尤以柳永的慢词影响最为广泛。《避暑录话》卷三记一西夏归朝官云:“凡有井水饮处,即能歌柳词”④,而《鹤林玉露》丙编卷一又言金主完颜亮闻歌柳永《望海潮》,“欣然有慕于‘三秋桂子,十里荷花’,遂起投鞭渡江之志”⑤,这种情况真有点儿像唐朝白居易的诗,达到了东渡日本、西传西域的境地——柳永在北宋众多的词人中间,可算得上是一位幸运的“佼佼者”了。

第二节 “以俗为美”的柳永慢词

一、“官场失利”和“情场得意”的柳永

在研究柳永的慢词之先,首先有必要对柳永的生平和思想作一番剖析;只有这样,我们才能更加认清他慢词中所体现的“以俗为美”的特性。

柳永,字耆卿,初名三变,排行第七,崇安(在今福建省)人。他的先世自河东(今山西)迁居崇安五夫里的金鹅峰下。祖父名崇,以儒学著名。父宜,曾入仕南唐,为监察御史;入宋,官至工部侍郎。叔父宣、寘、宏等,也都曾名登仕版。所以,柳永是出生在一个儒学仕宦的家庭中的。

柳永本人的经历,目前还有不少问题未能确切弄清。关于他的生年,前已引

① 张炎:《词源》,中华书局,1991年,第37页。
② 脱脱,等:《宋史》,中华书局,1977年,第13126页。
③ 施议对:《词与音乐关系研究》,中国社会科学出版社,1989年,第90页。
④ 叶梦得:《避暑录话》,中华书局,1985年,第49页。
⑤ 罗大经:《鹤林玉露》,中华书局,1983年,第241页。

过多家说法,其先后之间,存在着十余年的距离。关于他的登进士第,一般人都据《能改斋漫录》卷一六“至景祐元年方及第”之说,定在1034年。但由于他的生年未定,因此他此时究属64岁、55岁、51岁、48岁,一时也无法定下(另外,吴熊和先生还认为他的登第时间尚要提前几年)。不过总起来看,他不是一位“少年得志”者,而只是在年岁已老(50岁左右或更迟些)后才勉强“释褐”。在此之后,他曾任睦州团练推官、余杭县令、定海(在今浙江省)晓峰盐场监察官、泗州判官等微职,官终于屯田员外郎(世称“柳屯田”)。大约卒于仁宗皇祐五年(1053),其时已80余岁或近70岁。他死后境况也很凄凉,棺木搁置僧寺,后由别人出钱始得落葬。所以,从以上经历来看,柳永实在是一位“官场失利”的不幸者。

不过,在此同时,柳永却又是一位“情场得意”的“幸运儿”。罗烨《醉翁谈录》丙集卷二说:“耆卿居京华,暇日遍游妓馆。所至,妓者爱其有词名,能移宫换羽,一经品题,声价十倍。妓者多以金物资给之。”①叶梦得《避暑录话》说:“(永)为举子时,多游狭邪,善为歌辞。教坊乐工,每得新腔,必求永为辞。”②他就正是以其风流和才情来赢得无数青楼歌妓之青睐的。在流传至今、为数不多的话本小说中,有关柳永和歌妓间恋爱故事的作品就有两篇:《柳耆卿诗酒玩江楼记》和《众名妓春风吊柳七》;至于戏文、杂剧、院本中,也有与话本同名的《诗酒玩江楼》以及《钱大尹智宠谢天香》、《风流家》、《变柳七》等作品。这些也都表明了他在“情场”中的甚为“得意”。当然,关于这方面的情况,我们更可在他自己写的词中找到“内证”,如:

> 暗想从前,未名未禄,绮陌红楼,往往经岁迁延。(《戚氏》)
>
> 帝城当日,兰堂夜烛,百万呼卢;画阁春风,十千沽酒。未省,宴处能忘弦管,醉里不寻花柳。(《笛家弄》)
>
> 恋帝里,金谷园林,平康巷陌,触处繁华。连日疏狂,未尝轻负,寸心双眼。(《凤归云》)
>
> 念掷果朋侪,绝缨宴会,当时曾痛饮。命舞燕翩翩,歌珠贯串;向玳筵前,尽是神仙流品。至更阑,疏狂转甚;更相将,凤帏鸳寝。(《宣清》)

像这样的描绘,我们还可在其词中找到很多。

① 罗烨:《醉翁谈录》,古典文学出版社,1957年,第32页。
② 叶梦得:《避暑录话》,中华书局,1985年,第49页。

但也正是这种不加检点的生活，和他那“骫骳从俗，天下咏之”（《后山诗话》）的词名，却又酿制了他宦途上的悲剧：宋仁宗因其《鹤冲天》词有“忍把浮名，换了浅斟低唱”之句，特地削落他于进士之榜，并曰：“此人风前月下，好去浅斟低唱，何要浮名？且填词去！”①而当时任宰相的晏殊，也抓住他的“彩线慵拈伴伊坐”之句，不肯放官（已见前述），弄得他只好以“奉旨填词”自嘲。后来改名柳永，方始在晚年得中进士、磨勘转官。

所以，柳永所处的社会地位，正好位于两大生活圈“相切”的“叠合地带”——北宋的城市生活，存在着两大“圈子”（亦即前面所说的“两大侧面”）：一个是士大夫（或贵族官僚）的生活圈子，另一个是市民的生活圈子。柳永按其家庭出身和所受的文化教育来说，属于前一圈子。但又因他长期流连坊曲，屈居社会下层，所以又陷入了后一圈子中去；虽然，他后来又跳出其中而重又回到了士大夫的圈子中来。所以，比之欧阳修等人是偶尔涉足于世俗生活中间，柳永身上的市民生活的烙印就相当之深了。因此，他的生活理想和思想色彩，就更加明显地表现出“两面性”和“世俗气”来：一方面，他仍热衷于封建的功名富贵；另一方面，他在失意之时，就不免会发出否定功名的牢骚之语，而越加向往着市民阶层那种男恋女爱的世俗生活。故在他那些主要作于登第以前的词篇中，后一类意绪就表现得分外浓烈：前所举过的“忍把浮名，换了浅斟低唱”和“才子词人，自是白衣卿相”（《鹤冲天》），便是它们的典型体现；而除此之外，我们在他另一些词中也随处可见。如：

> 屈指劳生百岁期，荣瘁相随。利牵名惹逡巡过，奈两轮、玉走金飞。红颜成白发，极品何为？　　尘事常多雅会稀，忍不开眉？画堂歌管深深处，难忘酒盏花枝。醉乡风景好，携手同归。（《看花回》）
>
> 似此光阴催逼，念浮生，不满百。虽照人轩冕，润屋珠金，于身何益？一种劳心力，图利禄，殆非长策。除是恁，点检笙歌，访寻罗绮消得。（《尾犯》）

此时的柳永，就把功名富贵视作了“名缰利锁”，而把“镇相随，莫抛躲，针线闲拈伴伊坐”的情趣当做了生活的主要理想。这种生活理想，对于正统士大夫来说，自然是颇为“出格”和“俗不可耐”的，但它恰好就体现了市民阶层热衷于世俗生活（特别是世俗的爱情生活）的人生观和幸福观，传递出了某种新的时代信息。

生活决定艺术。生活的理想和情趣必将反映进词中去。因而，柳永的词中，

① 吴曾：《能改斋漫录》卷一六，上海古籍出版社，1971 年，第 480 页。

就出现了一种为正统士大夫文人词中所少见的特性——“以俗为美”。

二、词从贵族的“文艺沙龙”引向了市井坊曲

柳永词中最引人注目的特色，乃在于它的“以俗为美”。而这种特色，正是它把词从贵族文人的“沙龙”中引向市井坊曲的结果。

晚唐五代词，尽管它的题材内容大多咏写歌妓的生活和情思，但从其创作动机、创作环境以及作者身份等方面来看，却仍是贵族“文艺沙龙”中的产物。如温庭筠的小词，是拿给宫廷嫔妃去演唱给皇帝听的，如《花间》词明显又诞生于“竞富尊前”的玉堂金屋环境里，如南唐词人本身就是一些养尊处优的高级贵族。所有这些情况，就都决定了晚唐五代文人词的贵族性。然而，柳永的词就不同了。作者既是一位失意的下层文人，唱者和听者又大致都是一些风尘歌妓和市民听众，其词作更属于那种“流行歌曲”式的“俗曲”。所以，随着文学属性的这一转移，柳词无论从其思想色彩、审美意向，还是艺术风貌来看，都发生了一系列的变化。而在这一部分，就先让我们侧重看它思想色彩、审美意向方面的变化（艺术风貌的变化另见后文）。

从柳词所体现的思想色彩和审美意向看，它的最大特色便是“世俗化”。虽然，柳词中也仍表现了一般封建文人对于功名富贵的企羡之情，但在更浓的程度上，它尤表达了对于世俗生活的热衷与讴歌。这种生活理想的“下移”倾向，就正好反映了宋代市民阶层的思想意识——他们认为，上层社会的那种贵族生活虽可羡慕但又是无法获得的，因此还不如抓住世俗生活中可以捕获的幸福，更加来得“实惠”。故而，他们的生活理想中，封建士人所常有的对于“建功立业”的企盼以及“青史留名”的志向就消失了，他们只是渴望能过一种平庸而甜蜜、琐细而快活的生活。什么国家大事，什么圣贤豪杰，对他们来说，都是遥远和隔膜的东西。由这种生活理想所决定，他们的审美意向中也就添入了更多的世俗和平庸的成分，而大为减少了前代文人（例如盛唐诗人）所具有的浪漫主义和理想主义色彩，也与本朝文人努力追求“典雅之美”的审美观念大异其趣。市民阶层的这种思想意识集中地反映在柳词里面，就使它出现了两个明显的特征。

第一，从它所抒发的情志来看，就基本是一种男恋女爱、“偎香倚暖”的十分世俗化的思想感情和理想愿望。如它说道：“况已结深深愿，愿人间天上，暮云朝雨长相见”（《洞仙歌》），又说：“怎生得依前，似恁偎香倚暖，抱着日高犹睡”（《慢卷䌷》），又说：“愿天上人间，占得欢娱，年年今夜”（《二郎神》）。这些作品中所言之“志”，和士大夫正统文学中所言之“志”，简直有着“天上人间”之别。

第二，从它所塑造或描绘的人物形象来看，也基本是一群世俗社会中的“芸

芸众生”。虽然作者在描写他(她)们时,经常加以富贵化的夸张形容,但其本来面目却又是寒素和“低贱”的。如它所写的妇女,就不像小晏笔下的莲、鸿、苹、云那类“彩袖殷勤捧玉钟”式的人物,而是心娘、佳娘、虫娘、酥娘(《木兰花》四首开头曰:“心娘自小能歌舞”“佳娘捧板花钿簇”“虫娘举措皆温润”“酥娘一搦腰肢袅”)、英英(《柳腰轻》:“英英妙舞腰肢软”)、秀香(《昼夜乐》:“秀香家住柳花径”)、瑶卿(《凤衔杯》:“有美瑶卿能染翰”)以及虫虫(《征部乐》:“但愿我,虫虫心下,把人看待,长似初相识”)等等,光从名字来看,就足以见出她们地位之低微和被人玩弄。再如,柳词中的那位“中心人物”——一位混迹于青楼的多情才子,说穿了,也正就是他本人的化身。在“他”身上,就充分表现了“官场失利”的辛酸和“情场得意”的俗气。

奈泛泛旅迹,厌厌病绪,迩来谙尽,宦游滋味。(《定风波》)

念劳生,惜芳年壮岁,离多欢少。叹断梗难停,暮云渐杳。(《轮台子》)

此际浪萍风梗,度岁茫茫。(《彩云归》)

这是他宦途失意、浪迹漂泊的写照。

平生自负,风流才调。口儿里,道知张、陈、赵。唱新词,改难令,总知颠倒。解刷扮,能哄嗽,表里都峭。(《传花枝》)

见说兰台宋玉,多才多艺善词赋。(《击梧桐》)

这又是他风流自负、多才多艺的写照。

结合两者,词人的生活理想就在于:

须信画堂绣阁,皓月清风,忍把光阴轻弃?自古及今,佳人才子,少得当年双美。且恁相偎倚,未消得,怜我多才多艺。愿奶奶,兰心蕙性,枕前言下,表余深意。为盟誓:今生断不孤鸳被。(《玉女摇仙佩》下阙)

至于他的最大人生痛苦,自然是这种理想的无法实现或硬被破坏(指恋人之间的生离死别):

断肠最是金闺客,空怜爱,奈伊何?洞房咫尺,无计枉朝珂。(《西施》)

岂知秦楼,玉箫声断,前事难重偶。空遗恨,望仙乡,一饷消凝,泪沾襟袖。(《笛家弄》)

柳词的“人物画廊”便由“他”和一大群风尘歌妓所组成！

作品的主题思想（就诗词而言即是它所抒发的情志）和人物形象（就诗词而言即是它的“抒情形象”），集中地反映了它的社会属性。根据柳词在上述两方面所表现出来的情况看，我们就很容易明白：柳永已经把词从贵族的“文艺沙龙”中引向了“市井坊曲”，这种“世俗化”倾向的结果便使柳词出现了“以俗为美”的鲜明特色。我们发现，不但是前代诗歌中所不大敢正面、放胆描写的男女恋情，现在已被它当做最为常见、最为突出的主题来写；而且，比起温、韦、冯、晏等人所写的艳词来，它也带有了别一种“骫骳从俗”的意味。在它里面所活跃和闪现的，已不复是王孙公子和他们的侍妾歌姬这一类人物，而是市井社会中的“凡夫俗女”；在它里面所表现和刻画的，也不再是贵族妇女（或贵族化了的妇女）那种幽约怨悱的“闺怨”，而是普通男女之间那种热烈率放的恋情。一种前所少见的世俗社会的人情味，就此弥漫于词中。这就难怪它会吸引无数“流俗人”的喜爱！严有翼说过：柳词之“所以传名者”，“俗子易悦故也”①。徐度也说：“流俗人尤喜道之”②。从柳词的读者群是广大市民群众这一点来反窥，我们亦足以见出它的“世俗化”倾向。所以，如果说士大夫文人所写的“小词”已是他们诗文的一种“下降”的话，那么柳词比之一般士大夫作者所写的词来讲，则又是再降了一大格。而究其本质，则正在于他在词中引入了市民群众的思想意识，体现了一种世俗化的生活理想和“以俗为美”的审美意向。

那么，对于柳词的这种“世俗化”倾向，特别是它所体现的“以俗为美”特色，我们又该如何评价呢？从某种意义上看，它当然可说是一种退步或降格，因此这样的倾向和特色自然会导致它的浅、薄、轻、俗等缺点（这在柳词中是确实存在、毋庸讳言的）。但是，我们却又应该另外看到下列三点：首先，柳词所出现的这种新的审美意向，是具有一定的“合理性”的。宋代由于城市经济的高度发展，市民阶层作为一支新兴的力量已登上了经济生活的舞台，他们的生活理想和审美趣味就必然会在文学领域内得到相应的反映和渗透。诗、文的壁垒既是那样森严，那么，在话本小说以及“新声”、慢词中为什么就不能给它们一席之地，让它们出一头之地呢？此为其一。其次，文学既是“人学”，文学的题材和它所体现的审美趣味，就应该是宽广而不该是狭隘的。既然允许王公贵族、士大夫文人能够大作其“小词”，那又怎能无理地剥夺市民群众（或通过其“代言人”）歌唱自己心声的权利呢？因此，柳词以“俗”为美的审美意向，从一定意义上讲，便是

① 胡仔：《苕溪渔隐丛话 · 后集》卷三九，人民文学出版社，1981年，第319页。
② 徐度：《却扫编》卷下，中华书局，1985年，第173页。

对于传统审美观念以及传统文学观念的一种挑战。此为其二。再次,“雅”固然有“雅”的好处,但“俗”又何尝没有“俗”的好处呢?“深”固然有“深”的好处,“浅”又何尝没有“浅”的好处呢?柳词的缺点,固然在于它在很多地方所表现出来的太“俗”、太“浅”上,然而它的佳处却也正在于能够运“俗”入“雅”、雅俗共济上,在于它的以“浅”化“深”、深浅相融上。它敢于和善于从世俗生活中寻觅美感,在“凡夫俗女”的心中开掘其真挚可贵的感情境界,为这些常被排斥在正统文学(扩而也可包括“雅词”在内)之外的小人物写“心”立“传”,这又何尝不是文学题材和审美情趣的一种开拓?文学领域之遗忘凡夫俗女们久矣;尽管柳词中出现的凡夫俗女们还仅仅是市民阶层中的一些特殊人物(歌妓、乐工),或者仅是接近于社会下层的失意文人,尚不能真正称得上是平民百姓和劳动群众,但是对于一位封建时代的下层文人、对于词这种特殊的文体而言,我们的要求也就不必再高了。总而言之,柳词的以“俗”为美,可以说是时代的需要,是社会中某一部分人的要求,也是柳永特殊的生活经历和创作实践的产物。它为宋代词苑带来了市民文学的新气息和新作风,也为后来的金、元曲子开启了先声,其意义也是不可抹杀的。

下面,就先让我们从几个方面来剖析柳词的思想内容:

三、“承平气象”和“羁旅行役”

陈振孙评柳词有云:“柳词格固不高,而音律谐婉,语意妥帖。承平气象,形容曲尽;尤工于羁旅行役。”①这“承平气象”和“羁旅行役”两点,就指出了柳词所表现的两方面重要内容。

先说第一点:“承平气象,形容曲尽”。

柳永生活的真宗后期与仁宗朝,正是北宋的“盛时”。真宗大中祥符元年(1008),有“天书”降于承天门(实为君臣共同弄假而就),于是便开始了真宗耗费巨量财力物力“天书封祀”的大规模举动。这一时期,“士大夫争奏符瑞,献赞颂”②,政坛和文坛上自然便出现了一片歌功颂德、讴歌“太平”的气象。柳永的词中,便也反映了这种状况,如其《巫山一段云》有云:

> 昨夜紫微诏下,急唤天书使者。令赍瑶检降彤霞,重到汉皇家。
> 阆苑年华永,嬉游别是情。人间三度见河清,一番碧桃成。

① 陈振孙:《直斋书录解题》卷二一,上海古籍出版社,1987 年,第 616 页。
② 陈邦瞻编:《宋史纪事本末》卷二二,中华书局,1977 年,第 169 页。

又如其《玉楼春》云：

星闱上笏金章贵，重委外台疏近侍。百常天阁旧通班，九岁国储新上计。　太仓日富中邦最，宣室夜思前席对。归心怡悦酒肠宽，不泛千钟应不醉。

凤楼郁郁呈嘉瑞，降圣覃恩延四裔。醮台清夜洞天严，公燕凌晨箫鼓沸。　保生酒劝椒香腻，延寿带垂金缕细。几行鹓鹭望尧云，齐共南山呼万岁。

前两首词是为1008年6月的复见“天书”而作，后两首词是为1018年真宗立赵祯（即仁宗）为太子而作。这些词中，充满了对于帝皇的歌颂以及关于“承平气象”的描绘。

到了仁宗朝40多年的“太平盛世”，则柳词的“形容盛明”，就更达到了能使千载以后读者“如逢当日”的地步（见前引李之仪语）。这里可以分举几例。

一是他咏京城元宵节的《倾杯乐》：

禁漏花深，绣工日永，蕙风布暖。变韶景，都门十二，元宵三五，银蟾光满。连云复道凌飞观。耸皇居丽，佳气瑞烟葱蒨。翠华宵幸，是处层城阆苑。　龙凤烛交光星汉，对咫尺鳌山开羽扇。会乐府两籍神仙，梨园四部弦管。向晓色都人未散。盈万井，山呼鳌抃。愿岁岁天仗里，常瞻凤辇。

据《避暑录话》卷三记载，其词曾传入禁中，人“多称之”。

二是他咏京城清明节的《木兰花慢》：

拆桐花烂漫，乍疏雨，洗清明。正艳杏烧林，缃桃绣野，芳景如屏。倾城，尽寻胜去，骤雕鞍绀幰出郊坰。风暖繁弦脆管，万家竞奏新声。　盈盈，斗草踏青。人艳冶，递逢迎。向路傍往往，遗簪堕珥，珠翠纵横。欢情，对佳丽地，信金罍罄竭玉山倾。拚却明朝永日，画堂一枕春酲。

词中所写的“路旁拾簪”“珠翠纵横”，就大可与《东京梦华录》所记的盛况相互印证。

三是他咏京城春季“竞龙舟”的《破阵乐》：

露花倒影，烟芜蘸碧，灵沼波暖。金柳摇风树树，系彩舫龙舟遥岸。千步虹桥，参差雁齿，直趋水殿。绕金堤，曼衍鱼龙戏，簇娇春罗绮，喧天丝管。霁色荣光，望中似睹，蓬莱清浅。　时见，凤辇宸游，鸾觞禊饮，临翠水，开镐宴。两两轻舠飞画檝，竞夺锦标霞烂。罄欢娱，歌鱼藻，徘徊宛转。别有盈盈游女，各委明珠，争收翠羽，相将归远。渐觉云海沉沉，洞天日晚。

关于汴京金明池的竞泛龙舟，《东京梦华录》中“驾幸临水殿观争标锡宴”一节，有过详尽的记载。不过出现在散文中的记述，和出现在柳词中的这种尽情描绘，风味还是有所不同的。陈振孙所谓“承平气象，形容曲尽”，观之此词所写，完全可以得到证明。

总之，出现在柳永这些慢词中的帝京生活，堪称是充斥着繁华富贵、纵情享乐的气氛。生活在这种环境中的人们，简直到了不知“愁”为何物的地步！

京城是如此，京城以外的城市又怎样呢？我们这里只需选择一些来看：

井络天开，剑岭云横控西夏。地胜异，锦里风流，蚕市繁华。簇簇歌台舞榭。雅俗多游赏，轻裘俊，靓妆艳冶。当春昼，摸石江边，浣花溪畔景如画。(《一寸金》)

这是写的成都景致。其中“雅俗多游赏”一句，即表明了士大夫文人和市民群众竞相游赏的熙乐景象。

吴会风流，人烟好，高下水际山头。瑶台绛阙，依约蓬丘。万井千闾富庶，雄压十三州。触处青蛾画舸，红粉朱楼。(《瑞鹧鸪》)

这是写的苏州景致。“万井千闾富庶”之语，即道出了这个“人间天堂”在北宋时已达到的富足程度。

鸣珂碎撼都门晓，旌旗拥下天人。马摇金辔破香尘。壶浆盈路，欢动一城春。　　扬州曾是追游地，酒台花径仍存。凤箫依旧月中闻。荆王魂梦，应认岭头云。(《临江仙》)

这是写的扬州景致。从其“凤箫依旧月中闻”句来看，扬城仍保持着中晚唐“二十四桥明月夜，玉人何处教吹箫”的旖旎风光。

至于杭州的繁华富丽，则在他的《望海潮》中已有了畅快尽致的描绘，这里就不再多言。

柳永这些讴歌“承平气象”的词，无论在当世还是在后来，都曾产生过很大的影响。如上述《倾杯乐》词曾传入宫廷，人“多称之”；如上述《望海潮》词曾流播金国；如上述《木兰花慢》词，至宋末元初犹流传于乐工之间(《词源》在“节序”一节中还提到过它)；如上述《破阵乐》词中的首句“露花倒影”，至南宋初期犹被李清照引为诗料(陆游《老学庵笔记》卷二载李清照有诗云：“露花倒影柳三变，桂子飘香张九成”）；还有，前所谈到的《木兰花慢》中的“拚却明朝永日，画堂一枕春酲”，又被南宋的朱翌写入其“乐语”之中（王明清《挥麈后录》卷八谓王彦昭“好令人歌柳三变乐府新声”，朱翌为之作乐语曰：“正好欢娱歌叶树，数声啼鸟；不妨沉醉拚画堂，一枕春酲”）……由于他写作了这么多歌咏城市风光和“承平气象”的词（主要是慢词），所以，在不少宋人心目中，柳永便是一位“太平时代”的歌手甚或“粉饰太平”的词人——持前说者如范镇，如李之仪，如陈振孙；持后说者如罗大经，他在批评南宋的康与之（伯可）时说：“伯可专应制为歌词，谀艳粉饰，于是声名扫地，而世但以比柳耆卿辈矣。”①这些作品，也正反映了他羡慕于富贵的生活理想和以词为谀世之具的创作心理（后者只要举出其《煮海歌》诗之反映盐民疾苦，就能对照比出）。

但是，柳永虽然生活在这样一个“太平盛世”之中，然而他个人的遭遇却未免坎坷不利。因此，他曾一度宦游西蜀和江浙，写下了许多表现“羁旅行役”之思的词篇。比较起前述歌咏太平的词来，这些作品的思想感情就相对有所深化了。比如这首《迷神引》：

> 一叶扁舟轻帆卷，暂泊楚江南岸。孤城暮角，引胡笳怨。水茫茫，平沙雁，旋惊散。烟敛寒林簇，画屏展。天际遥山小，黛眉浅。　旧赏轻抛，到此成游宦。觉客程劳，年光晚。异乡风物，忍萧索，当愁眼？帝城赊，秦楼阻，旅魂乱。芳草连空阔，残照满。佳人无消息，断云远。

在这里，虽然他忘不了的仍只是帝城的“佳人”，其情思仍脱不了市民阶层的那种“长厮守”、“镇相随”的圈子，然而眼界已有所拓宽，词风也有所改观——替代前面都市词中满目珠翠之浓艳色彩的，便是那种寥廓冷落的凄清色彩了。

柳永的游踪，从汴京出发，沿汴河东下至江淮一带，再向南到镇江、苏州、杭州，随着词人的越走越远，他内心因着羁游生涯所诱发出来的伤感情绪，也就越来越浓了。如他到达苏州时游姑苏台所作的《双声子》：

> 晚天萧索，断蓬踪迹，乘兴兰棹东游。三吴风景，姑苏台榭，牢落暮霭初收。夫差旧国，香径没，徒有荒丘。繁华处，悄无睹，惟闻麋鹿呦呦。　想当年，空运筹决战，图王取霸无休。江山如画，云涛烟浪，翻输范蠡扁舟。验前经旧史，嗟漫载、当日风流。斜阳暮草茫茫，尽成万古遗愁。

① 罗大经：《鹤林玉露》乙编卷四，中华书局，1983 年，第 182－183 页。

在这里,柳永毕竟身为一位封建文人(而不复是市民阶层的“代言人”)的“另一面”心理状态就充分凸现在读者面前了。前面,我们已读到过他描写苏城“富庶”的《瑞鹧鸪》词(还有如《木兰花慢》的“万家绿水朱楼”“画船携妓欢游”),那可以说是城市的繁华生活诱发了他的“市民心理”;而这里的羁旅行役生活,则又诱发了他的“文人心理”。柳永的“两重心理”面目,在他分别描写城市和羁游的词篇中,便有了比较全面的反映。此词以“秋晚”作为背景,抒发了他吊古伤今的历史感叹,具有一定的思想深度。特别是“江山如画,云涛烟浪”两句,境界开阔;“斜阳暮草茫茫,尽成万古遗愁”,感慨深沉,使我们很容易联想到苏轼《念奴娇·赤壁怀古》中的某些意境——虽然它还达不到苏词那种思想深刻、笔势飞动的雄奇阔大境界。这样的柳词,就可说是部分跳出了“绮罗香泽”的圈子,并且在某种程度上曲折地透露了这个“盛世”还有着“盛久必衰”之前途的另一面。

谈到这里,我们还须指出一点,那就是柳永在抒写羁旅之思时,最喜择用秋景作其词境的主要组成部分。例如他那首最长的《戚氏》词:

> 晚秋天。一霎微雨洒庭轩。槛菊萧疏,井梧零乱惹残烟。凄然。望江关。飞云黯淡夕阳间。当时宋玉悲感,向此临水与登山。远道迢递,行人凄楚,倦听陇水潺湲。正蝉吟败叶,蛩响衰草,相应喧喧。孤馆度日如年。风露渐变,悄悄至更阑。长天净,绛河清浅,皓月婵娟。思绵绵,夜永对景,那堪屈指,暗想从前?未名未禄,绮陌红楼,往往经岁迁延。　　帝里风光好,当年少日,暮宴朝欢。况有狂朋怪侣,遇当歌对酒竞留连。别来迅景如梭,旧游似梦,烟水程何限!念利名,憔悴长萦绊;追往事,空惨愁颜。漏箭移,稍觉轻寒。渐呜咽,画角数声残。对闲窗畔,停灯向晓,抱影无眠。

这首长词就向我们透露了这样一个秘密:柳词之所以好写秋景,一方面固因其行程是在秋天,另一方面又因他心中有着“宋玉悲感”(亦即封建时代文人常有的忧患心理),所以他词中就多写秋气、秋色和悲秋的情绪。明白了这点,我们再来看他的那些羁旅之词,就越发明白他于“悲秋”之下所藏有的“贫士失职而志不平”(宋玉《九辩》)的牢骚了。如:

> 远岸收残雨,雨残稍觉江天暮。拾翠汀洲人寂静,立双双鸥鹭。望几点,渔灯隐映蒹葭浦。停画桡,两两舟人语,道去程今夜,遥指前村烟树。　　游宦成羁旅,短樯吟倚闲凝伫。万水千山迷远近,想乡关何处?自别后,风亭月榭孤欢聚。刚断肠,惹得离情苦。听杜宇声声,劝

人不如归去。(《安公子》)

“游宦成羁旅”,以及“不如归去”,就表明着他对于现实遭遇的不满和怨叹,反映了即使处在这个“盛世”中,士人也还是有着自己的政治苦闷的。

所以,陈振孙在评述柳词时说:“尤工于羁旅行役”,这个“尤工”的评语,就说明了柳永的这类悲秋的羁旅词,比起他的那类描写都市繁华的词来,思想成就要有所提高,因而在士大夫文人中间的影响也就相应地来得更大。后来不少词人都在自己的羁游词中,抒发了吊古伤今之思以及感怀身世之情,这恐怕都与柳词的影响是分不开的。

四、为才子佳人、情郎情女们热情歌唱

不过,照我们看来,柳词的主要内容除了它的形容“承平气象”和抒写羁旅之思外,更表现在它为才子佳人、情郎情女的热情歌唱方面。

柳永所处的时代,由于政治的相对安定和城市经济的高度发展,人们——特别是市民阶层的爱情意识,又得到了一次大规模的萌生和“发动”。“暗想当初,有多少幽欢佳会”(《曲玉管》),柳永“多游狭邪”的特殊经历,就使得他的词最为突出和集中地体现了爱情意识在北宋词坛上空前活跃的新动向。张炎说,柳词“自批风抹月中来”(《词源》),又曾多次在其词中提到“柳思周情”(如《木兰花慢》:“想柳思周情,长歌短咏,密与传灯”;又如《甘州》:“多少周情柳思”),这就充分表明了柳词是一种十足的“风月词”“艳情词”。(按:“柳思周情”中的“柳”指柳永,“周”则指周邦彦。)因而对于这一点,我们就更有必要着重作些分析。

这里可以举出他的名作《雨霖铃》来:

寒蝉凄切,对长亭晚,骤雨初歇。都门帐饮无绪,留恋处、兰舟催发。执手相看泪眼,竟无语凝噎。念去去,千里烟波,暮霭沉沉楚天阔。

多情自古伤离别,更那堪冷落清秋节!今宵酒醒何处?杨柳岸、晓风残月。此去经年,应是良辰好景虚设。便纵有千种风情,更与何人说?

这首词,多少年来,不仅被推作为柳永的代表作,而且也曾被推崇为整个宋代婉约词的代表作。俞文豹《吹剑录》中记载,苏轼有次问幕士:“我词何如柳七?”幕士对曰:“柳郎中词,只合十七八女郎,执红牙板,歌‘杨柳岸、晓风残月’;学士词,须关西大汉,铜琵琶、铁绰板,唱‘大江东去’。”①这就隐约地显露出宋人心目中,把词分为后之所谓“婉约”与“豪放”两派的观念已经初步形成,而这首《雨霖铃》就堪称是前一派的代表作。

《雨霖铃》一词,从其题材内容来看,乃是写的一次男女之间的离别。但是,千百年来旧文学中所写过的生离死别,早已多如过江之鲫,又何止是此词之所始写!比如六朝的江淹,因有感于这种人间很难幸免的悲剧性体验,就曾在他的《别赋》中一口气地描摹了许许多多令人“意夺神骇,心折骨惊”的分离情景;而唐诗中间更出现了不可胜数的送别名篇。因此,如果仅仅把《雨霖铃》看做是又一首描写离情的成功之作,那就未免降低了这首词的价值和意义。若依我们看来,它的尤为可贵就在于:它在一般的离情别绪中,注入进了新的“时代养料”,传递出了新的“时代信息”——这些,就都表现在它所浓烈地洋溢出来的千种儿女“风情”上!

《雨霖铃》词在我们面前展示了一幅 11 世纪古汴河畔的离别画面:繁华的东京城外,酒旗低亚,衰柳斜曳,于薄暮的寒蝉嘶叫声中,一对青年男女正在依依话别。两情正浓处,暮鼓咚咚,行舟催发。眼看此去,便将天南地北、人各一方,因此才松开的双手,又情不自禁地重新紧携;刚抹干的眼泪,又抑制不住地重又淌下;千言万语、欲道“珍重”,却一时全都咽塞在喉口……这真是“黯然销魂者,唯别而已矣”!

我们注意到,这里的送别者有着自己的身份特点。它不是“楚臣去境”,也不是“汉妾辞宫”;它既没有荆轲易水饯行的传奇色彩,也没有苏、李河梁送别的政治情味。它只是两位“小人物”之间的话别:一位是多才而失意的下层文人,另一位是多情而世俗的青楼歌妓。这就为我们透露了这样一种新的时代信息:不仅是以前诗文中不敢或不肯正面、大胆描写的男女恋情,现在已从被遗忘的角落里,跃居到了宋词舞台的正中间;而且是,普通人之间的恋情和“人性”,已被当做特写的镜头来作尽情凸现,又被当做整个词坛的“主题曲”来热情歌唱。词的下片就在上片写足了这对男女青年难分难舍、两情依依情景的基础之上,直接跑出来抒情:“多情自古伤离别,更那堪冷落清秋节”!“此去经年,应是良辰好景虚设。便纵有千种风情,更与何人说”!这里,最触人耳目的便是一个“情”字。后代的汤显祖曾经这样形容过这个“情”字:“情不知所起,一往而深。生者

① 施蛰存、陈如江辑录:《宋元词话》,上海书店出版社,1999 年,第 504 页。

可以死，死可以生。生而不可与死，死而不可复生者，皆非情之至也。”①他笔下所写的“情”，就曾使一对青年男女为之而死、又为之而生，这便表现出人类的爱情具有何等巨大的精神力量！而出现在柳词中间的那种恋情、风情，就正是后代文学中表现得越来越浓的市民群众的爱情的先河。与前代诗文中所表现的士大夫文人的爱情意识相比较而言，柳词中的爱情意识就格外奔放、格外坦露，也更加带有着“平等”和“普遍”的意味——士大夫文人所写的爱情诗文往往带着男尊女卑、“居高临下”的意味，所以明明是男恋女，却往往偏要写作女恋男（大量的“宫怨”、“闺怨”诗即是明证），但柳词却写了“执手相看”、“泪眼相对”的情状，他的另一些词则更主要是写自己对于歌女的相思和相恋之情，这就一反过去诗文乃至某些艳词“主仆恋”（男性是“主人”，女性往往是姬妾之类女仆）的传统，而带有了今之“平等相恋”的色彩；士大夫文人所写的男女恋情，往往是在洞房密室、重帘深院里产生和进行的，它们和日常生活的距离较远，而柳词所写的男女恋情，则本身就是平常人（或接近于平常人）的活生生的感情，因之它就带有了更多的世俗味、人情味，具有了更加“普遍”的品格。所以，尽管这首词中所出现的某些场面（如“执手相看泪眼，竟无语凝噎”）、某些言语（如“便纵有千种风情，更与何人说”），会被有些人目为“俗笔”、“率笔”，然而它所折射出来的市民群众对于爱情的热烈追求与讴歌、市民阶层女性思想的相对解放以及作者在对待男女恋情方面所抱的某种“平等”的观念等一系列思想信息，却无疑有着新鲜的感觉和“启蒙”的意义。故而，柳词之所以能达到“凡有井水饮处即能歌”的地步，就与它所表达的十分充足的市民阶层的“人情味”，关系十分密切。

再如前已举过的《定风波》词，也同样传递出了市民阶层的爱情观、幸福观。相对于封建贵族的“淑女”而言，他笔下的这位妇女便是一位“新女性”的形象。她所信奉的不是封建的教条，而是一种十分世俗的“爱情至上”观念。“镇相随，莫抛躲，针线闲拈伴伊坐。和我，免使年少光阴虚过”，以及他另在《夏云峰》中所说的“向此（按：指男女恋情中间）免，名缰利锁，虚费光阴”，就都是这种“唯爱情论”的表现。而如若我们再读一读《西厢记·长亭送别》中崔莺莺所唱的“你休忧‘文齐福不齐’，我只怕你‘停妻再娶妻’，休要‘一春鱼雁无消息’！我这里青鸾有信频须寄，你却休‘金榜无名誓不归’”②，那么，柳词的开启后代文学中表现反封建（当然只局限于一定程度之上）的婚姻理想之先河，其“启蒙”意义就

① 汤显祖：《牡丹亭题词》，徐扶明《牡丹亭研究资料考释》，上海古籍出版社，1987年，第8页。

② 王实甫：《西厢记》，上海古籍出版社，1978年，第154页。

是明晰可见的。

从表现市民阶层活跃非凡的爱情意识出发,柳永的词大量地描绘了才子佳人、情郎情女之间热烈而真挚的恋情,也描写了他们之间痛苦的生离死别和灼热的两地相思。前者如:

嘉景,向少年彼此,争不雨沾云惹?奈傅粉英俊,梦兰品雅。金丝帐暖银屏亚。并粲枕,轻偎轻倚,绿娇红姹。算一笑。百琲明珠非价。

闲暇,每只向,洞房深处,痛怜极宠。似觉些子轻孤,早恁背人沾洒。从来娇纵多猜讶。更对翦香云,须要深心同写。爱揾了双眉,索人重画。忍孤艳冶?绝不等闲轻舍。鸳衾下,愿常恁,好天良夜。(《洞仙歌》)

此词就极写了"洞房深处"男恋女爱的甜蜜而嬉笑的生活情景,表现了"断不轻舍"、"常恁好天良夜"的生活愿望。不过,在此同时,我们又须指出,柳永的"平等"观念又是甚为有限的,因此在此类正面描写恋情欢爱的词中,却又会夹杂那种"狎客"昵妓的轻薄情味,便是不可避免的。故而这类词所表现的爱情的真挚性,反不如下一类描写别离况味的词来得专致和可贵。后者如:

伫倚危楼风细细。望极春愁,黯黯生天际。草色烟光残照里,无言谁会凭栏意? 拟把疏狂图一醉。对酒当歌,强乐还无味。衣带渐宽终不悔,为伊消得人憔悴。(《凤栖梧》)

这最后两句,就是人所乐道的一种"痴情之语"。

又如:

冻云黯淡天气,扁舟一叶,乘兴离江渚。渡万壑千岩,越溪深处。怒涛渐息,樵风乍起,更闻商旅相呼。片帆高举,泛画鹢、翩翩过南浦。

望中酒旆闪闪,一簇烟村,数行霜树。残日下,渔人鸣榔归去。败荷零落,衰杨掩映,岸边两两三三,浣纱游女。避行客,含羞笑相语。

到此应念:绣阁轻抛,浪萍难驻。叹后约丁宁竟何据?惨离怀,空恨岁晚归期阻。凝泪眼,杳杳神京路,断鸿声远长天暮。(《夜半乐》)

这首词极为细致地描写了他一路旅程中之所见所闻。随着所见越多,所闻越深,他心中的离愁别绪也就越来越浓。元人马致远《天净沙》小曲所写"枯藤老树昏鸦,小桥流水人家,古道西风瘦马。夕阳西下,断肠人在天涯",其意境和写法就类乎此。"凝泪眼""惨离怀",词人为着那热烈真挚的恋情,竟不避洒下了相思之泪!

因此,比之前一节所讲的"承平气象"和"羁旅行役"来,柳词更为重要的主题和内容便在于它的为爱情——且是为平凡的"情郎情女"的爱情——而歌唱上。"承平气象"的形容,固然离不开对于艳情的描写,而"羁旅行役之思"的抒发,又何尝脱得掉旷男怨女的相思之情?故而,贯穿于柳词之中的主思潮,便是这种市民阶层所焕发出的爱情意识。词坛至柳永,简直变成了"才子佳人"的"一统天下"!

不过,柳词的主要贡献虽在于它的热烈讴歌恋情方面,但它的缺点却也同样即在于此——其题材内容的狭隘固然已一目了然、不用多说,而即使是在思想性上,也显得相当的浅薄。我们常说,柳词基本属于"俗词"的类型,这个"俗"字的含义应该包括多个方面:通俗、浅俗、世俗、俗靡等等。通俗甚至浅俗,都还不能说是诗歌创作的严重缺点,而"世俗"则又还可以从中"披沙沥金"地检择出一些"合理"的成分,却唯独这个"俗靡",便是文学的大敌了。优秀的文学作品,应该包融着作者崇高的人格,体现着人类高尚的情操;而"俗靡"则与之相反,它往往反映着作者思想感情中低劣的一面,投合着某些读者低级的趣味和爱好。故而柳永所写的艳情词中,固然存在一些比较好的作品,但更多地却是表现了一种平庸甚至庸俗不堪的思想感情。比如我们在前一章中所引过的"师师生得艳冶,香香于我情多,安安那更久比和?四个打成一个"之类的词篇,就十足是一种"淫冶讴歌之曲"①"闺门淫媟之语"②。这里,既看不到人们对于爱情的专一、真诚,更缺乏较高的格调和情操,有的只是毫无检束的情欲和放荡。这种思想感情,正好体现了市民阶层思想中糟粕、庸俗的一面,即就封建伦理道德而言,也是大大有悖的。作家,从某种意义而言,实是时代精神的体现者,是时代信息得以传递的特种"媒介"。北宋社会中,爱情意识极为活跃,市民力量相对壮大,因此柳永能反映出这两种历史性的新动向,写作了大量的艳情词,这本身并不足以受到批评,甚至还值得肯定。但是,在充当社会思潮的"代言人"和表现者时,作家本身却还有一个"立场"和"角度"的问题存在。是有所选择、有所提炼、沿着"向上一路"去反映和再现它们,还是无所选择、不加提炼甚至是降低自己的"身份"而去反映、再现它们?这中间就存在着一个高低、粗细和雅鄙之分了。柳词的缺点,甚至是严重的缺陷,就正在于它的"骫骳从俗"上。"从俗",这是一个恰中要害的批评:柳永正是把自己降低到以一个"浪子"的身份去迎合市民阶层庸俗心理之需要的。在这方面,他所表现出来的生活情操和审美情趣,就是比较庸俗和

① 吴曾:《能改斋漫录》卷一六,上海古籍出版社,1971 年,第 480 页。
② 胡仔:《苕溪渔隐丛话·后集》卷三九,人民文学出版社,1962 年,第 319 页。

低下的——就后一点言,他的那种不加检点、不加约束、恣意落笔的淫鄙词风,比之正统文人那种“温柔敦厚”、“好色而不淫”的词风来,便又是一个很大的退步。以前,我们对于儒家“温柔敦厚”的“诗教”,总是批评得较多。其实,它还是包含了合理的成分在内的。《毛诗序》说:“故变风发乎情,止乎礼义。发乎情,民之性也;止乎礼义,先王之泽也。”①在儒家诗论家看来,“发乎情”固然是人的“本性”,但这种“情”却又必须纳入“礼义”的规范或轨道中去。做人是如此,作词又何尝不是如此?我们不妨举出小晏的词来与柳词比较。一样是写男女的相思之情,小晏曰:“去年春恨却来时。落花人独立,微雨燕双飞”(《临江仙》),这就是一种多么优美、文雅乃至庄严、深沉的“诗”的境界,其中就不乏崇高感和悲剧感;而这就正与它“好色而不淫”(杨万里《诚斋诗话》评此几句之语)的风格是分不开的。至如柳词则曰:“红茵翠被,当时事,一一堪垂泪。怎生得依前,似恁偎香倚暖,抱着日高犹睡”(《慢卷紬》),尽管他本人已在“垂泪”,但读者却并不因此而受感动,相反会觉得“肉麻”,这就与它的俗靡风格大有关系。所以柳永的很多艳词,只是自然主义地表现了市民阶层(也包括封建文人本身)的庸俗的情欲意念,一定程度上歪曲了人类正常的爱情意识。它之受到正统词论家的严厉批评,便也属“应当”之列。因此对于柳词的思想评价,除应肯定其比较优秀的作品所体现出来的新的思想色彩之外,对于那些俗靡之作所体现出来的庸俗思想因素,还应持有批判的态度。故而平心来论,柳词之所以能在词史上占据重要的地位,其思想内容方面的“出新”固是原因之一,但又不是主要或首要的原因;相比而言,它在体式、技巧和风格方面的开拓,才是更为重要的贡献。所以我们在下文即来讨论其艺术性方面的问题。

五、传统词风的“放大”和“俗化”

对于柳词的艺术风格,前人也已有过相当准确的评论。所以我们就不妨由此而说起。一是李之仪所说:“至柳耆卿,始铺叙展衍,备足无余……较之《花间》所集,韵终不胜”(见前引);二是黄昇所说:柳永“长于纤艳之词,然多近俚俗,故市井之人悦之”②。概括起来,即主要有两点:一是对于传统词风的“放大”,二是对于传统词风的“俗化”。而这两个特点,就正是“以俗为美”的审美意向所带来的。下面就分而述之:

①《诗序》,中华书局,1985年,第2页。

② 黄昇:《唐宋诸贤绝妙词选》卷五,《唐宋人选唐宋词》,上海古籍出版社,2003年,第637页。

1. “铺叙展衍”与“备足无余”

李之仪所说的“铺叙展衍”，就是我们所说的“放大”。产生这种“放大”的原因，不外乎两个方面：一是前代的词，基本都是令词，而柳永所写，则多是慢词长调，从篇幅来讲，必然拉长；而相应的是，词风也就会“放大”。二是柳永所处的时代，与他所体现的市民阶层的艺术作风，又需要这种“放大”（这在前面已经谈过）。因之，在看惯了晚唐五代含蓄蕴藉的小词之后，再来读柳永的慢词，自不免会有一种“放大”了的感觉。比如同样是写思妇想念情郎之思，温庭筠词这样写道：

> 夜来皓月才当午，重帘悄悄无人语。深处麝烟长，卧时留薄妆。当年还自惜，往事那堪忆？花露月明残，锦衾知晓寒。（《菩萨蛮》）

柳词却这样写道：

> 酒醒，梦才觉，小阁香炭成煤，洞户银蟾移影。人寂静，夜永清寒，翠瓦霜凝。疏帘风动，漏声隐隐，飘来转愁听。　怎向心绪，近日厌厌长似病。凤楼咫尺，佳期杳无定。展转无眠，粲枕冰冷。香虬烟断，是谁与把重衾整？（《过涧歇近》）

无论是所写之凄清夜景，还是所抒之哀怨闺情，两者基本都很相似（甚至像“麝烟”“锦衾”“夜永”“残月”等意象，也是两词所共同采用的）；但是，温氏的一首短词，却被“衍”成了柳氏这样一首长词，这岂不就是一种“放大”？

当然，柳词的这种“放大”，并不仅仅只是一种篇幅上的拉长、扩展——若仅是这样，那就显得“淡乎寡味”了——而且是一种富有“建设性”的开拓和发展。它的开拓性表现在：它能容纳更多的生活内容和感情内容，在反映和抒写比较复杂的生活情景与思想感情时，提供了比之小令更大的方便。这在我们前面举出《望海潮》等词时，已有过说明。它的“发展性”则表现在：它可以利用自己较长的篇幅、多变的句式和声情，对于所要表现的情志，作充分的发挥和渲染；它又可以比较自由地采用更复杂的技巧和笔法，“形容曲尽”地描摹它所要描摹的对象之情状，达到“状难状之景，达难达之情，而出之以自然”①的境地。关于这些，我们先不妨仍以柳永的名作《雨霖铃》为例，作一分析。

描写男女离别的小词，前代早已多见。如牛峤《望江怨》：“东风急，惜别花时手频执，罗帏愁独入。马嘶残雨春芜湿。倚门立，寄语薄情郎：粉香和泪泣”，

① 冯煦：《宋六十一家词选例言》，《蒿庵论词》，人民文学出版社，1984 年，第 60 页。

此词所写之情景就与柳词很为相似。对此况周颐曾说:“繁弦促柱间有劲气暗转,愈转愈深。此等佳处……虽绵博如柳屯田,顾未克办。”又如毛文锡《应天长》词下片:“渔灯明远渚,兰棹今宵何处?罗袂从风轻举,愁杀采莲女”,况氏也认为“毛词简质而情景具足。后人但能歌柳词耳。‘知者亦不易’,诚哉是言”①。但是,我们却并不能完全同意况氏的上述看法,这是因为,牛、毛的这两首小令固然有其佳处,甚至可以说,它们开出或启发了柳永《雨霖铃》的某些意境;但是,“大有大的好处”,柳词却自有它所独具的“酣足”情味,而这,又正是小令所不易达到的。请读:“寒蝉凄切,对长亭晚,骤雨初歇”,柳词开头的这三句,不仅交代清楚了送别的时间、地点,而且一上来便构筑了一种浓厚的离别气氛:深秋、傍晚,加上骤雨初歇后重又冒出的一声声寒蝉嘶叫,既写出了秋气之摇落、时序之惊心,又为下文一对离人的出场,铺垫了凄楚哽咽的伤感基调。这是第一层次的铺叙。接言:“都门帐饮无绪,留恋处、兰舟催发”。“都门”两字,使人对这次饯别生出一种具体感,又使人在联想到都门内“青楼画阁、绣户珠帘”的繁华景象之后,更增加了长亭送别之对照性的凄凉之感。“帐饮”与“无绪”之间是一“小转”,欲饮而无绪、对酒而添愁也;而正在此两情留恋之时,兰舟却又催发,这第二个“小转”便把词情更推向了紧锣密鼓、浓云欲雨的紧张阶段。于是,“执手相看”的特写镜头便凸现在读者的眼前了。“竟无语”的“竟”是对上的“紧转”(因为照理泪眼相对之后,将有万千言语会喷薄而出,此时却“无”);“凝咽”则又是对“无语”的再一次“紧转”(凝咽者,还是“有语”也,不过是塞在喉咙、抽噎难吐而已),于此便写足了两人难分难舍、心如刀绞的可怜情状。此是第二层次的铺叙。而在这种慢节奏的焦灼难熬情景捱完之后,词笔突又骤然舒放开来:“念去去,千里烟波,暮霭沉沉楚天阔”,这就在上文写景的铺叙基础上,又预伏了对下文写情的“展衍”。唐圭璋先生对此评曰:“以上文字,皆郁结蟠屈,至此乃凌空飞舞”②,所见极是。长调笔法之变换多姿,于此亦可见得。下片换头:“多情自古伤离别,更那堪冷落清秋节”,既对上文于暮秋傍晚之送别作一重笔加倍的小结,又为下文的展衍开辟了道路。“今宵酒醒何处?杨柳岸、晓风残月”三句插于此下,正是千古佳句、妙不可言。其成功之处在于:第一,它在上文点出“情语”(“多情自古伤离别”)之后,紧接着用“景语”来作渲染、烘衬,使人在情与景两者之中反复徘徊、反复咀味,收到情景交映、联想无穷的艺术效果。刘熙载《艺概》卷四称此五句的写法为“点、染”之法。第二,“杨柳岸、晓风残

① 龙榆生:《唐宋名家词选》,上海古籍出版社,1980 年,第 22 – 23 页。
② 唐圭璋:《唐宋词简释》,上海古籍出版社,1981 年,第 71 页。

月”本身又是一个极为优美、深悠、新鲜的艺术境界——首先，它写出了“真景物”：汴河之畔，本多垂柳（隋炀帝开运河时留下），“杨柳岸”三字拈出本地风光，令人倍感真切；而一夜行舟，醒时置身于山驿水程之中，唯觉晓风清冷，唯见残月凄楚，故比之毛词“渔灯明远渚，兰棹今宵何处”来，更觉其状物之工、寓情之深。其次，它又写出了“真性情”：“杨柳岸、晓风残月”，不仅是景语，而且是“物皆着我之色彩”的情语。试想：昨夜还能“执手相看”“都门帐饮”，今朝醒来，却唯感冷风扑面，头脑顿醒；而抬头所见，只有残月相对，此时内心的痛楚，就如同麻醉药（宿酒也）失效以后伤口所发出的钻心之痛那般，分外锐利。非切身肤受者，不易写出此情此景也。再次，它又在抒写真情真景的基础上，酿造、炼铸了一个极美的境界，这个境界之美在于：既凄又丽、凄绝丽绝。它从常人往往仅能感受到的离情之“悲”中，进一步“提炼”出了它的“美”来，使日常生活中的悲剧转现为“美”的境界，因此显得分外的耐人寻味、耐人玩赏。而在这三句隽语丽句之后，词笔忽又来个“大转”，使词情又回到了现实的离别之上——原来，上面这几句，仅都是送者“设身处地”地悬想行者明朝孤舟孑行之情景的，这种以虚写实的手法就使抒情增添了多层次的丰满感。接着，作者便又直写送行者此时的满怀恋情：“此去经年，应是良辰好景虚设。便纵有千种风情，更与何人说？”我们注意到，上文婉曲，此处发露；上文融情于景，此处放笔直言；疏密相间，隐显相济，使它又生出“老笔纷披，尽情倾吐”（陈匪石《宋词举》卷下评语）的妙处。总之，通观全词，它利用了慢词长调篇幅长、句式繁的优势，在哀迫而又舒展的声情中，多场面、多层次、多角度、多变化地写足了一对男女离人之间缠绵悱恻的恋情和别绪，比之前引的小令，情味更加酣畅，美感越加丰富——这些，就都体现了柳永慢词对于传统词风的开拓和创新。

如若更加具体一些来谈，则柳永对于发展慢词的技巧和手法，积累了如下三方面的经验：

第一，铺叙形容。

铺者，赋也。《文心雕龙·诠赋》篇曰：“赋者，铺也，铺采摛文，体物写志也。”又曰：“赋自诗出，分歧异派。写物图貌，蔚似雕画。”所以，所谓“铺叙”，其主要的特点即在于像“大赋”那样“铺采摛文”“形容曲尽”。这种手法，在小令中较少见到，也无法做到，到了慢词长调中却成了一种常见的写法。而在文人词中，就以柳永发挥得最为突出。如：

昨宵里，恁和衣睡；今宵里，又恁和衣睡。小饮归来，初更过，醺醺醉。中夜后，何事还惊起？霜天冷，风细细，触疏窗，闪闪灯摇曳……（《婆罗门令》）

看他连用两个"和衣睡",并不避句式和下字的重复,其目的就在于要达到那种"形容曲尽"的效果。而后文的细写其小饮归来、初更已敲的醉态,以及深夜惊起、天寒霜下、冷风袭窗、孤灯摇曳的情状,也无不表现了柳词"写物图貌,蔚似雕画"的铺叙特色。

再如,他描绘自己羁旅之思的《倾杯》词:

> 鹜落霜洲,雁横烟渚,分明画出秋色。暮雨乍歇,小楫夜泊,宿苇村山驿。何人月下临风处,起一声羌笛?离愁万绪,闻岸草,切切蛩吟如织……

这首词,组织了好多景物,为它的"体物写志"服务:先写鹜落霜洲,再写雁横烟渚,然后点出"秋色"二字。在此以后,又写了暮雨乍歇以及岸边草丛间的切切蛩鸣,以之来补足这幅"秋色图"的"音响效果"。以上是写景体物。至于抒情写志,则又用了小楫夜泊、独宿山村以及月下闻笛、惹起孤恨来烘衬其"离愁万绪"的心情。这样一种把情景交织起来、反复铺写的手法,就使这首词近似于"辞赋"的面目了。宋玉《九辩》写道:"悲哉,秋之为气也!萧瑟兮,草木摇落而变衰;憭栗兮,若在远行;登山临水兮,送将归。泬寥兮,天高而气清;寂寥兮,收潦而水清;憯凄增欷兮,薄寒之中人;怆怳懭悢兮,去故而就新。坎廪兮,贫士失职而志不平;廓落兮,羁旅而无友生……"柳词当然不能如宋赋那样规模宏大,但却也是"具其一体"了。

第二,开合起伏。

慢词既然要容纳较多的感情内容以及运用铺叙形容的手法,那就必得讲求章法结构的问题。因此,这里就出现了一个组织"层次"与善于"转接"的技巧方面课题。在这方面,柳永的经验虽未臻于完全成熟(至少比之后来的周邦彦而言),但也提供了一定的范例。夏敬观说它能"层层铺叙,情景交融,一笔到底,始终不懈"①,这是符合事实的。比如我们上文详析过的《雨霖铃》词,就是一个典型例子。其上片中,先设以两个层次的铺叙;而第二层次的铺叙中,又多处伏以转折(《宋词举》谓之"半句一转")。铺叙完饯别之情状以后,又宕开一层,写此去楚天的"千里烟波""暮霭沉沉",使词境有了新的拓宽。下片换头处,巧妙地用了"自古"和"更那堪"两句来结束上片与开启下片。底下几句则"今宵"句是开,"杨柳岸"两句是合,三句又自成一个"小单元",完成了一个优美而深情的

① 夏敬观:《手评〈乐章集〉》,龙榆生《唐宋名家词选》,上海古籍出版社,1980 年,第 87 页。

意境。“此去”以下四句，更放笔直赋，使全词由开头的哀迫变化为结尾的惨舒，但又始终笼罩在一片浓郁的伤感气氛之中。可谓是笔笔不懈，步步紧逼，有收有放，一贯到底，不愧是慢词的成功之作。

在层次和转接问题上，柳词也能开能合，善于起伏推进。其开合方面的例子如：

今宵酒醒何处？杨柳岸、晓风残月。（《雨霖铃》）

游宦区区成底事？平生况有云泉约。归去来，一曲仲宣吟，从军乐。（《满江红》）

因念翠娥杳隔，音尘何处？相望同千里。（《佳人醉》）

这是几句词中的“小开合”。至如一片之中较大的开合，则可举出前已引过的《夜半乐》词第一片（共三片），在它“渡万壑千岩，越溪深处。怒涛渐息，樵风乍起，更闻商旅相呼。片帆高举，泛画鹢、翩翩过南浦”几句中，“渐息”、“乍起”、“更闻”三个短句，就有着“合—开—更开”的承接在内。陈锐《褒碧斋词话》评这几句云：“此种长调，不能不有此大开大合之笔。”①还有那首《定风波》词，上片写足了思妇怨、懒的心情，换头处便用了“早知恁么，悔当初、不把雕鞍锁”三句，它既是对上文的一种“合”（“当初”与“恁么”即是合拢上片），又是对下文的一种“开”（“向鸡窗”以下，全是新的展开），这又是整首词中大合大开的例子。

关于起伏转接，柳词亦变化多方。上面所讲的“开合”，本也是起伏转接的一种。另还可举出其他的例子，如：

为忆芳容别后，水遥山远，何计凭鳞翼？想绣阁深沉，争知憔悴损、天涯行客？楚峡云归，高阳人散，寂寞狂踪迹。望京国，空目断，远峰凝碧。（《倾杯》）

前三句是一层，写自己别后音讯不通的怨闷；一个问句（“何计凭鳞翼”）就又启出了第二层。第二层两句，刚写了“她”在绣阁中的寂寞，却马上又折到自己的“憔悴损”，而且又再起一个反问句。这又即刻转入了第三层：对于自身的“寂寞”作大段的铺陈。这样，便“一波未平，一波又起”地层层推进了词情的深入和展开。

除了开与合、起与伏以及层层推进之外，柳词中也还有“逆入”“倒绾”“横插”等写法，不过在这些方面，他由于经验尚不丰富，所以远不如后来的周邦彦

① 唐圭璋：《词话丛编》，中华书局，1986年，第4202页。

来得老练，因而总起来看，还停留在“平铺直叙”居多的水平上。故夏敬观要说：“耆卿多平铺直叙，清真特变其法，一篇之中，回环往复，一唱三叹。故慢词始盛于耆卿，大成于清真。”①这已是后话，待下文再说。但从“首发轫”的意义来看，柳永在章法结构方面，还是为后人提供了可资借鉴的宝贵经验的。

第三，组织景语。

柳永成功之作的要诀，多与其善于组织景语的技巧密切相关。刘熙载说它善于“点、染”（即点出“情语”之后紧接以“景语”的渲染），夏敬观说它“情景交融”，这些便都是讲它的擅长于交织情景于一体；但即仅就其写景的技巧本身而言，也比之小令是有着很大进步的。而这种“进步”，就正是慢词句数繁多、体式宏大的特点所带来的。有了这种“繁”和“大”，柳永的慢词就能从容地进行铺叙，不断地变换角度、转移场景，达到多层次和多侧面写景的境地。关于这一点，我们也不用多说，只要回忆一下《望海潮》词之写杭州景物，就可明白：“烟柳画桥，风帘翠幕，参差十万人家”是一个“场景”；“云树绕堤沙，怒涛卷霜雪，天堑无涯”，则又是另换了一个“镜头”；而“市列珠玑，户盈罗绮”“三秋桂子，十里荷花，羌管弄晴，菱歌泛夜”以及“千骑高牙”“箫鼓烟霞”之类，更是角度频变、场景繁换，就像电影一般，不断地推映出令人眼花缭乱的新画面来。比之小令的比较单纯的写景来，慢词可谓是由朴变华、由简趋繁、“变本而加厉”也。柳词之写景，对于它的形容“承平气象”和描写“羁旅行役”以及抒发艳情，其功不可谓不大。

但是，也正是在柳永“铺叙展衍”的同时，却又产生了“韵终不胜”的缺点；在“备足”的同时，却又滋生了“无余”的毛病。这一点也是人所公认和不难看到的。比如其《锦堂春》上片：“坠髻慵梳，愁蛾懒画，心绪是事阑珊。觉新来憔悴，金缕衣宽。认得这疏狂意下，向人诮譬如闲。把芳容整顿，恁地轻孤，争忍心安?”花了许多笔墨，只写了一个佳人慵懒的神态。这种“啴缓”的笔调，就正是柳永不少慢词中时常可见到的。所以，有一次苏轼和秦观开玩笑，说他“小楼连远横空，下窥绣毂雕鞍骤”之句是“十三个字，只说得一个人骑马楼前过”，并以此例和秦的“销魂当此际”同作为“学柳七作词”的“证据”②。由此看来，柳词铺叙过甚、发露过袒的写法，确也带来了含蓄不够、节奏太慢、词情展开太缓、词境

① 夏敬观：《手评〈乐章集〉》，龙榆生编选《唐宋名家词选》，上海古籍出版社，1980 年，第 87 页。

② 王奕清：《历代词话》卷五引曾慥《高斋诗话》，唐圭璋编《词话丛编》，中华书局，1986 年，第 1186 页。

内蕴不深的缺点。另外,他的过于平铺直叙的章法结构,又不免会带来松垮、散漫、缺乏顿挫、缺乏波澜的浅露、平淡之感。这些,也是很易理解的。

造成上述缺点的原因主要有两点。第一是感情内容本身的不够深厚。就生活经历和思想修养而言,柳永比起苏轼等人来,毕竟是相当浅薄的。何况,他所要抒发的感情,仍不外乎是前代小令中那一些恋情娈思;但现在却要衍成慢词长调来写,这样的"放大"有时就难免会造成"盐少水多"的淡薄感。《词源》说过:"大词之料,可以敛为小词;小词之料,不可展为大词——若为大词,必是一句之意引而为两三句,或引他意入来捏合成章,必无一唱三叹。"①这后一种情况,就正是柳词时常犯的毛病,所以就会带来韵味不足、一览无余的缺点。第二是写作经验的不足。柳永是大量写作慢词的第一位文人作者。在他之前,词坛尽多小令,所以他就缺少写作慢词的丰富经验可资借鉴。而适应着市民阶层那种嗜好浅显发露的艺术需要,他也就基本摒弃了前代如温词的那种"暗示"式手法,而改用"直说"的手法。加之长调篇幅长,他又没有在"顿挫""回环"等方面多下工夫,缘此也就造成了其词缺乏含蓄蕴藉的缺点。只有到了后来的秦观、周邦彦等人,才在柳词的基础上,进一步地发展了慢词的写作技巧,终于使它达到了富艳精工的高度"雅美"境地;而这点,又正可视为是对于柳词"以俗为美"的某种"修正"和"雅化"。

2. "骩骳从俗"与"俗不伤雅"

上面讲的是柳词对传统词风的"放大",这里再来谈它对传统词风的"俗化"。

小令词在发展到南唐君臣时,已经相当的文雅化了。但柳词因为是从另一种生活趣味和文学趣味的背景下产生出来的,所以它就明显地具有了另一种"俗化"的倾向。关于这点,宋人也已说得很多。如陈师道说它"骩骳从俗"(骩骳者,邪曲也),如李清照说它"词语尘下",如严有翼说它"言多近俗,俗子易悦",如王灼说它"浅近卑俗",如黄昇说它"多近俚俗"……这些评语的意思总不外乎两点:一是指它所反映的思想感情太"俗",有背于正统的道德规范和有违于骚人墨客的高情雅趣;二是指它语言的俚俗。关于前一点,我们就不再多说,这里再简单地谈一下柳词语言风格的"近俗"问题。

语言的面貌是与思想感情的面貌有着一致性的。但是,这种一致性却又不能看得过分绝对,这是因为,语言本身也还存在着相对的"独立性"——而这又与作者的文学修养、语言习惯有着关联。同样内容的感情,可以通过不同形式、

① 张炎:《词源》,唐圭璋《词话丛编》,中华书局,1986年,第266页。

不同风格的语言表达出来，这也是文学创作中常可见到的事情。所以从前一种“一致性”来看，柳词的很多作品就带有着与市民意识、市民作风相一致的俚俗、浅俗甚至鄙俗的语言风格；而从后一点“独立性”而言，柳永作为一个由封建教育所熏染和培养出来的知识分子，当然又有着“文雅”的另一面，所以他的一些比较优秀的作品，便又能达到“俗不伤雅”和“雅俗共赏”的境地。

关于前者，例子是不胜枚举的。比如：

> 每到秋来，转添甚况味？金风动，冷清清地。残蝉噪晚，甚聒得、人心欲碎。更休道，宋玉多悲，石人也须下泪。　衾寒枕冷，夜迢迢，更无寐。深院静，月明风细。巴巴望晓，怎生捱？更迢递。料我儿，只在枕头根底，等人来，睡觉里。（《爪茉莉》）

这种词语，全似白话口语，充分体现了俚俗的特点。这种俚俗性，正是他“以俗为美”的审美意向在其语言风貌上的突出表现。由此，便一手开启了宋词中的“俚词”阵地。

但是，我们这里重点要说的却是另一点，那就是柳词的“俗不伤雅”和“雅俗共赏”。关于这些，不妨就以他另一首久经传诵的名篇《八声甘州》为例来说：

> 对潇潇暮雨洒江天，一番洗清秋。渐霜风凄紧，关河冷落，残照当楼。是处红衰翠减，苒苒物华休。唯有长江水，无语东流。　不忍登高临远，望故乡渺邈，归思难收。叹年来踪迹，何事苦淹留？想佳人妆楼颙望，误几回天际识归舟？争知我，倚栏干处，正恁凝愁！

这首词中，有“俗”有“雅”。俗处如“想佳人妆楼颙望”之句，曾被陈廷焯批评为“俗极，亦不检点之过”①；雅处则如“霜风凄紧，关河冷落，残照当楼”几句，就连苏轼都不禁叹道：“世言柳耆卿曲俗，非也。如《八声甘州》云：……此语于诗句不减唐人高处。”②而在这中间，“佳人妆楼”之类句子的“俗味”却并没有冲掉“霜风凄紧”之类句子的“高雅”，因此在总体上就显出了“俗（而并）不伤雅”的风格特色来。

还有像他的长词《戚氏》，其中虽也夹杂一些俚俗风味的句子，如“那堪屈指，暗想从前，未名未禄，绮陌红楼，往往经岁迁延”，但当时却有人甚至把它比附到屈原的《离骚》上去。《碧鸡漫志》卷二载：“前辈云：《离骚》寂寞千年后，

① 陈廷焯：《白雨斋词话》卷五，人民文学出版社，1959年，第143页。
② 赵令畤：《侯鲭录》卷七，施蛰存《宋元词话》，上海书店出版社，1999年，第71页。

《戚氏》凄凉一曲终”①,可见也还是相当“高雅”的。

所以,柳词中真正被人称道的地方,就在于这种雅俗共济、雅俗共赏的风格。前已谈过,柳永的社会地位,正好是在士大夫生活圈子和市民生活圈子“相切”的位置上,而他的审美情趣便也同样带有着这两重圈子“相切”的特征。因此,他虽写作了数量甚众的俚词,但其真正的艺术成就,却另在于他那些运“雅”入“俗”或引“俗”归“雅”的作品上。前者,在《八声甘州》等佳作中可见;后者,便又造就了他“细密而妥溜,明白而家常”②“曲处能直,密处能疏,奡处能平”③的词风。而无论是其优秀的名篇,还是他那种委婉而明白、细密而自然的词风,就都曾风靡当日的词坛,影响到后代的词人。

3. 词中的《金瓶梅》——柳词的影响

柳永大量创制慢词长调,且又发展了“大词”的技巧,为词坛提供了很多佳作名篇,积累了一定的创作经验。这些,都给当时和后代的词苑,带来了深广的影响。

这种影响可从两方面来看。

第一是从所谓的“婉约”派来看,柳词的影响可谓是既直接又明显的。从胡寅下面的一段话中,我们就可见到柳词在它的爱好者心目中的“崇高”地位:“词曲者,古乐府之末造也……唐人为之最工。柳耆卿后出,掩众制而尽其妙,好之者以为不可复加。”④因此,在他以后,就形成了词坛上的一股“柳永热”。如《碧鸡漫志》卷二中说:“今少年妄谓东坡移诗律作长短句,十有八九不学柳耆卿,则学曹元宠(曹组)”;又说:“沈公述(唐)、李景元(甲)、孔方平(夷)、处度(榘)叔侄、晁次膺(端礼)、万俟雅言(咏),皆有佳句,就中雅言又绝出。然六人者,源流从柳氏来,病于无韵。”⑤这就可知柳永不愧是婉约派中的一位“开宗立派”的人物——他在政坛上是一位“失利”者,然而在“情场”和词坛上,却又是一位“春风得意”者。而且,他身后虽曾受到过许多正统词论家的严厉批评,但是事实上,他的慢词却也深刻地影响到了号称“雅词”作者的许多词人。比如,曾被尊为婉约词之“集大成”者的周邦彦,就是其中一个。我们在前已引过夏敬观的说法,

① 王灼:《碧鸡漫志》,辽宁教育出版社,1998 年,第 10 页。

② 刘熙载:《艺概》卷四,上海古籍出版社,1978 年,第 108 页。

③ 冯煦:《宋六十一家词选例言》,冯煦《蒿庵论词》,人民文学出版社,1984 年,第60 页。

④ 胡寅:《酒边集序》,金启华,等编《唐宋词集序跋汇编》,江苏教育出版社,1990 年,第 117 页。

⑤ 同①,第 10 页。

认为“慢词始盛于耆卿，大成于清真”；这里再引一段陈锐的话，他在《裦碧斋词话》中说：“屯田词在院本中如《琵琶记》，美成词如《会真记》；屯田词在小说中如《金瓶梅》，美成词如《红楼梦》。”①尽管我们认为，以周词来比《红楼梦》，未免拔高；而把柳词来比《金瓶梅》，却又不失是一种妙喻：它的大写其“风月”之情，它所带有的市民作风，它的长篇结构和通俗语言，都与《金瓶梅》有几分相像；而更为重要的还在于：《金瓶梅》是《红楼梦》的先驱，而柳词也正是后之“雅词”的先驱。“周词渊源，全自柳出，其写情用赋笔，纯是屯田法。特清真有时意较含蓄，辞较精工耳。细绎《片玉集》（按：周氏词集名《片玉集》），慢词学柳而脱去痕迹自成家数者，十居二三……梦窗（指吴文英）深得清真之妙，其慢词开合变化，实间接自柳出”②，蔡嵩云《柯亭词论》的这段话，就更为具体地揭示了柳词对周、吴这些婉约词派名家词人的“开路”或启迪作用。

第二是从所谓的“豪放”派来看，柳词的影响也是不可忽视的，虽然这种作用显得比较间接和曲折迂回。比如苏轼，他是不满于作词“学柳七”的，但是他也还要问其幕友“我词何如柳七”；又在给鲜于子骏的信中谈过：“近却颇作小词，虽无柳七郎风味，亦自是一家。”这就可知即如东坡这样在词坛上另外开立一派的大作家，亦自不得不重视柳词的影响。而在苏轼词中，近似于柳永风格的词篇也并非没有，如其《蝶恋花》（花褪残红）一首，王士禛就指出过它的“绮靡过柳”来（《花草蒙拾》）。当然，更为重要的影响还在于：柳永适应着社会生活日益发展的需要，大胆而成功地采用“新声”、慢词来写作，这无疑也是一种改革或创新的举动；他对于词的发展，不论从内容上，还是从形式技巧上，都有了不同程度的开拓。这两点也肯定对于苏轼乃至后来的辛弃疾等人，都会产生一定的影响。举例来说，若无柳词那种长篇宏制的体式出现，若无柳词那种大开大合的笔法，又何能有苏、辛那种挥洒自如的“豪放”词出现？所以，尽管“宗风”不同、“门户”各异，但柳永发展慢词的功绩，对于“豪放”派词人而言，也还是有其间接的前驱作用的。

与柳永同时，词坛上另有一位善写慢词的作者——张先。对于他的情况，这里也附带提及一下。他既擅长写作慢词，又擅长写作令词，情形和欧阳修正有些相似。其令词如《天仙子》：“水调数声持酒听，午醉醒来愁未醒，送春春去几时回？临晚镜，伤流景，往事后期空记省。　　沙上并禽池上暝，云破月来花弄影。重重帘幕密遮灯，风不定，人初静，明日落红应满径。”其中“云破月来花弄影”句

① 唐圭璋：《词话丛编》，中华书局，1986 年，第 419 页。
② 同①，第 4912 页。

就曾名扬词坛。其慢词如《谢池春慢》:“缭墙重院,时闻有,啼莺到。绣被掩余寒,画幕明新晓。朱槛连空阔,飞絮知多少?径莎平,池水渺。日长风静,花影闲相照。　　尘香拂马,逢谢女,城南道。秀艳过施粉,多媚生轻笑。斗色鲜衣薄,碾玉双蝉小。欢难偶,春过了!琵琶流怨,都入相思调。”这是他写“玉仙观道中逢谢媚卿”的一段“艳遇”,也曾传唱一时(《历代诗余》卷一一四引《古今词话》);但从写法来看,却还停留在比较简单稚嫩的水平上,比如缺乏大开大合、句式短小平板等。所以夏敬观对此评曰:“长调词中纯用小令作法”①,这同样标志着慢词的写作尚处在摸索的阶段。故他在当时的慢词营垒里,虽与柳永齐名,而一般正统词论家也认为他比柳永“韵高”(这恐怕还是指其词的不脱小令“风韵”和其风格的不似柳词那么“近俗”),但“时以子野不及耆卿”(晁补之言),这后一种看法还是比较客观的。

总而言之,词的发展进入到北宋以后,词坛就出现了令词和慢词双峰并峙的新局面。而柳永,就是慢词的“创始人”(从其大量创制慢词而言,可以这样看)和“开拓者”。柳氏以后,慢词大盛于世,终于开启了真正的宋词之新天地。令词中的温庭筠,慢词中的柳永,就皆可称为“词国”里的两位奠基人物。所以在论述词史尤其是宋代词史时,不能不给予柳永充分的重视。但是,同时又应该看到,柳永所处的时代还是一个社会矛盾比较缓和的所谓“盛世”,而柳永本人的生活经历也还只是浮游在它的表层之上,远没有“扎”到社会矛盾的深处去,所以,他虽在题材、形式、技巧(后两者为主)方面有所开拓,但毕竟还没有“指出向上一路”而真正使人为之“耳目一新”。这个任务,便由后来崛起于词坛的“改革家”苏轼来担当和完成了。

① 夏敬观:《手评张子野词》,龙榆生编选《唐宋名家词选》,上海古籍出版社,1980年,第55页。

第七章 “新天下耳目”的苏轼词

——词的充分“士大夫化”

柳永大量创作慢词,已为宋词辟出了一个新的疆域。但是真正能在这个广阔的原野上横驰突骋、称得上是“开拓文学”的,则非苏轼词莫属。对于这一点,即连宋人自己都已看得很清。如胡寅说:“及眉山苏氏,一洗绮罗香泽之态,摆脱绸缪宛转之度,使人登高望远,举首高歌,而逸怀浩气,超然乎尘垢之外,于是《花间》为皂隶而柳氏为舆台矣。”①如王灼说:“东坡先生非心醉于音律者,偶尔作歌,指出向上一路,新天下耳目,弄笔者始知自振。”②他们的话,就无不说明了苏词的开拓与革新作用。而这种开拓与革新,照我们的理解,其基本的内涵即在于:他把词从“应歌”和“艳科”的圈子中拉向了宽广的社会,完成了词的比较充分的“士大夫化”。

第一节 苏轼以前词坛上的“社会化”倾向

苏轼的开拓性举动,并非是突然出现的偶然现象,而是有着词学传统方面的继承性的——在他以前,词坛上实际早就有了某种程度的“社会化”倾向——苏词的完成“士大夫化”,正是这种倾向继续发展的产物。

所谓的词之“社会化”倾向,是相对于词的狭隘的“艳科化”而言的。它的主要表现是:词“不甘心”局囿于描写儿女艳情的樊篱之中,而要把它的“触角”延伸到在此以外的比较宽广的社会生活领域里去。

上述这种苗头,早在李煜词中就已见端倪。他的“四十年来家国,三千里地山河。凤阁龙楼连霄汉,琼枝玉树作烟萝,几曾识干戈”(《破阵子》),直接抒写了亡国破家的政治感慨;他的“常恨朝来寒雨晚来风”“自是人生长恨水长东”

① 胡寅:《酒边词序》,金启华,等编《唐宋词集序跋汇编》,江苏教育出版社,1990年,第117页。

② 王灼:《碧鸡漫志》卷二,辽宁教育出版社,1998年,第10页。

(《乌夜啼》),又表露了对于人生"多恨事"的哲理性体验。这些,就都是远远超出于艳情之外的"言志"性作品。

到了北宋前期,尽管词坛基本还沉浸在一片浅斟低唱的软语声中,但词的"社会化"倾向却有了进一步的发展。首发其端的,该数那位"先天下之忧而忧"的名臣范仲淹。他共存词作五首,但已有两首是旁枝独秀于艳词之外的:其一是《渔家傲》词,它把西北边陲的羌管笳鼓之声带进了词坛;其二是《剔银灯》词:"昨夜因看《蜀志》,笑曹操、孙权、刘备,用尽机关,徒劳心力,只得三分天地。屈指细寻思,争如共刘伶一醉……"读着这些句子,我们感到作者简直不像在写词,而是在向人作历史的"纵横谈"。这些,就都表明了词正在向政治与人生作移步和靠拢。在他之后,词的"社会化"倾向更加有所发展,表现在词坛上就渐多了下列作品:

一是吊古咏史之作。这些作品,虽然所咏的人事早成历史,但其立足点却正在现实社会,所以从中就不难感受到一点儿对于"今日"之影射。如王安石作于江宁知府任上的《桂枝香 · 金陵怀古》:

> 登临送目,正故国晚秋,天气初肃。千里澄江似练,翠峰如簇。征帆去棹残阳里,背西风酒旗斜矗。彩舟云淡,星河鹭起,画图难足。
> 念往昔,繁华竞逐。叹门外楼头,悲恨相续。千古凭高对此,谩嗟荣辱。六朝旧事随流水,但寒烟衰草凝绿。至今商女,时时犹唱,后庭遗曲。

王氏平昔不大看得起"小词"——他读大晏词后曾经笑曰:"为宰相而作小词,可乎?"①但他自己却援笔写下了这首怀古词,可知这首"小词"中应是包含着"大题目"在内的,那就是关乎兴衰盛亡的历史教训和现实感慨。

二是寄怀言志之作。例如,苏舜钦因受政敌排挤,被贬苏州,遂筑沧浪亭自遣,并作《水调歌头》写其愤懑云:

> 潇洒太湖岸,淡伫洞庭山。鱼龙隐处,烟雾深锁渺弥间。方念陶朱张翰,忽有扁舟急桨,撇浪载鲈还。落日暴风雨,归路绕汀湾。　　丈夫志,当景盛,耻疏闲。壮年何事憔悴?华发改朱颜。拟借寒潭垂钓,又恐鸥鸟相猜,不肯傍青纶。刺棹穿芦荻,无语看波澜。

这首词,就非一般的隐逸词可比。它明言:"丈夫志","耻疏闲"。从其"鸥鸟相

① 魏泰:《东轩笔录》卷五,中华书局,1983年,第52页。

猜”等句看来,它是包含着很深的政治感慨的。《东轩笔录》卷一五还记有关于这几句的“本事”。

三是咏写军旅之作。如沈唐献给太原知府王君贶的《望海潮》有云:“山光凝翠,川容如画,名都自古并州。箫鼓沸天,弓刀似水,连营十里貔貅,金骑走长楸。少年人一一,锦带吴钩。路入榆关,雁飞汾水正宜秋……”这里,词的“触角”已经“深入”到了宋辽交界的前沿阵地了,它再非“洞房”“闺阁”所能束缚得住。

四是咏写哲理之作。在这方面,仍可举王安石为例。他作词不多,然而占据其中很大比重的便是那些“以词说禅”的作品,如:“嗟见世间人,但有纤毫即是尘。不住旧时无相貌,沉沦。只为从来认识神。　　作么有疏亲?我自降魔转法轮。不是摄心除妄想,求真。幻化空身即法身。”(《南乡子》)此种词作,正如李清照所说,是“人必绝倒,不可读也”,但也反映了词的多功能性已被人们所认识和利用,尽管王作只是一首并不成功的“说理”之作。

故而,总观上述四方面的情况可知,词的某种程度的“社会化”现象早在苏轼以前就确已存在。词同其他文学样式一样,本是产生于社会生活土壤之中的,它和“大地”之间具有切割不断的联系。所以即使在词被“架空”于闺楼香阁之中的时候,也还是有着“嗜土”的本性的——前面四类词作,就可以视作是它欲“回归”生活土壤的种种表现。因而随着北宋社会的由前期转向后期和北宋社会矛盾的进一步激化,词的“回归运动”(指回归社会生活)就更有了加速的发展。它们集中而突出地表现在苏轼的词中,从而形成了它的“士大夫化”的特征。

第二节　苏轼完成了词的比较充分的“士大夫化”

对于苏轼的词,历来有过许许多多的评论或描述。其中,最有代表性的论见有以下两种,一是宋人所谓的“以诗为词”,二是今人所谓的“改革”或“创新”。这两种看法自然都很有道理。不过照我们看来,却都还未曾说出其真实底蕴和拈出其“本来面目”。例如,所谓的“以诗为词”是这样提出的:《后山诗话》(其作者基本可以肯定为陈师道)说:“退之(韩愈)以文为诗,子瞻(苏轼)以诗为词,如教坊雷大使之舞,虽极天下之工,要非本色”①;又《王直方诗话》亦载:东坡尝以所作小词示晁补之和张耒,问:“何如少游(秦观)?”两人皆答曰:“少游诗

① 陈师道:《后山诗话》,中华书局,1985 年,第 6 页。

似小词,先生小词似诗。"①由此看来,有相当多的宋人认为,苏词存在着某种程度的"诗化"现象。这无疑是正确的。但若要进一步问:苏词和"诗"究竟"似"在哪里呢? 又和传统风格的词(例如秦观的词)"异"在哪里呢? 显然,光凭"以诗为词"四字还是交不了卷的。对此,今人的"改革"或"创新"论(即认为苏轼词对传统词风作了革新)就显得比较"直截痛快"了。不过,此论虽"干脆",却同时又带来了新的疑问:第一,苏词虽在事实上对旧传统作过一定程度的改革,但从苏轼本身而言,其自觉的"改革意识"却不一定如今人所说的那么浓;第二,这种"改革"又是如何着手、如何进行的呢? 这种"改革"的"原动力"和"改革方向"又在哪里呢? 所以它还嫌笼统甚至有些拔高古人。为此,我们认为,如能拈出词的"士大夫化"这个命题,从此论出发来研究苏轼的"以诗为词"和"革新词风",似乎更能切合实际一些,也更能接近于它的"本来面目"。

照我们看来,以往的小词,虽然其作者基本也是一些士大夫文人,但如从"完全"和"充分"的意义上看,则还算不上是一种真正的"士大夫之词"。如《花间集序》即云,它的作品只是"助欢"、"佐酒"的产物;陈世修《阳春集序》和晏几道《小山词序》,又表明了词的"娱宾遣兴"和"析酲解愠"性质;而柳永的词,更被当做博取歌妓青睐的"应歌"之具。所以,在他们的词中,虽也反映了作者的生活面貌,但充其量只是其多重生活侧面中的部分侧面而已;在他们的词中,虽也表现了作者的人格面貌,但却远没有表现出他们比较完全的人格面貌。比如,柳永的《煮海歌》曾这样写道:"煮海之民何所营? 妇无蚕织夫无耕。衣食之源太寥落,牢盆煮就汝输征……本朝一物不失所,愿广皇仁到海滨。甲兵净洗征输辍,君有余财罢盐铁。太平相业尔惟盐,化作夏周商时节!"诗中所描绘的他曾目睹的盐民生活景象,诗中所表现的他那种关怀盐民、愿广"仁政"的政治胸怀,我们就在他的词里压根儿都找不到一点影踪! 这说明,传统的小词,虽出自文人作者之手,但是它们既和现实生活存在着很大的距离,也和作者真实的、完整的思想面貌之间存在着不小的差距。而相比于词来,宋诗的时代感、现实感就大为加强了,它与作者的思想面貌之间的差距,也就大为缩短了。在诗里,我们既可以看到作者有关政治方面的"志",也可以时而见到他们在私人生活方面的"情";既可以看到他们宦海的浮沉、人生的遭遇,也可以看到他们的交游酬赏、流连山水。一句话,诗的面目,还是和作者的士大夫文人的本来面目比较切近、比较相符的。从这里我们就可以悟出:宋人之称呼苏词是"以诗为词",说"苏词似诗",其实还只是一种停留于印象上的浅表性认识而已;它的真谛实在应是:

① 胡仔:《苕溪渔隐丛话·前集》卷四二,人民文学出版社,1981年,第284页。

只有到了苏轼词里,人们才像在他的诗里那样,看到了一个活生生、活泼泼的苏东坡,才看到了作者作为一个士大夫文人的那种比较完整的生活面貌和相当深刻的思想面貌,因此,这样的词就非昔之传统小词所能比,故只能诧呼为“以诗为词”。所以,就其外表形迹而言,苏词当然可被称之为“以诗为词”;但就其底蕴本质而言,却实乃是一种比较“完全”和“彻底”的“士大夫之词”。

至于今人所说的“革新”论,则其终也仍要落实到这个“士大夫化”上来才能求得踏实的解释。这是因为,“革新”本是一种相对性的概念——只要有传统,就会有革新。从这个意义上讲,晚唐五代的“词代诗兴”,柳永的慢词和“俗词”(相对于传统的令词和“文雅”词风而言),又何尝不可以称为“革新”?故而,正如《文心雕龙·通变》所云,“文律运周,日新其业”,文学舞台上就永远充满着形形色色的以新代旧、新陈代谢的革新过程。因此,把苏词泛称为“改革”或“创新”,虽然很对,但却还嫌笼统——它并没有指出其“质的规定性”。故而依我们看来,则还是提出“士大夫化”的命题,才较为接近于苏词的真实底蕴。下面即据此展开论析:

首先,苏词的“士大夫化”,有它特定的针对对象:下列两种词风。

一是传统的艳词。传统的艳词,在它从晚唐到北宋前期的那一段“新生期”、发展期中,不乏有其新鲜可喜的特种魅力。但是,久而久之,词老是在“艳科”的圈子里打转,那就“出息”不大了。所以,苏轼在评论当日颇享盛名的张先词时,却特为说了下面这段“醒人耳目”的话来,他说:“子野诗笔老妙,歌词乃其余波耳。《华州西溪诗》云:‘浮萍破处见山影,小艇归时闻草声。’又和余诗云:‘愁似鳏鱼知夜永,懒同蝴蝶为春忙。’若此之类,皆可以追配古人,而世俗但称其歌词。昔周昉画人物皆入神品,而世但知有周昉士女(画),盖所谓‘未见好德如好色’者欤?”①这段话,就明确表达了苏轼对传统“歌词”之“好色”特征的不满,所以他要抬出张先“追配古人”的诗来压过他被“世俗所称”的词了。也因为这同样的原因,苏轼自己写词,就不愿重蹈张、周被人“误看”的覆辙,而要让自己的词作,不光像艳词和“仕女画”那样,却更要像内容深广得多的诗和“人物画”那样,比较全面地反映、表现其士大夫文人的生活面貌和精神面貌。

二是柳永的“俗词”。在苏轼以前,“骫骳从俗”的柳词曾经风靡一时、“天下咏之”。这在士大夫文人看来,无疑是对正统文学的一种挑战,因而是不能容忍的。所以,虽然同样是写作“曲子”,然而晏殊却要黜斥柳永——只是,柳词的势

① 苏轼:《张子野词跋》,金启华,等编《唐宋词集序跋汇编》,江苏教育出版社,1990 年,第 17 页。

力却并未减退，“流俗好之自若也”。关键问题在于：能否在创作实践方面拿出过硬的成果（亦即一批新的作品和一种新的词风），来抵制和冲消柳永“俗词”的影响。而在这方面，晏殊那种虽然高雅却仍香艳的词作和词风，就不免显得无力了——拿“妇人语”（蒲传正评晏词之语）去对抗“女儿词”，岂不是“五十步笑一百步”？故而，苏轼就得另去开拓新的题材疆域，建树新的词风词品，才能真正“除旧布新”。苏轼在《与鲜于子骏书》中曾云：“近却颇作小词，虽无柳七郎风味，亦自是一家”①，这就明标着他欲“自成一家”之词风就是冲着“柳七风味”来的。而如何才能“自成一家”呢？归根到底，就得将他深厚的士大夫文人的人格和修养，将他的“自家面目”（包括生活面貌和精神面貌），融注到词中。对此，认为“乐府以来，东坡为第一”的元好问（上述评语见其《遗山自题乐府引》）就曾十分中肯地指出：“唐歌词多宫体，又皆极力为之。自东坡一出，情性之外，不知有文字，真有‘一洗万古凡马空’气象。”②他所说的“情性之外不知有文字”，便一语破的地说出了苏词正是刻印着他作为士大夫文人的全部（或接近于全部）“情性”的本质特点。这也可谓是它“革新”的“原动力”和“方向”。

所以，苏轼的词，说到底，同他的诗一样，映照出他作为士大夫文人的生活面貌和精神面貌，浸润着他作为士大夫文人的气质修养和禀性风度，是一种活泼泼的、全方位的新词。比之传统的艳词来，它已经“开放”或“开拓”得多了；而比之柳永的“俗词”来，它又是“严肃”或“正经”得多的。只有到了苏词，“词品”才和“人品”基本对上了号；只有到了苏词，词才又真正“回归”了社会生活的“娘家”；也只有到了苏词，才真正找寻回了在艳词和俗词中失落已久的士大夫文人的“灵魂”。王国维曾说：“词至李后主而眼界始大，感慨遂深，遂变伶工之词而为士大夫之词。”③其实，词的“士大夫化”，李煜还只能说是首开了其端；它的真正完成，是到了苏轼才达到的事。

其次，“风格即人”，苏词的“士大夫化”又是和其作者的士大夫“为人”表里相称的。所以我们又须对他的生平、思想作番考察。

苏轼（1037—1101），字子瞻，一字和仲，自号东坡居士，四川眉山人。他生于一个寒素的地主家庭，在其父亲——著名的散文家苏洵的熏陶影响下，自幼就攻读诗书，博通经史。因而才 21 岁，就得中进士，获得主考官欧阳修的高度赏识，顺利地步入了仕途。年轻气锐的苏轼，针对当时日渐暴露出来的社会危机，

① 苏轼：《苏轼文集》卷五三，中华书局，1986 年，第 1560 页。
② 元好问：《新轩乐府引》，《遗山先生文集》卷三六，《四部丛刊初编》本。
③ 王国维：《人间词话》，齐鲁书社，1981 年，第 93 页。

曾写了《进策》25篇，希冀改变当时因循萎靡的局面，显露了他的政治抱负。但是，随着王安石大刀阔斧地推行新法，苏轼世界观和政治观中的保守部分就明显地与它发生了矛盾，因此他自动要求调离京师，到外地历任杭、密、徐、湖等州的地方官。在这些任上，他关心民间疾苦，关心生产抗灾，在徐州大水灾时还亲自与老百姓一起抗洪护城，给当地人民留下了"贤吏"的良好印象。但是，由于苏轼对变法持有"不同政见"，又时常在诗文中"托事以讽"，因此不久就大祸临头，被捕入狱，这便是促使他思想发生深刻变化的"乌台诗案"。嗣后，他被贬黄州，过了四五年的"半犯人"生活。元祐初年，高太后听政，旧派上台，新法尽废，此时苏轼得以重返京师，荣任翰林学士、知制诰等职。但他却又不满于旧党中人"尽改新法"的过激行动，因而又遭排挤，不容于朝，先后被派知杭州、颍州（在杭州期间，又浚西湖、筑长堤，为人民做了不少好事）。在此之后，朝廷方面又发生了变故，高太后病死，哲宗亲政，新党重新登坛，旧党人士又遭到了更大的打击。苏轼就被当做打击的主要对象之一，一贬再贬，由英州、惠州一直贬到荒远的儋州（在今海南岛），时已60余岁。最后，徽宗即位之后，为缓和新旧党人的矛盾，朝廷下令赦免旧党流人，始得北返，终于病死常州。总观他这一生，有以下几点是值得注意的：

一是他的极有才能，卓有抱负。《宋史》本传即称他："器识之闳伟，议论之卓荦，文章之雄俊，政事之精明，四者皆能以特立之志为之主，而以迈往之气辅之。故意之所向，言足以达其有猷，行足以遂其有为；至于祸患之来，节义足以固其所守，皆志与气所为也。"①其前言的"四者"，都是讲他政治、文学才能之高；后言的"志"与"气"，则又是言其抱负、人品之高。

二是他的饱经忧患、历尽坎坷。简括他的一生，可谓是几起几落，而且是"大起大落"，始终在政治风浪的漩涡和新旧党政的夹缝中过日子，滋味是复杂而不好受的。这样的一种生活遭遇，便促成了他"多思""深思"的性格特点，也对他的各类文学创作都产生了深刻影响。

三是正因为上述两点，就又形成了他思想、性格、修养、趣味等方面异常复杂和丰富、看似矛盾而统一的多面性。在苏轼的经历中，穷与通、进与退、起与落、悲与欢，是交替叠现的；在苏轼的思想中，消沉与豪放、伤感与达观、得意时的"淡然"与失意时的"泰然"、儒家的"进取"与佛道的"看穿"，是融贯于一体之中的；在苏轼的创作中，现实的时代感和超时代的历史感、严肃的"正经"感和"嬉笑怒骂，皆成文章"的"不经意"感、"端庄"与"流丽"、"刚健"与"婀娜"，是不妨

① 脱脱，等：《宋史》，中华书局，1977年，第10816页。

并存互含的——总之,出现在我们面前的苏轼,可以说是中国封建社会“士大夫文人”极为典型的代表。举凡封建士大夫文人所具有的各种生活面貌、各式精神面目,我们都能在他身上及其文学创作中交叉地、立体地看到。从这个意义上说,苏轼真不愧是整个封建时代知识分子的一个“标本”,他所体现出的士大夫属性和士大夫气息可谓是充分地“饱满”和“成熟”了。而所有这些,就都曾在他的词作中有所反映和表现;虽然,这种反映和表现又由于小词体式特点的限制,还未能真正达到“如诗如文”①的地步,但不可否认,比之以往的词来,苏词确是空前的“士大夫化”了。

下面,就让我们从苏轼的词中,来观照这一位士大夫文人的“自我形象”,并以之先来反窥其词在思想内容方面的“士大夫化”。

一、一位忧国爱民、深有抱负的士大夫文人

作为一位长期熏染儒家教育和性格正直的士大夫文人,“忧国爱民”和“深有抱负”自然是苏轼思想的一个重要方面。这一方面的思想感情,就形成了他词中政治性强、现实感深的特点。

苏轼作诗甚早而作词却迟。现存的词中,最早的两首作于 1072 年,他时已 37 岁。但他真正形成自己面目的词作,则要从两年之后由杭赴密途中所写的《沁园春》开始。词前有小序(这也是苏词不同于前人词的特点之一):“赴密州早行,马上寄子由”,词曰:

> 孤馆灯青,野店鸡号,旅枕梦残。渐月华收练,晨霜耿耿;云山摛锦,朝露团团。世路无穷,劳生有限,似此区区长鲜欢。微吟罢,凭征鞍无语,往事千端。　　当时共客长安,似二陆初来俱少年。有笔头千字,胸中万卷;致君尧舜,此事何难?用舍由时,行藏在我,袖手何妨闲处看?身长健,但优游卒岁,且斗尊前。

这里有那种“浅斟低唱”的软语、绮语吗?没有。有“倚花弹柳”的柔情、艳情吗?也没有。这里,展开着一对“同志”而兼“手足”的士大夫文人那种甚为复杂的情志和感慨:从“二陆初来俱少年”时的雄心勃勃、头角初露,到“世路无穷”的人到中年、历经风波,再拓想到不妨“袖手旁观”“优游卒岁”的今后——这一连串人生而兼“心路”的“历程”,岂不就展现与预示着苏轼一生升降沉浮的生活

① 刘辰翁《辛稼轩词序》说:“词至东坡,倾荡磊落,如诗如文。”金启华,等编:《唐宋词集序跋汇编》,江苏教育出版社,1990 年,第 173 页。

经历和“进退出处”的复杂心情？而占其主导地位的感情，却实在还在于“致君尧舜”的抱负不能实现的政治感叹！“栖凤枝梢犹软弱，化龙形状已依稀”（李璟《新竹诗》），苏词一出手就已如此不凡，它日后的“化龙”腾飞就拭目可待了。

果然，就在密州任上，苏轼便写下了那首“虽无柳七郎风味”却“自成一家”的“壮词”——《江城子·密州出猎》：

老夫聊发少年狂，左牵黄，右擎苍。锦帽貂裘，千骑卷平冈。为报倾城随太守，亲射虎，看孙郎。　　酒酣胸胆尚开张。鬓微霜，又何妨！持节云中，何日遣冯唐？会挽雕弓如满月，西北望，射天狼。

这首词，可称是范仲淹《渔家傲》词在30余年后极为难得的“嗣响”，以及南宋众多的抗战爱国词的“先声”。它表达了作者报效朝廷、捍卫国家的恢宏情志，洋溢着热爱祖国、崇武杀敌的理想主义情调，实为以前词中所罕见。苏轼自己赞它“令东州壮士抵掌顿足而歌之，吹笛击鼓以为节，颇壮观也”①，其自负之意即盎然可见。

而即使在他身处于生活遭遇的低谷时，他那种欲有所为、欲有所“伸”的政治抱负也还在词中“神龙见首不见尾”地时时“暴露”。如他被贬黄州，身处半被监视的逆境，然而在他那首《念奴娇·赤壁怀古》词中，却仍然借怀古之词句，抒发了自己对于建功立业、千古留名的企渴，充分表露了自己的责任感、事业感、自负感。“江山如画，一时多少豪杰”——苏轼是多么渴望自己也能跻入这个“千古豪杰”的行列，成为无愧于祖国壮丽河山的一个忠诚儿女啊！

因此，苏轼的某些词就带有着较浓的政治色彩和较强的现实感受性。它不再是那种缺乏时代气息、虽分置于各个朝代都不易分辨的“彩花”（《人间词话》删稿曾以“生香真色”与“彩花”对举），而是直接扎根于当代社会土壤中、带有现实气味的“鲜花”。词向着现实生活，终于有了移步、靠拢。

说到这里，我们自然更不会忘掉他那一束从徐州农郊土地上采来的“野花”——《浣溪沙》五首。这五首农村词，好比为北宋文人词坛打开了一个窗口，它让带着煮茧香味、缫丝声响的新鲜空气，一阵阵地扑袭进来，使人们重又回到了乡间的小道、柳下的麦场。苏轼之密切关怀人民，苏词之直接“拥抱”生活，于此不是表现得再清楚不过了吗？不信，在晏殊这位应该是“燮理万机”的大宰相词中，能见到“问言豆叶几时黄”的句子吗？而在柳永这位也曾到过农村的地方官词中，又何尝出现过“使君元是此中人”的句子呢？举出苏轼的农村词和上面

① 苏轼：《与鲜于子骏书》，《苏东坡全集》，北京燕山出版社，1997年，第3706页。

那些政治性颇强的作品，一个忧国爱民、深有抱负的士大夫形象，就活跃在我们面前了。

二、一位热爱生活、感情丰富的士大夫文人

苏轼的士大夫气质，不仅表现在他关心政治、关心人民和有所抱负、欲有作为的方面，而且表现在他有着宽广的襟怀和宽厚的性格方面。像古代许多感情丰富的诗人墨客一样，苏轼似乎天生具有一种"泛爱"的性格特点。他"泛爱"亲人、"泛爱"友朋师生，甚至"泛爱"天下一切之人。贾似道《悦生随抄》就记载："苏子瞻泛爱天下士，无贤不肖欢如也。尝言：'上可陪玉皇大帝，下可以陪卑田院乞儿。'子由晦默少许可，尝戒子瞻择友。子瞻曰：'眼前见天下无一个不好人，此乃一病'。"①这段趣闻趣语，就说明了他性格的宽厚和感情的丰富——不但如此，苏轼在"爱人"的同时，也"泛爱"天下一切之物。他爱山水，也爱生物；他爱故乡，也爱他乡；他爱登山临水的"清赏"，也爱歌妓丝竹的"俗乐"。一句话，他热爱自然，热爱人生，他真是一位对生活饱含深情的"赤子"。而所有这些方面，也无不在其词中有所反映。如：

> 照野弥弥浅浪，横空隐隐层霄。障泥未解玉骢骄，我欲醉眠芳草。
> 可惜一溪风月，莫教踏碎琼瑶。解鞍敧枕绿杨桥，杜宇一声春晓。
> （《西江月》）

还在处于自身难顾的逆境之中（被贬黄州），苏轼却给了他的"身外之物"以如此深厚丰富的感情！多么可爱的风月，可切莫教马蹄踏破、扰乱，这里蕴藏着作者何等宽广博厚的人格和泛爱苍生万物的情怀。比起那些但有"怜香惜玉"之怀的词人来，苏轼的胸怀就显得阔大多了。

又如他在杭州寄赠参寥（僧道潜）的《八声甘州》：

> 有情风万里卷潮来，无情送潮归。问钱塘江上，西兴浦口，几度斜晖？不用思量今古，俯仰昔人非！谁似东坡老，白首忘机？　记取西湖西畔，正春山好处，空翠烟霏。算诗人相得，如我与君稀。约他年东还海道，愿谢公雅志莫相违。西州路，不应回首，为我沾衣。

参寥是位僧人，他与苏轼有着真挚的友谊。苏轼贬黄州，参寥不远千里相随；后来苏轼贬海南，参寥又欲过海相从，足见两人情谊之厚重。苏轼此词，正是抒写

① 苏轼：《苏轼文集》卷五三，中华书局，1986 年，第 1560 页。

了这种不可多得的友情："算诗人相得，如我与君稀。"全词以平易而挚朴的语言，写出了两人莫逆的深情厚谊，体现了苏轼极重于"情"（并非仅是男女之情）的性格气质。所以郑文焯评此词曰："是从至情流出，不假熨帖之工。"（评《东坡乐府》）

再如，他悼念亡妻所作的《江城子》："十年生死两茫茫，不思量，自难忘！千里孤坟，无处话凄凉。纵使相逢应不识，尘满面，鬓如霜。　夜来幽梦忽还乡。小轩窗，正梳妆。相顾无言，惟有泪千行。料得年年肠断处，明月夜，短松冈。"此词和前述那首"密州出猎"词，作于同一时间，用的同一词调，但却一刚一柔地分别展开了作者内心世界的两个侧面。《文心雕龙》早就说过："夫情动而言形，理发而文见，盖沿隐以至显，因内而符外者也"①（《体性》），在苏轼的"方寸"之心中，就深藏了无比丰富的感情内蕴。所以，王若虚曾针对有人曲解苏轼"短于情"之论，说道："呜呼！风韵如东坡，而谓'不及于情'，可乎？彼高人逸士，正当如是……若乃纤艳淫媟，入人骨髓，如田中行、柳耆卿辈，岂公之雅趣也哉。"②他的话说明：苏轼乃是极有情的，不过此"情"并非如柳永那类纤艳之情，而是另一类比较健全的士大夫之情，当然也包括正常的恋情在内。

体现苏轼情感丰富、热爱生活的词作，我们还可以举出许多。如："持杯遥劝天边月，愿月圆无缺。持杯复更劝花枝，且愿花枝长在莫离披"（《虞美人》），表现了他愿世间美好事物永驻的善良愿望；如他面对秋天忽开的牡丹花说道："秋向晚，一枝何事，向我依然？……不如留取，十分春态，付与明年"（《雨中花慢》），他诚挚地希望它能留着余妍、明春再开；如他怀念弟弟苏辙："中秋谁与共孤光，把盏凄然北望"（《西江月》）；如他凭吊恩师欧阳修："十年不见老仙翁，壁上龙蛇飞动"（《西江月》）；如他送别友人陈襄："使君能得几回来？便使尊前醉倒更徘徊"（《虞美人》）；如他遥寄友人孙巨源："别来三度，孤光又满，冷落共谁同醉"（《永遇乐》）……这不可胜数的众多例子，都无不表现了苏轼深于情、笃于情的"多情"心态。虽然这种"多情"的心态，仍还偏于"柔"的一面，但是，比之"批风抹月"之类，却是大有拓宽的——何况，苏轼词中也还有"刚性"的心态表现出来。如他在临淮见到一位"仙风道骨"的湛然先生，作《水龙吟》词，下片有道："行尽九州四海，笑纷纷、落花飞絮。临江一见，谪仙风采，无言心许。八表神游，浩然相对，酒酣箕踞。待垂天赋就，骑鲸路稳，约相将去。"这是何等飘逸豪放的"游仙"气魄！又如他在黄州快哉亭赠张怀民所写的《水调歌头》下片：

① 刘勰著，范文澜注：《文心雕龙注》，人民文学出版社，1962 年，第 505 页。
② 王若虚：《滹南诗话》，中华书局，1985 年，第 10 页。

"一千顷,都镜净,倒碧峰。忽然浪起,掀舞一叶白头翁。堪笑兰台公子,未解庄生天籁,刚道有雌雄。一点浩然气,千里快哉风!"它在表达友情之余,又抒发了心有"浩然之气"、身享"快哉之风"的旷情逸怀。像上述两种阔大的襟怀与豪情,就非传统小词以及柳永俗词中所能见到。所以,"人禀七情",人类本来丰富多样的感情世界,到了晚唐五代以及北宋前期的那些艳情词中,似乎只缩小成了"一丘一壑",而只有到了苏轼词中,才又重展了它"齐鲁青未了"、"阴阳割昏晓"的本来面貌。

三、一位饱经忧患、覃思深虑的士大夫文人

我们在第四章中早已说过,宋代文人一般都有着"多情"和"多思"的心理特点。而在这两方面,苏轼就都可以称得上是典型。上一小节,讲的是其"多情";而比较起"多情"这一点来讲,"多思"就更是苏轼和苏词的格外突出、格外重要的另一个特点。

造成苏轼"多思"的原因,主要有两条。第一是外部的原因,那就是他"命宫磨蝎"(《东坡志林》卷一自语)的身世遭遇——苏轼自云:"嗟我本狂直,早为世所捐"(《怀西湖寄晁美叔同年》诗),又云:"崎岖世味尝应遍"(《立秋日祷雨,宿灵隐寺,同周、徐二令》诗)。这种常处逆境的生活遭遇就迫使他不得不对现实乃至整个人生做出反思,并将这种"反思"的结果诉之于文学创作。他在《和晁同年九日见寄》诗中曾经俏皮而辛酸地说过:"遣子穷愁天有意,吴中山水要清诗",其意是说:老天爷罚我这辈子多"穷愁",原来是为了向我乞讨更多的好诗!"穷愁"与"清诗",以及"崎岖世味"与"多思"、"深思"之间,就是如此密切地联结在一起的。第二是内部的原因,那就是他本人的"聪明"。苏轼在《洗儿戏作》诗中曾经自嘲曰:"人皆养子望聪明,我被聪明误一生。惟愿孩儿愚且鲁,无灾无难到公卿。"在他看来,这个"聪明"反倒不如"愚鲁"来得太平、免灾——此话的底里,也同时透露着这样一层意思:"聪明难,糊涂更难"(清人郑板桥语);同是面对着不愉快的境遇,"聪明"人所感知着的苦恼、忧患,却要远比"糊涂"人深、广几倍!这说明,苏轼缘其"聪明"(实为敏感)的禀性和气质,就比常人更敏锐、深切地感受着人生乃至宇宙间的痛苦。

所以,发见于苏轼诗、文、词中的忧患意识,比之别人来,更显出了它以下两方面的特性:

其一是深广性。

我们在前讲过,表现在中国古代文学中的忧患意识,真谓既广且浓,比比皆是。但是,表现在苏轼作品中的忧患意识,却还另外具有他自己的个性特色。那

就是，别人之感发忧患意识，大多是因其生活中之不幸遭遇，而苏轼，却在处于相对顺利的境遇中，也会“未卜先知”、“未雨绸缪”地预示了此种不幸感；别人之感发忧患意识，大多是针对人生之不幸，而苏轼之感发忧患意识，却往往是针对整个人生。从这两点看，苏轼的忧患意识，就显出其格外深广的特性了——他所忧患的，已不光是具体的政治风波和社会的矛盾，而且是针对着整个人生、整个人类的“目的”和“意义”。比如，早在26岁刚入仕途之初，他就写下了“人生到处知何似？应似飞鸿踏雪泥”（《和子由渑池怀旧》）的名句，表达了这位实际尚未深谙“世味”的青年知识分子对于人生究具何种意义的迷惘和怀疑之情。而随着他涉世越来越深，这种对于人生的冷漠感、消极感甚至虚无感，也就有所增长。这些感情，无不是忧患意识的一种变态的表现。例如他在28岁时所作的《十拍子》词中，就首次出现了“梦”字：“身外傥来都是梦。”而随后，这个“梦”字就像梦魇一样，紧缠住苏轼的词而不离了：“休言万事转头空，未转头时皆梦”（《西江月》），“巫峡梦，至今空有，乱山屏簇”（《满江红》），“人间如梦，一尊还酹江月”（《念奴娇》），“世事一场大梦，人生几度新凉”（《西江月》）……“梦”字的出现在诗、文、词中，当然并不是苏轼的独创；但如此频繁地反复凸现在苏词中间，毕竟也非寻常现象，它标志着苏轼对于人生的思考似已进入了一个“彻悟”的阶段。而在这些“梦叹”之词中，下面这几句就显得最为“触目惊心”和沉痛深刻：

> 天涯倦客，山中归路，望断故园心眼。燕子楼空，佳人何在？空锁楼中燕。古今如梦，何曾梦觉？但有旧欢新怨。异时对，黄楼夜景，为余浩叹！（《永遇乐》下片）

此词乃因夜宿彭城（今江苏徐州）燕子楼、梦见唐代名妓关盼盼而作。它先写自己这位“天涯倦客”在清幽的深夜被秋声所惊醒，觉后唯见“燕子楼空”，无限怅惘。接着便由具体的绮情和离情（张建封尚书与关盼盼的“故事”），引出对于整个人类历史无限深沉的感慨和忧患：昔日燕子楼中所发生的种种旧事，固已如梦一般逝去，而古往今来无数代人的欢、怨之情，又何尝不像它一样，只是一连串旋生旋灭的连续梦境？世人不明此理，固如“大梦未醒”；而即使是梦醒之我，此时此地所感发的人生感叹，在后人看来，也岂非是“新梦”一场！所以，这段螺旋形似的人生思索，再明白不过地显示了苏轼内心对于整个人类历史的一种怀疑和迷惑的情绪，表现了他对宇宙、人生以及社会进程的深刻忧患。因而，我们在苏词中，触处都可以遇到这样一类句子：“世路无穷，劳生有限，似此区区长鲜欢”（《沁园春》），“此生此夜不长好，明月明年何处看”（《阳关曲》），“与君各记少年时，须信人生如寄”（《西江月》），“人生如逆旅，我亦是行人”（《临江仙》），

“长恨此身非我有，何时忘却营营”（《临江仙》）……总而言之，是“万事到头都是梦”（《南乡子》）！是“须著人间比梦间”（《南乡子》）！苏词中所表现出来的对于整个人生究有什么目的、究有何种意义的厌倦情绪，比之前代人因着具体境况（如政治的、爱情的、健康的）之不幸而引起的哀伤情绪，就更加显出其忧患的深刻和浓烈。

但是，物极必反。苏轼诗、文、词中所发见的忧患意识，却又同时具有了它的第二个特性——“解脱性”。正像冷透之后必求回暖，又像闷极之人必会开窗那样，苏轼身为一个“多情”于生活、执着于人生的人，他又不会让自己活活被这种“冷”、“闷”的情绪所困死。因此他要挣扎，他要求索，并最终找到了某种解脱。故而苏轼的诗、文、词，在表现忧患意识之“深广”的同时，也就具有了另一种相反相成的超脱、旷放的特征。而这正就是他所不同于常人的更为重要的地方。

那么，苏轼又是怎样求得这种“解脱”的呢？这就靠他的善于打通儒、道、佛三家思想的界限，从中择取若干需要的成分，“为我所用”地建立起自己的一套人生哲学。这种“哲学”的基本点在于善于自我调节其看问题的方法。在苏轼看来，人生本应是无憎无爱、无悲无欢的一片“澄净”世界，之所以会生出种种烦恼苦痛，固然与外界的纷扰有关，但其根源却在于心之不宁，因此只要能保持或恢复内心世界之宁静平和，也就可以减轻或抵挡外来的纷扰，从而使人生复归于“无差别”的“澄净”境界。而在这中间，“心”的因素（亦即我们所说的看问题的方法或角度）便是一个决定性的因素。对此，他的一首写景诗《饮湖上初晴后雨》就曲折地吐露了这种人生哲学。它说：“水光潋滟晴方好，山色空濛雨亦奇。若把西湖比西子，浅妆浓抹总相宜。”为什么常人认为“晴方好”而他偏认为晴雨皆宜、无往不好？原因即在于他的通达、圆照的观察方法和角度。又如其《超然台记》云：“凡物皆有可观。苟有可观，皆有可乐，非必怪奇伟丽者也。铺糟啜醨，皆可以醉；果蔬草木，皆可以饱。推此类也，吾安往而不乐？”之所以能在常人以之为苦的东西中找到乐的趣味，这也得靠自我调节其“苦乐观”。因此，如若解决了这个问题，那么什么风波险途就都可以随遇而安、化险为夷了。再如《六月二十七日望湖楼醉书五绝》之一：“黑云翻墨未遮山，白雨跳珠乱入船。卷地风来忽吹散，望湖楼下水如天。”在那黑云压城、白雨倾盆的时候，景象是何等可怖可愕，但雨过天晴，却仍还我一个清朗乾坤——苏轼这首诗本意虽并非如此，但由于他的人生哲学无处不有所涵盖、无处不有所流露，故而我们就完全能作上述的理解。更如《六月二十日夜渡海》中前四句：“参横斗转欲三更，苦雨终风也解晴。云散月明谁点缀？天容海色本澄清。”这是他辞世前一年所作，故不妨看做是他全部人生经验的一个总结。在这里他就认为：“天容海色”本是“澄清”的，因此“苦雨终风”终究会过去——深深陷入忧患意识中的苏轼，经过了艰难曲折的“思想历程”之后，终于以他的达观、乐观，战胜了他的悲观、消沉，而到达了解脱、超旷的新的思想境地！这不仅是苏轼本人思想斗争的“胜利”，也是无数代封建文人经过长期探索、追求后，终于找到的一条“思想出路”（在封建时代只能如此）。所以，苏轼的思想“贡献”，苏轼文学创作的“思想成就”，其最吸引封建文人的地方，就正在于此。明白了这些，我们再来读他的词，就更会容易觉察其中的“思想深度”——在他的很多词中，我们就都可感知到他思想历程中由苦闷（忧患也）而追求、由追求而解脱的“三部曲”进程。先看其苦闷，如：

暮云收尽溢清寒，银汉无声转玉盘。此生此夜不长好，明月明年何处看？（《阳关曲》）

这是他在徐州与弟苏辙共同观月所作。面对着中秋的圆月，他却敏锐地感受到了宇宙永恒而人生无常的深锐悲痛，于是便坠入了无边无底的苦闷和忧患之中。

又如，他在抒写蜀主孟昶与其贵妃花蕊夫人纳凉摩诃池边的旖旎情景之时，忽然又“代古人担忧”地“漏”出了自己心底的恐惧心理：“但屈指西风几时来？又不道、流年暗中偷换！”（《洞仙歌》）这种“流年如水”、“时不我待”的感触哪里是醉生梦死的后蜀国君所怀有的心理？却正是作者对于“盛久必衰”的敏锐预感。

再如，在前面引过的“古今如梦，何曾梦觉？但有旧欢新怨”中，作者对于人生的“热情”，几乎已降到了“零度”：“古今如梦”，人间一切的悲欢离合到头来都只是新旧相续的一连串梦境而已，这又是一种多么深刻的苦闷情绪！

但是，这仅只是苏轼思想历程“三部曲”中的第一部曲。苏轼接着又向我们展示了他的第二部乐曲——“追求”：

山下兰芽短浸溪，松间沙路净无泥，萧萧暮雨子规啼。　　谁道人生无再少？门前流水尚能西！休将白发唱《黄鸡》。（《浣溪沙》）

在他最困难的时期之一（被贬黄州），苏轼有机会偶游沙湖清泉寺，发现寺边的兰溪溪水向西倒流。于是他思想中不甘于消沉悲观的一面，就因自然景物的启发而亢奋起来：既然“门前流水尚能西”，那么，“谁道人生无再少”？当然，真正的人生，正如白居易《黄鸡》诗（原题为《醉歌示伎人商玲珑》）中所写的那样，是“看看已失”而不会“倒流”的。但苏词所写，却正表现了他对苦闷情绪的抗争和对乐观情绪的追求。

怎么办？于是，他发现了一个寻求解决矛盾的“法宝”：忘却烦恼、恢复清净。因此就在黄州身心交瘁的情况下，他却写出了这样一首风趣而又富于机智的《临江仙》：

> 夜饮东坡醒复醉，归来仿佛三更。家童鼻息已雷鸣，敲门都不应，倚杖听江声。　　长恨此身非我有，何时忘却营营？夜阑风静縠纹平。小舟从此逝，江海寄余生。

在未“忘却营营”之前，江水腾涌，心潮起伏；而一旦“彻悟”之后，却江风平息、水波不起。这一奇妙的境界，不就是他内心重归恬静的一种艺术写照？

所以，经过这番艰苦的思索和追求之后，苏轼终于找到了自己精神上的一个归宿：任天而动、随遇而安。这便进入了他的“第三乐章”——“解脱”。在这方面，下边这首《定风波》，便是热爱苏词者们向来所珍视和玩味无穷的：

> 莫听穿林打叶声，何妨吟啸且徐行！竹杖芒鞋轻胜马，谁怕？一蓑烟雨任平生。　　料峭春风吹酒醒。微冷。山头斜照却相迎。回首向来萧瑟处。归去。也无风雨也无晴。

这首词的“本事”，据其词序是：“三月七日，沙湖道中遇雨，雨具先去，同行皆狼狈，余独不觉。已而遂晴，故作此。”但是，实际所写，却是他的人生态度或人生哲学。他借着途中遇雨这一件极为寻常的小事，道出了自己对于人生的深刻体会：人生，犹如自然界一般，经常会“兴风作雨”；但是，风雨过后，却仍旧会复归于晴天。故而，当风雨袭来之时，不必惊惶，何妨“徐行”？只要抱定一种随遇而安的人生宗旨，即词中所谓的“一蓑烟雨任平生”，那么，就不必“狼狈”而尽可“吟啸徐行”。这样，苏轼就用他坦荡的胸怀和从容不迫的人生态度，“战胜”了他所遇到的人生风波而履险如夷、化险为夷了。联想他作此词时，正处在黄州编管的逆境之中，则词中所写之种种情景，就完全可以看做是他对不幸遭遇的一种“精神抵抗”；而“抵抗”的结果便是：他暂时地得到了“解脱”和“胜利”。“已而遂晴”，“山头斜照却相迎”，生活中的晴天不是又在向他招手了吗？

以上所述，便是苏轼思想历程的“三部曲”过程。不过，我们又须指出，苏轼在其“三部曲”的最后所达到之“解脱”，却非真正的、彻底的解脱。因此，他一面虽达到了暂时的解脱，一面却又坠入了实际是更加深沉的忧患之中去了。就拿《定风波》来看，他在最后就说：“归去，也无风雨也无晴”，这不就告诉我们：“风雨”固然是暂时的现象，“晴天”却也同样会过去；所以，如从“归去”（亦即人生终极之时）的角度返身来看人生，则一切悲欢离合、阴晴晦明，都不过如梦幻一场而已！从“零”开始，经过了一系列的“由无生有”，最后却又“由有归无”地复以“零”而告终（即词中所谓“也无……也无……”）。这就是人生的全部过程和人生的全部意义。在这里，苏轼就暴露了他人生观中十分消极的一面——对于人类生命活动所抱有的怀疑性、否定性认识。这样的思想,自然是有害的。它反映了旧时代知识分子欲求解脱而最终仍无法解脱的思想悲剧,也表露了地主阶级思想家严重的历史局限。不过再从另一角度看,它又反映出封建社会中某些"先知先觉"的知识分子,正对整个人生之目的在作覃思深虑;他们对于生活的思考,已经达到了一个十分深刻的程度。比之晚唐五代词中"及时行乐"的浮浅思想,以及柳永词中"青春都一饷,忍把浮名,换了浅斟低唱"的庸俗思想,苏词中间这些深思熟虑的人生感慨,就充分显露了士大夫之作的严肃性、认真性。

所以,我们在读苏词的时候,就经常会遇到"词带理趣"的现象,会遇到"形象大于思想"的问题。比如他那最为著名的词篇之一——《水调歌头》,我们就可以循其意象的展开而追踪出他思想发展的轨迹来:

> 明月几时有?把酒问青天。不知天上宫阙,今夕是何年?我欲乘风归去,惟恐琼楼玉宇,高处不胜寒。起舞弄清影,何似在人间?
> 转朱阁,低绮户,照无眠。不应有恨,何时长向别时圆?人有悲欢离合,月有阴晴圆缺,此事古难全。但愿人长久,千里共婵娟。

此词是怀念子由而作,自然就主要写的是人伦之情。但是,像苏轼这样杰出的作家,他所写的情中却往往能提炼或过滤出"思"来,因此我们便也能在这首词中概括出他思想历程上的"三部曲"进程来。

首先是某种程度的苦闷情绪。苏轼此时与弟分隔已有七年之久,而中秋月圆之夜,又使他联想到人间还有几多人如他们弟兄一样不能团聚,这就产生了第一层苦闷。举头望月,月光婵娟——但此等好天良夜,又岂能久长?这又使他联想到了人类无法克服的生老病死的痛苦,此又为另一层苦闷。

因此,他便转入了"追求"的心路历程:要摆脱人间的苦闷和烦恼,唯有一法,那便是"冲天升举",做一个神仙式的人物。故而,他便展开想象的翅膀,思欲"乘风归去",天人合一地遨游在无限完美、毫无缺憾的月宫中。

但是,"上天"只能是不切实际的幻想,因此,解脱和满足,也仍只能落脚到现实的人间来。于是,他的人生哲学又在起作用了:"人有悲欢离合,月有阴晴圆缺,此事古难全",这是必须正视、也不得不正视的"铁的规律";面对这条无法违背的规律,就只能降而求其次地寻求另外的"解脱"途径,那就是保持和恢复内心的宁静:"但愿人长久,千里共婵娟"。虽然分隔千里之遥,但总算还共处于今夜美好的月光之下——这也就值得宽慰和高兴了!在永恒和绝对的有缺陷境界中,寻求到了有限和相对的圆满或和谐的境界,苏轼的这首中秋词,就完成了这个类似于"否定之否定"的思想发展过程。他那总体上归之于消极虚无的人生观中,却部分地展示了它的积极部分,给人以热情,给人以温暖。所以千百年来的许多人,都曾从中吸取过精神力量。

我们之所以如此不厌其烦地解剖和概括苏轼词中的"思想历程",其目的即在于揭示它的哲理性。而他词中的这种哲理性,就正是他饱经忧患的身世遭遇和他覃思深虑的心理机制所带给它们的一种丰厚"赋予"。

故而,我们综合了上述三方面的情况,便可全方位地看到一位宋代士大夫文人的完整形象——他的政治生活、他的日常生活,他的感情世界、他的"理智世界",他的"多情"、他的"多思",他的灵魂的开阔性、他的思想的深刻性,他的理想与抱负、他的消沉与喟叹,他的悲欢离合、他的音容笑貌……所有这些,我们就不但在"苏诗"中看得很清,而且也在"苏词"中见得分明。这就表明苏轼的词确实有着"以诗为词""诗词合流"的特色。试再举几个例子来看:如他在密州任上曾经写这《祭常山回小猎》诗,诗中描写了"青盖前头点皂旗,黄茅冈下出长围。弄风骄马跑空立,趁兔苍鹰掠地飞"的出猎景象,抒发了他"圣明若用西凉簿,白羽犹能效一挥"的报国愿望;于是也就有了主题、意境都与此相似的《江城子·密州出猎》词。又如:在作了《阳关曲》(暮云收尽溢清寒)之后的次年中秋,苏轼又作了《中秋月》诗三首,其中有云:"明月不解老,良辰难合并。回头座上人,聚散如浮萍。尝闻此宵月,万里同阴晴。天公自着意,此会那可轻?明年各相望,俯仰今古情",两者对于人生聚散的相似感触,便是一脉相承的。再如他在《定风波》中所写的"回首向来萧瑟处,归去,也无风雨也无晴"的哲理,后来在他谪居儋州时的《独觉》诗中就又一次出现("回首向来萧瑟处,也无风雨也无晴"),这也说明了苏轼作为士大夫文人的情怀,既反映和表现在其诗中,也不同程度地反映和表现在他的词里。苏轼自谓"词为诗裔",又称别人的"新词"乃是"长短句之诗也"(《与蔡景繁书》),由此看来,他的词从某种意义上说,可谓部分地发生了"诗化"——它的本质就在于映入了他比较宽广而健全的士大夫人格。他的词作,既继承和发扬了前人词中"社会化"的倾向,又以自己开阔的生活面貌和深刻的思想面目映入其中,终于完成了词的"士大夫化"。宋人陈鬠评曰:"议者曰:'少游诗似曲,东坡曲似诗。'盖东坡平日耿介直谅,故其为文(按:亦包括其词)似其为人。歌《赤壁》之词,使人抵掌激昂而有击楫中流之心;歌《哨遍》之词,使人甘心淡泊而有种菊东篱之兴……"①他在这里即说出了一个接近于根本的道理:东坡词(原文为"曲")从表面上看,是"似诗",而从根柢上看,却是"似其为人"——也就是像他的士大夫的样子或形象。所以,后代有不少人(如

① 曹冠:《燕喜词》,中华书局,1985年,第2页。

胡适《词选》)曾把苏词称为“诗人之词”(以区别于乐工歌妓之词),这固然也有道理;但照我们看,还不如改称为“真正”意义上的“士大夫之词”更加切当。词到苏轼阶段,虽未能完全跻入于文学的“大雅之堂”而摘去其“诗余”或“小技”的“帽子”,却也“自尊”其体而更受士大夫文人的欢迎了。

第三节 “新天下耳目”的苏轼词风

苏轼的完成了词的“士大夫化”或部分的“诗化”,已见上述。但是,上文实际仅只说及了这个问题的一半——主要言其思想内容方面的开拓,问题却还有另一方面,那就是:苏轼同时又对词的风格作了相当程度的革新,开创了一种士大夫式的“新天下耳目”的新型词风。

应该首先承认的是,苏轼是一位“大家”,而“大家”的艺术面貌和艺术风格常是不拘一格、多姿多态的;所以前人曾经用过许许多多的形容词来描述和评价苏轼词风,如陆游称之为“豪放”,张炎称之为“清丽”,楼敬思称之为“清新”,周济称之为“韶秀”,王鹏运称之为“清雄”等等,这些都是有其道理和符合(部分的)事实的。不过,在这许多不尽一致的评语面前,我们却还应做出自己的独立思考——当然这种“独立思考”并不排斥从前人的意见中吸收有益的成分。而根据我们自己的观察和思考,我们发现:苏词就其总体风格而言,有两方面的特色是使人为之耳目一新的,这就是:他开创了一种开放型的“自然而工”的新词风,以及他对传统婉约词风进行了“雅化”。下面即分别来谈这两个问题:

一、开放型的“自然而工”的新词风

所谓的“开放型”词风,是与封闭型或半封闭型的词风相对而言的。它的主要涵义是:词如其人,而且是词如其比较完全的“人”(士大夫文人)。

于是就要再次涉及上面所讲的一些问题了。在苏轼之前的词坛上,词品和人品之间、词风和“人风”之间,是存在着不小的距离的。在文人作者所作的“小词”中间,往往只反映或表现了他们生活(主要是感情生活)中的一个狭小的部分,而他们其他方面的生活内容和精神面貌以及他们那比较完全的人格和情怀,在词中就往往不能得到充分展现。此为第一种意义上的“封闭”或“半封闭”。同时,由于“小词”多以描摹人们那种狭深的“心曲”为其主要艺术目标,因此其风格就偏于含蓄不露,偏于内敛、宛曲,这又是第二种意义上的“封闭”或“半封闭”。而苏轼,则不论其为人的性格特点,还是其文学理论中的“风格论”,就都不倾向于封闭而倾向于开放,这无疑将影响到他的词风。

首先可看其禀性。苏轼尝言:“嗟我本狂直,早为世所捐”(见前引),这就可知他性格之耿直、开放已经到了有点儿“狂”的地步,因而他的不为世容、屡遭排斥便是难免的事。而更为“可畏”的是,他的这种“狂直”,却又偏好用其诗文来表露,这就更加导致了他“平生文字为吾累”(《十二月二十八日,蒙恩责授检校水部员外郎、黄州团练副使二首》诗)的不幸遭遇。对于这方面的情况,这里就暂不去多说;反正我们在他的作品中,到处都可以感知他那豁达和外向的性格。这是禀性使然、气质使然,虽欲“收敛”也改不掉的。这种外向的禀性,就属于那种“开放型”的性格。

其次可看他的文论。苏轼的诗论、文论,无不主一个“辞达”。他说:“辞至于能达,则文不可胜用矣。”①(《答谢民师书》)从“辞能达意即为‘工’”的观点出发,他最欣赏并引为自豪的,便是下面这样一种文学风格:

> 吾文如万斛泉源,不择地皆可出。在平地,滔滔汩汩,虽一日千里无难。及其与山石曲折,随物赋形,而不可知也。所可知者,常行于所当行,常止于所不可不止.如是而已矣!②(《文说》)
>
> 某平生无快意事,惟作文章,意之所到,则笔力曲折无不尽意。自谓世间乐事,无逾此者。③

这样的文学风格,就完全称得上是一种开放型的风格!

在词论方面,苏轼留给我们的甚少。但仅从那几条中,我们也就可以看到它倾向于开放型词风的艺术嗜尚了:

> 又惠新词,句句警拔,诗人之雄,非小词也。④(《答陈季常书》)
>
> 颁示新词,此古人长短句诗也,得之惊喜。⑤(《与蔡景繁书》)
>
> 近却颇作小词,虽无柳七郎风味,亦自是一家,呵呵。数日前,猎于郊外,所获颇多,作得一阕。今东州壮士抵掌顿足而歌之,吹笛击鼓以为节,颇壮观也。⑥(《与鲜于子骏书》)

读了上面这些论词小札,苏轼那种放达的性格,那种赞赏近同于诗风之“新词”

① 苏轼:《苏轼文集》卷四九,孔凡礼点校,中华书局,1986 年,第 1418 页。
② 苏轼:《苏轼文集》卷六六,孔凡礼点校,中华书局,1986 年,第 2069 页。
③ 何薳:《春渚纪闻》卷六,上海书店,1990 年,第 95 页。
④ 苏轼:《苏轼文集》卷五三,孔凡礼点校,中华书局,1986 年,第 1569 页。
⑤ 苏轼:《苏轼文集》卷五五,孔凡礼点校,中华书局,1986 年,第 1662 页。
⑥ 同④,第 1560 页。

的喜悦自得之情,就活现于我们面前了。

所以,我们在评论苏词的开放型风格之前,还有必要再提出元好问的一段“知者之言”来帮助理解这一问题。元氏在其《新轩乐府引》中说:

> 唐歌词多宫体,又皆极力为之。自东坡一出,情性之外,不知有文字,真有“一洗万古凡马空”气象。虽时作宫体,亦岂可以“宫体”概之?人有言,乐府本不难作,从东坡放笔后便难作。此殆以工拙论,非知坡者。所以然者,《诗三百》所载小夫贱妇幽忧无聊赖之语,时猝为外物感触,满心而发、肆口而成者尔。其初果欲被管弦、谐金石、经圣人手,以与六经并传乎?小夫贱妇且然,而谓东坡翰墨游戏,乃求与前人角胜负,误矣。自今观之,东坡圣处,非有意于文字之为工,不得不然之为工地。①

他这段文字,援用了苏轼自己的文论(苏轼《江行唱和集叙》谓:“夫昔之为文者,非能为之为工,乃不能不为之为工也”)以及苏轼门生张耒的词论(张耒《东山词序》谓贺铸词“是所谓满心而发、肆口而成,虽欲已焉而不得者”)来论证苏轼词风,确是十分中肯的。它说明苏轼的词,乃是其人格和人品的“开放”式的流露与表现(即所谓的“满心而发”),且达到了一种“自然而工”的风格境地(即所谓的“肆口而成”和“非有意于文字之为工”)。

下面,就让我们具体来分析这种开放型的“自然而工”的新词风。

首先,如从苏词的主体面貌来看,那就得承认,它确是体现着这种开放型的“自然而工”的风格特色的。这种风格特色,具体地表现在词境里的,便是写景与写情的“不隔”和“自然”。以他的五首农村词来看,如:“软草平莎过雨新,轻沙走马路无尘,何时收拾耦耕身? 日暖桑麻光似泼,风来蒿艾气如薰,使君元是此中人”(《浣溪沙》),则无论是写初夏的乡村景象,还是写自己“皈依”大自然之情,都是写得那样的真切自然。又如他的悼亡词:“十年生死两茫茫,不思量,自难忘”(《江城子》),这些句子就像是从胸中“流”出而不是从笔下“写”出似的,纯以其朴素自然的句子来流泻他那诚恳真挚之“真感情”。又如对他的赠友词:“三十三年,今谁存者?算只君与长江。凛然苍桧,霜干苦难双。闻道司州古县,云溪上,竹坞松窗。江南岸,不因送子,宁肯过吾邦? 摐摐疏雨过,风林舞破,烟盖云幢。愿持此邀君,一饮空缸。居士先生老矣!真梦里,相对残釭。歌声断,行人未起,船鼓已逢逢”(《满庭芳》),郑文焯就评曰:“不事雕凿,

① 元好问:《新轩乐府引》,《遗山先生文集》卷三六,《四部丛刊初编》本。

字字苍寒，如空岩霜干，天风吹堕玻璃地上，铿然作碎玉声”①；而对他另一首赠参寥的《八声甘州》（已见前引），郑氏又评曰：“突兀雪山，卷地而来，真似钱塘江上看潮时，添得此老胸中数万甲兵，是何气象雄且杰！妙在无一字豪宕，无一语险怪……云锦成章，天衣无缝，是作从至情流出，不假熨帖之工”②。所有这些都表明，苏轼在写情方面，堪称“不隔”：其词情与其为人的情性襟怀是表里一致、内外相符的。而另从他所写的物象来看，又都是即景取材、信手拈来的，分明显出一种明朗、自然型的美感，因之其写景也自“不隔”。从此两者观之（特别从其写情之“不隔”），则苏轼的总体词风，便明显属于那种开放型的“自然而工”的风格。

其次，我们还须提出，苏轼的这种开放型词风，特别集中地体现在他的豪放与旷放的作品之中；或者换句话说，在总体开放型的风格基础上，他又为词坛开创了豪放与旷放这两种“新天下耳目”的新词风。这一点，就更是词史上值得大书一笔的重要事情。

苏词的豪放，已是世有定论的事。陆游就已说过：“世言东坡不能歌……则公非不能歌，但豪放，不喜裁剪以就声律耳。试取东坡诸词歌之，曲终，觉天风海雨逼人”③（《老学庵笔记》卷五），又说东坡的《鹊桥仙·七夕送陈令举》词是“歌之曲终，觉天风海雨逼人”④。这种挟带着“天风海雨”之势（犹如苏轼《有美堂暴雨》诗所云：“天外黑风吹海立，浙东飞雨过江来”那样）的风格，便是“豪放”一语的形象性说明。试以陆游提到的“七夕词”为例，其下片曰：

> 客槎曾犯，银河波浪，尚带天风海雨。相逢一醉是前缘，风雨散，飘然何处。

别人所写之七夕银河，总是“盈盈一水间，脉脉不得语”之类的柔情凄景，而苏轼所写，却是“天风海雨”“风雨故人”，这就是何等不凡的气魄与胸襟！

更如，他那声震词坛、千载传响的《念奴娇·赤壁怀古》词：

> 大江东去，浪淘尽，千古风流人物。故垒西边，人道是，三国周郎赤壁。乱石崩云，惊涛裂岸，卷起千堆雪。江山如画，一时多少豪杰。

① 龙榆生：《唐宋名家词选》，上海古籍出版社，1980年，第116页。
② 郑文焯：《评〈东坡乐府〉》，龙榆生《唐宋名家词选》，上海古籍出版社，1980年，第121页。
③ 陆游：《老学庵笔记》，中华书局，1997年，第66页。
④ 陆游：《跋东坡七夕词》，《陆游全集》上册，中国书店，1986年，第171页。

遥想公瑾当年，小乔初嫁了，雄姿英发。羽扇纶巾，谈笑间，强虏灰飞烟灭。故国神游，多情应笑我，早生华发。人间如梦，一尊还酹江月。

宋人王十朋《游东坡十一绝》有云："再闰黄州正坐诗，诗因迁谪更瑰奇。读公《赤壁》词并赋，如见周郎破贼时。"其实，"周郎破贼"之景除了亲身参加这场战役的人以外，谁又能够得见？所以，与其说在《赤壁词》和《前赤壁赋》中我们见到了赤壁之战这一历史事件的真实面貌的话，还不如说是在那里头看到了苏轼无比阔大雄奇的胸怀来得更加贴切。苏轼那种豪迈雄阔的抱负，那种感慨遥深的思触，全都艺术化地凝聚成了词中那汹涌澎湃的惊涛骇浪，衍化成了那瑰奇壮丽的江山人物，最后又"复归于虚"地推出一幅"独酹江月"的梦幻一般的图画。苏轼不可一世的豪放情怀和那又极沉重忧患的伤感，就全都"开放"地敞露在读者的眼底。这和《花间》词中那类"花落子规啼，绿窗残梦迷"（温庭筠《菩萨蛮》）式的词境相比，不仅有大、小之殊，也显然有着放、敛之别。因而难怪胡寅要用"使人登高望远，举首高歌"之类的句子来形容这种豪放风格了。

苏词的旷放，也如同它的豪放一样，是其开放型风格的另一种集中而突出的表现。清人楼敬思说："东坡老人故自灵气仙方，所作小词，冲口而出，无穷清新"①；刘熙载说："东坡词具神仙出世之姿"②。这些以"仙""灵"来喻苏词之论，其实就都是指其旷放的风格而言。在这方面，他那首《水调歌头·中秋》自然是最为典型之作，但另外的作品其实也很多，如他另一首中秋赏月的《念奴娇》词：

凭高眺远，见长空万里，云无留迹。桂魄飞来，光射处，冷浸一天秋碧。玉宇琼楼，飞鸾来去，人在清凉国。江山如画，望中烟树历历。

我醉拍手狂歌，举杯邀月，对影成三客。起舞徘徊风露下，今夕不知何夕？便欲乘风，翻然归去，何用骑鹏翼！水晶宫里，一声吹断横笛。

这首词在"拍手狂歌"的豪放之中，另又透出一股高旷的清气。词人在六年以前所作的中秋词里，不是说过"我欲乘风归去，又恐琼楼玉宇，高处不胜寒"吗？这里，他却不畏寒冷地"便欲乘风，翻然归去"，并要在广寒宫里，吹出响彻云霄的笛曲。他那种凌云欲仙、旷放高远的襟怀，于此便充分表现了出来。

所以，和一般词人的专门在狭小的视野里精细地描摹刻镂着自己的娈情婉思相比，苏轼的这两类豪放和旷放的作品，就更为显出其风格的"开放"和阔大

① 张宗橚编：《词林纪事》，上海古籍出版社，1998 年，第 270 页。

② 刘熙载：《艺概》卷四，上海古籍出版社，1998 年，第 180 页。

了。在他的不少词篇里,情性就像滔滔汩汩的泉水一样,从胸中奔涌流泻而出,又“随物赋形”地构筑成了不同的词境;文字在他笔下,就像驾轻就熟的骏马一样,横奔突驰在抒情的原野上,却又“中含法度”“纵勒有节”。苏轼自言其诗是:“冲口出常言,法度去前轨。人言非妙处,妙处在于是。”(《诗颂》)他又曾评吴道子画是:“出新意于法度之中,寄妙理于豪放之外。”①这种不拘规矩却又不失规矩,冲口而出却又自成妙言的“自然而工”的风格,也同样是苏词所具有的特色。此种特色,既源于他深厚的文学修养,更源于他超凡的禀性气质和艺术天才,是旁人很少能企及和几乎无法模效的。所以后代词论家每每推崇周邦彦等人的作词技巧,而以苏词为“横放杰出”“不可学也”,其原因即在于此种“自然而工”的风格在很大程度上是得之于天赋而非仅靠学养和锤炼所能获得的。

二、对婉约词风进行的“雅化”

苏轼词中,除了他所提供的豪放、旷放型的“新品种”外,还有很多则是传统式的婉约词。对于这种“传统品种”,苏轼照样也对它进行了“士大夫化”,使之发生了一定程度的“更新换代”。具体地讲,他以柳永的俚俗词风为其主要“对手”,把婉约词重又拉回了士大夫文人的营垒中去。徐度《却扫编》卷下云:“耆卿以歌词显于仁宗朝……其词虽极工致,然多杂以鄙语,故流俗人尤喜道之。其后欧、苏诸公继出,文格一变,至为歌词,体制高雅。柳氏之作,殆不复称于文士之口。”②这段话就言明了苏词(在上述“欧、苏之公”中,苏轼实是主要的)在“雅”“俗”两派词风的争取读者中,为“士大夫文学”立下了大功!所以,我们便很容易理解下面这样一个颇有些奇怪的现象而不以之为惑了,那就是:今人好以“苏、辛”并称,而宋代的“雅词”派词论家却轻辛而又崇苏。如张炎《词源》认为辛弃疾之词,只是“豪气词,非雅词也,于文章余暇,戏弄笔墨为长短句之诗耳”③,但他对苏词却赞不绝口,如说:东坡《杨花词》“平易中有句法”“读之使人击节可也”,东坡《中秋词》《洞仙歌》“皆清空中有意趣”,东坡《杨花词》“后片愈出愈奇,真是压倒今古”,东坡《水龙吟》《过秦楼》《洞仙歌》《卜算子》诸作“皆清丽舒徐,高出人表”等。味其语意,除了赞其技巧高妙外,则主要还在于推崇其“高出人表”的“雅趣”。下面,就不妨以张炎所反复举出的《洞仙歌》和《杨花

① 苏轼:《跋吴道子地狱变相》,《苏轼文集》卷七〇,孔凡礼点校,中华书局,1986 年,第 2213 页。

② 徐度:《却扫编》,中华书局,1985 年,第 172 - 173 页。

③ 张炎:《词源》,唐圭璋《词话丛编》,中华书局,1986 年,第 267 页。

词》(即《水龙吟·和章质夫杨花词》))为例,看看苏轼是怎样对婉约词进行士大夫式的"雅化"的。先看《洞仙歌》:

冰肌玉骨,自清凉无汗。水殿风来暗香满。绣帘开,一点明月窥人,人无寐,欹枕钗横鬓乱。　　起来携素手,庭户无声,时见疏星渡河汉。试问夜如何?夜已三更,金波淡,玉绳低转。但屈指西风几时来?又不道流年暗中偷换。

这首词写的,乃是五代后蜀国主孟昶和他的宠妃花蕊夫人深夜纳凉的一段"艳事"。从其题材而言,就十足是一首"宫体词",这从词中犹保留有"钗横鬓乱"之语,亦可见其痕迹。但是,正像闻一多先生把张若虚所作《春江花月夜》称之为"宫体诗的自赎"那样,我们同样可把苏轼《洞仙歌》称作为"宫体词的自赎"。首先看它的人物形象:此词中出现的花蕊夫人,就是一个艳极却又慧极、多情却又"冷性"的美人形象,她不同于《长恨歌》中那位奢侈淫逸的"热美人"杨贵妃(观其"云鬓花颜金步摇,芙蓉帐暖度春宵"之状可知),也不同于一般婉约词中那类但有柔情而缺乏思想的贵妇人。"冰肌玉骨,自清凉无汗",写出了她的"冷艳";而水殿风满、夜深人静的背景,又衬出了她高标远致、解烦涤苛的清幽美质;"但屈指西风"几句,更写出了她敏感于"流年偷换"和珍惜年华的"慧心"(《能改斋漫录》卷一六载夫人姓徐,又号"慧妃","以号如其性也")。所以这样一个不同凡俗的宫妃形象,就是苏轼对于传统艳词进行改造之后的产物,其中凝聚了作者士大夫式的审美情趣,非一般宫体词可比。其次来看它的思想色彩:平常的艳体词中,往往只有"感情"而无"思想"可言,此词却独树一帜,在抒写艳情之余又逗引出了深邃的忧患意识。它十分细腻地描写了孟、徐之间恩爱如胶("起来携素手"句可见)的恋情,却又在篇末的"卜秋"之中,突又跳出了"流年偷换"的感触:一种好景不长、人生无定的深痛,就悄悄地扑袭过来,使作者和读者的内心都受到了无形的啮咬。这就突破了一般婉约词但写艳情的小圈子,而拓宽到了一个更加深广和富有思致的感情境界。我们从中也就不难感受到它"士大夫文学"的特性。苏轼此词又与其《念奴娇·赤壁怀古》作于同时。虽然刚柔不同,而忧患则一:后者所写,偏于政治的、历史的悲感,它是通过"高唱入云"的调子来表达的;前者所写,则偏于爱情的、人生的悲感,它是通过平缓低回的调子来表达的。但它们却共同表达了作者其时恐惧于年华空逝的忧患心情。所以,像《洞仙歌》这样的"宫体词",完全称得上是一种"自赎"了的"宫体词",它已经发生了"雅化"的蜕变。词中的那位佳人形象,实在有着苏轼这位士大夫文人自己的若干影子在内。

再如其《水龙吟》：

似花还似非花，也无人惜从教坠。抛家傍路，思量却是，无情有思。萦损柔肠，困酣娇眼，欲开还闭。梦随风万里，寻郎去处，又还被、莺呼起。　不恨此花飞尽，恨西园，落红难缀。晓来雨过，遗踪何在？一池萍碎。春色三分，二分尘土，一分流水。细看来，不是杨花，点点是、离人泪。

如果说，前一首词中主要可见苏轼艳情词“意趣”高雅的特色的话，那么这首词中就主要可见其词笔的文雅。此词本是“和”章质夫的杨花词，然而它之所写，却又“似花还似非花”地“嵌”进了一个闺中少妇的绮丽形象。如其“萦损柔肠，困酣娇眼，欲开还闭”几句，就既是写杨花，又是写思妇——想象她温柔的心肠为离思所折磨，娇媚的双目被春梦所缠绕，刚欲睁眼醒来却又沉入睡乡，写得多么贴切、逼真！特别是，全词巧妙地运化了好多唐人诗句，更使它显得十分的婉美雅致。对此，曾季貍《艇斋诗话》评曰：

东坡和章质夫杨花词云：“思量却是，无情有思。”用老杜“落絮游丝亦有情”也。“梦随风万里，寻郎去处，依前被、莺呼起”，即唐人诗云：“打起黄莺儿，莫教枝上啼。几回惊妾梦，不得到辽西。”“细看来，不是杨花，点点是、离人泪”，即唐人诗云：“时人有酒送张八，惟我无酒送张八。君看陌上梅花红，尽是离人眼中血。”皆夺胎换骨手。①

当然，多才如苏轼，在作此词时，不一定尽是有意识地在作这种“夺胎换骨”的工作，但从其局部的很多意境来看，却是深得唐诗遗意、“高处不减唐人”的。这便充分显示了他词笔的高度文雅。所以，正如元好问所说，苏轼“虽时作宫体，亦岂可以‘宫体’概之”？在苏轼那里，传统的婉约词风，便得到了很大程度的改造和提高。正像出污泥而不染的莲花那样，苏轼的很多言情词，就都具有别一种风韵嫣然却又清幽雅美的特质。

自然，苏轼的词，由于数量较多，故而面貌也杂；加上他平生放达、不拘小节，有一些作品乃是“不经意”之作，故而难免也存在着“以词为嬉”和失之粗率的现象。如他的某些咏禅理之作，某些开玩笑之作，即有这些缺点。但从主体看，却是具有上述两大特色的。而归根结底，造成这两大特色的，还是他的士大夫文人的审美情趣和文学修养在起作用。

① 曾季貍：《艇斋诗话》，中华书局，1985 年，第 25 页。

第四节 “论功若准平吴例，合着黄金铸老坡”

元好问在评论陈子昂革新初唐绮靡诗风的功劳时曾说：“沈宋横驰翰墨场，风流初不废齐梁。论功若准平吴例，合着黄金铸子昂。”(《论诗绝句》)(按：《新唐书·陈子昂传》云：“唐兴，文章承徐(陵)、庾(信)余风，天下祖尚，子昂始变雅正。”)因而，元氏认为，若按照越王勾践平定吴国之后为大功臣范蠡铸金为像的先例，则唐代诗坛上实应为“始变雅正”、提倡“建安风骨”的陈子昂铸像。可惜，元好问只写了《论诗绝句》，若他要写《论词绝句》的话，那定也会提出为东坡立金像的“建议”的——他在《遗山自题乐府引》中就说过：“乐府以来，东坡为第一。”不过，元氏虽未这样明确说过，照我们的看法，苏轼却确是有资格享受这种崇高的荣誉的：苏轼对于宋词发展所起的作用，确是重要而深远的；他在词史上的地位，确是卓特而伟岸的。对此，我们可从下列几方面来看：

首先，苏词开拓了词的题材内容，向不免有些枯竭的“词河”里面注入了生活的源源活水，从而使它获得了新的生命力。

说到题材，虽然它并不是关系到文学创作成败高低的唯一因素，但确是一个相当重要的因素。特别在题材向来就嫌窄的词的领域里，哪怕能稍微拓开一小步，就都是弥足珍贵的——这有点像对原来十分干旱的土地而言，能下点小雨就很宝贵一样。而现在，苏轼所带给词坛的，却是相当“慷慨大度”的。他把士大夫文人比较宽阔的生活内容带到了词中，又把士大夫文人相当深刻的思想哲理引进了词里。他向词的河道里注入了新的水源，使它从原先停滀狭小的“池塘”状态，发展成了宽广泛滥的“大河”状态；使它从原先微波涟漪的状态，发展成了波涛翻滚的状态。这样的一种开拓性举动，对于宋词的继续向前行进，具有不可低估的意义。“问渠那得清如许？为有源头活水来”(朱熹《观书有感》)，从此，宋词便获得了较前充足得多的生活水源，从而朝着进一步“社会化”的方向推进。

其次，苏词为词苑提供了新的风格和美感——主要是一种刚性的风格和美感。说来也很有意思，在源远流长的古代诗歌中，刚性的风格和美感，比之柔性的风格和美感来，一直是比较欠缺的(古散文中的情况则要好些)。因此到了近代，还有人感叹道：“仆谓与其偏于阴也，则无宁偏于阳。何也？贵阳而贱阴，信刚而绌柔者，天地之道，而人之所以为德者也。孔子曰：‘吾未见刚者’，曾子曰：‘士不可以不宏毅，任重而道远。’圣贤论人，重刚而不重柔，取宏毅而不取巽顺。

夫为文之道，岂异于此乎？”①这样的话，未免失之片面；但所感叹的“柔多于刚”的现象，却又是一定程度上存在的一种事实。而上述现象，在词中就更突出地形成了一种畸形的普遍状态——在诗中，还有如《垓下歌》《大风歌》《易水歌》之类慷慨多气的刚性作品，而词中却未免少之又少。但苏轼的词，就别开了生面。他把滚滚东去的大江浪涛，引到了词坛里；他使“西北望，射天狼”的弓弦之声，响彻于词坛中；他把“金甲牙旗”（《阳关曲》）的光彩、“天风海雨”的声势、“乘风”“骑鲸”的气概……都带进了词境之中，这就使得原是一片软语声的词苑里，出现了刚调硬语。这便不能不使人耳目一新，遽然“自振”。当然，话又要说回来，苏轼词中，这类体现着刚性风格和美感的作品，数量并非太多；但是，正如鲁迅所说，这种作品的出世，“是有别一种意义在。这是东方的微光，是林中的响箭，是冬末的萌芽，是进军的第一步……因为这诗属于别一世界。”②苏轼在宋代词史上，就另有其特别重要的意义在于南宋风起云涌的爱国词作，就是继轨其足迹而来的。

再次，苏轼提高了“词品”，抬高了“词体”。这对于吸引更多的士大夫文人来作词，对于后代词的进一步“雅正化”，也有着深远的影响。

晚唐以来，词的地位本就不高。而又因柳永的大量写作“骫骳从俗”的慢词，“曲子”在正统士大夫中的名声就更有跌落之势。大名鼎鼎的晏几道，曾以其词奉献给府帅韩维，韩维却答书曰：“得新词盈卷，盖才有余而德不足者。愿郎君捐有余之才，补不足之德，不胜门下老吏之望。”③似乎谁沾上了“新词”，就连道德都会损坏似的。但苏词一出，则因其作者的人望和文名，又因其高雅的词风和词品，词的“身价”顿就有了“回升”。如胡寅在高度赞扬了苏词“使人登高望远”的词品之后，就说：“于是《花间》为皂隶而柳氏为舆台矣。”（皂隶、舆台皆是贱役之称。）人们对于苏轼这样的“雅词”，便再也不敢轻视和菲薄了。由于词格的“振起”（王灼所谓“弄笔者始知自振”），宋人对词体也就有了“尊体”之说。如郑刚中就勉力要把词的地位升高到与诗相等的位置上，他说：“长短句亦诗也。诗有节奏，昔人或长短其句而歌之，被酒不平，讴吟慷慨，亦足以发其胸中之微隐。”④这种抬高词体的议论，一方面是承继苏轼“词为诗裔”之说而来，另一

① 管同：《与友人论文书》，《续修四库全书》第1504册，上海古籍出版社，2002年，第430页。

② 鲁迅：《鲁迅全集》第6卷，人民文学出版社，1981年，第494页。

③ 邵博：《邵氏闻见后录》卷一九，中华书局，1985年，第125页。

④ 郑刚中：《北山集》，《四库全书》第1138册，上海古籍出版社，1987年，第138页。

方面也是因着苏轼提高词品的创作实践而发的。故而后来汤衡《张紫微雅词序》就说:“元祐诸公,嬉弄乐府,寓以诗人句法,无一毫浮靡之气,实自东坡发之也。”①元代的叶曾,为《东坡乐府》作序,更竟至而说:“公之长短句,古《三百篇》之遗旨也……东坡先生以文名于世,吟咏之余,乐章数百篇,乐而不淫,哀而不伤,真得‘六义’之体。”②这个以苏词上比《诗经》的说法,在封建时代,可谓是最高级的评价了,它也就说明了苏词“士大夫”属性之充分饱和。故自苏轼之后,词就转移到了一个比较高雅的格调基础之上,在一个比较广阔的创作领域里面继续朝前发展了。昔人论诗,曾把白居易比为“广大教化主”(张为《诗人主客图》),如以此论移来论词,则词中的苏轼,也就对后代词人(不管是“豪放派”还是“婉约派”)起着这种“广大”的影响和启迪作用(直接或间接的)。所以,就其对于宋词发展所作的贡献而言,苏轼真不愧有着“铸金为像”的资格。

① 汤衡:《张紫微雅词序》,施蛰存《词籍序跋萃编》,中国社会科学出版社,1994年,第213页。

② 叶曾:《东坡乐府叙》,施蛰存《词籍序跋萃编》,中国社会科学出版社,1994年,第61页。

第八章　北宋后期的词坛

经过晏、欧、柳、苏等大词家的辛勤耕耘，北宋词苑已经出现了一派生机勃勃的繁荣景象。所以，后之词人便有迹可循地由此而继承前进。大致来说，小令仍沿《花间》、晏、欧的路线前进，这已见前述。慢词则分沿柳、苏的两条轨道前进——不过，由于苏轼已对词风进行了“雅化”，所以北宋后期的两位婉约词人秦观和周邦彦，虽仍基本继承着柳词的传统，却又对它进行了“改良”和“修正”，显示出“雅俗共赏”（而不是“骫骳从俗”）的风貌。苏词的直接随步者，此时便有黄庭坚和晁补之。而除开上述诸家外，当时的词坛上，还出现了一位兼具婉约与豪放风格的奇特作家——贺铸。这些就是北宋后期词坛面貌的一个大致情况。下面，就让我们侧重谈其慢词（为主）作家：

第一节　黄庭坚、晁补之

王灼说：“晁无咎、黄鲁直皆学东坡，韵制得七、八。”①此话就明白地说出了黄、晁两人词的“学苏”。这里就先来说黄，次来说晁。

黄庭坚（1045—1105），字鲁直，自号山谷道人，又号涪翁，洪州分宁（今江西修水）人。历任叶县尉、校书郎，《神宗实录》检讨官、国史编修官等职。哲宗绍圣元年（1094），新党中人指控《神宗实录》中关于王安石新法的记载有失实之处，黄氏因此被贬为涪州（今重庆涪陵）别驾，安置黔州（今重庆市黔江区）。徽宗时一度复职，又因文字触忌被贬逐，编管宜州（今广西宜山），死于贬所。所以从政治态度看，他同苏轼一样隶属旧党；从生活遭遇看，也同于苏轼的屡遭贬谪。

黄庭坚是“苏门四学士”之一。他的文学成就主要在于诗——他是“江西诗派”的开创者，在宋代诗坛上享有很高的声誉。其词在当日也有一定名声，如陈师道曰：“今代词手，惟秦七（观）、黄九（庭坚）耳，唐诸人不迨也”②；但晁补之却

① 王灼：《碧鸡漫志》卷二，辽宁教育出版社，1998 年，第 8 页。
② 胡仔：《苕溪渔隐丛话·后集》卷三三，人民文学出版社，1962 年，第 253 页。

在赞他“间作小词,固高妙”之同时,另又批评他的词“不是当行家语,自是著腔子唱好诗”①。所以,由陈、晁两人的评论来看,黄庭坚词中有部分作品写得比较婉美(如《清平乐·春归何处》),堪与秦观词媲美,而更有一些作品,却是有“出格”或“非本色”之嫌的。我们要论的,就主要是后者。

黄庭坚的词,明显有着两副面孔。一种是极为鄙俗的,如:“自从官不容针,直至而今。你共人女边着子(即‘好’也),争知我门里挑心(即‘闷’也)”(《两同心》),“见说那厮脾鳖热,大不成我便与拆破。待来时,鬲上与厮噷则个。温存着,且教推磨”(《添字少年心》)。若此之类,就曾被后人称之为“山谷恶道”或“蒜酪体”(刘体仁《七颂堂词绎》)。故当时有位大和尚法秀,就曾当面诫劝他少作此类“荡天下淫心”的艳语,以免日后会堕“犁舌之狱”(《苕溪渔隐丛话》前集卷五七)。但这种好写俚俗艳词的情况,不仅黄庭坚有,秦观亦自不免,实乃一种时代风尚也。由于已在论欧、柳词时谈过这一情况,故这里就不再多说。我们现在要谈的则是他的“学苏”的另一种词风——“士大夫词”的词风。先请读:

> 瑶草一何碧?春入武陵溪。溪上桃花无数,花上有黄鹂。我欲穿花寻路,直入白云深处,浩气展虹霓。只恐花深里,红露湿人衣。
> 坐玉石,欹玉枕,拂金徽。谪仙何处?无人伴我白螺杯。我为灵芝仙草,不为朱唇丹脸,长啸亦何为?醉舞下山去,明月逐人归。

这首《水调歌头》,明显就是仿效苏轼那首“明月几时有“而作。从词的句法(如“瑶草一何碧”,“我欲……又恐”)以及词的“出世成仙”的意境来看,就都能证明此点。

又如《念奴娇》:

> 断虹霁雨,净秋空,山染修眉新绿。桂影扶疏,谁便道,今夕清辉不足?万里青天,姮娥何处?驾此一轮玉。寒光零乱,为谁偏照醽醁?
> 年少从我追游,晚凉幽径,绕张园森木。共倒金荷,家万里,难得尊前相属。老子平生,江南江北,最爱临风曲。孙郎微笑,坐来声喷霜竹。

其豪情逸兴,亦如东坡。胡仔即评曰:“或以为可继东坡赤壁之歌云。”②

促使他继轨苏轼词风的主要原因,恐怕一在于他气质的偏于刚硬,二在于他

① 胡仔:《苕溪渔隐丛话·后集》卷三三,人民文学出版社,1962 年,第 253 页。
② 胡仔:《苕溪渔隐丛话·后集》卷三一,人民文学出版社,1962 年,第 231 页。

的思想与遭遇近似于苏。所以,他词中也有着类似于苏的"以诗为词"的作品。比如他远贬异乡,曾作《雨中登岳阳楼望君山》诗:"投荒万死鬓毛斑,生入瞿塘滟滪关。未到江南先一笑,岳阳楼上对君山。"表现了他虽哀苦但又倔强的思想感情;而其《采桑子》词曰:"投荒万里无归路,雪点鬓繁。度鬼门关,已拚儿童作楚蛮。　　黄云苦竹啼归去,绕荔枝山。蓬户身闲,歌板谁家教小鬟?"意正复似于诗。所以晁补之说他"著腔子唱好诗",恐即指其"以诗为词"的这类词作而言。

故而,黄庭坚就在有不少人批评苏轼词"非本色"的情况下,继承了苏轼的作风,为苏词的进一步扩大影响,起了推波助澜的作用,同时又对南宋的豪放词,起了一定的启迪作用。如他的《定风波》:

> 万里黔中一漏天,屋居终日似乘船。及至重阳天也霁,催醉,鬼门关外蜀江前。　　莫笑老翁犹气岸,君看:几人黄菊上华颠? 戏马台南追两谢。驰射。风流犹拍古人肩。

那虽老而犹"气岸"的词人形象,我们以后在辛弃疾的词中就经常能看到。举此一例,即可见出黄词对后代之影响。

次说晁补之。

晁补之(1053—1110),字无咎,济州钜野(在今山东省)人。他也是"苏门四学士"之一。曾任秘书省正字、著作佐郎、信州酒税监、吏部员外郎等职。后被贬谪,便回乡闲居,建"归来园"。晚年重又起用。

在谈论晁词之先,有必要先引述他的一段词论。这段词论,见之于《能改斋漫录》卷一六和《苕溪渔隐丛话》后集卷三三,字句稍有出入。比之李清照的《词论》来,时间恐怕还要早些。他说:

> 世言柳耆卿曲俗,非也。如《八声甘州》云:"渐霜风凄紧,关河冷落,残照当楼",此真唐人语不减高处矣。欧阳永叔《浣溪沙》云:"堤上游人逐画船,拍堤春水四垂天,绿杨楼外出秋千",要皆绝妙,只一"出"字,自是后人道不到处。苏东坡词,人谓多不谐音律,然居士词横放杰出,自是曲子中缚不住者。黄鲁直间作小词,固高妙,然不是当行家语,自是著腔子唱好诗。晏元献不蹈袭人语,而风调闲雅,如"舞低杨柳楼心月,歌尽桃花扇底风"(按:此实为晏几道词),知此人不住三家村也。张子野与柳耆卿齐名,而时以子野不及耆卿;然子野韵高,是耆卿所乏处。近世以来作者,皆不及秦少游,如"斜阳外,寒鸦万点,流水绕孤

村”，虽不识字人，亦知是天生好言语。①

词论是创作实践的反映。从这篇词论中，我们可以看到：词至苏轼前后，风格流派已呈斑驳多姿的局面。此其一。其次，它又在一定程度上代表了当时很多人的普遍词学嗜尚：重“雅”，重“韵”，重视“富贵气”。而除此之外，它还显示了晁氏自己的论词主张：既要坚持词的“本色”“当行”风格，却又推崇苏词的“横放杰出”。所以，他自己的词作就同时兼有婉约与豪放两种风貌。不过我们这里要谈的，却主要是后一种“学苏”的作品——特别是他的贬谪词。

晁氏为人，“才气飘逸”(《宋史》本传)，又曾在宦海中跌过几番跟斗，多次被贬，加上他接受了苏轼的影响，故其词风就很接近于苏轼。如其《洞仙歌·泗州中秋作》：

青烟幂处，碧海飞金镜。永夜闲阶卧桂影。露凉时，零乱多少寒螀。神京远，惟有蓝桥路近。　水晶帘不下，云母屏开，冷浸佳人淡脂粉。待都将许多明，付与金尊，投晓共流霞倾尽。更携取胡床上南楼，看玉做人间，素秋千顷。

胡仔曾说过：“中秋词，自东坡《水调歌头》一出，余词尽废”，但他同时却又推崇晁氏此作(《苕溪渔隐丛话》后集卷三九)，可见它之能与苏词的“差可比肩”。特别是“看玉做人间，素秋千顷”两句，正与他诗中“胸中正可吞云梦，盏底何妨对圣贤”一样，倾泻出一派磊落坦荡之气，其风格是相当开阔宏大的。

尤其应该指出的是，晁氏的那些“隐居”词，在上继东坡、下启稼轩方面，有着某种桥梁的作用。如他的《摸鱼儿》：

买陂塘，旋栽杨柳，依稀淮岸江浦。东皋嘉雨新痕涨，沙觜鹭来鸥聚。堪爱处。最好是一川夜月光流渚。无人独舞。任翠幄张天，柔茵藉地，酒尽未能去。　青绫被，莫忆金闺故步。儒冠曾把身误。弓刀千骑成何事？荒了邵平瓜圃。君试觑。满青镜、星星鬓影今如许！功名浪语。便似得班超，封侯万里，归计恐迟暮。

此词上片写东皋新雨后的可爱景致，色彩爽朗明快；下片写“儒冠多误身”的牢骚，情绪激动。综合读来，既可感到他在隐居生活中所寻觅到的安宁憩息之情，又能从字里行间察见其被迫“闲居”的不平之感。而在读过晁氏此作之后，我们不妨再来读一首辛弃疾的《沁园春》：

① 吴曾：《能改斋漫录》卷一六，上海古籍出版社，1979年，第469页。

三径初成，鹤怨猿惊，稼轩未来。甚云山自许，平生意气；衣冠人笑，抵死尘埃。意倦须还，身闲贵早，岂为莼羹鲈鲙哉？秋江上，看惊弦雁避，骇浪船回。　　东冈更葺茅斋。好都把轩窗临水开。要小舟行钓，先应种柳；疏篱护竹，莫碍观梅。秋菊堪餐，春兰可佩，留待先生手自栽。沉吟久，怕君恩未许，此意徘徊。

此词写于作者归隐带湖前一年(1181)。词中一方面写了乡间可餐秋菊、可佩春兰的无限乐趣，另一方面又透露了他对"惊弦""骇浪"的政治风波之畏惧感。表面上是"知足常乐"，骨子里却是感慨不平，这些地方就与晁词很相近。

所以，由于政治遭遇和思想感情上的某种相似，辛、晁这类隐居题材的词，从意境到所使用的典故就都有着近同之处。如晁词好以陶渊明自比，辛词亦是；如晁词喜用汉代李广的典故，辛词亦是。当然由于晁、辛所处的时代环境不同，故而晁词所达到的思想和艺术成就，远不可能如辛词那么"高大"，因此晁词中就没有出现过中流击楫和闻鸡起舞的祖逖，也没有"坐断东南战未休"的孙权(辛词却有)；但是，辛词之受到晁词之影响，却又是甚为明显的，刘熙载《艺概》卷四就曾指出过此点。

元好问说："坡以来，山谷、晁无咎、陈去非(与义)、辛幼安诸公，俱以歌词取称，吟咏情性，留连光景，清壮顿挫，能起人妙思……皆自坡发之。"①此语就清楚地划出了一条自苏至辛的发展线索，而黄、晁二人的词，就正处在这中间的"过渡阶段"。黄、晁词在词史上的位置，由此便也可以确定。

第二节　秦　观

秦观也是"苏门四学士"之一。但是他的词名，却不仅超过了同门的黄、晁以及张耒等人，而且简直欲胜过其师。例如陈师道曾批评过东坡的"以诗为词"，却说秦观的词"唐诸人不迨也"；如晁补之批评黄庭坚词"不是当行家语"，却说秦词是"天生好言语"。后来，王灼又说他的词"俊逸精妙"(《碧鸡漫志》卷二)，叶梦得则称之为"语工而入律，知乐者谓之'作家歌'"②。所以，秦观在当时词坛上，堪称是"得票最多"的"最佳词人"——因而明代的张綖，在首标"婉约"与"豪放"二目时也即把秦观尊为婉约派的代表作家了。

① 元好问：《新轩乐府引》，《遗山先生文集》卷三六，《四部丛刊初编》本。
② 叶梦得：《避暑录话》卷三，中华书局，1985年，第50页。

其实，平心而论，秦观的词，不仅数量不如柳、苏之多，究其“质量”，也并无“石破天惊”式的突破。但它却备受着当时人的热烈欢迎，这中间就必有其奥妙所在。而这种奥妙正在于：它融和了前代婉约词之短、长两派的各自长处，创造了一种雅俗共赏、既含蓄又明畅的“情韵兼胜”（《四库提要》评语）的新型词风。

现在，先让我们从秦观的生平说起。他字少游，又字太虚，号淮海居士，扬州高邮（在今江苏省）人，生于1049年。曾受苏轼奖掖，任太学博士、秘书省正字、国史院编修官等职。后因“影附苏轼，增损《神宗实录》”被贬处州、郴州、雷州等地。徽宗朝遇赦北返，死于途中，时在1100年。

对于秦观的身世遭遇，冯煦曾把他与小晏并提，称为：“淮海、小山，古之伤心人也。”①不过，秦观比之小晏，其命运之不幸其实更甚。小晏的“伤心”主要仅在个人的贫困和爱情的悲剧；而秦观则除此之外更遭到了政治厄运的打击。如他因《神宗实录》事遭新党之惩罚，远流南方，元符三年（1100）竟被窜放到“天涯海角”的雷州（今广东雷州）。在此他曾自作挽诗，中曰：“婴衅徙穷荒，茹哀与世辞。官来寻我棨，吏来检我尸。藤束木皮棺，藁葬路旁陂。家乡在万里，妻子天一涯。孤魂不敢归，惴惴犹在兹”，其情之辛酸，简直不可卒读。所以，我们在读秦观词时，就应首先认清其“情胜”的特点。这里所说的“情”，就不仅指其恋情、艳情，并且包括他的身世之情、贬谪之情——而“将身世之感，打并入艳情”②，便又正是秦观词在感情内容方面胜过前代婉约词的显著特点。

作为一个婉约词人，秦观当然首先就具有“多情”（“情胜”）的性格特点。话本中有秦观与苏小妹的爱情故事，而《红楼梦》中写贾宝玉“神游太虚境”时，在秦可卿闺房中看到的，正也是“宋学士秦太虚写的一副对联”。这些便都说明了他在后人心目中“风流多情”的形象。现试以其七夕词为例：

> 纤云弄巧，飞星传恨，银汉迢迢暗度。金风玉露一相逢，便胜却人间无数！　柔情似水，佳期如梦，忍顾鹊桥归路？两情若是久长时，又岂在朝朝暮暮？（《鹊桥仙》）

这实际是把人间的爱情搬到了天上去写。它为我们展现了一幅多么瑰丽而神秘的图景：在盼望了一年之后，一对恋人终于在金风玉露之夜悄然相会了；接着，它实际上又向人们提出了一个严肃的问题：人寿有限，人情易变，如何才能在众多的干扰和阻挠之下，永保两情的缱绻和长久？对此，作者是用反问的句式来作回

① 冯煦：《宋六十一家词选例言》，《蒿庵论词》，人民文学出版社，1984年，第61页。
② 周济：《宋四家词选》，古典文学出版社，1958年，第24页。

答的:"两情若是久长时,又岂在朝朝暮暮?"他在这里,就热情地歌颂了专一、真挚的爱情,又暗中流露了自己与恋人不能久长的痛苦心情——而这两方面,就都体现了他多于情、深于情的性格特点。

但是,越是"多情"则越是多烦恼——这在生活中虽未必尽然如此,但在诗词创作中却似乎成了一条通例。于是,我们便很有机会来读到他那些抒写羁愁别绪的、伤感而凄迷的词篇了。如:

> 西城杨柳弄春柔。动离忧。泪难收。犹记多情,曾为系归舟。碧野朱桥当日事,人不见,水空流。　　韶华不为少年留。恨悠悠,几时休?飞絮落花时候一登楼。便做春江都是泪,流不尽,许多愁。(《江城子》)

此词的音节感——一种动荡而又连绵的音节感——就显得特别强。它一声又一声、一句又一句地敲打人的耳膜,引起人们心头感情涟漪一层又一层的荡漾;再加上视觉领域里展现的杨柳、离舟、飞絮、春江等形象,两者便叠合成了一个极为"黯然销魂"的感情境界。我们前已言过的许多宋代文人的多情和柔弱的心态,在秦观的这首词中,便有了非常典型而优美的表现。

但是,秦词的动人处,除开这类纯写艳情的作品之外,更在于它能在这个旧躯壳里注入新血液——有关于身世遭遇的凄情哀思。如他那首被苏轼所激赏的《踏莎行》:

> 雾失楼台,月迷津渡,桃源望断无寻处。可堪孤馆闭春寒,杜鹃声里斜阳暮。　　驿寄梅花,鱼传尺素,砌成此恨无重数。郴江幸自绕郴山,为谁流下潇湘去?

这首词,作于郴州(今湖南郴县)。全词的色泽极为凄暗,而词的声情则更达到了"凄厉"的程度(《人间词话》评语)。开头三句,一"失"、一"迷"、一"无寻",即表现了他举目茫然、五内无主的心情。下面两句,有人以为"斜阳"与"暮"字重出(《苕溪渔隐丛话》前集卷五〇引黄庭坚语),似乎犯了诗词之"大忌";其实,秦观此刻,正处在极度孤寂的精神状态中,因而哪有什么心思去多管这种咬文嚼字的枝节问题?何况,"斜阳暮"乃是一种"重笔加倍"的写法,通过反复渲染,越发见其心情之凄黯。下片"驿寄"与"鱼传"两句,借言其友人(当然也应包括异性的恋人),说他(她)们的来信慰问,反增加了自己的离恨。因而紧接着就发出浩然长叹:郴江本来是绕着郴山流的,却为何偏要流向远方的潇湘去呢?对于这末两句,苏轼就最为欣赏,并特意自书于扇云:"少游已矣,虽万人何赎"(汲古阁本《淮海词》于此词后附注);而王国维却大不以为然,说:"少游词境,最为凄惋,至‘可堪孤馆闭春寒,杜鹃声里斜阳暮’,则变而凄厉矣。东坡赏其后二语,犹为皮相。”①那么,在上述“仁者见仁”“智者见智”的不同看法中,以何种说法更为深刻一些？按我们的看法就较为倾向于东坡之赏其“郴江”两句。原因在于,此两句的涵义近乎杜甫“在山泉水清,出山泉水浊”(《佳人》)之意,意可释为:你本好好在家乡谋生,却为何偏要跑到浑浊不堪的宦海中去自寻痛苦呢?所以,这种基于政治风浪而生的哲理性感慨,就特别能勾起苏轼同病相怜的共鸣和赞赏。故而苏轼才更是秦观的知音,他从秦观的婉约词中,深切地感受到了比之一般的艳情远较深广的感情内容。

因此,若从婉约词的总体发展来看,则它的早期作品似乎还属一种“纯艳词”,它们专写艳遇、离情、绮怨之类的内容;柳词渐有开拓,它在抒写离情的词中,同时抒发了自己不甚得意的游子漂泊之感;而到了秦词,则更开始了“部分的质变”——在婉约的词境和艳词的躯壳之中,倾注了有关于政治境遇、有关于身世遭逢的人生感触。这自然也该视做一种相当程度的突破——苏轼是用开放型的词风来写其人生哲理和政治感慨的,此种突破较为明显;秦观则在传统的风格模式中,注入了新的感情内容,这种突破就显得比较隐晦而不易被人所觉察。因此我们在论其“情胜”之时,尤有必要拈出此点,以见秦词在内容方面的拓展。

其次来说秦词的“韵胜”。

对此,前人的评语已很多了。如张炎说它“体制淡雅”,“清丽中不断意脉,咀嚼无滓,久而知味”②;如周济说它“最和婉醇正”,“意在含蓄,如花初胎”③;况周颐则更把它比作“初日芙蓉,晓风杨柳”④。观之秦观的那些优秀之作,它们就是当得起这些评语的。比如其小令,就祖述晚唐五代词风,写得含蓄优美、风韵标致。举例来说:

> 漠漠轻寒上小楼,晓阴无赖似穷秋,淡烟流水画屏幽。　　自在飞花轻似梦,无边丝雨细如愁,宝帘闲挂小银钩。(《浣溪沙》)

这首词,通体都显出轻、淡、柔、细的风格来。而特别是换头两句——不说“梦似飞花”而说“飞花似梦”,不说“愁如丝雨”而说“丝雨如愁”,就越发显出它的既婉且曲的味道来,读之令人挹味无穷。又如:

① 王国维:《人间词话》,齐鲁书社,1981 年,第 73 页。
② 张炎:《词源》,唐圭璋《词话丛编》,中华书局,1986 年,第 267 页。
③ 周济:《宋四家词选》,古典文学出版社,1958 年,第 2 页。
④ 况周颐撰,屈兴国辑注:《蕙风词话辑注》卷二,江西人民出版社,2000 年,第 60 页。

落红铺径水平池,弄晴小雨霏霏。杏园憔悴杜鹃啼,无奈春归!柳外画楼独上,凭栏独捻花枝。放花无语对斜晖,此恨谁知?(《画堂春》)

此词的妙处尤在于上、下片的后两句。上片“杏园憔悴杜鹃啼,无奈春归”,化用杜牧诗“莫怪杏园憔悴去,满城多少插花人”,而意更凄婉;下片“放花无语对斜晖,此恨谁知”,又以“动荡见奇”(田同之《西圃词说》引邹程村言)。这些就都深符张炎所总结的令词要讲求“有余不尽之意”的创作经验。

但是,秦词的艺术成就却不仅在于小令的“韵胜”上;尤为突出的是,它能把令词的韵味,带入到慢词长调中去。一方面,秦观利用小令词的文雅来纠正柳永慢词的俚俗;另一方面,他又利用小令词的含蓄来弥补柳永慢词的发露;从而“取短补长”“运雅救俗”,使自己的长调之作显出一种中正和婉、雅俗共赏的风格和美感。

不妨先让我们读一首《水龙吟》:

小楼连远横空,下窥绣毂雕鞍骤。朱帘半卷,单衣初试,清明时候。破暖轻风,弄晴微雨,欲无还有。卖花声过尽,斜阳院落,红成阵、飞鸳甃。　　玉佩丁东别后,怅佳期,参差难又。名缰利锁,天还知道,和天也瘦!花下重门,柳边深巷,不堪回首。念多情,但有当时皓月,向人依旧。

这首词,就是一首柳永式的作品:铺叙和发露都显过甚,节奏感也较散漫啴缓。苏轼即以它首两句“十三个字,只说得一个人骑马楼前过”来证明秦观之学柳永作词。它的毛病就在于偏多直说,而缺乏令词的那种“韵味”。

经过实践和不断的摸索,秦观终于在慢词的写作方面找到了一条宝贵的经验,那就是:仍以铺叙为主,展开词情;然而在关键的地方,却插入以含蓄优美的景语,使那本欲一泻无余的感情,有所收敛、有所顿挫——然后再让它在比之直说远为蕴藉的境界中“透将出来”。这种抒情的境界有点像李白的诗“孤帆远影碧空尽,唯见长江天际流”:孤帆似乎已经隐没在天之尽头,但在那画面上唯一能见的江水镜头中,人们却更能加倍地感知着那只旅舟的存在!这种不肯全用直说而喜讲求“韵味”的写法,小令词比之七绝小诗,就更有着“神而化之”的发展。如温庭筠词:“千万恨,恨极在天涯。山月不知心里事,水风空落眼前花——摇曳碧云斜。”(《梦江南》)前两句先两次明点“恨”字;后两句就转入“山月”“水风”而又辅之以“不知”“空落’的“暗点”境界;而最妙的尤在于末句:“摇曳碧云斜”,并无半个字样触及“恨”字,而人心之万千恨态却完全透过摇曳飘忽的碧云,饱和地呈现在读者眼前。此之谓"不著一字,尽得风流",此之谓能"留"①!但是,小令词这种能"留"的拿手好戏,在柳永的慢词中,却已在很大程度上被丢弃了。所以柳词就显得发露有余、蕴藉不足,铺叙过甚、精警不够。秦观生于柳永以后,而且他不但能写慢词,又特擅令词(柳永则主要是写慢词),因而他就有条件来作这种"取短补长"的补救、提高工作。这就使他很多长调之作,显出"韵味"甚足的特色。如其名篇《满庭芳》:

山抹微云,天粘衰草,画角声断谯门。暂停征棹,聊共引离尊。多少蓬莱旧事,空回首,烟霭纷纷。斜阳外,寒鸦万点,流水绕孤村。销魂!当此际、香囊暗解,罗带轻分。谩赢得青楼,薄幸名存。此去何时见也?襟袖上,空惹啼痕。伤情处,高城望断,灯火已黄昏。

这首词中,叙事和直说的成分就大为减少,而写景的比重则明显增加。特别当它在刚刚提到"回首蓬莱旧事"、抒情之闸门正要开启的时刻,却立即让"烟霭纷纷"涌将上来,塞住了似欲直说的嘴巴,让离人把满腔的别情转入斜阳、寒鸦、流水、孤村的意境中去"暗泄";又在"此去何时见也"的问句之后,不作正面回答,却"王顾左右而言他",转入到孤城黄昏的伤情景象中去,用这一片万家灯火的景色来反衬出离人的凄情孤况。这两节融情于景的巧妙写法,就使这首慢词凭空添出隽永的风韵来,从而冲淡了"销魂!当此际……"之类柳永式词句所带来的发露风味,使它显出总体上的精警感来。

又如他那首"为名流推激"(洪迈《容斋四笔》评语)的《八六子》:

倚危亭,恨如芳草,萋萋刬尽还生。念柳外青骢别后,水边红袂分时,怆然暗惊。　　无端天与娉婷。夜月一帘幽梦,春风十里柔情。怎奈回首欢娱,渐随流水,素弦声断,翠绡香减。那堪片片飞花弄晚,蒙蒙残雨笼晴。正销凝。黄鹂又啼数声。

此词充分发挥了长调铺叙委婉的优势,读来明畅有如流水。特别是读到其中连绵式的长句,至今犹能依稀感到当日演唱时的缠绵声情。而末几句的写景,既层层深入(从"飞花弄晚"到"残雨笼晴),却又忽生停顿("正销凝"),最后又以黄鹂啼声戛然打住,此种写法深厚有致,即是深得于晚唐五代令词的遗韵(如温庭筠《更漏子》:"柳丝长,春雨细,花外漏声迢递。惊塞雁,起城乌,画屏金鹧鸪"之

① 陈洵《海绡说词·通论》有"贵留"之说,云"词笔莫妙于'留'。盖能留则不尽而有余味"。陈洵:《海绡说词》,唐圭璋编《词话丛编》,中华书局,1986年,第4840页。

类)。所以刘熙载说:“秦少游词,得《花间》《尊前》遗韵,却能自出清新。”①“清新”,即得自于柳永慢词那种通俗明快、发露铺叙的词风;而词境的“韵胜”,则又来自于令词的含蓄词风。

此外,在“短长互济”的时候,秦观词也注意到了雅俗共赏——他的作品中,同柳、黄等人一样,也有极为俚俗的篇目。但是,他的那些优秀作品,却又都是雅俗相济的。就拿前举的《满庭芳》来说,其中既有高雅的唐诗字面,如“寒鸦万点,流水绕孤村”之化用隋炀帝诗,“高城望断”之暗用欧阳詹“高城已不见,况复城中人”;又有近乎口语的字句,而二者合铸于一体之中却又不显龃龉,足见作者化俗为雅的本领。

所以,基于秦词“情韵兼胜”的特点,基于它雅俗共赏的风格,人们便有理由来称秦观为“婉约派”的代表作家了。其实,晚唐五代及北宋的小令何尝不婉约?柳永的词又何尝不婉约?不过前者嫌“短”而后者嫌“俗”,所以,在唐宋词史上,秦观就堪称是读者遇到的第一位短长皆擅、情韵兼胜而又雅俗共赏的婉约词人。缘此,明代的张綖(南湖)就有这样一段著名的评论:

> 词体大略有二:一体婉约,一体豪放。婉约者欲其词调蕴藉,豪放者欲其气象恢宏。然亦存乎其人。如秦少游之作,多是婉约;苏子瞻之词,多是豪放。大约词体以婉约为正。故东坡称少游为“今之词手”,后山评东坡“如教坊雷大使舞,虽极天下之工,要非本色。”②

对这段议论,虽然后代一直有人不尽同意于它,但从其“大略”而论,却是可以成立并且言之有理的。而秦观,也就由此而登上了婉约派的“领袖交椅”,这点或是他生前所始料未及的吧。不过,在此同时,我们却也不该忘掉秦词的一个缺点,那就是:“弱”。这个缺点,他的老师早就看出了。《避暑录话》卷三载:“苏子瞻于四学士中最善少游,故他文未尝不极口称善,岂特乐府?然犹以气格为病。”③胡仔也曾指出:“少游词虽婉美,然格力失之弱。”④这些话都说明了秦词就像一个袅娜娉婷的少女那样,风韵标致但又“弱不禁风”。如果要用单个字来形容的话,那么柳永的婉约词显得较“俗”,苏轼的婉约词显得较“雅”,秦观的婉约词则显得较“嫩”。只有到了更后的周邦彦之婉约词(主要指慢词作品),才由

① 刘熙载:《艺概》卷四,上海古籍出版社,1978年,第109页。
② 张綖:《诗余图谱·凡例》,《续修四库全书》第1735册,上海古籍出版社,第473页。
③ 叶梦得:《避暑录话》,中华书局,1985年,第50页。
④ 胡仔:《苕溪渔隐丛话·后集》卷三三,人民文学出版社,1968年,第253页。

少游词的“嫩”而发展到了“老辣”“浑成”的境地。秦观“近开美成，导其先路”①之功，不可小视。

第三节 贺 铸

在北宋的词人中，贺铸可称是一位个性颇为奇特的人物，而他的词，也正如同其为人一样，显得相当的不同凡俗。

先说其为人。贺铸（1052—1125），字方回，卫州（今河南汲县）人。一说为越（今浙江绍兴）人。他是宋太祖孝惠后之族侄孙，17岁到汴京，作右班殿直，后调到地方上任武职。40岁才转为文官，曾任泗州、太平州等地的通判。晚年退居苏州，自号庆湖遗老。

从《宋史》本传的记载来看，贺铸是一个极有“丈夫气”的人物。他“长七尺，面铁色，眉目耸拔。喜谈当世事，可否不少假借。虽贵要权倾一时，少不中意，极口诋之无遗辞。人以为近侠”。但也正因这种耿直傲岸的性格，所以他就一直得不到提拔，胸中的雄才大略亦无法实现。其《易官后呈旧交》诗有云：“当年笔漫投，说剑气横秋。自负虎头相，谁封龙额侯？”从中即可见他当初从戎时的凌云壮志以及后来失意不遇的牢骚。在宋代士人性格普遍柔弱的情况下，贺铸那种文武兼备的才能和“气侠雄爽”的性格，是颇为难得看到的。

次说其为词。张耒为贺铸的《东山词》作序曰：“余友贺方回，博学，业文，而乐府之词，高绝一世。携一编示余，大抵倚声而为之词，皆可歌也。或者讥方回好学能文，而惟是为工，何哉？余应之曰：是所谓满心而发、肆口而成，虽欲已焉而不得者。若其粉泽之工，则其才之所至，亦不自知也。夫其盛丽如游金、张之堂，而妖冶如揽嫱、施之袪，幽洁如屈、宋，悲壮如苏、李，览者自知之，盖有不可胜言者矣。”②这一段话，极高地评价了贺词，甚至把它上比于屈原、宋玉、苏武、李陵的诗赋，这当然有些过分；但其中指出的两点，却又是符合事实的：一是贺铸有不少词作近似于苏词那种开放型的风格，二是贺铸的词风具有丰富多样性。对于这两个特点，我们不妨依次述之。

先说贺词之近似于苏。贺铸本人，与苏轼有过交往；他40岁时，就因李清臣、苏轼等人之荐而改官人文阶；苏轼有《青玉案·和贺方回韵送苏伯固归吴

① 陈廷焯：《白雨斋词话》卷一，人民文学出版社，1959年，第13页。

② 张耒：《东山词序》，金启华，等编《唐宋词集序跋汇编》，江苏教育出版社，1990年，第59页。

中》词，而贺铸《庆湖遗老集》中也有好些怀苏之诗，这就可证贺铸的受知于苏。所以张耒说其词是“满心而发、肆口而成，虽欲已焉而不得者”，这种风格就得之于苏和近似于苏。这里，试举两例。一是《六州歌头》：

少年侠气，交结五都雄。肝胆洞，毛发耸。立谈中。死生同。一诺千金重。推翘勇。矜豪纵。轻盖拥。联飞鞚。斗城东。轰饮酒垆，春色浮寒瓮，吸海垂虹。闲呼鹰嗾犬，白羽摘雕弓，狡穴俄空。乐匆匆。

似黄粱梦，辞丹凤，明月共，漾孤篷。官冗从。怀倥偬。落尘笼。簿书丛。鹖弁如云众。供粗用。忽奇功。笳鼓动，《渔阳弄》，《思悲翁》。不请长缨，系取天骄种，剑吼西风。恨登山临水，手寄七弦桐，目送归鸿。

唐人诗中，有着“捷下万仞冈，俯身试搴旗”（杜甫《前出塞》）和“相逢意气为君饮，系马高楼垂柳边”（王维《少年行》）这样豪迈的游侠而兼壮士的形象。然而宋词中却前无此人——只有到了贺铸，才把自己“近侠”的生活形象摄影似地转现为了词境，这岂非即是“满心而发、肆口而成，虽欲已焉而不得者？”据程俱《贺方回诗集序》云：“方回少时，侠气盖一座，驰马走狗，饮酒如长鲸”①，这与词中所写“少年侠气……乐匆匆”一段，就完全吻合。而据钟振振考证，此词作于元祐三年（1088），时西夏屡犯边界（“笳鼓动”也），作者则以侍卫武官之阶出任和州管界巡检，目睹元祐更化后大臣们对西夏所抱的屈辱态度，非常不满，因此只能将这一股抑塞悲愤之气全发于这首曲调悲壮、声情激越的《六州歌头》中②。这样看来，则此词不仅第一次出现了一个思欲报国而请缨无路的奇男子形象，而且也是宋词中第一首真正称得上是抨击投降派、歌颂杀敌将士的爱国词篇。后来张孝祥所作的另一首著名的《六州歌头》，就明显是承继贺词而来。由此可知贺词在上继苏词、下启南宋爱国词方面，是有所贡献的。

再如其《行路难》（即《小梅花》）：

缚虎手，悬河口，车如鸡栖马如狗。白纶巾，扑黄尘，不知我辈可是蓬蒿人？衰兰送客咸阳道，天若有情天亦老。作雷颠，不论钱，谁问旗亭美酒斗十千？　酌大斗，更为寿，青鬓常青古无有。笑嫣然，舞翩然，当垆秦女十五语如弦。遗音能记秋风曲，事去千年犹恨促。揽流

① 程俱：《北山集》，《四库全书》第1130册，上海古籍出版社，1987年，第150页。

② 钟振振：《贺铸〈六州歌头〉系年考辨》，《中华文史论丛》，上海古籍出版社，1982年，第4期。

光，系扶桑，争奈愁来一日却为长！

此词一气呵成地排比、组合了许多唐人诗句，运之以豪情健笔，出之以奇姿壮彩。夏敬观评曰："稼轩豪迈之处从此脱胎。"①这也同样指出了它开启南宋辛派词的先导作用。

所以，基于贺铸为人"近侠"的性格，加上他长期担任武职，又接受了苏词的若干影响，他的词就确有如张耒所说的"悲壮"的一面。这是我们研究贺词首先应该看到的一点。

但是，人之复杂，性格之复杂，又是一件最不易捉摸的事。就是这位"仪观甚伟，如羽人剑客"的贺铸，却又是一位"极幽闲思怨之情"的多情词人（以上引文见程俱《贺方回诗序》）。比如他所作的那首悼亡词《鹧鸪天》：

重过阊门万事非，同来何事不同归？梧桐半死清霜后，头白鸳鸯失伴飞。　原上草，露初晞，旧栖新垅两依依。空床卧听南窗雨，谁复挑灯夜补衣？

在先前，我们已经读到过苏轼的悼亡名词（"十年生死两茫茫"）。然而，我们再读贺铸的这首，却照样能受感动。原因何在？主要在于它也是从心中流出的"至情"。请读："空床卧听南窗雨，谁复挑灯夜补衣。"这是多么深挚的一种感情境界！所以，在这个近似"大侠"的词人心中，也自蕴郁着丰异的柔情，发而为词，便又产生了下列这些妩媚的作品：

兰芷满芳洲，游丝横路，罗袜尘生步。迎顾，整鬟颦黛，脉脉两情难语。细风吹柳絮，人南渡。　回首旧游，山无重数，花底深朱户。何处？半黄梅子，向晚一帘疏雨。断魂分付与，春将去。（《感皇恩》）

楼角初销一缕霞，淡黄杨柳暗栖鸦，玉人和月摘梅花。　笑拈粉香归洞户，更垂帘幕护窗纱，东风寒似夜来些。（《减字浣溪沙》）

上面这两篇作品，风格绮丽香艳，真配得上张耒所说的"妖冶如揽（王）嫱、（西）施之袪"的评语。

不过，我们还须注意一点：贺铸是一个很有理想、很有才华的人物，所以他的某些艳情词中，已经自觉或不自觉地出现了"美人香草"式的比兴、寄托。这或许又是张耒所说的"幽洁如屈、宋"吧？如其《踏莎行》：

① 夏敬观：《手评〈东山词〉》，龙榆生编选《唐宋名家词选》，上海古籍出版社，1980年，第147页。

> 杨柳回塘，鸳鸯别浦，绿萍涨断莲舟路。断无蜂蝶慕幽香，红衣脱尽芳心苦。　　返照迎潮，行云带雨，依依似与骚人语：当年不肯嫁东风，无端却被秋风误！

这里写的荷花，就浓厚地寄寓着作者的身世之感，映照着作者高洁幽独的人品人格，既是“咏物”，又是“咏怀”。他的这首咏荷词，后来就引出了南宋一大串“托物言志”的咏物词。这里且举张炎也是咏荷（荷叶）的《绿意》为例：“碧圆自洁，向浅洲远渚，亭亭清绝。犹有遗簪，不展秋心，能卷几多炎热？鸳鸯密语同倾盖，且莫与，浣纱人说。恐怨歌忽断，花风碎却，翠云千叠。　　回首当年汉舞，怕飞去漫皱，留仙裙褶。恋恋青衫，犹染枯香，还叹鬓丝飘雪。盘心清露如铅水，又一夜西风吹折。喜静看，匹练秋光，倒泻半湖明月。”这首词，所用的典故就更多，以之来表露作者内心欲吐又吞的亡国之感；而究其渊源，实自贺词而来。

再如，他最为有名的《青玉案》词：

> 凌波不过横塘路，但目送，芳尘去。锦瑟华年谁与度？月桥花院，琐窗朱户，只有春知处。　　碧云冉冉蘅皋暮，彩笔新题断肠句。试问闲愁都几许？一川烟草，满城风絮，梅子黄时雨。

以前人们往往仅把它当做一首优美的艳情词来欣赏，实则其含义恐不仅止于此。“横塘”在苏州郊外。据考，词人居苏时，已过57岁。如若唯因目睹一妙龄女郎的“芳尘”凌波而去，就生出这“一川烟草，满城风絮，梅子黄时雨”的“闲愁”，那当然勉强也可说通，但终究不够让人感到圆满。关键的一句则在于“锦瑟华年谁与度”。此句出自李商隐《无题》诗（“锦瑟无端五十弦，一弦一柱思华年”），而全词也正同《无题》诗那样，有着借物（贺词是借事）而感怀身世的扑朔迷离之风格与美感。词中的这位“凌波佳人”，一则透露出极美的姿质，二则透露出孤芳自赏、寂寞幽困的气息（“只有春知处”也），三则透露出“迟暮”之意味（“华年”无人“与度”也）。从她身上，就曲折表现了作者自伤身世、理想失落之悲感。而尤以其末尾四句最为人所赞赏，连著名的大诗人黄庭坚都爱不释手，供之案头，并赠诗给贺：“解道江南断肠句，只今惟有贺方回。”它同李商隐诗中“庄生晓梦迷蝴蝶，望帝春心托杜鹃。沧海月明珠有泪，蓝田日暖玉生烟”一样，叠用了好几个表现惆怅情绪的意象，组合出一幅朦胧而又迷惘的意境，使人为之兴叹不已。清代有位黄蓼园，他好以“比兴”“寄托”来说词，经常弄到生硬附会的可厌地步。但他对此词的理解却有某些可采之处。其《蓼园词选》云：“所居横塘断无宓妃到，然波光清幽，亦常目送芳尘；第孤寂自守，无与为欢，唯有春风相慰藉而已。后段言幽居肠断，不尽穷愁，惟见烟草风絮，梅雨如雾，共此旦晚，无非写其境之郁勃岑寂耳。”①它的理解主要放在作者心境的“郁勃”和“岑寂”上，这就相当中肯。所以，从贺铸的某些词来看，他似已有意识地在其中寄托某些情怀了。张耒说其词“幽洁如屈、宋”，王灼说“世间有《离骚》，惟贺方回、周美成时时得之”②，话是夸张了些，但从表现手法而言，却也不无道理。

综观上述情况，可知贺铸的词，具有相当多样的风貌，而在每一种风格类型中，又都有着成就很高之作。这种情况是令人感到惊愕和佩服的。

但是，另外应该指出，贺铸《东山词》中，也有比重相当大的一部分作品，却是一种“回炉”型或“炒冷饭”式的作品。他大量摘取前人诗句，加以新的组合，再把原先的词调，据其词中句子而改换一个新名，这样就“炮制”出了不少“新词”。如《晚云高》（即《添声杨柳枝》）：

秋尽江南叶未凋，晚云高。青山隐隐水迢迢，接亭皋。　　二十四桥明月夜，弭兰桡。玉人何处教吹箫？可怜宵。

又如《第一花》（即《鹧鸪天》）：

豆蔻梢头莫漫夸，春风千里旧繁华。金楼玉蕊皆殊艳，别有倾城第一花。　　青雀舫，紫云车。暗期归路指烟霞。无端却似堂前燕，飞入寻常百姓家。

其中，直接采用唐诗，或者间接化用唐诗的地方，就占据了全词的主要部分。故而说它们是“游戏之作”也可，批评它们缺乏“真味”也可。王国维就不太客气地说过：“北宋名家以方回为最次……非不华赡，惜少真味。”③若把这个评语严格局限于贺铸的部分词作之上，而不把它扩展成对其全部词作的评价，那么，这个意见就是相当中肯的。而造成这种“拾人牙慧”现象④的原因即在于：贺铸读书太多，“积蓄”太多，如若稍不注意，那些古人的句子、意境就会勃涌而出，代替了作者自己的创意；何况不少时候，作者更是刻意研炼，或有意逞才，所以就出现了“笔端驱使李商隐、温庭筠，常奔命不暇”的怪特现象。对于这种好用典故、好炼字面的作风，有人称之为好（如张炎《词源》就大大赞扬过贺铸一番），有人则批评为弊病（如王国维、刘体仁）。而依我们看来，便有两点似可提出，一是，这种

① 黄苏，等选评：《清人选评词集三种》，尹志腾校点，齐鲁书社，1988 年，第 63 页。

② 王灼：《碧鸡漫志》卷二，辽宁教育出版社，1998 年，第 8 页。

③ 王国维：《人间词话》，齐鲁书社，1981 年，第 32 页。

④ 刘体仁《七颂堂词绎》：“贺方回非不楚楚，总拾人牙慧，何足比数。”王国维：《人间词话》，齐鲁书社，1981 年，第 33 页。

用典或用前人成句入词的写法,反映了词在苏轼的“以诗为词”之后,其意境、其语言、其写法、其技巧,就都有了向诗学习的趋向。试观苏轼之前的词,无论是《花间》式的小令还是柳永式的慢词,一般都很少用典或用前人成句(有也是偶尔为之)。苏轼以士大夫文人的身份作词,以其诗人、学人的文学修养写词,遂大开此种使事用典的风气。贺铸词的大量采摘前人诗句,广泛地择用了“集部”自《文选》到唐诗、唐传奇,“史部”从《史》《汉》到《晋书》《三国志》的典故,就都是词人开始以写诗之法来写词的结果。无独有偶,与他同时期的周邦彦亦染此风,所谓“借字用意,言言皆有来历”①,也正体现了同一的词学风尚。二是,对于这种用典或用前人成句的写法,我们应该有所分析地看待。若一味堆垛古典,以致掩盖或淹没了自己的真性情,那就是不高明的;而若加以适当运用,以之为自己的抒情言志服务,则又可以收到“锦上添花”之妙用。贺词中这两种情况都存在:前者如上举的《晚云高》《第一花》之类,那只能是以抄袭代替创作的做法;后者如《青玉案》,它巧妙地择用了曹植《洛神赋》、李商隐《无题》(锦瑟)诗、《南史·江淹传》等有关典故、意象、字面,再加以自己匠心独运的创造,才得以达到这般“语意精新”(《碧鸡漫志》卷二评语)的艺术境地。而即使是那三个“博喻”式的“组合意象”,虽然表面上看不出是从某人之作中直接引用来的,但究其实际,也还是一种创造性继承的结果。对此,罗大经尝曰:

> 诗家有以山喻愁者,杜少陵云:“忧端如山来,澒洞不可掇。”赵嘏云:“夕阳楼上山重叠,未抵春愁一倍多”是也。有以水喻愁者,李颀云:“请量东海水,看取浅深愁。”李后主云:“问君能有几多愁?恰似一江春水向东流。”秦少游云:“落红万点愁如海”是也。贺方回云:“试问闲愁都几许?一川烟草,满城风絮,梅子黄时雨。”盖以三者比之愁多也,尤为新奇;兼兴中有比,意味更长。②

这段话就说出了贺词对于前人艺术遗产的创造性继承。而唯有此种继承,才是有出息的。

另外,我们还注意到,贺词的用典和引用前人成句,虽然范围很广,但大致却集中在李贺、李商隐、杜牧等人的诗中(这亦可见晚唐五代律、绝诗与词的关系之甚为密切),不像后来的辛弃疾等人,他们的“掉书袋”就到了无书不用、“无孔

① 刘肃:《片玉集序》,金启华,等编《唐宋词集序跋汇编》,江苏教育出版社,1990年,第69页。

② 罗大经:《鹤林玉露》乙编卷一,中华书局,1983年,第127页。

不入”的地步。但是,广开辛派词使事用典之风的前驱者,除开苏轼之外,贺铸也应该算得上一个。

第四节　周 邦 彦

词到周邦彦,人称已至“集大成”的地步。这个评价可谓高矣。不过,若从事实来看,则这种“集大成”,只能是集前代婉约词的“大成”而已;并且,其成就主要也仅在于艺术技巧方面。所以他在词史上的地位,是比不上苏轼甚至是柳永的。清代以来某些论者对其评价就未免过高。

周邦彦(1056—1121),字美成,自号清真,钱塘(今浙江杭州)人。神宗元丰初,在汴京做太学生,因献《汴都赋》而受到神宗赏识,被提拔为太学正。以后十余年间,在外漂流,做过庐州教授、溧水县令等。哲宗绍圣三年后,又回汴京任官。徽宗时,曾提举“大晟府”(官立音乐机构),负责制谱作曲,供奉朝廷。又外调顺昌府、处州等地,死于南京(今河南商丘)。其词集名为《片玉集》和《清真词》。

对于周邦彦的词,宋代本朝人有两种看法。其中绝大多数人对他非常赞许。现摘几条有代表性的意见如下:

> 周美成以旁搜远绍之才,寄情长短句,缜密典丽,流风可仰。其征辞引类,推古夸今,或借字用意,言言皆有来历,真足冠冕词林,欢筵歌席,率知崇爱。①
>
> 公之词,其模写物态,曲尽其妙。②
>
> 清真词多用唐人诗语,檃栝入律,浑然天成。长调尤善铺叙,富艳精工,词人之甲乙也。③
>
> 美成自号清真,二百年来以乐府独步。贵人、学士、市儇、妓女,皆知美成词为可爱。④
>
> 美成诸人讨论古音,审定古调……又复增演慢曲、引、近,或移宫换

① 刘肃:《片玉词序》,金启华,等编《唐宋词集序跋汇编》,江苏教育出版社,1990 年,第 69 页。

② 强焕:《片玉词序》,金启华,等编《唐宋词集序跋汇编》,江苏教育出版社,1990 年,第 68 页。

③ 陈振孙:《直斋书录解题》卷二一,上海古籍出版社,1987 年,第 618 页。

④ 陈郁:《藏一话腴》,施蛰存《宋元词话》,上海书店出版社,1999 年,第 531 页。

羽，为三犯、四犯之曲，按月律为之，其曲遂繁。美成负一代词名，所作之词，浑厚和雅，善于融化诗句……①

归纳这些意见，周词之值得赞扬，原因是：第一，发展了词乐，促进了词体的繁衍（张炎之论可见）；第二，发展了长调的技巧，使之在模写物态时能够曲尽其妙，并从一般的铺叙发展到了"精工"的地步（强焕、陈振孙之说可见）；第三，风格"浑厚和雅"却又雅俗共赏（张炎、陈郁之说可见）；第四，善于融化前人诗句，"言言皆有来历"（刘肃、张炎之说可见）。宋人所说的这些话，就已把周词主要的艺术特色和艺术贡献概括了出来。

当然，也还有很小一部分人，对周词却瞧不大起。比如南宋后期人陈模，在其《论稼轩词》一文中说过：

近时作词者只说周美成、姜尧章（夔）等，而以稼轩词为豪迈，非词家本色……盖曲（按：即指词）者，"曲"也，固当以委曲为体。然徒狃于风情婉娈，则亦不足以启人意，回视稼轩所作，岂非万古一清风也哉？②

他所批评于周的，即其"徒狃于风情婉娈"（此"婉娈风情"，也即张炎所概括的"周情柳思"）。这个批评可说是相当尖锐的，它就指出了周词题材和内容上的重大局限。所以，周词虽有少量是抒写宦海感慨和羁旅之思的（也有人还指出某些词作涉及新旧党争），但总起来看，却仍只是以其艳情词而著称于世。这种题材内容上的狭隘（特别是它诞生在苏轼以后），就不仅是周邦彦这一位个别婉约词人的"过错"，同时也标志着整个婉约词已经面临着某种程度的发展危机了。这是因为，艳情这个"母题"，自从晚唐五代小令以来，迭经二晏一欧之类的精妙小词，以及柳永、秦观之类的长调慢词，真可谓是横说竖说、短说长说，被说过不知多少遍了。虽然"江山代有才人出"，后之词人因其心情、遭遇、个性、修养等的不同，对于这个"母题"的咏写还会永远延续下去并仍将不断地涌现出许多新佳篇来；但是，却又不得不承认：在一定时期内，这个"创作源泉"所能提供的水源毕竟是有限度的。像小晏一个人，就写了200余首近乎爱情"回忆录"和"忏悔录"式的恋情词，我们就真有些担心：后人再要胜过他，便不免"戛戛乎其难"了。更何况，"十首以前，少陵较难入；百首以后，青莲较易厌"③，就连李白

① 张炎：《词源》，唐圭璋《词话丛编》，中华书局，1986年，第255页。
② 邓广铭笺注：《稼轩词编年笺注》，上海古籍出版社，1978年，第564页。
③ 王世贞：《艺苑卮言》卷四，《四库全书》第128册，上海古籍出版社，1987年，第382页。

这样的大诗人,读他百首以上的诗都难免会生厌倦之感,那么,在晏、欧与柳、秦之后,周邦彦仍要在艳情词中"讨生活",那就确实是一件不大容易的事了。因此,这种发展的危机就逼迫或驱使着作者向着另一个方向——艺术的深度——努力去伸展。故从周邦彦开始,宋代的婉约词就逐渐减少了天然的风韵,而向着人工雕炼的方向发展了。真情不足而技巧有余,也就渐成了后之婉约词的一般倾向;这种倾向,在周词中就首见出现。

不过,在具体分析周词的情况时,如同以前一样,我们仍把重点放在它所提供的贡献方面。这种贡献(也同时是其艺术特色)可从下列三方面看出:

第一,发展词乐,创新词调,使词的格律化程度有所提高。

周邦彦是一位"妙解音律"的人。据楼钥《清真先生文集序》谓:周氏"性好音律,如古之妙解,'顾曲'名堂,不能自已"①。观其以"顾曲"自命其堂,即知他对音乐的爱好和自负。三国时周瑜妙解音乐,时人谚曰:"曲有误,周郎顾。"周邦彦在此即俨以知音的周瑜自比。以这样一位音乐家身份的人来执掌"大晟"乐府机构,来创作"新声"、慢词,那无疑就会推动词乐的发展,促进词调的繁衍,并提高词的格律化程度。对于这前两点,我们在第六章中已经具体引述过若干数据,这里就不再多说。对于后一点,我们只消举一个例子,即能说明问题,那就是:南宋人方千里有《和清真词》一卷,他就以周词的平仄(甚至四声)为标准,亦步亦趋地奉和周词原韵,共作了 93 首词。由此即见周词在格律方面简直已达到了"标准化""规范化"的地步。下面,则让我们再来看另外一些例子,以增加感性认识:

> 王都尉(诜)有《忆故人》词云:"烛影摇红,向夜阑,乍酒醒,心情懒。尊前谁为唱《阳关》?离恨天涯远。　　无奈云沉雨散,凭栏干,东风泪眼。海棠开后,燕子来时,黄昏庭院。"徽宗喜其词意,犹以不丰容宛转为恨,遂令大晟府别撰腔。周美成增损其词,而以首句为名,谓之《烛影摇红》。云:"芳脸匀红,黛眉巧画宫妆浅。风流天付与精神,全在娇波眼。早是萦心可惯,向尊前、频频顾眄。几回相见,见了还休,争如不见?　　烛影摇红,夜阑饮散春宵短。当时谁会唱《阳关》?离恨天涯远。争奈云收雨散,凭栏干,东风泪满。海棠开后,燕子来时,黄昏深院。"②

① 王世贞:《艺苑卮言》卷四,《四库全书》第 1152 册,上海古籍出版社,1987 年,第 800 页。

② 吴曾:《能改斋漫录》卷一七,上海古籍出版社,1979 年,第 496 – 497 页。

这个例子告诉我们:周邦彦很善于创制新声(“别撰腔”也),又善于在此基础上“增损”(实为“增”)令词而成慢词长调。

再如,直至宋亡以后,北至元都(今北京),南至苏杭,在歌妓中却还流唱着周邦彦所创制的词曲。如张炎《国香》词序曰:“沈梅娇,杭妓也。忽于京都见之,把酒相劳苦,犹能歌周清真《意难忘》《台城路》二曲”;其《意难忘》词序又曰:“中吴车氏号秀卿,乐部中之翘楚者,歌美成曲,得其音旨。”这也可证周邦彦在发展词乐、创制词调方面,对于后世(整个南宋)的影响是十分深远的。

由于周邦彦精通音乐,所以他对南宋“雅词”的走上格律化道路,也就有所影响。直到宋末沈义父《乐府指迷》还说:“凡作词,当以清真为主。盖清真最为知音……”①例如周氏那有名的《兰陵王·柳》词,据毛幵《樵隐笔录》记载,在南宋绍兴初,就曾广泛流行于临安,“西楼南瓦皆歌之,谓之‘渭城三叠’。以周词凡三换头,至末段,声尤激越,惟教坊老笛师能倚之以节歌者”②。这就说明了周词的广为流传及其合乐之严格与缜密。现今,唐宋词乐虽早散亡而不可复闻,但正如王国维所说:“故先生之词,于文字之外,须兼味其音律。今其声虽亡,读其词者,犹觉拗怒之中,自饶和婉,曼声促节,繁会相宣,清浊抑扬,辘轳交往,两宋之间,一人而已。”③关于这点,夏承焘先生在其《唐宋词字声之演变》一文中,又特为作过细密阐发。他指出,唐宋词中字声之演变,有其历程。大抵词自民间转入士大夫手中之后,温庭筠已分平仄;晏殊渐辨去声,严于结拍;柳永分上、去,尤严于入声;周邦彦更辨用平、上、去、入四声,益多变化。又说:“总之,四声之词,至清真而极变化;惟其知乐,故能神明于矩矱之中。”而不像南宋的方千里、杨泽民辈,但能死守格律、不敢通变。夏先生随文还举出了大量例证,这里就不再引述。总之,周氏把词重新纳入音律的规范之中,这对于开启南宋雅词派词人们注重格律(音律和字声)的作风,无疑是树立了一个榜样。而对于周词本身来说,这种合乐可歌的特性和讲究音律的锤炼之功,也是有助于增加它取悦人耳的音乐美感和提高它的表达功能的。

第二,发展了慢词的技巧(特别其章法结构方面的技巧),使慢词出现了“整严化”的倾向。

在谈到柳永慢词的时候,我们已提及了它的铺叙手法和章法结构问题,在这

① 沈义父:《乐府指迷》,唐圭璋《词话丛编》,中华书局,1986 年,第 277 页。
② 冯金伯:《词苑萃编》卷二四,唐圭璋《词话丛编》,中华书局,1986 年,第 2270 页。
③ 王国维:《清真先生遗事》,《王国维遗书》第 11 册,上海古籍出版社,1983 年,第 24 页。

些方面柳词都有其“首发轫”的功劳。但是,我们又注意到,由于创作经验还不够丰富完善,所以,柳词难免又会出现松垮、散漫、啴缓等缺点。后来,秦观虽济之以小令的“韵味”,使它变得较为精警,但是,却仍失之于“气格”的软弱。所以,如何进一步发展慢词的铺叙技巧,使之由一般的“铺叙形容”而变得“精工”“浑成”,这就是周邦彦所面临的艺术课题了。在这个课题上,该是有着很多文章要做的。但其中,最为突出的便是一个章法结构的问题。打个比方来说,令词就像小孩,其讨人喜厌处主要在其面容之是否天真烂漫、伶俐聪明,而一般不大会去细究其有否“身段”;至于慢词长调,则好比由孩童长成了青年人,其可爱处除其面貌之娟秀聪慧外,身段、体魄也就成了一个显眼的条件。以此来说,则柳永的很多慢词就难免不够标准了。它就像一个幼童突然拔高(“放大”)而营养一时又跟不上似的,骨骼就嫌软弱,骨架就嫌不匀。秦观词在艳词的躯壳之内补充了若干新的感情养料,又能济之以小令的含蓄风韵,所以就部分地补救了这一毛病;但又尚嫌未能全部克服这种还带有啴缓风味的“软骨病”。此外,苏轼的慢词之作,则由于其感情内容的异常充沛(“不择地而出”),所以发而为词,横放杰出而又自有规矩,气格刚健而又不乏婀娜之态;但可惜的是,这一种“自然而工”又是学不来的。因此周词的主攻目标就在于:它要在“软媚”的婉约词中,济之以“气魄”,使它变得“浑成”(《词源》即云:“美成词只当看他浑成处,于软媚中有气魄”);而在这方面,就离不开对于章法结构的锤炼讲求。

清人毛先舒在论及长调的写法时,说过这样一段话:

> 填词,长调不下于诗之歌行长篇。歌行犹可使气;长调使气,便非本色,高手当以情致见佳。盖歌行如骏马蓦坡,可以一往称快;长调如娇女步春,旁去扶持,独行芳径,徙倚而前,一步一态,一态一变,虽有强力健足,无所用之。①

他所说的古诗可以“使气”而长调一般只能“以情致见佳”(当然是指婉约风格的长调而言),是正确的。但是,我们又应该看到,长调在其结构章法方面,却又与古诗歌行有着相似之处。例如,古诗要讲究伏应转接、起承开合,讲究波澜顿挫、回环跌宕……这些技巧,长调慢词,就何尝不要讲究?如不讲究,便成了平铺直叙,便变得“一览无余”;柳永的某些作品,即吃了这个大亏。周邦彦则不然。他本人擅写“大赋”(如《汴都赋》),又擅写古诗。这里且引他一首《薛侯马》诗为例。其前有小序:“薛侯,河东土豪也,以战功累官左侍禁。西方罢兵,薛归吏部

① 王又华:《古今词论》,唐圭璋《词话丛编》,中华书局,1986年,第609页。

授官,带所乘骆马寓武城坊。经年不得调,羁马庳屋下,马怒败主人屋,时时蹄碎市贩盎器,薛悉卖装以偿。伤己厄屈,因对马以泣。邻居李文嗟悯之,为薛作传。同舍赋诗者十一人,仆与其一焉。”诗云:

> 薛侯俊健如生猱,不识中原生土豪。蛇矛丈八常在手,骆马蕃鞍云锦袍。往属嫖姚探虎穴,狐鸣萧萧风立发。短鞯淋血斩胡归,夜斫坚冰濡马渴。中都久住武城坊,屋头养骆如养羊。枯萁不饱篱壁尽,狭巷怒啼盆盎伤。只今栖栖守环堵,五月温风柔巨黍。千金夜出酬市儿,客帐昼眠听戏鼓。边人视死亦寻常,笑里辞家登战场。铨劳定次屈壮士,两眼荧荧收泪光。齿坚食肉何曾老?骗马身轻飞一鸟。焉知不将万人行,横槊秋风贺兰道?

陈郁就评说道:周氏“诗歌自经史中流出,当时以诗名家如晁(补之)、张(耒),皆自叹以为不及”①。像上面这首长诗(还如他的《天赐白》),就是一首气势壮阔、变化有方的佳作,足以见出周氏驾驭长篇的能力。

由于具有这种写赋、写长篇古诗的能力,周邦彦在写作慢词长调时便也引进了那种开合变化、离合顺逆之类的笔法,使得慢词的章法结构有了很大的改进和提高。下面,就让我们以同一个题材为例,看一看小令、柳词和周词在描写它时有何不同,从而见出周词在章法结构方面的改进和提高。

唐人崔护有《题都城南庄》诗云:“去年今日此门中,人面桃花相映红。人面只今何处去?桃花依旧笑春风。”这就是有名的“人面桃花”故事。

这个诗题到了词里,便演变成了欧阳修的下列《生查子》:“去年元夜时,花市灯如昼。月上柳梢头,人约黄昏后。　　今年元夜时,月与灯依旧。不见去年人,泪湿春衫袖。”从结构上看,它以上下两片对比,基本同于上述七绝;而两片之间也缺乏较大的变化,仅仅停留在“复叠”的水平上——从这里就不难看到,令词的结构一般还较单纯。

到了柳永的慢词中,情况就有了一些变化。其《满朝欢》云:“花隔铜壶,露晞金掌,都门十二清晓。帝里风光烂漫,偏爱春杪。烟轻昼永,引莺啭上林,鱼游灵沼。巷陌乍晴,香尘染惹,垂杨芳草。　　因念秦楼彩凤,楚观朝云,往昔曾迷歌笑。别来岁久,偶忆欢盟重到。人面桃花,未知何处?但掩朱扉悄悄。尽日伫立无言,赢得凄凉怀抱。”它在上片中,极力铺叙帝京风光之繁华美好,下片再转出对于往事的回忆,集中点出“人面桃花,未知何处?但掩朱扉悄悄”的“凄凉怀

① 陈郁:《藏一话腴》,施蛰存《宋元词话》,上海书店出版社,1999年,第531页。

抱”。从词风看，确实是一种“放大”——把原先“小词”（小诗）的材料“放大”成“大词”来写；但从其结构来看，虽然篇幅拉长了好几倍，而基本架子却仍是简单的“今昔对比”（上片言今，下片忆昔）。这样的写法，偶读一二首尚不觉可厌，但因其词中所大量存在的，便正是此类平铺直叙地展开“今昔对比”的作品（如其《曲玉管》《婆罗门令》《夜半乐》等，不胜枚举），因此便会引起人们单调、乏味的感觉；而从词情本身的表达来讲，也嫌太平面化、雷同化。这就亟待着后人的“改良”。

周词针对柳词这种偏于直说、直叙而缺少变化的写法，就在章法结构上进行了较大的调整、改进。在调整、改进过后的骨架（结构）基础之上，他就绰有余力来作浓笔的描绘和勾勒了。于是便出现了《瑞龙吟》这样的名篇：

> 章台路，还见褪粉梅梢，试花桃树。愔愔坊陌人家，定巢燕子，归来旧处。　　黯凝伫，因念个人痴小，乍窥门户。侵晨浅约宫黄，障风映袖，盈盈笑语。　　前度刘郎重到，访邻寻里，同时歌舞，唯有旧家秋娘，声价如故。吟笺赋笔，犹记燕台句。知谁伴，名园露饮，东城闲步？事与孤鸿去。探春尽是伤离意绪。官柳低金缕，归骑晚，纤纤池塘飞雨。断肠院落，一帘风絮。

这首慢词，如把其内容进行浓缩，也仍只是“人面桃花”四字而已。但我们读它时，却觉得分外有一种“沉郁顿挫”的味道在。原因即在于它章法结构之细密而又多变。试引唐圭璋先生《唐宋词简释》对此词章法的分析如下：

> 第一片记地，“章台路”三字，笼照全篇。“还见”二字，贯下五句，写梅桃景物依稀，燕子归来，而人则不知何往，但徘徊于章台故路、愔愔坊陌，其怅惘之情为何如耶！第二片记人，“黯凝伫”三字，承上起下。“因念”二字，贯下五句，写当年人之服饰情态，细切生动。第三片写今昔之感，层层深入，极沉郁顿挫缠绵宛转之致。“前度”四句，不明言人不在，但以侧笔衬托。“吟笺”二句，仍不明言人不在，但以“犹记”二字，深致想念之意。“知谁伴”二句，乃叹人去。“事与孤鸿去”一句，顿然咽住，盖前路尽力盘旋，至此乃归结，既以束上三层，且起下意。所谓事者，即歌舞、赋诗、露饮、闲步之事也。“探春”二句，揭出作意，唤醒全篇。前言所至之处，所见之景，所念之人，所记之事，无非伤离意绪，“尽是”二字，收拾无遗。“官柳”二句，写归途之景，回应篇首“章台路”。“断肠”二句，仍寓情于景，以风絮之悠扬，触起人情思之悠扬，亦

觉空灵,耐人寻味。①

由此可知,由于它采用了“逆入”“倒插”“腾挪”“顿挫”“暗逗”“盘旋”等等写法,就使其章法结构变得千门万户、变化莫测;而在这个骨架之上,再用浓墨重彩的笔调加以“勾勒”,于是便使全词显得意境浑厚而耐人寻味。周济曾说:“勾勒之妙,无如清真。他人一勾勒便薄,清真愈勾勒愈浑厚。”②这里就可对它再作一点补充:这种“勾勒”,首先就要有一个坚实的结构作其基础;如若没有一个缜密、坚实的结构作其骨架的话,那就会支撑不起这种繁枝茂叶式的“勾勒”。上述《瑞龙吟》即是一个证明。

对于周词章法结构方面的高超技巧,前人是众口交誉的。其中,尤以陈廷焯为最。他在《白雨斋词话》卷二里曾反复说及此点,如:

美成、白石,各有至处,不必过为轩轾。顿挫之妙,理法之精,千古词宗,自属美成。

美成词,于浑灏流转中下字、用意,皆有法度。

词法之密,无过清真。

词法莫密于清真。③

又在其《词坛丛话》中说:

美成乐府开合动荡,独前千古。④

再在其《云韶集》卷四说:

美成词极顿挫之致。

词至美成开合动荡,包扫一切,读之如登太华之山,如掬西江之水。⑤

这许许多多的评语,实际都主要是指周词章法结构的高妙而言。所以,为省篇幅,我们就不再另外多举其他词作来作分析,因为上述评语,就足以说明这一问题。

① 唐圭璋:《唐宋词简释》,上海古籍出版社,1981年,第124页。

② 周济:《介存斋论词杂著》,黄苏,等编《清人选评词集三种》,齐鲁书社,1988年,第194页。

③ 陈廷焯:《白雨斋词话》,人民文学出版社,1959年,第29、40、47页。

④ 陈廷焯:《词坛丛话》,唐圭璋《词话丛编》,中华书局,1986年,第3723页。

⑤ 周邦彦:《清真集》,吴则虞校点,中华书局,1981年,第158页。

从此，原先还显得有些散漫、软弱、啴缓的慢词，由于周邦彦对其技巧进行了大力改进，便朝着“整严”的方向发展了。周词也便成了后代许多词人作词的一种范本式作品。

第三，善于融化前人诗语，开创了一种“富艳”“典丽”的语言风格。

这一点，前人的评述也已甚多，不再多举。兹以他的《西河 · 金陵怀古》为例来具体说明这一问题。

佳丽地，南朝盛事谁记？山围故国绕清江，髻鬟对起。怒涛寂寞打孤城，风樯遥度天际。　　断崖树，犹倒倚，莫愁艇子曾系。空余旧迹郁苍苍，雾沉半垒。夜深月过女墙来，伤心东望淮水。　　酒旗戏鼓甚处市？想依稀，王谢邻里。燕子不知何世，向寻常巷陌人家，相对如说兴亡，斜阳里。

这首词的基本内容，主要即是檃栝刘禹锡的《金陵五题》诗而成。如刘诗云：“山围故国周遭在，潮打孤城寂寞回。淮水东边旧时月，夜深还过女墙来。”周词则云：“山围故国绕清江……怒涛寂寞打孤城”和“夜深月过女墙来，伤心东望淮水”。如刘诗云：“朱雀桥边野草花，乌衣巷口夕阳斜。旧时王谢堂前燕，飞入寻常百姓家”；周词则云：“酒旗戏鼓甚处市？想依稀，王谢邻里。燕子不知何世，向寻常巷陌人家，相对如说兴亡，斜阳里。”另外，它还化用了古乐府中《莫愁乐》（“莫愁在何处？莫愁石城西。艇子打两桨，催送莫愁来”），以及谢朓《入朝曲》（“江南佳丽地，金陵帝王州”）等诗中的句子，“浑然天成”，“如自己出”（前评见许昂霄《词综偶评》，后评见《艺蘅馆词选》乙卷引梁启超言）。在周邦彦词中，像这般大量摘用前人诗句的，虽还未见有比这首词更为突出的，但那种“征辞引类”“借字用意”的现象，却确又是随处可见的。

那么，对这样的一种风尚，我们又该怎样看待呢？

首先，这也同贺铸词的“笔端驱使古人”一样，反映着“以诗为词”的倾向渐已渗入到婉约词中来。北宋后期，诗坛上出现了以黄庭坚为领袖的“江西诗派”。这一派人论诗的要点便在于讲究“无一字无来处”，其作诗“要诀”即是：“取古人之陈言入于翰墨，如灵丹一粒，点铁成金。”（黄庭坚《答洪驹父书》）所以，周、贺在词中大量用典和引用前人诗句，就正是这股诗风在词坛中的旁及。虽然周邦彦并没有像苏轼那样“以诗为词”地创作出多种风格的词篇，但他在词中大量用典引句，却也仍属“以诗为词”的另一种反映（不过它仍严格遵守着词之“本色”）。

其次，词中的引用典故、援用成句，有助于造成其“典丽”“富艳”的词风。它具体的好处表现在下面几点：一是增添作品的“书卷气”，增添其“风雅相”。二是能够利用典故和成句中的历史积淀来调动读者的联想，从而增加作品的感染力。三是在语言色彩方面，又倍添其斑驳绚丽的光泽，显出“富艳精工”的特色来。而在这三个方面，周词都收到了一定的艺术效果。

但是，我们接着要讲的第三点却是：这种好用历史典故和前人成句的做法，却又是婉约词发展到周词阶段因其真情稍衰而产生的“补偿性”现象——正因其内容的相对贫乏，作词者便不得不到前人的诗歌中去乞讨意境、挦扯词藻，以之来充实、补足自己的词境。潘德舆尝言：“词滥觞于唐，畅于五代，而意格之闳深曲挚，则莫盛于北宋。词之有北宋，犹诗之有盛唐。至南宋则稍衰矣。”①周邦彦的词，就正可视为宋词由“全盛”向“中后期”过渡的衔接阶段。一方面，它那“富艳”“典丽”的风格面目标志着婉约词的全面成熟，就像到达了夏木阴阴的暑天那样；但另一方面，它那外表富赡与内容不够充实的矛盾，却又预告着婉约词今后将不会再有更大的发展和突破——除了它因着亡国之变而产生的某种程度的“扭变”之外——这又给南宋的词坛投下了渐趋老化的秋之阴影。从前一意义上讲，周词对于晚唐五代以来的令词和柳、秦以来的慢词，确实有着“集大成”②的意义；而从后一意义上讲，周词却也开启了南宋“雅词派”词人那种片面追求形式技巧的不良风气之先河。所以，如从总体上看，周词对于宋词（主要指婉约词）的贡献虽是重大而深远的，但这种贡献却大致只集中在艺术技巧方面；而究其思想内容，就惜乎没有较大的进展和开拓。故而，王国维的这一个评语，便是十分中肯的：

> 美成深远之致不及欧、秦，唯言情体物，穷极工巧，故不失为第一流之作者。但恨创调之才多耳，创意之才少耳。③

它一方面承认其文学技巧不失为“第一流”之列；另一方面，却又指出了他“创意之才少”的重大缺点。这样的识见，是胜过了自宋代以来很多论者仅仅强调其艺术性的评价的。

以上，我们分析了周词的艺术贡献和艺术特色。现在，还须对它在词史发展中的地位作一考察。对于这点，严沆有过一个纵贯前后的评论，他在《古今词选序》中说：

① 参见王国维《人间词话》引潘德舆语，齐鲁书社，1981 年，第 62 页。
② 周济：《宋四家词选》，古典文学出版社，1958 年，第 4 页。
③ 王国维：《人间词话》，齐鲁书社，1981 年，第 12 页。

> 诗降而为词，自《花间集》出而倚声始盛，其人虽有南唐、楚、蜀之殊，叩其音节，靡有异也。迨至宋，同叔、永叔、方回、叔原、子野，咸本《花间》而渐近流畅。耆卿专主温丽，或失之俚。子瞻专主雄浑，或失之肆；当其时，少游、鲁直、补之尽出其门……故论词于北宋自当以美成为最醇。南渡以后，幼安负青兕之力，一意奔放，用事不休；改之（刘过）、潜夫（刘克庄）、经国（陈人杰）尤而效之，无复词人之旨。由是尧章（姜夔）、邦卿（史达祖）别裁风格，极其爽逸芊艳；宗瑞（张辑）、宾王（高观国）、几叔（黄机）、胜欲（蒋捷）、碧山（王沂孙）、叔夏（张炎）继之。要其原皆自美成出。①

他在这里，提出了两个论点：第一，北宋词当以周词为最“醇”（亦即“醇雅”也）；第二，南宋除辛派词（这在他看来是“无复词人之旨”的作品）之外，凡符合“本色”风格的词，“其原皆自美成出”。这段话就说明，无论是令词还是慢词——总之是合乎“本色”风格的婉约词，到了周词阶段，便到达了一个“醇雅”的境地；而南宋大批的“雅词”派词人（姜、史等人便是其代表人物，见张炎《词源》），其词就都是继承周词而来的。所以我们便可得出这样一个结论：婉约词经过周邦彦使之“富艳精工”“缜密典丽”的努力以后，就变得相当的“醇雅”了（当然，严沆还遗忘或忽视了另一点，那就是苏轼实际上也对婉约词的“雅化”或“净化”做出了很大的贡献，这一点我们已在前文谈过）；周邦彦实堪称为南宋“雅词派之开山祖师”。当然，在非常正统、非常严格的“雅词”派词论家看来，周词或许还有部分作品尚未达到完全“醇雅”的地步，如张炎曾批评过他有时还会“为情所役”、有失于“雅正之音”（《词源》）；但总的来看，他却完全有资格“冠冕（雅词）词林”（刘肃语，见前引）。邓牧说：长短句“数百年来工者几人？美成、白石逮今脍炙人口”②；山阴尹焕序略云：“求词于吾宋者，前有清真，后有梦窗（吴文英），此非焕之言，四海之公言也”③。这两位宋人之言，便都说明了周词在南宋词坛上享有极高的声誉，因此他们就把南宋“雅词”派的两位典范作家拿来与周氏相提并论。故在周邦彦之后的南宋词坛上，婉约词基本上就已演变成了所谓的“雅词”（当然“雅词”这一概念，其内涵和外延均有其一定的规定性；但南宋已经

① 唐圭璋：《宋词三百首笺注》引，上海古籍出版社，1979 年，第 85 页。

② 邓牧：《山中白云词序》，金启华，等编《唐宋词集序跋汇编》，江苏教育出版社，1990 年，第 307 页。

③ 毛晋：《梦窗词稿跋》，金启华，等编《唐宋词集序跋汇编》，江苏教育出版社，1990 年，第 267 页。

“雅化”后的婉约词,基本即属“雅词”范围)。

从本节开头至此,我们即从“史”的角度论述了周词对宋词发展所作的贡献;对他具体的词作,则尚未多作论析。而事实上,周邦彦有不少作品,确是写得千锤百炼、十分出色的。下面就举出几首,以作尝鼎一脔之品味。先请读《兰陵王·柳》:

> 柳阴直,烟里丝丝弄碧。隋堤上,曾见几番,拂水飘绵送行色?登临望故国。谁识,京华倦客?长亭路,年去岁来,应折柔条过千尺。
> 闲寻旧踪迹,又酒趁哀弦,灯照离席。梨花榆火催寒食。愁一箭风快,半篙波暖,回头迢递便数驿,望人在天北。　凄恻,恨堆积。渐别浦萦回,津堠岑寂。斜阳冉冉春无极。念月榭携手,露桥闻笛。沉思前事,似梦里,泪暗滴。

这是周邦彦的一首代表作,至南宋初犹在杭州广为盛传。它的主题是借咏柳而写别情。“柳者,留也”,古人素以折柳而赠别。因此这首词就从隋堤之柳写起,处处绾合离人,于中展开离人心中那袅袅如柳的依依别情。词分三片。首片二层:前五句写汴京城外隋堤上的老柳,这位“历史见证人”就曾见过不知多少对恋人之间的分手场面!后六句接着展出今日离别之新场面:自己,一个离别故乡多年而在京华作客的游子,却又将在异乡送别友人(恋人),这就是周济所谓的“客中送客”。中片也分二层:前四句写摆酒饯别,后四句设想友人在旅途中回望自己的情景,这与柳永《雨霖铃》词的意境有些相似而更婉曲(柳词下片分写行者与送者之心情,而周词则更写到行者回望北边的送者。用一“望”字正如周济所说是“尤幻”)。下片也分二层:前五句预写行者旅途中该会遇到的孤寂景象,后五句又更进一层地“反写”出行者对于当初两人携手、闻笛之旧事的追忆,从章法结构上看,未免有点儿“故作疑阵”“玄虚莫测”之感,但好在它变来变去,总离不开“柳”的形象和“留”的感情。如寒食、别浦、津堠、斜阳、月榭、露桥之类意象,虽不像头五句那样明点柳字,却又是一种“赋水不当仅言水,而言水之前后左右”的烘托、皴染之法。这些精心组织起来的意象群体,就把“柳”的形象和柳下情人的感情,多侧面地映衬了出来。它的好处并不在于有人所说的“布局井然,一丝不苟”;恰巧相反,正在于那“客中送客”“被送者反思送者”的有些“反常”的构思和结构里。通过这种门径甚多却又不必弄得太清的章法结构,作者就为我们展现了一个“不辨是情是景,但觉烟霭苍茫”的境界。在这种“境界”里,人是被离情所折磨着,物是为离情而陈设着,一句话:这里的一切,全都属于“柳”的世界,全都充满了“留”的意绪。所以读这首词,就好像读李商隐的《无题》(锦瑟)诗那样,虽对里头的若干意象之脉络弄不甚清,但那一种悲剧性的、有缺憾的美感,却使每个读者都为之而醉倒;周词的"功效"就正近似于此。另外,此词声情激越,局部意境"绮丽中带悲壮"(梁启超评"斜阳冉冉春无极"七字,见《艺蘅馆词选》乙卷),这些也都显示出它的出自"大家手笔"。(本节所引周济言,见其《宋四家词选》。)

再如其《六丑·蔷薇谢后作》:

> 正单衣试酒,恨客里光阴虚掷。愿春暂留!春归如过翼,一去无迹。为问花何在?夜来风雨,葬楚宫倾国。钗钿堕处遗香泽,乱点桃蹊,轻翻柳陌。多情更谁追惜?但蜂媒蝶使,时叩窗槅。　东园岑寂,渐蒙笼暗碧。静绕珍丛底,成叹息。长条故惹行客,似牵衣待话,别情无极。残英小,强簪巾帻。终不似一朵钗头颤袅,向人攲侧。漂流处,莫趁潮汐。恐断红尚有相思字,何由见得?

这是一首"惜花"之作,更是一首"惜人"之作。晚唐韩偓《哭花》诗云:"曾悲香结破颜迟,今见妖红委地时。若是有情争不哭?夜来风雨葬西施!"此词写的正是这同一种悲感。但由于它充分利用了慢词铺叙展衍的特点,并加以回环反复的咏写,就使它所写的蔷薇残花,显得更可怜、更动人,也使自己惜花而自伤的感情,表达得更细腻、更婉美。试看它一上来就交代了自己的"客子"身份和"惜春"心情,接着便逗引出作者与春天和与蔷薇花的"对话"。先说"愿春暂留",又问"花何在"?但回答却是:春天已如小鸟般飞走了,而蔷薇花也被风风雨雨葬送掉了。这样的一问一答(实际无"答")也就是一开一合、一起一伏,表达了作者内心的矛盾和苦闷。"钗钿堕处"以下六句,就尽情铺开,写足了蔷薇谢后、春天归去的情景,其妙处尤在于它的"艳"味——我们知道,婉约词的最大特色,即在于这个"艳"上。《乐府指迷》说:"作词与诗不同,纵是花卉之类,亦须略用情意,或要入闺房之意……如只直咏花卉,而不着些艳语,又不似词家体例。"①周邦彦的词就充分体现了这个特色,它把蔷薇花瓣之洒落在桃蹊柳陌上,比作美人遗落了钗钿,散发出香泽;又把蜂蝶纷纷飞扑窗槅比作它们似在落花与惜花人(坐在窗子后面)之间传递信息。这样,就把蔷薇虽谢而犹香、春天虽逝而堪惜的景致和情致写活了。下片继续写自己与残花之间的"感情交流":在自己,是频绕凋零的花丛,连连叹息;在蔷薇花条,却也伸出了带刺的枝叶来钩住人的衣衫,似有无数惜别之话要诉。为了不辜负残花的殷勤情意,自己勉强再拾一朵插

① 唐圭璋:《词话丛编》,中华书局,1986 年,第 281 页。

在帽上;但哪里还及得它当初盛开时戴在美人头上的媚人景象!这既是叹花之今不如昔,更是叹自己的"人老珠黄"。而结尾三句,就越加深婉:水流呀,切莫把残花轻易飘走,因为每一片花瓣都代表着一个生命,都寄托着一腔心事;如若随便流去,那上面题着的相思之诗,怎还能够让人读到?所以全词既回环曲折、反反复复地抒写了自己缠绵悱恻的惜花心情,却又饱满淋漓地表露了自伤自悼的游宦之感。比之韩偓式的小诗来,就格外显出了它"精深华妙"(蒋敦复《芬陀利室词话》)的绰约美感。

最后,还可再举一首小令作品《少年游 · 感旧》:

> 并刀如水,吴盐胜雪,纤指破新橙。锦幄初温,兽香不断,相对坐调笙。　　低声问:向谁行宿?城上已三更。马滑霜浓,不如休去,直是少人行!

关于这首小词,宋人小说(如张端义《贵耳集》、周密《浩然斋雅谈》)多有附会之说,其实并不可信;还是以郑文焯校覆宋淳熙刊本题作"感旧"为好。它表现了词人少年时一段温柔的恋情生活,为我们展开了一个非常旖旎的闺房镜头。特别是下片"低声问"以下六句,绘声绘色地再现了这个歌妓温情软语的生动形象,可称柔极、艳极,却又"恰到好处""适可而止"。对这两点,不妨可读清人毛稚黄的一段评论,他说此词像是"饮妓馆之作。起句'并刀似水'四字,若掩却下文,不知何为陡着此语。'吴盐''新橙'写境清别。'锦幄'数语,似为上下太淡宕,故着浓耳。后阕绝不作了语,只以'低声问'三字贯彻到底,蕴藉袅娜,无限情景,都自纤手破橙人口中说出,更不必别着一语。意思幽微,篇章奇妙,真神品也。"①又说:"周美成词家神品,如《少年游》'马滑霜浓,不如休去,直是少人行',何等境味!若柳七郎,此处如何煞得住?"②

当然,周邦彦集中的佳作,可谓比比而是。这里只能作举一反三之例举,而无法多述。清人周济编《宋四家词选》,以周词为首;朱彊村选《宋词三百首》,以周词数量为第二。从这两个情况,也就可以看出周词的极受后人之推崇了。

另外,以周邦彦为领袖,北宋后期词坛上出现了一个"大晟词派",对此也应附带说及。"大晟府"是徽宗所设的宫廷音乐机构,创建于崇宁四年(1105)。周邦彦是政和六年(1116)提举大晟府的。在他前后为大晟府制撰者的,尚有徐伸、田为、姚公立、晁冲之、江汉、万俟咏、晁端礼等人,所以我们不妨把他们统称

① 唐圭璋:《词话丛编》,中华书局,1986年,第609页。
② 毛先舒:《与沈去矜论填词书》,唐圭璋编《词话丛编》,中华书局,1986年,第610页。

为“大晟词派”。这派的代表人物,除周邦彦外,最为有名的可以举出万俟咏(雅言)和晁端礼(次膺)来。据《碧鸡漫志》卷二记载,万俟咏“初自集分两体:曰‘雅词’,曰‘侧艳’,目之曰‘胜萱丽藻’。后召试入官,以‘侧艳’体无赖太甚,削去之。再编成集,分五体:曰‘应制’,曰‘风月脂粉’,曰‘雪月风花’,曰‘脂粉才情’,曰‘杂类’。周美成目之曰‘大声’。”这段记载告诉我们两个情况:一是,当时的人,已经有意识地将“雅词”和“侧艳”(轻艳、卑艳)分别开来,这就可见“雅词”力量已渐达相当之强大;二是,“大晟词派”的作者,尽管在已删去其“侧艳”体词之后,词集中却仍多的是“雪月风花”“脂粉才情”之类的作品——唯一能标志其御用色彩的,便是比常人多出了一类“应制”词!从中,我们也不难看出当日词坛上的某种堕落现象了。这种“堕落”,又正是与徽宗朝的政治腐败、生活糜烂互为表里的。这里且引万俟咏《醉蓬莱》词下片为例,以见其歌功颂德、粉饰太平之词貌:

> 金阙南边,彩山北面,接地罗绮,沸天歌吹。六曲屏开,拥三千珠翠。帝乐□深,凤炉烟喷,望舜颜瞻礼。太平无事,君臣宴乐,黎民欢醉。

还有一位晁端礼,曾因蔡京之荐而入大晟府。其“代表作”就是《并蒂芙蓉》这样的应制之词。其上片结尾是:“愿君王,寿与南山齐比”,其下片结尾是:“斗妆竞美,问鸳鸯向谁留意?”一以谀君,一以调情,活现出徽宗朝词风不正的情状。所以,宋朝灭亡之后,有人痛伤北宋后期和南宋后期词风之不振,曾发表过这样一种偏激但又不乏深见的感叹:

> 观欧、晏词,知是庆历、嘉祐间人语。观周美成词,其为宣和、靖康也无疑矣。声音之为世道邪?世道之为声音耶?有不自知其然而然者矣。悲夫!……
>
> 渡江后,康伯可(与之)未离宣和间一种风气,君子以是知宋之不能复中原也。近世辛幼安,跌荡磊落,犹有中原豪杰之气,而江南言词者宗美成,中州言词者宗元遗山,词之优劣未暇论,而风气之异,遂为南北强弱之占,可感已。《玉树后庭花》盛,陈亡;《花间》丽情盛,唐亡;清真盛,宋亡。可畏哉!①

这说明,以周邦彦为领袖的“大晟词派”,在某种程度上,正适应了北宋后期征歌

① 赵文:《吴山房乐府序》,《泰山集》,《四库全书》第1195册,上海古籍出版社,1987年,第13页。

选舞、穷奢极侈的上层社会生活的需要。它虽不必对北宋的灭亡负什么直接责任，但客观上却也反映了亡国前“商女犹唱《后庭花》”的不景气景象。确然，在周邦彦死前一年，江南方腊已经揭起造反的大旗；在他死后五六年，一场惊天动地的历史事变——“靖康之变”，又匝地而来。大晟词人歌唱的什么“太平无事，君臣宴乐，黎民欢醉”，就全被鞞鼓之声所惊破。“血与火”的文学——南宋抗战词就代之而勃兴，词史也就展开了新的一页。

第九章 南宋词坛鸟瞰:宋词的"极盛"和"渐衰"

昔人论词,对于南、北宋的词多有轩轾之论。其代表的论点可举两说。一是重南宋而轻北宋,如朱彝尊说:"世人言词,必称北宋。然词至南宋始极其工,至宋季而始极其变。"①二是重(唐五代)北宋而轻南宋,如王国维说:"唐五代北宋之词家,倡优也。南宋后之词家,俗子也。二者其失相等。但词人之词,宁失之倡优,不失之俗子,以俗子之可厌,较倡优为甚故也。"②又说:"南宋词人,白石有格而无情,剑南有气而乏韵,其堪与北宋人颉颃者,唯一幼安耳。"③平心而论,这两种意见,既各有其合理的部分,却又未免都有些偏颇。如若能把它们"各取所长"地统一起来,那或许就能得出一个比较合于事实的看法。

第一节 "词家至南宋而极盛,亦至南宋而渐衰"

晚清词人文廷式曾说过:"词家至南宋而极盛,亦至南宋而渐衰。"④我们的看法,即可由它而引出。

首先,词至南宋确可谓是达到了"极盛"的地步。这个"极盛",包括三方面的内涵。一是数量之多。据《全宋词》一书统计,在其时代可考的词人中间,北宋有227人,占26%;南宋有646人,占74%。后者约为前者的三倍(具体统计数字据周笃文同志《宋词》)。从这个数字对比中,即可见出南宋词坛创作风气之盛是大为胜过北宋的。二是"品种"之多。北宋词坛上,基本是"言情"词的天下,到苏轼前后才出现了数量甚少的另外"品种"的词作。但到了南宋,由于受特殊的社会条件的影响,就产生了更多的新颖"品种",如慷慨杀敌的抗战词、忧

① 朱彝尊:《词综·发凡》,《词综》,上海古籍出版社,2005年,第10页。

② 王国维:《人间词话》,齐鲁书社,1981年,第90页。

③ 同②,第15页。

④ 文廷式:《云起轩词自序》,施蛰存编《词籍序跋萃编》,中国社会科学出版社,1994年,第610页。

国忧政的愤慨词、陶情山水的隐逸词；而在传统的婉约词里，也产生了刚、柔词风“稼接”后的另一种“新产品”——“清空”风格的词；除此之外，那些“专职”的祝寿词、咏物词、应社词，也纷纭而起，造成了品种繁多、热闹非凡的局面。三是“质量”之高——这个“质量”，主要是指那类爱国词的“质量”而言。请问，像辛弃疾那类“大声鞺鞳，小声铿訇”的作品，北宋词坛上见过多少？像李清照、刘辰翁、汪元量等人那类充满着哀国、爱国深情的作品，北宋词坛上又见过多少？从这一点来看，南宋词的思想内容，比之北宋词来，确是有了很大的拓展和深化。“国家不幸诗家幸，赋到沧桑句便工”（赵翼《题遗山诗》），在抒写爱国感情方面，南宋词的成就即是北宋词所无法比拟的。如果在两宋词册上删去了这批光彩耀目的词篇，那么，它的顿会“减色”便是定然无疑的。所以从上述三方面来看，南宋词确实有着“极盛”的一面。

但是，在其处于“极盛”状态的同时，南宋词却又有着它“渐衰”的另一面。这种“渐衰”的情况，分别表现在两个方面。第一是在那些基本保持着传统词风（或“正宗”词风）的作品中表现出来。前已谈过，在北宋周邦彦的词中，已经显露了“真情不足，技巧有余”的某些痕迹，而在主要是延续着周词词风的南宋婉约派的“雅词”作品中，这种倾向就越加有所发展。由于生活面的狭隘，由于不敢正视社会矛盾的生活态度，南宋的很多“雅词”派词人仍只在“莺莺燕燕”的圈子中打转，所以他们所写的大量词篇仍只是在重复抒写别人早已写过无数遍的老内容，仍只是在使用前人早已用过千百次的老词汇，而主要只是在“用典”“代字”“以故为新”等方面有所“出新”而已。因此，正如文廷式所说的那样：“（南宋词家）其衰之故，可得而言也：其声多啴缓，其意多柔靡，其用字则风云月露、红紫芬芳之外，如有戒律，不敢稍有出入焉。迈往之士，无所用心。沿及元、明，而词遂亡，亦其宜也。”①身虽处于民族矛盾尖锐、国家前途多难的环境之中，而“心”却并“不在焉”，这就是大多数“雅词”派词人造成其“词源”枯竭和词风不振的一个主要原因。而另一个比之前者来说又是可以原谅的原因则是文学创作本身的原因：“文体通行既久，染指遂多，自成习套。豪杰之士，亦难于其中自出新意”②，“社会上之习惯，杀许多之善人。文学上之习惯，杀许多之天才”③，王国维的这两段话就正可说明南宋词所面临的创作难度和创作危机。不必说是那

① 文廷式：《云起轩词自序》，施蛰存编《词籍序跋萃编》，中国社会科学出版社，1994年，第610页。

② 王国维：《人间词话》，齐鲁书社，1981年，第104页。

③ 同②，第40页。

些才情平庸的词人,就是那些才能高超的作手,他们的词中,也难免有着许多步前人后尘的“俗子”面容的作品,这就可知“因循”“惰性”之害煞南宋词人。当然又正因为如此,所以我们对于南宋“雅词”派词人,亦就不必抱有过分苛刻的态度——只要他们在某些方面有些发展、有所创新,我们就应肯定,就该赞许。从这个意义上说,王士禛所说的南宋如姜夔、吴文英诸人“极妍尽态,反有秦、李(清照)未到者,虽神韵天然处或不及,自令人有观止之叹;正如唐绝句至晚唐刘宾客、杜京兆,妙处反进青莲、龙标一尘”①,也就是我们所能同意的。但是,这种部分上的赞许,却又并不能代替总体上的不够满意。因为,若从总体发展来看,婉约词的基本形态——从晚唐五代令词的胚胎、花蕾形态,到北宋前期晏、欧小令和柳永慢词的犹如长条繁枝、乱花迷眼,再到北宋后期秦、周词的更加花盛叶茂——大致都已在南宋以前的阶段有所展现,它的绰约风姿和妩媚形态也已在前大体尽展;因之,后之词苑,除了主要再添增一些“秋冬”型的形态和美感以外,就没有太多、太大的新创造了。所以有人就说过这样的话:“词至南宋,奥窔尽辟,亦其气运使然。”②当然仅把南宋词“渐衰”的原因仅归之“气运”,这也是不够全面的,原因还有一半则应该责怪于某些作者的“不争气”(不敢面对现实矛盾)。故而,尽管南宋“雅词”派词人在音律、章法、字面等方面甚下工夫,也尽管他们之中有些人本不乏创作的才能,而究其结果,却再无较大的“发明”或创造。这里,不妨借用钱锺书先生评论宋诗的一段妙语来移论南宋的“雅词”。钱先生说:

> “宋人能够把唐人修筑的道路延长了,疏凿的河流加深了,可是不曾冒险开荒,没有去发现新天地。用宋代文学批评的术语来说,凭藉了唐诗,宋代作者在诗歌的“小结裹”方面有了很多发明和成功的尝试,譬如某一个意思写得比唐人透澈,某一个字眼或句法从唐人那里来而比他们工稳,然而在“大判断”或者艺术的整个方向上没有什么特著的转变,风格和意境虽不寄生在杜甫、韩愈、白居易或贾岛、姚合等人的身上,总多多少少落在他们的势力圈里。”③

南宋婉约派的“雅词”,情况也正基本似此——从总体(注意这个修饰语!)来看,

① 田同之:《西圃词说》,唐圭璋编《词话丛编》,中华书局,1986 年,第 1458 页。
② 谢章铤:《赌棋山庄词话》卷一二,唐圭璋编《词话丛编》,中华书局,1986 年,第 3470 页。
③ 钱锺书:《宋诗选注》,人民文学出版社,1982 年,第 14 页。

它们的意境和风格总多多少少落入到周邦彦等北宋人的“势力圈”里。所以，“曾经沧海难为水”，在我们已经看够了北宋婉约词之后，再来看南宋的同类作品，就不大能引起太多的新鲜感了。因此除了少数比较卓特的“雅词”词人之外，我们此后就将把注意力较多地转移到题材内容有着很大改变的另一派词人——辛派词人的身上去。对于这点，读者想必能够理解。

南宋词的“渐衰”，还有第二方面的表现。这就主要是指某些辛派词的“粗放”作风。我们前已清楚，词的主体的风格应是那种婉美深约的风格，它似乎已经定型成了一种“本色”或“正宗”。后来苏轼曾以其革新型的作品，开创了词苑中的别一天地，为它提供了新型的风格和美感，这当然并非坏事而乃好事一桩。南宋的辛派爱国词作，又把苏轼此种词风发扬光大了，这更堪称是一种顺乎时代潮流的举动。但是，由于它们中的不少作品，过分强调了抒写“胸中之事”①而往往忽视了词体本身的艺术特性，过分注重了“发泄”（指发泄其郁闷之气）的功能而往往丢弃了“表现”（指表现其“感情境界”）的技巧，因此就不免会流于粗糙、放率甚至是“叫嚣”“贲张”一路。这种情况标志着：服务于社会斗争需要的功利观有时不免会冲淡乃至取代满足审美需要的艺术追求，而“逞才使气”的风气又矫枉过正地冲决着精雕细镂的艺术推敲。若从艺术性角度看，这同样也是“渐衰”的一种表现。所以，从不少婉约派“雅词”的欠缺真情和不少辛派词的流于粗放这两方面合起来看，南宋词确是“渐衰”了。此外如果再从美感类型来看，“唐五代北宋之词，可谓生香真色”②，而南宋词，虽则辛派词在辛弃疾本人手里时还显得精力弥满、生气勃勃，但后来却也不免有些强弩之末、外强中干的“力竭”之感；至于一般的“雅词”，则更多是属于那种外表虽美而缺乏“精神”的“彩花”型（亦见《人间词话》）作品——从这，也尽可见出南宋词之“渐衰”。

一方面是“极盛”，一方面又是“渐衰”；“盛”中有“衰”，“衰”中却又不乏还有其“盛”，南宋词坛上的情况可谓是相当复杂的，词的发展可称是相当不平衡的。从思想内容来看，这个词坛上既产生了可以警懦立顽、大气磅礴的抗战之作，又产生了流连风月、狃于恋情的“言情”作品，还产生了哀哀痛哭、伤怀故国和吟啸山水、“看穿”“出世”的其他类型作品。从艺术风格而言，这个词坛上，既有“满心而发”“肆口而成”之作，又有雕琢成章、宛转回互之作，既有极奔放、极粗疏之作，又有极婉雅、极精细之作。总之，词坛上的这种不平衡发展，正曲折地

① 汪莘《方壶诗余自序》说辛序疾词“乃写其胸中事”。施蛰存：《词籍序跋萃编》，中国社会科学出版社，1994年，第270页。

② 王国维：《人间词话》，齐鲁书社，1981年，第62页。

反映了南宋政坛上战、和两派斗争的复杂情状，以及南宋词人政治态度、生活情致和审美兴趣方面的差异性。关于这一点，我们将在下文详细述说。

第二节　南宋战和交替的政局和词坛上的两股忧国之音

南宋(1127—1279)152 年的历史，若按其“对外关系”来看，可以分成宋金对峙和宋元(蒙古)对峙两大时期。从 1127 年高宗在南京(商丘)称帝、建立南宋，到 1234 年宋与蒙古联合灭金，为宋金对峙时期。从 1235 年蒙古大举南侵，到 1279 年元兵最后覆灭南宋，为宋元(蒙古)对峙时期。

在第一时期即宋金对峙时期中，可按其军事和政治的形势分为以下几个阶段：

第一阶段从 1127 年到 1141 年。这一时期，可谓是战火纷飞、戎马倥偬的时期。先是，金兵趁高宗立国之初尚未站住脚跟，继续派兵大举南下，南宋小朝廷仓皇逃奔；后来，在岳飞、韩世忠等爱国将士及广大人民群众的纷起抵抗下，终于稳住了局势，迫使金伪退兵；最后，终由赵构、秦桧为首的投降集团向金国屈膝称臣、签订“和议”，并以杀害岳飞作为交换代价而换来“和平”。

第二阶段从 1141 年到 1161 年。这一时期，大规模的战争基本止息，高宗就在临安过起“直把杭州作汴州”的苟安生活来了。

第三阶段从 1161 年到 1207 年。这一时期，是夹在宋金的两次大战役之间。先是，1161 年，金主完颜亮率部大侵，宋金在采石矶发生大战，金兵败退；不久，宋朝派张浚北伐，在符离战败，终于又以宋金之间第二次“和议”(签订于 1165 年)的屈辱结果而换来“和平”。这是第一次大战役。第二次大战役是在 1206 年，韩侂胄出兵北伐，但因准备不足、出现内奸等原因，最终告以失败。韩氏被杀，头被送至金国，宋朝再一次向金朝屈膝求和。而在这第一次“隆兴北伐”和第二次“开禧北伐”之间的 40 多年中，南宋小朝廷则基本仍处于偏安状态之中。

第四阶段从 1207 年到 1234 年。1206 年，成吉思汗在建立蒙古族的汗国以后，就不断派兵南侵金国，所以金国的主要精力就放在了对付蒙古方面，但仍又分出若干兵力继续对南宋进行攻击。对此，南宋基本采取守势，依然过着偏安江南的日子；直到 1233 年，才联合蒙古共同攻金，于次年灭金。从此，便开始了宋与蒙古的对峙。

宋与蒙古(元)的对峙，基本又可以分为以下三大阶段：

第一阶段从 1235 年蒙古发兵南侵到 1258 年贾似道“退兵”。这一阶段虽然北兵屡犯南宋，但还未构成对于临安的致命威胁，故而南宋小朝廷仍还处在一片文恬武嬉、歌舞升平的表面"太平"之中。

第二阶段从1258年到1269年。这11年间,由于蒙古贵族内部发生争斗(最终由忽必烈取胜,于1271年建立元朝),因此蒙古暂时放松了对南宋的军事行动。南宋君臣,更恣意过着醉生梦死、花天酒地的时日。

第三阶段从1269年到1279年。这是南宋小朝廷最后倾覆的时期。先是自1269年起,蒙古进侵襄阳,到1273年,襄阳城终于失守。接着元兵于1275年在鲁港大败宋军,并于次年攻陷都城临安,掳获赵㬎和全太后。三年之后,又在厓山最后击败张世杰、陆秀夫所领导的宋朝抵抗力量,帝昺投海。南宋王朝遂告最后的灭亡。

综观以上150余年的历史,对宋朝来讲,就是一部不断挨打直至灭亡的屈辱而痛苦的历史。其间虽然战战和和、停停打打,但是战争的阴云却始终笼罩在上空,亡国的危险也可谓是未尝一日可以排除。但是,面对着这种形势,南宋君臣内部却存在着截然不同的两种态度:一种是坚决主张抵抗、主张"北伐";另一种却是屈膝求和、不惜投降。在对外矛盾时张时弛、内部矛盾时松时紧的复杂情况下,南宋的社会生活中便出现了极不协调的情景:一方面,爱国的臣子和有良心的知识分子,为国家、民族的命运忧心如焚、奔走呼号,另一方面,从皇帝到权奸、贵族,却仍过着他们侈靡挥霍、纸醉金迷的生活;一方面,人民正在战争和饥饿的泥潭里挣扎奋斗,另一方面,统治阶级却拼命地加紧搜刮、尽情榨取;一方面,前方的将士正在浴血抗战,另一方面,西子湖畔的达官贵人却在那里听歌赏舞;一方面,广大汉族人民和爱国的武将文吏正在用自己的鲜血谱写着壮烈的历史篇章,另一方面,统治集团内的投降分子又以他们苟安误国的可恶行径在这本史册上留下了耻辱的污点……这一段历史上,燃烧着战火,流淌着血泪,交织着罪恶与功绩、正义与邪恶、光明与黑暗、可耻与崇高、卑鄙与高洁的斗争。这正是一个充满矛盾、充满斗争、充满伤痕、充满苦闷的时代。在这个基础上,便产生了血与泪的文学,产生了愤怒与呻吟的文学,也产生了逃避现实的"遁世文学"和某些粉饰太平、趋炎附势的"阿谀文学"。但从文学创作所表露的总体思想倾向看,在这复杂纷纭的词坛上,却由一种强烈的情绪持续占据着主流地位,那就是一股深浓的忧国情绪。产生这种情况的原因自然不难明白:时代既是这样一个国事多艰的时代,因而只要是一个还有良心和稍微正视一下现实的文人,谁能不萌发出忧国的感情呢?所以,在南宋一百多年的词坛上,从其开始到结束,就始终回响着或高或低、或强或弱的忧国之音。不过按其"音调"而言,又大体可以分为两种。

一种是愤怒的忧国之音。自古"愤怒出诗人",面对着敌人的马蹄无情地践踏着祖国母亲的胸膛的局面，面对着敌人的大刀残酷地砍杀着自己同胞的头颅的局面，爱国的志士和词人们，怎能不迸发出愤怒的呼喊！由此而激发出的民族意识和爱国精神，便空前昂扬地汇入到词坛之声中去。这种声音，有时是忧患万端、痛心疾首的："神州北望，今已丘墟；伤白璧，久埋黄土"（曾纡《洞仙歌》），"南顾豺狼吞噬，北望中原板荡"（李光《水调歌头》）；有时是浩气凛然、具有信心的："长安知在何处？指点日边明。看取纶巾羽扇，静扫神州赤县，功业小良平"（袁去华《水调歌头》），"胡运何须问，赫日自当中"（陈亮《水调歌头》）；但在更多时候，却又是慷慨生哀、悲凉苍劲的："试看百二山河，奈君门万里，六师不发。阃外何人回首处，铁骑千群都灭。拜将台欹，怀贤阁杳，空指冲冠发。栏干拍遍，独对中天明月"（胡世将《酹江月》）——这就又从对于"外患"的愤怒转向了对于"内患"的愤慨。朝廷既是这么昏聩，投降派又是如此的得势，这就怎不教无数爱国的人士为之扼腕愤恨？但是，在大量的南宋爱国词篇中，由于敌强我弱的军事力量之对比，由于战场上屡屡败北的挨打形势，由于受到投降派的肘制、破坏而北伐多次失败的现实状况等令人心焦、令人心痛的原因，因而，愤怒杀敌、斗志昂扬的词篇又是远少于悲愤抑塞、苍凉感慨的词篇的。蔡伸词云："感流年，思往事，重凄凉。当时坐间英俊，强半已凋亡。慨念平生豪放，自笑如今霜鬓，漂泊水云乡。已矣功名志，此意付清觞"（《水调歌头》）；又云："悲歌慷慨，念远复伤时。心耿耿，发星星，倚杖空搔首"（《蓦山溪》）。这就道出了个中的曲折：是谁使他从昔日的豪放变为今日的颓伤？又是谁使这批英俊们白白浪费了时光而空自凋亡零落？罪魁祸首便是那条投降苟安的政策！所以，若和盛唐的边塞诗相比，南宋那类描写战争题材的词篇，气象便显得衰飒多了。在南宋大量的爱国抗战词里，慷慨杀敌的作品就明显少于忧虑国事的作品，愤于外患的作品就明显少于愤于"内患"的作品，矛头针对外敌的也较少于矛头针对内部投降集团的。这种现象，就是由其特殊的社会条件所决定的。另外，又由于威胁着整个民族命运和国家前途的对外矛盾在一定程度上冲淡了国内的阶级矛盾，词人的士大夫身份又限制着他们去深入人民的生活，再加上词体本身具有某些特殊性（长于抒情，拙于叙事），这种种原因便又造成了南宋爱国词的另一种现象："忧国"之音远远多于"忧民"之音——我们在那里，简直就很少能看到直接反映人民疾苦的作品，也没有见到像杜甫于安史之乱时所写的"三吏""三别"式作品。但是，对于上述这两种情况，我们却又不仅能够理解，而且也是能给予谅解的。这是因为，时代既有所不同，文体也有所差别，因之我们也就不能苛求于南宋的爱国词人了。反之，我们还认为，他们在强大的敌人和顽固的内奸面前，倾吐了巨大的愤怒和深沉的悲慨，这就表现了汉民族所蕴藏着的凛然正气，反映了这个古老民族那种不甘屈服、顽强斗争的崇高精神。从这个意义上讲,此类愤怒的“忧国之音”,便是当时词坛的一种“最强音”了。它与南宋诗文中的爱国之音汇合在一起,便构成了南宋“抗战文学”“爱国文学”的宏音巨响,悲壮地震荡在这一百多年文坛的上空。

另一种是哀伤的忧国之音。同“愤怒出诗人”一样,“哀怨起骚人”也是自古以来的一条规律。鲁迅说:“悲凉之雾,遍被华林”(《中国小说史略》第廿四篇)。这一现象在南宋词坛上也可谓是随处可见、触目尽是!从“靖康之变”开始,被掳至北的宋徽宗就“带头”唱起了“天遥地远,万水千山,知他故宫何处”(《燕山亭》)的哀歌,李清照和朱敦儒则在南方写出了他们怀念故乡的悲曲;以后,在长达一百多年的偏安时期中,这种魂飞故国、心忧时事的伤感之音,就从未绝响过;到了蒙古灭宋前后,哀悼社稷变置、痛伤个人身世的词篇更是多如雨后春笋,直到元初若干年内还“余音袅袅,不绝如缕”。这些词篇,有的是把个人的命运和国家的命运结合在一起写的,有的则仅仅局囿于写个人生活的今昔对比;有的写得沉痛明显,有的则写得曲折隐晦,其作者有部分是这段历史的直接受害者,有部分则本身还应对这段历史负有一定的政治责任。而又因为这些词篇的音调是哀伤、低沉和呻吟的,因而与前述愤怒的词篇来比,其思想内容的高低、深浅、厚薄、大小,自然是远差一截的。但是,“雷雨郁蒸,是生芝菌;荆榛蔽芾,亦产蕙兰”①;若从反映论的角度来看,则无论是“芝”还是“菌”,就都是同一“雷雨”天气的产物,因而便具有相似的认识意义——或者,再打个比方来说,前者像是一种高音,后者则像是一种低音,但两者却又同出于一个歌唱者的喉咙。所以从这个意义来讲,我们便又不能因其音调的偏于低沉而轻易把它否定。何况,在这些哀伤悲咽的词篇中,却也程度不同地包含着忧国的成分。试以李清照的《永遇乐·元宵》词为例:“落日熔金,暮云合璧,人在何处?染柳烟浓,吹梅笛怨,春意知几许?元宵佳节,融和天气,次第岂无风雨?来相召,香车宝马,谢他酒朋诗侣。　　中州盛日,闺门多暇,记得偏重三五。铺翠冠儿,捻金雪柳,簇带争济楚。如今憔悴,风鬟雾鬓,怕见夜间出去。不如向、帘儿底下,听人笑语。”此词所写,虽只是怀念“旧人”(“人在何处”)和“旧时”(“中州盛日”),但是难道就没有故国之思在内吗?不然的话,宋亡以后的刘辰翁为什么会说“余自乙亥(按:即临安沦陷前一年)上元诵李易安《永遇乐》,为之涕下。今三年矣,每闻此词,辄不自堪”?这明明就是“伤心人别有怀抱”,所言在此而所指在彼(怀念故国)!

① 周济:《介存斋论词杂著》,黄苏,等编《清人选评词集三种》,齐鲁书社,1988 年,第 191 页。

因此,词坛上的这两股忧国之音,就都是民族意识和爱国精神的表露与体现。它们或高或低、或愤或悲、此起彼伏、此呼彼应地震响与回荡在南宋的词坛上,几乎没有一时停息过。比起这个词坛上的另外一些声音来——例如,那些歌功颂德之音,那些逍遨"出世"之音,那些狎妓游赏之音,那些咏写女人小脚、指甲的玩世嬉戏之音……它们应该说是占据着主流地位的声音。所以,从这点出发,我们就有理由从整体上把南宋词认作为一种新型的文学群体——爱国文学群体。是战争和外患孕育出了这样一种"爱国词群",是南宋统治集团内部主战派与主和派的艰巨斗争孕育出了这样一种爱国词群。虽然这个文学群体内部包含着不同的成分或层次,也尽管这个词群的里头存在着不同的风格和流派,但究其历史土壤和思想倾向,却是有着一致性的。而除此两点以外,若从其最终所呈现的美感色彩——一种特殊的悲剧型美感色彩。由此来看,这两股忧国之音的最终艺术效果也还是殊途同归的。举例来说,属于哀伤型的词篇如下述韩元吉所作:

> 凝碧旧池头,一听管弦凄切。多少梨园声在,总不堪华发。　　杏花无处避春愁,也傍野烟发。惟有御沟声断,似知人呜咽。(《好事近·汴京赐宴闻教坊乐有感》)

作者以南宋使臣的身份参加金国在汴京所设的宴会,闻听"前朝旧乐",心情不胜悲苦,其悲剧性色彩自属"醒目"。

现在再来看那类愤怒型的忧国之作,如张元幹的《贺新郎·送胡邦衡待制赴新州》:

> 梦绕神州路。怅秋风,连营画角,故宫离黍。底事昆仑倾砥柱,九地黄流乱注?聚万落千村狐兔。天意从来高难问,况人情老易悲难诉。更南浦,送君去。　　凉生岸柳催残暑。耿斜河,疏星淡月,断云微度。万里江山知何处?回首对床夜语。雁不到,书成谁与?目尽青天怀今古,肯儿曹恩怨相尔汝!举大白,听《金缕》。

这是两位奇男子之间的感情交流:一位是冒死请斩秦桧之头的胡铨,另一位是同样不怕死的张元幹。据后人杨冠卿说,他于秋日乘船过吴江垂虹桥时,"旁有溪童,具能歌张仲宗'目尽青天'等句,音韵洪畅,听之慨然"①,可知此词之声情是

① 杨冠卿:《客亭类稿》卷一四,《四库全书》第1165册,上海古籍出版社,1987年,第547页。

十分洪畅慷慨的。但是,即使在这样愤怒已极的词中,却也可以分解出无限悲哀的“音素”来——就像把物体高高掷起之后,在沿着抛物线方向上升过一段时间之后,它却仍然会落将下来;南宋大量的愤怒之作中,最后留响在人们耳畔的余声,就仍是那一股悲凉的忧患之音。所以我们说,南宋的爱国词群中,两股忧国之音的最终审美效果却仍是殊途同归的——即使是那类愤怒词,在其发挥“速效”的阶段,主要是依仗着它那慷慨激昂的激情,而最后在发挥其“长效”或“后劲”时,却还是要靠那一种悲剧型的美感——由此看来,“以悲为美”便确是中国古典诗歌的一条通例。因此,即据此点,我们也就应该比较宽容地看待那些悲悲切切的“亡国之音”了;当然,也更该加倍地珍视那些“从血管里出来”(鲁迅语)的“愤怒”之作。

以上说的,自然是南宋词坛的主流情况,或者确切些讲,是我们应予特别重视的情况。但除此之外,另有一种情况也还应该说及,那就是在南宋偏安江南的一百多年形势下,词坛上却又滋生了与这种政治局面相适应的另一批词篇。宋末文及翁的《贺新郎》词说:“一勺西湖水,渡江来百年歌舞,百年酣醉。”在这种醉生梦死的苟安生活基础上,便产生了为数不少的谀世之词和“应社”之词。前者如淳熙六年(1179)应制词人张抡为太上皇赵构和孝宗赵昚所作的《壶中天慢》,词中歌颂道:“圣代道洽功成,一尘不动,四境无鸣析。屡有丰年天助顺,基业增隆山岳。两世明君,千秋万岁,永享升平乐。东皇呈瑞,更无一片花落。”似乎世道真成了“升平盛世”! 还如,宋末奸相贾似道当权,“每岁八月八日生辰,四方善颂者以数千计。悉俾翘馆眷考,以第甲乙,一时传颂,为之纸贵,然皆谫词呓语耳”①。这里不妨就抄录其中“得首选”的廖莹中《木兰花慢》词之数句如下:“一时几多人物? 只我公,只手护山川。争睹阶符瑞象,又扶红日中天”,对于这个罪恶多端的老奸贼,词人就是这般肉麻地吹捧的! 至于大批“应社”而作的词篇,情况虽不像上面这些作品那样下劣,而且其中也不乏较好的佳品,但总的来看,也是看似相当热闹而实却不太景气的。因而我们对于它们,就不去多提。它们和前述那两类忧国之音,简直像是分属于两个世界的。而横亘在这两个世界中间的,却还有一个地域相当广大的“第三世界”,那就是下文要讲的“雅词”。

第三节　南宋文人的“雅致”和“雅词”

我们在谈论北宋词坛的情况时,已经谈到过生活情致影响到文学(词坛)风

① 周密:《齐东野语》卷一二,华东师范大学出版社,1987年,第244页。

貌的问题。在南宋阶段，这种情况仍继续存在。它的一个突出的表现便是，南宋文人，普遍嗜尚着一种“风雅清脱”的生活情致，因而其词风也就越发有了雅化的倾向。讲清这个问题，同讲清民族矛盾促发了词中的忧国之音一样，很有益于我们进一步理解南宋词坛所大量存在着的“雅词”。

前已说过，在周邦彦以后，婉约词的发展便逐渐向着“雅词”演变。促成这种演变之势的原因自然是很复杂的，例如，最高统治集团为了加强自己在意识形态方面的控制，就曾大力提倡“雅正”之音而黜斥“淫哇”之声。在这方面的代表，就莫妙于宋徽宗了。一方面，他本人就是一个荒淫透顶的皇帝；另一方面，他却批准尚书省于政和三年下令：“今来已降新乐，其旧来淫哇之声，如打、断、哨笛、砑鼓、十般舞之类，悉行禁止。”①再如高宗赵构，亦是一位无耻享乐的君主，却也在南渡初年的战争时期，派人到扬州去毁掉曹组“淫词”的版本（见《碧鸡漫志》卷二）。因此，在最高统治者的影响之下，南宋词人的崇雅轻俗，就是相当自然的事。故而直到宋末元初的沈义父，在其《乐府指迷》中，还谆谆告诫词人作词，“只当以古雅为主”“必以清真及诸家目前好腔为先可也”。但是，除开君主的这种“教导”以外，促使南宋“雅词”盛兴的原因却更在于生活本身。正是南宋大多数词人所过着的那种“风雅”而又“清脱”的生活，以及由此而生的特种生活情致，在很大程度上决定了他们词作的“雅词”性质。

南宋偏安江南，这一方面是件可悲的事，但另一方面，对于讲究享乐的贵族文人来说，却又获得了得天独厚的有利条件。凭藉着这块富饶而秀丽的土地，南宋士人的生活水准和生活方式就比之北宋更有所提高与发展。首先，他们的纵情声色、挥霍侈靡，可谓达到了惊人的地步。周密《武林旧事》卷三“西湖游幸”条有云：“西湖天下景，朝昏晴雨，四序总宜。杭人亦无时而不游……贵珰要地，大贾豪民，买笑千金，呼卢百万，以至痴儿骙子，密约幽期，无不在焉。日糜金钱，靡有纪极。故杭谚有‘销金锅儿’之号，此语不为过也。”②这点倒还不算稀奇，因为它不过是把汴州（汴京）的享乐生活搬到了杭州来过而已。而比北宋更有所变化的则是，南宋士人的“湖山清赏”之风，就因着江南山清水秀的景致而大为炽盛起来。例如，吴自牧《梦粱录》卷一二“西湖”条就云：

> ……花木奇石，影映湖山，兼之贵宅宦舍，列亭馆于水堤；梵刹琳宫，布殿阁于湖山。周围胜景，言之难尽。东坡诗云：“若把西湖比西

① 吴曾：《能改斋漫录》卷一三，上海古籍出版社，1979 年，第 383 页。
② 周密：《武林旧事》，西湖书社，1981 年，第 38 页。

子,淡妆浓抹总相宜",正谓是也。近者画家称湖山四时景色最奇者有十,曰苏堤春晓、麴院荷风、平湖秋月、断桥残雪、柳浪闻莺、花港观鱼、雷峰夕照、两峰插云、南屏晚钟、三潭映月。春则花柳争妍,夏则荷榴竞放,秋则桂子飘香,冬则梅花破玉、瑞雪飞瑶。四时之景不同,而赏心乐事者亦与之无穷矣。①

这种诱人的美景,就吸引了无数的骚人墨客,去作"赏心乐事"的"清游":或早春探梅,或清明踏青,或暮春赏花,或夏夜泛舟,或中秋玩月,或重阳采菊(这些,都在周、吴两书中有过详细记载)。而更有意思的是,这种到大自然中去作游赏的风气,又转移到了贵族文人的家里头来,那就是大兴其亭台楼阁,不出家门而作山水之赏游。如南宋贵族文人张镃,其家之"园池声妓服玩之丽,甲天下。尝于南湖园作驾霄亭于四古松间,以巨铁絙悬之半空而羁之松身。当风月清夜,与客梯登之,飘摇云表,真有挟飞仙、溯紫清之意"②。他还在《赏心乐事》一文中自记其一年十二个月的"游赏节目表",如正月"玉照堂赏梅",二月"杏花庄赏杏花",三月"宜雨亭赏千叶海棠",四月"芳草亭斗草"……真是"花鸟泉石,领会无余。每适意时,相羊小园,殆觉风景与人为一。闲引客携觞,或幅巾曳杖,啸歌往来,淡然忘归"。就这样,一个贵胄子弟,便又演变成了"高人雅士"的模样。所以如果说北宋士人的多重性格突出地表现为他们既是朝廷上严肃正经的士大夫而在歌宴舞席上则另是"风流词客"的话,那么,南宋士人的多重性格就集中地表现为,他们既是一些贵公子,却同时又是一些"高雅人"。仍拿这位张镃(他是循王张俊的后裔)来说吧,杨万里曾为其画像题辞曰:"香火斋祓,伊蒲文物,一何佛也。襟带诗书,步武璚琚,又何儒也。门有朱履,坐有桃李,一何佳公子也。冰茹雪食,凋碎月魄,又何穷诗客也。约斋子(张镃号约斋)方内欤?方外欤?风流欤?穷愁欤?老夫不知,君其问诸白鸥。"这种集佛、儒、佳公子、穷诗客于一身的多侧面形象,说穿了,就是既富贵又脱俗、既风流又清高的南宋士人(当然是贵族士人)的典型形象。而文末所云"问诸白鸥"之句,则更是点明了他那"清脱如鸥"的"高雅"情致。从上所述,即可见到那种既富贵奢侈、又"高雅清脱"的生活环境促生其"雅致"的情状。

在此同时,南宋的政治环境又大为助长了这种生活情致的滋发。南宋小朝廷不思恢复、贪图安逸的偏安政策,诱导着士大夫文人把生活兴趣转向了这种

① 吴自牧:《梦粱录》,浙江人民出版社,1980年,第106页。

② 周密:《齐东野语》卷二〇,华东师范大学出版社,1987年,第393页。

“高级”的享乐生活；而它压制、排斥、迫害抗战派的举动，又迫使很多人厌倦政治、逃避现实。所以即使是一些颇有作为和有所抱负的人，也会生出“归隐”“看穿”的思想倾向。这方面的例子我们甚至可以举出那位有名的武将韩世忠来。《齐东野语》卷一九记他晚年“绝口不言兵，自号清凉居士。时乘小骡，放浪西湖泉石间”，一日忽然作词二首，有云“人有几多般？富贵荣华总是闲。自古英雄都是梦”及“不道山林多好处”（《南乡子》）等①。这就表明，南宋人的生活兴趣已经自觉地或者被迫地转向了“山林之趣”。故而，我们在南宋人的笔记诗话中，屡屡见到对于隐逸雅趣的赞美，就非偶然之事。如南渡之初胡仔所编的《苕溪渔隐丛话》前后集中，就极力推崇此种生活趣味，他在评论陶渊明《止酒诗》时就发挥过自己的人生哲学：“故坐止于树荫之下，则广厦华居，吾何羡焉？步至于荜门之里，则朝市声利，我何趋焉……”②又如南宋后期的罗大经就更把南宋一般士人的心理说得相当透彻：“士岂能长守山林、常亲蓑笠？但居市朝轩冕时，要使山林蓑笠之念不忘，乃为胜耳。”③即是：一面要戴官帽，一面又要戴“笠帽”，这才为士大夫之“雅趣”。所以，上述生活环境和生活情趣两方面的情况，就促使词人和词论家们，对于词的题材和风格都会提出“雅化”的要求。如胡仔就大力表扬苏词的“雅”，说他中秋词等十余首作品，“皆绝去笔墨畦径间，直造古人不到处”④；如罗大经赞扬张元幹题玄真子图的《渔家傲》词（内容是写隐居之乐）是“语意尤飘逸”⑤，又赞傅公谋词“明日人间事，天自有安排”之句为“清甚”“尤达”⑥。这些，就都标志着词学风尚已随着生活情致的转移而趋向着“清雅”方向去了。这与北宋“盛时”的特重“富贵”便有所不同。

第三方面的原因又在于意识形态本身所发生的变化。南宋时期，“道学”或“理学”的力量盛极一时。《四库全书总目提要·二程文集提要》说：“盖南宋之初，学者犹各尊其所闻，不似淳祐以后，门户已成，羽翼已众，于朱子（熹）之言，一字不敢异同”⑦，此即表明在朱熹以后，“道学”更有了“定于一尊”的严格系统。因此南宋的“言情”词，也就特别注意到了“止乎礼义”和“好色而不淫”的问题。如林景熙说：“乐府（按：即指词），诗之变也。诗发乎情，止乎礼义，美化

① 周密：《齐东野语》卷一，华东师范大学出版社，1987年，第382、383页。
② 胡仔：《苕溪渔隐丛话·后集》卷三，人民文学出版社，1962年，第19页。
③ 罗大经：《鹤林玉露》丙编卷五，中华书局，1983年，第322页。
④ 胡仔：《苕溪渔隐丛话·后集》卷二六，人民文学出版社，1962年，第193页。
⑤ 罗大经：《鹤林玉露》乙编卷三，中华书局，1983年，第175页。
⑥ 同③，第318页。
⑦ 永瑢，等：《钦定四库全书总目》，中华书局，1997年，第2613页。

厚俗,胥此焉寄?岂一变为乐府,乃遽与诗异哉”①;如杨万里提出,诗词要“怨悱不乱”“尽而不污”,要“好色而不淫”(《诚斋诗话》);如张炎说:“燕酣之乐,别离之愁,回文、题叶之思,岘首、西州之泪,一寓于词。若能屏去浮艳,乐而不淫,是亦汉魏乐府之遗意。”②凡此种种,均说明着,儒家“乐而不淫”“温柔敦厚”的“诗教”之说,已经渗透到词坛中来;因之,词论家就对传统的艳词词风提出了“修正”的新要求——“词欲雅而正”(《词源》)。于是,一种既继承了前代“正宗”词风、又有所“雅化”的“雅词”,就在前述几方面原因的促发之下应运而登上了南宋的词坛。

那么,南宋的“雅词”,其主要的特征又是什么呢?这些特征即可从题材内容和艺术形式两方面来看。

从题材内容方面看,也大致有两点。第一,词应当表现士大夫文人那种“风雅清脱”的生活情致;第二,词仍应“簸弄风月,陶写性情”地抒写艳情题材,但却又必须注意到“屏去浮艳,乐而不淫”的问题。前者,集中表现在词论家对于隐逸词、山水词的赞美上。如张端义评朱敦儒咏梅词为“不食烟火人语”③,如黄昇评朱敦儒“天资旷远,有神仙风致。其《西江月》二曲辞浅意深,可以警世之役役于非望之福者”④,如汪莘评朱词“多尘外之想,虽杂以微尘,而其清气自不可没”⑤。后者,又集中表现在词论家对于姜夔、史达祖那类虽写艳情却又写得“雅正”和“高远”的“言情”词的赞美上。如张炎《词源》,曾一口气举出了姜氏之《暗香》《疏影》《齐天乐》以及史氏之《东风第一枝》《绮罗香》《双双燕》词来与刘过咏指甲、咏小脚的《沁园春》二词比较,指出后者“亦自工丽,但不可与前作同日语耳”,其着眼点即在于:前者“全章精粹”,后者则不免过分侧艳而有违于风化矣。又如,张镃为史达祖《梅溪词》作序,说:“生之作,辞情俱到,织绡泉底,去尘眼中;妥帖轻圆,特其余事。至于夺苕艳于春景,起悲音于商素,有瑰奇、

① 林景熙:《胡汲古乐府序》,金启华,等编《唐宋词集序跋汇编》,江苏教育出版社,1990年,第301页。

② 张炎:《词源》,唐圭璋《词话丛编》,中华书局,1986年,第264页。

③ 张端义:《贵耳集》卷上,中华书局,1985年,第13页。

④ 黄昇:《中兴以来绝妙词选》卷一,《唐宋人选唐宋词》,上海古籍出版社,2004年,第700页。

⑤ 汪莘:《方壶诗余自序》,施蛰存编《词籍序跋萃编》,中国社会科学出版社,1994年,第270页。

警迈、清新、闲婉之长,而无诡荡污淫之失”①,从这最后一句就可以看到“雅词”论者对于道德风范的重视。所以综合起来看,南宋的“雅词”,一方面是部分地拓宽了词的题材,把由苏轼开创的表现士大夫文人生活情致(但主要又仅是“出世”“隐逸”的“雅趣”这些方面)的风气或多或少地引进了原本显得过分狭窄的词坛小天地中来;另一方面,则更重视了传统艳词的“雅正”化问题。这两种“雅词”的面貌,我们在宋末元初周密所选辑的《绝妙好词》一书中,便可充分见到。该书以张孝祥《念奴娇·过洞庭》一词开卷,即含有对于隐逸雅趣的高度赞许;而书中又大量摘选了那类“雅而不俗”的“言情”词,则更可见编选者“志雅”(周密自命其堂为“志雅”,又有《志雅堂杂抄》等著作)的生活情致和审美嗜好。这一本《绝妙好词》和张炎《词源》(高倡“雅正”论)的出现,就是南宋“雅词”在词集编选和词学理论方面的“结晶”。

在艺术形式方面,“雅词”的主要特征又在于,通过“用工(功)”而达到的“醇雅”。先说“用工”:一般地说,北宋词风偏于自然、天成,所以词论家往往偏多赞许那种“自然而工”的风格和美感。如晁补之赞扬欧阳修“绿杨楼外出秋千”中一个“出”字“自是后人道不到处”,意即言其得之于“妙手偶得”而非“炼字”所至;又如,他赞苏轼词为“横放杰出”以及张耒赞贺铸词为“满心而发,肆口而成”,也都表明了他们对于那种“自然而工”的风格之充分肯定。故到南宋初年的王灼,还继承着此种观点,如他说斛律金本不知书识字,而作《敕勒歌》却能“发挥自然之妙如此”;说荆轲作《易水歌》,非“苦心造成”;说小晏词“如金陵王、谢子弟,秀气胜韵,得之天然”,而东坡本“非心醉于音律者”,“以文章余事作诗,溢而作词曲,高处出神入天”(《碧鸡漫志》卷一、卷二)。这些,就都表明了南宋以前词坛比较重视自然、天成的一般风尚。不过,就在北宋末期,由于周邦彦词的出现,词论家也就开始了对于“雕琢”功夫的注重。如李清照词论的推重音律,讲求铺叙、典重、故实,就是明证。到了南宋后期,对于“人工美”的追求,则更是得到重视和强调。沈义父的《乐府指迷》和张炎的《词源》即可谓是这方面的代表作。兹录《词源》的一些论见如下:

作慢词,看是甚题目,先择曲名,然后命意;命意既了,思量头如何起,尾如何结,方始选韵,而后述曲。最是过片不要断了曲意……

词既成,试思前后之意不相应,或有重叠句意,又恐字面粗疏,即为

① 张镃:《梅溪词序》,金启华,等编《唐宋词集序跋汇编》,江苏教育出版社,1990年,第238页。

修改:改毕净写一本,展之几案间,或贴之壁,少顷再观,必有未稳处,又须修改;至来日再观,恐又有未尽善者;如此改之又改,方成无暇之玉。倘急于脱稿,倦事修择,岂能无病?不惟不能全美,抑且未协音声。作诗者且犹旬锻月炼,况于词乎?

句法中有字面,盖词中一个生硬字用不得,须是深加锻炼,字字敲打得响,歌诵妥溜,方为本色语。①

总之,从定题目、择调名起,直到构思命意、选韵择辞,以至组织篇章、用事使典、推敲字面、修改定稿等为止,张炎都对作词者提出了"极要用工"和"深加锻炼"的严格要求。这种"用工"论和"锻炼"论的出现,正是南宋"雅词"作者普遍追求"雕琢之美"的风气在词论方面的反映。

下面再说"醇雅"。南宋"雅词"论者在其"用工"方面,又是"有章可循"的。他们所努力学习或仿效的,便主要是周邦彦的词作。《乐府指迷》说:"凡作词,当以清真为主",此一语便说出了其中奥妙。所以,综观南宋一代,周词一版再版,并出现了许多的周词注本,如《清真诗余》(见《景定严州续志》)、《圈法美成词》(见《词源》)、《注清真词》(见《直斋书录解题》卷二一)、《清真词》(同上)、《详注周美成词片玉集》(陈元龙注)、《清真词》(强焕作序本),以及方千里、杨泽民"和"周词而合刻的《三英集》等,甚至还出现了《周词集解》(见《乐府指迷》),周词之大盛于南宋,就不难想见!在学习周词并继续有所修正、提高的情况下,南宋的"雅词"论者便进一步提出了一些具体的要求。

首先是合律。如张炎记其父亲张枢作词:"先人晓畅音律,有《寄闲集》,旁缀音谱,刊行于世。每作一词,必使歌者按之,稍有不协,随即改正。"②又如周密记其作"西湖十景"词的小序亦很能说明问题:"张成子尝赋《应天长》十阕夸余曰:'是古今词家未能道者。'余时年少气锐,谓此人间景,余与子皆人间人,子能道,余顾不能道耶?冥搜六日而词成。成子惊赏敏妙,许放出一头地。异日霞翁(按:即杨缵)见之曰:'语丽矣,如律未协何!'遂相与订正。阅数月而后定。是知词不难作而难于改,语不难工而难于协。"③作词才六天,为了协律而改词却达数月,"雅词"作者对音律的推求可谓苛刻矣。

其次是炼字、炼句。如《词源》一书,就专列"句法"和"字面"两小节,要求在这方面"深加锻炼"。《乐府指迷》则比它更要详细。它在论句法时分论了"起

① 张炎:《词源》,唐圭璋编《词话丛编》,中华书局,1986年,第258-259页。
② 同①,第256页。
③ 周密:《〈木兰花慢〉词序》,唐圭璋《全宋词》,中华书局,1965年,第3264页。

句”“过处”(即过片)“结句”“造句”(下又分“对句”“短句”“长句”)等四个小问题;论字面时又另外论述了“去声字”“句上虚字”“代字”等细节问题,就越见其论述之细密。到了陆辅之(他是张炎的学生),他还专门为此而作《词旨》一书,分列“警句”“词眼”“属对”“虚字”四项,为后之作者指示门径。这里就举出它所开列的“警句”几例如下:

悠悠岁月天涯醉,一分秋,一分憔悴。
宿粉残香随梦冷,落花流水和天远。
梦魂欲度苍茫去,怕梦轻还被愁遮。
恰似断魂江上柳,越春深越瘦。①

这些“警句”,就都是别具匠心的佳句,具见其雕炼之功。

最后是用事、用典。周济曾说:“北宋(词人)主乐章,故情景但取当前,无穷高极深之趣。南宋则文人弄笔,彼此争名,故变化益多,取材益富。”②这里所说的“取材益富”,便是指它的好用事用典。这种风尚,也正是“雅词”派的普遍嗜好。如《词源》说:“词用事最难,要体认着题,融化不涩”③;如《乐府指迷》说:“如咏物,须时时提调。觉不分晓,须用一两件事印证方可”,又说:“词中用事使人姓名,须委曲得不用出最好”④。这些经验就都是从大量的“雅词”创作中总结出来的,由此亦可见出用典使事几乎已成了“雅词”的一门专门技巧和专门学问。

上述三方面的问题,还只是分而言之的技巧性问题。若合而言之,则这种“雅词”的最佳典范就可概括成四句话:“周清真之典丽,姜白石之骚雅,史梅溪之句法,吴梦窗之字面。”(《词旨》)其中,周邦彦词的“典丽”是其词学渊源,而姜夔词的“骚雅”又是其风格的“主干”(至于史达祖、吴文英的“句法”“字面”,则是一般性的泛论)。而姜夔词,张炎《词源》就曾反复赞其“骚雅”“古雅”“有意趣”“使人神观飞越”,清代浙派词人则又称之为“句琢字炼,归于醇雅”(汪森《词综序》)。由此可见,以姜词为代表的南宋“雅词”在艺术形式上的最大特征便是一个“醇雅”。这个“醇雅”的艺术特征,一方面深契着南宋士人“风雅清脱”的生活情致;另一方面,又是他们在形式技巧方面“深加锻炼”的结果。陈廷

① 陆辅之:《词旨》,唐圭璋编《词话丛编》,中华书局,1986年,第323、330、332、333页。
② 周济:《宋四家词选》,古典文学出版社,1958年,第4页。
③ 张炎:《词源》,唐圭璋编《词话丛编》,中华书局,1986年,第261页。
④ 沈义父:《乐府指迷》,唐圭璋编《词话丛编》,中华书局,1986年,第279、282页。

焯说："北宋去温、韦未远，时见古意。至南宋则变态极焉。""变态"至"极"，即可见其"极盛"的一面；但同时，却又不免"渐衰"矣，故陈氏接下又言："变态既极，则能事已毕，遂令后之为词者，不得不刻意求奇，以至每况愈下，盖有由也。亦犹诗至杜陵，后来无能为继，而天地之奥，发泄既尽，古意亦从此渐微矣。"① 陈氏此说，是从"古意"的"浓""淡"来立论的，未免有些复古的色彩；但它却又指出了南宋"雅词"的逐渐减少了"自然之美"，此点还是有其正确之处的。而依我们看来，则它之所以会产生这种现象，除了与文学风气本身不断转移的规律有关之外，实在还与"雅词"作者缺乏比较深厚的生活源泉和比较充沛的真情实感有着很大的关系。所以我们便将在下一节内展开对于另一词派——感情"过分"充沛而使内容"溢出"于形式的"豪气词"派作品的评述。

第四节　异军特起的"豪气词"

在形式精美、风格雅丽而真情稍嫌不足的"雅词"之身旁，南宋词坛上却还存在着另一派真情充沛、形式却微嫌粗糙的"豪气词"。这一派词，也即是我们通常所称的"辛（弃疾）派词"。

先从其名称说起。张炎《词源》曾说："辛稼轩、刘改之作豪气词，非雅词也，于文章余暇，戏弄笔墨为长短句之诗耳。"② 此言把辛弃疾、刘过所作的那类慷慨使气的爱国词排斥在"雅词"阵营之外，这就暴露了他论词不重思想内容的保守性和严重缺陷，这点且不多论；而他指出辛、刘词的主要特征在于"豪气"两字，却又是一语破的地说中其"要害"的。当然，辛、刘（特别是辛）两人的词作，也绝非全属"豪气词"之列，这点请勿误解；但从他们作品中最引人注目的篇目来看，却又确实是有"豪气"贯乎其中的。所以拈出此点就很能帮助我们加深对于辛派爱国词作"主体风格"的理解。

我们知道，传统词风素以婉约为其"本色"的风格，大多具有一种"宛转回互"的美感特质（《乐府指迷》说："为情赋曲者，尤宜宛转回互"；《词源》则云："词婉于诗"），因此其大忌即是"以气为词"。如刘克庄即说过："词当协律，使雪儿、春莺辈可歌，不可以气为色。"③ 但是，这只能是一般的常规而已。到了特

① 陈廷焯：《白雨斋词话》卷三，人民文学出版社，1959 年，第 59 页。

② 张炎：《词源》，唐圭璋编《词话丛编》，中华书局，1986 年，第 267 页。

③ 刘克庄：《跋刘澜乐府》，金启华，等编《唐宋词集序跋汇编》，江苏教育出版社，1990 年，第 281 页。

殊的历史时代，遇到了“非常”的作者，这种常规就不免会被打破、会被冲决，于是，我们便在“柔情似水”的一派婉约词的汪洋大海中，突然见到了“乱石崩云”的苏轼豪放词，而在南渡初期，则更其惊愕地看到了“火山”的喷发——一大批“豪气词”就像从海底喷发而起的火山那样耸起在词坛之上。在宋金第一次达成“和议”以后，虽然这些“火山”暂时有所敛止，但其底里却时时仍会发出“怪响”。到了1161年金人大败、辛弃疾南归之后，词坛终于再次发生剧烈的“地壳变动”，一座更加巍峨伟岸的火山——辛弃疾的爱国词，便高高矗立于整个唐宋词苑之中，而由它所倾泻下来的热浆瀑流，更绵延而成了大大小小的火山群落，构成了“辛派词”的巨脉。昔人论文，有谓得之于“山”和得之于“水”的两种①。照我们看来，一般的婉约词，似乎就偏获了“水”的柔质，而那种豪放词，则独得了“山”的刚性。或者换句话说，前者就凭仗着“柔情”使其显出了婉约的风格和美感，后者则凭仗着“豪气”而使其显出了豪放的风格和美感。不信的话，请以前人对辛派爱国词的一些评语作证，如：张元幹词，人称有“抑塞磊落之气”（《四库全书总目提要》评语）；张孝祥词，人称有“迈往凌云之气”（陈应行《于湖词序》）——这两人虽生于辛氏之前，但不愧为辛氏之先驱，故完全可把他们的爱国词篇提前地称为“辛派词”——至于辛弃疾本人的那些“抚时感事”的爱国词篇，则更非“豪气”一词所不能准确形容。如黄梨庄评其有“悲歌慷慨，抑郁无聊之气”②；谢章铤评其有“真气”“奇气”（《赌棋山庄词话》卷一）；谭献评其有“犷气”“盛气”和“潜气”（《复堂词话》）；梁启超评其有“大气包举”（《艺蘅馆词选》丙卷）；而归根到底，还要算辛氏门生范开所论最为确切，范开在其《稼轩词序》中说，辛词之所以能达到“无首无尾，不主故常”和“随所变态，无非可观”的境地，乃在于“其气之所充、蓄之所发，词自不能不尔也”③。这个“蓄气—充气”之说，演绎成现在的话来说，就是：作者人格修养、思想感情中所蓄养的“浩然之气”“刚大之气”“狂气”……充溢到词中，便形成了它的“豪气”“奇气”“盛气”……在这股“气”的鼓荡之下，词风就不再保持先前那种停滀委婉、含蓄回互的美感，而表现为一泻千里、直抒胸臆的率放风格。因此，在辛派爱国词中，便出现了龙腾虎跃、硬语盘空式的作品，如：

①《魏叔子日录》卷二《杂说》说：“尝谓文有得水分者，有得山分者”，前者如苏轼文，后者如韩愈文。魏禧：《魏叔子日录》卷二，上海古籍出版社，1996年。

② 徐釚：《词苑丛谈》卷四，人民文学出版社，1988年，第250页。

③ 范开：《稼轩词序》，金启华，等编《唐宋词集序跋汇编》，江苏教育出版社，1990年，第172页。

去天尺五君家别。看乘空鱼龙惨淡，风云开合。起望衣冠神州路，白日销残战骨。叹夷甫诸人清绝！夜半狂歌悲风起，听铮铮、阵马檐间铁。南共北，正分裂！（辛弃疾《贺新郎》）

又出现了高歌快语、放言壮辞式的作品，如：

尧之都，舜之壤，禹之封，于中应有，一个半个耻臣戎。万里腥膻如许，千古英灵安在？磅礴几时通？胡运何须问，赫日自当中！（陈亮《水调歌头》）

这些词中，激荡回旋着一股磅礴的“豪气”——甚至可以称之为“狂气”；词风也因此而变得“豪放”不已。所以若把它们称之为“豪气词”，倒也名副其实，实非过分。这些词中，泄发着民族的正气、爱国的情感以及受压抑的苦闷，体现着“男子汉”“大丈夫”的风格，具有震撼人心的力度，不愧是时代的强音。但另一方面，它们却又是有违于“雅词”论者所持的“作词标准”的。《乐府指迷》曾引述过吴文英所立的“论词四标准”，如下：

盖音律欲其协，不协则成长短句之诗；下字欲其雅，不雅则近乎缠令之体；用字不可太露，露则直突而无深长之味；发意不可太高，高则狂怪而失柔婉之意。①

这四条，自然都是“雅词”作者的心得之言和经验之谈，却又明显都是冲着上述那类“豪气词”而发的。你看，“尧之都，舜之壤，禹之封，于中应有，一个半个耻臣戎”，岂非“发意太高”，岂非“用字太露”，岂非“直突而无深长之味”，岂非快成了“长短句之诗”？所以，如拿传统的艺术标准来衡量它们，则它们就是无法立足于“雅词”词坛之中的——但是，特殊的时代环境，却又产生了另一种评判的标准：这个“南共北，正分裂”的时代，需要一种新的词风；这种“万里腥膻如许”的形势，呼唤着一种新型的美感。所以刘克庄就一反“雅词”论者的说法，极高地评价了辛派“豪气词”，他说：

世之知公（指辛）者，诵其诗词，而以前辈谓有井水处皆倡柳词。余谓耆卿直留连光景、歌咏太平尔。公所作，大声鞺鞳，小声铿鍧，横绝六合，扫空万古，自有苍生以来所无。②

① 沈义父：《乐府指迷》，唐圭璋编《词话丛编》，中华书局，1986年，第277页。
② 刘克庄：《辛稼轩集序》，金启华，等编《唐宋词集序跋汇编》，江苏教育出版社，1990年，第173页。

这就是与“雅词”论者大不相同的另一种判断和评价！

那么，我们在上述两种不同的判断和评价中，该取哪一种呢？自然是后者！随着民族矛盾和南宋内部矛盾的尖锐化，汉民族的生存和个人的命运都处在一种“非常”的环境中；在这种形势之下，我们的批评标准自然也应该跟着“非常化”：战争既然已经破坏了政坛的所谓“升平景象”，那么词坛又怎能仍旧维持着原先“莺歌燕语”的老局面而不变呢？艺术的判断，在一定情况下，必须服从于它的社会功利——而且，如果要批评“豪气词”损害了词的“宛转回互”之美的话，那就应该首先和主要地怪罪于万恶的侵略战争与无耻的投降政策——正是基于这种特定的历史环境，我们就越发应该高度肯定这类爱国的“豪气词”；而对它们的“失去常态”和某些缺点，则应给予充分的谅解。

当然，上述所谓的“雅词”和“豪气词”，又是同时并处于一个词坛之上的；换句话说，即使在一个词人的作品中，也往往是两者兼而有之的。比如，辛弃疾是一位公认的“豪气词”作者，但张炎在其《词源》中却又表扬了他的《祝英台近》（宝钗分，桃叶渡），说它“景中带情，而有骚雅”，即明言它是一首“雅词”；而张炎这位以“雅词”词人自命的作者，其《山中白云词》中，却也有了别人称之为“笔力亦劲”“高绝超绝”（见陈廷焯《云韶集》卷九）的《壶中天》（扬舲万里）之作，则又可证“雅词”作者在特定的环境下，词风也会向“豪气词”靠拢。上面这两种情况告诉我们，这两者原是共生于同一个时代背景之下的，所以它们之间又往往不可截然分割——当然，如从总体面貌来看，则由于婉约词的向着“雅词”演变，以及豪放词的更加“以气入词”，于是细的越细而粗的越粗，因此南宋词坛上又确是存在着“两极分化”的不平衡状态的。

以上，我们已对南宋词坛的总貌作了一个鸟瞰，下文即要展开对于南宋词比较具体的分析了。但是，正如前文已经说过的那样，南宋的政局一直处在战战和和、停停打打的胶葛状态，而南宋的词坛又呈现着不平衡发展的复杂情况，所以我们的论述也只能是去粗存精、有所选择的。根据词坛的实际情况，我们就不把它机械地按照政治、军事形势来进行分期，而想依照下面三个阶段来进行阐述。

第一阶段（1127—1161）：南宋前期词坛。这一时期的政治形势是从“靖康之变”的大动乱过渡到偏安局面的初步形成。其时词坛上就应运而生了伤感词、愤慨词和隐逸词。

第二阶段（1162—1268）：南宋中后期词坛。这一个较长的时期中，除了两次“北伐”和宋与蒙古联合灭金、元兵南侵等战争之外，基本是一个漫长的偏安时期。这一词坛上，辛派词（辛弃疾和他的继承者们所写的爱国词）自然是我们的论述重点；而除此之外，我们也还要对“雅词”中的优秀之作（主要是姜、吴词）

作些评述。

第三阶段(1269—1279):南宋末期词坛。这十年的时间,是南宋小朝廷最后覆亡的阶段。无论是“辛派后劲”,还是“雅词”的“尾声”作者,都在这个“世纪末”的年代里,写出了他们类似于《诗经》中“变风”“变雅”式的词篇。另外,我们还要把这个阶段延伸到元代初期。这是因为,正如李煜在南唐亡国之后所作的词仍属“五代词”那样,那些出于抗元志士和“大宋遗民”之手的词作,我们仍应把它们归之于“宋词”为好。

以下的撰写,就按上述顺序而依次展开。

第十章　南宋前期(1127—1161)的伤感词、愤慨词、隐逸词

公元1127年,宋朝历史上发生了一场堪称是“奇耻大辱”的“靖康之变”。这场历史巨变,使得宋朝失去了淮河以北的广大中原地区,连得徽、钦二帝都成了金人的臣虏;而高宗在南京应天府(今河南商丘市)仓皇称帝、延续宋祚,金兵又驱马南下,无情地践踏江南大地。战火纷飞,生灵涂炭,一场十分惨重的灾难就此降临到人民头上!请看北方人民所受到的杀戮之惨:以汴京为例,这个原本是“金翠耀目,罗绮飘香”的大都市,在事变之前人口将近百万,而在金兵屠城之后,壮丁已不满千人,死难者尸积成山,“东及沂、密,西至曹、濮、兖、郓,南至陈、蔡、汝、颖,北至河朔,皆被其害。杀人如刈麻,臭闻数百里。淮、泗之间,亦荡然矣”①。再看南方所受到的骚扰:以扬州为例,金兵于1129年2月破扬以后,大肆焚烧,“夜,金纵火焚城,士民皆死,存者才数千人而已”②。如此野蛮酷烈的屠杀和破坏,对于一百多年来基本“不识干戈”的宋人来说,简直是一场弥天的大祸。因此,反映在南渡之初的词坛上,就出现了前所未闻的悲愤痛楚之声:

> 底事昆仑倾砥柱,九地黄流乱注?聚万落千村狐兔!(张元幹《贺新郎》)
>
> 心折,长庚光怒,群盗纵横,逆胡猖獗。(张元幹《石州慢》)
>
> 回首妖氛未扫,问人间,英雄何处?(朱敦儒《水龙吟》)
>
> 坐看骄兵南渡,沸浪骇奔鲸。(叶梦得《八声甘州》)
>
> 北望旄头天际,杀气遥昏楚甸。(刘一止《水调歌头》)

这种特殊的政治形势和军事形势,就促使这一时期(南宋初期)的词风发生了深刻而重大的变化。这种变化,主要从两个方面表现出来。

首先是写作总主题的变化。我们知道,晚唐五代以至北宋的词坛,它的主要

① 李心传:《建炎以来系年要录》卷四,中华书局,1956年,第87页。
② 毕沅:《续资治通鉴》卷一〇三,中华书局,1957年,第2722页。

的创作“母题”,便是那写不完的艳情。现在,它却不得不“让位”给了忧国的新主题。忧国之情(当然又同时包含了个人的身世之感),由此便成了这一时期词人写作的“总主题”。当然,由于作者的身份、遭遇、人生观和政治态度等方面的差异,在抒写这一“总主题”的时候,其音调是不尽相同的:有高亢的,有低咽的;有愤慨的,有呻吟的;有咬牙切齿、仰天长啸的,也有掩抑悲泣、哀伤欲绝的。但是,总的听来,却无不尽是这个忧国“总乐章”的“多重变奏曲”。

其次是文学风格的变化。比起北宋末期某些词作和后来南宋词坛的“雅词”,南宋前期大多数词作的最大特色便是情真意深。无论是哀伤的词人,还是愤怒的词人,他们所发出的忧国之音,都堪称是从心底流泻和奔涌而出的。前者犹如受伤病人所发的呻吟,声声都带着切肤的痛感;后者则如受创的壮汉,伤口还在淌血,却仍在呼号奋发。总而言之,一种直抒胸臆、毫不作假的风格,便成了此一时期词风的主潮。所以,我们不仅在那些豪放之作中看到了苏轼的“滔滔汩汩,不择地而出”的风格,而且在那些婉约之作中,也看到了李煜“粗服乱头,不掩国色”那样的美感。

因而,“靖康之变”所带来的大战乱、大动荡,对于词坛来说,就不仅是一种大破坏,而且也可以说是一种“大孕育”。它“破坏”了北宋末年词坛那种粉饰太平、歌功颂德的旧词风,孕育了一种“抚时感事”“情真意深”的新词风;当然又带来了这个时代的一个“新品种”——隐逸词。下面,我们便对这一时期词坛的三大类词逐一进行评说。

第一节　南宋前期词坛的“低音区”——伤感词(李清照词)

“靖康之变”的到来,对于很多宋代词人来讲,是件颇为突然的事。因此,在缺乏充分思想准备的情况下,遭到这一猝然而沉重的打击,他们所发出的呻吟之声便是十分痛楚而低咽的。首当其冲的,自是那位亡国之君赵佶(徽宗),他在被掳北去的途中,便写下了那首“哀情哽咽,仿佛南唐李后主”所作的《宴山亭·北行见杏花》(已见前引,评语见徐釚《词苑丛谈》卷六)。这里另录他一首《眼儿媚》:

> 玉京曾忆昔繁华,万里帝王家。琼林玉殿,朝喧弦管,暮列笙琶。
>
> 花城人去今萧索,春梦绕胡沙。家山何处?忍听羌笛,吹彻《梅花》!

如果说,这是“帝王之悲”而且是咎由自取的话,那么,无辜的人民群众所受之苦，就更加令人深表同情。请读下面这首《减字木兰花》：

> 朝云横度，辘辘车声如水去。白草黄沙，月照孤村三两家。　飞鸿过也，百结愁肠无昼夜。渐近燕山，回首乡关归路难。

此词的作者是一位妇女。她的父亲蒋兴祖任阳武（今河南原阳县）令，在抗金战争中壮烈殉国；她本人则被掳北去，行至雄州（今河北雄县）驿站，在壁间题写了这首充满血泪的词篇。况周颐曾经评曰："寥寥数十字，写出步步留恋、步步凄恻。"①在这个弱女子所作的小词中，我们就不难推想到这个动乱年头里一般群众（特别是广大妇女）所蒙受的痛苦是何等的深重！

当然，最能表达这一时代所普遍存在之哀伤情绪的词人，就非女词人李清照莫属。南宋人谢伋，在其《鸳鸯楼记》中曾戏曰："自（陆）逊、抗、机、云之死，而天地英灵之气，不钟于世之男子，而钟于妇人。"②借用此话来说，南渡初期词坛之"英气"，其"阳刚"部分可谓是钟秀于李纲、岳飞、张元幹、张孝祥一类武将文臣身上；而其"阴柔"部分，则几可谓大部分集中地钟秀于这位"妇人"作家身上。正是她，因着自己亡国破家、流离漂泊的身世和她那超群不凡的文学才华，给我们留下了一批感人肺腑、催人泪下的词篇，为宋词宝库增加了一串闪耀着特殊光彩的瑰宝。

李清照（1084—约1151），号易安居士，山东济南人。她出生于一个注重文学艺术的士大夫家庭，丈夫赵明诚又是一位金石学家，因此她的前期，基本是在一个宁静美满的生活环境中度过的。她在著名的《金石录后序》中，追忆她与丈夫一起鉴赏书画、共同陶醉于闺房之乐的情景，曾写道：

> 每获一书，即同共校勘、整集、签题。得书画、彝鼎，亦摩玩舒卷，指摘疵病，夜尽一烛为率。故能纸札精致，字画完整，冠诸收书家。余性偶强记，每饭罢，坐"归来堂"烹茶，指堆积书史，言某事在某书某卷第几叶第几行，以中否角胜负，为饮茶先后。中即举杯大笑，至茶倾覆怀中，反不得饮而起。甘心老是乡矣！③

基于这种伉俪相得、志同道合的婚姻生活，于是便产生了她那种优美而情深的爱情词篇。如：

① 况周颐撰，屈兴国辑注：《蕙风词话辑注》续编卷一，江西人民出版社，2000年，第261页。
② 潘永因：《宋稗类钞》，书目文献出版社，1985年，第358页。
③ 王仲闻校注：《李清照集校注》，人民文学出版社，1986年，第178页。

> 薄雾浓云愁永昼，瑞脑消金兽。佳节又重阳，玉枕纱厨，半夜凉初透。　　东篱把酒黄昏后，有暗香盈袖。莫道不消魂，帘卷西风，人比黄花瘦。（《醉花阴》）

这实质上仍是一首“闺怨”之词。但它却写得何等的不落俗套！我们注意到，出现在这首词中的女主角，已不单单是以往词中那类慵懒的“思妇”形象，她在一般女性思念丈夫的惆怅心情之外，更具有了一种士大夫文人的“高情雅趣”。请看“东篱把酒”的形象，请看她以“黄花”自比的妙喻，其中不就透露了作者的人格襟怀？所以，“清丽其词，端庄其品”，赵明诚为李清照小像所题的这八字评语，就相当准确地说出了李清照的词品和人品。因此，像这样的爱情词，就不仅是写得一往情深（这从“瘦”字中便可见其“为伊消得人憔悴”之貌），而且是文雅优美，给人以丰厚的美的享受。

又如：

> 红藕香残玉簟秋，轻解罗裳，独上兰舟。云中谁寄锦书来？雁字回时，月满西楼。　　花自飘零水自流，一种相思，两处闲愁。此情无计可消除，才下眉头，却上心头。（《一剪梅》）

丈夫“负笈远游”、即将离家，妻子就把这首小词写在锦帕上送他远行，“此情无计可消除，才下眉头，却上心头”，千百年来，人们已见到过了无数的男女相思之作，但像这样明白晓畅而又如此沉挚生动的句子，我们却又能够见到多少？特别是，此种情真意深的词语又出自一位女性作家之口，这就更其显得难能可贵。而在它那越是表现得缠绵悱恻的哀怨中，我们也就越是能见出她爱情生活的甜美和温馨：“云中谁寄锦书来？雁字回时，月满西楼。”虽然眼前的分离是痛苦的，但当飞雁捎来丈夫即将归家的喜讯时，不又酝酿着未来重逢的满心欢快？因此，李清照前期词中，越是把她的闺怨、别情写得淋漓尽致，就越是给人以一种夫妇恩爱的甜蜜感。正像晏殊在淡淡的人生忧伤中显出他那雍容富贵的优裕生活那样，李清照这类小别、暂离的相思词篇，也正好从反面写出了她前期生活的值得深深眷恋。

同她前期生活的这种“大家闺秀”的身份相称的，便是她前期词作的那种富贵、文雅气度。李清照在南渡以前，有过一段论词的名言（见《苕溪渔隐丛话》后集卷三三）。她主张：词“别是一家”，词应该讲求合律、铺叙、典重、主“情致”而多“故实”，更要求能有一种“富贵态”。因此，她自己所写的词中，就充分表现了她那“贵妇人”的举止行动和神情心态。如下面这两首《浣溪沙》：

> 淡荡春光寒食天，玉炉沉水袅残烟，梦回山枕隐花钿。　　海燕未

来人斗草，江梅已过柳生绵，黄昏疏雨湿秋千。

髻子伤春懒更梳，晚风庭院落梅初，淡云来往月疏疏。　　玉鸭熏炉闲瑞脑，朱樱斗帐掩流苏，通犀还解辟寒无？

这些词，无论从其“词心”还是从其词境来看，其最大的特色即是“细腻”。而这种特色又正是符合于她的性别和身份特点的。作为一个女性作家，她有着比之男性作家更为细腻丰富的感情，因此她就更能敏锐地感知大自然的“风吹草动”、细微变化；作为一个贵族妇女来讲，她置身于“玉鸭熏炉”“朱樱斗帐”的豪华而狭小的环境之中，因而对于闺阁之外的外部世界（哪怕是月儿边上的几缕疏云），也都表现了强烈的关注和渴念。这样一种细腻幽深的心态，便构成了这些词的“词心”。而这种“词心”，再通过十分文雅优美、含蓄倩丽的笔触，转现成了它那无比细腻的词境。谭献评其“髻子伤春懒更梳”一篇“有唐调”（《复堂词话》），这就说明了李清照的写词，是从小令的学习晚唐五代词起步的，因而就深得其细腻雅美的神髓。

但是，李清照就其“本来”的个性来讲，却又非一位普通的女性可比。观其与丈夫在“归来堂”的“赌茶”，观其在词论中逐个儿地批评了诸如晏殊、欧阳修、王安石、苏轼这样的大名人，观其好与赵明诚比赛诗词，就可知她是一个才华极高、个性很强的人物。只是，封建的礼教禁锢着她，使得她的抱负和才能得不到舒展，所以她仍只能以一位“闺阁词人”的面目出现在读者面前。但即使基本情况是如此，而在她的《渔家傲》中却也已经暗露了她不甘心于庸庸碌碌过一生的志向和抱负：

天接云涛连晓雾，星河欲转千帆舞。仿佛梦魂归帝所，闻天语，殷勤问我归何处？　　我报路长嗟日暮，学诗漫有惊人句。九万里风鹏正举，风休住，蓬舟吹取三山去！

以一个妇人而欲“升天”，而欲与天帝对语，而欲“乘九万里风”，这种想象力，我们以前只在屈原的诗（《离骚》）中才能看到——即使是苏轼的词中，他也因畏天上的高寒而不敢“乘风归去”——现在，却在李清照的词中竟又重睹！从这一点看，李清照就“不徒俯视巾帼，直欲压倒须眉”①，简直是词坛上的“巾帼英雄”了。

所以，从这种个性和气质出发，李清照词的特色，就不止是细腻了。在细腻之外，它就更具了恣放的特点。小令如《如梦令》：

① 李调元：《雨村词话》卷三，唐圭璋编《词话丛编》，中华书局，1986年，第1431页。

昨夜雨疏风骤，浓睡不消残酒。试问卷帘人，却道海棠依旧。知否，知否？应是绿肥红瘦。

它的妙处自然很多。但最妙的莫过于那一问一答：它先用一个顿挫（“试问……却道”两句）“拦腰束住”，然后再把那一片无限深挚的“惜花心情”，通过飞动恣放的语势（“知否，知否？应是……”）冲将出去，因而就形成了短章之中却含几许曲折的特有情致，显示了这位女词人奔放不凡的才情。

小令犹且如此，慢词则更见其“铺叙”而有“情致”的功力。如《凤凰台上忆吹箫》一首：

香冷金猊，被翻红浪，起来人未梳头。任宝奁闲掩，日上帘钩。生怕闲愁暗恨，多少事，欲说还休。今年瘦，非干病酒，不是悲秋。　休休！这回去也，千万遍《阳关》，也即难留。念武陵人远，烟锁重楼。唯有楼前流水，应念我，终日凝眸。凝眸处，从今又添，一段新愁。

这一首离别相思之词，前人有云“笔墨不减耆卿、叔原，而清俊疏朗过之”①，它就把自己满腹的“闲愁暗恨”，毫不掩饰、淋漓尽致地放笔写出。所以，王灼曾攻击她“作长短句，能曲折尽人意，轻巧尖新，姿态百出”②，若我们剔除其不公允的偏见（主要是他出于封建卫道者的立场而对李进行人身攻击）而取其某些合理因素的话，则他的话中还是触着了李词恣放、尽意的特色的。

上面，我们谈了李清照前期的生活和词作。照理，在谈论南渡初年的伤感词时，是不必作这么详细的历史回顾的。但我们却又认为，花费这么多篇幅用于这方面，还是值得和应该的。这是因为：第一，李清照是一位杰出的女作家，为她而多花一些笔墨并不浪费；第二，有回顾才有对比，有以前的幸福才越发显出后来的不幸——就连李清照本人的后期词，也都经常采用这种“今昔对比”的手法来写作，那么我们在这里先谈其前期词，就不能说是多余的。

果然，好景不长，就在她44岁那年，发生了“靖康之变”。当时，李清照夫妇对这场战祸的后果还估计不足，仅只惦念着那“盈箱溢箧”的书画文物，“且恋恋，且怅怅，知其必不为己物矣”。谁知后来不仅是书，就连人都保不住了！很快，他们便和大量中原人士一样，仓皇南奔，连遭颠沛；接着，赵明诚又急病身亡。这样，李清照便既失去了故国和故乡，又失去了亲人，变成了一位“孤舟嫠妇”，漂泊流荡在江浙一带。有人说，她在49岁那年曾一度改嫁张汝舟，几个月后又

① 陈廷焯：《云韶集》卷一〇，褚斌杰，等《李清照资料汇编》，中华书局，1984年，第172页。
② 王灼：《碧鸡漫志》卷二，唐圭璋编《词话丛编》，中华书局，1986年，第88页。

与他离异；有人则力辩此说之不可相信。但总之，她的后期生活是充满着不幸和痛苦的。一个普通的妇女，仅是碰到丈夫突然身亡的打击，已是不堪忍受了，何况是李清照这样感情异常丰富细腻的人，更何况是连国家（指北宋）、连故乡都一起丢掉了！所以，对于她来说，这国破家亡的双重打击，简直不知是如何挨过来的——这或许又是与她比一般女性远较坚强的性格有关的吧？但即使是这样，她的词中也就充满了痛楚的"心音"了：

> 风住尘香花已尽，日晚倦梳头。物是人非事事休，欲语泪先流。闻说双溪春尚好，也拟泛轻舟。只恐双溪舴艋舟，载不动，许多愁。（《武陵春》）

据词中"双溪"（在今浙江金华城南）可知，此词作于绍兴五年（1135）作者避难金华之时，当时词人已年逾五旬。词中所说的"物是人非事事休，欲语泪先流"，可谓是她后期生活和心情的自我写照。因此其词境忽喜忽悲，而终归于悲："风住"本是值得高兴的事，而"花已尽"则令人生悲；"物是"使人引起游春之意，而"人非"则更勾惹起心头一缕深锐的悲感；"春尚好"教人欲"泛轻舟"，而"许多愁"则又使她裹足不敢登船——总之，这乍开乍合、乍翻乍覆的曲折词境，正展示着她内心百感交集的心态——这正是一个有着美好回忆却又面对凄惨现实的女性所具有的特种心态。因此，这种"物是人非"之感，就构成了她后期词的基本内容。这种感慨，有时是通过"回忆"和"对比"直接写出来的，有时则是把过去"隐去"而主要仅写今日之伤感。前者如：

> 落日熔金，暮云合璧，人在何处？染柳烟浓，吹梅笛怨，春意知几许？元宵佳节，融和天气，次第岂无风雨？来相召，香车宝马，谢他酒朋诗侣。　　中州盛日，闺门多暇，记得偏重三五。铺翠冠儿，捻金雪柳，簇带争济楚。如今憔悴，风鬟雾鬓，怕见夜间出去。不如向、帘儿底下，听人笑语。（《永遇乐》）

在一年众多的节日中，宋人最重元宵佳节。《东京梦华录》就曾详细地记载过徽宗朝"与民同乐"、朝野同庆元宵节的盛况，而在北宋词中，也有关于"闹元宵"的众多词作。如晁冲之《上林春慢》这样写道："帽落宫花，衣惹御香，凤辇晚来初过。鹤降诏飞，龙擎烛戏，端门万枝灯火。满城车马，对明月，有谁闲坐？任狂游，更许傍禁街，不扃金锁。　　玉楼人，暗中掷果。珍帘下，笑着春衫袅娜。素娥绕钗，轻蝉扑鬓，垂垂柳丝梅朵。夜阑饮散，但赢得，翠翘双亸。醉归来，又重向，晓窗梳裹。"据朱弁《续骫骳说》云："都下元宵观赏之盛，前人或于歌词中道之。而故家大族，宗藩戚里，宴赏往来，车马骈阗，五昼夜不止。每出，必穷日尽夜漏,乃始还家;往往不及小憩,虽含酲溢疲思,亦不暇寐,皆相呼理残妆,而速客者已在门矣。又妇女首饰至此一新,髻鬓篸插,如蛾蝉、蜂蝶、雪柳、玉梅、灯球,袅袅满头,其名件甚多,不知起何时。而词客未有及之者。晁叔用作《上林春慢》云(略),此词虽非绝唱,然句句皆是实事,亦前人所未尝道者,良可喜也。”①从晁词、朱文来看,元宵节就着实是一个热闹非凡的佳节——特别对于平昔不允许跨出闺门之外的贵族妇女而言,这简直是一个男女不禁的“狂欢节”(所以我们便会联想到欧阳修的“月上柳梢头,人约黄昏后”之句)。李清照前期曾在哲宗和徽宗两朝的汴京城里,度过了很多个元宵节,所以确是一个“过来之人”。请看她轻轻几笔:“中州盛日,闺门多暇,记得偏重三五。铺翠冠儿,捻金雪柳,簇带争济楚”,就把北宋“太平年间”的元宵盛况勾勒了出来。而南宋的情况又怎样呢?据《武林旧事》卷二“元夕”条记载:“大率效宣和盛际,愈加精妙”,可证在偏安局面形成之后,其“盛况”是不亚于宣和年间的。如上书又这样记述:“终夕天街鼓吹不绝,都民士女,罗绮如云,盖无夕不然也”;又云:“元夕节物,妇人皆戴珠翠、闹蛾、玉梅、雪柳、菩提叶、灯球、销金合、蝉貂袖、项帕……”②这和李清照词中“香车宝马”“酒朋酒侣”之句,又是可以相互印证的。但是,不管是回忆“中州盛日”也罢,还是面对今日之“元宵佳节”也罢,词人现在的景况却已“今非昔比”和“己非人比”了,所以她只能独自躲在家中,“向帘儿底下,听人笑语”,其酸楚之情,不禁令人为之凄然!故在这样一首小词之中,就包含了无限深切的故国兴亡和个人盛衰之感在内。我们之所以不厌其详地引证北宋和南宋关于元宵节的文献资料,其意也正欲拈出此点。因此到了元灭南宋之后,“遗民”词人刘辰翁诵读此词,就要潸然涕下了。“后之视今,亦犹今之视昔。”(王羲之《兰亭集序》)想不到一百多年之后,更会有人再从李清照描绘两宋元宵节的词中引出格外深重的痛感来,真是不胜“悲夫”!

与上述直接进行今昔对比的词篇有所不同,她那首最为著名的《声声慢》,就把描写的重点主要放在于今日怅惘愁苦的心态之上:

寻寻觅觅,冷冷清清,凄凄惨惨戚戚。乍暖还寒时候,最难将息。三杯两盏淡酒,怎敌他,晚来风急?雁过也,正伤心,却是旧时相识。

满地黄花堆积,憔悴损,如今有谁堪摘?守着窗儿,独自怎生得黑?梧桐更兼细雨,到黄昏,点点滴滴。这次第,怎一个愁字了得?

① 施蛰存、陈如江辑录:《宋元词话》,上海书店出版社,1999 年,第 431 页。
② 周密:《武林旧事》,西湖书社,1981 年,第 31、32 页。

一开头的14个叠字，就非常人所能写出。罗大经曾评曰："起头连叠十四字，以一妇人乃能创意出奇如此！"①他所惊讶的，就在于"一妇人竟能如此"！其实，这里恰恰就显露了一个女性作家之特长。原因是：第一，这14个叠字（以及后文的很多用字）皆是唇齿音，它们连在一起，正体现了妇人家那种"软语叮咛"的特有口吻；第二，它又极为深切、极为细腻地表现了女性词人那种孤栖独居的痛苦心态。对于后一点，我们不妨再稍加细析："寻寻觅觅"四字，是第一层境界。它写自己正搜肠刮肚、十分吃力地在脑海中寻找某种东西——是什么呢？她没有明讲；但没有明讲却比讲明更好、更含蓄，它使我们联想到作者南渡以前的种种生活情景，包括那"中州盛日"的观灯，包括那"归来堂"的赌茶，包括那夫妇赓和唱酬的宴赏……总之，她正尽力地在"回忆"的"旧仓库"里爬梳，冀图寻觅回来那早已失落了的美好世界。但是结果呢，却只是"冷冷清清"。此即为第二层境界。这时，作者已从"过去"中折回到现实，碰到的只是冷冷清清的风、淅淅沥沥的雨，因此，一颗芳心只好堕入冷冷清清的"冰水"之中。但是，更为深刻的却还在于第三层境界："凄凄惨惨戚戚"。这是因为，如若不动感情、不作回忆（即"寻寻觅觅"），则也罢了；而一动感情、一作回忆的话，则原先客观存在的"冷清"气氛之上，便更添上了一层主观心理上的悲感——"凄凄惨惨戚戚"（"戚"亦"慼"也），就都属"心"的状态，就都表现着一种悽恻难言的愁绪。作者从"寻觅"往事开始，又被"冷清"的现实"弹"了回来，终于落进了一种无法自拔的痛苦心境中去。这样一种极为抽象、极为幽微的心路历程，就被她以女性所特有的细腻笔触描绘得如闻如现。对此，我们真不能不钦佩她体验内心世界之深切和表现感情境界之真切！清人纳兰性德悼念亡妻词有云："瞬息浮生，薄命如斯，低徊怎忘？……梦好难留，诗残莫续，赢得更深哭一场。"（《沁园春》）李清照《声声慢》词开头的这三句所写，实际也正是绮梦破碎之后的那种失落感、怅惘感，不过它写得不像纳兰词那样"明朗"，而是另用一种"内敛"的手法往心的深处去写。但"内敛"既久，则所积蓄之愁苦就越深，于是就物极必反地转为"一吐为快"了。以下写法，就成了梁启超所谓的"回荡的表情法"了。梁氏在其《中国韵文里头所表现的情感》一文中提出过所谓的"奔迸的表情法""回荡的表情法"和"含蓄蕴藉的表情法"。他说："'回荡的表情法'是一种极浓厚的情感蟠结在胸中，像春蚕抽丝一般，把它抽出来。这种表情法，看他专从热烈方面尽量发挥，和前一类（指'奔迸的表情法'）正相同。所异者，前一类是直线式的表现，这一类是曲线式或多角式的表现；前一类所表现的情感，是起在突变时候，性质极为单

① 罗大经：《鹤林玉露》乙编卷六，中华书局，1983年，第227页。

纯,容不得有别种情感掺杂在里头;这一类所表现的情感,是有相当的时间经过。数种情感交错纠结起来,成为网形的性质。人类情感,在这种状态之中者最多,所以文学上所表现,亦以这一类为最多。"①按他的这个说法,则《声声慢》的后面18句铺叙形容,就很有点儿像这种"春蚕抽丝"、"数种情感交错纠结而形成网形"的情况。你看她先写气候之恼人,再写酒力之难敌风力,已显出她身心之交瘁;"雁过也"三句,又勾引出对于旧时"云中寄书"的甜蜜往事之无限怅忆;"黄花"三句,则又是"人比黄花瘦"的"新版";"守着窗儿"与"梧桐细雨",更是写尽了她流落天涯、度日如年的难堪心情——故而到了最后,总发为一句:"这次第,怎一个愁字了得",其感情的"热度"升得极高而终于"奔迸"而出、一泻无余了。所以,这样的词篇,简直是像把自己的生命和性情原原本本地"烙"到了白纸上,在其字里行间就无不流溢着自己的血泪。这种"境界"和"功夫",我们以前曾在李煜词中见到,但那主要还是令词;现在,却又在李清照词中见到,而它则是慢词——所以前人论词,常以这"二李"并称,如沈谦曰:"男中李后主,女中李易安,极是当行本色。"②若从其真情勃露和"自然而工"这两点来看,二人确是很有相像之处的。

在谈到李清照的后期词时,我们还有必要来提及她后期所写的诗。这不但对了解这位作家的爱国思想有帮助,而且对理解她后期的词风也有裨益。首先看她那首有名的五绝《乌江》:"生当作人杰,死亦为鬼雄。至今思项羽,不肯过江东。""人杰""鬼雄"两句,字句虽短,但在后人众多的咏项(羽)之作中,这十个字就可算是一个"的评"矣,它把项羽那种盖世英豪、不甘屈人的气概简直就写活了。而"不肯过江东"之句,则又明寓着借古讽今之意,真欲教赵构一辈人读后无地自容。这短短20字中,就表现了这位女作家胸中的几多丘壑!她的长诗《上枢密韩肖胄诗》则更放笔而书:"不乞隋珠与和璧,只乞乡关新信息。灵光虽在应萧萧,草中翁仲今何若?遗氓岂尚种桑麻?残虏如闻保城郭。嫠家父祖生齐鲁,位下名高人比数。当时稷下纵谈时,犹记人挥汗成雨。子孙南渡今几年,飘零遂与流人伍。欲将血泪寄山河,去洒东山一抔土。"诗中表现了她对山东老家人民的深切怀念和自己"欲将血泪寄山河"的爱国心愿,堪称是"奇气横溢",绝不类"闺阁妮妮语"(陈宏绪《寒夜录》卷下评语)。这种诗风,对其词风自然会有所影响和渗透。当然,由于李清照认定着"别是一家"的词学观点,所以我们不能期待她也能作出近同于这种诗风的词篇来;但是,她的这种锋芒直露

① 梁启超:《梁启超学术论著集·文学卷》,华东师范大学出版社,1998年,第178-179页。

② 沈谦:《填词杂说》,唐圭璋编《词话丛编》,中华书局,1986年,第631页。

的风格反映到她的后期词中，也就形成了它那种婉约而又“开放”的风格。像前述“物是人非事事休”“这次第，怎一个愁字了得”之类的词句，就都是直抒胸臆、真情勃露之作；因而在传统的婉约派营垒里，李清照不但以其女词人身份而独树一帜，并且又以她“倜傥有丈夫气”①的词风而卓然成家。

清代词人孙原湘凭吊李清照的《声声慢》词有云：“满纸凄风，如闻欲语又咽。”从李词那种满纸凄风咽语的风格来看，它就足称是南宋前期词坛上伤感词的代表作。比之秦观那类寓有个人政治悲感的词来，李清照的词就具有了更加深广的社会内容；从“史”的角度来看，这又是一大进步。

除了李清照的后期词外，这一时期词坛上的伤感之音还普遍弥漫于其他很多词人的作品里。这里再举两例。

一是洪皓使金时所作的《江梅引》词。洪皓于高宗建炎三年(1129)充任大金通问使，出使金国，被对方强行软禁十余年，备受艰辛。他在北方，曾作《江梅引》词四首，表达了对祖国和故乡的深切怀念。如其第一首《忆江梅》云：“天涯除馆忆江梅，几枝开？使南来，还带余杭春信到燕台。准拟寒英聊慰远，隔山水，应销落，赴诉谁？　空恁遐想笑摘蕊，断回肠，思故里。漫弹绿绮，引三弄，不觉魂飞。更听胡笳，哀怨泪沾衣。乱插繁花须异日，待孤讽，怕东风，一夜吹。”我们知道，宋人好咏梅花，如词集中就存有一部咏梅的专集《梅苑》(黄大舆编)。但宋人在咏梅时，大多只是把它当做一种“雅趣”的象征物来歌咏描绘的，如黄大舆在《梅苑序》中就说过：“呈妍月夕，夺霜雪之鲜；吐臭风晨，聚椒兰之酷。情涯殆绝，鉴赏斯在。莫不抽毫遣滞，劈彩舒聚，召楚云以兴歌，命燕玉以按节。”②此话就表露了这层意思。但在洪皓词中，梅花却变成了故国的象征，他在词序中说：“此方(指燕京，即今北京一带)无梅花，士人罕有知梅事者”，又在词中明言“使南来，还带余杭(指杭州)春信到燕台”，故词中所描写的“江梅”中，即寄寓着他对南宋的热切怀念以及自己作为败国之使那一腔伤感的情绪。如果说李清照的词表达了一种“北人南来”的悲感的话，那么他的词便表达了另一种“南人北去”的悲感：两者都是共建于同一个“失国”的基础上的。

另一个例子是曾觌的《金人捧露盘》和《忆秦娥》词。曾觌本是高宗的“御用词人”，人品不佳，《宋史》就曾将他列入“佞幸传”中。但就是这样一个专以风花雪月之词取媚皇帝的作者，却也在目睹了金人破坏汴京故都的惨况之后，爱国之

① 沈曾植：《菌阁琐谈》，唐圭璋编《词话丛编》，中华书局，1986 年，第 3605 页。

② 黄大舆：《梅苑序》，张惠民编《宋代词学资料汇编》，汕头大学出版社，1993 年，第 247 页。其中“抽毫遣滞，劈彩舒聚”一作“抽毫襞彩，比声裁句”。

心复萌而写出于一些具有真情之作。如《金人捧露盘》词云：

> 记神京，繁华地，旧游踪。正御沟，春水溶溶。平康巷陌，绣鞍金勒跃青骢。解衣沽酒醉弦管，柳绿花红。　　到如今，余霜鬓；嗟前事，梦魂中。但寒烟，满目飞蓬。雕栏玉砌，空锁三十六离宫。塞笳惊起暮天雁，寂寞东风。

这是他奉使过旧京所作。在此，我们不妨另引一节南宋人出使金国、目睹汴京被毁以后惨状的记载，与此同读。范成大《揽辔录》有云：

> 丁卯过东御园，即宜春苑也，颓垣荒草而已。
>
> 入新宋门，即丽景门也，金改曰“宾曜门”，弥望悉荒墟。
>
> 过大相国寺，倾檐缺吻，无复旧观。
>
> 旧京自城破后，创痍不复……新城内大抵皆墟，至有犁为田处。旧城内粗布肆，皆苟活而已。①

这段文字中所记录的情况，和曾觌所写的“但寒烟，满目飞蓬”景象，就是完全符合的。因而曾觌此时此地，难免也要发出“嗟前事，梦魂中”的浩叹了。至于他行经邯郸道上所作的《忆秦娥》，其中也写道：“风萧瑟，邯郸古道伤行客。伤行客，繁华一瞬，不堪思忆”，其伤感意绪亦同于上词。所以《四库全书总目提要》在论其《海野词》时说：“觌又尝见东都之盛，故奉使过京作《金人捧玉露》，邯郸道上作《忆秦娥》，重到临安作《感皇恩》等曲，黄昇《花庵词选》谓其语多感慨，凄然有《黍离》之悲（按：见《中兴以来绝妙词选》卷一）。虽与龙大渊朋比作奸，名列《宋史·佞幸传》中，为谈艺者所不齿，而才华富艳，实有可观。录而存之，亦选六朝诗者不遗江总，选唐诗者不遗崔湜、宗楚客例也”②——当然我们这里谈他，却并非因其“才华富艳”，而只是想指出：时代的艰难悲惨，连得这样的作者都难免要写出这般伤感的词篇来，那就遑论其他一班有着爱国之心的词人了。“在任何时代，同时代的作家总难免有一种近似之处，这种情形并不取决于他们的主观意愿。他们都少不了要受到当时时代条件的总和所造成的某种共同影响。”③我们所要说明的就正是此点。另外，曾氏这两首词，均作于庚寅（1170）；严格地说，它们已经超出我们所划定的“前期”范围。但由此却也可以充分看

① 范成大：《揽辔录》，《丛书集成初编》本，商务印书馆，1936年，第1－2页。

② 永瑢，等：《钦定四库全书总目》，中华书局，1997年，第2792页。

③ 雪莱：《〈伊斯兰起义〉序言》，伍蠡甫，等《西方文论选》下册，上海译文出版社，1979年，第49页。

到,“靖康之变”以后,词坛上的伤感之音是长久地萦回在人们耳畔的,由它们便形成了词坛的“低音区”。

第二节 南宋前期词坛的“高音区”——愤慨词

和前一种伤感词所发出的近似于呻吟之音不同,南宋前期词坛上,另外震响着一种愤怒的忧国之音,这就是本节要谈的“愤慨词”。

愤慨,首先源自对入侵者的强烈愤恨。故而这种声音,主要就发自于那些有血性的爱国将吏和抗金志士。在这方面,首屈一指的便要提到岳飞的《满江红》:

> 怒发冲冠,凭栏处、潇潇雨歇。抬望眼,仰天长啸,壮怀激烈。三十功名尘与土,八千里路云和月。莫等闲、白了少年头,空悲切。　靖康耻,犹未雪;臣子恨,何时灭?驾长车,踏破贺兰山缺。壮志饥餐胡虏肉,笑谈渴饮匈奴血。待从头、收拾旧山河,朝天阙。

这首词,虽然有人认为不一定是岳飞所作,但长久以来,人们心目中却早把它和这位民族英雄的名字紧紧地连在一起,简直不能分开了。所以即从此点出发(而且怀疑论者的证据也还不足),我们也就径直把它作为岳飞的“《易水歌》”来读了(刘体仁《七颂堂词绎》称它为“《易水之歌》也”)。在这首贯注着作者强烈爱国激情的词篇面前,我们如果再作什么艺术分析,就嫌多余了。故只抄录两条前人的评语以代替我们的赘述。沈际飞说:“胆量、意见、文章,悉无今古。”(《草堂诗余正集》)陈廷焯说:“何等气概!何等志向!千载下读之,凛凛有生气焉。”①这首词,在800余年后的抗日战争中,犹曾广泛流唱于黄河流域的万山丛中、大江南北的青纱帐里;它伴随着砍向侵略者头上的大刀,飞扬在中华民族辽阔的杀敌场上,不愧是一支激励民族正气的悲壮之歌。由此看来,确实是“千载之下,犹有生气”的。

同这首词内容差不多的,还有他的另一首词《满江红·登黄鹤楼有感》:

> 遥望中原,荒烟外、许多城郭。想当年,花遮柳护,凤楼龙阁。万岁山前珠翠绕,蓬壶殿里笙歌作。到而今,铁骑满郊畿,风尘恶。　兵安在?膏锋锷;民安在?填沟壑。叹江山如故,千村寥落。何日请缨提锐旅?一鞭直渡清河洛!却归来,再续汉阳游,骑黄鹤。

① 唐圭璋:《宋词三百首笺注》,中华书局,1958年,第188页。

这首词,更具体写出了金人侵略的罪恶:“民安在?填沟壑。”它和“靖康耻,何时雪”便同时激发了当时爱国将士们的共同渴望:为国雪耻、为民复仇。由抒发这种报国愿望的词篇所发出的慷慨御敌之声,就构成了当日词坛的“高音区”。

但是,正如我们前面已经谈到的那样,由于敌强我弱的总体劣势,更由于投降派对于抗战派的严重阻挠和破坏,所以整体来说,南宋词坛(即使就在外患逼迫的南渡初期)的这种杀敌之音,又是“慨”多于“慷”的,其中夹杂着浓重的受压抑气氛和忧患的声调。就拿这位“论兵慷慨,齿颊带风生。坐拥貔貅十万,衔枚勇,云槊交横”(邵缉《满庭芳》赠岳飞之作)的岳武穆来讲,他就在义愤填膺的前两词之外,又写出了《小重山》这样的作品:

> 昨夜寒蛩不住鸣,惊回千里梦,已三更。起来独自绕阶行,人悄悄,帘外月胧明。　　白首为功名,旧山松竹老,阻归程。欲将心事付瑶琴,知音少,弦断有谁听?

据陈郁《藏一话腴》说,此即是他愤慨于“宋金和议”而作。词中那寒蛩哀鸣、月悄人稀的气氛,正衬出了他内心无限的惆怅,而“知音弦断”之句,则更反映了“吾道穷矣”的悲愤。果然,在四年以后,他本人就牺牲在投降派的绞索之下,这儿的“弦断”之声,简直就成了不祥的预兆!

这样一种从愤于外患而转向愤于“内患”的情绪转移,几乎在南宋初期每一个爱国词人的作品中都能见到。一位身世不甚了了的作者(黄中辅)所仅留给我们的《念奴娇》,就很能表明此种心情:

> 炎精中否?叹人材委靡,都无英物。胡马长驱三犯阙,谁作长城坚壁?万国奔腾,两宫幽陷,此恨何时雪?草庐三顾,岂无高卧贤杰?　天意眷我中兴,吾皇神武,踵曾孙周发。河海封疆俱效顺,狂虏何劳灰灭?翠羽南巡,叩阍无路,徒有冲冠发。孤忠耿耿,剑铓冷浸秋月。

从词意看,它作于徽、钦北掳和高宗南奔之后不久。虽然词中表面上歌颂了赵构的“中兴”,但却指出了他事实上的“逃跑主义”。赵构当时畏敌如虎,根本无心复国,在金人南侵时即仓皇逃奔至杭州,不久又狼狈入海,故词里就特意提到“翠羽南巡,叩阍无路”。广大的抗金之士们连皇帝的影子都赶不上见,还谈什么勤王报国!末尾“孤忠耿耿,剑铓冷浸秋月”,就更加写出了他的无限悲愤和感慨。据方勺《泊宅编》卷九记载,这首词曾题在吴江桥上,“车驾巡师江表,过而睹之,诏物色其人,不复见矣”①——连声名卓著的李纲,此时都已被免去宰相职务,南宋小朝廷这种假惺惺的“招贤”之举,在这位“野人”看来,还值几分大钱?所以他便隐遁走矣。从这一例中,我们确实看到了当时”人材委靡”“英物”受压的可悲现状。因此,后之愤慨词中,屡屡见到那种“孤独者”(即此词中的“孤忠”)形象,就不嫌奇怪了。而此词之奉和东坡《念奴娇》原韵,亦已透露了词坛上的一个重要消息:南宋词坛上,苏轼那种豪放的词风,即将大盛于世也。

前面是愤于外敌,背面是愤于“内患”,处在这双向压迫的形势下,南宋初期(而且不光是初期)的愤慨词就带有了复杂的感情色彩。“高”而不“亢”,“壮”而不“强”,“愤”中带“悲”,“快”中带“痛”,就变成了这些词作的最为普遍的风格特色,而“悲凉”型的美感,也便成了这类愤慨词的一种主体美感。在下面这些词人的作品里头,我们就可以看到上述的风格和美感,看到他们在这个充满着危机和焦灼的多事之秋里,是如何地跳跃着一颗忧虑祖国前途和民族命运的“词心”的——虽然他们还写出了另一些风格和美感类型与此大不相同的词篇,但对于这些,就不必去多谈了。

一、李纲、赵鼎、胡铨

这三位词人,同属于一个类型:都是遭受投降派们打击迫害而不肯屈服的爱国士大夫。清末王鹏运曾把他们以及另一位词人李光的词,合编为《南宋四名臣词集》,故我们即把他们放在一起来论;至于李光,将在下一节里再来提及。

李纲(1083—1140),是两宋交替之际的一位抗金名臣。在靖康元年(1126)金兵围攻汴京之役中,他力主抗战到底,并亲自督战杀敌,在汴京保卫战中起了重大作用,但不久就受到投降派的排挤。高宗即位后,他一度又被起用为宰相,仍力主抗金复国,但在职仅75天,又遭贬斥,调任荆湖南路安抚使等职。卒年58岁。有《梁溪词》传世。

李纲词中,有七首“咏史”之作颇惹人注意。这七词的题目是:“光武战昆阳”“汉武巡朔方”“晋师胜淝上”“太宗临渭上”“宪宗平淮西”“明皇幸西蜀”和“真宗幸澶渊”,其内容全与外患作乱和抗战复国之事有关。这里面,就明显有着借古讽今的寓意。如写本朝(北宋)事的《喜迁莺·真宗幸澶渊》中,就歌颂了寇准力斥群议、英勇抗辽的光辉业绩:“边城寒早,恣骄虏、远牧甘泉丰草。铁马嘶风,毡裘凌雪,坐使一方云扰。庙堂折冲无策,欲幸坤维江表。叱群议,赖寇公力挽,亲行天讨。　缥缈。銮辂动,霓旌龙旆,遥指澶渊道。日照金戈,云随黄

① 方勺:《泊宅编》,中华书局,1983年,第49页。

伞，径渡大河清晓。六军万姓呼舞，箭发狄酋难保。虏情詟，誓书来，从此年年修好。”在这位捍卫国家的前代英雄身上，正明显寄托着李纲本人的政治理想。但是，现实情况却甚至还远不如真宗朝“澶渊之战”的能够侥幸获胜，而投降派对自己的打击也大胜于当初寇准所受的压力，因此李纲对此就只能发出涕泗纵横的浩叹。其《永遇乐·秋夜有感》云：

> 秋色方浓，好天凉夜，风雨初霁。缺月如钩，微云半掩，的烁星河碎。爽来轩户，凉生枕簟，夜永悄然无寐。起徘徊，凭栏凝伫，片时万情千意。　　江湖倦客，年来衰病，坐叹岁华空逝。往事成尘，新愁似锁，谁是知心底？五陵萧瑟，中原杳杳，但有满襟清泪。烛兰缸，呼童取酒，且图径醉。

从他所流露的心情看，就很近于岳飞的《小重山》（不过词境更显苍老而已），它显然带着李纲后期被贬生活的曲折投影。当然，埋藏在他心头的愤慨之火苗，却是不会就此熄灭的，因此他又在另一首词中，表现了他不甘屈服的倔强意念。其《六幺令》云：

> 长江千里，烟淡云水阔。歌沉玉树，古寺空有疏钟发。六代兴亡如梦，苒苒惊时月。兵戈凌灭。豪华销尽，几见银蟾自圆缺。　　潮落潮生波渺，江树森如发。谁念迁客归来，老大伤名节。纵使岁寒途远，此志应难夺！高楼谁设，倚栏凝望，独立渔翁满江雪。

唐人柳宗元《江雪》诗云：“千山鸟飞绝，万径人踪灭。孤舟蓑笠翁，独钓寒江雪。”在风雪交加的困境中，这个“渔翁”却屹然兀立，不为所动；李词以此种形象作为它的结句，即可见其坚强的斗争信念。但是，又正如他“岁寒途远”句所隐寓的那样，他对自己的黯淡前途，又是知之甚清的。因此，读了他的这些词篇，我们仿佛就见到了一位老迈、倔强的独行者，正在崎岖的历史小道上，为着国家和民族的前途，艰难地摸索前进……

如果说，在李纲词中我们还较多地见到这批爱国士大夫内心坚强一面的话，那么我们在赵鼎词中就更多地见到他们内心悲凉的另一面。赵鼎（1085—1147）是南渡初年又一位名扬朝野的“忠臣”。早在金人攻占汴京当口，他就与张浚、胡寅等人反对汉奸张邦昌称帝，表现了崇高的民族气节。南渡后历任宰相等职，力主抗战，后受秦桧的排斥，多次远贬，最后绝食而亡。他早期的词，风格香柔；在南奔之际，词风就由柔变刚。如他 1127 年作于真州（治扬子，今江苏仪征）渡口的《满江红》词：

惨结秋阴，西风送、霏霏雨湿。凄望眼，征鸿几字，暮投沙碛。试问乡关何处是？水云浩荡迷南北。但一抹寒青有无中，遥山色。　天涯路，江上客。肠欲断，头应白。空搔首兴叹，暮年离拆。须信道消忧除是酒，奈酒行有尽情无极。便挽取长江入尊罍，浇胸臆。

这时正是国难当头的日子，满天风雨，暮色黯然。词人遥望中原的大好河山，只见“水云浩荡”“一抹寒青”。没有亲身经受过逃难的人，是写不出如此体会真切的句子的。词末“便挽取长江入尊罍，浇胸臆”等句，上继苏词，下启辛词，于中便可以看出时代变易促使词风发生嬗变的明显征兆。

词人南奔之后，在临安任职。一方面感受到北方的威胁未消，另一方面又逐渐遭受秦桧的排挤，因此内心不无愤慨。他在夜宿杭城七宝山国清寺所作的《花心动》中写道：

江月初升，听悲风，萧瑟满山零叶。夜久酒阑，火冷灯清，奈此际愁怀千结。绿琴三叹朱弦绝，与谁唱，《阳春白雪》？但遐想，穷年坐对，断编遗册。　西北欃枪未灭，千万乡关，梦遥吴越。慨念少年，横槊风流，醉胆海涵天阔。老来身世疏篷底，忍憔悴，看人颜色？更何似，归欤枕流漱石。

“西北欃枪未灭”是其一忧，而要“看人颜色”则又是其另一忧，二忧合一，便构成了此词悲风萧瑟、愁肠千结的词情。但也正因为他主战的立场和不肯奴颜屈从的性格，就受到了奸相秦桧的深恶痛恨，于是在1138年被贬绍兴。次年徙泉州，旋谪莆田，接下来又移漳州、潮州，最后终于贬死于海南岛。在被贬后所写的晚期词里，作者的词风又有所变化。对此，王鹏运《跋南宋四名臣词集》中曾提出八个字来：“摧刚藏棱”“激昂怨慕”，意即指它藏去了刚直的棱角，而把“激昂”化为了“怨慕”，亦即言其风格的“摧刚为柔”。这一评语拿来形容赵鼎的后期词就甚为恰当。如其《贺圣朝·道中闻子规》：

征鞍南去天涯路。青山无数。更堪月下子规啼，向深山深处。　凄然推枕，难寻新梦，忍听伊言语？更阑人静一声声，道不如归去。

这种”凄然”之音，就确有几分“如怨如慕”的味儿。

又如《浪淘沙·九日会饮分得雁字》：

霜露日凄凉。北雁南翔。惊风吹起不成行。吊影苍波何限恨？日暮天长。　为尔惜流光。还是重阳。故人何处舣危樯？寄我相思千点泪，直过潇湘。

词中也有着柳宗元贬居柳州后的“诗影”。但它与李纲词却又有些不同:李词采撷了柳诗中“倔强”的思想因素,而赵词则另采撷其悲苦的思想因素,故而风格也就有所不同。这可谓是两人词作的“同中之异”吧。

赵鼎的结局是很悲惨的:他为了避免全家被秦桧逼死而独自绝食身亡,终于没有见到“出头”之日。而另一位“中兴名臣”胡铨,则不仅冒着生命危险与秦桧作过拼死斗争,而且侥幸还活着见到了秦桧死后奸党败落的下场。所以我们再来简略谈他的一首名作——《好事近》:

> 富贵本无心,何事故乡轻别?空使猿惊鹤怨,误薜萝秋月。　囊锥刚要出头来,不道甚时节。欲驾巾车归去,有豺狼当辙。

从这首词看来,胡铨真不愧是一个“硬骨头”。绍兴八年(1138),宋金和议即将签订之前,胡铨曾冒死上奏,极言向金人称臣之不可行,并请斩王伦、秦桧、孙近三个奸臣之头以谢天下,“不然,臣有赴东海而死,宁能处小朝廷求活耶”?辞意激切,声振中外,连金人都“募其书千金,三日得之,君臣夺气”①。这一举动,正如词中所写的“囊锥出头”却又“不是时节”那样,他就立即遭到了先被押送新州(今广东新兴)、后又远送海南岛的惩处。但面对投降派的淫威,他并不屈服,于是便援笔写下了这首“硬邦邦”的《好事近》。词中所写“归隐”,并非真想隐居,实乃愤激之辞。它直斥秦桧之流为“豺狼当辙”,其胆量、其气节,实足令人敬佩仰止。从艺术性看虽无足多言,而其“词品”之高,在整个宋词中也是令人瞩目的。

二、张元幹

前人论词,十分重视词的“品格”问题。而这种“词品”,又是和作者的人品紧密相连的。所以,谢章铤曾说:“读苏、辛词,知词中有‘人’,词中有‘品’,不敢自为菲薄。”②在古人而言,这种“词中有‘品’”的赞美就是一种极高的评价了。同样,基于这种“人品—词品”论,刘熙载就因之而瞧不起周邦彦的词,他说:“周美成词,或称其无美不备。余谓论词莫先于‘品’;美成词信富艳精工,只是当不得个‘贞’字,是以士大夫不肯学之。”而在刘熙载看来,相比周邦彦等,则张元幹、张孝祥的词,才称得上有“兴观群怨”的崇高品格(《艺概》卷四)。所以我们接着便要来谈这两位高风亮节的词人和他们所写的愤慨词篇。现先说张元幹。

① 杨万里:《澹庵先生文集序》,《诚斋集》卷八二,《四部丛刊》本。
② 谢章铤:《赌棋山庄词话》卷九,唐圭璋编《词话丛编》,中华书局,1986 年,第 3444 页。

张元幹(1091—1161),字仲川,号芦川居士,永福(在今福建省)人。曾为李纲行营属官,积极参与抗金战斗。汴京失守后,避难至南方。南渡初年,因不屑与秦桧同朝为官,退居福州。在他的生命史上,后来又添上了光荣的一项——事情是接着上文所讲的胡铨上书、被遣新州而来的:当时,一般士大夫慑于秦桧之炙人淫威,对于些事皆保持缄默,"畏罪箝舌,莫敢与立谈"。但不怕死的硬汉却还是有的。先是,年已七旬的王庭珪独自作诗两首,送胡铨南行,诗中有云:"痴儿不了官中事,男子要为天下奇。当日奸谀皆胆落,平生忠义只心知。"秦桧闻后大怒,"坐以谤讪",将王流放夜郎(见岳珂《桯史》卷一二)。秦桧以为这样一来,天下再无人敢"出头"。谁知胡铨行经福建时,张元幹却又"跳"出来写词(即前文所引过的《贺新郎·梦绕神州路》,以壮其新州之行,这真是大灭投降派气焰、大长抗战派志气的快事!据《鹤林玉露》甲编卷六记载:胡铨上书后金人得知,君臣为之失色,惊叹曰"南朝有人"!张浚后来也曾说过:"秦太师(桧)专柄二十年,只成就得一胡邦衡。"①其实这两种说法都还不够准确:中华民族浩然的爱国正气,即使在投降派专权的南宋小朝廷上,也孕育和造就出了许多铁骨铮铮的人物;除开胡铨以外,王庭珪和张元幹就都是明证!张元幹的崇高人品及其崇高词品,即以此一词而明告天下。因此词前已谈过,故不再多说。但有一点却还须特别一提,那就是:此词的锋芒所指,则不仅指向了秦桧等一批奸臣贼子,甚至更为大胆地指向了宋高宗本人!"天意从来高难问",其中的"天意"即隐指赵构本人的投降心思。据《续资治通鉴》卷一三一记载,秦桧死后,人们普遍起来反对秦桧之"议和"政策,赵构即亲下诏书,申明:"是以断自朕志,决讲和之策。故相秦桧,但能赞朕而已,岂以其存亡而有渝定议耶!近者无知之辈,遂以为尽出于桧,不知悉由朕衷……如敢妄议,当置重典!"②这就赤裸裸地暴露了他投降金人的无耻嘴脸和镇压抗战派的狰恶面目。所以张元幹敢于在送胡铨的词中,悲怆地呼喊出"天意从来高难问"的声音,其胆识是惊人的,而其词风的愤慨悲凉也就可以充分见出。

这里我们要谈他另一首《贺新郎·寄李伯纪丞相》,它和前一篇词堪称是"姐妹篇"。词云:

曳杖危楼去。斗垂天,沧波万顷,月流烟渚。扫尽浮云风不定,未放扁舟夜渡。宿雁落,寒芦深处。怅望关河空吊影,正人间鼻息鸣鼍

① 罗大经:《鹤林玉露》,中华书局,1983 年,第 105 页。
② 毕沅:《续资治通鉴》,中华书局,1957 年,第 3471 页。

鼓。谁伴我,醉中舞？　　十年一梦扬州路。倚高寒,愁生故国,气吞骄虏。要斩楼兰三尺剑,遗恨琵琶旧语。谩暗涩,铜华尘土。唤取谪仙平章看,过苕溪尚许垂纶否？风浩荡,欲飞举。

此词写于绍兴九年(1139)。时宋金"和议"已成定局,免职在家的李纲即上书反对,赵构不听。张元幹闻讯后即书此词寄李,以表达他对李纲抗金主张的支持,并借而抒发了自己报国杀敌的雄心壮志。从词境看,这里的一个最大特色便是"孤独"。请看:在那北斗垂天、沧波万顷、月流烟渚、风刮不定的夜间,人们都已酣然入梦、鼻息如雷,只有词人一个儿曳杖登楼、忧患万端,与他相伴相偎的就仅是自己的孤影。这便是一种何等令人悲慨的窒息性气氛！屈原《渔父》中说:"举世皆浊我独清,众人皆醉我独醒。"这里所写的,实际就是这一种举世混浊、吾人独清,举世昏睡、吾人独醒的清高和孤独的精神境界。它表露了他和李纲等一辈爱国者处在当时这种"双向压迫"形势下的巨大苦闷,令人深感有一股"抑塞磊落之气"(《四库全书总目提要》评语)在里面运行,有一颗"慷慨悲凉"的忧国之心在里头跳动。所以,作者以此词和前一首《贺新郎》放在自己的《芦川词》之首作为压卷之作,"盖有深意"存焉(同上)。

当然,张元幹的词中,不仅有着上述悲凉之作,还有着很多柔丽的作品。毛晋就说过:"(芦川词)人称其长于悲愤。及读《花庵》《草堂》所选(按:指《花庵词选》及《草堂诗余》所收张词),又极妩秀之致,真堪与片玉、白石并垂不朽。"①这话完全符合事实。但我们又须指出,即使是在他所写的那些"言情"作品中,却也寄寓着自己的家国身世之感。如其题为"春恨"的《兰陵王》中片里说:"寻思旧京洛,正年少疏狂,歌笑迷着。障泥油壁催梳掠。曾驰道同载,上林携手,灯夜初过早共约。又争信飘泊?"前面忆写了他青年时代在汴京、洛阳时的风流而"疏狂"的生活,末一句却突然来了一个转折,令人对比其前后而唏嘘生哀。而即使在常被人们用来抒写艳情的小令体式中,他也因为融注了自己的悲愤之情而使它出现了老成、悲凉之境。如《卜算子》:

风露湿行云,沙水迷归艇。卧看明河月满空,斗挂苍山顶。　　万古只青天,多事悲人境。起舞闻鸡酒未醒,潮落秋江冷。

在这首词中,我们依稀看到了杜甫晚年漂泊江湖的某些诗境。"万古只青天,多事悲人境",这其中就表露了他多么深沉的"悲天悯人"之情怀！

① 毛晋:《芦川词跋》,金启华,等编《唐宋词集序跋汇编》,江苏教育出版社,1990年,第123页。

三、张孝祥

在南宋初期词坛上，张孝祥堪称是一位最有苏词风格的词人。他的词，除了体现那个时代以“悲凉”为主的普遍性风格和美感之外，另外还具有独特的思想深度和艺术深度。在经历了世路的崎岖坎坷之后，却又能出之以高远旷放之致；在抒写愤世嫉俗的忧情愁思之外，却又能出之以踔厉骏发之语。张孝祥的人品和词品，就都到达了一种常人不大能企及的“净化”的高度。这就是我们对于张氏及其词作的一个总印象。

张孝祥(1132—1169)，字安国，号于湖居士，历阳乌江(今安徽和县乌江镇)人。绍兴二十四年(1154)，中进士第一；方及第，即上疏为岳飞申冤。秦桧因其子秦埙失去了第一名，迁怒于张，因此致使其父张祁被诬入狱。所以自他踏入仕途之初，就蒙受了投降派的打击。孝宗朝，累迁中书舍人、直学士院、领建康留守。他积极支持张浚收复中原的主张。年方38岁，就过早地逝世。其词名《于湖词》，共存220余首。(按:张氏实际生活的年代已较后，但因他与张元幹并称为“二张”，是辛弃疾的“先驱”，故提前于此论述。)

张孝祥胸怀大志，力主抗金。谢尧仁《于湖居士文集序》赞曰:“先生之雄略远志，其欲扫开河洛之氛祲，荡洙泗之膻腥者，未尝一日而忘胸中。”①但是自其开始政治活动以来，却处处感受到投降派的压抑，因此一股忠愤之气，便不得不在词中一吐为快。刘熙载曾说:“张孝祥(安国)于建康留守席上赋《六州歌头》，致感重臣罢席。然则词之兴、观、群、怨，岂下于诗哉?”②他所举出的这首《六州歌头》，就堪称是他的“愤慨词”之代表作品:

> 长淮望断，关塞莽然平。征尘暗，霜风劲，悄边声。黯销凝。追想当年事，殆天数，非人力。洙泗上，弦歌地，亦膻腥。隔水毡乡，落日牛羊下，区脱纵横。看名王宵猎，骑火一川明。笳鼓悲鸣，遣人惊。
> 看腰间箭，匣中剑，空埃蠹，竟何成！时易失，心徒壮，岁将零，渺神京。干羽方怀远，静烽燧，且休兵。冠盖使，纷驰骛，若为情？闻道中原遗老，常南望，翠葆霓旌。使行人到此，忠愤气填膺，有泪如倾！

此词作于张浚“隆兴北伐”失败以后不久。其时投降派的势力又趁机抬头，苟安江南的小朝廷已经“静烽燧，且休兵。冠盖使，纷驰骛”地派员与金国“媾和”了。

① 张孝祥:《于湖集》，《四库全书》第1140册，上海古籍出版社，1987年，第541页。
② 刘熙载:《艺概》卷四，上海古籍出版社，1978年，第122页。

而遥想沦陷区里的中原父老,此时却正在翘首南盼宋朝皇帝的车驾("翠葆霓旌"),怪其迟迟不来呢!所以词人愤极而要抚剑长叹、愤慨填膺了。南宋诗人陆游诗云:"三万里河东入海,五千仞岳上摩天。遗民泪尽胡尘里,南望王师又一年。"(《秋夜将晓出篱门迎凉有感》)范成大诗云:"州桥南北是天街,父老年年等驾回。忍泪失声询使者,几时真有六军来。"(《州桥》)南宋出使金国的士大夫楼钥记载中原百姓"戴白之老(见宋使后)多叹息掩泣,或指副使曰:此宣和官员也"(《北行日录》卷上)①。另一位宋使韩元吉记载道:"故自渡淮,虽驻车乞浆,下马盥手,遇小儿妇女,率以言挑之,又使亲故之从行者反复私焉,然后知中原之人怨敌者故在,而每恨吾人之不能举也。"(《书〈朔行日记〉后》)②这些广泛存在于爱国诗文中的悲愤感情,便在这首句短节促的"长短句"中,得到了最为淋漓痛快的表达和宣泄!"文学是苦闷的象征"(日本人厨川白村语)。这首词,就堪称是"苦闷文学"的力作。不过,它所泄发的,不仅仅是个人的、小天地里的苦闷,而是整个社会的一种"时代的苦闷",因此难怪当时的重臣——建康留守、抗金将领张浚听后,要感动得罢席而入(事见无名氏《朝野遗记》)。宋人程大昌《演繁露》卷一六说:"《六州歌头》,本鼓吹曲也。近世好事者倚其声为吊古词,如'秦亡草昧,刘项起吞并'者是也。音调悲壮,又以古兴亡事实之。闻其歌,使人怅慨,良不与艳词同科,诚可喜也。"③张孝祥择用了这样一个"音调悲壮"的调子作为抒情的工具,以当日令人"忠愤气填膺"的时事"实之",这就使他在抒发愤慨悲凉的爱国之情时,收到了情文并茂、催人泪下的强烈效果。在这里,感情的节奏和音乐的节奏、"心"的跳动和"文"的跳跃,几乎混成了一片,激烈飞扬的情绪和深沉抑郁的感叹,激越顿挫、句短字密的音节和江河奔腾、一泻千里的气势,又极为自然地融汇成一体,确实是一首"淋漓痛快,笔饱墨酣,读之令人起舞"④的悲慨之词。

在张孝祥词中,表现着"力"和"野性"的这类词篇,还很多见。比如《水调歌头·闻采石战胜和庞佑父》:

雪洗虏尘静,风约楚云留。何人为写悲壮,吹角古城楼?湖海平生

① 楼钥:《北行日录》,《攻媿集》卷一一一,《四库全书》第1153册,上海古籍出版社,1987年,第690页。

② 韩元吉:《南涧甲乙稿》卷一六,《丛书集成初编》本,商务印书馆,1936年,第322页。

③ 上海师范大学古籍整理研究所编:《全宋笔记》第4编第9册,大象出版社,2008年,第146页。

④ 陈廷焯:《白雨斋词话》卷六,人民文学出版社,1959年,第152页。

豪气,关塞如今风景,剪烛看吴钩。剩喜然犀处,骇浪与天浮。　忆当年,周与谢,富春秋。小乔初嫁,香囊未解,勋业故优游。赤壁矶头落照,肥水桥边衰草,渺渺唤愁人。我欲乘风去,击楫誓中流。

“采石之战”是宋金战争中宋兵难得取胜的一仗,所以消息传来,朝野振奋,而年方三十的张孝祥就更加激动万分,思欲“乘风去,击楫誓中流”。祖逖“击楫中流”的壮志,苏轼“乘风归去”的豪情,顿时就“复活”在这样的词中。在南渡以来30余年词坛上回响着的那部悲怆的大型“交响曲”中,终于旋响起了一曲鼓舞人心的凯歌!

但是,正如前边《六州歌头》所写的那样,不久之后,由于北伐失败、宋金“媾和”,苟安的形势就像乌云一样,重又袭上南宋政坛。“征尘暗,霜风劲,悄边声”,战后的景况是凄凉而又紧张的,但南宋的边防却仍是悄悄然死寂一片。因此,词人心头忧愤的乌云,刚掀开不久,便又重新聚拢起来。他在荆州登城北望边塞所作的小令《浣溪沙》中写道:

霜日明霄水蘸空,鸣鞘声里绣旗红,淡烟衰草有无中。　万里中原烽火北,一尊浊酒戍楼东,酒阑挥泪向悲风。

如果说,前面两首词能“读之令人起舞”(陈廷焯言)的话,那么这一首词就未免使人“泪洒悲风”了——主宰着词人心理的感情旋律中,乐观毕竟少于悲观,而悲愤则盖过了昂扬。

所以,我们读了李纲、赵鼎、张元幹以及这儿所举的张孝祥等不少词作以后,就可以明显地感受到:这一代人,他们所饱尝的忧患是何等之深!而对张孝祥来讲,则他的忧患意识又在时代矛盾和政治风波的催生之下,更带有明显的“早熟性”。比如,1162年,才31岁的他,在途经溧阳三塔寺(一作丹阳湖)时所写的《西江月》中,就诉说了他历经“世路”(三年中两度罢职)的忧患心理:

问讯湖边春色,重来又是三年。东风吹我过湖船,杨柳丝丝拂面。
世路如今已惯,此心到处悠然。寒光亭下水连天,飞起沙鸥一片。

“重来又是三年”,而这三年之中却又是“世路如今已惯”。这淡淡几句之中,就包含着多少曲折深沉的人生感慨和忧患情绪!李后主词云:“昨夜风兼雨,帘帏飒飒秋声。烛残漏滴频欹枕,起坐不能平。　世事漫随流水,算来一梦浮生。醉乡路稳宜频到,此外不堪行。”(《乌夜啼》)在词人们看来,人生的道途本是“行路难”的——只是除非在“醉乡”,才是“路稳”易走的。所以张词所写,实是“淡语有致”地寓有深切的忧患于其中的。不过,忧患意识既是来得这么“早熟”,来得如此猛烈,所以,词人又不免要奋起“抵抗”、奋求解脱了。因此,苏轼的思想,苏轼的词风,便自然而成了张孝祥所敬佩和学习的榜样。据叶绍翁《四朝闻见录》乙集记载,张孝祥每作诗文必问门人曰:“比东坡何如?”而他的门人汤衡为其《于湖词》作序也说:

> 昔东坡见少游《上巳游金明池》诗有“帘幕千家锦绣垂”之句,曰:“学士又入《小石调》矣。”(按:另有人言此乃张耒所说)世人不察,便谓其诗似词,不知坡之此言盖有深意。夫镂玉雕琼,裁花剪叶,唐末词人非不美也;然粉泽之工,反累正气。东坡虑其不幸溺乎彼,故援而止之,惟恐不及。其后元祐诸公嬉弄乐府,寓以诗人句法,无一毫浮靡之气,实自东坡发之也。于湖紫微张公之词,同一关键。

又说:

> 衡尝获从公游,见公平昔为词,未尝著稿,笔酣兴健,顷刻即成,初若不经意。反复究观,未有一字无来处。如《歌头》……诸曲,所谓骏发踔厉、寓以诗人句法者也。自仇池(即苏轼)仙去,能继其轨者,非公其谁与哉?览者击节,当以予为知言。①

从这些话里面,我们便不难看到苏轼对于张孝祥的影响。而这种影响,就最为突出地体现在他所写的《念奴娇·过洞庭》中:

> 洞庭青草,近中秋,更无一点风色。玉鉴琼田三万顷,着我扁舟一叶。素月分辉,明河共影,表里俱澄澈。悠然心会,妙处难与君说。
> 应念岭表经年,孤光自照,肝胆皆冰雪。短发萧疏襟袖冷,稳泛沧溟空阔。尽吸西江,细斟北斗,万象为宾客。扣舷独啸,不知今夕何夕!

1166年秋,张孝祥因“被谗言落职”后由广西桂林北归,途经湖南洞庭湖。时近中秋,他在一派平湖秋月的浩淼景色诱发之下,宇宙意识勃然滋生,从而暂时冲淡和净化了他的忧患情绪,为我们展现了一派光风霁月的自然境界和心灵境界,给词坛提供了一种“冷然、洒然”“潇散出尘”的晶莹美感(评语见陈应行《于湖词序》)。

广漠而深邃的宇宙,本是人类赖以生存的辽阔“背景”。但是,由于它具有时间和空间的无限性,因而在渺小的人类个体看来,它又是不可知的,也是神秘

① 汤衡:《张紫微雅词序》,金启华,等编《唐宋词集序跋汇编》,江苏教育出版社,1990年,第164页。

和可怖可畏的。所以,除了为数甚少的诗人敢于去探索它的奥妙之外,一般的人则宁愿去描写身边的、人间的生活而不大敢去涉笔于它。只有那些怀着深度忧患或辽阔胸怀的作者,才"人穷则返本"或"俱怀逸兴壮思飞"地把自己的艺术想象驰骋遨游于其中:屈原在"徬徨山泽"的苦闷中,写下了《天问》,而陈子昂则在"前不见古人,后不见来者"的寂寞之中,写出了《登幽州台歌》,其中都融注了深沉的人生忧患;而另一些作品,如《春江花月夜》,则又在"江畔何人初见月?江月何年初照人?人生代代无穷已,江月年年只相似"式的句子中,流露了水月无尽而人生渺茫的伤感情绪和迷惘憧憬。但这些诗歌中的宇宙意识,虽是深沉和刻挚的,却又仅只停留在"能入而不能出"的地步。后来,随着社会历史的演进和人类思想的发展,到了苏轼用诗文来咏写它的时候,才进入到了既能"入"又能"出"的新境地。苏轼在《水调歌头》中,思欲升天而"归化",又在《前赤壁赋》中将"物"与"我"、人类与宇宙万物打成了浑然一片。这种沟通了人与宇宙的界限,并把人类有限的忧患意识"溶解""挥发"于无穷尽的宇宙之中的哲学,得来并不容易。它标志着以苏轼为典型的宋代一部分"有识之士",已掌握了一种摆脱困惑、摆脱烦恼的思想武器,从而达到了比之前人来讲是更为超旷的新的思想境界。在宋代词坛上,继轨这位"仇池老仙"的,就要算张孝祥的这首词最为卓特。

词的上片,为我们展示了一幅天人合一的"澄澈"境界。照理,洞庭湖是很少风平浪静的("八月湖水平"的时候犹是"波撼岳阳城",孟浩然的诗就证明了这点),但似乎是为着迎接词人的来到——更确切些讲,是在词人眼中看来——它却变得"更无一点风色"了。在这三万顷的"玉鉴琼田"之湖面上,词人的一叶扁舟犹如心之附于体中那般"着"于其间,这里就隐露了他皈依自然、回复于宇宙母亲的无穷快感。果然,下文的"素月分辉,明河共影,表里俱澄澈"三句,就把人与宇宙融合而成了通体透明的一片。人格化了的宇宙,宇宙化了的人格,在此简直难以分辨。因此,我们的词人陶醉了:"悠然心会,妙处难与君说",世间能有几人,知我此时"忘情"之乐?屈子"颜色憔悴,形容枯槁"的苦闷,陈子昂"念天地之悠悠,独怆然而涕下"的寂寞,此时全被冲淡、净化了。张孝祥即是步着东坡的后尘,把长久以来积聚在心头的忧患情绪,至少是暂时地一扫而空了。在宇宙的永恒之恬宁和"微笑"面前,人世的得失忧患又算得了什么?

如果说,上片主要是继承苏词的旷放风格的话,那么,词的下片则又主要是继承了它的豪放风格。"应念岭表经年,孤光自照,肝胆皆冰雪",写出了词人"冰肝雪胆"般高洁的自我形象;而"短发萧疏襟袖冷"又进而暗寓了他的不得意于世间——这几句就从暂时的解脱中折回了现实,其中自然郁藏着他的孤愤之情。但作者毕竟是自比于东坡的不同凡俗的词人,因此愤慨情绪刚欲袭来,他却又马上推开:“稳泛沧溟空阔”,让别人去飞短流长吧,我自泛舟悠游于碧波万顷之上!底下几句则更把词情紧紧地推向了高潮:词人要吸尽长江的江水,把北斗七星当做勺器,而尽邀天地万物来做陪客。这一当口,时间似已凝止,空间也已缩小,幕天席地之间,上下古今之中,只有一位“扣舷独啸”的狂客在那儿细斟剧饮。这真是何等阔大的气魄,何等昂扬的气势!先前那个安谧恬静的洞庭湖,霎那间就推出了另一幅万象沓至、群宾杂乱而中间却簇拥着一位酒入热肠的豪士之瑰丽画面。难怪魏了翁要说:“方其吸江酌斗、宾客万象时,讵知世间有紫微青琐(按:指功名利禄)哉。”①难怪陈应行要说:“其潇散出尘之姿,自在如神之笔,迈往凌云之气,犹可以想见也。”②

我们在前面较细地分析了这首词的旷放和豪放的意境与风格,却并不想冲淡本节所要谈的愤慨的主题,而正是想从另一个角度来考察南宋前期忧国之词中的愤慨情绪——这个角度,便是“解脱”的角度。没有愤慨和苦闷,也就不需要有解脱和超旷。所以从张孝祥那类直抒愤懑和此类寻求超脱的词中,便同时可见他那愤慨忧患的心绪。但又正因为他这后一类作品,却又表明了词坛的另一个倾向:寻觅解脱、“出世”的隐逸词,正适应着这个时代人们的特种需要而广泛产生了。“蝉蜕尘埃外,蝶梦水云乡”,张孝祥在另一首《水调歌头》中所写的这两句,就比《念奴娇》更为直接地表露了这种思想倾向。因此就让我们进入到下一节的论述。

第三节　南宋前期词坛的“尘外音”——隐逸词

我们在前一节愤慨词中,实际上已经看到了苏轼词风——主要是其豪放词风——对于南宋初期词坛的重大影响。试看胡世将那首感叹“神州沉陆”的《酹江月》(其下片“试看百二山河”一段已见上章引)即标明“用东坡《赤壁》韵”,试看黄中辅那首感叹“炎精中否”(意即宋朝之“赤日”是否还在当空)的《念奴娇》也即全步苏词原韵,试看张元幹、张孝祥那类抒发愤懑悲凉之情的词中,又明显有着苏词“挟带天风海雨”的气势……这些就都可以证明苏轼那“词以言志”的“宗风”和“横放杰出”的“词姿”,俱已影响到了它们。关于这点,是明白可晓、不劳多言的。而其实除开这一方面以外,苏词那清旷、高雅的另一种风格对于南

① 魏了翁:《鹤山题跋》,中华书局,1985 年,第 10 页。

② 陈应行:《于湖先生雅词序》,金启华,等编《唐宋词集序跋汇编》,江苏教育出版社,1990 年,第 165 页。

宋初期隐逸词的影响却也同样不能低估。这在张孝祥的《过洞庭》词中已具见端倪,而下面则将对此问题展开进一步的论析。

南宋初期,由于民族矛盾已经尖锐到了威胁整个汉民族生死存亡的地步,所以一时间内,不论是忧伤的还是愤怒的忧国之词,就犹如雨后春笋般涌出。但是,由于最高统治者推行一条卖国有功、抗战有过的苟安政策,并残杀了岳飞父子,因此士大夫文人在面对现实的问题上就发生了分化:一部分有胆量、有骨气的士人,仍旧忧国忧政,不断地发出不甘屈从的愤慨之声;另一部分比较软弱的士人,则开始转向而遁入到了"隐逸"的逋逃薮中去。而且,即使就是前一类士人,他们的内心也会时时产生或存在着后一类"看穿""出世"的思想。这就是南宋隐逸词广为产生的第一方面原因。

第二方面的原因则是,南宋偏安江南,在"和平"局面已成之后,他们就有条件在这块山清水秀的土地上舒适地逍遨游赏。而南宋对致仕(退休)的官员又给予了优厚的物质待遇,使他们能在晚年(或提早退休的中年)就过着"优哉游哉"的惬意生活。比如李纲是大家所熟知的爱国名臣,但他落职闲居时,生活却也甚为豪奢。据《宋人轶事汇编》卷一四载:"李纲私藏,过于国帑,侍妾歌童,衣服饮食,极于美丽。每宴客设馔必至百品,遇出则厨传数十担。其居福州也,张浚被召,赆行一百二十盒,盒以朱漆银镂,妆饰样致如一,皆其宅库所有也。"①有着这样的物质条件作为其后盾,则当他们面临着宦途的险恶风浪时,自然就会退缩到山水田园和家庭园池之乐的"避风港"中去"优游卒岁"了。

第三方面的原因又与佛、道思想的流行有关。宋代著名的文人如王安石(晚年)、苏轼,甚至是理学家程颐的门人如游酢、杨时、谢良佐、吕大临等"程门四先生"和尹焞,以及司马光的门人刘世安、晁说之等,就都是佛教的信徒;而宋代皇帝又不乏相信道教之人(如真宗之"封禅",徽宗之自称"教主道君皇帝"等)。这两点也给南宋词人带来了一定的影响。因此参禅学道便成了他们隐居生活中的"功课"之一,而"随缘任运""看破红尘"更成了他们精神生活中的一帖"安慰剂"。

所以因着上述三方面的原因,南宋初期词坛上歌咏"隐逸"之风就大盛起来。苏词中那位"白首忘机"的"坡仙"和"居士"形象(苏轼《八声甘州》:"谁似东坡老,白首忘机";《满庭芳》云:"居士先生老矣"),就相当活跃地闪现在这些词中。故而,在忧伤的"低音"和愤慨的"高音"之外,词坛上便又响起了另外的一种"尘外之音"。

① 丁传靖:《宋人轶事汇编》,中华书局,1981年,第757页。

其实,真正的"尘外音"是没有的——或者确切些讲,是虽有也不可多闻的;南宋词坛的所谓"尘外音",其实便大多是从"低音"和"高音"中转化而来的。前者如向滈《临江仙》所云:"乱后此身何计是?翠微深处柴扉。即今双鬓已如丝,虚名将底用?真意在鸱夷。　治国无谋归去好,衡门犹可栖迟。不妨沉醉典春衣。人生行乐耳,须富贵何时?"这些心态本就柔弱或脆弱的人,面对着乱世的现实,不敢"直面惨淡的人生",于是便在忧伤悲感之后,转向"翠微深处"去寻觅自己的"安乐窝"了。这样,"低音"便开始向"尘外音"转化。后者如张元幹《蝶恋花》所云:"窗暗窗明昏又晓。百岁光阴,老去难重少。四十归来犹赖早,浮名浮利都经了。　时把青铜闲自照。华发苍颜,一任旁人笑。不会参禅并学道,但知心下无烦恼。"他在41岁(1131)时因"不屑与奸佞同朝,飘然挂冠"①,"心下"怎会"无烦恼"?因此他的这种"归来"实乃是不满现实、反抗现实(其年赵构任命秦桧为相)的表现,而他的这种"看破红尘"的"尘外音",则显然又是从他的"高音"中分化而成的。所以若从这个意义上言,那么南宋词坛上的那些隐逸词,其实还是忧国之音的一种变种,不过其中有些还可以明显看到它们"变过来"的痕迹,而有些却几乎已变得认不出了它的"本来面目"。

因此,下面就让我们分别来研究这两类来路不同而"同归于一"的隐逸词。

一、朱敦儒及其他词人

同李清照一样,朱敦儒也是两宋之交的另一位有名词人。他的词名,就主要来自于他的那些隐逸词。宋人汪莘有一段评论:"唐宋以来,词人多矣,其词主乎淫,谓不淫非词也。余谓词何必淫,顾所寓何如尔!余于词所爱喜者三人焉:盖至东坡而一变,其豪妙之气隐隐然流出言外,天然绝世,不假振作。二变而为朱希真,多尘外之想,虽杂以微尘而其清气自不可没。三变而为辛稼轩,乃写其胸中事,尤好称渊明。此词之三变也。"②他在这里就讲清了两个问题:一是朱词以它的"尘外之想"和"清气"为其主要特征;二是这种特征源于东坡而又"遗传"至辛弃疾。这两点认识,都是有识之见。而若再加细析,则朱敦儒的这些"尘外音",就正如我们上文所说过的那样,是从他那"低音"中转化过来的。

朱敦儒(1081—1159),字希真,洛阳(在今河南省)人。他的词风,明显地随

① 毛晋:《芦川词跋》,金启华,等编《唐宋词集序跋汇编》,江苏教育出版社,1990年,第123页。

② 汪莘:《方壶诗余自序》,金启华,等编《唐宋词集序跋汇编》,江苏教育出版社,1990年,第227页。

其生活经历走过了一个"之"字形道路,而终归于清旷、高雅。这条"之"字形道路,就正是两宋之交不少词人之风格所共同经历过的道路。

先是,朱氏活跃在北宋王朝的西都洛阳,过着豪华、浪漫的生活。因此他的词风也就带有北宋末年普遍存在着的"大晟"词风特色。如其《鹧鸪天》云:"曾为梅花醉不归,佳人挽袖乞新词。轻红遍写鸳鸯带,浓碧争斟翡翠卮。"便是这种生活和这种词风的形象写照与表现。但是,由于他的禀性又偏于旷放、清淡一路,所以除开这些旖旎的风格以外又还另有一种豪狂的风格存在。如其另一首《鹧鸪天》云:"我是清都山水郎,天教懒慢与疏狂。曾批给露支风敕,累奏留云借月章。　　诗万首,酒千觞。几曾着眼看侯王?玉楼金阙慵归去,且插梅花醉洛阳。"这些颇带狂放味道的词语,一方面表露了词人高傲疏放的性格,另一方面也显示着徽宗末年的享乐风气熏染得某些文人简直忘乎了所以!

殊不知就在他们陶然于诗酒歌舞之中的时候,金人的一声鞞鼓却蓦地惊醒了他们的好梦。朱敦儒这位不谙世事的才子词客,终于像一只失群的孤雁,仓皇地南逃了:"旅雁向南飞,风雨群初失。饥渴辛勤两翅垂,独下寒汀立。　　鸥鹭苦难亲,矰缴忧相逼。云海茫茫无处归,谁听哀鸣急。"(《卜算子》)时代的风云变幻,立刻给这一时期的朱敦儒词抹上了一层凄苦的色彩。他的词境不再是那么甜美中带有一点儿"狂生"味,缠绵中透出一点儿游侠气,而是顿时变得老气横秋了。虽然四十六七岁在古人早就认为是已入老境,然而生活在北宋繁华的"软红场"中,词人却老像一个年轻的风流才子那样,一点儿也没有感到"老"的逐渐逼近;而只有当他"胡尘卷地,南走炎荒"(《雨中花》)时,才一夜之间白了头发、换了人生。词人一下子变得老泪纵横了:

金陵城上西楼,倚清秋。万里夕阳垂地大江流。中原乱,簪缨散,几时收?试倩悲风吹泪过扬州。(《相见欢》)

塞雁年年北去,蛮江日日西流。此生老矣,除非春梦,重到东周。(《雨中花》)

词境中出现的这种"老态",正体现了南、北宋之际词风的转变。北宋婉约词虽已有了160年的历史,然而它却像一个不大懂事的贵家子弟那样一直喜欢在儿女场里厮混,现在却像失去了母亲(故国)的孤儿一样,急速地成熟、懂事起来。朱敦儒南奔时所作的那些忧伤悲哀词篇,就是这种"成熟"的标志。

南渡以后的朱敦儒开始改变自己的生活态度了。他在北宋末期和刚到南宋之初,曾多次辞谢钦、高二宗的征聘,不肯做官;后来面对艰难的国事,他终于听从朋友的劝告,在绍兴二年曾应召"出山",任过秘书省正字等职。但是,由于他发表了一些抗战的言论，所谓“专立异论，与李光（抗战派重臣）交通”（《宋史》本传）而被迫退隐，于是便在嘉禾（今浙江嘉兴）过起他颇为闲适优裕的隐居生活来。厉鹗《宋诗纪事》卷四四引《澄怀录》中陆游之言云：

朱希真居嘉禾，与朋辈诣之。闻笛声自烟波间起，顷之，棹小舟而至，则与俱归。室中悬琴、筑、阮咸之类，檐间有珍禽，皆目所未睹。室中篮、缶，贮果实脯醢，客至，挑取以奉客。①

这种神仙般的生活，怎不产生出“神仙风致”的词来？他自己的词，也就说明了偏安形势对于这种隐逸情致的“引诱”：“此日西湖真境，圣治中兴。直须听歌按舞，任留香、满酌杯深”（《胜胜慢》）；又说：“时平易醉，无复惊心并溅泪。长揖忘言，回棹桃花插满船”（《减字木兰花》）。所以他的词风很快又从忧伤悲哀转向了清旷、高雅。比如下面这两首词：

世事短如春梦，人情薄似秋云。不须计较苦劳心，万事原来有命。
幸遇三杯酒好，况逢一朵花新。片时欢笑且相亲，明日阴晴未定。（《西江月》）

日日深杯酒满，朝朝小圃花开。自歌自舞自开怀，且喜无拘无碍。
青史几番春梦，黄泉多少奇才。不须计较与安排，领取而今现在。（《西江月》）

黄昇就评曰：“辞浅意深，可以警世之役役于非望之福者。”②这种“看破红尘”“万事有命”的人生观，就构成了他隐逸词的“词心”。而这种“词心”，又通过隐逸、潇洒的词境展现出来。如：

摇首出红尘，醒醉更无时节。活计绿蓑青笠，惯披霜冲雪。　　晚来风定钓丝闲，上下是新月。千里水天一色，看孤鸿明灭。（《好事近》）

中唐张志和词中的那位“渔父”，现在又在南宋词坛上以更加飘逸的身姿、更加高雅的面目“复活”了。又如：

一个小园儿，两三亩地，花竹随宜旋装缀。槿篱茅舍，便有山家风味。等闲池上饮，林间醉。　　都为自家，胸中无事。风景争来趁游戏，称心如意。剩活人间几岁，洞天谁道在，尘寰外？（《感皇恩》）

① 厉鹗辑：《宋诗纪事》，商务印书馆，1937 年，第 1155 页。

② 黄昇：《中兴以来绝妙词选》卷一，《唐宋人选唐宋词》，上海古籍出版社，2004 年，第 700 页。

这就比之前人的隐逸词更有所“创造”了：不光可做水边的“渔父”，也可做园儿里的“隐者”，在“尘寰”之中“称心如意”地“游戏”一番；问题只在于自家的“胸中无事”！

由于题材和思想的这种变化，朱敦儒词的艺术风格就出现了这样两个特色：一是词有“山林气”（亦即“清气”），二是词带“疏旷风”。下面这首词就堪称是这两种词风典型的代表：

放船纵棹，趁吴江风露，平分秋色。帆卷垂虹波面冷，初落萧萧枫叶。万顷琉璃，一轮金鉴，与我成三客。碧空寥廓，瑞星银汉争白。
深夜悄悄鱼龙，灵旗收暮霭，天光相接。莹澈乾坤，全放出，叠玉层冰宫阙。洗尽凡心，相忘尘世，梦想都销歇。胸中云海，浩然犹浸明月。（《念奴娇·垂虹亭》）

当然，正如我们前已讲过的那样，真正的“尘外音”是很少很少的，这是因为，真正“超尘绝俗”的隐士在现实中是极少能够存在的。朱敦儒本人，终于在其晚年，因着幼子的前途而“复出”、奔走于秦桧门下。时人因而有诗嘲曰：“少室山人久挂冠，不知何事到长安？如今纵插梅花醉，未必王侯着眼看。”①可见他的那些隐逸之词，就很有“失真”之嫌。但是，我们却又从它那里看到了南宋词坛的一个新动向：在经历过从北宋末年的“大晟”余风到南渡初年的哀伤悲慨词风之后，不少作者便趋向于这个“之”字形的最后一捺——隐逸方向去了。

和朱敦儒有着相似（并不尽同）情况的作者，我们还可以举出不少，如向子諲（1085—1152）。他在北宋所作的《江北旧词》中就多的是莺莺燕燕的描写，如《采桑子》云：“人如濯濯春杨柳，彻骨风流。脱体温柔，牵系多情尽未休。最怜恰恰新眠起，云雨初收。斜倚琼楼，叶叶眉心一样愁。”而在南渡初年1135年所作的《阮郎归》中，却吐露了极为伤悲的忧国之音：“江南江北雪漫漫，遥知易水寒！同云深处望三关，断肠山又山。　天可老，海能翻，消除此恨难。频闻遣使问平安，几时鸾辂还？”因而他就以“靖康之变”作为界限，把自己写于南宋的词称之为“江南新词”，明显地表明了对于文学创作比较自觉的“时代意识”。但是，“既而大臣（指秦桧）专权，以峻刑钳天下口。非曲意阿附，鲜有免者。公言一不合，见机而作，超然物外，自适其适”②。在他隐居于“芗林”之后，

① 周必大：《二老堂诗话》，厉鹗辑《宋诗纪事》，商务印书馆，1937年，第2353页。

② 汪应辰：《徽猷阁直学士右大中大夫向公墓志铭》，《文定集》卷二一，《丛书集成初编》本，商务印书馆，1936年，第262页。

他的词风也就转向于清旷一路中去。如其《蓦山溪》曰:“挂冠神武,来作烟波主。千里好江山,都尽是,君恩赐与。风勾月引,催上泛宅时。酒倾玉,鲙堆雪,总道神仙侣。　　蓑衣箬笠,更着些儿雨。横笛两三声,晚云中,惊鸥来去。欲烦妙手,写入散人图。蜗角名,蝇头利,着甚来由顾?”这种词风就有些近于苏词之“旷”风。故胡寅在为其《酒边词》作序时要说:“芗林居士,步趋苏堂而哜其胾者也(意谓:尝到了苏的‘肉味’)。”①

综观上述朱、向等人的隐逸词作,我们可知,它们实在也还是时代、身世、人生观等多种因素的复合性产物。在它们那貌似旷放的风格里面,照样隐藏着时代的悲哀,不过它的音调已由“低音”而转向了“清音”。朱敦儒词名《樵歌》;在他之后,以“樵歌”为代表的“隐逸词”,就构成了南宋词坛的新的一脉。如毛幵词名曰《樵隐诗余》,张炎词名曰《山中白云词》,如吴儆有《蓦山溪·效樵歌体》词……就无不表明了词坛的这一新的发展趋势。

二、叶梦得、李光及其他

除了由“低音”所转化而成的“尘外音”之外,还有由“高音”分化而出的“尘外音”。这方面的代表,首先当然应该提出张元幹、张孝祥。张元幹的《水调歌头》云:“放浪形骸外,憔悴山泽癯。倒冠落佩,此心不待白髭须。聊复脱身鹓鹭,未暇先寻水竹,矫首汉庭疏。长夏啖丹荔,两纪傲闲居。　　忽风飘,连雨打,向西湖。藕花深处,尚能同载麹生无?听子谈天舌本,浇我书空胸次,醉卧踏冰壶。毕竟凌烟象,何似辋川图?”就明显道出了他由“题象凌烟阁”而转向“隐居辋川”的心路历程。而张孝祥的这种思想转变,我们在其《念奴娇·过洞庭》中也已早见眉目。不过,由于人们主要已把他们当做愤慨词人来看待(如毛晋《芦川词跋》就称张元幹词,“人称其长于悲愤”),故这里就让我们另举他人的词来说明这种由“高音”向“尘外音”的转化。

先说叶梦得。

叶梦得(1077—1148),字少蕴,号石林居士,吴县(在今江苏苏州)人。哲宗朝进士,徽宗时任翰林学士。为官深得民心,但因违拗当权者,终于落职南归,隐居湖州卞山。“靖康之变”后,重又为国效劳,历任户部尚书和江东安抚使兼知建康府等重要职务,为南宋初年的抗金斗争作过很大贡献。晚年因与监司不合,上章请老,复归卞山以终。叶梦得的词,据宋人关注说:“翰墨之余,作为歌词,

① 胡寅:《酒边词序》,金启华,等编《唐宋词集序跋汇编》,江苏教育出版社,1990年,第117页。

亦妙天下”①,“味其词,婉丽绰有温李之风,晚岁落其华而实之,能于简淡时出雄杰,合处不减靖节(陶渊明)、东坡之妙”②。对于他前期“婉丽”的词风,这里就不去说它。这里要谈的便是他晚岁所作的绰有陶、苏之风的隐逸词;而在这方面,“简淡时出雄杰”这一评语,就显露了他于“尘外音”(简淡)中还保留几分“高音”(雄杰)的痕迹。对此,我们可从他的某些词作中看出其发展轨迹。

叶梦得是位富有爱国之心的士大夫文人。因此当他遭逢民族灾难之时,就会发出高亢的抗争之音来。如他在八公山(今安徽寿县城北)所作的《八声甘州》上片:

故都迷岸草,望长淮,依然绕孤城。想乌衣年少,芝兰秀发,戈戟云横。坐看骄兵南渡,沸浪骇奔鲸。转盼东流水,一顾功成。

词中所写的历史(淝水之战的形势)和作者时所处的现实环境,十分相似。因此,他所怀想的“一顾功成”的史绩,也就是他此刻的强烈意念。

但是,他的这种“高音”,却很快又会转到另一种音调上去。其下片即云:

千载八公山下,尚断崖草木,遥拥峥嵘。漫云涛吞吐,无处问豪英。信劳生,空成今古,笑我来,何事怆遗情。东山老,可堪岁晚,独听桓筝?

这里头,就借着谢安在建立功业(指挥淝水之战)之后晚年隐居东山的不得意遭遇,抒发了自己的相似感慨。

但是,当他真的隐退之后,在其“尘外音”中,却又会时时“返响”起“高音”来。如其《水调歌头》:

秋色渐将晚,霜信报黄花。小窗低户深映,微路绕欹斜。为问山公何事?坐看流年轻度,拚却鬓双华。徒倚望沧海,天净水明霞。　　念平昔,空飘荡,遍天涯。归来三径重扫,松竹本吾家。却恨悲风时起,冉冉云间断雁,边马怨胡笳。谁似东山老,谈笑静胡沙?

身在松窗竹户,心却在“云间断雁”(中原人民);哼的本是隐逸之曲,却又唱出了抗敌之歌。这就是“尘外音”中含有的“高音”余响。

所以,词至叶梦得,就多的是“谢公(安)志”“陶公(渊明)趣”“贺公(知章)狂”,这和北宋人张先的“心中事”“眼中泪”“意中人”(《行香子》)相比,就明显地

① 关注:《题石林词跋(叶梦得)》,施蛰存编《词籍序跋萃编》,中国社会科学出版社,1994 年,第 133 页。

② 同①,第 133 – 134 页。

表现出了不同的时代兴趣。叶氏的这“三公”，后来就很被辛词所反复咏写过。

再说李光。

李光(1078—1159)，字泰发，是“南宋四名臣”中的又一位。他在高宗绍兴元年(1131)擢升为吏部侍郎，历官至参知政事(副宰相)。因主张抗战，受秦桧排挤，连遭贬谪。秦桧死，才复官。

他在忤逆秦桧辞官而去的归乡途中，曾作《水调歌头》词，其前半愤慨而后半就折入了隐逸。词云：

> 兵气暗吴楚，江汉久凄凉。当年俊杰安在？酌酒酹严光。南顾豺狼吞噬，北望中原板荡，矫首讯穹苍。归去谢宾友，客路饱风霜。闲柴扉，窥千载，考三皇。兰亭胜处，依旧流水绕修篁。傍有湖光千顷，时泛扁舟一叶，啸傲水云乡。寄语骑鲸客，何时返南荒？

又如他“罢政东归”，抵达西兴(浙江萧山)时所作的同调词：

> 晚渡呼舟疾，寒日正苍茫。西兴浦口云树，真个是吾乡。闻□蜗庐好在，小圃犹存松菊，三径未全荒。收拾桑榆景，蓑笠换金章。 珥金貂，拥珠履，在岩廊。回头万事何有？一枕梦黄粱。十载人间忧患，赢得萧萧华发，清镜照星霜。醉倒休扶我，身世永相忘。

词中明言今日之“蓑笠”，是经历了“人间忧患”而换来、赢得的。所以，这一类由“高音”而分化出的“尘外音”中，又确实潜藏着深刻的忧患情绪。它们明显不同于朱敦儒式的《樵歌》，其实即是愤慨词的一种变种。

所以，综观以上两类来路不同而“同归于一”的隐逸词，我们可知，南宋初期词坛上广泛产生的这种文学现象，仍然还是当时社会矛盾的反映——只不过在反映现实的角度和距离方面，不同于那些直接忧愤于国事的词而已；“莫信诗人竟平淡，二分《梁甫》一分《骚》”(龚自珍《舟中读陶诗》)，在南宋很多隐逸词中，也正像在陶诗中那样，是深藏有愤世嫉俗的牢骚不平之感的。后来的汪莘称辛弃疾词“乃写其胸中事，又好称渊明”，就是把他好称陶渊明的隐逸词与其“胸中事”联系在一起的，是亦足证此点。

但是，就在“尘外音”开始泛响而起的苟安日深的形势下，金人的铁骑却又再度长驱南下了。1161 年，完颜亮率部打到长江北岸。于是，反馈着它的金戈铁马之声，南宋词坛上立即重又震响起宏响雷鸣。“大声鞺鞳，小声铿锵”的辛词诞生了，辛派爱国词的巍峨“火山群”耸起了，词史因此而又掀开了新的一章。

第十一章　被时代所召唤回来的“男子汉风格”:辛派爱国词

我们在前面第四章中已经谈及,宋代一代士人的心态,若和前代(特别是汉、唐这两代)比较,就相对呈现出偏柔、偏弱的倾向;而尤其在宋词中,这种倾向就表现得越加明显。所以,正如杜甫《戏为六绝句》中所说的那样,“或看翡翠兰苕上,未掣鲸鱼碧海中”,从整体上看,则宋词中多的是阴柔的“纤美”,而缺少的是阳刚的“宏美”。虽说苏轼等人,曾部分地改变了这种“柔多刚少”的“偏致”局面,但尚不足以扭转其基本上的“风格倾斜”。只有到了辛弃疾的时期,情况才发生了很大的改观:传统的词风和美感,绵延至此突然发生了断裂;一种新型的词风和美感,在酝酿已久之后,终于拔地而起,形成巨峦伟峰。苦闷的时代,呼唤着“野性”,呼唤着“力”,呼唤着“男子汉”的风格和“粗犷”的美感;体现和适应着这种时代的需要,辛派爱国词就以它“压倒古人”的气势磅礴在词坛之上形成了一时的壮观、奇观。

“举头西北浮云,倚天万里须长剑”,辛弃疾《水龙吟》中的这两句词,表明了时代对于“男子汉风格”的第一方面需要:杀敌复国,收复中原,这一明确的历史目标和政治责任,激起了爱国者的极大热忱和奋不顾身的勇气,因此发而为词,他们就需要着一种“壮词”。但是,“六朝何事,只成门户私计”,陈亮《念奴娇》中的这两句词,又表明了时代对于“男子汉风格”的第二方面需要:偏安江表,不图恢复,这一顽固的政治障碍又迫使爱国者不得不耗费巨大的精力去与之搏斗,因此发而为词,他们又喷发着一种“不平之鸣”——总之,“词家争斗浓纤,而稼轩率多抚时感事之作,磊砢英多,绝不作妮子态”①,故而,他们的词基本便可称作为英雄之词、豪杰之词、男子汉大丈夫之词。使词风从传统的“柔美”向如今之“刚美”、由传统的“纤美”向如今之“宏美”转变的直接促媒,便是这一场深重的民族灾祸和艰难的政治斗争。下面,就让我们先从这派词的开创者辛弃疾谈起。

① 毛晋:《稼轩词跋》,金启华,等编《唐宋词集序跋汇编》,江苏教育出版社,1990年,第175页。

第一节 词坛的“巨龙”——辛弃疾

一、辛氏身世的不凡和“不偶”:英雄豪杰与隐士狂者

陈廷焯说:“辛稼轩,词中之龙也。”(《白雨斋词话》卷一)使他成为这条“巨龙”的“风云际会”,便是那个多艰多难的时代形势。

辛弃疾(1140—1207),字幼安,号稼轩,历城(今山东济南)人。在他出生前十余年,他的家乡就已沦陷于金人的统治之下。但是,他的老祖父辛赞却殷切地把“忍辱待时”的复国愿望寄于这个孙儿,并且教他乘随人游历燕山之机两度进入燕京,刺探金方的情况,以做日后报仇复国的准备。年轻的辛弃疾从小接受了爱国的教育,并练就了一身的胆略和武艺,正等待着机会的到来。在他 22 岁(1161)上,这个机会终于来了。他趁着完颜亮兵败被杀、金国内部发生混乱之际,投笔从戎,率领两千人马,加入当时山东农民起义军耿京的部下,成为一员能文能武的抗金将领。他识大局,有远谋,劝说耿京“奉表归宋”。耿京即派他与另一名起义军领袖贾瑞同去建康接洽联合抗金事宜,谁知就在他带着南宋朝廷的任命归来之途中,耿京却被叛徒张安国所杀。辛弃疾回到海州,集中了人马,以五十骑之旅,直闯金营,生擒张安国,率领被张裹胁的耿京旧部万余人,突破金兵包围,驰奔南宋。“壮岁旌旗拥万夫,锦襜突骑渡江初。燕兵夜娖银胡觮,汉箭朝飞金仆姑”,在他后来回忆“少年时事”所作的《鹧鸪天》词中,这一壮举犹显得如此的威武雄壮、轰轰烈烈!年轻的辛弃疾,在他初露头角之时,就给祖国人民奉献了这样惊人的一份“厚礼”,时代的风云,便把这样一位英姿不凡的爱国志士在阵阵厮杀声中推上了历史舞台。

所以,辛弃疾已不是一般意义上的“文人”可比,而是一位有胆有识、智勇双全的栋梁之材。朱熹曾许以“股肱王室,经纶天下”(见谢枋得《祭辛稼轩先生墓记》)八字,陈亮也赞他“背胛有负,足以荷载四国之重”(《辛稼轩画像赞》),这就均足以见其才干之可当复国之大任。所以我们在辛词中常可看到他对诸葛亮的赞美,这就非泛泛之谈也。但是,如同那个时代所有的爱国之士一样,他在回归南宋之后,便和当权者所实行的苟安政策发生了深刻的矛盾,这又导致了他“报国无路”的“不偶”悲剧。他于 1165 年上书《美芹十论》,又于 1170 年上书《九议》,陈画了他对抗金复国的方略大计,然而并不被采纳与重视。在南归以后的 40 余年中(除开两次在江西农村赋闲家居外),他就基本只以一个地方官的身份和面目仕宦于外地州郡,绝大多数的职务仅是担任州郡的长官或某一路

的监司,而无机会在中央政府发挥作用,施展其抱负和才干。这不仅是辛弃疾本人遭遇“不偶”的憾事,也是南宋广大爱国者深感痛惜的恨事。朱熹就曾说过:“今日如此人物(按:指辛),岂易可得?向使早向里来有用心处,则其事业俊伟光明,岂但如今所就而已耶……”①而宋亡以后的谢枋得,则更加沉痛地说:“公(按:指辛)精忠大义,不在张忠献(浚)、岳武穆(飞)下……使公生于艺祖(太祖)、太宗时,必旬日取宰相。入仕五十年,在朝不过老从官,在外不过江南一连帅。公没,西北忠义始绝望!”②其实,辛弃疾的不幸又何止于此!就在他奔忙于地方官的宦途之中时,却又连连遭到排挤和打击。他一生三次罢官,两度被迫“闲居”,在上饶和铅山农村中浪费了20年左右的宝贵光阴,这对于一个有着非凡气概和才干、思欲大有所为的英雄人物来讲,就不仅是大材小用,更是埋没人才了!所以,辛弃疾的词中,就随处吐露着关于不凡的抱负和“不偶”的命运之间剧烈矛盾的深沉感叹:“不念英雄江左老,用之可以尊中国。叹诗书万卷致君人,空沉陆”(《满江红》),“江头未是风波恶,别有人间行路难”(《鹧鸪天》)!这样,我们便在辛弃疾的词里,明显地看到了他的两种面容身影:一种是英雄豪杰,一种是隐士狂者(狂狷者)。这种两面性,就正是时代的产物和时代的悲剧。

谚语云:“时势造英雄,英雄造时势。”拿这两句话来观照辛弃疾和他的词作,我们便可得出这样的认识:一方面,这个南北分裂、战火蔓延的多事之秋,确实造就了一位“季子正年少,匹马黑貂裘”(《水调歌头》)的少年(青年)英雄,以及一位“叹息曹瞒《老骥诗》,伏枥如公者”(《卜算子》)的“宝刀不老”的老英雄;但是,这个压抑正气、排斥英才的可叹世道,却又使他最终只成了一位“托足无门”的“失路”英雄(甚至只是一位“隐者”)——因而,他未能成功或有效地开创出抗金复国的新局面和新时势。在这方面,辛弃疾便是失败的。但是,另一方面,这位在政治舞台上失败的英雄,却又成功地开创了文学(宋词)舞台上的新局面和新形势,成了南宋词坛上一位叱咤风云的大英雄、大豪杰。在他死后一百多年,元人张埜经过他在铅山的坟墓,作《水龙吟》词凭吊稼轩:“岭头一片青山,可能埋没凌云气?遐方异域,当年滴尽,英雄清泪。星斗撑肠,烟云盈纸,纵横游戏。谩人间留得,阳春白雪;千载下,无人继!”它就说出了:在那豪气纵横、烟飞云舞的稼轩词中,正蕴藏着这位爱国志士的满腔英雄清泪;他所开创的“英雄”

① 朱熹:《答杜叔高》,《晦庵集》卷六〇,《四库全书》第1145册,上海古籍出版社,1987年,第80页。

② 谢枋得:《祭辛稼轩先生墓记》,《谢叠山集》,中华书局,1985年,第31页。

词风，将在人间永留而被千载所继（“无人继”仅言其成就之高耳）！所以，辛词就不光是东坡式的“士大夫之词”，还是一种“英雄豪杰之词”（王士禛《倚声集序》即称辛词为“英雄之词”）。韩愈云：“余事作诗人。”辛弃疾其人，若从其“根本”而言，就绝不是一个“诗（词）人”所能牢笼；但是特殊的社会环境，又使他最终只能以一位“诗（词）人”而名世。对此，他的门人范开说得对：“公一世之豪，以气节自负，以功业自许，方将敛藏其用以事清旷，果何意于歌词哉？直陶写之具耳。”①另一位论者也说过：“辛稼轩当弱宋末造，负管、乐之才，不能尽展其用。一腔忠愤，无处发泄，观其与陈同父抵掌谈论，是何等人物！故其悲歌慷慨抑郁无聊之气，一寄之于词。”②所以，他的词就正是他的气节和功业、他的理想和苦闷在文学领域里的形象化与“外物化”。在他的600余首长短句中，浓缩着整整一个“时代”，寄寓着这个时代多少报国无门的志士之悲与仁人之恨！辛的友人黄榦曾赠书于辛，其中说道：“国家以仁厚揉驯天下士大夫之气，士大夫之论素以宽大长者为风俗，江左人物素号怯懦，秦氏（指秦桧）和议又从而销磨之，士大夫至是奄奄然不复有生气矣。”③但就在这遍朝野一片“奄奄然不复有生气”的可悲局面下，辛弃疾却以他“果毅之资，刚大之气”，给政坛带来了活力，更给词坛带来了“龙腾虎掷”的“刚气”。男子汉的风格，悲凉和富有“野性”的美感，重又被这位不凡而又“不偶”的英雄所召唤回来。《宋史》说他“雅善长短句，悲壮激烈”，其词自云：“夜半狂歌悲风起”，“硬语盘空谁来听”（《贺新郎》）。我们在辛词里所闻听的，便正是这样一种“悲歌”“狂语”；所感知的，便正是一种“烈性”和“硬性”的美感（当然除此之外也还有别的“音响”和美感）。词坛之“巨龙”，就确非辛氏而莫属。

二、辛词内容的充实和提高：“狂放精神”与“以气入词”

在题材内容向来比较狭窄的宋词中，我们一直就十分重视其内容的充实与提高。正因如此，所以我们就高度评价苏词对于词题的拓宽与词品的抬高；而到了辛词，这方面的情况就更有了引人注目和令人高兴的发展。刘熙载尝云：“东

① 范开：《稼轩词序》，金启华，等编《唐宋词集序跋汇编》，江苏教育出版社，1996年，第172页。

② 徐釚：《词苑丛谈》，人民文学出版社，1988年，第250页。

③ 黄榦：《与辛稼轩侍郎书》，《勉斋集》卷四，《四库全书》第1168册，上海古籍出版社，1987年，第53页。

坡词颇似老杜诗，以其无意不可入，无事不可言也。”①这个评论，对于苏词来讲，还是有所夸张的，但若移论辛词，那它就“当之无愧”了。在辛词中，大至复国大计、小至身边琐事，“豪”如“挑灯看剑”，“婉”如“儿女灯前”，事无分巨细而情无分刚柔，即均有所表现、有所描写。所以我们尽可把辛词比作一座大山，其间固有倚天拔地的奇峰怪崿，却又不乏深谷幽兰、林泉曲涧，辛词内容之“高、大、全”（充实与提高），即可以此为喻。

但是，在具体论述辛词的思想内容时，我们却主要不采用传统的分类叙述法，即把它所触及的社会生活和所抒发的情志分门别类地归纳成几个方面，然后逐一举例说明。这是因为，尽管辛词在题材的宽广方面，已经大大地超过了前人的词，但是它毕竟还是词而不是其他文体（比如散文、叙事诗、小说和戏剧）。词，乃是一种特殊的文体，它的主要任务和主要特征便是抒情。因此，它主要只是间接地折射出某些社会生活的侧影而并不直接地反映全部社会生活的真实图景；它主要只是通过词人的词境传递出现实生活的某些信息，而并不完整地再现出生活的本来面貌。所以，它本质上仅属于一种“心灵”或“心绪”的文学，它的主人公应是“自我”而不是客观世界——虽然，它又通过“自我”而去间接地拥抱或感知客观世界。缘此，我们的分析，就主要不必在于罗列它所反映的社会生活，而应侧重于发掘它所表现的内心世界，并通过这个内心的“袖珍世界”再进一步去认识那个“广阔世界”。从这一点讲，即使面对像辛词这样的“无意不可入，无事不可言”的词作，我们的注意力也仍应当放在它的抒情方面而不必过分地去寻究它究竟反映了多少方面的生活。此为其一。第二方面，在宋代许多家数的词中，辛词又是最富有个性特色的词作之一，它的这种个性特色便是充满着一股几乎无处不有的“生气”。这股“生气”，若从其内在本质而言，就是一种不肯向现实环境屈服的“狂放精神”，而其表现形式，便是“以气入词”。辛词的抒情，便主要是在抒写或表现这种“狂放精神”；辛词的抒情，也就不同于传统词的“以情入词”，而在此同时又挟带了“气势”入词。故而根据辛词这种鲜明的个性特色，我们也就有理由暂时抛开题材分类法，而改从另一个新的角度去论述其内容的提高与充实。这个新角度便是：考察它所表现的“狂放精神”和因此而来的“以气入词”，并以此点为突破口来带出全局。

先说第一个问题：“狂放精神”。

“狂放精神”，这在辛词中确实是表现得相当突出的。王国维就曾慧眼独具地指出过：“苏、辛，词中之狂”也（《人间词话》）。苏词且不论，辛词的面目（指

① 刘熙载：《艺概》卷四，上海古籍出版社，1978 年，第 108 页。

其主体的面目而言),则就非这个“狂”字不能准确形容。或许有人会认为,上述论点本身似有些狂怪。其实并不。如若辛氏死而能言,也定当叹王氏之论为“知言”!不信,可看稼轩自己的一番言语举动。他的《贺新郎》云:“不恨古人吾不见,恨古人不见吾狂耳!知我者,二三子。”据岳珂《桯史》卷三记载,稼轩生平特喜此几句,每于酒席上自诵之,其时“辄拊髀自笑,顾问座客如何?(众)皆叹誉如出一口”,其自得之状于此可见。稼轩为何偏爱这四句?原因恐怕就在于这个“狂”字上面。我们注意到,“不恨”两句原出《南史·张融传》。张常叹曰:“不恨我不见古人,所恨古人不见我”,但辛氏在引用它们时却意味深长地增加了一个“狂”字,可知它便是这两句的“精光”所在处。由此亦可推论,这个“狂”字,即是稼轩一生引以为最得意、最自负的不同凡俗之处:既是他人格中最显个性的部分,也是其词作中最能表现个人特色的地方。所以他接言:“知我者,二三子。”照他看来,世间只有甚少的二三朋辈,才能真正理解他为人和为词中的“狂”,也才堪称自己的“知己”。以稼轩这番“夫子自道”来和王国维之言相印证,我们便可明白,只有抓住了这个“狂”字,才能够较准地抓住辛词(至少是他那些充满爱国激情的词作)在思想方面所提供的某些新东西。而除开这个“狂”字之外,人们另外常以“放”字来形容和评述辛词,如王士禛《花草蒙拾》云:“豪放惟幼安称首。”故而,我们就把“狂”与“放”二字合而称为“狂放”——充溢在辛弃疾那类爱国词中的,便正是这一股不同于世俗的“狂放精神”。

所谓的“狂放精神”,究竟是一种怎样的思想状态呢?《论语·子路》云:“狂者进取,狷者有所不为。”孔安国集注:“狂者,志极高而行不掩。”由此可知,它在本质上便是一种进取型的精神。但是,由于这种“进取”对于因循守旧的庸人来说,是不能被接受的;又由于持这种进取精神的人本身,因着“矫枉必须过正”的偏激心情,往往采取了一种不拘小节的处世态度,所以就更被常人目为“狂悖”“狂怪”。但若我们剥去其“狂”与“怪”的外衣,却又不难看到它那可贵的内核——对于不合理的“传统”及现状的抗争性、批判性。对此,我们只消举出一个例证来,就很容易说明问题。《红楼梦》里那位“不肖子孙”贾宝玉,不就是一位“乖僻邪谬不近人情”(贾雨村之言)的“狂人”吗?他的出现在“钟鸣鼎食”“诗礼之家”的贾府之中,正显示着对于传统封建秩序的不满与反叛,这种思潮已无法抑制地在这个家庭内部萌生。虽然我们这里要谈的辛词中的“狂放精神”和贾宝玉的情况有所不同,但在“反传统”“反现状”这一点上,却又有所一致。所以,在具体论述辛词的情况时,我们对它所表现的“狂放精神”,就先应有这么一个总体上的认识:就其本质而言,它实在是一种外表有些“走样”或“畸形”的爱国精神。对此,我们可从以下三方面来加以发掘和演绎:

首先,它表现为一种“愤世”的态度——愤这个“不争气”的苟安时势,由此就明白不过地显示了它那“爱国”的本质。

我们不妨先来读他《美芹十论》中的一段话。他在评述当日的政治局势时说道:“今则不然:待敌则恃欢好于金帛之间,立国则借形势于湖山之险,望实俱丧,莫此为甚。使吾内之三军习知其上之人畏怯退避之如此,以为夷狄必不可敌,战守必不可恃,虽有刚心勇气亦销铄委靡而不振,臣不知缓急将谁使之战哉!借使战,其能必胜乎?”①(《自治》)说穿了,这种“销铄委靡而不振”的苟安偷生局面是谁造成的呢?就是“畏怯退避”的“其上之人”!这既是一针见血的揭露,又是怒其不争的愤慨和感叹。不过,面对如此的形势,作者却仍要作顽强的抗争,所以他要越职而献《十论》,冒死而进忠言:“臣虽至愚至陋,何能有知?徒以忠愤所激,不能自已……惟陛下赦其狂僭而怜其愚忠,斧锧余生实不胜万幸万幸之至!”②在《十论》的一开头,稼轩就告诉了皇帝(也告诉了读者),他之所以会变得“狂僭”,乃因“忠愤所激”、不得不尔。故而基于这相同的原因,对他词中的那种“狂放”、那种“愤世嫉俗”之态,我们也同样应该把它们视作他一腔忠愤爱国之情的“变态”表露。请读他与另一位爱国志士陈亮所唱和的《贺新郎》之二:

> 老大那堪说。似而今,元龙臭味,孟公瓜葛。我病君来高歌饮,惊散楼头飞雪。笑富贵,千钧如发。硬语盘空谁来听?记当时,只有西窗月。重进酒,换鸣瑟。　　事无两样人心别。问渠侬,神州毕竟,几番离合?汗血盐车无人顾,千里空收骏骨。正目断,关河路绝。我最怜君中宵舞,道“男儿到死心如铁”。看试手,补天裂。

高歌狂饮,惊散飞雪;硬语盘空,声振金石。这样的豪情,这样的气概,怎会不被人目为“狂态”“狂语”?但是,就在这“男儿到死心如铁”和“看试手,补天裂”的“狂歌”中,却浸透了这两位愤世之士的巨大的爱国忧愤!

然而,爱国无功而抗战有过,故像稼轩这样的爱国之士就非但不能伸展其爱国抱负和爱国才干,还因此而频频惹祸。他三次落职,两度“闲居”,这就益增了他愤世嫉俗之情。其《水调歌头》有云:“笑吾庐,门掩草,径封苔。未应两手无用,要把蟹螯杯。说剑论诗余事,醉舞狂歌欲倒,老子颇堪哀。白发宁有种?一一醒时栽。”其中最为愤愤不平的便是“未应两手无用”二句:他的这两只手,曾经斩将搴旗,曾经于万人营中生擒叛徒,真是一双“力扭乾坤”的巨手;但而今,

① 邓广铭:《辛稼轩诗文钞存》,古典文学出版社,1957年,第10页。
② 同①,第2页。

却只能学着“酒鬼”的样子,“一手持蟹螯,一手持酒杯”(《世说新语·任诞》中毕茂世所云)地去与酒杯厮磨,这对于稼轩来说,无疑是人生莫大之痛苦了。所以他只能“狂歌”,只能“醉舞”,以此来表达自己的愤懑。这种狂态,不就是对于现存苟安秩序的一种变态的抗争吗?

“长恨复长恨,裁作短歌行。何人为我楚舞,听我楚狂声。”(《水调歌头》)正如他把心中的“长恨”变作了笔下的“小词”(“短歌行”是也)那样,他的“狂放精神”在另一种情况下便又表现为“傲世”的态度。李白诗云:“我本楚狂人,凤歌笑孔丘”(《庐山谣寄卢侍御虚舟》),辛弃疾更是继承了李白的这种“傲世”气概而把它“变本加厉”地发扬起来。他要学习李白、苏轼这样“佯狂”“狂直”之人(杜甫《不见》诗称李白是:“不见李生久,佯狂真可哀”;苏轼《怀西湖寄晁美叔同年》自云:“嗟我本狂直,早为世所捐”),去升天摩月,以睥傲人世。其《水调歌头》即云:“我志在寥阔,畴昔梦登天。摩挲素月,人世俯仰已千年。有客骖鸾并凤,云遇青山、赤壁(按:即李、苏),相约上高寒。酌酒援北斗,我亦虱其间。”王国维说:“幼安之佳处,在有性情,有境界。即以气象论,亦有傍素波、干青云之概,宁后世龌龊小生所可拟耶?”①上面这首词,就是一首有着“干青云之概”的作品。作者登天揽月,俯视人世,当此之际,“玉环、飞燕”之类奸佞,早就变成了他不屑一顾的“尘土”了。

这种“傲世”的人生态度,在天是化作了太白、东坡式的“羽化而登仙”的形象,在地则又衍演成了陈登、孙权一类英雄豪杰式的形象,以及谢安、陶潜一类隐士高人式的形象。如他词中,多次赞美陈登(元龙)的“湖海豪气”:“更觉元龙百尺,湖海平生豪气”(《念奴娇》),“元龙百尺高楼里”(《贺新郎》);又多次提到了孙权(仲谋)的英雄气概:“千古江山,英雄无觅,孙仲谋处”(《永遇乐》),“天下英雄谁敌手?曹、刘。生子当如孙仲谋”(《南乡子》)。在他看来,做人就当有陈登的那股傲气和孙权的那股霸气,这才能无愧于自己的时代,无愧于自己的志向。而当这种人生理想无法实现时,他又转而讴歌起谢安、陶渊明来。特别对于后者,他更是不遗余力地歌颂的。他说:“高情千载,只有陶彭泽”(《念奴娇》),“须信此翁未死,到如今凛然生气”(《水龙吟》),甚至竟然说:“往日曾论,渊明似胜卧龙些。”(《玉蝴蝶》)他在这里,其实并不真想压低诸葛亮,却是有意在那里“抬高”陶渊明,原因即在于他自己有着和渊明相似的“隐居”遭遇,更有着和他相似的“傲世”态度。所以,他笔下的陶渊明就不仅是一位“静穆”的隐者,而且更是一位知心的“狂友”,不然的话,他为什么要把陶渊明和自己的“狂态”联

① 王国维:《人间词话》,齐鲁书社,1981年,第15页。

系在一起写呢？这里，就让我们来读他那首引为得意的《贺新郎》词：

甚矣吾衰矣！怅平生交游零落，只今余几？白发空垂三千丈；一笑人间万事，问何物能令公喜？我见青山多妩媚，料青山见我应如是。情与貌，略相似。　　一尊搔首东窗里，想渊明《停云》诗就，此时风味。江左沉酣求名者，岂识浊醪妙理？回首叫，云飞风起。不恨古人吾不见，恨古人不见吾狂耳！知我者，二三子。

他把陶渊明当作了自己的“忘年交”，当作了“知音客”。他们的心就是心心相印而悠然默契的，在这种经他“改造”过的陶渊明身上，正映照着他自己的“狂放”与“傲世”精神。所以汪莘就说过：“……三变而为辛稼轩，乃写其胸中事，尤好称渊明。”（已见前引）“胸中事”是言其胸中的“狂放”与“傲世”；“陶渊明”则是其“胸中事”在特殊条件（被迫隐居）下的一个“传声筒”而已！

当然，也正因为他的这种“傲世”仅只是一种孤芳自赏式的“孤傲”而已，所以其中就不免夹杂了很大程度的悲凉情绪。从这点出发，他就不光“好称渊明”，也就经常提到屈原、阮籍一类不得志于当世的“狂士”形象。他在《九议·其九》中深刻指出：“盖一人醒而九人醉，则醉者为醒而醒者为醉矣；十人愚而一人智，则智者为愚而愚者为智矣。不胜愚者之多而智者之寡也，故天下有恢复之理而难为恢复之言。”①此话就非泛泛之论，而实包含着他自己“言未脱口而祸不旋踵”②的切身之痛在内。所以他一方面要以屈原自比，以之来显示自己“独清”“独醒”的“傲世”态度；另一方面却又以他的“信而见疑，忠而被谤”遭遇，来影附自己“蛾眉曾有人妒”的相似命运。如其《水龙吟》有云：“谁识稼轩心事？……倩何人与词：‘雷鸣瓦釜，甚黄钟哑？’”其“雷鸣”两句，即出于屈原《卜居》“黄钟毁弃，瓦釜雷鸣”，意指“谗人高张，贤士无名”，亦即由虽然“傲世”而“世”却仍不为所动（并且仍旧是压迫着贤者）之境遇所引出的愤慨与孤独心情。所以，他的“傲世”就又是和他的“愤世”紧紧联系在一起的。

但是，不管是愤世也罢，傲世也罢，“时世”却仍是这么顽固地横亘着。因此，稼轩的“狂放精神”又被迫转化为另一种“嘲世”的人生态度。因着这种“嘲世”的态度，他的某些词篇带有了一种玩世不恭的嘲谑意味，有时甚至显出某种程度的滑稽相来。但是，就在这些“嬉笑怒骂，皆成文章”的作品里头，却仍含有着他对于不合理现状的深刻批判与辛辣讽刺，仍体现了他胸中那股不甘屈从于

① 邓广铭：《辛稼轩诗文钞存》，古典文学出版社，1957 年，第 42 页。
② 同①，第 52 页。

现状的“狂放精神”。比如他写过这样一首《千年调》：

> 卮酒向人时，和气先倾倒。最要然然可可，万事称好。滑稽坐上，更对鸱夷笑。寒与热，总随人，甘国老。　　少年使酒，出口人嫌拗。此个和合道理，近日方晓。学人言语，未会十分巧。看他们，得人怜，秦吉了！

“卮”是一种圆形的饮酒器，“和气”指酒的芳香。人们在添酒时，卮器总是斜倾着身子，向人散发着“和气”。“然然可可”，意即唯唯诺诺。上面这四句，用来形容那些“未曾开口，脸先带笑”的拍马奉迎、“万事称好”之辈，真是惟妙惟肖。“滑稽”，本指一种转注流引酒浆的器皿，因它刚灌满又吐出，好像永没有穷竭的时候，所以古人常用它来比拟那些讲话滔滔不绝、吐辞油滑讨好的人。“鸱夷”则是皮制的酒囊，其容量大，可张可弛，所以也被人用来比喻那些巧于应对、“能屈能伸”的人。稼轩让“滑稽”对着“鸱夷”来“微笑”，简直教人忍俊不禁——它所刻画的，岂不就是当日社会上那种阿谀谄媚的“百丑图”吗？而“甘国老”（即中药里的甘草，能调和诸药，攻寒去热都可以用）三字，就更加直接地讥讽此辈的毫无立场、随声附和了。所以他在最后总括为一句：“看他们，得人怜，秦吉了”，原来这些家伙不过是一批学人言语的可怜虫和应声鸟（“秦吉了”是一种会学人言的鸟类）而已。他自己就绝不肯作此辈中人，仍旧要去“出口人嫌拗”地发表自己那不讨人喜的抗战言论！

除开这一批见风使舵的“随风倒”人物以外，南宋政坛上还存在着一辈但知“求田问舍”、购田置屋的“俗士”。因而，稼轩对于他们，也做了尖锐的批判。他假借“骂儿”（他儿子劝他在未置田产以前不要“乞归”）的机会，嘲讽他们道：“千年田换八百主，一人口插几张匙”（《最高楼》）——你们纵有“血盆大口”，可能插得进几把调羹、吞得下整个天下？又在《夜游宫》中嘲弄一位“俗客”道：“有个尖新底，说底话，非名即利。说得口干罪过你；且不罪，俺略起，去洗耳。”他要用“许由临池洗耳”的办法去当面耻笑这位只知个人名利、不管天下大事的“尖新客”，其“嘲世”的锋芒可谓毕露，而他本人之要被人目为“狂放”也就“宜哉”！

所以，从上述“愤世”“傲世”“嘲世”的三种生活态度来看，稼轩确实是当时社会中显得有些“格格不入”的“狂人”。对此，他曾在《论盗贼箚子》中自嘲“生平则刚拙自信，年来不为众人所容”，基于这样“狂放”的性格和人品，就会产生相应面貌的词。因此，我们在读过他的词后，便不难感到，稼轩词确非前人词所可比：在它里头，充溢流走着一股明显的“狂放精神”。以往的词，大多囿于比较平稳狭隘的个人生活圈子，因此自然就不大会生有此种“狂放”的情绪。而现在,情况就大不相同了。“夜半狂歌悲风起,听铮铮,阵马檐间铁。南共北,正分裂!”(《贺新郎》)时代是一个“悲风”四起的时代,作者是一个“到死心如铁”的“男儿”(《贺新郎》:“男儿到死心如铁”),这样的时代和这样的作者,就怎能不生发出“狂歌”式的词呢?所以,从稼轩青年时代所写的“把吴钩看了,栏干拍遍,无人会,登临意”(《水龙吟》),到晚年所写的“凭谁问,廉颇老矣,尚能饭否”(《永遇乐》),其中,就一直贯注着那一种抗争的、批判的、愤激的“狂放精神”。陈亮有一句名言:“有非常之人然后可以建非常之功”(《上孝宗皇帝疏》),我们就可借用这个说法来论辛词:有了处在这个“非常”时代的“非常”作者,才有了他那“非常之词”。“斯人北来,喑呜鸷悍,欲何为者;而谗摈销沮,白发横生,亦如刘越石。陷绝失望,花时中酒,托之陶写,淋漓慷慨,此意何可复道,……为我楚舞,吾为若楚歌,英雄感怆,有在常情之外。”①说到底,这种“狂放精神”,其本质就是一种英雄之“感怆”,是一种非“常情”可比的忧国感情。缘此,辛弃疾自己就把他的爱国议论称为“狂论”——其《美芹十论》之首既称自己是“狂僭”上书;其结尾又说“把臣之论,焉知不有谓臣为‘狂’者乎”———而我们,当然也就可把他的词从总体上看作一种鼓荡着“狂放精神”的“英雄豪杰之词”了。

次说第二个问题:“以气入词”。

这个问题,在第九章第四节中已有说及,故而这里就可以简略一些。现在想说的是:辛弃疾论人论事,均注重一个“气”字;而别人论他,也很注意到他富有“生气”的特点。所以“词如其人”,他的词作也就带有了“以气入词”的特色。

先看时人对稼轩的评价。

黄榦说他:“以果毅之资,刚大之气,真一世之雄也。”②

陆游称:“君看幼安气如虎。”(《寄赵昌甫诗》)

徐元杰赞辛:“摩空气节,贯日忠诚,绅绶动色,草木知名。”③

陈文蔚在祭铅山乡贤(稼轩亦其中之一)时表彰辛氏:“志气之激昂,风烈之峻拔,忠君孝父,舍生取义,有如秋霜烈日。”④

① 刘辰翁:《辛稼轩词序》,金启华,等编《唐宋词集序跋汇编》,江苏教育出版社,1990年,第174页。

② 黄榦:《与辛稼轩侍郎书》,《四库全书》第1168册,上海古籍出版社,1987年,第53页。

③ 徐元杰:《稼轩辛公赞》,《楳埜集》,《四库全书》第1181册,上海古籍出版社,1987年,第776页。

④ 陈文蔚:《铅山西湖群贤堂记》,《克斋集》卷一〇,《四库全书》第1171册,上海古籍出版社,1987年,第79页。

谢枋得祭辛时说:“公有英雄之才,忠义之心,刚大之气。”①

再看稼轩本人论事论人的重“气”。

他在《美芹十论》中一反主和派攻击张浚北伐的言论,高度赞扬它的激励士心的作用,说道:“张浚符离之师,粗有生气。”他又在论战备时主张要审察敌情,做到“神闲而气定”;又在论作战时说:“盖古之英雄拨乱之君,必先内有以作三军之气,外有以破敌人之心,故曰‘未战养其气’,又曰‘先人有夺人之心’……”(分别见“引言”“察情”“自治”三部分)。

在他的词里则也屡可见到对“气”的赞赏,如:“刘郎才气”“元龙豪气”“凛然生气”“气吞万里如虎”,甚至连静物也都有着“生气”:“青山意气峥嵘,似为我归来妩媚生”(《沁园春》)……

所以,发而为词,其中自然就充满了一种或磅礴、或沉郁的气势。张炎称之为“豪气词”,确实是说出了辛词内外相符的“狂”“豪”之特征:“狂放”的“精神”,便借着那股“豪气”而鼓荡在辛词之中。范开说:“故其词之为体,如张乐洞庭之野,无首无尾,不主故常;又如春云浮空,卷舒起灭,随所变态,无非可观。无他,意不在于作词,而其气之所充,蓄之所发,词自不能不尔也。其间固有清而丽、婉而妩媚,此又坡(东坡)词之所无,而公词之所独也。”②这虽主要是论其风格,但何尝又不是论其题材与内容！他又说:“器大者声必闳,志高者意必远。知夫声与意之本原,则知歌词之所自出,是盖不容有意于作为,而其发越著见于声音言意之表者,则亦随其所蓄之浅深,有不能不尔者存焉耳。”③这就更加深刻地指出了歌词(声音)与作者之“器识”之间的密切关系,指出了辛词之所以具有如此博大深厚的内容和“随所变态、无非可观”的风格面貌,均与稼轩为人的“器大志高”有关。所以,这讲明了辛词中贯注着前所少见的“狂放精神”及其“豪气”,那么,辛词内容的充实与提高就不言而喻了:这股“狂放精神”随处可发,这股“豪气”无处不可波及,因此,大至复国杀敌的重大题材,小至乡居生活中的一山一水,均可入词。以前词中所人为筑起的樊篱至此已被冲破,而即使是词与诗、与文之间的“文体界限”,几乎也将被它跨越而过。词至东坡,几已“如诗如文,如天地奇观”(刘辰翁《辛稼轩词序》);那么到了稼轩,则更如“宾主酣畅,谈不暇顾”(同上)了——我们从后八个字的评语中,不也可以看到辛词中的

① 谢枋得:《祭辛稼轩先生墓记》,《谢叠山集》,中华书局,1985 年,第 31 页。

② 范开:《稼轩词序》,金启华,等编《唐宋词集序跋汇编》,江苏教育出版社,1990 年,第 172 页。

③ 同②。

“狂放精神”和其淋漓的“豪气”吗？故而，我们觉得，即使不去详细归纳辛词所咏及的种种题材内容，而仅举出其“狂放精神”及“以气入词”的主体特征，也就能从一点而带出其全局上的博大精深了。当然，如若我们再加以补充的话，那么，就还可从如下几方面来观察辛词在其题材内容方面的全貌：

一是当作者处在心情慷慨激昂的时候，则这种“狂放精神”和“豪气”就直接化为那种直抒爱国激情的词。如他与陈亮唱和的那些《贺新郎》，如他登北固亭所作的《永遇乐》等即是。这可谓一种“英雄语”。

二是当作者处在心情郁塞的时候，则这种“狂放精神”和“豪气”，就“敛雄心，抗高调，变温婉，成悲凉”（周济《宋四家词选序论》）地化为那种悲凉的忧国之词，如登赏心亭所作的《水龙吟》、书江西造口壁的《菩萨蛮》等即是。这可谓一种“悲士语”。

三是当作者处在心情比较平静的时候，则这种“狂放精神”和“豪气”，又暂时地“隐匿”了，发而为词，就多的是对于隐逸生活和乡居生活的歌咏——当然正如地壳表面平静而“地火”实在底下运行那样，在这些词中也时常会露出愤怒的“火苗”来，但总的看来，它们又是偏于恬淡、宁静的（至少和前两者比是如此）。如其在上饶、铅山乡村所写的一些闲适词、农村词即是。这又可谓一种“隐者语”。

当然，除此以外，辛词也还有其他方面的题材内容（包括传统题材）。但由于我们侧重要谈的是它所提供给词坛的某些新鲜东西，也就是它的个性特色，所以对这些其他方面的内容就不再多说。我们认为，拈出其“狂放精神”和“以气入词”，就足以见出它在思想内容方面的充实与提高。

三、辛词形式的解放和换班：“以文为词”与熔铸百家

文学作品的整体是由内容和形式所共同组成的。在这两者之中，内容一般处于主导和主动的领先地位，它的“运动发展”往往会直接导致形式的相应变化。所以，“内容决定形式”在通常情况下便成为一条规律。这在辛词中，也表现得十分充分：正是它的“狂放精神”和以“豪气”入词，便促成了它在形式上的“解放”（主要表现为“以文为词”）和“换班”（主要表现为语言上的熔铸百家）。别林斯基说过：“文体是思想的浮雕性、可感触性；在文体里表现着整个的人；文体和个性、性格一样，永远是独创的。因此，任何伟大作家都有自己的文体。”①从这个意义上言，辛词因其思想内容上的特殊性（亦即“个性”），也就具有了自

① 别林斯基：《别林斯基论文学》，梁真译，新文艺出版社，1958年，第234页。

己特殊的“文体”（亦即文学风貌）。

先说“以文为词”。此语最早见于宋人陈模《论稼轩词》一文，它说：辛词《贺新郎》（绿树听啼鴂）一首“尽集许多怨事，全与太白《拟恨赋》手段相似”；又说：《沁园春》（怀汝来前）一首又如班固之《宾戏》、扬雄之《解嘲》，“乃是把古文手段寓之于词”；又说：《沁园春》（叠嶂西驰）一首，“说松而及谢家子弟、相如车骑、太史公文章，自非脱落故常者未易闯其堂奥”①。我们的论述就不妨由这些话而引出。

先看被它称之为“把古文手段寓之于词”的《沁园春》：

> 杯，汝来前！老子今朝，点检形骸。甚长年抱渴，咽如焦釜；于今喜睡，气似奔雷。漫说刘伶，古今达者，醉后何妨死便埋。浑如此，叹汝于知己，真少恩哉！　　更凭歌舞为媒，算合作平居鸩毒猜。况怨无小大，生于所爱；物无美恶，过则为灾。与汝成言：“勿留亟退，吾力犹能肆汝杯！”杯再拜道：“麾之即去，招则须来。”

此词确实是传统词中所少见的。其特点：一是用主客对语的“问答体”；二是大发其议论、哲理；三是好用典故（如刘伶）、成句（如“少恩”句用韩愈《毛颖传》，“汝说”三句用《世说新语》，“更凭”二句用《离骚》《后汉书》，“麾之”二句用《汉书》）；四是句式似散文。这种种特点就均是古散文中所常见而词中所少睹的。

为什么会产生这种现象——或者说，稼轩为何要这样写呢？原因就与他的“狂放精神”和“以气入词”有关。这在陈模所举的《贺新郎》词中即可见出：

> 绿树听鹈鴂，更那堪，鹧鸪声住，杜鹃声切。啼到春归无寻处，苦恨芳菲都歇。算未抵，人间离别。马上琵琶关塞黑，更长门，翠辇辞金阙。看燕燕，送归妾。　　将军百战身名裂，向河梁，回头万里，故人长绝。易水萧萧西风冷，满座衣冠似雪，正壮士悲歌未彻。啼鸟还知如许恨，料不啼清泪长啼血。谁共我，醉明月？

此词是稼轩“别茂嘉十二弟”所作。据张惠言《词选》卷二云：“茂嘉盖以得罪谪徙”，是则词中便寄寓着稼轩送别族弟的离恨和自己的悲愤。它一口气列举了历史上五件离别的故事，并且是越写越悲，越写越愤，至“易水”三句，简直有着声裂竹帛之感觉。再加上前有鹈鴂、鹧鸪之声，后又应之以杜鹃的声声啼血，就更使词情达到了一种“撕裂人心”的感人效果。陈廷焯评曰：“稼轩词自以《贺新

① 邓广铭：《稼轩词编年笺注》，上海古籍出版社，1978年，第563－564页。

郎》一篇为冠。沉郁苍凉，跳跃动荡，古今无此笔力。”①它的笔力，即来自他那股郁勃深厚而又无法直言的“狂放精神”，以及那慷慨而又悲凉的“豪气”。由于特定的政治环境使他不能直诉其对于奸佞小人辈的愤慨，所以它们就像撞碰到了厚墙那样被迫折入到了词中，于是便形成了它“笔力跳跃动荡”却又“沉郁顿挫”的词境。陈模说它与李白《拟恨赋》相似，亦即说它同样具有“以文（赋）为词”（因为“赋”这种文体也可以视为一种散文诗或“诗化”的散文）的特色。而产生这种特色的原因就在于抒情的需要——他所需要抒发的，乃是一种“非常”的“英雄感怆”，因此基于这种内在的要求，词的写法也就突破了传统的“宛转回互”，而呈现出另一种“横放杰出”的艺术风貌了。这种形式的解放与突破，实际上是内容的“膨胀”所引起的。扬雄曾言：“弸中而彪外。”（《法言·吾子》）内容（“狂放精神”与“豪气”）的“弸中”必然“彪外”于其形式，辛词之“以文为词”盖源于其抒情之需要也。而这种需要，就是与它内容的“向外扩张”有关的。如若仍然采取传统的形式和写法，那么他就无法将其内心的郁闷愤懑表现得如此淋漓尽致，就会使内容的表达产生束缚感、窒息感。故而稼轩大胆地引进了散文的写法，成功地解决了这两者的矛盾，因而就使其“文体”发生了一定程度的“解放”。

既然在词中引进了古文的某些质素，那么词的整体风貌与传统词相比，也就必然会发生相应的变化。这里就再来看陈模提到的第三首词《沁园春》：

> 叠嶂西驰，万马回旋，众山欲东。正惊湍直下，跳珠倒溅；小桥横截，缺月初弓。老合投闲，天教多事，检校长身十万松。吾庐小，在龙蛇影外，风雨声中。　　争先见面重重，看爽气朝来三数峰。似谢家子弟，衣冠磊落；相如庭户，车骑雍容。我觉其间，雄深雅健，如对文章太史公。新堤路，问偃湖何日，烟水濛濛？

此词的一个显著特色便是“脱落故常”，摆脱了传统的那种“委婉曲折”的写法，而充满着“以气为色”的风味。试看它之写山：“叠嶂”“众山”犹如千军万马，一会儿西驰，一会儿又回旋向东，简直要在纸上飞动起来；它之写水，又是“惊湍直下”“跳珠溅玉”，也是一泻千里、奔跳有力；它之写桥、写月，同样富有着动作性；而那棵棵青松，在词人笔下，竟也变成了十万个魁梧的壮汉！上阕写法已是如此出奇，下阕却也不输与它。作者从庐外的众物中独抽出“山”来，对它作拟人的描写：一组山如谢家子弟，潇洒俊脱；一组山如相如车骑，稳重巍峨；最妙的是第

① 陈廷焯：《白雨斋词话》卷一，人民文学出版社，1959 年，第 21 页。

三组山，犹如司马迁的文章，“雄深雅健”、博大精深。这种带有强烈主观性的描写，正反衬出了稼轩本身的人格器度和审美情趣。谢章铤说：“学稼轩者，胸中须先具一段真气、奇气”①，可知稼轩本人就是一位深具“真气”“奇气”的作者。所以，他就能“以气入词”；而“以气为主”则又正是古散文的一个主要特征（曹丕《典论·论文》说：“文以气为主”，桐城派古文字刘大櫆《论文偶记》说：“文章最要气盛”），因而这个“以气入词”的特点便又引发了辛词“以文为词”的特色。对于这个“以文为词”，我们就不光要看到它在外表方面的问题，如对音律的突破，运用散文式的句式、章法，以及好发议论等等，而且更要看到它内里的问题，亦即“气势”的问题——有了这股气势，作者就能够打破词的传统写法，就能够跨越词与诗、文之间的某种界限，就能更加自由地抒情、言志甚至发表议论，总之，词的表达功能就有了大幅度的提高而到达了“无意不可入，无事不可言”的“如诗如文”的境地。故而辛词的“以文为词”就不仅是“把古文手段寓之于词”的纯方法问题，且是一个与内容的“扩张”有着密切关联的“文体”方面的突破和解放的问题。只有从这个角度和这个意义上来看问题，才能较为深入地触及其内在的本质性内涵。

因而，即使在稼轩那些采用传统的婉约风格所写的词中，我们也照样可以看到“以气入词”和“以文为词”的痕迹。如《摸鱼儿》：

> 更能消几番风雨？匆匆春又归去！惜春长恨花开早，何况落红无数。春且住？见说道，天涯芳草迷归路。怨春不语。算只有殷勤，画檐蛛网，尽日惹飞絮。　长门事，准拟佳期又误。蛾眉曾有人妒。千金纵买相如赋，脉脉此情谁诉？君莫舞，君不见，玉环飞燕皆尘土。闲愁最苦。休去倚危栏，斜阳正在，烟柳断肠处。

陈延焯评此词曰：

> 稼轩“更能消几番风雨”一章，词意殊怨，然姿态飞动，极沉郁顿挫之致。起处“更能消”三字，是从千回万转后倒折出来，真是有力如虎。②
>
> 怨而怒矣！然沉郁顿宕，笔势飞舞，千古所无。“春且住”三字一喝，怒甚。结得愈凄凉，愈悲郁。③

① 谢章铤：《赌棋山庄词话》卷一，唐圭璋编《词话丛编》，中华书局，1986年，第3330页。
② 陈廷焯：《白雨斋词话》卷一，人民文学出版社，1959年，第23页。
③ 唐圭璋：《宋词三百首笺注》，中华书局，1958年，第159页。

梁启超评此词也曰：

回肠荡气，至于此极。前无古人，后无来者。①

他们的评语，全都突出了它的沉郁之气及其飞动的文势；而这些特点，就正是“以气入词”和“以文为词”的写法在婉约词中的延伸——由此便形成了它“柔中带刚”的特种风格。

即使在那“本色”风格相当顽强的小令体式中，稼轩却也能打破传统，不拘常格。如其《西江月》：

醉里且贪欢笑，要愁那得工夫？近来始觉古人书，信着全无是处。昨夜松边醉倒，问松“我醉何如”？只疑松动要来扶，以手推松曰“去”！

短短八句中，有动作，有对话，有描绘，有议论，把作者包藏在醉态之下的“狂放精神”和悲愤情绪，写得何等的生动和酣畅！这就得力于他的“豪气”和“以文为词”。其中“近来始觉古人书，信着全无是处”，又一见其“狂”，二见其“化文为词”（《孟子》：“尽信书则不如无书”）的大本领。

所以总起来看，稼轩词由于其抒情内容的充实和“扩张”，在其表现形式方面也就引起了相应的变化。有人曾称它为“倚声”中之“变调”（《四库全书总目提要》），这个“变”字除指其内容方面的变化之外，也该是兼指其形式方面的某种突破和解放的（而且前人尤重在指这后一方面）。

除了“以文为词”以外，辛词还有一个显著的特色也是十分惹人注目的，这就是它在语言方面的“大换班”。具体些讲，就是稼轩的很多词篇（当然不是全体），在其用字下语方面，和传统词相比，已经进行了一次较大规模的“新陈代谢”：很多原先常用的“歌裙舞扇”“蝉鬓香衾”之类的词汇，纷纷“退伍”，而那些“嵚奇磊落”“风雷鱼龙”之类的字面，以及“元龙老矣”“祖逖击楫”之类的典故却又纷纷“入伍”，于是便形成了它熔铸百家、陶冶经史的语言特色。这个问题，本也可以包括在“以文为词”之中而构成它的一个部分，但我们却把它另立出来，专作一项来谈，目的就是要强调它在这方面的重大改革。

我们知道，语言是思想感情的载体。由于所“载”的内容不同，所以诗的语言和散文的语言就有所不同，而词的语言则又和诗也有了若干差异。缪钺先生对于后一点就曾作过一个十分生动的比较，他说：

古人谓五言律诗四十字，譬如士大夫延客，着一个屠沽儿不得。余谓此

① 梁令娴：《艺蘅馆词选》丙卷，广东人民出版社，1981年，第100页。

> 词如名姝淑女，雅集园亭，非但不能着屠沽儿，即处士山人，间厕其中，犹嫌粗疏。惟其如此，故能达人生芳馨要眇不能自言之情。①

不过他所说的实是婉约词的情况而已。故而在此类词中，就多的是晓风残月、花貌月容、脆管幺弦、金尊檀板之类的字面；非此，就不易表现那类缠绵悱恻、儿女相恋的宛转情思。而到了苏轼的“士大夫之词”中，由于所载的感情内容发生了变化，因此它对语言载体的选择也发生了一定的转向——在那些豪放和旷放型的作品中，就出现了“大江东去”“崩云裂石”和“草头秋露”“一蓑烟雨”之类的字面。但是，苏词语言的这种转向，其幅度还不是挺大。刘辰翁在评述苏词“如诗如文”以后就接言道：“然犹未至用经用史，牵《雅》《颂》入《郑》《卫》也。自辛稼轩前，用一语如此者必且掩口。及稼轩横竖烂漫，乃如禅宗棒喝，头头皆是；又如悲笳万鼓，平生不平事并卮酒，但觉宾主酣畅，谈不暇顾。词至此亦足矣。”（《辛稼轩词序》）这话就指出：辛词在语言的运用方面，比之苏轼来，更有了大踏步的前进。在这方面，其他人的评语也同样是很多的。如楼敬思说：“稼轩驱使《庄》《骚》、经、史，无一点斧凿痕，笔力甚峭”（《词林纪事》卷九引），如吴衡照说：“辛稼轩别开天地，横绝古今，《论》《孟》《诗小序》《左氏春秋》《南华》《离骚》《史》《汉》《选》学、李杜诗，拉杂运用”（《莲子居词话》卷一），如刘熙载说：“稼轩词龙腾虎掷，任古书中理语、廋语，一经运用，便得风流”（《艺概》卷四）……这些话，就都完全符合辛词的事实。兹举其《永遇乐·京口北固亭怀古》为例：

> 千古江山，英雄无觅，孙仲谋处。舞榭歌台，风流总被，雨打风吹去。斜阳草树，寻常巷陌，人道寄奴曾住。想当年，金戈铁马，气吞万里如虎。　　元嘉草草，封狼居胥，赢得仓皇北顾。四十三年，望中犹记，烽火扬州路。可堪回首，佛狸祠下，一片神鸦社鼓。凭谁问，廉颇老矣，尚能饭否？

此词中光援引的典故就有：孙权（仲谋）曾迁都于京口（今江苏镇江）；刘裕（小字寄奴）曾住京口，以及他所发动的北伐战役（“金戈铁马”一语又出自五代后唐李袭吉《谕梁书》）；西汉霍去病“封狼居胥”的史绩及王玄谟伐北魏大败而归的史实；北魏拓跋焘追击王玄谟至长江北岸，建“佛狸祠”的故事；廉颇晚年“一饭斗米”而仍不受重用的故事；等等。据岳珂说，稼轩曾“使妓迭歌，益自击节，遍问客，必使摘其疵”，岳珂当即大胆提出过“用事多”的批评，稼轩听后喜道：“君实

① 缪钺：《诗词散论·论词》，《诗词散论》，上海古籍出版社，1982年，第57页。

中予痼"(《桯史》卷三)——可见对于这个大量运用典故的现象(缺点),连辛氏自己都是承认的。

再如其小令《南乡子·登京口北固亭有怀》:

何处望神州?满眼风光北固楼。千古兴亡多少事?悠悠,不尽长江滚滚流。　　年少万兜鍪,坐断东南战未休。天下英雄谁敌手?曹、刘。生子当如孙仲谋。

一首小词之中,运用了杜甫"不尽长江滚滚来"(《登高》)的成句,化用了《三国志》中两个典故(一是曹操对刘备说:"今天下英雄,惟使君与操耳";一是曹操见孙权军伍整肃,叹曰:"生子当如孙仲谋,刘景升儿子若豚犬耳"),又用了"兜鍪"(头盔)、"坐断"、"战未休"之类描写战争的词汇,这些,就都是前人词中所很少见到的。前人的词,如贺铸、周邦彦词,也喜化用前人诗句,但主要是从晚唐诗(如李商隐、杜牧等人诗)中撷取材料,而由于晚唐诗本就与词有着面目相近、声息相通的关系,所以他们的词就并不显得面目大非而反有一种"文雅典丽"之感;现在辛词却大大突破了这一范围,广泛地引进上至经史、下至小说的字面和典故,这就使它显出了别一番的面目来。故从扩大"载体"的种类和范围来看,这也算得上是一种突破和改革。

现在需要我们进一步探讨的是,辛词在语言方面的这种"换班",究竟有着什么作用?应该对它作何评价?

我们认为,首先,这种"换班"是"事出有因"而非由作者的主观随意性所决定的。前已讲过,词的语言好比是一种载体。现在,词的内容既已发生变化——变得如此厚重,变得如此充实,那么,原先的载体自然就有"载不动""载不起"的困难了。比如,《永遇乐》中所抒发的感情内容中,既包含了稼轩"老骥伏枥、志在千里",思欲在晚年再大干一番的爱国热望,又包含了对韩侂胄"不打无准备之仗"(以免重蹈历史上王玄谟失败之覆辙)的劝诫和警告,如若不用"廉颇老矣"和"元嘉草草"等历史典故,这些意思又如何能在一首小小的词中说得清楚?有人曾说,稼轩词为"词论"(陈模《论稼轩词》中引潘紫岩言道:"东坡为词诗,稼轩为词论")。既然是"以论为词"或"以词为论"(即将词当做政论文之用),那么它自然就需要一种带有议论色彩的语言。故而好用历史典故,好用有关政治、军事的某些词汇,就是理所当然的。此为语言"换班"的原因之一。

原因之二,又在于稼轩的"以气入词"及其"才大"。周济曾说:"稼轩郁勃,故情深”,“稼轩纵横,故才大。”①“郁勃”“纵横”之气,加上他“情深”“才大”的禀性修养,就必然使他深感原先被人所常用的语言材料现在远不够用了。其《水龙吟》云:“倒流三峡词源泻。”(源出杜甫《醉时歌》:“词源倒流三峡水,笔阵独扫千人军”)其词势既然如三峡之水倾泻而下,则其“词源”就不得不开辟新的来源,因此他就广泛地向经史百家的“语言水库”中去寻找有用的材料。好在他有着激荡的豪气,又有着峭健的笔力,所以能够“拉杂运用”,能够将它们熔铸于一炉而“炼”出各式各样的词境来。“袖里珍奇光五色,他年要补天西北”(《满江红》),他正是把胸中藏着的五光十色、光怪陆离的千语万汇,通过自己那一股“英雄之气”的运化而炼就了“于剪红刻翠之外,屹然别立一宗”(《四库全书总目提要》)的新词境的。

明白了这两个原因,我们对于稼轩词的语言特色,就可以有一个比较明彻的理解。而上述熔铸百家、“为我所用”的运用语言的方法,其直接而显著的艺术效果便是大大增强了词境的“硬度”。比如下面这首《破阵子》:

> 醉里挑灯看剑,梦回吹角连营。八百里分麾下炙,五十弦翻塞外声,沙场秋点兵。　　马作的卢飞快,弓如霹雳弦惊。了却君王天下事,赢得生前身后名,可怜白发生!

词中用了“八百里”(苏轼诗:“要当啖公八百里,豪气一洗儒生酸。”“八百里”指牛)、“的卢”(刘备所乘烈马)、“弓弦作霹雳声”(出《南史·曹景宗传》)等典故,再用于“挑灯”“看剑”“吹角”“连营”“沙场”“点兵”等战争性用语,就使全词显出一种“硬邦邦”的感觉来。稼轩自称它为“壮词”,此言是也。其“硬”、其“壮”,就很大程度上得力于此类散文式语汇的运用上。我们知道,散文(特别是政论文)语言一般比较追求表达的“硬性效果”(力求准确),而诗歌语言则偏重于追求那种“软性”或“弹性”的效果(含蓄、联想、回味、风韵等)。由于辛词较多地引进了散文式的词汇和句式,因而其“硬度”就必然会有所提高,而“韵味”之类的效果则又会有所减弱——这后一点,也正是此种“熔铸百家”的语言运用法常会导致的另一种后果。刘克庄曾说:稼轩、放翁“一扫纤艳,不事斧凿,高则高矣,但时时‘掉书袋’,要是一癖”②。可知凡事有利也有弊,语汇的过大幅度

① 周济:《介存斋论词杂著》,黄苏,等选评《清人选评词集三种》,齐鲁书社,1988 年,第 196 页。

② 刘克庄:《跋刘叔安感秋八词》,金启华,等编《唐宋词集序跋汇编》,江苏教育出版社,1990 年,第 253 页。

的“换班”，有时也会有损于词的艺术效果和有背于词的“本色”特点，这在稼轩（特别是后之不善学辛词者）的某些不太成功的词作中，就可见到。但由于它比之前一种作用来，是属于次要的事，所以这里就提上一笔，不作深谈了。

四、辛词风格的繁富和多样：亦刚亦柔与亦庄亦谐

前已谈过，辛词比起其他作者的词来，不仅数量特多，而且风格特别繁富。在这座“大山”里面，有着多种多样的风格，有着多姿多态的美感。由于前面所谈（无论其题材还是形式），均侧重于强调它对传统词的突破，所以这里就有必要对它的“全貌”略做一些补足。但又因这个问题可谈的内容还是很多，所以仍只好择其要者，仅从“亦刚亦柔”及“亦庄亦谐”这两个角度来论。

先谈“亦刚亦柔”。刘克庄说：“公所作大声鞺鞳，小声铿鍧，横绝六合，扫空万古，自有苍生以来所无。其秾纤绵密是者，亦不在小晏、秦郎之下。”①范开也曾指出：“其间固有清而丽、婉而妩媚”者。这两段评论就都说出了辛词风格“亦刚亦柔”的多样性。

关于辛词的“刚”，这是人所公认的。《宋史》本传说他“雅善长短句，悲壮激烈”，即言明了辛词主体风格上的以刚为主。这里且举他一首《水龙吟·过南剑双溪楼》为例：

> 举头西北浮云，倚天万里须长剑。人言此地，夜深长见，斗牛光焰。我觉山高，潭空水冷，月明星淡。待燃犀下看，凭栏却怕，风雷怒，鱼龙惨。　　峡束苍江对起，过危楼，欲飞还敛。元龙老矣，不妨高卧，冰壶凉簟。千古兴亡，百年悲笑，一时登览。问何人，又卸片帆沙岸，系斜阳缆？

这是作者登临福建南剑州（今福建省南平市）双溪楼所作。我们不再去具体分析它的词境，只想引一段清人郭麐模仿司空图《诗品》而作的《词品》中的“雄放”一品，来对它作描述性的评论。郭氏言：“海潮东来，气吞江湖。快马斫阵，登高一呼。如波轩然，蛟龙牙须；如怒鹘起，下盘浮图。千里万里，山奔电驱。元气不死，乃与之俱。”②辛氏此作，就确有此种“雄放”的“刚风”。

又如其小令《清平乐·独宿博山王氏庵》：

① 刘克庄：《辛稼轩集序》，金启华，等编《唐宋词集序跋汇编》，江苏教育出版社，1990年，第173页。

② 江顺诒：《词学集成》卷八，唐圭璋编《词话丛编》，中华书局，1986年，第3295页。

绕床饥鼠，蝙蝠翻灯舞。屋上松风吹急雨，破纸窗间自语。　平生塞北江南，归来华发苍颜。布被秋宵梦觉，眼前万里江山！

南宋遗民谢枋得在《祭辛稼轩先生墓记》中说过："二圣不归，八陵不祀，中原子民不行王化，大仇不复，大耻不雪，平生志愿百元一酬，公有鬼神岂能无抑郁哉？"①据谢记载，在稼轩殁后60年祭祀他时，犹闻"有疾声大呼于祠堂者，如人鸣其不严"——那么《清平乐》所写，就正是活着的辛弃疾所呼唤出来的"不平之鸣"！

所以，在《稼轩长短句》中，它所旋响着的主旋律，便是这一种苍劲沉郁、慷慨悲壮的刚性曲调。它所体现的"大呼猛进"和"痛心疾首"的"男子汉风格"，正反映了这个非常时代对于"力"和"反抗"的呼唤，以及这两者因受阻而生的冲击波。

但是，在此同时，稼轩对于柔弱妩媚的婉约词之传统亦未感到反感和讨厌；相反，他也为我们留下了许多深符"本色"的婉美词篇，反映了他豪气与柔情并集一身的多侧面性格。比如下面这两首《临江仙》：

小靥人怜都恶瘦，曲眉天与长颦。沉思欢事惜腰身。枕添离别泪，粉落却深匀。　翠袖盈盈浑力薄，玉笙袅袅愁新。夕阳依旧倚窗尘。叶红苔郁碧，深院断无人。

金谷无烟宫树绿，嫩寒生怕东风。博山微透暖熏笼。小楼春色里，幽梦雨声中。　别浦鲤鱼何日到？锦书封恨重重。海棠花下去年逢。也应随分瘦，忍泪觅残红。

这样的词，如果预先抹去了作者的姓名，那我们简直就不会相信它们乃是出于这一位"少年横槊，气凭陵"（《念奴娇》）的爱国斗士之手。而其中如"小楼春色里，幽梦雨声中"，即使置于二晏的词中，也毫不见逊色。

当然，就是在稼轩这类柔性风格的词中，却也时时表露着他高洁的人品和那忧国的愤慨。前者如《青玉案·元夕》：

东风夜放花千树，更吹落，星如雨。宝马雕车香满路。凤箫声动，玉壶光转，一夜鱼龙舞。　蛾儿雪柳黄金缕，笑语盈盈暗香去。众里寻他千百度。蓦然回首，那人却在，灯火阑珊处！

表面看来，它写的是元宵之夜的一次"艳遇"；实际上却又寄寓着自己的高洁人

① 谢枋得：《谢叠山集》，中华书局，1985年，第31页。

品和"伤心怀抱"(《艺蘅馆词选》丙卷引梁启超言)。如此风光如此夜,词人所独寻的,却是这样一位品格高洁、自甘寂寞的"佳人"(杜甫有《佳人诗》)!

后者如《祝英台近》:

> 宝钗分,桃叶渡,烟柳暗南浦。怕上层楼,十日九风雨。断肠片片飞红,都无人管;倩谁唤流莺声住? 鬓边觑,试把花卜归期,才簪又重数。罗帐灯昏,哽咽梦中语:是他春带愁来,春归何处,却不解带将愁去!

黄蓼园评曰:"此闺怨词也。史称稼轩人材,大类温峤、陶侃;周益公(必大)等抑之,为之惜。此必有所托,而借闺怨以抒其志乎。言自与良人分钗后,一片烟雨迷离,落红已尽,而莺声未止,将奈之何乎?次阕言问卜,欲求会而间阻实多,而忧愁之念将不能自已矣。意致凄惋,其志可悯。"①观之《摸鱼儿》(更能消几番风雨)亦是用"美人香草"的方式来寄托他忧国伤时的悲愤之感,则黄氏此说,基本也是可以成立的。

除开"亦刚亦柔"之外,我们还应该提到辛词风格多样化的别一个方面:"亦庄亦谐"。关于这一点,前人论述得比较少,所以尤有必要提出一论。

从主体来看,稼轩那些忧国愤时之作,都是一些正经的、严肃的作品。这就是它"庄"(庄重)的一面。但它却另有一面:"谐"(诙谐甚至是戏谑)。对此点,王国维曾有所触及,他说:"近人祖南宋而祧北宋,以南宋之词可学,北宋不可学也。学南宋者,不祖白石,则祖梦窗,以白石、梦窗可学,幼安不可学也。学幼安者率祖其粗犷、滑稽,以其粗犷、滑稽处可学,佳处不可学也。"②他在这里,就曾提到了辛词的"滑稽"——不过他又是把它与"粗犷"连在一起而与其"佳处"相对立地提出来的,所以言外之意即是以其"滑稽"为"劣"的。这样看来,则王氏之论固然看到了辛词"诙谐"的一面,然而却还嫌片面——因为辛词的诙谐并不全部等于今之所谓"滑稽"。今之所谓"滑稽",大凡都在逗笑、风趣之外还带有那么一点油滑的"不正经"感。而真正的诙谐,却是富有幽默感和"谐趣"在内的;它不只是廉价地博人一笑,而且是入世甚深以后却又返身跳出时的"会心微笑",是一种积极的心理防卫和自我解脱。在此一笑之中,人与环境(包括人、事)的紧张矛盾就在"微笑"中暂时冲淡。这种情况,在唐代诗人中可举杜甫为例。胡适在其《白话文学史》中曾提到,杜甫的早期诗在贫困中还始终保持一点

① 黄苏:《蓼园词选》,黄苏,等选评《清人选评词集三种》,齐鲁书社,1988 年,第 68 页。
② 王国维:《人间词话》,齐鲁书社,1981 年,第 15 页。

“诙谐”的风味,他的某些诗往往具有打油诗的趣味(如《今夕行》《醉时歌》《秋雨叹》之一、之三);这种风趣到晚年更发达,成为他第三期诗的最大特色。此话后来颇遭批评,认为是亵渎了这位“诗圣”。其实,平心而论,胡适这些话虽有夸大或夸张之处(如说它成了第三期诗的“最大特色”就嫌过分),但又并非全无道理。如杜甫《醉时歌》开头几句:“诸公衮衮登台省,广文先生官独冷。甲第纷纷厌粱肉,广文先生饭不足”,就是一种“带着眼泪”的戏谑之语。如他《饮中八仙歌》所描写的八位“醉仙”之狂态(“知章骑马似乘船,眼花落井水底眠”,“汝阳三斗始朝天,道逢麹车口流涎”,等等),又都充满着善意的谑笑意味。而即使他那极为严肃正经的《北征》诗中,却也有一段苦中取乐的描写:“粉黛亦解苞,衾裯稍罗列。瘦妻面复光,痴女头自栉。学母无不为,晓妆随手抹。移时施朱铅,狼藉画眉阔。”正像他诗中“问事竞挽须,谁能即嗔喝”两句所说的那样,我们又怎能嗔怪他在如此愁苦的环境中还发出这种开玩笑的诗句?这恰恰就体现出了杜甫人格的“博大”,也反映出了杜诗“浑涵汪茫,千汇万状”(《新唐书》本传之赞语)的多样风格。所以,如光说杜甫是“诙谐诗人”自然是不确的;而若说杜甫诗中有着“诙谐”的趣味和风格,则又是完全正确的。明乎此点,我们再来看宋代的苏、辛词,就可以省力多了。

首先可以这样说:宋代士人中,最富风趣的人物当推苏轼。这种“风趣”,既来自于他的机智,又源于他达观的天性和虽处逆境而不甘消沉的后天修养。请读:“竹外桃花三两枝,春江水暖鸭先知。蒌蒿满地芦芽短,正是河豚欲上时。”(《惠崇春江晚景二首》之一)从桃花、春水而联想到引人流涎的鲜美河豚,我们不禁会对此公的“饕餮”食欲,产生出会心的微笑。而他在贬居广东的困难岁月中,竟也写出了诸如“日啖荔枝三百颗,不辞长作岭南人”(《食荔枝》)的诙谐之诗,我们又不禁会对这种常人难及的旷达深感钦佩。所以,苏轼的诙谐,正是他生命之火旺盛燃烧的表现,是他超乎常人的达观性格在特定环境中的升华,是他对于人生世相的一种特殊“妙悟”。这种诙谐的趣味,在他的词中也同样有所反映。如其《南乡子·重九》词云:“霜降水痕收,浅碧鳞鳞露远洲。酒力渐消风力软,飕飕,破帽多情却恋头。　佳节若为酬?但把清尊断送秋。万事到头都是梦,休休,明日黄花蝶也愁。”别人说“人惜落帽”,他却偏说“破帽多情却恋头”;别人说“人世难逢开口笑”(杜牧《九日齐山登高》),他却偏要在“明日黄花蝶也愁”的悲秋气氛中掺入这么一点幽默的“笑料”来。东坡之不可企及处,正往往在于此种沉痛中见豁达的“谐趣”。

至于稼轩,他也同样具有这种诙谐幽默的天趣。所以,我们在他的词(特别是闲居于农村时所作的词)里,也常可见到这种风趣的意味。比如他咏“齿落”

的《卜算子》:

刚者不坚牢,柔底难摧挫。不信张开口角看,舌在牙先堕。　　已阙两边厢,又豁中间个。说与儿曹莫笑翁,狗窦从君过。

在世道不公的时代里,刚直者易摧,而柔滑者则易存;辛弃疾就以“齿亡舌存”作为例子,借着戏谑的口吻,说出了这个深刻的道理。而下片“说与儿曹莫笑翁,狗窦从君过”,又化用了《世说新语·排调》中一个八岁小儿的戏言(有人戏对幼童张吴兴说:“君口中何为开狗窦?”张应声答曰:“正使君辈从此中出入。”),与儿辈们开个玩笑,让他们以博一粲。这又体现了此位“老幼童”的生动风趣。

再如他与白鸥的“戏言”:

带湖吾甚爱,千丈翠奁开。先生杖屦无事,一日走千回。凡我同盟鸥鸟,今日既盟之后,来往莫相猜。白鹤在何处?尝试与偕来。(《水调歌头》上片)

《左传》僖公九年:“齐盟于葵丘曰:‘凡我同盟之人,既盟之后,言归于好。’”这本是“经语”(《左传》属于儒家之“经典著作”)而宜用于政治、外交一类场合,但稼轩却移用来对白鸥说话,意谓:今日我已下定决心与汝辈“结盟”同隐,今后决不可以彼此猜忌,更不可以“搞两面派”——言外又含有对世间那种表面信誓旦旦而背后却相互排挤之不良现象的讽刺和感叹。

而即使在他描写农村闲居生活的词中,稼轩这种乐观诙谐的性格也有所流露,如《清平乐·村居》:

茅檐低小,溪上青青草。醉里吴音相媚好,白发谁家翁媪?　　大儿锄豆溪东,中儿正织鸡笼。最喜小儿无赖,溪头卧剥莲蓬。

词人漫步溪畔,走近一间低矮的茅屋,忽闻里头传出一阵阵软糯悦耳的吴侬软语,当然禁不住会往内探视——谁知屋内并非一对青年男女在那儿情话绵绵,却是一对白发夫妇在作醉中戏语!个中的“谐趣”真令人“发笑”!而下片所写的“小儿卧剥莲蓬”的“无赖”相,也同样使人感到轻松愉快。歌德有句名言:“诗人的本领正在于他……能从惯见的平凡事物中见出引人入胜的一个侧面。”稼轩此词,即有此种本领。

当然,像《清平乐》这样的“纯诙谐”之作,辛词中是不多的;而由于时代和身世的艰辛(他在“戏赋辛字”的《永遇乐》中曾把这种“艰辛”滋味具体化为悲辛、辛酸、辛辣、辛苦等),他的“诙谐”中,就经常夹寓着“辛酸”的复杂况味。因此读他的那些诙谐词,又往往刚欲启齿一笑却已悲从中来。如《丑奴儿》:

少年不识愁滋味，爱上层楼。爱上层楼，为赋新词强说愁。　而今识尽愁滋味，欲说还休。欲说还休，却道“天凉好个秋”！

上片写儿时神态，其娇憨天真、活泼可笑之貌可掬。下片写“真个愁来了”，而且是“愁大如天”（词中所谓“识尽愁滋味”），却用了“天凉”一语轻轻把它遮去。那掩盖在“诙谐”底下的辛酸滋味，就实在耐人寻味。

所以，“愤怒”固然可以“出诗人”，而“诙谐”也同样可以“出诗人”。只不过，这种“诙谐”，不是浅薄的、庸俗的“谐趣”，而必须是伴和着崇高的人格，或者是由严肃和认真中“转”出的“谐趣”才行。稼轩自云：“甚矣吾衰矣”，但是，在我们心目中，这位“白发空垂三千丈”的“词翁”，却仍是那么风趣异常，那么可爱可亲，甚至是“妩媚”年轻——原因就在：他永远保存了那一股生活的热情，那一颗幽默诙谐的“童心”。辛词在其深刻、严肃的内容之外所同时具有的风趣、诙谐面目于此即可见得。

当然，除开上述“亦刚亦柔”“亦庄亦谐”两个方面之外，我们对于辛词的面目还可从其他方面加以考察。这就用得上东坡的诗了：“横看成岭侧成峰，远近高低各不同”，辛词的面目（不管是思想内容，还是艺术风格）确如那座高大的庐山一样，是观之不尽、言而未绝的。但总的看来，它的主要特征便是：高大、挺拔、具有无限的生机和活力。陈廷焯把它比作为词坛的“巨龙”，固然适宜；而夏承焘先生的几首论词绝句，也越发把稼轩的为人和“为词”写活了。他说：“人居平土鱼归海，禹迹苍茫在两间。谁会词人饥溺意，大江东下望金山”；“青兕词坛一老兵，偶能侧媚亦移情。好风只在朱栏角，自有千门万户声”；“《金荃》《兰畹》各声雌，谁为吟坛建鼓旗？百丈龙湫雷鼙底，他年归读稼轩词”（《瞿髯论词绝句》）。稼轩那欲拯救溺于水深火热中的中原人民之伟大抱负，那具有“千门万户”气概的词风，就跃然于我们面前了。苏轼词云：“江山如画，一时多少豪杰。”在宋代词坛的江山之上，风光确是“如画”一般美不胜收的；但若要论其豪杰人物，却又是为数并不很多的（多的只是“才子”）。而在这为数不多的英雄豪杰之中，辛弃疾却又是一位“树立鼓旗”的“大帅”——他在词史上的地位，由此就不难想见。

第二节　“辛派爱国词”概述

南宋诗人戴复古在其《望江南》词中说过：“壶山好，文字满胸中。诗律变成长庆体，歌词渐有稼轩风。”此话虽是指着宋自逊（号壶山）的个人情况而言，却也道出了当时词坛上新掀起的一股普遍潮流：“歌词渐有稼轩风”。事实也确如戴词所说的那样：在辛弃疾词出现之后，词坛上就涌出了一个“辛派作家群”，诞生了一大批与辛词（“豪气词”）风格面目大体相近的爱国词篇。所以我们就可把它们统称为“辛派爱国词”，来加以一并的概述。

一、陆游词中的“从军乐”与“爱国泪”

陆游（1125—1210），字务观，号放翁，山阴（今浙江绍兴）人。他是南宋的爱国诗人，其生平已为人所熟知，故不再赘述。他的年岁既长于辛弃疾20余岁，诗名又很大，故而若把他作为辛弃疾派的“羽翼”，或许有些“委屈”了他；但因他主要是以诗“鸣”世，而在词的成就方面却并不及稼轩，所以放在“辛派词人”中来论述，也还算是恰当的。

陆游《跋后山居士长短句》曾说：“陈无己诗妙天下，以其余作辞（按：应作‘词’），宜其工矣，顾乃不然，殆未易晓也。”①照这段话看，他即是把词当作“诗之余”来看待的。所以，在论其词时，不妨先从他的诗来谈起。

梁启超《读陆放翁集》诗云：“诗界千年靡靡风，兵魂销尽国魂空。集中什九从军乐，亘古男儿一放翁”；又云：“辜负胸中十万兵，百无聊赖以诗鸣。谁怜爱国千行泪，说到胡尘意不平！”梁氏此论就把放翁的诗分成了两大部分：一是“从军乐”（作于前线附近），二是“爱国泪”（作于山阴乡间）。放翁的词，因是与其诗相通的，所以我们也可依着这两条线索来分别谈论。

先说他靠近前线所作的“从军”词篇。

在南宋的大量词作中，我们可以发现这样一个现象：大凡作于前线（或靠近前线）的词篇，其基调绝大多数不是慷慨便是愤慨的；相对而言，作于“内地”（如西子湖畔）的词，则往往不免会在绮罗丛中寻“词料”也。所以如辛弃疾之登临京口北固亭、金陵赏心亭之类的词篇，就都充满着呼号奋发的“虎气”。陆游曾到过镇江任职，后又曾赴四川从军。所以在此两地所作的词中，就同样洋溢着他的“兵魂”和“国魂”。

隆兴二年（1164），陆游因上书斥责主和派曾觌、龙大渊“招权植党”而被贬镇江通判。此年秋，他与知府方滋同登北固山上的名胜多景楼，作了这样一首《水调歌头》：

> 江左占形胜，最数古徐州。连山如画，佳处缥渺著危楼。鼓角临风悲壮，烽火连空明灭，往事忆孙、刘。千里曜戈甲，万灶宿貔貅。　露沾草，风落木，岁方秋。使君宏放，谈笑洗尽古今愁。不见襄阳登览，磨

① 陆游：《陆游集》，中华书局，1976年，第2247页。

灭游人无数，遗恨黯难收。叔子独千载，名与汉江流。

作者登临远眺，唯见鼓角悲壮、烽火连空，不由联想到历史上孙权之坐断江南和羊祜（叔子）的镇守襄阳，因而提笔写下了这首感慨遥深的词篇，堪与稼轩后来在此所赋两词同读；其风格则也可以此词中的"宏放"二字来形容之。

王夫之说："身之所历，目之所见，是铁门限。"（《薑斋诗话》）此话说出了生活实践对于文学创作的重要作用。放翁46岁入蜀，48岁时在王炎幕下任职，曾亲赴南郑前沿阵地考察。这年七月十六日晚，他登上高兴亭眺望长安终南山，写了《秋波媚》词：

秋到边城角声哀，烽火照高台。悲歌击筑，凭高酹酒，此兴悠哉。多情谁似南山月，特地暮云开。灞桥烟柳，曲江池馆，应待人来！

这时，王炎正准备收复长安，所以词人的心情是激动而迫切的。你看，就连山月都特意为我破云而出，让我凭高远眺汉唐故都（长安）的烟柳池馆。作者那种盼望能够早早"解放"沦陷区的心情就表现得多么强烈！从这些作于前线附近的词中，我们就不难感受其从军气氛和盼战情绪。

但是，陆游的晚年，却更多地是在"僵卧孤村不自哀"的情况下度过的。因此，我们又在他作于乡间的许多词中，看到了他的"爱国之泪"：

当年万里觅封侯，匹马戍梁州。关河梦断何处？尘暗旧貂裘。胡未灭，鬓先秋，泪空流。此生谁料，心在天山，身老沧洲？（《诉衷情》）

壮岁从戎，曾是气吞残虏。阵云高，狼烟夜举。朱颜青鬓，拥雕戈西戍。笑儒冠自来多误。　　功名梦断，却泛扁舟吴楚。漫悲歌，伤怀吊古。烟波无际，望秦关何处？叹流年又成虚度！（《谢池春》）

这些词和后来的辛词一样，都有着一个今、昔之对比。但这种对比不同于李清照、朱敦儒那样（那是一种昔之快乐幸福与今之凄凉孤独的对比），而是一种"臣之壮也"与"臣之衰矣"的今昔对比。所以这些词中之泪，已非"女儿泪"，而是另一种"男儿泪"。昆曲《林冲夜奔》有云："男儿有泪不轻弹，只因未到伤心处。"然则放翁词中的纵横老泪，则就都是伤心的"爱国之泪"也。

关于放翁词的内容问题，主要就说以上两方面。此外如他那首有名的《钗头凤》，虽对后世影响颇大，但因这里主要侧重谈其爱国词，故便略而不论了。至于放翁词的艺术风格，前人的评价颇不一致。如刘克庄说："放翁长短句，其激昂感慨者，稼轩不能过；飘逸高妙者，与陈简斋、朱希真相颉颃；流丽绵密者，欲出晏叔原、贺方回之上。而歌之者绝少”①(《后村诗话续集》);毛晋说:“杨用修云:‘(放翁词)纤丽处似淮海,雄慨处似东坡。’予谓超爽处更似稼轩耳”②;《四库全书总目提要》则针对杨慎(用修)之论补充道:“平心而论,(陆)游之本意,盖欲驿骑于二家(指苏、秦)之间,故奄有其胜,而皆不能造其极。”③从这些评语来看,放翁词似还没有形成其独有的“一家风格”,却分别具有激昂、飘逸、绵密等多种风貌。这大约与他专门致力于诗而未在写词方面多下功夫有关系。不过若从总体印象来看,则放翁词风还是近似于稼轩一路的,因为它们都是笼盖在同一种时代气氛和同出于相近的作家群中的;当然比较后者来看,其“气”的“充足程度”似乎还比不上稼轩来得“霸蛮”。刘熙载说它“安雅清赡”(《艺概》卷四),此言大体得之。若论真正继承了稼轩的“生龙活虎”之气的,那便应该数到另一位词人——刘过。这在下文即来论及。

二、直陈“经济之怀”的陈亮词

陈亮(1143—1194),字同甫,婺州永康(在今浙江省)人。他是南宋又一位著名的爱国文人,史称他“才气超迈,喜谈兵,议论风生”(《宋史》本传)。其《上孝宗皇帝书》四篇和《中兴论》,纵论天下大事,极力主张抗金复国,曾经名噪一时;然终不见用,并屡遭迫害,亦是一位悲剧性的人物。

谈到陈亮的那些爱国词,便首先应该提到它的“狂放精神”。这一点,既受到过稼轩的影响,却又是作者本身的人格、思想、个性使然。据《宋史》本传记载,他一生中至少有两件事堪称是惊世骇俗的。一是在上孝宗皇帝书中激烈地批判当日盛极一时的“理学”,说道:“始悟今世之儒士自以为得正心诚意之学者,皆风痹不知痛痒之人也。举一世安于君父之仇,而方低头拱手以谈性命,不知何者谓之‘性’、‘命’乎?”二是在上书以后,孝宗欲授以官,他却笑曰:“吾欲为社稷开数百年之基,宁用以博一官乎?”于是回乡,“日落魄醉酒,与邑之狂士饮,醉中戏为大言,言涉犯上”,差点闯下了杀身大祸。这就可知他为人的“狂放”气概和反抗精神。故发而为词,自然也就贯注着这股“气足盖物”(叶适《祭陈同甫文》)的“大气”。如其《念奴娇·登多景楼》:

> 危楼还望,叹此意,今古几人曾会?鬼设神施,浑认作,天限南疆北

① 施蛰存、陈如江辑录:《宋元词话》,上海书店出版社,1999年,第525页。

② 毛晋:《放翁词跋》,金启华,等编《唐宋词集序跋汇编》,江苏教育出版社,1990年,第154页。

③ 永瑢,等:《放翁词提要》,《钦定四库全书总目》,中华书局,1997年,第2795页。

界。一水横陈，连岗三面，做出争雄势。六朝何事，只成门户私计！

因笑王谢诸人，登高怀远，也学英雄涕。凭却江山管不到，河洛腥膻无际。正好长驱，不须反顾，寻取中流誓。小儿破贼，势成宁问强对！

南宋人登临多景楼所赋的词篇很多（如前述陆游《水调歌头》即是），但若论气概之豪壮，则当以陈亮此首为最。词中所写的"一水横陈，连岗三面，做出争雄势"，即其《戊申再上孝宗皇帝书》中"京口连冈三面，而大江横陈，江傍极目千里，其势大略如虎之出穴，而非若穴之藏虎也"，以及"天岂使南方自限于一江之表，而不使与中国而为一哉？江傍极目千里，固将使谋夫勇士得以展布四体，以与中国争衡者也"①之意。而在陈说了镇江宜于北伐争雄的地势之后，他又直斥了六朝（实指当朝）的"门户私计"，真是痛快淋漓。最后气势忽转轩昂，喊出了"正好长驱""势成宁问强对（强对：强敌也）"的进军、杀敌之声，使人如闻宗泽当年大呼"渡河"那一般情景。这首词，就同他另一首《水调歌头·送章德茂大卿使虏》一样，是整个南宋爱国词中难得见到的充满必胜信念的"豪气词"。

陈廷焯说过："陈同甫豪气纵横，稼轩几为所挫。"②他的这种"豪气"，即是与稼轩相互影响、促发的。如他与辛氏唱和的《贺新郎》三首之第二首：

离乱从头说，爱吾民，金缯不爱，蔓藤累葛。壮气尽消人脆好，冠盖阴山观雪。亏杀我，一星星发！涕出女吴成倒转，问鲁为齐弱何年月？丘也幸，由之瑟。　斩新换出旗麾别，把当时，一桩大义，拆开收合。据地一呼吾往矣，万里摇肢动骨。这话霸，只成痴绝！天地洪炉谁扇鞴？算于中，安得长坚铁！淝水破，关东裂！

此词明显地不满于当时"壮气尽消人脆好"的颓惰士气和"冠盖阴山观雪"（指南宋派使臣使金，只落得陪伴金酋出猎观雪的屈从地位）的怯懦国势，而其"据地一呼吾住矣，万里摇肢动骨"则又表示了他欲振臂高呼、大显身手的雄心壮志。他在另一首《贺新郎》中又对稼轩说过："只使君，从来与我，话头多合。"可见无论是其爱国之激情，还是词中之豪气，都是与稼轩"多合"的。

陈亮的朋友叶适，后来曾追述过陈亮对于词的一段议论：陈亮每一词成，辄自叹曰："平生经济之怀，略已陈矣！"③可见，陈亮就是把"词"当作自己抒陈"经济（经邦济世）之怀"的文学工具来看待的。而事实也是：陈亮的许多词篇，就均

① 陈亮：《陈亮集》，中华书局，1974 年，第 16－17 页。
② 陈廷焯：《白雨斋词话》卷一，人民文学出版社，1959 年，第 24 页。
③ 叶适：《书龙川集后》，陈亮《陈亮集》，中华书局，1974 年，第 448 页。

可当做政论来读。不过,也正因为这一点——对于词的过分偏狭的政治功利主义观念,陈亮的词又难免于政治性过强而艺术性嫌粗的缺点。这观之于上述《贺新郎》,即可见其一斑。所以,比起辛词来,陈亮的词就嫌粗率、粗放甚至“粗鲁”了。后来辛派词之末流,往往流入叫嚣贲张一路,陈亮词恐怕就是首开了其端。不过,正像在敌人飞机的轰炸之下抗(日)战时期的诗人不可能去精心推敲诗的艺术性那样,我们对于陈亮词的“粗”,还是应该原谅几分的。

三、“词多壮语,盖学稼轩”的刘过词

除开陈亮以外,刘过也是一位“词多壮语,盖学稼轩”(黄昇《中兴以来绝妙词选》卷五评语)的“辛派词人”。他生于1154年,卒于1206年,字改之,自号龙洲道人,吉州太和(在今江西省)人。他力主北伐,曾多次上书朝廷提出作战方略,但均未被采纳。四次应举未中,只好长期流路江湖,依人作客,也可算得是一位“江湖词人”。晚年和辛弃疾有过交往,受到过辛氏的赏识。所以,我们这里就先谈他与辛氏有关的两首《沁园春》。其一是:

> 古岂无人,可以似吾稼轩者谁?拥七州都督,虽然陶侃,机明神鉴,未必能诗。常衮何如,羊公聊尔,千骑东方侯会稽。中原事,纵匈奴未灭,毕竟男儿。　　平生出处天知,算整顿乾坤终有时。问湖南宾客,侵寻老矣;江西户口,流落何之?尽日楼台,四面屏幛,目断江山魂欲飞。长安道,奈世无刘表,王粲畴依?

嘉泰三年(1203年),辛弃疾以64岁的高龄从铅山农村复出,任绍兴知府兼浙东安抚使,招刘过入幕。此词即作于是时。词中热情赞扬了稼轩既具武才、又富文采,是个古今难得的少有人才;特别是“中原事,纵匈奴未灭,毕竟男儿”三句,表现了稼轩“男子汉大丈夫”的英雄气概,堪称是辛氏的“知己者”。接着又抒发了自己“目断江山魂欲飞”的深心苦痛和“侵寻老矣”“流落何之”的悲感,把自己欲有所为的殷切期望寄托在稼轩的提拔上。词风悲慨,与稼轩词属于同一宗风。另一首是:

> 斗酒彘肩,风雨渡江,岂不快哉?被香山居士,约林和靖,与东坡老,驾勒吾回。坡谓:“西湖正如西子,浓抹淡妆临镜台。”二公者,皆掉头不顾,只管传怀。　　白云:“天竺去来!图画里峥嵘楼阁开,爱东西双涧,纵横水绕;两峰南北,高下云堆。”逋曰:“不然。暗香浮动,争似孤山先探梅?须晴去,访稼轩未晚,且此徘徊。”

据岳珂《桯史》卷二记载,稼轩闻刘过之名,派人招他前来相会。当时刘过正在

杭州西湖，因有事不及行，于是便“效辛体《沁园春》”作一词，以词代札向辛作答。词中忽发奇想，构思巧妙，把三位古人请出来代自己向稼轩“请假”，既飞扬着辛词那种豪情狂致，又充满了辛词那种诙谐风趣，端的是“下笔便逼真”。所以稼轩读后大喜，“致馈数百千，竟邀之去”。这个“以词会友”的故事亦可算是词坛的一则佳话。从中可见辛、刘两人的趣味相投以及辛词在当时的广泛影响。

不过，刘过和陈亮有所不同，他的词虽学稼轩而较少陈词那种剑拔弩张的粗放之气，却另具一种“俊致”。刘熙载就说过：“刘改之词，狂逸之中，自饶俊致，虽沉着不及稼轩，足以自成一家。”①像下面这些词，就可见他这方面的风格：

芦叶满汀洲，寒沙带浅流，二十年重过南楼。柳下系船犹未稳，能几日，又中秋？　黄鹤断矶头，故人曾到否？旧江山浑是新愁。欲买桂花同载酒，终不似，少年游。（《唐多令》）

长短驿亭南北路，蒙茸醉拥驼裘。雪天行计欠人留，严风催酒醒，微雨替梅愁。　自作小词呵冻写，冷金淡衬银钩。此情知得几时休？寒云迷洛浦，残梦绕秦楼。（《临江仙》）

前一首描写重游黄鹤楼情景的小词，寄托遥深。武昌本系宋金对峙的重镇，故见“旧江山”而生“新愁”，此是家国之愁；自己在20年前曾在此作俊赏豪饮，而今却依旧漂泊流荡，这又是身世之愁。两愁交加，今昔盛衰之感油然出焉。特别是“欲买桂花同载酒，终不似，少年游”三句，语极淡，情却极真、极深，令每一位步入中年以后的读者，顿起徘徊、惆怅的意念。

后一首词写他飘荡江湖的悲感。时已严冬，然却“雪天行计欠人留”，只得去作东西南北的泛梗之行。“此情知得几时休”？对此，作者无从回答。因此只能把这一番迷惘的心情，托之以呵着冻手所写的小词中。从这些词中，我们又可以看到，正是那艰辛而崎岖的世路，消磨了这位“江湖词人”的棱角和壮气，使他从豪酣而转入了怅悒，故而其词中也渐减了“狂放”成分而添入了较多的柔美。造成刘过词有“俊致”的原因恐即与此有关。

另有一点也当说及，那就是：在众多的辛派词人中，刘过的人品显得比较“杂”。这表现在：一方面，他是一位爱国的豪士；但另一方面，却又过分地“豪气不除”，因而有点儿“行为不检”。后者，也可能是沾染了“江湖习气”之故吧（如他在钱财问题上，在狎妓方面，时有不大检点之处）。所以，他一方面写出了诸如《六州歌头 · 题岳鄂王庙》之类的爱国词篇，另一方面却又写下了诸如咏“美

① 刘熙载：《艺概》卷四，上海古籍出版社，1978年，第111页。

人指甲”“美人足”,以及“赠妓”之类的庸俗之作。这也是时代和阶级(他属于那一类“清客游士”阶层)的局限性所造成的。但是,总的看来,他之属于“稼轩附庸”(冯煦《宋六十一家词选例言》),却又是无疑问的。

四、充满焦灼感和批判色彩的刘克庄词

辛弃疾身后,有三位刘姓词人基本都是继承其词风的。这三位是:刘过、刘克庄和刘辰翁。而在此“三刘”中间,成就较为突出的,当数刘克庄。

刘克庄(1187—1269),字潜夫,号后村居士,莆田(在今福建省)人。他生活的年代已近南宋后半期。曾任建阳县令,因作《落梅》诗(中有“东风谬掌花权柄,却忌孤高不主张”之句),被言官指为讪谤,受到落职处分。淳祐六年(1246),理宗赏识他“文名久著,史学尤精”,特赐同进士出身,历官至工部尚书,以龙图阁学士致仕。他前后四次在朝做官,但又四度罢官,命运似乎“多舛”。可惜晚年与贾似道结交,成为晚节上的污点。

刘克庄的诗、文,在当时都享盛名。其词约260余首,也多优秀之作。不过,这里要谈的,主要还是他那些近于辛词风格的作品。

刘克庄作词之所以学辛,是有比较自觉的词学理论为其指导思想的。首先,他也认为,词有其“本色”的风格特征,因而他曾说过:“词当协律,使雪儿、春莺辈可歌,不可以气为色”,“前辈惟耆卿、美成尤工。”但是,在时代形势的推动之下,他又突破了这种传统的词学观点,更主张词要描写重大的社会题材,寄寓深厚的思想内容。所以他又说过这样一段话:

> 为洛学者,皆崇性理而抑艺文。词尤艺文之下者也,昉于唐而盛于本朝。秦郎“和天也瘦”之句脱换李贺语耳,而伊川有“亵渎上穹”之诮。岂惟伊川哉!秀上人罪鲁直劝淫,冯当世顾小晏损才补德,故雅人修士相戒不为。或曰:鲁庵亦为之,何也?余曰:议论至圣人而止,文字至经而止。“杨柳依依”、“雨雪霏霏”,非感时伤物乎?“鸡栖”、“日久”、“黍离”、“麦秀”,非行役吊古乎?“熠熠宵行”、“首如飞蓬”,非闺情别思乎?宜鲁庵之为之也。鲁庵已矣,子孝迈年英妙才……盖君所作,原于二南,其善者虽夫子复出,必和之矣。乌得以“小词”而废之乎?①

① 刘克庄:《黄孝迈长短句跋》,金启华,等编《唐宋词集序跋汇编》,江苏教育出版社,1990年,第263页。

这一段话，就把“小词”的地位，抬到了与《诗经》相提并论的高度，确是“石破天惊”的新见——其理由即在于词能“借花卉以发骚人墨客之豪，托闺怨以寓放臣逐子之感”①。所以正是从这重视思想性的观点出发，刘克庄最高度地评价了辛弃疾词是“横绝六合，扫空万古，自有苍生以来所无”②；也正因为此点，所以他又不满于当日词坛上那种“流莺百啭”的媚声软调而提出：“我有平生《离鸾操》，颇哀而不愠微而婉。”（《贺新郎》）刘克庄本人的大量词作，正是实践着自己重视思想内容的理论主张的。

冯煦说过：“后村词与放翁、稼轩，犹鼎三足。其生于南渡，拳拳君国似放翁；志在有为，不欲以词人自域似稼轩。”③此话即说明了他的一腔爱国、报国之心很似辛、陆。但是，刘克庄所生活的时代，已不再像陆、辛那样，是一个虽南北分裂但还有希望的时代，而是一个时时挨打并且逐步走近亡国的时代。所以他的词和辛词比较起来，就更富有自己所处的时代特色，那就是：几乎随处可感一种焦灼感、危机感。如：

> 尽说番和汉。这琵琶依稀似曲，蓦然弦断。作么一年来一度，欺得南人技短。叹几处城危如卵！（《贺新郎》）

1238年9月，蒙古兵80万包围庐州，形势十分危急。所以词中“城危如卵”就描写出了这种紧张异常的气氛。又如其《贺新郎·题蒲涧寺》中所写的“齐鲁干戈满目”，同调《跋唐伯玉奏稿》中所写的“新来边报犹飞羽，问诸公可无长策，少宽明主”，《水调歌头·游蒲涧追和崔菊坡韵》中所写的“四方蹙蹙靡聘”等等，都反映了这种令人万分担忧的军事形势和作者忧心如焚的焦急心情。因而，他的词中所反映的现实生活的宽度和深度比之辛词来，显得更加深广。比如《贺新郎·送陈真州子华》：

> 北望神州路，试平章这场公事，怎生分咐？记得太行山百万，曾入宗爷驾驭。今把作握蛇骑虎。君去京东豪杰喜，想投戈下拜真吾父。谈笑里，定齐鲁……

此词作于理宗宝庆三年（1227）。当时，北方农民起义军趁着蒙古崛起于金国北

① 刘克庄：《跋刘叔安感秋八词》，金启华，等编《唐宋词集序跋汇编》，江苏教育出版社，1990年，第253页。

② 刘克庄：《辛稼轩集序》，金启华，等编《唐宋词集序跋汇编》，江苏教育出版社，1990年，第173页。

③ 冯煦：《宋六十一家词选例言》，《蒿庵论词》，人民文学出版社，1984年，第70页。

方、金国精锐被歼殆尽的时候,纷纷起兵攻金;后来,金兵退出山东以后,蒙古兵又与北方"忠义军"(即农民起义军)屡屡发生军事冲突,有部分义军首领背宋降敌。处在这样一个复杂的政治、军事形势下,南宋政府派陈铧(子华)赴真州(治扬子,今江苏仪征)处理问题(以上参考钱仲联先生《后村词笺注》本词笺注)。刘克庄就"以词作论",向陈铧提出了一个如何正确对待农民起义军的问题:他要陈氏学习当年宗泽联合王善、杨进等义军的办法,用爱国的精诚和大义去感化、联络义军的感情,使他们真心诚意地投奔到南宋方面来,共同抵抗外敌("真吾父"用郭子仪、岳飞感化回纥军和农民起义军的典故);同时,又含蓄地批评了宋朝当局视义军如蛇、虎的态度。像这种涉及时事、涉及对"忠义军"政策的题材内容,就是辛词所无的。又如《满江红·送宋惠父入江西幕》:

……溪峒事,听侬说:龚遂外,无长策。便献俘非勇,纳降非怯。帐下健儿休尽锐,草间赤子俱求活。到崆峒快寄凯歌来,宽离别。

上一首词关系到北方义军,这一首则关系到南方的"贼寇"。1124年,江西南部发生骚乱,赣南数百里地一片混乱。宋派郑性之出兵讨伐,宋惠父就入郑的幕府做助理军务的工作。刘克庄在送宋的词中提出,对于这些少数民族,千万不要斩尽杀绝,而要尽量采取"招安"(龚遂劝民"卖剑买牛,卖刀买犊"的"长策"是也)的政策。此论虽未突破统治阶级镇压人民的立场,但他同情于"草间赤子俱求活"的人道主义精神,也是前人的词中所未见的。

所以,举此两例,即可见出刘克庄词的思想内容已随着社会危机的加深,有了更大的拓展。而与此相辅相成的是,它对现实政治的批判性也有所加强。这表现在:第一,它对于腐朽、黑暗势力的暴露和抨击,更加直接、更加激烈。如其《贺新郎·宋庵访梅》:"老子平生无他过,为梅花受取风流罪",《贺新郎·再和郡宴韵》:"不是先生喑哑了,怕杀乌台旧案",就是直斥"文字狱"的愤怒词句。第二,它对于宋末压抑、扼杀人才的可悲现实,也做了尖锐的揭露。如他有名的《沁园春·梦孚若》:"何处相逢?登宝钗楼,访铜雀台。唤厨人斫就,东溟鲸脍;圉人呈罢,西极龙媒。天下英雄,使君与操,余子谁堪共酒杯?车千辆,载燕南赵北,剑客奇才。　　饮酣鼻息如雷,谁信被晨鸡轻唤回?叹年光过尽,功名未立;书生老去,机会方来。使李将军,遇高皇帝,万户侯何足道哉!披衣起,但凄凉感旧,慷慨生哀。"词中悼念亡友方信孺(孚若),抒发了对他未能得遇"高皇帝(刘邦)"的无限同情和对于统治者摧残人才的无穷愤慨。第三,由于现实环境和爱国理想之间的矛盾无法解决,词人就采用了一种更加"狂放"的生活态度去向这个社会发动攻击。如他《贺新郎·再用实之来韵》中说:"管甚是非并礼法,顿足低昂起舞”，如他《水龙吟·己亥自寿》中说的反话：“起舞非狂，行吟非怨，高眠非傲”；最突出的例子则算《一剪梅·余赴广东，实之夜饯于风亭》：“束缊宵行十里强，挑得诗囊，抛了衣囊。天寒路滑马蹄僵，元是王郎，来送刘郎。　酒酣耳热说文章，惊倒邻墙，推倒胡床。旁观拍手笑疏狂，疏又何妨，狂又何妨？”词中那两位“狂士”的“狂态”，惊倒了世俗，招来了围观，活现了这个“国脉微如缕”（《贺新郎·实之三和》）的“末世”中所诞生的“狂人”形象。他们所呼叫出的“未必人间无好汉，谁与宽些尺度”（同上）的声音，也正是后代龚自珍所喊出的“我劝天公重抖擞，不拘一格降人材”（《己亥杂诗》）的不平之鸣。

由于题材内容的拓展和抒情言志的需要，刘克庄的词风也有了进一步议论化的趋向。词本来是以抒情特别是抒写“心曲”、心态为其主要艺术特征的，但这时就朝着发议论、发感叹的方向发展了。像前面所举的词，就都是可以当作“政论”来读的。而这种议论化的趋向，又必然会伴来另一种的散文化倾向。请一读下面这些句子：

叹臣之壮也不如人，今何及！（《满江红》）

吾衰久矣，我辰安在？老之将至。（《水龙吟》）

噫！有命存焉，吾非恶此而逃之，富贵人所欲，如之何幸而致？（《哨遍》）

它们就都像是一些散文式的句子。不过好在作者有着类似稼轩的那一股“大气”，所以将这些句子组织到词章中去，虽嫌粗率，却也另具一种风味。“倾倒赣江供砚滴”（《贺新郎·寄题聂侍郎郁孤台》），他总的词风就是如此雄直肆放的。当然也正因他有时过分“放纵”而忽略了艺术上的推敲锤炼，因此也难免会有“直致近俗”（《词林纪事》卷一四引张炎语）的毛病；而与此同理，他虽批评辛、陆词好“掉书袋”，但他自己却也未能免于此病。这些缺点，就都是后村词所客观存在着的，不必因其思想内容上的较高成就而加以讳言。

五、“奇特”“愤怒”的陈人杰词

“尤奇特，有稼轩一曲，真野狐精”，这是陈人杰“浙江观澜”词中的尾句。他赞扬辛弃疾《摸鱼儿·观潮上叶丞相》一词为“奇特”之曲，其实他自己的《龟峰词》也就是一组“奇特”的词组。

陈人杰（约1217—约1243），即陈经国，号龟峰，福建长乐人。少年时为了应试，曾寓居临安；20岁时又曾在建康参加举子考试；接着又以幕客身份，浪游两淮荆湘等地，后又回到杭州；26 岁左右即死，是一位多才而短命的青年词人①。

说他的词“奇特”，理由是：第一，《龟峰词》共 31 首，全用同一个词调《沁园春》写成。这种现象是在一般词人中所少见的。第二，“古来才命两相妨”（李商隐《有感》），陈人杰词中，就到处充满着这种“才”与“命”的冲突和矛盾，所以其词就显露出“愤怒”的火焰和批判的光芒。

《龟峰词》的批判矛头主要是指向当时苟安无能、误国误民的当权派。如“丁酉岁感事”一首：

谁使神州，百年陆沉，青毡未还？怅晨星残月，北州豪杰；西风斜日，东帝江山。刘表坐谈，深源轻进，机会失之弹指间。伤心事，是年年冰合，在在风寒。　　说和说战都难，算未必江沱堪宴安。叹封侯心在，鳣鲸失水；平戎策就，虎豹当关。渠自无谋，事犹可做，更剔残灯抽剑看。麒麟阁，岂中兴人物，不画儒冠？

丁酉是 1237 年。蒙古在灭金之后，兵分三路，大举侵宋，攻破了成都、襄阳等地，大肆烧杀抢掠。然而南宋统治者却依然故我，过着文恬武嬉的享乐生活。此词即感此而作。词的上片总结了历史经验：一百多年来，由于“刘表坐谈”（即苟安）和“深源轻进”（以东晋殷浩仓促北伐以致失败一事借指韩侂胄的“开禧北伐”），导致了“神州百年陆沉”的莫大悲剧；而现在呢，虽大敌压境，但是当权者如史嵩之之流，却仍拿不出一个退敌之计来（《宋史纪事本末》卷九三载，李宗勉于 1238 年就上疏弹劾史氏“力主和议”之论为“虚捐岁月，坐失事功”）。因此他就直斥此辈为“虎豹当关”“渠自无谋”，议论是十分尖锐、大胆的。

《龟峰词》的愤怒火焰，又主要是因着扼杀人才的不合理社会现实而燃起的。如《沁园春·次韵林南金赋愁》一首：

抚剑悲歌，纵有杜康，可能解忧？为修名不立，此身易老；古心自许，与世多尤。平子诗中，庾生赋里，满目江山无限愁。关情处，是闻鸡半夜，击楫中流。　　淡烟衰草连秋，听鸣鸩声声相应酬。叹霸才重耳，泥涂在楚；雄心玄德，岁月依刘。梦落莼边，神游菊外，已分他年专一丘。长安道，且身如王粲，时复登楼。

张衡（平子）《四愁诗》、庾信《愁赋》，都是写愁的名篇，而照陈人杰看来，其愁却

① 参见胡念贻：《陈人杰和他的词》，《文学评论》丛刊第七辑，中国社会科学出版社，1980 年，第 37－53 页。

都有关于“江山”;晋文公重耳,曾经落魄于泥途之中,蜀主刘备,也曾依附刘表部下,这些又都是个人不得意的身世之愁。陈人杰借这些古人而发的愁情,就是把个人才能被压抑的牢骚和对于国家前途的忧虑相结合起来的一种复杂感情。所以,面对着这种腐败的政治局面,他同辛弃疾一样,要发出“不恨穷途,所恨吾生,不见古人”的狂吟,要悲怆地喊出“镜影霜侵,衣痕尘暗,赢得狂名传世间”的哀叹——20余岁的人,已是“镜影霜侵”、一副“老态”了,其寿命之不永,也就难免。果然,不久之后,黑暗的社会就吞噬了这位短命的词人,只留下他那些慷慨生哀的词作,犹如流星一般在夜空划过……

由于《龟峰词》是这位青年词人用他的热血与生命来写成的(他一生既未做什么官,也未有其他作品传世,而仅留给我们这些词篇,所以可以这么看),因而我们就不准备再去谈它的“艺术性”了——作者本身“才命两相妨”的遭遇,就可以算得是一曲悲哀、愤激而未终篇的“生命乐章”!

除开上述诸家以外,南宋词坛上步趋稼轩词风而写作爱国词的,还大有人在。限于篇幅,这里就不再多说。总之,以辛弃疾为领袖,在他生前和身后,出现了一个可以称之为“辛派爱国词”的作者群。这群词人所写的大量爱国词篇,其总体的风格,如拿一句话来概括,那便是:富有“力度”的“男子汉风格”。辛词云:“儿女泪,君休滴”(《满江红·送李正之提刑入蜀》),又云:“我最怜君中宵舞,道‘男儿到死心如铁’”(已见前引),就表述了这些词中的雄概刚风已远非昔之柔媚词风可相比拟。不过,与它们同时,词坛上却又存在着另一种风味的词篇。刘克庄《玉楼春》词有云:“男儿西北有神州,莫滴水西桥畔泪。”陈亮《念奴娇·至金陵》有云:“江南春色,算来是,多少胜游清赏。”在美丽如画的江南大地上,在玉人的“水西桥畔”,却依然有人在作“胜游清赏”,在滴“相思之泪”——“人家小语,一声声近清唱”(陈亮词,同上)。这些软语清唱的词,一方面遥继了北宋末年周邦彦词的风格传统,另一方面却又带有了自己的时代特色——这就是我们在下一章即将叙述的“雅词”及它里头的“伤痕”作品。

第十二章 “雅词”营垒里的“伤痕文学”：姜夔和吴文英词

在南宋150年的词坛上，“雅词”有了很大的发展。自从北宋末年万俟咏首先把他的一部分作品归类为“雅词”以后，以“雅”为尚的选词和作词风气，嗣后便在南宋大盛起来。这种风气的突出标志，首先便是黄大舆在南渡之初（1129）编选的《梅苑》一书问世。该书专收咏梅词500余首，这就显示着宋人崇“雅”之风，已浸润到词坛中去。对此，《四库全书总目提要》有一段精辟的论断：“《离骚》遍撷香草，独不及梅。六代及唐，渐有赋咏，而偶然寄意，视之亦与诸花等。自北宋林逋诸人递相矜重，‘暗香疏影’、‘半树黄枝’之句，作者始别立品题。南宋以来，遂以咏梅为诗家一大公案。江湖诗人，无论爱梅与否，无不借梅以自重。凡别号及斋馆之名，多带梅字，以求附于雅人。黄大舆至辑诗余为《梅苑》十卷，方回作《瀛奎律髓》，凡咏物俱入著题类，而梅花则自立一类，此倡彼和，沓杂不休，名则耐冷之交，实类附炎之局矣。”① 又说《梅苑》之编，时在己酉（1129），“考己酉为建炎三年，正高宗航海之岁……不知大舆何以独得萧闲编辑是集”②？这就说明，即使在国事艰难、战火纷飞的年代里，南宋的某些词人，也已萌生了他们的“雅思”而饶有意致地去编选“梅花词”了。这更预示着，一旦形势缓解，南宋“雅词”的力量便将有一个更大规模的抬头。果然，在《梅苑》以后，正式以“雅”字来标目命名的词集就渐次多了起来，如：署名鲖阳居士所编的《复雅歌词》，曾慥所编的《乐府雅词》，就相继问世。后来，张孝祥词亦名《于湖雅词》，赵彦端词亦名《介庵赵宝文雅词》，程垓词亦名《书舟雅词》……直到宋末赵闻礼编《阳春白雪》，周密编《绝妙好词》，均是这种崇“雅”的产物；而张炎《词源》就更是“雅词”创作的一个理论总结。由于前面第九章中我们已经对这种“雅词”的情况作过概述，所以对于它的创作理论、思想内容、艺术风致等方面的问题就不再多作

① 永瑢，等：《梅花字字香》提要，《钦定四库全书总目》卷一六七，中华书局，1997年，第2224页。

② 永瑢，等：《钦定四库全书总目》卷一九九，中华书局，1997年，第2803页。

介绍。这里仅想举出一两首作品来具体体会一下它们的风味。

一首是陆淞的《瑞鹤仙》：

> 脸霞红印枕，睡起来，冠儿还是不整。屏间麝煤冷，但眉山压翠，泪珠弹粉。堂深昼永，燕交飞，风帘露井。恨无人，与说相思，近日带围宽尽。　　重省，残灯朱幌，淡月纱窗，那时风景。阳台路远，云雨梦，便无准。待归来，先指花梢教看，却把心期细问。问因循，过了青春，怎生意稳？

据陈鹄《耆旧续闻》卷十记载："南渡初，南班宗子寓居会稽，为近属士家最盛。园亭甲丁浙东，一时座客皆骚人墨士，陆子逸（淞）尝预焉。士有侍姬盼盼者，色艺殊绝，公每属意焉。一日宴客，偶睡，不预捧觞之列。陆因问之，士即呼至，其枕痕犹在脸。公为赋《瑞鹤仙》，有'脸霞红印枕'之句，一时盛传之，逮今为雅唱。"①从这段"本事"看，则这首"逮今为雅唱"的"雅词"，就其本质言，仍是一首艳情词，而并无太大的"质"的变化。所不同的是，它和一般的艳词相比，又显得文雅、细腻多了——张炎《词源》就说它"景中带情，而有骚雅"。我们试从它"待归来，先指花梢教看，却把心期细问"等句读来，便深觉女主角那种"迷离婉妮"（贺裳《皱水轩词筌》评语）的心态中，委实带有着一种委婉深细的"雅美"感。

再一首是史达祖的《绮罗香·春雨》：

> 做冷欺花，将烟困柳，千里偷催春暮。尽日冥迷，愁里欲飞还住。惊粉重，蝶宿西园；喜泥润，燕归南浦。最妨它佳约风流，钿车不到杜陵路。　　沉沉江上望极，还被春潮晚急，难寻官渡。隐约遥峰，和泪谢娘眉妩。临断岸，新绿生时，是落红，带愁流处。记当日，门掩梨花，剪灯深夜语。

这是一首咏物词。全章围绕"春雨"来写，句句切"雨"，却又处处不露一个"雨"字，可见其含蓄巧妙，巧展匠心。张炎曾说："诗难于咏物，词为尤难。体认稍真，则拘而不畅；模写差远，则晦而不明。要须收纵联密，用事合题，一段意思，全在结句，斯为绝妙。"②此词之写"雨"，就做到了不即不离、若即若离，既不脱离所咏之物，却又不黏着于物，妙在和它之间保持了一段恰当的"距离"。尤其它的用典使事，照张炎他们看来，更是"用事（而）不为事使"，既文雅优美，又含思

① 陈鹄：《西塘集耆旧续闻》，中华书局，1985 年，第 64 页。
② 张炎：《词源》，唐圭璋编《词话丛编》，中华书局，1986 年，第 261 页。

宛转。其"临断岸"以下,从春水涨绿,写到落红带愁,再结出一位倩娘剪灯夜语、雨夜思人的镜头,既切"春雨"之题,又合"香艳"之旨,故而深得姜夔的赞赏(据黄昇《中兴以来绝妙词选》卷七),亦可称得是一首典型的"雅词"。

不过,在这种外表十分雅美漂亮的"雅词"里头,我们总感到有某种不足和欠缺,那就是:它们大多缺乏真挚和深厚的感情内容。技巧有余而真情衰竭,形式精巧而内容平凡,便成了此类作品的一个通病。我们试读上两首词,以及另外如陈允平、周密咏西湖十景之词等,就都有这种感觉。原因何在?就因为它们大多是"结社题词"的产物,是脱离了生活之源而一头钻进"象牙之塔"的产物,所以尽管在技巧上斗奇争巧、在艺术上反复锤炼,而究其思想内容,则不免有"贫血"之病。周济就曾一针见血地指出过这种不良的创作风气,他说:"北宋有无谓之词以应歌,南宋有无谓之词以应社。"①观之《梦粱录》中所记述的"西湖诗社"(卷一九),观之南宋词人作品中出现的"分题赋咏"现象之多,则周氏此论便是言之有据的。这种时代风尚,就使多数的"雅词"作品,出现了"为艺术而艺术"的唯美主义倾向。

但是,南宋后期实在是一个有着多重"伤痕"的时代;南宋后期的词人,在事实上也应该或多或少、或深或浅地感知着这种时代的"伤痕"。因此,在大量的南宋(后期)"雅词"中,我们还有必要特地提出姜夔和吴文英的词来一谈——从一定意义上言,他们的很多词篇,就堪称是一种"伤痕文学"。苏轼诗云:"春江水暖鸭先知。"姜、吴两人,就像两只"能言鸭"一样,向我们传达了他们从现实生活里所深锐获知的冷暖感,表达了他们胸中凝聚着的种种伤痕心理。这就使其词作不光具有形式方面的"雅美",而且具有相当的感情厚度。因此我们对于他俩,就该"刮目相看"。

当然,由于姜、吴两人的生活经历和艺术视野并不全同,所以他们词中所反映的"伤痕"心理,其"方面"和"重心"也不全同。但总起来看,却都不外乎下列三方面:时代的伤痕,个人身世的伤痕,恋情生活方面的伤痕。这里可以姜氏《齐天乐·咏蟋蟀》一词为例:

庾郎先自吟《愁赋》,凄凄更闻私语。露湿铜铺,苔侵石井,都是曾听伊处。哀音似诉,正思妇无眠,起寻机杼。曲曲屏山,夜凉独自甚情绪? 西窗又吹暗雨。为谁频断续,相和砧杵?候馆迎秋,离宫吊

① 周济:《介存斋论词杂著》,黄苏,等选评《清人选评词集三种》,齐鲁书社,1988 年,第 191 页。

月，别有伤心无数。《豳》诗漫与。笑篱落呼灯，世间儿女。写入琴丝，一声声更苦。

其中，“候馆迎秋，离宫吊月”两句所写，即是有关时世的伤痕心理；“庾郎吟《愁赋》”之句所写，乃是有关身世的伤痕心理；而“思妇无眠”两句，更明显写的是恋情方面的伤痕心理。而总的情绪，则便是一片“哀音”“私语”式的“伤心”意绪！所以把它们称为“伤痕文学”也是言之有据的。

下面，便先来说姜，次来说吴。

第一节　“幽韵冷香”白石词

一、白石词中所反映的“伤痕”心理

姜夔（约1155—1209），字尧章，号白石道人，饶州鄱阳（在今江西省）人。他早年随父居汉阳（今湖北武汉），父死依姊而居，以后漫游湘、鄂、苏、杭、湖州等地，一生未曾做官，一直过着清客游士的生活。周密《齐东野语》卷一二载其《姜尧章自叙》一篇，可见其生平之大略：

某早孤不振，幸不坠先人之绪业，少日奔走，凡世之所谓名公钜儒，皆尝受其知矣。内翰梁公于某为乡曲，爱其诗似唐人，谓长短句妙天下。枢使郑公爱其文，使坐上为之，因击节称赏。参政范公以为翰墨人品皆似晋、宋之雅士。待制杨公以为于文无所不工，甚似陆天随，于是为忘年友。复州萧公，世所谓千岩先生者也，以为四十年作诗，始得此友。待制朱公既爱其文，又爱其深于礼乐。丞相京公不特称其礼乐之书，又爱其骈俪之文。丞相谢公爱其乐书，使次子来谒焉。稼轩辛公，深服其长短句如二卿。孙公从之，胡氏应期，江陵杨公，南州张公，金陵吴公，及吴德夫、项平甫、徐子渊、曾幼度、商翚仲、王晦叔、易彦章之徒，皆当世俊士，不可悉数。或爱其人，或爱其诗，或爱其文，或爱其字，或折节交之。若东州之士则楼公大防、叶公正则，则尤所赏激者。嗟呼！四海之内，知己者不为少矣，而未有能振之于窭困无聊之地者。旧所依倚，惟有张兄平甫，其人甚贤。十年相处，情甚骨肉。而某亦竭诚尽力，忧乐同念。平甫念其困踬场屋，至欲输资以拜爵，某辞谢不愿，又欲割锡山之膏腴以养其山林无用之身。惜乎平甫下世，今惘惘然若有所失。人生百年有几，宾主如某与平甫者复有几？抚事感慨，不能为怀。平甫

既殁，稚子甚幼，入其门则必为之凄然，终日独坐，逡巡而归。思欲舍去，则念平甫垂绝之言，何忍言去！留而不去，则既无主人矣，其能久乎？①

这篇自叙，就揭示了白石生平的一大悲剧：才华极高，却终生困踬。首先，我们从中可知，他于诗、文、词无所不精，音乐、书法也造诣甚高。曾备受当世闻人的赏识，但却又始终不能博取一官半职，而只能转徙依附于他人门下，这对于封建社会一位极有才华的知识分子来讲，简直是一个终生的遗憾和恨事。更何况，他在张鉴（平甫）死后，境况更为潦倒，最终穷死江湖。在他生前，杨万里已经说他是“不见词人到老穷”（《进退格寄张功甫、姜尧章》）；在他死后，苏泂《到马塍哭尧章》诗中写他所见则是“除却乐书谁殉葬？一琴一砚一《兰亭》”，可见其身后之萧条不堪。因此，这种长期寄人篱下的清客（尽管是“高级清客”）生活，就使他尝够了人生的苦味。故而他虽常是达官贵僚的座上之客，而究其内心，却总不是个“滋味”。“少小知名翰墨场，十年心事只凄凉”（《除夜自石湖归苕溪》诗），这就是他心灵深处的“哀音”“私语”！此种生活遭遇便刻铸了他心理上的第一个重大“伤痕”。

但是，白石内心的伤痕，却远不止于此——只不过是，此外的一些伤心之事他不便于《自叙》中明说而已。若照我们看来，他的精神世界中，另还有两大创伤。第一，从大处而言，他虽生活在一个基本是偏安的社会环境中，但是前一时期战争所留下的“伤口”既未完全愈合，而现实环境中的战争危险却又依然存在，所以白石的心中始终积聚着对于战争的恐惧与厌恶心理。其《凄凉犯》即云：“绿杨巷陌秋风起，边城一片离索。马嘶渐远，人归甚处？戍楼吹角。情怀正恶，更衰草寒烟淡薄。似当时，将军部曲，迤逦渡沙漠。”这就写出了合肥（地近边防前沿）的战后气氛和自己“情怀正恶”的愁苦心情。昔人有云：“南宋词多黍离麦秀之悲，北宋词多北风雨雪之感。”②北宋词由于朝廷内部的“党争”，就多“北风雨雪”（鲍照有《北风行》：“伤北风雨雪，行人不归。”）之感慨；而南宋词则由于不久前所发生的“靖康之变”，就多“黍离麦秀”（《诗经》有《黍离》篇，《史记》载箕子作《麦秀歌》，皆悼伤亡国之诗）的悲音。这种“词映国势”的现象，在白石词中同样存在，所以就构成了它的有关于时世的“伤痕”。第二，从小处言，

① 周密著，朱菊如，等校注：《齐东野语校注》，华东师范大学出版社，1987 年，第 229－230 页。

② 谢章铤：《赌棋山庄词话》卷一引王昶言，唐圭璋编《词话丛编》，中华书局，1986 年，第 3321 页。

白石心中还有他个人恋爱生活留下的伤痕。白石在青年时代(22 岁至 32 岁之间),曾与合肥一位(或是姐妹两人)弹琵琶的女子有过一段缱绻缠绵的恋情。后来最迟到 37 岁,曾再到过合肥,但其时这位情侣已经离开合肥(以上参夏承焘先生《姜白石系年》及《合肥情事考》)。他们之间,先是郎才女貌,十分恩爱,但最后却未能结合,终于分离(这或许与白石迫于生计、四方流荡有关)。对于这位初恋之人,白石一直是未能忘怀的;这终生的缺憾,也就深深地铭刻在他的心中,又形成了他另一种难以直言的心理伤痕。所以他的词中,又常常欲说而不便直说(有时则忍不住要直说)地隐约表露这一方面的伤感。故而综合以上国家的、个人身世的、恋情的悲感来看,白石实在是一个有着累累心理伤痕的词人。逢到梅花开也,逢到花谢了,逢到秋水欲涸,逢到岁时将暮,他的这种种愁绪,就都会从心底泛起,就都会涌进词中。“庾郎赋愁”“江淹吟恨”,他的词作便都是可以当作《愁赋》和《别赋》来读的“伤痕”词篇。

下面,就让我们根据他的这三方面心理“伤痕”,由大到小地展开对其词的分析:

先说涉及时代伤感的词篇。这方面,他过扬州而作的《扬州慢》就是一个典型:

> 淮左名都,竹西佳处,解鞍少驻初程。过春风十里,尽荠麦青青。自胡马窥江去后,废池乔木,犹厌言兵。渐黄昏,清角吹寒,都在空城。
>
> 杜郎俊赏,算而今重到须惊。纵豆蔻词工,青楼梦好,难赋深情。二十四桥仍在,波心荡,冷月无声。念桥边红药,年年知为谁生?

扬州城,在前代本是一个极为繁华的去处。唐人张祜诗云:“十里长街市井连,月明桥上有神仙。人生只合扬州死,禅智山光好墓田。”(《纵游淮南》)甚至连死都要葬在扬州,这就可知它是多么吸引人了。所以,风流俊赏的杜牧之,不禁要为它而唱出许许多多的赞歌和艳曲:“谁知竹西路,歌吹是扬州”(《题扬州禅智寺》),“落魄江南载酒行,楚腰纤细掌中轻。十年一觉扬州梦,赢得青楼薄幸名”(《遣怀》),“娉娉袅袅十三余,豆蔻梢头二月初。春风十里扬州路,卷上珠帘总不如”(《赠别》),“青山隐隐水迢迢,秋尽江南草未凋。二十四桥明月夜,玉人何处教吹箫”(《寄扬州韩绰判官》)……白石之赴扬州,是在他 22 岁的青年时代。这正是他风华正茂、才情乍露的时候,又是他第一次离开姐姐、初次出门来作“壮游”,因此满怀着新鲜感和欣喜感踏上了这块欣慕已久的土地。谁知,正如杜甫“昔闻洞庭水,今上岳阳楼”而迎接他的却是“戎马关山北,凭轩涕泗流”的结果那样,白石到扬州后的所见所闻则是:“夜雪初霁,荠麦弥望。入其城则四顾萧条,寒水自碧。暮色渐起,戍角悲吟。”面对这种战后破败的景况,词人感怀怆然,悲从中来,于是吟出了这首人以为有“《黍离》之悲”的哀词来(据其词序)。

这首词,在写作方法方面有似于杜甫的《哀江头》。杜甫于“安史之乱”后第二年,沿着长安城东南的曲江行走,目睹了事变以后唐室宫殿的冷落无主,不由感慨万千地写下了这样的句子:“少陵野老吞声哭,春日潜行曲江曲。江头宫殿锁千门,细柳新蒲为谁绿? ……”白石之写经过两次兵乱(首次在1129年,那次较远;另一次在1161年,这次距白石作《扬州慢》词15年)后的扬州,情况略同于杜而又有稍异:同者在于,它也采用了“反衬”的手法(如以杜牧诗意来反衬现实)来抒写“物是人非”的悲感;异者在于,老杜所写,还是战争刚刚过后的“新鲜”景象,而白石所写,则是战争已经结束了许多年后的破败遗痕,故而“自胡马窥江去后,废池乔木,犹厌言兵”之句,就更加显得沉痛哀迫。试想,兵燹的直接后果虽然早已过去,而事隔多年之后,却连不会讲话的废池乔木,都还害怕重新听到“战争”二字,这岂不表明,留在人们心理上的那种“伤痕”,更又何等深刻难磨!陈廷焯说:“‘犹厌言兵’四字,包括无限伤乱语,他人累千百言,亦无此韵味”①,这就指出了它善于刻划心理伤痕的大本领。陈氏还指出:“南渡以后,国势日非,白石目击心伤,多于词中寄慨”,“特感慨全在虚处,无迹可寻,人自不察耳”②,这话也自有理。因此如他之把《暗香》《疏影》二词理解为“发二帝之幽愤,伤在位之无人”③,又比如宋翔凤《乐府余论》说《齐天乐》是“伤二帝北狩”。这些评论,虽然不一定完全能够确切成立(因其难免有穿凿之嫌疑),但是,若从这些词作所笼罩着的那种气氛(或者确切些讲,是一种“心理氛围”)来体察,却又确实是与南渡后的衰弱国势相一致的。另如他在《八归》词中,于送别友人之时,忽然插入了一句:“最可惜,一片江山,总付与啼鴂”,“江山”云云,恐即含有大好河山避不开“鹈鴂之鸣”的“长恨”在内;又如,他在《惜红衣》词中于赏荷之时,忽然也夹进了一句“维舟试望故国,眇天北”,“故国”与“天北”之云,也显指北方沦陷已久的汴京。至于他在咏蟋蟀时所联想到的“候馆迎秋,离宫吊月,别有伤心无数”,则更含寓着不忘中原之意(南宋以杭州为“临安”,视该地宫室为“离宫”,本应含有“不忘中原”之意,故云)。所以,除了《扬州慢》一词直写其“《黍离》之悲”外,白石其他词中的哀时伤世之感,也应该说是时隐时现的。只不过它们因着作者世界观和审美情趣等方面的原因,并不经常采用直接抒写的

① 陈廷焯:《白雨斋词话》卷二,人民文学出版社,1959年,第29页。
② 同①,第28页。
③ 同①,第28页。

方法表达出来,而较多是间接地化为那一种特殊的心理氛围来隐露而已。因此就如他词中"高树晚蝉,说西风消息"(《惜红衣》)两句所写的那样,他就像是一只西风夕阳中的晚蝉,时时会断续嘶哑地鸣出那时代的哀曲。当然,在某些时候,由于受到了外力的推激,他也会感奋起来。比如他次辛弃疾"北固亭怀古"韵的那首《永遇乐》即是一例:

> 云隔迷楼,苔封很石,人向何处?数骑秋烟,一篙寒汐,千古空来去。使君心在,苍崖绿嶂,苦被北门留住。有尊中酒差可饮,大旗尽绣熊虎。　　前身诸葛,来游此地,数语便酬三顾。楼外冥冥,江皋隐隐,认得征西路。中原生聚,神京耆老,南望长淮金鼓。问当时依依种柳,至今在否。

看来,辛弃疾那虽老而犹能"气吞万里"的雄概刚风,确又曾影响过姜夔,竟使这位一向比较低沉的词人也感发出了愤慨的声音:"中原生聚,神京耆老,南望长淮金鼓",使他的调门一度也合着辛派词的基调而"共响"。从这,亦以见得他的内心深处,还是有着"豪快"的一面的。

现在再来说他涉及个人飘零身世的伤感词篇。这里,先引他《玲珑四犯·越中岁暮闻箫鼓感怀》一词为例:

> 叠鼓夜寒,垂灯春浅,匆匆时事如许!倦游欢意少,俯仰悲今古。江淹又吟《恨赋》,记当时,送君南浦。万里乾坤,百年身世,唯有此情苦!　　扬州柳垂官路,有轻盈换马,端正窥户。酒醒明月下,梦逐潮声去。文章信美知何用?漫赢得天涯羁旅。教说与,春来要,寻花伴侣。

据夏承焘先生考证,此词作于姜夔39岁时,地点在浙江绍兴。这首词里,有两组句子最为沉痛感人:一是"万里乾坤,百年身世,唯有此情苦";二是"文章信美知何用?漫赢得天涯羁旅"。读了这些词句,我们就可知道,白石在其数量甚多的词中所描绘抒写的隐逸生活和"雅士"情趣,其实都只是它的外表,而其内里却就是这一番飘零无着的身世之痛。所以他说:"倦游欢意少,俯仰悲今古。"那种游山赏水的生活,实质是欢少愁多的。缘此,我们又可发现,白石词之所以最喜写秋景,最喜敷以"冷色",这就不但与他作为"雅士"的审美趣味有关,而更与他内心的冷峭有关。试读他的《湘月》词:

> 五湖旧约,问经年底事,长负清景?暝入西山,渐唤我,一叶夷犹乘兴。倦网都收,归禽时度,月上汀洲冷。中流容与,画桡不点清镜。
> 谁解唤起湘灵,烟鬟雾鬓,理哀弦鸿阵。玉麈谈玄,叹坐客多少风流

名胜。暗柳萧萧，飞星冉冉，夜久知秋信。鲈鱼应好，旧家乐事谁省？

词以一个提问句起头，先说自己早就怀有游湖的夙愿，但年来却因俗事的干扰而一直未能践约，因此这番得与三五友朋畅游湘江，实在是畅心尽意，好不快活。但是，过不了多久，隐藏在内心深处的那股“冷意”却又泛将上来，先在“倦网都收，归禽时度，月上汀洲冷”中反映出来；到了后来就越来越浓，终于凝结成了“暗柳萧萧，飞星冉冉，夜久知秋信”这样的句子。这末几句果真是纯客观地写景吗？非也。东坡诗“春江水暖鸭先知”，白石就是从自然界的“秋信”（秋天的信息）中敏锐地感受到人生的“秋意”的。陈廷焯评此三句即曰：“写夜景高绝，点缀之工，意味之永，他手亦不能到”①，其“意味之永”即指这种深悄的飘零之感。果然，词的结束处，他的想象就飞到了故乡去：此刻，“旧家”的人们正围坐在桌边，享受着鲈鱼莼羹的美味吧？但又有谁知道我此时的复杂心绪！故而，白石的那些抒写隐逸情思的词，绝不如另一些作者所写的隐逸词那样，是在衣食无愁、酒醉饭饱之后戴一戴笠帽、学一学渔父，因而发一点飘逸之思，却是“别有伤心无数”（《齐天乐》）在内的。这种“伤心”，也就是他个人身世遭遇方面的心理“伤痕”。

人在飘零、孤独之时，最易回忆往事，最易怀念旧人。何况，昔日那一段无法忘怀的往事又时常在啮咬着他的神经。因而，白石词中最多的即是感怀往日情事的伤感词篇。我们且先读他 33 岁从汉阳到金陵时所作的《杏花天影》：

绿丝低拂鸳鸯浦，想桃叶、当时唤渡。又将愁眼与春风，待去，倚兰桡更少驻。　　金陵路，莺吟燕舞。算潮水，知人最苦。满汀芳草不成归。日暮，更移舟向甚处？

词前有小序云：“丙午之冬，发沔口。丁未正月二日，道金陵，北望淮楚，风日清淑，小舟挂席，容与波上。”其中“北望淮楚”（淮楚，遥指合肥）一句，就道破了它是“怀人”之作的奥秘。词人泊舟于当年王献之与爱妾欢会于此的桃叶渡口，又见绿丝低拂、莺吟燕舞的大好春光已返人间，但内心却引不起任何的欢忭之意。因为他此番之行，眼看更将远离伊人而去，故而翘首北望，心更恋恋。“君不行兮夷犹，蹇谁留兮中洲”（《楚辞·湘君》），他那倚桡少驻、不肯移船的举动，算来只有潮水才知道其中所深藏的苦衷！

同其他深情的词人一样，白石对他所恋之人的怀念是久久不能淡忘的。离开合肥两人“初遇”之后的 20 余年以后，词人在杭州度过元宵佳节。这一天晚

① 陈廷焯：《白雨斋词话》卷二，人民文学出版社，1959 年，第 30 页。

上,“帘寂寂,月低低”,然而他的心情却很孤独:“而今正是欢游夕,却怕春寒自掩扉”,他已早早关门睡觉了;可是睡又睡不着:“芙蓉影暗三更后,卧听邻娃笑语归”(以上见其《鹧鸪天·元夕不出》),词人不禁失眠了。但就在那三更过后、五更不到的时候,他却又朦朦胧胧地打了一个盹儿,在梦中竟见到了久久未见到的“她”！醒后作词云:

> 肥水东流无尽期,当初不合种相思！梦中未比丹青见,暗里忽惊山鸟啼。　　春未绿,鬓先丝,人间别久不成悲。谁教岁岁红莲夜,两处沉吟各自知。(《鹧鸪天》)

开头两句,便应该说是十分难得的好句子(可惜以前未见有人专为表出)！“肥水东流无尽期”,“肥水”先点出当年欢会之地(合肥);而“东流”二字,便使我们联想到李后主“一江春水向东流”之句;“无尽期”则表明了下文“不合种相思”的忏悔之情就像那流水而永无绝止之期。其情感之沉痛深长,便凭着这一江春水的浩淼形象,形容抒发得无以复加。“当初不合种相思”是“反折”句,其意多层:“种相思”之“种”字,使人首先想象到当初两人感情之深(“种”在心里也),此为一层;“当初不合”,则反衬了今日相思之苦痛极深、极难忍受(故而“怨恨”起“当初”来了),此为二层;而“不合”二字明眼人又一看即知它是反话:恨之越深则益显其爱之越切也,故而这看似“翻悔”的话语中正包孕了“虽九死其犹未悔”的深沉与刻挚之情,此又为第三层。短短 14 个字,是从心底里流出和折出来的,其中混和着爱和恨(恨“缘薄”)、甜和苦、眷念和忏悔,是一种饱经创伤、痛定思痛之语。若再用一句话来概括,它就是作者在另一首《鹧鸪天》中所说的“少年情事老来悲”的痛楚。少年种下的情事之“根”,老来却饱尝了它的苦果,这种难言的深痛我们在陆游晚年所作的《沈园》诗中曾经深刻地感受过,现今却在白石词中也充分地尝到了它的复杂滋味。接下来,再让我们续说此词其他七句。“梦中未比丹青见,暗里忽惊山鸟啼”是写梦中相会的情景和梦被山鸟啼醒的情景:因为是梦,所以见得不甚亲切(还不如图画中所见);但就连这种依稀恍惚的梦境,却也不能久长,它一会儿就被晨间的鸟声所惊散,其缘可谓薄矣。词情至此,很使我们联想到清代纳兰性德“为亡妇题照”所作的《南乡子》上片:“泪咽却无声,只向从前悔薄情。凭仗丹青重省识,盈盈,一片伤心画不成。”一样是痴情和忏悔,但白石词却比纳兰词更显得转折有致、层深曲折(纳兰词流于直说),因而越加感人。下片“春未绿,鬓先丝,人间别久不成悲”三句,又极似东坡《江城子·乙卯正月二十日夜记梦》词境,不过又有所变化。“鬓先丝”,即坡词“尘满面,鬓如霜”词意,而前置“春未绿”三字,则又加强了头白的色彩;“人间别久不成悲”,又同“不思量,自难忘”一样,是极朴质却又极醇厚的句子。此句的“醇厚”即在于一个“久”字,其中也包含了三层意思:别离既久,久到想悲也悲不起来,此即言其两地相思时间之长(即上文“无尽期”也)和心头无休无止的苦闷,是为一层;“不成悲”,难道真的已忘掉了悲哀吗?非也,只是悲痛已久而变得似乎麻木不仁,故云,是则为第二层;果然,白天仍平静冥顽的心情,晚间梦中却突然掀起了勃发的悲潮(观下文即知),是证这个“久”字(亦即长时间的阻隔)并未真正冲淡心头的隐痛,并未真正愈合心灵的伤痕,故而岁月的流逝在铭心刻骨的相思之情面前也只能显得无能为力了,此又为第三层。因而接言两句就对“别久不成悲”作了自我否定:“谁教岁岁红莲夜,两处沉吟各自知。”这里明明在说:岁岁(每年)元宵月圆灯亮之夜(“红莲”指灯),自己和“她”哪一年不在作两地的沉吟悲思?只不过因为两地隔断,彼此的想念就只能都放在自己肚子里而已!拿一句俗语来讲,这就是一种一息尚存而心心相印的恋情。所以,白石词中,就常把自己比作“三生杜牧之”(《鹧鸪天·十六夜出》),他就既有着杜牧的风流多情,却又比杜牧更多了一层执着和“伤痕”的心理。

关于白石词的思想内容,就说以上三个方面。在一般人(特别如清代浙派词人)看来,白石似乎主要只是一位“骚人雅士”,其实这还是并未真正理解他的一种浅表性认识;正如其朋友苏泂所言:“白石鄱姜病更贫”,“歌词剪就能哀怨”(《金陵杂兴二百首)之一),白石的真实面目却应该是一位“贫病”“哀怨”的文人。故若我们不从其心理“伤痕”入手,就是很难真正认识其为人和为词的“本质”的。

二、“柳品”和“梅品”统一起来的白石词品

下面,我们即来谈论白石词的词品和词风。关于这个问题,我们也想改从一个新的角度来加以认识。张炎在其《词源》中曾经极力推赏白石的词品,说它“不惟清空,又且骚雅,读之使人神观飞越”,足称“雅词”之典范。这个认识,如换一个角度来看,不妨就可把它形象性地描述为:它把传统的宛如柳枝一般的香软词风,“嫁接”以梅花一般的高雅品性,从而形成了一种“幽韵冷香”①式的新词品。在这里,我们主要来谈他的恋情词,因为从这里最易见到他对传统词风的某种“改造”。

前已谈过,白石本是一位极有情、极深情的人,他的热情(恋情)也曾如火苗

① 《艺概》卷四云:“姜白石词幽韵冷香,令人挹之无尽;拟诸形容,在乐则琴,在花则梅也。”刘熙载:《艺概》,上海古籍出版社,1978 年,第 110 页。

一般在胸中燃跳;但他同时又是一位“不食烟火”式的“晋、宋间雅士”式人物。这两种复杂的性格,便交织成了他的完整人格,也使他的词风出现了新的面貌。因此,他就常把自己那些缠绵悱恻的热烈恋情,加以“冷处理”,加以“骚雅化”,于是就形成了“柳品”与“梅品”相统一的新词品。

不妨先让我们从“柳品”谈起。

柳者,“留”也。唐宋人好以折柳送别。“两两黄鹂色似金,袅枝啼露动芳音。春来幸自长如线,分明牵缠荡子心”,“宜春苑外最长条,闲袅春风伴舞腰。正是玉人肠断处,一渠春水赤栏桥”(温庭筠《杨柳枝》)。那袅袅依依的垂柳,本身就象征着悱恻软媚的无限柔情,何况诗(词)人们大多又有过在柳树下送别(或离别)恋人的经历,所以,柳就往往成了诗(词)人们抒写恋情和离情的最佳意象。而对白石来讲,则这一意象更有它的特殊意义存在:他所恋怀的琵琶女正巧就住在垂柳夹道的赤栏桥畔(《淡黄柳》词小序:“客居合肥南城赤栏桥之西,巷陌凄凉,与江左异。唯柳色夹道,依依可怜”),所以见柳而思人,见柳而兴情,“柳”就成了白石那位恋人的象征和化身,成了白石词中最常见的意象之一——我们做过统计:白石词共84首,而其中咏柳及提及柳者,即有25首。其中,就无不融注了他的恋情离思,倾注了他对恋人的满腔眷怀之感,如:

> 金谷人归,绿杨低扫吹笙道。数声啼鸟,也学相思调。(《点绛唇》)
>
> 杨柳夜寒犹自舞,鸳鸯风急不成眠,些儿闲事莫萦牵。(《浣溪沙·辛亥正月二十四日发合肥》)
>
> 又正是春归,细柳暗黄千缕,暮鸦啼处。梦逐金鞍去。一点芳心休诉,琵琶解语。(《醉吟商小品》)

在上述咏柳之词语中,我们均可见其柔情别绪之影子。

但是,光是好写垂柳依人的意象,还不能算是白石词所独具的个人特色。这是因为,“花情柳思”本是词人(特别是婉约词人)所常爱写的东西。比如我们前已引过的周邦彦的那首名作《兰陵王》(柳阴直),就是一首咏柳而抒离怀别绪的佳篇。所以,白石的借柳以抒恋情,如果没有他的另一番风貌,那就不能超过前贤,也显不出他的“雅士”人品;而白石的独特不群处正在于,他常把缠绵、软馨如柳的恋情,用梅花那样的冷复幽雅的词品出之——我们就又发现:白石词中咏梅及提及梅花之作,竟达28首之多!光从其数量之多,就可知他对梅花的特别关注了——而在这些咏梅词中,就几乎随处都有一位美人的“倩影”闪现。如他有名的《暗香》《疏影》即是典型的例子。兹举前一首为例:

旧时月色，算几番照我，梅边吹笛？唤起玉人，不管清寒与攀折。何逊而今渐老，都忘却春风词笔。但怪得竹外疏花，香冷入瑶席。江国，正寂寂。叹寄与路遥，夜雪初积。翠尊易泣，红萼无言耿相忆。长记曾携手处，千树压西湖寒碧。又片片吹尽也，何时见得？

词中写他以前曾和一位女子在月下摘梅、梅边吹笛，现今却见梅而生“何逊渐老”“几时见得”的悲叹，而其时作者实际还只有37岁左右。今昔对比，不胜感慨。因此，充分理解作者孤寂心情的范成大，当即便把一名侍妾（小红）送给了白石，以慰他苦痛之心。“自作新词韵最娇，小红低唱我吹箫。曲终过尽松陵路，回首烟波十四桥”（《过垂虹》），词人就带着她冒雪而返苕溪（据陆友仁《砚北杂志》卷下）。从这则词坛逸闻来看，梅花在白石词中，就如同柳枝一样，也是寄托着他的相思恋情的。因此，像下面这首词，他就从梅起兴而以柳结束，把梅、柳放入一词中来抒写：

古城阴，有官梅几许，红萼未宜簪。池面冰胶，墙腰雪老，云意还又沉沉。翠藤共闲穿径竹，渐笑语惊起卧沙禽。野老林泉，故王台榭，呼唤登临。　　南去北来何事？荡湘云楚水，目极伤心。朱户粘鸡，金盘簇燕，空叹时序侵寻！记曾共西楼雅集，想垂杨还袅万丝金。待得归鞍到时，只怕春深。（《一萼红》）

夏承焘先生云：白石词集中怀念合肥情人之作，“多托兴梅柳，此词以梅起柳结，序云‘兴尽悲来’，词云‘待得归鞍到时，只怕春深’，疑亦为合肥人作”①。此说甚是。但我们尤应注意的是，此词中的“伤痕”心理已达很深的地步。试读“南去北来何事？荡湘云楚水，目极伤心”之句，我们不就可以深窥其伤心不堪的内心世界吗？一个“荡”字，再加上一个“何事”的反问，便把他那身不由主、四方飘荡的身世之悲写得神魂飞动。而当初“雅集西楼”时，正是“杨柳袅金”的美好春日；现今相思之日，却已是“梅绽红萼”的立春时节。从柳到梅，其间岂非经历了一段悠长难熬的别离时候吗？所以词人现在见梅而又怀柳，他要努力“追回”往昔已经逝去的美好岁月，重温那温馨如柳丝的旧梦——不过，这又成了只可怀想而不能实现的幻想而已：“待得归鞍到时”，春日已深而美人早已“迟暮”了（杜牧《叹花》诗云：“自恨寻芳到已迟，往年曾见未开时。如今风摆花狼藉，绿叶成阴子满枝”），故而即使词人骑着马儿赶回旧地，迎接他的也将仅是一片怅惘与遗恨而已（何况词人现在又无法回去）。

① 夏承焘：《姜白石词编年笺校》，上海古籍出版社，1981年，第4页。

因此,“人间离别易多时,见梅枝,忽相思:几度小窗幽梦手同携”(《江梅引》)。梅花在词人的眼中已不仅仅是作为自然物的梅花,而更是他所恋之人的象征——正如周敦颐之“爱莲”一样,白石之“爱梅”原来有着他特殊的生活体验在内!

但是,白石与琵琶女的情遇其实并不仅仅局限于梅花时节。“沉思年少浪迹,笛里关山,柳下坊陌”(《霓裳中序第一》),他们在桃红柳绿的季节里,也曾共同度过许多美好的岁月(且自春至冬都有)。可是为何他除了写柳之外仅多写梅(还有荷花)而不喜去写妖桃艳杏、惨绿愁红呢?这就又牵涉到他那独特的生活情致和艺术趣味——亦即是词人对于“冷香”“疏淡”型的感情境界之偏嗜。而此点,又是与他“雅士”式的人品有着联系的。

我们在第三章论《花间》词时,已经提到过一个问题,那就是:它们中间大多数作品所提供着的风格和美感,是一种温馨的“热色”和“热感”。这从《花间集》的取名,从《花间集序》的自述,以及其作品之多写“竞富尊前”的风光中就都能看出。但是,现在时代发生了变化,人们的审美情趣也就发生了转向,因之,昔之“热美”在南宋的“雅士”看来,已经有些儿嫌“俗”了。比如,同是写美人,韦庄词是“骑马倚斜桥,满楼红袖招”,这就显得何等热闹、何等浓艳;而白石诗却是“冰魂寂寞无归处,独宿鸳鸯沙水寒”(《女郎山》),这又显得何等冷寂、何等清淡!因此,从“雅士”式的审美情趣出发,白石词中的美女形象,也就大多呈现出一种“冷艳”的色彩和情致,她们像柳枝一般的身姿之上又添上了一层梅花般的“清雅相”。比如下面这首《莺声绕红楼》词,词前有小序云:“甲寅春,平甫(张鉴)与予自越来吴,携家妓观梅于孤山之西村,命国工吹笛,妓皆以柳黄为衣。”请注意:携家妓而赏梅花,而诸妓又皆以“柳黄”为服色,这就该有多么风流,又多么风雅!——我们在第四章中曾引过宋祁“媵婢夹侍”而修《唐书》的故事(朱弁《曲洧旧闻》卷六又描述他“诸姬环侍”,“以澄心堂纸草某人传”的情景),如果说北宋人之“雅致”表现为“红袖添香夜读(修)书”情景的话,那么,南宋人的“雅致”就更有“雪满山中高士卧,月明林下美人来”的风味了。讲到这儿,让我们再回到词上来:

> 十亩梅花作雪飞,冷香下,携手多时。两年不到断桥西,长笛为予吹。　　人妒垂杨绿,春风为染作仙依。垂杨却又妒腰肢,近前舞丝丝。

在这里,梅花的冷艳,柳枝的嫩绿,就都统一到了舞姬的身上了。其袅娜的腰肢连得柳枝都为之而欲妒,其清雅的品格却又只堪梅花来与她相匹配,“柳品”与

“梅品”就结合而成了他们这辈“雅士”所最为欣赏的美人形象。举此一例，即可见白石所怀藏的生活情趣、审美情趣，已不复是柳永那般人的“偎红倚翠”“浅斟低唱”，甚至也不在大晏他们的“庭院深深”“小园香径”之中，而在于一种更加“高级”、更加“雅致”的精神和艺术境界中。所以虽然他们仍在抒写那个“花情柳思”，而这种“花”已不是那些热烈而比较凡俗的春花，却往往是那种偏“冷”而高雅的梅花（或荷花）。请读：

人绕湘皋月坠时，斜横花树小，浸愁漪。一春幽事有谁知？东风冷，香远茜裙归。　　鸥去昔游非。遥怜花可可，梦依依。九疑云杳断魂啼，相思血，都沁绿筠枝。（《小重山令》）

燕燕轻盈，莺莺娇软，分明又向华胥见。夜长争得薄情知？春初早被相思染。　　别后书辞，别时针线，离魂暗逐郎行远。淮南皓月冷千山，冥冥归去无人管。（《踏莎行》）

前一首是写红梅而兼怀恋人之作。词人的回忆，回到了那个令人惆怅的晚上：湘水边上，月坠时分，他独自在梅花树下徘徊。她终于来了，披袭着料峭的春风，穿着那一领大红的衣裙……这实际是在赋写梅花，却又在其中“嵌”进了一段“艳遇”，所以在读者面前马上又幻现出了一个“离魂”的倩女形象。果然，下片就写到她的“断魂”因被九疑山阻隔而只好哀哀痛哭起来，其相思的血泪最后滴落在绿竹枝上，又化作了一朵朵殷红的梅花。血是热的，而绽开的梅花却又是冷的。白石词中的“热情”（恋情）就是经过这一番“冷处理”而变得无比雅洁清凉的。

后一首词则更见其由“热”向“冷”（亦由“柳品”向“梅品”）演变的过程。“燕燕轻盈，莺莺娇软”，写足了恋人美丽娇柔的姿态，“薄情”、“相思”二句又继言两地相思之缠绵深浓。但接下来却安排了一个“皓月千里，冷魂飘飞”的梦幻镜头，令人顿生“彩云易散琉璃脆”①的惆怅和感叹。连得平素不大喜欢白石词的王国维都要说：“白石之词，余所最爱者亦仅二语：‘淮南皓月冷千山，冥冥归去无人管’”②，其原因大概就在它的“由热变冷”符合了这位词论家对于人生的某种哲理性感受吧。

以上说的是白石词交糅“柳枝”与“梅花”的“品格”于一体的特点，也就是它常把“热情”作“冷处理”的特点。产生这种特点的原因，主要便是那“雅士”式的生活和艺术的情致。当然如往深处去挖掘，则又是与他内心的多重“伤痕”

① 白居易：《简简吟》，《白居易集》，中华书局，1979 年，第 243 页。
② 王国维著，滕咸惠校注：《人间词话新注》，齐鲁书社，1981 年，第 18 页。

有关系的。《红楼梦》第七十六回写林黛玉与史湘云中秋之夜品笛联诗,黛玉开头言道:"三五中秋夕",接下来则是"清游拟上元。撒天箕斗灿,匝地管弦繁。几处狂飞盏?谁家不启轩?轻寒风剪剪,良夜景暄暄……",真是好不热闹的一番景象!谁知写着写着,隐藏在心底的悲感却又忍不住地跳将出来,最后竟吐出了"冷月葬诗魂"的"过于凄清奇谲之语"(史湘云之言)。白石写艳情之词,其由"热"而变"冷"的过程,大抵也同于林黛玉写诗的过程。"伤痕"复苏之隐隐痛楚,往往也就助长了他词中的这种"冷感"。

与这种"嫁接"着柳和梅所形成的"幽韵冷香"(既有柳的风韵,又有梅的雅致)式词品密切相关的是,白石词同时又"嫁接"了柔与刚、婉约与"豪放"的风格,从而形成其"健笔写柔情"的新词风。对于这点,我们就简单地谈一谈了。请先读下面这首《长亭怨慢》:

> 渐吹尽枝头香絮,是处人家,绿深门户。远浦萦回,暮帆零乱向何许?阅人多矣,谁得似长亭树?树若有情时,不会得青青如此! 日暮,望高城不见,只见乱山无数。韦郎去也,怎忘得玉环分咐?第一是早早归来,怕红萼无人为主。算空有并刀,难剪离愁千缕。

细读这首慢词之后,首先的一个感觉便是,它于柔绵的语势中包含了某种刚性的"硬度":明明是并刀难以剪断的"离愁千缕",作者却用柔中带刚的笔调一气写来,如"阅人多矣,谁得似长亭树?树若有情时,不会得青青如此","韦郎去也,怎忘得玉环分咐……算空有并刀,难剪离愁千缕"几句,其间就几经旋折,而越旋折则就越见其力度,使人在柔肠千回万绕之外又感到了波峭陡折之势。所以难怪前人会说:"浑灏流转,夺胎稼轩"①,它就和辛词有着某种相似的"硬感"了。

除了上述笔势方面的峭健浑灏之外,白石词的"健笔"还见之于它的善于"提空"、善于炼字炼句。先说前者。以往的柔情词(如柳、周,如秦观),往往喜作大段铺叙和反复渲染,以极尽其缠绵往复之致。但是由于过分就实,故就难免会生烂熟软媚之病。白石词却不这样,它往往凌空提出一个问句,把以往的事情一笔带过,而在问句以下则着力描写今日之虚空惆怅的心绪。此法以前曾为东坡所擅长,如其燕子楼词(《永遇乐》)只用"燕子楼空,佳人何在?空锁楼中燕"三句便"说尽张建封(与其爱妾盼盼)事"(晁补之语),所用即是此法。而白石词如《八归》中的"长恨相从未款,而今何事,又对西风离别",用一个"长恨"就

① 梁令娴:《艺蘅馆词选》丙卷,广东人民出版社,1981年,第129页。

把以前的“相从”轻轻带过，却把力量放在了下面的“而今何事，又对西风离别”上去；又如缅怀陆龟蒙的《点绛唇》末几句：“今何许？凭栏怀古，残柳参差舞”，陈廷焯评曰：“感时伤事，只用‘今何许’三字提唱；‘凭栏怀古’以下，仅以‘残柳’五字咏叹了之。无穷哀感，都在虚处，令读者吊古伤今，不能自止，洵推绝调”①，这同样也是深得其“提空”之妙。此外如：“燕燕飞来，问春何在？唯有池塘自碧”（《淡黄柳》），“多情须倩梁间燕，问吟袖弓腰在否？怎知道，误了人，年少自恁虚度”（《月下笛》），“如今安在？唯有栏干，伴人一霎”（《庆宫春》），等等，就都有此种风味。再说后者。白石极善炼字炼句。杨万里评他《除夜自石湖归苕溪》十诗“有裁云缝月之妙思，敲金戛玉之奇声”，这“敲金戛玉之奇声”即得之于他学习江西派诗风所得来的炼字炼句之法。其所炼之句如：“嫣然摇动，冷香飞上诗句”（《念奴娇》），“波心荡、冷月无声”（《扬州慢》），“数峰清苦，商略黄昏雨”（《点绛唇》），“西山外，晚来还卷，一帘秋霁”（《翠楼吟》），“长记曾携手处，千树压西湖寒碧”（《暗香》），等等，就都是一些“自铸新语”（不同于周邦彦的融化前人诗句）。至于他的善于炼字，则一在于善用去声字，二在于善用虚字。以他《扬州慢》为例，其句首就多用那些“硬邦邦”的去声字，如过、尽、自、废、渐、杜、算、纵、二、念等，读来如觉“一山放出一山拦”的山峦起伏之感。柔情本是如水一般宛转软绵的，但经他如此写来，便生出了一种软中带刚的质感。再以此词为例，它在虚字的搭配上也颇见功力，如：“杜郎俊赏，算而今重到须惊”，“纵豆蔻词工，青楼梦好，难赋深情”，“二十四桥仍在，波心荡、冷月无声”，在每两句之中都存在着一种伸缩、吞吐、进退的关系，其转折、跌宕就得力于虚字的妙用。张炎《词源》尝云：

> 句法中有字面，盖词中一个生硬字用不得，须是深加锻炼，字字敲打得响。
>
> 词与诗不同。词之句语有二字三字四字至六字七八字者，若堆叠实字，读且不通，况付之雪儿乎？合用虚字呼唤，单字如“正”、“但”、“甚”、“任”之类，两字如“莫是”、“还又”、“那堪”之类，三字如“更能消”、“最无端”、“又却是”之类，此等虚字，却要用之得其所，若能尽用（按：原文如此，恐有误）虚字，句语自活，必不质实，观者无掩卷之诮。②

① 陈廷焯：《白雨斋词话》卷二，人民文学出版社，1959年，第30页。
② 张炎：《词源》，唐圭璋编《词话丛编》，中华书局，1986年，第259页。

这些“经验之谈”，恐怕很大程度上就是从他最崇拜的白石词中总结概括出来的。而照他看来，若能做到这些，就能“清空”，就不“质实”。所以，白石词因此就具有了那种“古雅峭拔”“疏快而不质实”的“清空”风格。我们现在读白石的许多词，仍感到它有一种“高格响调”的风味，有一种“空灵清峭”的美感，这些就都与他的炼字、炼句有关（此外当然也与其章法结构有关，对这就不去多说了）。

总之，白石词在南宋众多的“雅词”作品中，堪称一株奇葩。正当很多“雅词”作者在那里步趋着周邦彦的词风之时，他却能够从其自身的生活情趣和艺术情趣出发，创造性地继承和发展了传统的婉约词风，使它显出了新的时代特色和属于自己的个性特色。他把自己的心理“伤痕”通过“骚雅”“清空”的笔调出之；又把那如柳一般的柔情用梅花那样的词品出之，这样就使得他的词，显得别具一格、饶有风神。清代浙派词论家说：“西蜀南唐而后，作者日盛；宣和君臣，转相矜尚。曲调愈多，流派因之亦别。短长互见，言情者或失之俚，使事者或失之伉。鄱阳姜夔出，句琢字炼，归于醇雅。”①又说：“词莫善于姜夔。”②这些评语，固然难免存在着“门户之见”的某些片面性，但若客观地看，则白石词所达到的艺术水准，确实是迥出乎一般的“雅词”作品之上的。它对后代词人（如浙派词人），影响就相当深远。

第二节 “芬菲铿丽”梦窗词

一、梦窗词中的“绵绵长恨”和“变态心理”

现在要谈的，是“雅词”派中又一位“伤心”词人——吴文英。吴文英（约1212—约1272），字君特，号梦窗，晚号觉翁，四明（今浙江宁波）人。他同姜夔一样，一生没有做官，常以“高级清客”的身份出入于吴潜、贾似道等门下，并在苏、杭一带当过幕客；留下词集《梦窗词》，存词300余首。

总观吴文英的生活经历，他与政治的关系并不十分密切；他之所以在文坛驰声传名，恐怕主要还靠他那些哀感顽艳的恋情词篇——而其中就凝蓄着他一段“伤痕”的心理。所以就让我们先来读他的一首长篇名作《莺啼序》：

残寒正欺病酒，掩沉香绣户。燕来晚，飞入西城，似说春事迟暮。

① 汪森：《词综序》，朱彝尊、汪森编《词综》，上海古籍出版社，1978年，第1页。

② 朱彝尊：《黑蝶斋词序》，施蛰存主编《词籍序跋萃编》，中国社会科学出版社，1994年，第543页。

画船载，清明过却，晴烟冉冉吴宫树。念羁情游荡，随风化为轻絮。

十载西湖，傍柳系马，趁娇尘软雾。溯红渐招入仙溪，锦儿偷寄幽素。倚银屏，春宽梦窄；断红湿，歌纨金缕。暝堤空，轻把斜阳，总还鸥鹭。

幽兰旋老，杜若还生，水乡尚寄旅。别后访，六桥无信。事往花委，瘗玉埋香，几番风雨？长波妒盼，遥山羞黛，渔灯分影春江宿。记当时，短楫桃根渡。青楼仿佛，临分败壁题诗，泪墨惨淡尘土。　危亭望极，草色天涯，叹鬓侵半苧。暗点检，离痕欢唾，尚染鲛绡；亸凤迷归，破鸾慵舞。殷勤待写，书中长恨，蓝霞辽海沉过雁。漫相思，弹入哀筝柱。伤心千里江南，怨曲重招，断魂在否？

《莺啼序》是词中最长之调，共四叠，240 字。在这首词中，词人明谓："殷勤待写，书中长恨"，所以我们就可把它看作词中的《长恨歌》（指其恋情方面的"长恨"）来读。

由于此词用了大开大合却又曲折回旋的写法，所以使人读后易生恍惚费解之感。为此我们不妨先把它的"本事"寻绎出来，用简括的语言介绍之。这就是：作者曾经在杭州居住过十年之久（据夏承焘先生《吴梦窗系年》，吴文英在 33 岁去苏州任仓台幕僚之前事迹不详，又云"梦窗早年或曾客居杭州"，则大致可以推测此词所写，是他青年时代的遭遇），在一个春日，他系马于西湖的柳堤，信步沿着落花飘流的小溪走去。此时，他就碰到了一次刘晨、阮肇入天台遇仙女式的"艳遇"：先由一位侍婢把他招入"仙溪"深处，向他传达了女主人的款曲心意；后来，他与这位女主人之间便有了幽会密约（其《渡江云三犯》也写过这一过程："千丝怨碧，渐路入仙坞迷津。肠漫回，隔花时见，背面楚腰身"）。但是，这段美好的时间却十分短暂，所谓"春宽梦窄"是也（春天本来是短的，但比起他们的甜梦来，却还嫌"宽"，这就可知其"梦"之短也）。在分手的时候，她的惜别之泪，曾经沾湿了歌衫舞扇，但仍无法阻止他们的别离。自此以后，岁月匆匆流驰，两人却一直无缘再见。待到词人有机会重返杭州、再至西湖六桥一带寻访消息时，却得到了一个令人愕然和凄然的结果：那位如花一般的恋人，早已香消玉殒、长眠地下了（据有人考证，她是死于水中的，根据是作者《定风波》"离骨渐尘桥下水"之句）。回顾当年分别时题在破壁上的旧诗，已经蒙上了一层尘土；点检当年她所赠送的锦帕，上面还依稀留有泪痕唾迹……词人只能无限悲痛，无限怅惘。这就是梦窗恋情生活中所受到的第一个心理创伤。

除此之外，梦窗在苏州，曾娶过一位爱妾。但后来不知何故，她又终于离去。其《瑞鹤仙》云："晴丝牵绪乱。对沧江斜日，花飞人远，垂杨暗吴苑……凄断，流红千浪，缺月孤楼，总难留燕"，《齐天乐》云："茂苑人归……驻不得当时，柳蛮樱素”等句，皆可证明此事①。这又铸就了他第二个恋情悲剧。

所以，在我们看来，吴文英词中所出现的作者自我形象，便主要是这样一位有过破碎“绮梦”的“伤心”词人，而不必像有些论者那样，过多地去挖掘他的政治态度、人生理想等。这是因为：梦窗一生，既无任何重大的政治活动可言，而其行踪也大致只局囿于江、浙这两处“温柔富贵之乡”，故而要求他有太浓的政治色彩，便会是苛求和拔高了他。明乎此点，我们就可以把注意力集中在他那些抒写“绵绵长恨”的恋情词上去。故而，像下面这首《风入松》之类的作品，就不能不是我们所应该充分重视的：

> 听风听雨过清明，愁草瘗花铭。楼前绿暗分携路，一丝柳一寸柔情。料峭春寒中酒，交加晓梦啼莺。　　西园日日扫林亭，依旧赏新晴。黄蜂频扑秋千索，有当时纤手香凝。惆怅双鸳不到，幽阶一夜苔生。

“清明时节雨纷纷”，这个时候本是多情的人们最感“断魂”的烦恼时刻。然而，雨过放晴，却又并未引起作者丝毫的欣喜；相反，面对着绿叶更浓、幽阶苔生的暮春将至的景色，他越加增添了更多的愁绪，其原因即在于时序节物之感于心也。请读“楼前绿暗分携路，一丝柳一寸柔情”之句，是多么深情的句子。王安石《生查子》云：“雨打江南树，一夜花开无数。绿叶渐成阴，下有游人归路”，可知越是绿阴变深、绿阴变暗，则越见“春去”“人去”之久也。所以句中“分携”二字，实乃整个词情为之生发的源泉。从这个感情基点出发，则词人所见之丝丝柳枝柳叶，便无不是寸寸柔情的形象性化身。上一节中我们曾经谈到，柳之意象，最能体现那种缠绵深长的柔思娈绪，梦窗词中的这一句名句就提供了极好的证明。接言两句“料峭春寒中酒，交加晓梦啼莺”，则又给我们带来了柳永“今宵酒醒何处？杨柳岸、晓风残月”以后的又一惆怅而优美的新意境。比较起来，柳词所写，是酒醒后的心态，它所体现的是一种明朗、清醒的痛感；而吴词所写，则是“中酒”（醉酒）时的心态，其时，热酒与寒风交战，“晓梦”与“啼莺”交加（唐人金昌绪《春怨》诗：“打起黄莺儿，莫教枝上啼。啼时惊妾梦，不得到辽西”），就更显得迷离恍惚、朦胧惝怳。梦中的温情与现实中的冷感，混杂交互，打成了无限凄苦迷惘的一片，此“晓梦啼莺”两句之写春愁缭乱的心曲，亦可谓“至矣”。梦既渐醒，天已放晴，下片的词情又转入了一个新的境界。在后六句之中，人们所激赏的自然更是“黄蜂频扑秋千索，有当时纤手香凝”。此两句的好处在哪里？谭

① 夏承焘：《吴梦窗系年》，《唐宋词人年谱》，上海古籍出版社，1979年，第468页。

献云:“是痴语,是深语。”①陈洵云:“纯是痴望神理。”②一个“痴”字,确实是言中了它的神妙之处。而照我们的看法,则这个“痴”字还表明了它那已达“变态心理”的精神状态。文学作品,特别是诗词作品,本是最富主观性、情感性的东西。能把这种主观的情感发掘得越深、表现得越真,则其文学的意味也就越足。而人类的感情,如若进入到了一种“白炽化”的极度,便会发生“变态”;民谚“情人眼中出西施”即其证明也。艺术领域又本是允许和需要夸张的领域,因此,一些卓越的艺术家就往往有意或无意地使自己的心理感受上升为一种“变态”的心理状态。这在唐宋词中,就不乏其例。如刘禹锡《忆江南》云:“弱柳从风疑举袂,丛兰裛露似沾巾,独笑亦含颦”,在他看来,柳丝低拂、丛兰滴露,就都像是春天在向洛城人作依依之惜别,其惜春、留春之情就达到了“白炽化”之“变态”。而辛弃疾则比他更甚:“更能消几番风雨,匆匆春又归去。惜春长恨花开早,何况落红无数!”(《摸鱼儿》)别人惜春大多只惋惜花落,而他却“变态”地怜惜到长恨花之“早开”——因为越开得早则越是“归去得疾”也。像这样的例子还可以举出不少。晏几道《鹧鸪天》云:“今宵尽把银釭照,犹恐相逢是梦中”,明明是真实的重逢,词人却再三以烛相照,只疑它是“梦境”一场而已;姜白石《扬州慢》云:“自胡马窥江去后,废池乔木,犹厌言兵”,战争早已过去了十余年,然而此地的池馆乔木一听这两个字,还如触电一样惊心骇神,这也同样反映了“厌战”心理之深。还如东坡之“春色三分,二分尘土,一分流水。细看来不是杨花,点点是、离人泪”(《水龙吟》),把那随风漫舞的杨花飞絮,尽看成了离人眼中的泪(它从唐诗“君看陌上梅花红,尽是离人眼中血”化来);白石之“昭君不惯胡沙远,但暗忆江南江北。想佩环月夜归来,化作此花幽独”(《疏影》),则又把梅花看做了心萦故国的王昭君“月夜之魂”的化身。凡此种种都说明,感情到了极为深挚的程度,便会产生一定程度之“变态”心理。此时,幻想便代替了现实,夸张便变成了“真实”,而一种比实际生活更高、更集中的艺术境界便由此而生出。而在这方面,吴文英的表现就更突出。这儿的“黄蜂”两句,就堪称其典型。试想,本是自然界的一群黄蜂,在春风骀荡的暖日,无意识地乱扑乱吻那秋千架上的绳索(它们照样也会乱扑其他东西),然而在痴情的词人看来,却似乎是伊人所遗下的手泽芳香在吸引着它们。这就是多么情深、多么奇特(也即是“变态”)的“匪夷所思”之语!此刻,呈现在他眼中的已不仅仅是黄蜂频扑的真实图景,而更幻化出了昔日伊人“红粉墙头,秋千影里”(欧阳修《越溪春》)那无限优美

① 龙榆生编选:《唐宋名家词选》,上海古籍出版社,1980 年,第 289 页。
② 陈洵:《海绡说词》,唐圭璋编《词话丛编》,中华书局,1986 年,第 4845 页。

甜蜜的身姿笑语了。所以,令人读后,既觉余香扑鼻,又觉余恨绵绵,端的是“痴语”“深语”。当然,上两句既然写的是幻觉,因此词人总还要从“变态心理”中回到正常心态中来,下两句“惆怅双鸳不到,幽阶一夜苔生”便是写他勒住了心之联想而目睹的现实:她所由此而去的花径幽阶上,由于昨晚一夜的春雨,竟已长满了浓茂的青苔;可知早已远去的恋人,此刻就越发去得杳无影踪了。全词由“听风听雨”起,由雨晴苔足结,中间无处不贯注着他的“怀人”之思,无处不洋溢着一种既香艳又哀怨的伤春之情,确实堪称“情深而语极纯雅”的“词中高境”(《宋词三百首笺注》引陈廷焯言)。

在欣赏梦窗这类恋情词时,其实它们的“本事”(即究竟和谁相恋,究竟发生过怎样的离合)是并不重要的,这是因为,宋人多狎妓纳妾,这早已成了一种社会风气,因此一定要说他们之间有什么爱情,是不一定符合事实的;重要的是梦窗词毕竟用它美妙的词笔,描写出了人类在堕入此境之后的幽约缠绵的心态。这就是它的贡献之所在。而由于梦窗词大多描摹着那种“伤痕”的心理、病态的心理,所以,这种“伤痕”和病态又反过来助长了它的美感,这正如纯从“美”的角度来看,“捧心”的西施或许要比笑逐颜开的西施更加增添几分美色那样。读梦窗的恋情词,我们所须特别注意的,就在此种“美”与“伤痕”同在的“变态心理”和病态美感方面。如:

> 门隔花深梦旧游,夕阳无语燕归愁,玉纤香动小帘钩。　　落絮无声春堕泪,行云有影月含羞,东风临夜冷于秋。(《浣溪沙》)

读此词,很使人会联想到秦观那首同调的佳作:“漠漠轻寒上小楼,晓阴无赖似穷秋,淡烟流水画屏幽。　　自在飞花轻似梦,无边丝雨细如愁,宝帘闲挂小银钩。”但是,少游还只说到“晓阴无赖似穷秋”的“春阴如秋”(因为在常人心中,春天总是明丽、温暖而胜过于秋的,故这句就已写得很惨淡了)的地步;然而,梦窗却深觉“东风(一作春风)临夜冷于秋”,这也就有些近乎“变态”了。而尤有甚者,其“落絮无声春有泪”,一写春天会堕泪,二写其哭泣又是“无声”的,三写落絮就是春之眼泪;其“玉纤香动小帘钩”之句安插在上句“夕阳无语”与下句“落絮无声”的寂静境界中,使读者猛然似觉美人的一只纤纤玉手正搴帘而入,随着那悄悄的声响又飘进了一阵香气。这些多少显得神秘、恍惚的意境中便都反衬着作者“变态”得相当厉害的心理。

再如:

> ……旧尊俎,玉纤曾擘黄柑,柔香系幽素。归梦湖边,还迷镜中路。可怜千点吴霜,寒销不尽,又相对,落梅如雨。(《祝英台近·除夜

立春》)

……伤春不在高楼上，在灯前欹枕，雨外熏炉。怕舣游船，临流可奈清臞？飞红若到西湖底，搅翠澜，总是愁鱼。莫重来，吹尽香绵，泪满平芜。(《高阳台·丰乐楼分韵得“如”字》)

……十年一梦凄凉，似西湖燕去，吴馆巢荒。重来万感，依前唤酒银罂。溪雨急，岸花狂，趁残鸦飞过苍茫。故人楼上，凭谁指与，芳草斜阳？(《夜合花·自鹤江入京，泊葑门外有感》)

从旧日的砧板上，似乎还见到她擘剖黄柑的手印；落花飞到西湖底里，连鱼都为之而愁得搅动了波澜；雨急风狂，岸花和自己的一缕心魂，都趁着暮鸦的翅膀飞到了苍苍茫茫的天穹中去……这些描写，就不仅见出他想象之丰富奇特，更可见他深于情、痴于情的程度已达“白炽化”的“变态”境地。而究其本源，则都来自于他心中的“绵绵长恨”。故而这些抒写生离死别之“长恨”的恋情词，便成了他词中最精彩的部分。

除了恋情词以外，梦窗词中也有不少是抒写其个人身世之感的。如其《祝英台近·春日客龟溪，游废园》：

采幽香，巡古苑，竹冷翠微路。斗草溪根，沙印小莲步。自怜两鬓清霜，一年寒食，又身在云山深处。　　昼闲度，因甚天也悭春，轻阴便成雨？绿暗长亭，归梦趁风絮。有情花影栏干，莺声门径，解留我霎时凝伫。

这是他游德清(在浙江)龟溪的废园而作。其中“两鬓清霜，一年寒食，又身在云山深处”几句，写尽其浪迹云山、孤独无依之感。但从“沙印小莲步”之句看来，他这种身世飘零之慨则又是由沙上的“莲步”(女子的脚印)所感发的，所以还是和他恋情上的“伤痕”心理密切联系着的。此外再如其咏连理海棠的《宴清都》云：“人间万感幽单”，表现了他身世方面寂寞之感，但下文则云：“连鬟并暖，同心共结，向承恨处，凭谁为歌《长恨》?”由此也可知道，他的身世之感，仍旧离不了恋情之“长恨”。至于有一些论者还曾指出梦窗词中也寓有很深的家国之感(如陈洵论其《八声甘州·灵岩陪庾幕诸公游》，其说下文将引)，我们则认为，第一，身为南宋后期的词人，其词中流露那么一点儿政治感慨，也是很自然的事，因而上述看法并非不能成立；但是第二，却又不能将它看得过分”认真”，因为梦窗毕竟不是一位政治性很强的作者，而基本只是一位才子、词客而已。如果硬要求索其词中的“寄托”，则反会失之于“求深而得浅”。下面，就不妨让我们来读他游灵岩山所赋的名篇《八声甘州》：

渺空烟四远，是何年，青天坠长星？幻苍崖云树，名娃金屋，残霸宫城。箭径酸风射眼，腻水染花腥。时靸双鸳响，廊叶秋声。　　宫里吴王沉醉，倩五湖倦客，独钓醒醒。问苍天无语，华发奈山青。水涵空，栏干高处，送乱鸦斜日落。渔汀。连呼酒，上琴台去，秋与云平。

陈洵《海绡说词》释此词下片道："换头三句，不过言山容水态，如吴王、范蠡之醉醒耳。'苍波'承'五湖'，'山青'承'宫里'，独醒无语，沉醉奈何，是此词最沉痛处。今更为推演之，盖惜夫差之受欺赵王也。长颈之毒，蠡知之而王不知，则王醉而蠡醒矣。女真之猾，甚于勾践；北狩之辱，奇于甬东；五国城之崩，酷于卑犹位；遗民之凭吊，异于鸱夷之逍遥。而游艮岳、幸樊楼者，乃荒于吴宫之沉湎。北宋已矣，南渡宴安，又将岌岌。五湖倦客，今复何人？一'倩'字有'众人皆醉'意，不知当时庾幕诸公，何以对此？"①陈氏认为，该词是以当年吴王夫差的"沉醉"来讽刺北宋徽宗和南宋君臣的沉湎酒色，又以范蠡的"独醒"来比拟作者自己的忧国心情。其实，梦窗既无范蠡的大智大谋，又非范蠡这样的"隐士高人"，因而这种比拟就失之于拔高词人。照我们看来，与其说是梦窗有这样一种高远的襟怀和清醒的头脑，还不如说是灵岩山的名胜古迹激发了他"登临怀古"的幽思和调动了他心中凝聚着的历史积淀来得恰当些。这是因为，古代的骚人墨客，谁没有那么一大堆历史故实、诗材词料在脑海里头？因此一遇适当时机，特别在登临名胜古迹时，这些历史积淀就会"跳"将出来，何况梦窗此番是陪人游山，更是一显自己才情的好机会。所以他所抒写的，并不一定全是属于个人所独怀的情志，却多半是古人早已吟过多少遍的"陈货"。因此，此词的好处主要就另在于他写景之美与构思联想之奇妙上面。请看它起头把灵岩山比作青天坠下的长星之一角，在此上面幻化出了苍崖云树，演出了霸业与艳事交杂的历史悲剧，这就是何等奇特的想象。"问苍天无语，华发奈山青"，以人之渺小短暂与山之永恒高大相比，又显出了一种深沉的空间和时间上的对比感。末尾"连呼酒，上琴台去，秋与云平"，更写出了秋色无际、山与云齐的邈远气概。这些就都堪作为艺术价值很高的佳句来读。而在此中，"时靸双鸳响，廊叶秋声"从响屧廊上落叶的飒飒细响中，词人仿佛又重睹了当年西施辈穿着木拖徐步的倩影，这恰好又反映出了他擅写亡姬、去妾的哀艳作风和"变态"心理。所以，硬要说它有多少家国之感和历史鉴戒在内，其实未确。大凡中国古代人说诗，多喜把诗比附到政治教化方面，这在有时（对于那些政治色彩较强的作者来说）是对的，而在很多

① 陈洵：《海绡说词》，唐圭璋编《词话丛编》，中华书局，1986年，第4844页。

的时候却未免有"胶柱鼓瑟"之病。对于梦窗词,如陈洵之释此词,以及说他其他的一些词,就多有此种"不切"之感。我们认为,还是实事求是地把梦窗词主要当成一种词中的"长恨"之曲(当然这里的"长恨曲"也并非真是把它比作白居易的《长恨歌》,因为前者的深、广均远远及不上后者。此外只是借用其"长恨"一辞而已)来读,那才比较恰如其分一些。总的看来,梦窗词由于作者所处的时代环境(苟安形势日深)和他本人的生活经历(相当狭窄)这两重原因,故而其时代的伤感色彩已经淡化多了;而与此同时,它所反映出来的恋情方面的"伤痕"心理甚至是"变态"心理,则比之以前的词作,似乎更有所深化。这样来认识梦窗词的总体印象,或许未为"冤枉"了它吧?

二、"万花为春""七宝楼台"的梦窗词风

如果说,白石词的风格和美感是属于那种"秋花"或"冬花"(荷、梅之类)类型的话,那么我们就不妨可把梦窗词的风格和美感归之为"春花"型。它的特色便是浓艳、芬芳、密丽。对此,况周颐有过两段评论,他说:

> 梦窗密处,能令无数丽字,一一生动飞舞,如万花为春,非若雕璚蹙绣,毫无生气也。
>
> (梦窗词)即其芬菲铿丽之作,中间隽句艳字,莫不有沉挚之思,灏瀚之气,挟之以流转,令人玩索而不能尽。①

况氏所论,主要是想揭示它的"厚""重",对此我们且不去谈论;而在此同时,他却又揭示了它的"密""丽""隽""艳",以及"芬菲铿丽"——这些,就正是我们所要谈论的"春花"型风格和美感。

依我们看来,梦窗词在艺术风格和美感色彩上的显著特色便是它的注重"修辞"。他所偏嗜和擅长的,正是那一种"万花为春"式的浓艳字面和密丽词风。试读他的这首词:

> 湖山经醉惯,渍春衫,啼痕酒痕无限。又客长安,叹断襟零袂,涴尘谁浣?紫曲门荒,沿败井,风摇青蔓。对语东邻,犹是曾巢,谢堂双燕。
>
> 春梦人间须断!但怪得当年,梦缘能短。绣屋秦筝,傍海棠偏爱,夜深开宴。舞歇歌沉,花未减,红颜先变。伫久河桥欲去,斜阳泪满。(《三姝媚·过都城旧居有感》)

① 况周颐撰,屈兴国辑注:《蕙风词话辑注》卷二,江西人民出版社,2000年,第98、99页。

这是他重返杭州、访旧不遇以后所作。看它所用之词：啼痕、酒痕、断襟、零袂、紫曲、青蔓、春衫、春梦、谢堂、秦筝、绣屋、红颜……真是无处不充满着颜色，无处不显露着那种哀艳的气息。梦窗词的意境，大致便是由这类散发着“芬菲”、布满着“丽字”的语言材料所密裹和组叠成的。梦窗之注重“修辞”于此可见一斑。

再如：

> 润玉笼绡，檀樱倚扇，绣圈犹带脂香浅。榴心空叠舞裙红，艾枝应压愁鬟乱。　　午梦千山，窗阴一箭，香瘢新褪红丝腕。隔江人在雨声中，晚风菰叶生秋怨。（《踏莎行》）

此词上片实是写“梦”（这一点要等换头“午梦千山”一句出后才点明）。梦中，他见到了思念的一位歌妓：她那光润如玉的肌肤，被笼罩在一层薄薄的绡纱中（即穿着薄纱舞裙）；樱桃般的小口，用歌扇轻轻遮掩；绣花的领圈上，残留着她的口脂香。跳起舞来，印着重重叠叠花纹的石榴裙闪耀着火红的颜色；跳罢舞后，她气喘吁吁地斜倚墙边，那插在头上的艾枝又压乱了她的鬓发……这一番描绘，真是极尽形容状态之能事，把一位浓妆艳抹的“丽娘”形象端现在我们面前。下片写他梦醒之后的空虚和惆怅：午梦醒来，伊人已隔千山；抬望窗外，日影移动快如飞箭，天将晚也。遥想她与我远隔两地，此时正消瘦不堪（“香瘢新褪红丝腕”意为：留着香痕的手腕因为消瘦而褪下了端午节所系的红丝）；面对潺潺晚雨，此时亦同菰叶一般生出无限怨情呢！研味这首词的词境，我们不免会想到前人对于晏几道词的一个评语——王铚曾说：小晏词“尽见升平气象，所得者人情物态”，“妙在得于妇人”①。若照此推论，则梦窗词这种浓艳密丽、芬菲郁馥的风格和美感，正可谓也是得之于“妇人”和他所处的那个苟安享乐的时代。我们知道，梦窗后期生活在贾似道当政的年代里。关于这个时代，吴自牧曾在《梦粱录》里有过十分详尽的记述和描写。我们在这里，就只引它与词有关系的《妓乐》条内的一些记载（尽管所记的情况、时间稍迟一些）：

> 自景定（1260—1264）以来，诸酒库设法卖酒，官妓及私名妓女数内，拣择上中甲者，委有娉婷秀媚，桃脸樱唇，玉指纤纤，秋波滴滴，歌喉宛转，道得字真韵正，令人侧耳听之不厌。
>
> 更有小唱、唱叫、执板、慢曲、曲破，大率轻起重杀，正谓之“浅斟低唱”。

① 王铚：《默记》卷下，中华书局，1981年，第46页。

但唱令曲小词,须是声音软美……①

从这些记述来看,当时"妓乐"之发达,可谓盛矣。而那些妖艳的歌妓们,其"娉婷秀媚,桃脸樱唇,玉指纤纤,秋波滴滴"之状,不就正是梦窗艳词的一个"雄厚"的创作背景吗?梦窗词的那种浓艳、密丽特色,就正是从当时"浅斟低唱""声音软美"的词坛风气中"提炼"和"浓缩"而成的。当然,在这中间,又有着梦窗自己的气质和个性在发挥作用。他不像白石那样,有着较多的"雅士气",而偏多着那种儿女情长的"呢喃意绪"(《双双燕》),所以他就根据自己特有的艺术嗜好,尽量从生活之"源"和前代艳词之"流"中吮吸着这类柔丽的美感营养,"七宝楼台"式地组砌成了他所特有的浓艳芬菲的词境。

另外,除了语言材料方面的这种嗜艳、嗜丽特性外,梦窗在组织这些材料方面,也往往有着自己比较奇特的方式或方法。戈载说过:梦窗词"以绵丽为尚,运意深远,用笔幽邃,炼字炼句,迥不犹人"②。这后三句便讲的是这种组织字句、炼字炼句的奇特性。比如下面这些句子:

素秋不解随船去,败红趁一叶寒涛。(《惜黄花慢》)
连呼酒,上琴台去,秋与云平。(《八声甘州》)
清尊未洗,梦不湿行云,漫占残泪。(《齐天乐》)
算玉堂不染,梅花清梦,宫漏声中夜直。(《瑞鹤仙》)
秋色未教飞尽雁,夕阳长是坠疏钟。(《满江红》)
思和云结,断江楼望睫,雁飞无极。(《解连环》)
新香秀粒,浓光绿浸,千年春小。(《水龙吟》)

从这些句子看来,梦窗好以抽象之物(如"秋",如"春",如"梦",如"思",等等)和具体之物胶葛在一起来写。此种写法,全凭自己之独特的心理感受,而不大依循传统所惯用和习知的修辞法,颇能显出他不同于常人的特色。所以爱之者固可谓是"奇幻空灵"(《海绡说词》),而贬之者则又谓之"凌乱"(《人间词话》说:梦窗词可取一语以评之,曰:"映梦窗凌乱碧")——总之是匠心独运、别具一格的。

说到这里,我们还要顺便提到另一个问题,那就是从南宋末年一直到近现代,人们对于梦窗词的评价,可谓是很不一致的。好之者如尹焕,曾说:"求词于

① 吴自牧:《梦粱录》,浙江人民出版社,1981 年,第 192 页。
② 戈载:《宋七家词选》卷四,光绪十一年(1885)曼陀罗华阁重刊本。

吾宋,前有清真,后有梦窗,此非焕之言,四海之公言也”①;如周济,则曰:“梦窗奇思壮采,腾天潜渊,返南宋之清泚,为北宋之秾挚”②。贬之者如张炎,说它“如七宝楼台,眩人眼目,碎拆下来,不成片段”③;如王国维,则曰:“‘池塘春草谢家春,万古千秋五字新。传语闭门陈正字,可怜无补费精神’,此遗山《论诗绝句》也。梦窗、玉田辈,当不乐闻此语”④。对于这些毁誉参半的评语,我们就不必盲从,而应该独立思考、有所分析地来对待。因此,我们的看法是:

第一,在作家如林的唐宋词人中,应该允许并且“欢迎”梦窗这一位有着独特风貌的作者存在和出现。他的词,为唐宋词苑提供了一种很有些特殊色香的风格和美感,使这个本已绚丽多彩的植物园中,又添加了一株“绣幄鸳鸯柱,红情密,腻云低护秦树”(《宴清都》)的“海棠花”,这不由分说该是一件好事和喜事。在他以前,我们已经有幸感受到了白石词的“冷香”,现却又从梦窗词中闻到了它的“浓芳”,这同样也是一种美的享受和美的陶醉。

第二,但在此同时,我们却又不能把梦窗词抬到太高的地位上去,更不应把它的某些缺点也硬说成它的优点而加以颂扬。事实正如张炎所说的那样,梦窗的某些作品,确是有着“七宝楼台”“碎拆下来不成片段”的毛病的。就连赞赏他的沈义父都说:“梦窗深得清真之妙,其失在用事下语太晦处,人不可晓。”⑤本朝人尚且如此认识,则梦窗词风之流于“晦”“涩”,就是无可辩护的了。“文学是人学。”从文学的传播性来看,则千古佳作总须使人可解、可读方行。因此,尽管后之嗜梦窗词者,在多方加以笺释以后,企图以“世士罕寻其源,辄疑太晦,过矣”⑥来塞住那些“浅学者”之口,但是这却并不能为它招徕更多的读者。故而,很久以来,梦窗词的读者就一直限制在比较狭窄的范围内。“曲高者和寡”,太高则使人不敢攀,也许就是它的一个悲剧吧。从这里,我们也可引出一个教训:过分求“深”,过分“出奇”,是会失去很多读者的。当然话又得说回来:首先,梦窗词也并非全是艰深难读的,即如张炎,在指出其“用字太涩”的毛病之外,也曾举出过他“疏快却不质实”的作品(如《唐多令》:“何处合成愁?离人心上秋。

① 毛晋:《梦窗词稿跋》,金启华,等编《唐宋词集序跋汇编》,江苏教育出版社,1990 年,第 267 页。

② 周济:《宋四家词选》,古典文学出版社,1958 年,第 2 页。

③ 张炎:《词源》,唐圭璋编《词话丛编》,中华书局,1986 年,第 259 页。

④ 王国维:《人间词话》,齐鲁书社,1981 年,第 75 页。

⑤ 沈义父:《乐府指迷》,唐圭璋编《词话丛编》,中华书局,1986 年,第 278 页。

⑥ 郑文焯:《梦窗词跋》,龙榆生编选《唐宋名家词选》,上海古籍出版社,1980 年,第 293 页。

纵芭蕉不雨也飕飕。都道晚凉天气好,有明月,怕登楼。　　年事梦中休,花空烟水流。燕辞归,客尚淹留。垂杨不萦裙带住,谩长是,系行舟"),可见在总体密丽甚至是晦涩的词风笼盖下,却也存在一些明快可读的词篇,因而不宜以前一点来淹没后一点。其次,相对于那些比较疏快的作品而言,艰深的作品也自有它自己的特殊美感。李商隐《无题》(锦瑟)一诗,千古真正读懂、读通者就未必很多,但这又并不妨碍各类读者从自己的理解出发而得出相同的"叫好"结果。所以,在艺术鉴赏的领域里,还是采取"仁者见仁,智者见智"的宽容态度为好。在前人众多的看法中,我们则认为,还是《四库全书总目》说得比较客观些。它首先承认,"其词则卓然南宋一大家";接着又言:"盖其天分不及周邦彦,而研炼之功则过之。词家之有文英,亦如诗家之有李商隐也。"①这样的评述,就是"有分析"的,也是比较实事求是的。

所以,总观南宋"雅词"的发展,先是姜白石以其"清空""骚雅"的词风修正了北宋以来周邦彦那种显得有些"软媚"过甚(《词源》即批评过此点)的词风,因而深得当时那些力主"风雅清脱"生活情致的士人之喜爱,一时广为流行;后来,随着南宋末期纸醉金迷、享乐日深的社会风气,以及因着人们欣赏心理上的不断"弃旧嗜新",比之周邦彦词更加来得柔婉密丽的吴文英词,又在姜词之后大走其"红运"了。自此以后,"雅词"作者中,就大致形成了主要是宗姜和主要是宗吴的"疏""密"两种词风。清人张祥龄《词论》尝谓:"周清真,诗家之李东川也;姜尧章,杜少陵也;吴梦窗,李玉溪也;张玉田,白香山也……词至白石,疏宕极矣,梦窗辈起以密丽争之;至梦窗而密丽又尽矣,白云(按:指张炎)以疏宕争之。三王之道若循环,皆图自树之方,非有优劣;况人之才质限于天,能疏宕者不能密丽,能密丽者不能疏宕;片玉善言羁旅,白云善言隐逸,终身由之而不知其道者,天也。"②撇开它那些不伦不类的比拟和"循环论"的思想,此话就提出了下列两点很有些道理的见解:第一,在周—姜—吴—张之间,存在着一种既有继承又有变化的发展过程;而在这一过程中,词风的演变又带有某种"否定之否定"的意味。这就多少体现了艺术风格不断"推陈出新"的辩证规律。第二,在形成不同风格的原因中,除了其他方面的因素(如时代风尚、文学的师承关系等)之外,则"人之才质"(亦即作家本身的气质、禀性)又是一个重要的因素。《文心雕龙》早就说过:"才有庸俊,气有刚柔,学有浅深,习有雅郑,并情性所铄,

① 永瑢,等:《钦定四库全书总目》卷一九八,中华书局,1997 年,第 2797 页。
② 张祥龄:《词论》,唐圭璋编《词话丛编》,中华书局,1986 年,第 4211 页。

陶染所凝，是以笔区云谲，文苑波诡者矣。”①故而，吴文英词与姜夔词（以及其他两人之词）风格的不同，亦源于“各师成心”故而“其异如面”也。从这一点来看吴文英词，则正如他自己所说，一方面是“笔底丽情多少”（《瑞龙吟·送梅津》），另一方面却又是“梦窗憔悴”（《荔枝香近·送人游南徐》）；他那富于“丽情”而又带有病态（“憔悴”）的心理特征，便造就了其词的特殊风貌。在他的词作里头，一方面，艳情这个一向给词苑提供着感情养料的“肥源”，正在发挥着它最后的“余力”，故而催开了特别浓艳芳菲的艳词花朵；但又因其力量不免渐趋枯竭，再加上作者本身多少有些“变态”的心理，终而又使这些“词花”显出了“憔悴”“凌乱”的面容。讲得玄虚一点，这也是关乎“气运”的事。所以，在他之后不久，“雅词”就因着时代的剧变（南宋覆亡）而被迫发生了“扭变”。宋词之最后阶段，也即将来临矣。

① 刘勰著，范文澜注：《文心雕龙注》，人民文学出版社，1962年，第505页。

第十三章 “风雨如晦”“春去人间”的宋末词坛

1269年,蒙古发兵大举灭宋,这就揭开了南宋最后覆亡的既惨痛又悲壮的历史阶段之序幕。先是,蒙古军队大举包围和进攻南宋战略重镇襄阳(包括樊城)。宋军经过四年的浴血抗战,最后城破将降,南宋小朝廷就此失却了西北方向的屏障,处于风雨飘摇的境地。次年,元兵继续南进,贾似道被迫率军与元军会战于安徽芜湖。贾似道先欲向元军请降,元军不允;后来勉强迎战,却在听到前军已败的消息后即不战自溃、狼狈逃窜。于是宋朝水陆军的主力便全部瓦解。此后,南宋政府下令各地“勤王”,有张世杰、文天祥等率先响应。但兵败既成狂澜已倒之势,又加上朝廷内部投降派的阻挠,终于也无法“回天”。1275年,元兵分三路直取江南。次年三月,太皇太后谢氏请上降表,开城纳元兵入临安,元人即把幼主帝㬎和全太后(度宗皇后)等俘虏北去(谢太后因病暂留临安,不久也被押解元都燕京),统治达300多年的赵宋王朝遂告灭亡。在此以后,文天祥、陆秀夫、张世杰等曾先后拥立帝昰和帝昺,在福建、广东一带继续抗元,但因敌我力量悬殊而最终告以失败。1279年,元兵攻陷厓山,陆秀夫抱帝昺投海而死。至此,南宋的“抵抗运动”就基本结束。爱国诗人陆游在他的《示儿》诗中曾经谆谆告诫他的后代:“王师北定中原日,家祭无忘告乃翁”;而现在的结局却是:“青山一发愁濛濛,干戈已满天南东。来孙(按:玄孙之子)却见九州同,家祭如何告乃翁?”(林景熙《题陆放翁诗卷后》)国家已经统一了(“九州同”),然而这种“统一”却是统一在外族人之手,这怎么不令南宋末年稍有爱国良心的人为之而扼腕痛惜呢?所以,因着这一亡国巨变的猛烈和锐利的刺激,南宋末年(延伸到元朝初年)的词坛便也产生了相应的反响。一种是原先的“雅词”派词人,他们面对着社稷变易、国破家亡的惨痛现实,其词风不得不发生了一定程度的“扭变”;但又因着这辈词人,其士气多属“不振”状态,其心态偏多于脆弱类型,所以发而为词,就大多表现为那种“哀音似诉”的“亡国之音”。另一种是“辛派词人”的后继者,他们面对着这一严酷的现实,终于迸发了最后的呼喊与嘶叫;但又因着复国的无望和敌人的强悍,所以发而为词,也表现得抗争不足而悲愤有余。当然,上面两种情况也并不是可以截然分开的。"雅词"派词人偶或也会发出些愤慨之声,而"辛派后劲"们却也会唱出"送春去,春去人间无路"(刘辰翁《兰陵王·丙子送春》)的"苦语"。总之,这是一个"风雨如晦"的黑暗和惨酷的年头,词坛上则反响着"春去人间"的悲音。在这里,我们既看到一个封建王朝沦丧最终覆亡的过程,又看到了宋代词坛在其结束阶段所发出的最后一点荧光和残焰。

由于这一时期的词坛情况相当复杂,所以我们打算从两个角度来论述它们。一是按"事"的角度,一是按作家群体的角度。这样一纵一横综合起来,或许就能加深我们对它的总体认识。

第一节 "缘事而发"的亡国哀音

叶燮《原诗·内篇》卷下在论诗歌的要素时,曾经提出过"理、事、情"这三个字。这是对于各类诗歌的一种一般性要求。然而在词这种特殊的诗歌种类里,"事"(以及"理")却是显得十分薄弱的环节。千古词章之所抒写就大抵只是一个"情"字,尽管它归根结底也与人事有关。可是到了宋亡前后的词中,虽然它的主要特征仍还是抒情,但这种抒情却与当时重大的社会事件之间,发生了紧密相连的直接关系。前人论乐府诗有"感于哀乐,缘事而发"(《汉书·艺文志》)的说法,照此而论,则宋亡前后的词,就也具有了这种特点。现在,我们不妨把这一时期所发生的重大事件,以及反映这些事件有关的词作,依次排比出来,从而感受到时代的脉搏是如何在词里反映出来的。

首先发生的即是1276年(宋恭宗德祐二年丙子)的临安城破、帝后被掳。这自然是一个历史的转折点。对此,当时的诗词便都有直接的反响。不过,在这中间,我们又可发现一个微妙的现象,那就是,诗的批判性、愤怒性较强,而词则相对地显得较弱。这或许还是跟词的特殊性和传统作风有关吧。诗如汪元量(水云)的《醉歌》和《湖州歌》,后者就是一组类似于"诗史"式的大型组诗。兹录其中几首:

> 丙子正月十有三,挝鞞伐鼓下江南。皋亭山上青烟起,宰执相看似醉酣。(《湖州歌》)
>
> 乱点连声杀六更,荧荧庭燎待天明。侍臣已写归降表,"臣妾"佥名"谢道清"。(《醉歌》)

这两首诗记年、记月、记日(甚至记时),把宰相陈宜中和太皇太后谢道清(诗中直呼其名)误国和投降的可耻、可恨嘴脸,一齐勾出,堪称尖锐和大胆。

又如：

芦荻飕飕风乱吹，战场白骨暴沙泥。淮南兵后人烟绝，新鬼啾啾旧鬼啼。（《湖州歌》）

青天澹澹月荒荒，两岸淮田尽战场。宫女不眠开眼坐，更听人唱《哭襄阳》！（《湖州歌》）

这是他随着太后、幼主被掳北行时所写淮河两岸之所闻所见，在悲痛之中含有对于异族入侵者的深愤巨恨。

但是，词的情况却稍有些不同了——其中较多的就是哀哀的“哭声”。如刘辰翁作的《兰陵王·丙子送春》：

送春去，春去人间无路！秋千外，芳草连天，谁遣风沙暗南浦？依依甚音绪？漫忆海门飞絮。乱鸦过，斗转城荒，不见来时试灯处。春去，最谁苦？但箭雁沉边，梁燕无主，杜鹃声里长门暮。想玉树凋土，泪盘如露。咸阳送客屡回顾，斜日未能度。　　春去，尚来否？正江令恨别，庾信愁赋。苏堤尽日风和雨。叹神游故国，花记前度。人生流落，顾孺子，共夜语。

词以“送春”为题，暗写其亡国之恸。共分三片，每片均以“春去”为起兴，一写亡国后的荒凉，二写亡国后的悲痛，三写亡国之后的绝望。正可谓是“一篇之中，三致志焉”。卓人月评曰：“‘送春去’二句悲绝，‘春去谁最苦’四句凄清何减夜猿？第三叠悠扬悱恻，即以为《小雅》、《楚骚》可也。”①举此一例，即可见临安城破对于词人们的巨大刺激。

其次是1278年（端宗景炎三年戊寅）的“发陵”事件（以下事迹均据夏承焘先生《乐府补题考》）。这件事的简单始末是，元朝总管江南浮屠的胡僧名杨琏真伽者，为了盗取南宋帝后陵墓中的金银财宝，在此年偷掘高宗、理宗等六陵。据记载，理宗之尸，启棺如生，其口中含有夜明珠，盗坟者便倒悬其尸于树间，沥取水银，如此经三日夜，竟失其首。又谓一村翁于孟后陵曾得一髻，发长六尺余，髻根尚有金钗，等等。当时有越中义士唐钰、林景熙等激于民族义愤，邀集里中少年，设法收集诸帝后的残骸偷偷安葬，并植冬青树于冢上以作凭记。此事后在林景熙等人的诗中，皆有所反映。如其《梦中作》四首（录二）：

珠亡忽震蛟龙睡，轩敝宁忘犬马情？亲拾寒琼出幽草，四山风雨鬼

① 龙榆生编选：《唐宋名家词选》，上海古籍出版社，1980年，第295页。

神惊。

一抔自筑珠丘土，双匣犹传竺国经。独有春风知此意，年年杜宇泣冬青。

而在此后不久，周密、唐钰、王沂孙、张炎等14人，就在绍兴集会，以龙涎香、莼、蟹、蝉、白莲等五物分题赋词，以寄托他们对于发陵一事的哀痛和悲伤。这些词，共有37首，后来编为《乐府补题》一集。据夏承焘先生考证，其中咏龙涎香、莼、蟹之作，大抵隐指宋帝，而咏蝉与白莲之作，则托喻后妃。兹录其中一首：

一襟余恨宫魂断，年年翠阴庭树。乍咽京柯，还移暗叶，重把离愁深诉。西窗过雨，怪瑶珮流空，玉筝调柱。镜暗妆残，为谁娇鬓尚有如许？　　铜仙铅泪似洗，叹移盘去远，难贮零露。病翼惊秋，枯形阅世，消得斜阳几度？余音更苦。甚独抱清高，顿成凄楚？谩想薰风，柳丝千万缕。(《齐天乐》)

这是王沂孙所作的咏蝉词。有人曾对此作过笺说，认为："宫魂"二字，一则提示朝廷已经覆亡；二则借用齐后尸化为蝉的典故，隐指孟后陵墓被掘、尸骨弃露于野的惨况。"铜仙铅泪"三句，也有两层意思：一用李贺《金铜仙人辞汉歌》之典故，含有盛衰兴亡的易代之悲；二是隐指宋室、宋陵之宗器宝物被元人迁夺而去。"斜阳几度"一句使人联想到帝㬎之被掳、帝昰之殁，以及帝昺之蹈海而亡……①此论虽未可确信，却也可以聊备一说。而即使我们抛开了"发陵"一事来读它，也还可从它总体上悲咽异常的词情和音调中，深深地感知它的"哀伤亡国"的情调。从词的风格来看，则又可以明白，此时的很多词篇，就已向着隐晦曲折、"比兴寄托"的创作方向发展而去了，而这一点又与作者所处的恶劣境遇大有关系（按：有人撰文，对夏先生之说提出了不同意见，见《文学遗产》1985年第一期所载肖鹏《〈乐府补题〉寄托发疑》一文）。本书作者亦有同感。但暂时仍采用夏说。

最后是1276年至1279年的福建、广东"抵抗运动"，特别是1279年的厓山（在广东珠江口）海战。这是南宋爱国将士与元兵斗争的一个壮烈"尾声"。它在词中的反映，在刘辰翁的《须溪词》中即可见到。如前已举过的《兰陵王 · 丙子送春》中的"漫忆海门飞絮"一句即是。这里再举他的《永遇乐》。词前有小序："余方痛海上元夕之习，邓中甫（剡）适和易安词至，遂以其事吊之。"邓剡原词已不可见，兹录刘词如下：

① 叶嘉莹：《碧山词析论》，《迦陵论词丛稿》，河北教育出版社，2000年，第146页。

灯舫华星，崖山碇口，官军围处。璧月辉圆，银花焰短，春事遽如许！麟洲清浅，鳌山流播，愁似汨罗夜雨。还知道，良辰美景，当时邺下仙侣。　　而今无奈，无正元夕，把似月朝十五。小庙看灯，团街转鼓，总似添恻楚。传柑袖冷，吹藜漏尽，又见岁来岁去。空犹记，弓弯一句，似虞兮语。

在这首词前，作者还写过另一首和韵李清照《永遇乐》的词篇，自称“虽辞情不及，而悲苦过之”。现在这首，则直接点明是“吊”厓山之战而作。它同作者的一贯写法一样，是以“春事遽如许”来表达他对“抵抗运动”匆匆失败的无限惋惜和悲痛之情的。

以上所举三事及因此而作的词篇，均属宋亡以前的事和词。从中不难看到“鸟之将亡，其鸣也哀”“国之将亡，其词也悲”的悲哀情状。而在宋亡以后，词坛的亡国之音也仍是袅袅不绝的。这里，我们特别要举出一些妇女的作品来，以见在这国难当头的岁月里，广大妇女所身受的惨痛遭遇。首先要举的是岳州（今湖南岳阳）妇女徐君宝妻所写的《满庭芳》词：

汉上繁华，江南人物，尚遗宣政风流。绿窗朱户，十里烂银钩。一旦刀兵齐举，旌旗拥，百万貔貅。长驱入，歌台舞榭，风卷落花愁。　　清平三百载，典章文物，扫地俱休。幸此身未北，犹客南州。破镜徐郎何在？空惆怅，相见无由。梦魂千里，夜夜岳阳楼。

据陶宗仪《辍耕录》卷三记载，元将俘虏徐氏之后将她带至临安，欲强娶她为侍妾。她即于壁题写此词，“南向饮泣”，然后投池而死。这位宁死不屈的妇女，就用自己的生命谱写了这首既悲又愤的词篇。正是：夜夜梦魂千里，犹绕故国上空！

还有身被掳掠至元都的众多宋室宫女，也在北地写出了许多可与当年李清照南北、今古相“呼应”的伤心词作。如她们在送汪元量南归时“赠别”的词篇：

春去也，白雪尚飘零。万里归人骑快马，到家时节藕花馨，那更忆长城？　　妾薄命，两鬓渐星星。忍唱乾淳供奉曲，断肠人听断肠声，肠断泪如倾。（周容淑《望江南》）

塞门桂月，蔡琰琴心切。弹到笳声悲处，千万恨，不能雪！　　愁绝，泪还北，更与胡儿别。一片关山怀抱，如何对，别人说？（吴淑真《霜天晓角》）

这些词作，简直就是一曲曲宋代的《胡笳十八拍》！

关于南宁亡国前后词坛情况的“纵”的描述，就说到此。下面，再让我们从作家群的角度来作横向的谈论。

第二节　同中有异的“浙派词人”和“江西词人”

宋亡前后比较活跃的词人，除了少数（如江苏宜兴的蒋捷、湖北古郢的詹玉、福建三山的陈德武等）外，其余绝大多数不是浙江人氏就是江西人氏。属于浙江的，又大多是杭州人，或生活在杭州及附近如绍兴等地的人；属于江西的，又大多以庐陵一地为中心。所以我们不妨按地域把他们分成“浙派词人”和“江西词人”这两大作家群。这两派词人，由于生活在同一个历史环境中，因此其词作自然都会抒写那个“亡国”的大主题，而其词风也同样表现出悲哀、悲凉的政治色彩。以上两点，即是这两派相同的地方。但是，在此“大同”之下两者却又有着一定的差异性。大致说来：浙派词人原先基本属于“雅词”营垒，但是时代的剧烈变动又迫使他们不得不发生某种“扭变”，因此他们的词风就显出那种“无可奈何”而变的痕迹，其情调多属伤感、低回、消沉而缺少抗争、批判与愤激。江西派词人则继承了辛弃疾的词风（这与稼轩长期生活在江西有关），在伤感之同时，却偏多愤慨甚至是正气凛然之语。这两派的差异，其原因当然主要在于作者的生活经历、政治态度及词学渊源，但从表现形态来说，却又与地域性有着密切关联。所以，我们在本书开头所阐述过的“地域风格论”，想不到在本书即将结束的时候，却又一次得到了相当程度的助证，这真是一件很有意思的事情。

先说浙派词人。

属于这派的著名词人有：陈允平、周密、汪元量、王沂孙、仇远、张炎。在他们之中，我们重点只想谈张炎一人，因为无论从生活遭遇的前后对比，还是从其词风的前后转变来看，他都是具有代表性的，“解剖”他一个，便可基本了解其整体。

张炎（1248—约1320），字叔夏，号玉田，晚又号乐笑翁。从前几代开始，他家就世居临安，是为杭城人。他出身于一个大贵族、大官僚的家庭。六世祖张俊，死后被高宗追谥为“循王”，可见其家世之显赫。其曾祖张镃，又是南宋中期有名的文人词客，家有园池、声伎之乐，名噪一时（已见前述）。在他的“文艺沙龙”里，经常接纳着“江湖高才词客”如姜夔、孙季蕃等人，“往往出入馆谷其门，千金之装，列驷之聘，谈笑得之，不以为异”①。到他父亲张枢的时候，虽时已接

① 戴表元：《送张叔夏西游序》，张炎《山中白云词》，辽宁教育出版社，2001年，第207页。

近宋亡，却仍然过着“诗天酒地”“湖山清赏”的生活。在张枢的身边，聚集着一群“雅词”派词人，如杨缵（守斋）、周密等，他们结社唱酬，分题咏词，严格地实践着他们的“雅词”理论（张炎在《词源》中还记录着杨缵的《作词五要》）。年轻的张炎，一面“翩翩然飘阿锡之衣，乘纤离之马”，整日遨游于西湖之上，“自以为承平故家贵游少年不翅也”①；另一方面，又“仰扳姜尧章、史邦卿、卢蒲江、吴梦窗诸名胜，互相鼓吹春声于繁华世界，飘飘征情，节节弄拍，嘲明月以谑乐，卖落花而陪笑”②，大写起他的“雅词”来。这种生活情致和创作环境，就使他前期（宋亡前）的词作，呈现出那种雅丽深婉的风格来。如他的名篇《南浦·春水》：

> 波暖绿粼粼，燕飞来，好是苏堤才晓。鱼没浪痕圆，流红去，翻笑东风难扫。荒桥断浦，柳阴撑出扁舟小。回首池塘青欲遍，绝似梦中芳草。　　和云流出空山，甚年年净洗，花香不了？新绿乍生时，孤村路，犹忆那回曾到。余情渺渺，茂林觞咏如今悄。前度刘郎归去后，溪上碧桃多少？

此词作于宋亡以前（考证从略，见拙著《张炎词研究》）。从其写景之优美、用笔之细腻、造语（如“鱼没”三句，“和云”三句）之工稳、状物之精细等方面来看，确实当得起舒岳祥所说的评语：“诗有姜尧章深婉之风，词有周清真雅丽之思，画有赵子固潇洒之意”③，表现出那种合诗情、词笔、画意于一身的“雅美”感，时人困之而赠以“张春水”之雅号。但在此同时，如若细剖词意，则除了写景状物之美丽外壳和老生常谈的那种“茂林觞咏”的“雅思”之外，余却并无太多出新之处。形式的雅美和内容的空乏，在这两个方面它就都体现出了宋亡前夕一般“雅词”作品的那种普遍特色。陈允平、周密此时之作，亦大体同于此类。

但是，在 29 岁那年，张炎却遭遇了国破家亡的巨大变故。临安被元兵占领之后，他的“故家”就被抄没，祖父被杀，父亲不知下落，妻妾也或流或亡。此时的张炎，正如他《长亭怨·旧居有感》中所写的那样：“恨西风，不庇寒蝉，便扫尽、一林残叶”，便像一只无处可以栖身的“寒蝉”，被“西风”一样凶狠的元兵“扫地出门”。因此，他的词风就顿时变得凄凉不堪了——从它的不得不“直面惨淡的人生”来看，这就可以说是一种“扭变”，被时代“扭”向了面对现实的方向。请读他另一首有名的咏物词《解连环》（咏孤雁）：

① 戴表元：《送张叔夏西游序》，张炎《山中白云词》，辽宁教育出版社，2001 年，第 207 页。
② 郑思肖：《玉田词题辞》，张炎《山中白云词》，辽宁教育出版社，2001 年，第 209 页。
③ 舒岳祥：《赠玉田序》，张炎《山中白云词》，辽宁教育出版社，2001 年，第210 页。

楚江空晚，怅离群万里，恍然惊散。自顾影欲下寒塘，正沙净草枯，水平天远。写不成书，只寄得相思一点。料因循误了，残毡拥雪，故人心眼。　　谁怜旅愁荏苒？谩长门夜悄，锦筝弹怨。想伴侣犹宿芦花，也曾念春前，去程应转。暮雨相呼，怕蓦地玉关重见。未羞他双燕归来，画帘半卷。

词中写尽了他如孤雁一般的凄凉身世，而在这中间，又夹杂着他既不愿飞入"画堂"（喻入元为官）、又愧对抗元志士（"误了"三句）的复杂心情。这样，他的词就不能再像以前那样，只在"雅词"的象牙塔里"踱步"了。

而在43岁那年，他又曾被元朝政府"征召"进京。途中，面对着疮痍满目的残破河山，联想到自己的飘零身世，不由悲从中来、泗涕横生，其词风就更大程度地跳出了"雅词"的范围而向着辛派"豪气词"靠拢了。请读他作于北游道中的《凄凉犯》：

萧疏野柳嘶寒马，芦花深见游猎。山势北来，甚时曾到？醉魂飞越。酸风自咽，拥吟鼻，征衣暗裂。正凄迷，天涯羁旅，不似灞桥雪。　谁念而今老？懒赋《长杨》，倦怀休说。空怜断梗，梦依依，岁华轻别。待击歌壶，怕如意、和冰冻折。且行行，平沙万里尽是月！

这首词，在张炎的《山中白云词》中，就堪称一首"别调"。它反映了时代对于"雅词"派词人的推动，也向人们启示了北国风光对于这位"西湖词人"性格和气质的一定程度的"改造"和"重铸"作用。

但是，张炎毕竟还是一位生长于"温柔富贵之乡"的词人。他的根是扎在"暖香十里软莺声，小舫绿杨阴"（《风入松·春游》）的西子湖畔的。所以"扭过来"之后却仍要被"拉回去"。因而《山中白云词》最终仍表现了它作为"雅词"的特色——不过又正如"曲终奏雅"一语所说的那样，是在"雅音"之外，另可感到它"曲之将终"的没落、衰飒情调而已。请读他的这两首词：

接叶巢莺，平波卷絮，断桥斜日归船。能几番游？看花又是明年。东风且伴蔷薇住，到蔷薇，春已堪怜。更凄然，万绿西泠，一抹荒烟。　当年燕子知何处？但苔深韦曲，草暗斜川。见说新愁，如今也到鸥边。无心再继笙歌梦，掩重门，浅醉闲眠。莫开帘，怕见飞花，怕听啼鹃。（《高阳台·西湖春感》）

采芳人杳，顿觉游情少。客里看春多草草，总被诗愁分了。　　去年燕子天涯，今年燕子谁家？三月休听夜雨，如今不是催花！（《清平乐》）

前一首词写西湖在宋亡之后的破败，以及自己万分悲痛却又自我麻醉的复杂心情，麦孺博评曰："亡国之音哀以思。"(《艺蘅馆词选)丙卷)后一首词，则以苦痛的笔调，透迤曲折地展现他感情的脉络，表达出那种"流水落花春去也"的悲感，其中也同样寄寓着自己的亡国之恸。所以，我们在这些词中，一方面仍旧可以深感它们深婉雅丽的风格特色；另一方面，却又透过其外表而感受其骨子里的衰飒情调。

张炎的词是这样，其他"浙派词人"的词也大体如此。如：

松雪飘寒，岭云吹冻，红破数椒春浅。衬舞台荒，浣妆池冷，凄凉市朝轻换。叹花与人凋谢，依依岁华晚。　共凄黯！问东风，几番吹梦，应惯识当年，翠屏金辇。一片古今愁，但废绿平烟空远。无语消魂，对斜阳衰草泪满。又西泠残笛，低送数声春怨。(周密《献仙音·吊雪香亭梅》)

晓霜初著青林，望中故国凄凉早。萧萧渐积，纷纷犹坠，门荒径悄。渭水风生，洞庭波起，几番秋杪？想重崖半没，千峰尽出，山中路，无人到。　前度题红杳杳，溯宫沟，暗流空绕。啼螀未歇，飞鸿欲过，此时怀抱。乱影翻窗，碎声敲砌，愁人多少？望吾庐甚处？只应今夜，满庭谁扫？(王沂孙《水龙吟·落叶》)

不必去深求它们的"寄托"，如吊"梅"即吊故宋，因雪香亭在御园内也，伤"落叶"即伤亡国，词中第二句即明言；即就从它们所运用的词汇和所组织的意象来看吧，就足够叫人凄然、黯然的了，如：寒雪、冻云、荒台、冷池、凄凉、凋谢、岁晚、凄黯、废绿、空烟、斜阳、衰草、残笛、春怨、门荒、径悄、啼螀、飞鸿、乱影、碎声……这种种词汇和意象，就构成了一片极度压抑、极度伤感的词情和词境。在这里面，我们几乎就感觉不到一点儿"希望"的光芒——如果有之，也只是像王沂孙另一首《齐天乐·萤》中那种"荧荧野光相趁"的微弱"萤光"而已。所以，"浙派"词作，其总貌便是消沉的、颓伤的。从他们的好写那些体态弱小、情调衰飒的事物，如落叶，如寒蝉，如孤雁，如凄蛩，如萤光，如残荷等，以及他们的好用那种隐晦曲折的笔调，我们便都可以窥见他们孤苦索寞的心情和软弱不振的心态了。

和"浙派词人"有所不同的则是另一派"江西词人"。在谈论他们之前，我们不妨先说一下"江西词派"的得名问题——准确些讲，宋代词坛上曾经先后出现过两个"江西词派"：第一个是北宋以晏殊、欧阳修、晏几道(或许还可加上王安石等)为主体的"江西词派"。提出这个概念的是清人冯煦，其《宋六十一家词选例言》说晏殊与欧阳修"翔双鹄于交衢,驭二龙于天路。且文忠公家庐陵而元献家临川,词家遂有西江一派"①,其源还可上溯南唐冯延巳。第二个则是宋末元初的"江西词派",其得名恐与元初江西凤林书院无名氏所编的《名儒草堂诗余》一书有关。该书共收63位作者的200余首词作,入选者多为江西人,其中尤以庐陵人为多。在这些词人中,有不少就是宋末的爱国志士和遗民,如文天祥、刘辰翁、罗志仁、赵文等人。厉鹗《论词绝句》有云:"送春苦语刘须溪(辰翁),吟到壶秋(罗志仁)句绝奇。不读凤林书院体,岂知词派有江西?"这就"正式"提出了又一个"江西词派"的名称。这一派词人,如文天祥,本身就是一位杰出的抗元英雄;如刘辰翁,在宋亡前曾忤贾似道,宋亡后又隐居不仕;如赵文(青山),曾入文天祥幕府,参加过抗元斗争(不过后又出仕元朝"山长");如罗志仁,曾因作诗颂文天祥、讥留梦炎(投降派)而差点得祸。故其政治态度比起张炎、陈允平(此两人在元朝都曾"赴召"进京)、王沂孙(曾任元朝学正之职)等来,就坚定、坚决多了。而从他们的词学渊源来看,也不同于"浙派词人"的继承周邦彦,却更多地接受了辛弃疾的影响。所以这派词人,不像前者那样过多地去追求"雅美"的外表,却重在抒发自己的真情实感。他们的词作,风格粗犷,气势奔放,即使是在这个亡国的时代环境中,仍犹然不失某种"男子汉"的风格。下面,就让我们简述一二:

首先是刘辰翁。他在宋亡之后曾作30余首"伤春"词,所以厉鹗称之为"送春苦语刘须溪"。因为前已举过一二,所以对此不再细说。这里另举他《兰陵王·丁丑感怀和彭明叔韵》:

> 雁归北,渺渺茫茫似客。春湖里,曾见去帆,谁遣江头絮风息?千年记当日,难得,宽闲抱膝。兴亡事,马上飞花,看取残阳照亭驿。哀拍、愿归骨。怅毡帐何匹,湩酪何食?相思青冢头应白。想荒坟酹酒,过车回首,香魂携手抱相泣,但青草无色。　语绝,更愁极。漫一番青青,一番陈迹。瑶池黄竹哀离席,约八骏犹到,露桃重摘。金铜知道,忍去国,忍去国?

此词作于1277(乙丑)年,同他的《兰陵王·丙子送春》一样,是直接描写临安城破的亡国之变的,不过此词的词旨更显豁:"雁归北",即写全后、幼主及宫女的被俘北上;底下就用了王昭君出塞、西王母与周穆王《黄竹诗》(李商隐《瑶池》诗有云:"《黄竹》歌声动地哀"),以及李贺《金铜仙人辞汉歌》等典故,来描写他们

① 冯煦:《蒿庵论词》,人民文学出版社,1984年,第59页。

的“去国”之悲。即从它反映时事的迅速和大胆而言，也是值得一提的。其词风则正如况周颐所说的那样“多真率语，满心而发，不假追琢”①，体现了辛词的余风。

其次是罗志仁。他就是厉鹗所说的“吟到壶秋句绝奇”的罗壶秋。这里就来读他一首“句绝奇”的《金人捧露盘》：

> 湿苔青，妖血碧，坏垣红。怕精灵，来往相逢。荒烟瓦砾，宝钗零乱隐鸾龙。吴峰越巘，翠颦锁，若为谁容？　浮屠换，昭阳殿；僧磬改，景阳钟。兴亡事，泪老金铜。骊山废尽，更无宫女说玄宗。海涛落月，角声起，满眼秋风。

此词题为“钱塘怀古”（一本作“丙午钱塘”），是一首凭吊宋室故宫之作。它一开头就渲染了那种兵燹以后阴森可怖的景色：血碧苔青（“妖血碧”用伍子胥、苌弘死后血化为碧之典故，见《庄子·外物》），墙败壁塌，荒烟瓦砾，宝钗（宫女之遗物也）零乱，似见那群屈死的冤鬼精灵还在故宫里出没；举头遥望吴山越峰，它们似也在深锁愁眉。这几句就充分写出了元兵的残暴和宋亡的惨状。下片“浮屠换”“僧磬改”几句，也都是写的改朝换代之悲；末尾“海涛落月，角声起，满眼秋风”，更比当年白石之写扬州的“渐黄昏，清角吹寒，都在空城”还要凄惨和悲愤几分。

再次是赵文。因为他曾经担任过文天祥的幕僚，所以我们就来读他一首怀念信国公（即文天祥）的《八声甘州》：

> 是去年，春草又凄凄，尘生缕金衣。怅朱颜为土，白杨堪柱，燕子谁依？谩说漫漫六合，无地着相思。辽鹤归来后，城亦全非。　更有延平一剑，向风雷半夜，何处寻伊？怪天天何物，堪作玉弹棋。到年年，无肠堪断；向清明，独自掩荆扉。何况又，禽声杜宇，花事酴醾！

在宋（包括元初）词中，直接描写、刻画“当代英雄”的作品是相当少见的。有之，则邵缉《满庭芳》、刘过《六州歌头·题岳鄂王庙》之咏岳飞，以及刘过《沁园春·寄辛稼轩》之咏辛弃疾，可算是“凤毛麟角”的作品。而到了宋末元初，歌颂文天祥的词篇，也就偶见出现。较有名的如赵文的友人邓剡（也是江西人）所作的《酹江月》（水天空阔）即是。赵文此作，则是天祥殉难以后的悼念之作。词中歌

① 况周颐：《餐樱庑词话》，龙榆生编选《唐宋名家词选》，上海古籍出版社，1980 年，第 298 页。

颂天祥是“延平一剑”（用《拾遗记》故事，谓干将、莫邪双剑化为延平津水中之龙），人虽逝去而浩气长贯日月；又表达了他于茫茫六合中无地可着“相思”的深悲大痛，寄寓了自己不忘故国和故主的爱国感情。

最后则要谈到文天祥本人。文天样本人，并不以词著称——他是以彪炳史册的抗元业绩和他那名垂千秋的爱国正气永远留在人们脑海中的；而除此之外，也以他《指南录》《吟啸集》中的爱国诗文驰名文坛。词只是他的“余”中之“余”而已，但就从这个“余绪剩义”的词中，我们却也同样可以看到他那崇高的人品和刚烈的气节。从这个意义上讲，他的词就绝不是“小道”“余技”了，而同样是一种用生命凝结成的“热血文学”！

试读他的《满江红 · 代王夫人作》：“试问琵琶，胡沙外怎生风色？最苦是，姚黄一朵，移根仙阙。王母欢阑琼宴罢，仙人泪满金盘侧。听行宫，半夜雨淋铃，声声歇。　　彩云散，香尘灭；铜驼恨，那堪说？想男儿慷慨，嚼穿龈血。回首昭阳辞落日，伤心铜雀迎秋月。算妾身，不愿似天家，金瓯缺。”当被掳北去的王夫人（宋宫女王清惠）在其词中表示了“若嫦娥于我肯从容，从圆缺”的软弱情绪后，天祥代她重作了一首。词中表示：宁为玉碎，不为瓦全。“想男儿慷慨，嚼穿龈血”，就刻画出了历史上的民族英雄（张巡）以及自己“骂贼到底”的光辉形象。“男子汉”的风格，爱国者的鲜血，终于复现在词里！

再请读他的《沁园春 · 题潮阳张、许公庙》：“为子死孝，为臣死忠；死又何妨？自光岳气分，士无全节；君臣义缺，谁负刚肠。骂贼睢阳，爱君许远，留得声名万古香。后来者，无二公之操，百炼之钢。　　人生翕欻云亡。好烈烈轰轰做一场。使当时卖国，甘心降虏，受人唾骂，安得留芳？古庙幽沉，仪容俨雅，枯木寒鸦几夕阳？邮亭下，有奸雄过此，仔细思量！”这是他过潮阳张、许双忠庙所作。张巡、许远在“安史之乱”时，坚守睢阳，最后城陷而壮烈牺牲。文天祥在词中，极高地赞扬了他们“尽忠”“全节”的爱国壮举，称他们是“留得声名万古香”；又无情地痛斥那些甘心降虏的卖国奸贼，说他们将“受人唾骂”而永被钉在历史的耻辱柱上。真是爱憎强烈，大义凛然。从其思想内容来看，它就简直成了词中的《正气歌》和“讨贼檄”。文天祥的爱国词篇，就以他的生命和鲜血为“燃料”，照亮了宋末词坛，给人们留下了对于宋词无比壮烈和崇高的最后印象。

总结上面的“纵横谈”，我们对于南宋末期及元朝初期的词坛情况，就有了一个大致的认识。当然，在前述的许多作品中，如果机械地按照朝代划分法来看，则有不少应是属于“元词”的范围的——但我们却仍把它放在“宋词”中来论述。这是因为：一则，其作者虽身跨两朝，而论其“心迹”来说，却仍是心向故宋的。他们活着时犹以大宋遗民自居，则在他们死后我们就更不忍把他们算作元人。二则，作为一种文学现象来看，他们那些作于元代初期的词作，其中多的是对故宋的回忆与悼念，所以完全可以看作对于宋朝的”招魂之曲”。三则，从词风来看，它们又明显是继承着南宋的“雅词”和“豪气词”而来，因此仍旧应该视作宋词的余波或“变种”。故而我们就把它们看作宋词的“萤光”和“残焰”，并把它们继续当作宋词的一个“尾声”来加以论述。想来对于这样的一种处理，读者是可以接受的吧？

由上可知，那绵延达300年之久的宋词，在她“临去”的时候，留给我们的并不是美人的“秋波一转”，而是“江阔云低，断雁叫西风”（蒋捷《虞美人·听雨》）的哀音和惨色。“铁马蒙毡，银花洒泪，春入愁城。笛里番腔，街头戏鼓，不是歌声”（刘辰翁《柳梢青》），对于赵宋王朝历史的歌咏至此已告结束，而随着蒙古铁蹄由北到南的驰突狂奔，一种新兴的“北方文学”——“元曲”，便取代“宋词”而登上了新时代的文学舞台。我们的《唐宋词史》也就可以到此打住。在这长达500年左右的唐宋词苑中，我们看到了它的花开花落，兴衰盛亡，其观感真是一言难尽。这就留待下一章中再来述说。

第十四章　余论：对于唐宋词史的“反思”

鲁迅说过，光是一部《红楼梦》，读者因着自己不同的眼光，就能引出许许多多大不相同的观感来：“经学家看见《易》，道学家看见淫，才子看见缠绵，革命家看见排满，流言家看见宫闱秘事……①因此，面对着千百年前那一块作者如林、佳作如繁花簇锦的唐宋词苑，人们所看到和所想到的，就似乎可以更加多些。例如，“经学家”张惠言，看到了温庭筠词中有着“《离骚》初服之意”（《词选》卷一）；南宋的一些正统文人，则看到了柳永词中的“淫冶”和“鄙俗”；从明代以来，读李清照词者，往往是“堕情者醉其芬馨，飞想者赏其神骏”②；而自新中国成立以来，评论者的注意力却又较多地转移到了辛派词人的“爱国精神”上去。常州词派论词特重“比兴”“寄托”，王国维论词特重“忧世忧生”，刘熙载论词重视“词品”“人品”，而当代人论词又强调“思想内容”……凡此种种，均告诉我们，唐宋词的思想内蕴和风格面貌，是十分丰富复杂的，可供人们鉴赏和批评的领地也是相当宽广的。在这方面，读者选择和联想的权利及自由，确是十分充裕的。因此，每一个唐宋词的爱好者和研究者，都可以根据自己的思想气质和文学趣味，根据自己的艺术修养和批评标准对它做出“反思”。“仁者见仁，智者见智”，结论不妨是多种多样的。

笔者在对唐宋词史进行粗浅的“反思”之后，主要想谈如下两方面的问题：第一，唐宋词所达到的令人惊叹的出色成就，标志着我国古典诗歌的发展已经进到了一种充分成熟的境地；它所提供的“词境”，堪称古代韵文中最美的意境之一。第二，在唐宋词中，我们可以窥见自己这个民族的部分审美心理——而且是一种比较深层的审美心理。这也足以帮助我们了解整个中国古代文学的某些民族性格。下面，即来分别叙述：

① 鲁迅：《〈绛洞花主〉小引》，《鲁迅全集》第8卷，人民文学出版社，1981年，第145页。
② 沈曾植：《菌阁琐谈》，唐圭璋编《词话丛编》，中华书局，1986年，第3608页。

第一节 “词境”——中国古典诗歌高度成熟的标志

中国古典文学,素以源远流长而闻名于世界。但是,如同其他万事万物一样,在它漫长的发展历史中,却也经历了一个由稚嫩到“长足”乃至“衰老”的过程。而唐宋词的“成功”出现,则就可以看成它充分成熟的一个重要标志。

上述认识又分别可从两方面来看:

首先,可从文学的抒情性来看。

中国古代文学,基于某种特定的历史原因,在很长的阶段里,一直表现为一种“杂文学”的体制和面目。在先秦阶段,文学和学术、文化,本是混杂在一起的。直到六朝时代,陆机《文赋》里,还把诗、赋、碑、诔、铭、箴、颂、论、奏、说等十种体裁,一并当作“文”来论述;而刘勰的《文心雕龙》中,也把史传、诸子、论说、诏策、檄移、封禅、章表、奏启、议对、书记等作为与诗、骚、乐府、赋等相提并论的文体来论述。所以,我们对于中国古代文学,不能生搬西人关于“文学”的概念来对待,而只能根据自己的国情,提出“因地制宜”的特殊标准。那么,从这一点出发,以“抒情”为主要特征的诗歌(可以广义地扩大到辞赋、词曲),便可以看成中国古代文学(特别在元明清以前)的主流和“正宗”——至少,它在众多的“杂文学”中可以称得上是最具“纯文学”性质的体裁。因此,诗歌的成熟程度,从某种意义上说,就代表或标志着我国古代文学(元明清以前)的成熟程度。

诗歌的发展,从先秦质朴的四言和比较繁复的“骚体”时代,发展到了汉乐府和六朝的五言时代,就渐趋成熟。到了唐代,众体齐备,大放异彩,更臻于全面成熟和高度繁荣的阶段。当然,仅从体裁、体式的演变发展来看问题,那还是并不全面的。问题更在于它的“内里”——促使文体不断推陈出新的根本动力,还在于人们抒情言志的需要;而这种需要,又终于在适当的、更新了的诗体中找到了最好的归宿,获得了满意的“解决”。因此,唐诗的艺术成就,就更突出地体现在它抒情性的高度成熟和异常丰富(当然也不排斥它还有叙事、议论等“多功能”)上。“黄四娘家花满蹊,千朵万朵压枝低。留连戏蝶时时舞,自在娇莺恰恰啼”(《江畔独步寻花七绝句》),杜甫的这首诗便很可移用来描述唐代诗苑那种“可爱深红映浅红”“万紫千红总是春”的美好局面。

在很多论者看来,“三唐以后无诗”,诗歌的发展就已到此而“封顶”,例如很多明朝人就是如此认为的。但是,他们却忘掉了另外一个事实,那就是,在晚唐诗的“根盘”上,却又“杈”出了另一棵异枝奇株,并在它上面绽开了无数的秀花丽葩——这就是“词”! 在不少古人心中,词仅仅是诗之“余”,因此他们便不把词看成是文学的继续向前发展；但我们的看法却不同：词比起诗来，其抒情意味就更浓、更足、更细腻、更“纯粹”，因此更表现出“纯文学”的特性。一个根盘上，能够同时派生出两株树干（指诗和词），从这一点看，诗歌的高度成熟，诗歌发展至唐代所蓄积的“伟力”之丰厚，就足以使人一目了然和引为惊叹。但是，更加令人兴奋的是，就在唐诗“盛极”的基础上，词却又并未停步，它从“百尺竿头”又向前进了一步。所以，词虽是当时新兴未久的文学样式，但它却是一种“老树着花”（晚唐诗比起初、盛、中唐诗来说可称已“老”）式的奇观——它所吮吸着的，便是千百年来由诗所积贮起来的充足养料。故而，向着抒情的深度继续延伸和开掘的唐宋词，便标志着中国古典诗歌的成熟又进入了一个更新的“层次”。

其次，可从文学的形象性来看。

文学须具形象性，这乃是中外文论相同的一个基本认识。不过，就在这相同的特点之外，中国古代文学（诗歌）却又有着自己的独特之处：外国的诗歌曾经出现过“史诗”；而中国古典诗歌却主要以塑造意境为其主体特征，而此点就又是同它强烈的抒情性联系在一起的。所以，看待中国古典诗歌的形象性是否成熟，并不在于看它是否塑造了完整的人物（特别是英雄人物）的形象，或者是否描述了宏大的历史场面和连贯的历史事件，却在于看它是否塑造了优美的意境。中国古典诗歌，虽也有叙事的作品及除抒情以外的其他功能，但它的主要任务并不在于“再现生活”，却在于“表现感情（心境）”。在这方面，它的一贯手法和“拿手好戏”便是寓情于景、情景交融——这就随之而产生了或是主观色彩鲜明的“有我之境”，或是主观情绪潜藏较深的“无我之境”。总之，意境就成了中国古典诗歌形象性的主要表现形态。

从意境来看问题，那么，“词境”的承接“诗境”（主要是晚唐诗境）而出，则越发表明了唐诗高度成熟之后的“余力”和“余研”——而且，从词境的朝着抒情的深度进发和开掘来看，它就不仅是一种“副产品”，而且是一个“新品种”。唐宋词在抒写主观感情方面的细腻深曲，在描绘自然景物方面的精妙妥帖，在把这两者组合成意境方面的成功圆美上，都无不显示了自己“青出于蓝（指诗境）而胜于蓝”的特性。因而，词境就是已经高度成熟的诗境通过“部分质变”之后向着特种方向演变的产物。它的更新更美的意境，又一次揭示了古典诗歌的充分成熟。

所以，从上面两个角度，我们便都可以看出，中国古典诗歌发展到唐宋阶段，已经同时结出了唐诗、（唐）宋词这两个“硕果”；此亦清楚地表明了它的十分成熟。下面的问题则是：具体来剖析唐宋词的抒情性和形象性，以见出它的成熟程度。

一、"词境"——爱情意识和忧患意识的理想"归宿"

提到诗歌的抒情性，就首先应对这个"情"字作些分析。《九章·惜诵》说："惜诵以致愍兮，发愤以抒情"，这是"抒情"一词的最早出处。这里所说的"情"，就主要是一种关于政治的愤慨情绪；如扩展开来说，它又是一种关乎社会、人事乃至宇宙、人生的忧患意识。而陆机《文赋》则称"诗缘情而绮靡"，这儿的"情"就又偏重指关于个人私生活方面的情感；若加以引申，也可谓是关于男女恋情方面的爱情意识（因此它又同时要求"绮靡"的风格与此相配）。那么，从这两点来看，在中国古代广义的诗歌作品中间，唐宋词便是这两种意识的最为理想的"归宿"；唐宋词的抒情性也因着这两点而表现得异常饱满和丰蕴。

先说后一种爱情意识的问题。

刚才讲到"诗缘情而绮靡"这个话题。六朝人提出了这个文学命题，虽然六朝诗和后来的唐诗中，也曾有不少作品部分地实践（或实现）了这个要求，但从总体上看，它的比较彻底的"实现"，却又是由唐宋词来完成的。人们习惯于把词称为"艳科"，又说"诗庄词媚"，这岂非就明言了词之"缘情而绮靡"？

词的大量表现爱情意识（也即"缘情"），不仅为它的抒情添加了异常丰富的感情内容，促发了异常柔媚的艺术风姿；其更加深刻的意义还在于，它曲折地体现了社会的前进和人性的解放。史达尔说过："诗人只不过解放了被监禁在他灵魂中的感情。"①但是，在礼教森严、压抑人性的封建时代，要想"解放"这个被监禁在灵魂底层的爱情意识，真是谈何容易！所以，唐宋词的作者们，敢于讴歌人类感情中最为深挚、最为生动的这一部分内容，敢于自我"解剖"和自我"暴露"这一部分"灵魂"，不能不说是社会前进的产物、"思想解放"的产物，以及人性局部地战胜封建礼教的产物。因着这些，我们也可明晓，唐宋词在抒情性的成熟程度方面，实是由其感情本身（人性）的成熟作为内核的。

再说前一种忧患意识的问题。

有人说过，文学是欢乐和苦闷的象征。如果说，在上述表现爱情意识的一小部分作品中曾经出现过"欢乐"情绪的话，那么在除此之外的其他大量唐宋词篇中，我们所感到的便主要是一股忧伤的情绪和一片苦闷的心态。从广义的角度看，文学本来便是对于人生缺憾和不满足的一种"自我补偿"；而从狭义来看，则唐宋词就专门致力于表现人类的这种缺憾和不满足的心境或心曲。它有关于爱

① 史达尔：《论德国·论诗》，伍蠡甫，等编《西方文论选》下册，上海译文出版社，1979年，第137页。

情的，关于个人身世的，关于国家前途、民族命运的，也有关于时光流驰、青春难驻的种种苦闷。归纳起来，它就形成了如下一个十分“苦恼”的问题——诚如法国艺术家罗丹所说的：

> 如果你乐意，我们来谈谈米勒的《拾穗》吧！其中一个妇女，在烈日之下疲劳不堪，立起来远望。我们似乎懂得她，通过心灵的一闪，在受损害的头脑中提出一个问题：何必呢？
>
> 这就是弥漫在整个作品中的神秘。
>
> 何必要有这种规律，把人类牢系在生活之上，使他们受苦呢？何必要用这种永恒的诱惑，使他们喜爱生命，可是生命又那么苦痛呢？苦恼的问题！①

照我们看来，整个唐宋词所表现的，基本就是这样一种巨大的“苦恼”。生活本来是或者应该是美好的，因而它值得人们留恋和追求；但生命却又是令人感到苦痛的。这两者之间的深刻矛盾，是封建时代的人永远无法解决的，由此便诱发了忧患意识，由此便感发了伤感意绪。因而，全部唐宋词，从整体而言，便成了忧患意识最为集中的表现物，也变成了它最为理想的“归宿”。

当然如换从另一个角度来看问题，则唐宋词中浓郁地凝蓄着忧患意识，这一现象的背面又启示我们，人们对于生活是何等的喜爱，对于生命是何等的执着！因此，上述现象也并非全是消极的。文学既然是缺憾和不满足的“自我补偿”，那么我们在唐宋词的忧患、伤感中，不又同时感到了“理想之光”“希望之光”在茫茫的黑暗中悄悄运行？它所给予读者的，就不仅仅是空虚和绝望！

尤为奇妙的是，爱情意识和忧患意识，这一正一反、一欢一悲、一热一冷的意识和情绪，又在这块并不广大的词苑里反复碰撞、屡相交织，在同一个作家和同一首词篇中不时交互、不时纠葛，这就形成了分外复杂纷纭的心态和“词境”，这就越发使唐宋词的抒情出现了异常丰蕴斑驳的奇观。看一看词人们怎样通过自己的艺术劳动努力描摹自己的心态，怎样把自己深藏在心底的复杂感情编织成了精微窈深的词境，怎样在词中抒发他们的欢乐（这是少数）和苦闷（这是多数），怎样为美好的爱情唱出颂歌和为悲哀的人生唱出怨歌，又怎样以自己放旷的情怀突破了现实的烦恼而遨游于“升天”的“灵境”之中，以及怎样用顽强的意志和巨大的勇气冲决了阻碍正义事业发展的阴霾，但最终却仍不免抛物线下降般地复堕于忧患之中……这难道还不足以说明人类感情的异常丰富和人生的异

① 罗丹口述，葛赛尔记：《罗丹艺术论》，沈琪译，人民美术出版社，1978 年，第 100 页。

常饱满吗？有了这样的感情内容作为词境的“内核”，则唐宋词抒情性的成熟，便是水到渠成的事了。

二、“词境”——中国韵文里头最为优美的一种意境

上面谈了“词境”的“内核”，亦即它的抒情性问题；接着要谈的便是它的表现形态，亦即其形象性问题。在这方面，我们应该承认，唐宋词的“词境”，堪称是中国韵文里头最为优美的一种意境。

首先需要指出的是，“词境”比之“诗境”来，其“宽度”是相对减缩的。但是，这一点却并不妨碍它成为中国韵文里头最为优美的一种意境。这是因为，“词境”有着它自己特殊的美感。

这种特殊性，表现在如下几个方面：

第一，它最富有香艳性——当然，在诗中，也有着宫体诗、《香奁》诗等“艳诗”，而在六朝抒情小赋及后来的曲辞中，也不乏这种“艳味”；但是，若从整体来看，则没有一种其他文体可与词的“香艳”相比。王士禛称《花间》词为“蹙金结绣”（《花草蒙拾》），王世贞称晚唐词为“香而弱”（《弇州山人词评》），况周颐称温、韦词为“熏香掬艳，眩目醉心”（《历代词人考略》卷五），毛晋称小晏词为“字字娉娉袅袅，如揽嫱、施之袪”（《小山词跋》），贺裳称周邦彦词“有柳欹花亸之致，沁人肌骨”（《皱水轩词筌》）……凡此种种，均足以说明词之“本色”风格是和它的香艳性分不开的。这种香艳的词境，还可以举郭麐所写的《词品》来加以形容，那就是：

> 杂组成锦，万花为春。五酝酒酽，九华帐新。异彩初结，名香始薰。庄严七室，其中天人。饮芳食菲，摘星扶云。偶然咳唾，名珠如尘。（《秾艳》）

充满着这种特殊的“芬芳”和“春色”的词境，其美丽秾艳、眩目醉心，就是不言而喻了。

第二，它最富有柔婉的美感。对于这点，我们在本书第一章中已有阐述。所以这里不再多说。造成这种柔婉型美感的原因，一方面跟它的“香艳”分不大开，另一方面又与它的“南方文学”特性密切相关。而中国古典文学，又素有“以柔为美”的传统（说见下文），所以，词境的柔婉性，就给自己的艺术美感增添了特异的光彩。

第三，它极为细腻，极富文采。这一点，也是有目共睹的。为了省事起见，不妨让我们转引缪钺先生几段精辟的论述。他在《论词》一文中曾说：

……人有情思，发诸楮墨，是为文章。然情思之精者，其深曲要眇，文章之格调词句不足以尽达之也，于是有诗焉……诗之所言，固人生情思之精者矣，然精之中复有更细美幽约者焉，诗体又不足以达，或勉强达之，而不能曲尽其妙，于是不得不别创新体，词遂肇兴。

……词之所言，既为人生情思意境之尤细美者，故其表现之方法，如命篇、造境、选声、配色，亦必求精美细致，始能与其内容相称。①

在讲了这些话后，他又具体论述了词境的四个特征：其文小，其质轻，其径狭，其境隐。而照我们看来，它们就无不表明了词的意境之极为细腻、极富文采。如其论“小”之一节云：词中所用之字面，必取其轻灵细巧者。是以言天象，则微雨、断云、疏星、淡月；言地理，则远峰、曲岸、烟渚、渔汀；言鸟兽，则海燕、流莺、凉蝉、新雁；言草木，则残红、飞絮、芳草、垂杨；言居室，则藻井、画堂、绮疏、雕栏；言器物，则银缸、金鸭、凤屏、玉钟；言衣饰，则彩袖、罗衣、瑶簪、翠钿；言情绪，则闲愁、芳思、俊赏、幽怀。即形况之辞，亦取精美细巧者，如亭榭则曰风亭月榭，如花柳则曰柳昏花暝。此种铸辞炼句之法，非但在文中不宜，即在诗中多用之而犹嫌纤巧，但在词中用来却极为出色当行。又如其论“轻”之一节云：极沉挚之思，表达于词，亦必出之以轻灵。惟其轻灵，故回环宕折，如蜻蜓点水，空际回翔，如平湖受风，微波荡漾，反更多妍美之致，此又词之特长……总之，“以天象论，斜风细雨，淡月疏星，词境也；以地理论，幽壑清溪，平湖曲岸，词境也；以人心论，锐感灵思，深怀幽怨，词境也”。读了上面这些生动而精妙的论述，我们就不难得出结论，在中国韵文所塑造的各种意境之中（如四言、五言、七言、杂言等各体诗中，如辞赋、骈文中，如后来的戏曲唱辞中，等等），“词境”相比其他文体的意境，恐怕算得最为细腻和最富文采。

综上所言，唐宋词对中国文学史的主要贡献，大致就在于：第一，它为读者展现了一片斑斓多姿、丰蕴细腻的心灵世界、精神世界或感情世界。虽然在很多方面，它的“宽度”有所减缩，然而在“解放”被禁锢在灵魂底层的感情方面，在揭示人类更深层次的感情方面，它是勇敢地跨进了一大步的。而除此之外，它又同时为我们展示了唐宋人其他类型、其他方面的情志，使我们看到了，远在千百年前的那个年代里，人的意识和人的感情，就已达到了那样成熟和丰富的地步，这不能不是人类精神史上、文明史上的一个奇观。第二，它又为我们展现了一个绚丽多彩、优美异常的文学天地、艺术天地和审美天地。在这个并不太“大”然而却

① 缪钺：《缪钺说词》，上海古籍出版社，1999 年，第 3、4 页。

"美"的天地里,我们又不难看到我们这个民族十分深厚和伟大的艺术创造力,看到在其他许多民族尚处于野蛮落后的阶段,中国的艺术家们所创造的"词境"竟然就已达到了如此美不胜收和令人叹为观止的崇高境地,这更使我们为此而深感自豪。所以,尽管唐宋词的历史早就已经远逝,但是它所留下的魅力,却是如日常新地永存在千百万读者心头的。

第二节 "词境"——民族审美心理的深厚积淀和"再投资"

唐宋词的意境,是唐宋文人艺术心理在词体里面的形象体现。它部分地展示了我国文学中所积淀的民族审美心理,并又反过来给予了我国文学这方面的"再投资"。

说它是部分地展示了民族审美心理,是因为,民族审美心理本应是多方面、多层次的,而词则仅是一种比较特殊的文体,因此,反映或展示在唐宋词中的民族审美心理,只能是"部分"的和带有特殊性的。然而,我们却并不能因此而看轻了这个特殊的"部分",因为正是在它里面,我们却借此而窥见了民族审美心理隐蔽在深层或底层的接近乎本质的部分。

此话如何理解?刚才谈过,民族审美心理本是一个复杂的概念,它的内涵该是相当丰富的。第一,在不同的历史时期,民族审美心理又带有时间上的阶段性;第二,在不同的地理环境中,民族审美心理带有空间上的地域性;第三,中华民族又是一个多民族的复合体,不同民族之间又各有其不同的民族审美习惯和心理;第四,同一民族中间不同的社会阶层、社会集团(它们具有不同的生活方式、工作职业和文化教养),又有着层次不同的审美心理……而除此之外,由于人们的审美活动不是孤立进行的,因此他们的审美心理常常会受到其他活动、其他社会心理的影响和制约。在我国封建社会的漫长进程中,它就特别受到了政治思想与伦理道德的影响和制约——在这种情况下,两者就构成了一种相互"黏着""纠葛"的复杂状态。打个比方来说,我们现在所看到的、反映在正统诗文中的审美意识,就好比是从地底下发掘出来的古老而风化了的琥珀球,在那晶莹的脂体里面(指审美心理),常包嵌着一些昆虫残骸(指政教伦理),二者早是密不可分了。但是,真正的科学分析,则应该排除(或尽量排除)那些外来的影响和干扰(比如某些物理实验须在"真空"的环境里进行),所以,对于真正的民族审美心理的研究和考察,一方面应该承认和充分看到它们与这个民族的其他思想因素之间的联系,另一方面,又必须尽量提取其"真汁"来加以分析。在这方面,则作为古代文学中"纯文学"性质最可靠、最纯粹的词(当然这两个"最"也是相对而言的,事实上它也并非绝对“可靠”和“纯粹”),就最能够帮助我们了解我国文学所凝蓄着的民族审美心理(也正因为这个原因,下面的研究就以最为“本色”的婉约词作为主要对象)。所以,唐宋词境所反映出来的民族审美心理,尽管比较偏狭、比较特殊,但是却又比较深刻、比较纯粹,比较接近于它的本来面目。从许多带有”杂文学”性质的作品中,我们相当明显地看到了民族审美心理的外观及一部分“内质”,但是,借助于词这个“内窥器”(例如今之胃镜一类器具),我们却又比较深入地窥见了它的隐蔽得比较深的层次和部分。

根据这个道理,我们就在唐宋词(婉约词为主)中看到了中国文学所怀藏之民族审美心理的下列一些内容。

一、以悲为美

文学创作,从某种意义上说,该是社会生活的延伸和补偿:说它是“延伸”,是从反映论的角度来看的,文学创作,实是社会生活的艺术化、文学化,是社会生活延伸、升华在文学领域里的产物;说它是“补偿”,则又是从其“能动性”和“反作用(于社会生活)”的角度来看的,文学创作,实是对于社会生活的“反馈”“反思”和“补偿”。人体内部,具有一种“补偿性功能”,例如人在受到外伤大量出血时,血容量剧减而血压必会降低,这时交感神经便会积极亢奋起来,促使小动脉收缩和心跳加快,以期使血压(暂时地)维持在一定的水平。文学作品的功效有时亦复如此,面对着现实生活中的种种缺憾和不满足,作家们便在自己的创作中得到一定程度的“补偿”和“自我解决”。文学之常用以宣泄苦闷,文学之常用以“舒愤懑”,文学之常用以来寄托作者的理想和希望,就都是这种“补偿性功能”的表现——甚至,当作家们专心致力于构筑他们的艺术宫殿时,他们能够暂时地摆脱现实的烦恼和痛苦,也都可以视为广义上的“补偿性功能”。清人项廷纪所云“不为无益之事,何以遣有涯之生”即其谓也①。从这种“补偿性功能”出发,中国文学就具有了明显的“以悲为美”传统,而在唐宋词中就更有了突出的体现。

造成这个传统的原因主要有两方面。

一是生活本身的原因。中国社会的进程特别缓慢(指封建社会)。这个漫长的社会是一个充满着黑暗和苦难的社会。这种黑暗性和苦难性必然会映入人们的心灵深处,造成了七情六欲的心弦中“哀弦”特别发达的心理机制,从而又

① 项廷纪:《忆云词丙稿》,中华书局,1985 年,第 51 页。

形成了“以悲为美”的艺术传统。音乐欣赏中的“以悲哀为主”①,诗歌理论中的“诗可以怨”“欢愉之辞难工,穷苦之言易好”“诗穷而后工”,等等,就都表明了这个“以悲为美”的艺术(文学)传统。

二是人们的“逆反心理”。在现实生活中,一般来说,总是强者统治弱者,弱者屈服于强者。但是在文学创作和文学欣赏活动中,由于“逆反”的心理,作者和读者的同情、怜悯、支持却往往偏在于弱者、不幸者和失败者身上。这种逆反心理也就造就了文学的“补偿”功能,从而助长了它的“以悲为美”。

从这两点出发,我们就可看到屈原在政治斗争中的失败,却造成了他在文学领域里的“成功”;李后主在现实生活中的种种不幸,却造成了他在唐宋词坛上的极大“幸运”。也从这两点出发,我们又看到,尽管在实际生活中,我们这个民族素以吃苦耐劳、富有不屈不挠的斗争精神著称,同时也不乏乐观、进取、诙谐、刚强等性格,然而表现在文学中,却更多的是“哀音”和“苦语”。如我国古代神话中,虽也存在着夸父追日、共工触山、精卫填海式的表现人类刚烈、勇敢精神的故事,但就连它们,却也带有着悲剧的色彩。进入有文字记载的文明社会以后,诗歌和散文中的悲哀情调,就更无一日断绝过!以诗歌为例,《诗经》中感人至深的便是那些号称“乱世之音怨以怒”“亡国之音哀以思”的“变风”“变雅”之作,而不是那“治世之音安以乐”的“颂”诗。《楚辞》的情调,越发离不开“哀”和“怨”。一曲《离骚》,实是“怨生”“悲世”之歌;宋玉的《九辩》,又堪称千古“伤感文学”之祖。《古诗十九首》,则更以其悲哀的声音打动过无数旧时代文人之心:“生年不满百,常怀千岁忧”“不惜歌者苦,但伤知音稀”之类的诗句,就唱出了这一代文人心底最深广的悲感。盛唐诗中,悲哀的阴影似乎一度散开,而中晚唐诗中,却又重新聚拢了一层伤感的浓云……以散文为例,撇开那些说理和纪事的散文不说,就在那些抒情意味较足的散文中,又何尝不以其“悲音”动人?人们喜欢读韩愈、柳宗元的散文,但喜读《祭十二郎文》的程度恐怕要比读《原道》《原毁》之类更甚;而《永州八记》(其中就含有作者被贬的悲哀情感)的读者则又肯定要比《封建论》的为多;欧阳修的《秋声赋》《送杨置序》《祭石曼卿文》,在某种程度上也要比《朋党论》《与高司谏书》更能打动读者的心……这种种事实都告诉我们:千古佳作,其最能动人之情处,往往大多离不开一个“悲”字。欧阳修说得好:“盖世所传诗者,多出于古穷人之辞也。凡士之蕴其所有,而不得施于世者,多喜自放于山颠水涯。外见虫鱼草木、风云鸟兽之状类,往往探其奇怪。内有忧思感愤之郁积,其兴于怨刺,以道羁臣寡妇之所叹,而写人情之难言,盖愈

① 钱锺书:《管锥编》,中华书局,1979年,第946-949页。

穷则愈工。"(《梅圣俞诗集序》)其所以"愈穷则愈工"的原因,恐怕还在于"愈穷则愈悲"也。

所以,中国古代文学所凝聚着的"以悲为美"的审美心理,是十分丰厚的。唐宋词中所表现出的深浓的忧患情绪和伤感色彩,便可以视作前代文学"以悲为美"传统的继承和发扬;同时又可以看成唐宋词人对于中国文学在这一方面的"再投资"。在这个问题上,词体的特殊性,词体在抒情方面的特殊角度,便起了不可忽视的作用——我们在此以前已经提及,词体好比一种特异的"光谱分滤器",它只从特殊的角度吸收光和色,只分滤与反射出特种的光谱和颜色。这种"光谱"和"颜色",就是以"悲"为主的。以悲哀为主色泽,它便组成了各式各样的词境,而其中大体又可分为两类:一类是悲伤的、悲咽的、悲苦的;另一类则是悲愤的、悲慨的、悲凉的。当然即使在一种类型中,又因情况的不同而呈现出深浅、浓淡、杂色和单色、明显和隐晦等多种色调来;或者又可以换句话说,那就是,在众多的唐宋词篇中,大多均可沥取或分滤出悲哀的感情"汁水"来:婉约词中固然是充满着"女儿泪""妇人泪",而豪放词中却也大多藏着"英雄泪""壮士泪",甚至连那些"隐逸出世"之词中,其实也深寓了某种程度的悲感情绪。唐宋词坛的"低音区"里固然抽泣着一片"痴情语",但即使是"高音区"里,在那"高音""壮语"响过之后所袅袅余响着的,却也仍是丝丝扣人心弦的悲音!"微风早经停息了……一丝发抖的声音,在空气中愈颤愈细,细到没有,周围便都是死一般静"(鲁迅《药》)。千百年后,我们聆听唐宋词坛那个最后阶段(指南宋覆亡阶段)的尾声,似乎还存在着上述的境界,唐宋词之"以悲为美"的情状,真是不可胜言矣。

在前代文学的"以悲为美"基础之上,唐宋词又一次给予了中国文学这方面的"再投资"(因为以前每一时代的文学都做过这方面的"投资",故云)。这就更加加浓了中国古典诗歌的悲感色彩。这个情况也可从两方面来看。其一是,自此以后,在各类文体中,词就成了最宜于写"愁"的文体,其"以悲感人"的力量就最为浓烈。如清人赵庆熹(秋舲)序《花帘词》云:"无岁而无落花也,无处而无芳草也,无日而无夕阳明月也。然而古今之能言落花芳草者几人?古今之能言夕阳明月者几人?则甚矣,写愁之难也!花帘主人工愁者也,词则善写愁者……栩栩然,荒荒然,幽然悄然,无端而愁,即无端其词。"江顺诒在其《词学集成》卷七引述此言之后加一评语:"此专言愁,固作词者之妙境,而即读词者之佳话也。"①在他们看来,词就成了作者与读者寄托和寻觅"悲美"("愁"也)的"专业

① 江顺诒:《词学集成》,唐圭璋编《词话丛编》,中华书局,1986年,第3289页。

文体”。而另一位清人陈廷焯也曾说过：“后人之感，感于文不若感于诗，感于诗不若感于词”，原因之一即在于词之“情长”“味永”“其为言也哀以思”“其感人也深以婉”①。其二是，由唐宋词那种“以悲为美”的词境，又变幻、衍化出后来其他一些韵文的意境——此亦即它的“再投资”所生发出的影响或“增值”。以《西厢记》中感人最深的《长亭送别》一折为例，其中就活跃着很多唐宋词的句子和意境。如一开头所唱的《正宫端正好》“碧云天，黄花地，西风紧，北雁南飞。晓来谁染霜林醉？总是离人泪”，其中就浓缩着范仲淹《苏幕遮》词的句子：“碧云天，黄叶地……酒入愁肠，化作相思泪。”如其结尾所唱的《收尾》“四围山色中，一鞭残照里。遍人间烦恼填胸臆，量这些大小车儿如何载得起”，就明显是从李清照《武陵春》“只恐双溪舴艋舟，载不动，许多愁”中化出。如其中间所唱《幺篇》中“意似痴，心如醉，昨宵今日，清减了小腰围”，则又来自晏、柳词境（如晏殊“独上高楼，望断天涯路”，柳永“衣带渐宽终不悔，为伊消得人憔悴”，等等）。而若通观全篇那种两情依依、难舍难分、缠绵悱恻、悲哀欲绝的总气氛，则又非常明显地来自柳永的《雨霖铃》词意。故而，唐宋词的“以悲为美”，对于后代戏曲、小说（前者如《汉宫秋》《长生殿》，后者如《红楼梦》）的影响是相当深远的。从这个意义上看，唐宋词实是中国文学中“以悲为美”的一块丰碑。

二、以艳为美

从表层的总体印象来看，中国古代文学十分强调“载道”、“言志”（此“志”主要指与政教有关之志），因而是排斥或轻视男女恋情（亦即这里所说的“艳”）的题材和风格的。但是，其骨子里却非全部如此。从深层的审美心理来看，中国古代文学其实还是有着“以艳为美”的悠久传统的；而这种常被隐蔽在深处的审美心理，又因着特定的原因，便在唐宋词中得到了充分的表露。

艳情，亦即男女相恋之情，本是人类生活中十分重要、十分活跃的一部分感情。“食、色，性也”，即使是孟老夫子，也都不得不承认，爱情是人类的“天性”之一，男女恋情和男女婚姻是人类生存发展的一个基本条件。因此，孔子删《诗》，却仍保留了大量反映爱情生活的恋诗。而在屈原所作的长篇“政治诗”《离骚》中，也已采用了以男女情事比附君臣遇合的手法。这就可见，中国古代文学（诗歌）一上来就有着“以艳为美”的传统。不过，因着封建制度的确立和封建礼教的加强，这个传统在汉代以后的诗文中就被迫“隐退”或有所“淡化”。但是，这种审美心理因为源自天性，所以真要压制、真要“降服”，又谈何容易！一方面，

① 陈廷焯：《白雨斋词话》，人民文学出版社，1959年，第1页。

民间的诗歌偏不买账，它偏要痛快地表现人们在这方面的愿望，宣泄这方面的苦恼，于是我们便在汉乐府中见到了《孔雀东南飞》这样的爱情悲歌，更在南朝民歌中惊喜地看到了爱情意识在这块自由的诗苑里像彩蝶一般纷飞。另一方面，即使在正统的诗赋里，文人们"以艳为美"的创作心理，却也不甘寂寞地要作顽强的"自我表现"，因此我们便读到了秦嘉的《赠妇诗》、曹丕的《燕歌行》、徐干的《室思》、繁钦的《定情诗》、曹植的《美女篇》以及司马相如的《长门赋》、曹植的《洛神赋》、陶潜的《闲情赋》，还有那令人黯然销魂的江淹《别赋》、《恨赋》……这些文人创作同样鲜明地体现了"以艳为美"（虽然这个"艳"又常和"悲"结合在一起）的特征。到了梁陈君臣所作的"宫体诗"，这种"以艳为美"的创作心理，更得到了"踵事增华""变本加厉"（甚至有些"过分"和"变态"）的反映。徐陵所作的《玉台新咏序》，就可看作这种审美心理的集中体现和"公开宣言"。所以，人性（爱情意识即是其一）是压抑不住的，"以艳为美"的心理是"开除"不掉的。在正统文学板起面孔地进行"载道""言志"的说教后面，却仍然跳跃着一颗颗为爱情激动不止的"赤子之心"！

唐代是一个思想比较开放、礼教约束比较放松的时代。从"初唐四杰"起，唐代诗坛就扯开了粗豪而圆润的嗓子（闻一多语，见《宫体诗的自赎》），为爱情而歌唱了。"得成比目何辞死，愿作鸳鸯不羡仙"（《长安古意》），卢照邻的诗句，就表明了他们对生活中的爱情怀有何等强烈的渴念。而张若虚的《春江花月夜》，更在诗的领地里向人们显示了"艳美"的极度令人心醉——在它面前，甚至连一切的赞辞都会显得"饶舌"。盛、中唐时，爱情诗的创作也仍源源不绝，一曲《长恨歌》就以其"风情"风靡了大半个中国。到了晚唐，更由艳美的《香奁》诗风"领导"着诗坛。所以综观唐宋词以前（或同时）的文学，那"以艳为美"的心理传统和创作传统，就是一以贯之、若隐若现的。

不过，即使是在比较开放的唐代诗坛上，"以艳为美"的审美心理的自我表露还是有节制或有约束的。只有到了唐宋词中，因着特殊的"天时地理"条件，前代文学积贮的"艳美"心理，犹如逢到春风煦日那样茁壮茂盛地怒放出一簇簇、一丛丛艳丽的花朵来。词是"小技"，在那里可以不受或较少受到礼教的束缚而畅快淋漓地吐露人们心中对于爱情的渴盼，可以暂时排除外界的某些干扰而尽情地摹写自己被恋情所激起的幽约心态。这就脱去了"载道""言志"的外衣，露出了"以艳为美"这个藏伏在深处的"庐山真面目"！"人生自是有情痴，此恨不关风与月"（欧阳修《玉楼春》），作为人类本性之一的"痴情"的心理面貌，在词中便表现得最为清晰；"脉脉荷花，泪脸红相向"（晏几道《蝶恋花》），词境靠着"艳美"取胜，也就一目了然。所以，正如人类正常感情之一的爱情在词中得到复归一样,中国文学所凝蓄着的“以艳为美”的审美心理,也同样在词中得到了凸现。从这个意义上讲,中国文学虽然在”真、善、美”三者中间特别强调一个“善”字(亦即重视其政教方面的功能、作用),但那主要只是在“杂文学”体制的作品中所呈现的面貌而已;如若剥离其政教伦理的外附物,如若从“纯文学”的领域来看问题,那么就有不少真正的诗人,其内心世界是更重乎“真”的。“发乎情,止乎礼义”,在这两者之中,他们应该是首先看重这个“发乎情”(亦即“真情”)的。有了这个”真”,于是便跟着出现了“艳”。陆机在给“诗”所下的“定义”中即宣称:“诗缘情而绮靡”,前者就指其“真”,后者又言其“美”而“艳”。这里,他就不去谈什么“善”、谈什么“止乎礼义”了。从此话中,也就泄漏了人们原先隐藏在“诗言志”底下的“以艳为美”的幽闭的审美心理(这与文学的“自觉”有关)。而后来的唐宋词,则更以自己的实践来证明或挑明了中国古代文学实际深藏着“以艳为美”心理的事实和秘密。

当然,唐宋词只是全部古代文学的一个组成部分。它的特殊性并不能取代后者的整体性。但是,我们却又应该承认,这种特殊性又带有很深程度上的本质性。正像从充分成熟的水果中我们最易嗅到它的特种香味一样,全部古代文学中虽然存在着许许多多未曾“熟透”的“杂文学”作品,但从文学性最充足、最纯粹的词体里头,我们却不难感到它骨子里实在藏有着深浓的“艳美”心理!

自从唐宋婉约词把“以艳为美”的审美心理来了一个大解放和大释放以后,我们就看到,后代文学中的“以艳为美”就不像以前那样显得有些“忸怩”了。元明清三代的戏曲歌辞,几乎大多都有着“以艳为美”的特性。《红楼梦》第二十三回的标题是:“《西厢记》妙词通戏语,《牡丹亭》艳曲警芳心”,其中写黛玉读过《西厢》之后,“但觉词句警人,余香满口。一面看了,只管出神,心内还默默记诵”,这就可知文学的这种“艳美”风格,具有何等的魅力;也就可知一般人特别是青年人心中,大多普遍地怀有着这种“以艳为美”的欣赏心理。所以,即使是写过300卷《经义考》的朱彝尊,却宁愿舍弃死后的孔庙陪“先圣”食冷猪肉的荣誉,也不肯在其集中删去那艳美异常的《风怀》诗。这就更加可知,随着时代的越向近代推移,“以艳为美”的审美心理在人们的心中是越聚越深浓的。而在回顾古代文学的发展史时,我们又不能不感谢唐宋词的作者们:是他们把人类感情世界中最美妙、最神秘、最瑰奇的那部分“艳情”内容,大胆而成功地搬上了文学舞台,在读者面前展现了一个“艳”和“美”结合、“情”和“诗”结合的无比绚丽的艺术境界;它既满足了长久以来人们对于爱情和“艳美”的饥渴,又像滚雪球一样把古代文学中原先存在着的“以艳为美”的审美心理,积聚得更大、更足,从而使得后代文学的“艳美”程度的提升,有了一个新的起点。

三、以柔为美

比较起上面两种似乎可称是与生俱来的审美心理而言,“以柔为美”的审美心理就较多地带有“晚熟性”了。从古代文学的全过程来看,在其前期的一个很长阶段里,它就是既以“柔”为美,更以“刚”为美的,后者的“比重”要胜过前者。比如在先秦、两汉的散文中,“刚”的面貌就占主要地位,曹丕《典论·论文》所说“文以气为主”即表明此点。在诗歌领域,总体偏“刚”的《诗经》,其影响也要胜过总体偏“柔”的《楚辞》。所以《文心雕龙》一方面反复以刚、柔并举(如《体性》:“才有庸俊,气有刚柔”,《熔裁》:“刚柔以立本,变通过趋时”,《定势》:“刚柔虽殊,必随时而适用”),但另一方面却又极力表扬“结言端直”“意气骏爽”的“刚健”风格(《风骨》)。不过,也就在刘勰时代,”南方文学”的柔美风格,又已向人们展示了它的奇异光彩,引起了人们相当程度的注意。如《文心雕龙》就专立《辩骚》一章,以表明它对这“奇文”(“奇文郁起,其《离骚》哉”)的高度重视。从它所言的“《骚经》《九章》,朗丽以哀志;《九歌》《九辩》,绮靡以伤情;《远游》《天问》,瑰诡而慧巧;《招魂》《招隐》,耀艳而深华……”等语来看,它就已经隐约地看出了《楚辞》的柔美特性(它另在本章又说“故其叙情怨,则郁伊而易感;述离居,则怆怏而难怀”,也都近于此意)。基于对于这种柔美风格的赞赏,它又提出:“然文之任势,势有刚柔,不必壮言慷慨,乃称势也。”(《定势》)我们知道,在刚与柔、阴与阳这两对矛盾体中,儒家思想一般是重刚轻柔、重阳轻阴的——这与它的“重男轻女”有关。孔子说:“惟女子与小人为难养也”,又说:“吾未见刚者”;孟子说:“我善养吾浩然之气……其为气也,至大至刚”。所以传统文论一向重“气”,也即重“刚”。但是到了南北朝时代,由于“南方文学”的勃起,所以那种柔美的文学风格也就抬高了身价,“以柔为美”的审美心理也就越加滋发和繁生。“暮春三月,江南草长,杂花生树,群莺乱飞。见故国之旗鼓,感平生于畴日,抚弦登陴,岂不怆恨”,丘迟既是以南国的美丽风情来感发陈伯之的乡思,我们又何尝不可以视作“以柔为美”的艺术力量已经成功地“俘虏”了一位武臣之心?因此,六朝时代,就可以看作“以柔为美”的审美心理第一次比较成熟地滋长和形成的阶段。

唐朝融合了前代的南北文风,也集合了“贞刚”与“清绮”的刚、柔风格于一体(指诗),从而出现了刚柔兼济、刚柔并存的新诗风。但是,到了中晚唐以后,随着全国经济重心的南移,也随着人们艺术视野、艺术兴趣的改变,文坛的风气便由柔美的“南方文学”风格占据着主导的地位。领导这一时期的《香奁》体诗歌,便是一种典型的“南方化”柔性诗歌。其序(韩偓所作)明曰:“遐思宫体,未敢称庾信工文；却诮《玉台》，何必使徐陵作序”①，它就明言欲与南朝的“宫体诗”和《玉台新咏》的艳情诗“媲美”！元好问《论诗绝句》云：“风云若恨张华少，温、李新声奈尔何”，可见温庭筠、李商隐的“新声”比之“犹恨其儿女情多，风云气少”的张华诗来（评语见钟嵘《诗品》卷上），更不知还要柔化了多少！所以，晚唐五代便又是“以柔为美”的审美心理第二次大凝聚和大表露的时代。

唐宋词坛，上起中晚唐、五代时代，下面跨历了总体上显得怯弱而不雄强的两宋时代。特别因它曾经长期构筑在五代（西蜀、南唐）和南宋这两个“南朝”基础之上，再加上这一时期空前活跃起来的爱情意识的充分柔化，因而其作者和读者的审美心理也就更加趋向于“以柔为美”。而词体本又是从“莺吭燕舌”的“女性环境”中诞生出来的，所以词人的这种“以柔为美”的审美心理便借此而得到最惬意的实现和寄寓。而由此，我们又看到了另一个微妙的文学现象：借助着这种柔美的风格，唐宋词人“以悲为美”和“以艳为美”的嗜尚，便得到了更加成功的表现。道理很清楚，“柔能克刚”，“哀兵必胜”，凭藉着此类柔性的文学形象（意境）和艺术美感，反而更能引起读者的共鸣和怜悯，也就达到了在心理上战胜现实生活中的“强者”（主要指不合理的社会环境和窒息人们正常人性的封建礼教）的艺术效果。又因为艳情本身就具有“柔性”（所谓“柔情如水”也），再因着这种柔美的风格，所以两者就像风助火、火助风一样地相互促发、助长起来。唐宋词中滋发的“以柔为美”心理，在古代文学史上，就堪称是它第三次大成熟的阶段。而且，至少是在一种体裁或一个局部中，它第一次超过了“以刚为美”的势力。它对后代文学的影响，同样也是不可低估的。

四、以文采为美和以含蓄为美

除开上述三种审美心理以外，唐宋词中还显露着中国古代文学“以文采为美”和“以含蓄为美”的民族审美心理。

先说前者。

在古代文学中，特别在那类“杂文学”面目的作品里，从表面看来，似乎是重“质”的倾向要大于重“文”的倾向。例如孔子一方面说过：“质胜文则野，文胜质则史；文质彬彬，然后君子”（《论语·雍也》）；但另一方面他又着重强调“辞达而已”（《论语·卫灵公》）。因此他在“文”“质”之间是偏重于“质”而偏轻于“文”的（他在其他地方又说过：“巧言令色，鲜矣仁”，似乎也表明了同样的倾向）。因此后之论文者，往往都尽量提高那“质”的地位而压低“文”的地位。对

① 董诰，等编：《全唐文》，中华书局，1983 年，第 8739 页。

于前一点,自然无可非议;而对于后一点,则就大可不必。事实上,文学既然是"文",那就怎能忽视"文采"?过分地贬低"文采",甚至认为文采一美就势必"买椟还珠"(《韩非子·外储说左上》)地有损于"质"的看法,实际是一种否定了文学本身固有性质与固有价值的偏激看法。还是刘勰说得好:"圣贤书辞,总称文章,非'采'而何?夫水性虚而沦漪结,木体实而花萼振,文附质也。虎豹无文,则鞹同犬羊;犀兕有皮,而色资丹漆,质待文也。"①这种既重视"质"又不轻视"文"的观点,就反映了中国古代文学在进入比较自觉的时代以后人们认识的进步。而到了另一部分"重文派"那里,则文学作品的文采性就得到了进一步的看重和强调。陆机提出诗要"绮靡",萧统提出文章应当"综辑辞采""错比文华"和"归乎翰藻"(《文选序》),萧绎更提出"至如文者,惟须绮縠纷披,宫徵靡曼,唇吻遒会,情灵摇荡"②,这些都表明了"重文(采)"的文学意识已经相当的自觉和成形。上述主张虽然有其片面之处,但对"纯文学"的诗歌(包括某些抒情的辞赋、骈文乃至散文)而言,却是有其合理性的——事实也是如此:真正的诗人,谁不重视自己作品的文采性?所以这种"以文采为美"的审美心理,虽在儒家重实用、重教化的理论"威慑"之下经常"退避三舍",但其实却又是未尝泯灭的。到了晚唐五代,"以文采为美"的审美心理终于又一次"猛烈抬头"。韩偓提出"咀五色之灵芝,香生九窍;咽三危之瑞露,美动七情"③,韦縠提出"韵高而桂魄争光,词丽而春色斗美"④(《才调集序》),韦庄提出"清词丽句"(《又玄集序》),就无不是这种重视文采的审美心理之明确表露。而欧阳炯的《花间集序》,则第一次为唐宋(婉约)词抛出了极度重视文采的"唯美主义宣言":"镂玉雕琼,拟化工而迥巧;裁花剪叶,夺春艳以争鲜","声声而自合鸾歌","字字而偏谐凤律"⑤。它就不仅要求"文辞美",而且要求"音律美",这就"一锤定音"地规定了文人词必须是"美文"的特性,也反映了词人们高度重视文采的审美趣味。郭麐《词品》有云:"鲛人织绡,海水不波。珊瑚触网,蛟龙腾梭。明月欲堕,群星皆趋。凄然掩泣,散为明珠。织女下示,云霞交铺。如将卷舒,贡之太虚。"⑥(《奇丽》)他所描述出的美丽词境,便是由"鲛绡""云霞"般的辞语所组

① 刘勰著,范文澜注:《文心雕龙注》,人民文学出版社,1962年,第537页。
② 萧绎:《金楼子·立言》,中华书局,1983年,第75页。
③ 韩偓:《香奁集序》,董诰,等编《全唐文》,中华书局,1983年,第8739页。
④ 高仲武、元结,等编选:《唐人选唐诗(十种)》,上海古籍出版社,1968年,第444页。
⑤ 欧阳炯:《花间集序》,赵崇祚编选《花间集》,上海古籍出版社,2002年,第1页。
⑥ 江顺诒:《词学集成》卷八,唐圭璋编《词话丛编》,中华书局,1986年,第3296页。

成的;唐宋词之富有文采性,也于此可见。所以在唐诗以外,(唐)宋词就堪称我国韵文中又一最漂亮的“美文”。

此外,在重视文采的同时,中国古代文学(诗歌)又重视着“含蓄”的风格。这种“以含蓄为美”的审美心理大致是与下面两个原因有关的:一是抒情诗的发达。因为抒情,诗歌就须讲究和追求那“言外之致”的“韵味”,诗人们就力求能在短小的篇幅中表达出隽永深长的情味,这就造成了他们对“含蓄”风格的嗜好,在他们的审美心理中贮集起“以含蓄为美”的积淀。如《文心雕龙》提出“隐秀”(“隐也者,文外之重旨者也”),钟嵘《诗品》提出“滋味”(五言乃“众作之有滋味者也”)和“文已尽而意有余”,司空图提出“不着一字,尽得风流”的“含蓄”(《二十四诗品》),凡此种种,都表明了古人心中“以含蓄为美”的审美心理随着抒情诗歌的发展,是积聚得越趋深厚凝重的。二是与我们这个民族的个性有关。中国人在表达感情的方式方面,素来比较含蓄,这与长期封闭型的小农经济和宗法制度又有关系,远不如西方人那么开放;再加上儒家思想特别是“温柔敦厚”的“诗教说”对文人的熏陶教育,因此更助长了这种“以含蓄为美”的审美心理。所以,在中国古代诗论中,一个“韵”字,便占有着突出的位置。到了唐宋词中,这种审美心理也同样有所表现。如北宋文人大多看不起柳永的慢词,其中一个重要原因即是嫌它发露过甚而缺少含蓄的韵味。晁补之说:“张子野与柳耆卿齐名……然子野韵高,是耆卿所乏处。”李之仪说:“至柳耆卿,始铺叙展衍,备足无余……较之《花间》所集,韵终不胜。”故而南渡之初王灼还特意要表扬晏几道词有“秀气胜韵”,而批评“源流从柳氏”来的万俟咏、晁端礼等六人是“病于无韵”。南宋以来,虽然“豪放不已”的爱国词作勃兴,但在一般文人心中,却仍是坚持着“以含蓄为美”的审美标准的。姜白石论诗(亦是论词)主张“语贵含蓄”(《白石道人诗说》);吴梦窗论词,主张“用字不可太露,露则直突而无深长之味”(《乐府指迷》引);张炎提出小令要有“有余不尽之意始佳”,又论慢词要“情景交炼,得言外意”(《词源》)。这些主张,就主要都是从诗歌领域里培养出来的“以含蓄为美”心理在词苑中的“移植”。由此,便又形成了“词以婉约为正宗”(“含蓄”即构成“婉约”的一个组成成分)的局面。

当然,如从另一个角度看,则这种“以含蓄为美”的理论主张,又可以看作对“以悲为美”“以艳为美”“以柔为美”“以文采为美”的某种“匡正”。也就是说,上述各种审美心理,在付之于创作实践时,又应该限制在一定的“尺度”之内,也就是必须“温柔敦厚”,必须“止乎礼义”,而不能“放肆”,不能“过度”。如杨万里评“珊瑚枕上千行泪,不是思君是恨君”,不得谓“怨诽而不乱”,而“月来深殿早,春到后宫迟”才为“怨诽而不乱”;评“汗简不知天上事,至尊新纳寿王妃”不得为“微、晦、婉”,而“侍宴归来宫漏永,薛王沉醉寿王醒”始得为“微婉显晦,尽而不污”(《诚斋诗话》),就表明了在这种“以含蓄为美”的审美标准中,实已渗透进了某些“外来”的成分——一定的伦理道德观。故而“含蓄”与“发露”的风格之分,竟又构成了宋人词论中关于“雅俗之辩”的一个组成部分!一方面重视“文采”,另一方面又要求“含蓄”,二者结合,便又产生了新的审美心理:“以文雅为美”。关于此点,这儿仅提上一笔,不再多说。

文学创作,凝聚着一定的审美心理;审美心理又通过作家的艺术劳动,外化与物化为一定的文学形象和艺术风格。从此点来看,则唐宋词人既继承了前代文人在其创作中遗传下来的某些审美心理,又根据自己的条件对此作了发展和“再投资”,这就造成了词体所特具的“文体风格”(针对其“本色”“正宗”的作品而言)。唐宋婉约词那种“绮靡而伤感”的主体面貌,它们那种香艳、纯情、唯美的主体风格(后来又加上文雅、含蓄),就都是由上述那种以“悲”、以“艳”、以“柔”、以“文采”、以“含蓄”为“美”的审美心理所促成的。而反过来,我们又在唐宋词这一“熟透”的“纯文学”的“硕果”中,充分地(虽然又不免带有某种“片面性”)反窥到了中国文学所带有的民族审美心理。解剖很多个未曾充分成熟的青涩的果实(指那些文学性不足的“杂文学”作品),反不如剖析一个红透了的成熟果实来得更加“典型”和“本质”;从这个意义上说,唐宋词所反映出的民族审美心理,就是既具特殊性又带有深层性的。

以上,我们对于唐宋词史做了一个初步的“反思”。当然,值得引起我们进一步思考的问题,还远不止上面两个。在这一座内容十分丰厚的“艺术之宫”里面,蕴藏着无数的珍奇和瑰宝,值得我们深入地去探寻和观赏。本书所做的一番叙述和论析,只能是对它所做的一种走马观花式的“巡礼”。真正对此有兴趣的读者,在深入其间之后,是都能有所收获的。本书若能起到某种提高兴趣、介绍路径的作用,也就深感自慰了。不妥之处,还祈专家读者教正。

1985 年 11 月至 1986 年 8 月
写作、修改于苏州大学市桥头宿舍

参考文献

[1] 杨伯峻. 孟子译注[M]. 北京:中华书局,1960.
[2] 庄周. 庄子[M]. 影印版. 上海:上海古籍出版社,1989.
[3] 吕不韦. 吕氏春秋[M]. 西安:陕西旅游出版社,2002.
[4] 司马迁. 史记[M]. 郑州:中州古籍出版社,1996.
[5] 赵晔. 吴越春秋[M]. 北京:中华书局,1985.
[6] 刘安,等编著. 淮南子[M]. 高诱,注. 北京:中华书局,2006.
[7] 毛苌传述. 诗序[M]. 朱熹辨说. 北京:中华书局,1985.
[8] 戴圣编. 礼记校注[M]. 陈戍国,校注. 长沙:岳麓书社,2004.
[9] 刘勰. 文心雕龙[M]. 北京:中华书局,1962.
[10] 钟嵘. 诗品注[M]. 陈延杰,注. 人民文学出版社,1980.
[11] 萧统编选. 文选[M]. 李善,注. 上海:上海古籍出版社,1986.
[12] 萧绎. 金楼子[M]. 北京:中华书局,1983.
[13] 魏徵,等. 隋书[M]. 北京:中华书局,1973.
[14] 欧阳询. 艺文类聚[M]. 上海:上海古籍出版社,1982.
[15] 杜佑. 通典[M]. 影印版. 北京:中华书局,1984.
[16] 李白. 李太白全集[M]. 上海:上海书店,1988.
[17] 李商隐. 玉溪生诗集笺注[M]. 上海:上海古籍出版社,1979.
[18] 韦庄、齐涛笺注. 韦庄诗词笺注[M]. 济南:山东教育出版社,2002.
[19] 刘昫. 旧唐书[M]. 北京:中华书局,1975.
[20] 赵崇祚. 花间集[M]. 上海:上海古籍出版社,2002.
[21] 李焘. 续资治通鉴长编[M]. 北京:中华书局,1978.
[22] 丁传靖. 宋人轶事汇编[M]. 北京:中华书局,1981.
[23] 欧阳修. 归田录[M]. 北京:中华书局,1981.
[24] 吴处厚. 青箱杂记[M]. 北京:中华书局,1985.
[25] 方勺. 泊宅编[M]. 北京:中华书局,1983.
[26] 周煇. 清波杂志[M]. 北京:中华书局,1985.

[27] 王铚. 默记[M]. 北京:中华书局,1981.
[28] 何薳. 春渚纪闻[M]. 上海:上海书店,1990.
[29] 徐度. 却扫编[M]. 北京:中华书局,1985.
[30] 邵博. 邵氏闻见后录[M]. 北京:中华书局,1985.
[31] 魏泰. 东轩笔录[M]. 北京:中华书局,1983.
[32] 吴曾. 能改斋漫录[M]. 上海:上海古籍出版社,1979.
[33] 叶梦得. 避暑录话[M]. 北京:中华书局,1985.
[34] 罗烨. 醉翁谈录[M]. 北京:古典文学出版社,1957.
[35] 罗大经. 鹤林玉露[M]. 北京:中华书局,1983.
[36] 楼钥. 攻媿集[M]//纪昀,等. 四库全书. 上海:上海古籍出版社,1987.
[37] 范成大. 范成大笔记六种[M]. 北京:中华书局,2002.
[38] 李心传. 建炎以来系年要录[M]. 北京:中华书局,1956.
[39] 朱熹. 朱子语类[M]. 北京:中华书局,1980.
[40] 洪迈. 容斋随笔[M]. 上海:上海古籍出版社,1978.
[41] 孟元老. 东京梦华录[M]. 呼和浩特:远方出版社,2001.
[42] 周密. 齐东野语校注[M]. 朱菊如,等校注. 上海:华东师范大学出版社,1987.
[43] 周密. 武林旧事[M]. 杭州:西湖书社,1981.
[44] 吴自牧. 梦粱录[M]. 杭州:浙江人民出版社,1980.
[45] 马端临. 文献通考[M]. 北京:中华书局,1980.
[46] 无名氏. 道山清话 · 万柳溪边旧话[M]. 北京:中华书局,1985.
[47] 胡仔. 苕溪渔隐丛话[M]. 北京:人民文学出版社,1981.
[48] 郭茂倩. 乐府诗集[M]. 北京:中华书局,1998.
[49] 范仲淹. 范仲淹全集[M]. 成都:四川大学出版社,2002.
[50] 欧阳修. 欧阳修全集[M]. 北京:中华书局,2001.
[51] 苏轼. 苏轼诗集合注[M]. 上海:上海古籍出版社,2001.
[52] 苏轼. 苏东坡全集[M]. 北京:北京燕山出版社,1997.
[53] 苏辙. 栾城集[M]. 上海:上海古籍出版社,1987.
[54] 黄庭坚. 黄庭坚全集[M]. 成都:四川大学出版社,2001.
[55] 陆游. 陆游集[M]. 北京:中华书局,1976.
[56] 杨万里. 杨万里集笺校[M]. 辛更儒,笺校. 北京:中华书局,2007.
[57] 张孝祥. 于湖居士文集[M]//纪昀,等. 四库全书. 上海:上海古籍出版社,1987.

[58] 韩元吉. 南涧甲乙稿[M]. 北京:中华书局,1985.
[59] 汪应辰. 文定集[M]. 上海:学林出版社,2009.
[60] 朱熹. 晦庵集[M]//永瑢,等. 四库全书. 上海:上海古籍出版社,1987.
[61] 谢枋得. 谢叠山集[M]. 北京:中华书局,1985.
[62] 黄榦. 勉斋集[M]//永瑢,等. 四库全书. 上海:上海古籍出版社,1987.
[63] 辛弃疾. 辛稼轩诗文钞存[M]. 上海:古典文学出版社,1957.
[64] 陆游. 陆游集[M]. 北京:中华书局,1976.
[65] 陈亮. 陈亮集[M]. 北京:中华书局,1974.
[66] 陈鹄. 西塘集 耆旧续闻[M]. 北京:中华书局,1985.
[67] 张炎. 山中白云词[M]. 沈阳:辽宁教育出版社,2001.
[68] 龚明之. 中吴纪闻[M]. 北京:中华书局,1985.
[69] 曾敏行. 独醒杂志[M]. 上海:上海古籍出版社,1986.
[70] 张炎. 词源注[M]. 夏承焘,校注. 北京:人民文学出版社,1963.
[71] 徐元杰. 楳埜集[M]//永瑢,等. 四库全书. 上海:上海古籍出版社,1987.
[72] 陈文蔚. 克斋集[M]//永瑢,等. 四库全书. 上海:上海古籍出版社,1987.
[73] 曹冠. 燕喜词 · 日湖渔唱[M]//. 丛书集成初编. 北京:中华书局,1985.
[74] 郑刚中. 北山集[M]//永瑢,等. 四库全书. 上海:上海古籍出版社,1987.
[75] 程俱. 北山集[M]//永瑢,等. 四库全书. 上海:上海古籍出版社,1987.
[76] 杨冠卿. 客亭类稿[M]//永瑢,等. 四库全书. 上海:上海古籍出版社,1987.
[77] 黄昇. 中兴以来绝妙词选[M]//本社. 唐宋人选唐宋词. 唐圭璋,等校点. 上海:上海古籍出版社,2004.
[78] 陈师道. 后山诗话[M]//何文焕,辑. 历代诗话. 北京:中华书局,1985.
[79] 曾季狸. 艇斋诗话[M]//丁福保,辑. 历代诗话续编. 北京:中华书局,1983.
[80] 魏了翁. 鹤山题跋[M]. 北京:中华书局,1985.
[81] 陈振孙. 直斋书录解题[M]. 上海:上海古籍出版社,1987.
[82] 元好问. 元好问全集[M]. 太原:山西古籍出版社,2004.
[83] 脱脱,等. 宋史[M]. 北京:中华书局,1977.
[84] 陶宗仪. 说郛[M]. 北京:中国书店,1986.
[85] 陆友仁. 砚北杂志[M]//施蛰存,陈如江. 宋元词话. 上海:上海书店出版社,1999.
[86] 赵文. 青山集[M]//永瑢,等. 四库全书. 上海:上海古籍出版社,1987.
[87] 王实甫. 西厢记[M]. 上海:上海古籍出版社,1978.
[88] 王若虚. 滹南诗话[M]. 北京:中华书局,1985.

［89］陈邦瞻. 宋史纪事本末［M］. 北京:中华书局,1977.
［90］胡应麟. 诗薮［M］. 上海:上海古籍出版社,1979.
［91］王世贞. 艺苑卮言［M］. 济南:齐鲁书社,1992.
［92］毕沅. 续资治通鉴［M］. 北京:中华书局,1957.
［93］潘永因. 宋稗类钞［M］. 北京:书目文献出版社,1985.
［94］纪昀,等. 钦定四库全书总目［M］. 北京:中华书局,1997.
［95］王夫之. 薑斋诗话［M］. 北京:人民文学出版社,1961.
［96］叶燮. 原诗［M］. 北京:人民文学出版社,1979.
［97］朱彝尊. 词综［M］. 上海:上海古籍出版社,1987.
［98］厉鹗. 樊榭山房集［M］. 上海:上海古籍出版社,1992.
［99］厉鹗. 宋诗纪事［M］. 北京:商务印书馆,1937.
［100］纳兰性德. 饮水诗集［M］. 北京:中华书局,1985.
［101］刘熙载. 艺概［M］. 上海:上海古籍出版社,1978.
［102］张惠言. 张惠言文选［M］//"明清八大家文选"丛书. 苏州:苏州大学出版社,2001.
［103］张惠言. 词选［M］. 北京:中华书局,1959.
［104］周济. 介存斋论词杂著［M］//黄苏,等. 清人选评词集三种. 济南:齐鲁书社,1988.
［105］周济. 介存斋论词杂著［M］. 北京:人民文学出版社,1959.
［106］谭献. 复堂词话［M］. 北京:人民文学出版社,1998.
［107］冯煦. 蒿庵词话［M］. 北京:人民文学出版社,1998.
［108］周济. 宋四家词选［M］. 上海:古典文学出版社,1958.
［109］陈廷焯. 白雨斋词话［M］. 北京:人民文学出版社,1959.
［110］况周颐. 蕙风词话［M］. 南昌:江西人民出版社,2000.
［111］况周颐. 蕙风词话续编［M］. 南昌:江西人民出版社,2000.
［112］张宗橚. 词林纪事［M］. 上海:上海古籍出版社,1988.
［113］徐釚. 词苑丛谈［M］. 北京:人民文学出版社,1988.
［114］沈雄. 古今词话［M］. 上海:上海书店,1987.
［115］冯煦. 蒿庵论词［M］. 北京:人民文学出版社,1984.
［116］李慈铭. 越缦堂读书记［M］. 北京:中华书局,1963.
［117］龚自珍著,孙钦善选注. 龚自珍诗文选［M］. 北京:人民文学出版社,1991.
［118］潘德舆. 养一斋集［M］. 四部备要. 北京:中华书局,1989.
［119］魏禧. 魏叔子文集外篇［M］. 上海:上海古籍出版社,1996.

[120] 魏禧. 魏叔子日录[M]. 上海:上海古籍出版社,1996.
[121] 魏禧. 魏叔子诗集[M]. 上海:上海古籍出版社,1996.
[122] 项廷纪. 忆云词[M]. 北京:中华书局,1985.
[123] 黄苏. 蓼园词选[M]//黄苏,等. 清人选评词集三种. 济南:齐鲁书社,1988.
[124] 刘鹗. 老残游记[M]. 济南:齐鲁书社,1998.
[125] 曹雪芹. 红楼梦[M]. 西安:陕西师范大学出版社,1997.
[126] 王国维. 王国维遗书[M]. 上海:上海古籍出版社,1983.
[127] 王国维著,滕咸惠校注. 人间词话新注[M]. 济南:齐鲁书社,1981.
[128] 梁启超. 梁启超学术论著集[M]. 上海:华东师范大学出版社,1998.
[129] 梁令娴. 艺蘅馆词选[M]. 广州:广东人民出版社,1981.
[130] 唐圭璋. 词话丛编[M]. 北京:中华书局,1986.
[131] 唐圭璋. 全宋词[M]. 北京:中华书局,1965.
[132] 唐圭璋校点. 唐宋人选唐宋词[M]. 上海:上海古籍出版社,2003.
[133] 唐圭璋. 唐宋词简释[M]. 上海:上海古籍出版社,1981.
[134] 唐圭璋. 宋词三百首笺注[M]. 北京:中华书局,1958.
[135] 夏承焘. 姜白石词编年笺校[M]. 上海:上海古籍出版社,1981.
[136] 夏承焘. 唐宋词人年谱[M]. 上海:上海古籍出版社,1979.
[137] 缪钺. 诗词散论[M]. 上海:上海古籍出版社,1982.
[138] 缪钺. 缪钺说词[M]. 上海:上海古籍出版社,1999.
[139] 刘永济. 词论[M]. 上海:上海古籍出版社,1981.
[140] 刘永济. 唐五代两宋词简释[M]. 上海:上海古籍出版社,1980.
[141] 钱锺书. 管锥编[M]. 上海:中华书局,1979.
[142] 钱锺书. 宋诗选注[M]. 北京:人民文学出版社,1982.
[143] 元结,等. 唐人选唐诗(十种)[M]. 上海:上海古籍出版社,1978.
[144] 王仲闻. 李清照集校注[M]. 北京:人民文学出版社,1979.
[145] 邓广铭. 稼轩词编年笺注[M]. 上海:上海古籍出版社,1978.
[146] 程千帆. 文论十笺[M]. 武汉:武汉大学出版社,2008.
[147] 吴熊和. 唐宋词通论[M]. 杭州:浙江古籍出版社,1989.
[148] 叶嘉莹. 迦陵论词丛稿[M]. 上海:上海古籍出版社,1980.
[149] 金启华. 唐宋词集序跋汇编[M]. 南京:江苏教育出版社,1990.
[150] 施蛰存. 宋元词话[M]. 上海:上海书店出版社,1999.
[151] 施蛰存. 词籍序跋萃编[M]. 北京:中国社会科学出版社,1994.

[152] 李次九校读. 词选续词选[M]. 上海:上海大公报代售作者自印本,1936.
[153] 刘尧民. 词与音乐[M]. 昆明:云南人民出版社,1982.
[154] 褚斌杰,等. 李清照资料汇编[M]. 北京:中华书局,1984.
[155] 张惠民. 宋代词学资料汇编[M]. 汕头:汕头大学出版社,1993.
[156] 马志嘉,等. 吴文英资料汇编[M]. 北京:中华书局,2006.
[157] 施议对. 词与音乐关系研究[M]. 北京:中国社会科学出版社,1985.
[158] 徐扶明. 牡丹亭研究资料考释[M]. 上海:上海古籍出版社,1987.
[159] 刘师培著,陈引驰编. 中国中古文学论集[C]. 北京:中国社会科学出版社,1997.
[160] 续修四库全书[M]. 上海:上海古籍出版社,2002.
[161] 全唐文[M]. 影印本. 北京:中华书局,1983.
[162] 四川大学古籍所. 全宋文[M]. 成都:巴蜀书社,1989.
[163] 朱易安,傅璇琮,等. 全宋笔记[M]. 郑州:大象出版社,2003.
[164] 鲁迅. 且介亭杂文[M]. 北京:人民文学出版社,1973.
[165] 鲁迅. 鲁迅书信集[M]. 北京:人民文学出版社,1976.
[166] 鲁迅. 鲁迅全集[M]. 北京:人民文学出版社,1981.
[167] 勃兰兑斯. 十九世纪文学主流[M]. 张道真,译. 北京:人民文学出版社,1980.
[168] 伍蠡甫,胡经之. 西方文艺理论名著选编[M]. 北京:北京大学出版社,1986.
[169] 伍蠡甫,等. 西方文论选[M]. 上海:上海译文出版社,1979.
[170] 罗丹口述,葛赛尔记. 罗丹艺术论[M]. 沈琪,译. 北京:人民美术出版社,1978.

后　记

想为自己所十分爱读的唐宋词写一本“史”这个念头在我考取唐圭璋先生的研究生后，就曾在脑海中闪现过。但对于我这样“半路出家”、根柢浅薄的人来讲，这项“工程性”的学术项目又像天上的楼阁那样，是只可遥望而不可企及的。因此这几年来虽写了若干单篇的研究文字和一本薄薄的《唐宋词风格论》，但在这个学术宫殿的门口，却只敢徘徊而不敢向里迈进一步。后又闻说，已有专家学者在动手撰写一部体大思精、规模宏大的《唐宋词史》，故而就深为翘首盼望，但等了好久，却尚未见问世。正在此时，江苏古籍出版社的同志来信，约我写一本《唐宋词简史》，于是积在心中的夙愿忽又萌动起来：何妨先写一本《简史》，来为这片虚空已久的学术苑地添上一株小草？因即冒险来作这方面的尝试。但一当下笔，却竟至不能自休，九个月写出了四十余万字；这样一来，若再称之为《简史》，在篇幅上似乎有些名实不副，便只好索性“大胆”地把它改称为《唐宋词史》。因之如果读者阅后认为它只具“词史”的外观而实只是“简史”的“放大”，则我是完全心认的——说明上述这些情况，意在告诉读者：千万别真的把它当做一本严格意义上的《唐宋词史》看，充其量而言，它也只能为后者起一个“抛砖引玉”的作用。故仍殷切地企盼着高质量、高水平的《唐宋词史》（以及其他文学史著作）早日出现，这就是我本人及广大古典文学爱好者的深切愿望！至于本书的写作和出版，如能提供一个“马前小卒”的“探路”作用，私心亦已满足矣。

在撰写此书时，遇到过不少的困难。其中最费踌躇的便是它的体例和写法问题：既然是“史”，那就离不开一大堆作家作品的史料，以及围绕在它们周围的众多历史事件。如若按照以前某些词史的写法，仅是依照时间的顺序，排列一些作家作品，再简单地引证一些词话词论去说说他（它）们的风格，那就难免陈旧迂腐，甚至被人讥为“录鬼簿”，而不能体现出八十年代的时代特色。但如若完全丢开传统的写法，“新”则可能“新”矣，又势必打乱了历史的本来面目，不能被人接受。因此，如何能在继承传统的基础上加以革新，就成了一个相当棘手的问题。在这方面，我自知思想尚很保守，学识与能力亦很薄弱；

但又更加明白,再也不能墨守成规,墨守成规是没有出路的。正确的态度应是:背靠遗产,面向未来,写出一部现代人所认识、所把握的词史来。为此,我就试着从下列几个主要方面加以改进。不过,“改进”的效果究竟如何,自己亦无把握,还得请广大读者阅后评判。为使其他作者可以从中吸取教训或借鉴,我愿把自己的一些粗浅想法写出来,以供参考。它们大致是这样几点:

第一,面对唐宋词作品繁多、头绪复杂的实际情况,我采取了“去芜存精”“举其大端”的写法。具体地讲,一是抓重点作家,二是抓作家群亦即抓“流派”,三是加强“鸟瞰”式的宏观性叙述。在整个唐宋词中,我的侧重点偏于晚唐五代和北宋,南宋则除了其初期词坛上的词人和后来的辛弃疾之外,则作较次要的叙述与介绍。在这方面,我是倾向于王国维的论点的(他说:“唐五代北宋之词,可谓生香真色”,又说:“南宋词人其堪与北宋人颉颃者,唯一幼安耳”),虽又并不全部赞同他的某些偏颇之处。在重点作家方面,我又把注意力放在了温庭筠、李煜、柳永、苏轼、辛弃疾等人身上。而为避免只见“点”而不见“面”的毛病,我又在重点作家的“身旁”或“身后”,带出“作家群”或“流派”来;有时则干脆以作家和流派的群体组合作为论述的对象。为了加强“史”的“群体意识”,更在不少地方安排了“鸟瞰”性和综述性的章节。这样做的目的,就是为了既能突出重点,又能带出整体,使本书具备“点面结合”的面目。但虽然主观上这样设想,而事实上单薄或空虚的地方还是有的(特别是晚宋词坛),因此“挂一漏万”的毛病自是不免。

第二,我试图克服某些文学史著作单纯罗列作家作品、失之肤浅的缺点,希望能在深度与广度上有所加深和拓宽。首先,按照唯物论的观点,一定的文学艺术总是一定的社会生活的反映。因此,我就把社会的经济状况和政治环境放在相当重要的地位上来加以叙述,并进而阐明它们对于词的创作的深刻影响。在这方面,论述北宋前期词坛的“富贵气象”和南宋伤感词、愤慨词、隐逸词的产生,就是较为突出的例子。但是,光光如此还很不够。文学艺术作为一种精神产品,它总是与一定的思想意识紧密联系在一起的。因此,我就特别重视唐宋词所反映和表现的爱情意识与忧患意识问题,认为这两个思潮的交互和碰撞既组成了唐宋词的主要思想内容,又形成了它的香艳、绮怨、伤感以及其他多种多样的风格特色。在这方面,论述《花间》词和南唐词时就曾紧扣了这两股“主思潮”。再次,词作为一种特殊的文体,它在反映生活与表现思想感情时,还有它自己的某种特异性。作为一种特善于抒写“心曲”、描摹“心态”的文学样式,词史充分展现“心灵中”的特征就理应得到强调。缘此,我又注意到了“词境”所展示的人类多种心理面貌(特别是“柔性心态”)的问题。

这在论述北宋词人的多重人格和复杂心态等章节中也可见出。最后,词作为一种文学性比较“纯粹”的抒情诗体,它的风格又与作者的审美情味、文学修养密切相关。因而我在论述柳永词、姜夔词及南宋“雅词”等时,都提及了作者的审美心理、艺术趣味问题。当然,除此之外,也还涉及了作者的艺术感觉、作者的学问修养、作者的个性特点等问题。这样做的目的,是想通过多角度、多侧面、多层次的叙述阐发,加强词史的理论深度和开阔它的历史视野。但亦自知理论水平不够,很有力不从心甚至是谬误之处。

第三,词史既然是“史”,就该呈现出“史”的继承性与发展性,呈现出发展的轨迹性。在这方面,我着重论述了“词境”由“诗境”(具体地说,是晚唐五代的“词境”与晚唐《香奁》诗的“诗境”)逗延、衍化而出的问题,还论述了整个唐宋词风由“少”到“老”、由“春”到“冬”的历史进程和发展轨迹;而在论述那些重要作家时,又往往着眼于他们给文学史所提供的新鲜东西(而并不都全面地评论其文学成就),揭示他们在词史发展中的历史地位。这样做的目的,也是想避免某些文学史著作平铺直叙、罗列现象的静态做法,而使它处在一种“运动”的状态之中。

以上所说,只是自己的一些主观设想,姑不论其本身是否妥当,即就其实行的最后结果来看,恐也未必尽如人意和稳妥恰当。好在已如前言,只是一种尝试而已;错误疏漏,在所难免,还望读者教正!总而言之,古典文学的研究正面临着一个跟随时代同步前进的紧迫课题,让我们共同努力,为之作出自己的菲薄贡献。希望不久之后,能够出现更多新的研究成果,是为至盼。

最后,应该热忱感谢江苏古籍出版社陆国斌、吴小平等同志,没有他们的启发和支持,我是没有勇气完成这本不像样的东西的。另外,在本书的写作过程中,还参考或吸收了有关学人的研究成果,在此一并致谢。

杨海明

1986 年 12 月

二版附记

《唐宋词史》最初由江苏古籍出版社于 1987 年出版,嗣后十余年来,一直未能在大陆重印或再版。为满足读者的需求,天津古籍出版社同意重版此书,本人深表感谢。再版时曾略作修订,主要是改正了一些错字和删除了某些不必要加的引号。至于内容和观点,虽然时经十余年本人或许已有若干新的认识,但为保持旧貌起见,此次未作变动。敬希读者批评指正。

杨海明

1998 年 8 月于苏州大学蚕桑地宿舍

再版后记

本卷原由江苏古籍出版社于 1987 年 12 月出版。当时发行 8000 册,但仍不能满足读者的需求,因此我经常接到他们希望购书的电话和信件。直到 1998 年 12 月,由于杨钟贤先生的玉成,它才由天津古籍出版社给予再版。谨对原书的责编吴小平先生及再版的主事者杨钟贤先生再表感谢。

1996 年,经著名学者、台湾成功大学教授张高评先生热情推介,高雄的丽文文化事业公司出版了本书的繁体字版,并由张教授为其撰写"代序"。对于老友张高评兄的热心帮助和大力支持,实在铭感于胸!

此书曾由韩国学者宋龙准和柳种睦先生译成韩文,交由"新雅社"于 1995 年出版。

本卷初版由南京师范大学教授邓红梅博士重校,再版由东莞理工学院教授宋秋敏博士重校。江苏大学出版社责任编辑米小鸽女士、徐子理先生、任辉先生也为本卷的出版付出了大量劳动,于此一并表示感谢!

杨海明

2020 年 3 月